艺术类院校基础课“十四五”规划教材

外国文学简明教程

（第二版）

A CONCISE TEXTBOOK OF
FOREIGN LITERATURE
(SECOND EDITION)

主　编◎关德福
副主编◎佘红云 龙剑平 王成飞

中国传媒大学出版社
·北京·

编　委　会

主　编： 关德福

副主编： 佘红云　龙剑平　王成飞

编　委： 吕　蕾　智建颖　王　敏

马丽莉　段睿艺

前　言

本书顺应高校面向21世纪教学和课程体系改革的需要，吸收了学术界的许多新成果和一线教师的教学经验，体现了编写宗旨的科学性、适用性、时代性，具有较强的创新性。本书以外国文学史为线索，以文本为核心，系统且简明扼要地呈现了外国文学的发展历史和辉煌成就，既兼顾了文学思潮、运动、流派、社团的发展情况与特点，又突出分析评价了重点作家、作品，旨在使学生了解外国文学的历史背景和发展脉络，掌握分析、鉴赏作品的方法。本书选文经典、框架新颖、脉络清晰，适用于高等院校中文、传媒和艺术方向所有专业本科、专科阶段“外国文学”课程的教学，也可供社会读者自学。

本书在编写上具有以下特色：

1.编写体例框架新颖。全书分为西方文学和东方文学两部分，每一部分都按照时间顺序编写，既有对文学史的发展概述，又有对经典文学作品的呈现；既有相应的作品导读，又有针对性极强的练习。在作品选择上，既侧重文学审美价值，又尽可能呈现文学史的面貌。这样就打破了文学史、文学作品、文学批评等不同教材的编写惯例，避免了人为分割外国文学的缺陷，便于教师的教与学生的学有机地结合起来，让学生在客观了解外国文学发展脉络的基础上进行文本鉴赏。

2.章节模块紧凑呈现。每章都由概述、文本两大部分组成。概述部分主要介绍本时间段内文学发展概况，文本部分则精选了相应时期的部分重点作家的代表作。在教与学中，这两部分内容相互对照、结合，有助于取得更好的教学效果。

3.文本编排顺序独特。文本是一个完整有机的教学统一体,由作者简介、作品导读、作品赏析、思考练习四个部分组成。一些重要的中长篇小说、多幕剧和长诗,无论教学还是鉴赏,都属于最基本的内容,但限于篇幅,本书未收录原文,而仅以"存目"标出,但对这些作家和作品都做了详尽的介绍,并附有相关的练习题。这样的编排有利于教与学,同时也方便社会读者自学。

4.选文态度严谨客观。本书在选文上竭力减少非文学因素的影响,努力做到从纯文学角度淘选作品,也避免了对作家身份、资历先入为主的依赖,以及对既有的文学史"定评"惯例的遵守。当然,由于外国文学发展的复杂性和特殊性,本书也注意到了难以避开的不同阶段的个别状况,所以在取舍标准上也有所调整。

本书由关德福主编。

本书的编写组织与统稿工作由关德福完成。

因为水平所限,错误在所难免,希望得到专家和广大师生的批评和指正,以便不断完善。

编者

2023 年 8 月于海口

目 录 Contents

第一部分 西方文学

第二部分　东方文学

第一部分

西方文学

第一章 古代欧洲文学

第一节 概 述

古代欧洲文学包括古希腊文学和古罗马文学，特指公元前 12 世纪到公元前 1 世纪产生的欧洲本土文学。古希腊文学与古罗马文学是欧美文化的源头，后来的欧洲文明与美洲文明都源于古希腊与古罗马文化，甚至可以说古罗马文化也是古希腊文化的翻版。但是古希腊与古罗马文化并不是人类文化的发源地，它的起源时间要大大晚于四大文明古国。也就是说，古希腊与古罗马文化是在文化发源较早的亚非文明的影响下发展起来的。

古代欧洲文学形象地反映了原始社会和奴隶社会两个历史阶段的社会生活图景，表现了古希腊与古罗马人对神秘莫测的大自然、变幻无常的人生、各种复杂的社会现象的朴素认识。

古代欧洲文学为后来许多重要文学体裁和艺术手法开了先河，如神话 、史诗、叙事诗、哀歌、抒情诗 、寓言、戏剧、散文、文艺理论、新喜剧、田园诗、小说等。

古希腊文学主要是指从公元前 12 世纪到公元前 146 年，古希腊被古罗马征服的 1000 多年间的文学。这段历史大致可以分为四个时期。

第一个时期是公元前 12 世纪至公元前 8 世纪。此时原始氏族制瓦解，古希腊处于由氏族社会向奴隶制过渡的时期，史称“荷马时代”或“英雄时代”。这一时期的文学，主要是人民群众口头集体创作的，主要包括神话、史诗、叙事诗等。

第二个时期是公元前 8 世纪至公元前 6 世纪。这是古希腊城邦国家形成时期，史称“城邦形成时期”。此时，私有制完全确立。这一时期作家个人创作兴起，主要文学作品包括哀歌、抒情诗、寓言等。

第三个时期是公元前 6 世纪末至公元前 4 世纪初。这是希腊奴隶制民主制鼎盛时期，史称“古典时期”。这一时期的文学主要是指雅典文学，主要文学作品包括戏剧、散文、文艺理论等。

第四个时期是公元前 4 世纪末至公元前 2 世纪，是古希腊走向衰亡的时期。在这一时期，希腊文化在东方广泛传播，并和东方文化相互交融，形成了以希腊文化为中心的地中海文化圈，史称“希腊化时代”。主要文学作品包括新喜剧、田园诗等。

古罗马文学是在古希腊文学的影响下发展起来的，在罗马奴隶制社会条件下又形成了自己的民族特色。

古罗马文学主要是指从公元前3世纪中叶至公元5世纪下半叶古罗马共和国和帝国时期的文学，也就是古罗马奴隶制社会中后期的文学。这段历史大致可以分为三个时期。

第一个时期是公元前3世纪中叶至公元前1世纪中叶。此时，军事上古罗马征服了古希腊，文化上古希腊征服了古罗马。古希腊文学成为罗马人学习和借鉴的榜样，对古罗马文学的发展产生了巨大影响。这一时期出现了早期的罗马文学作品，其主要模仿和改写古希腊文学作品。主要文学作品包括神话、悲剧、喜剧、散文、诗歌、书信等。

第二个时期是公元前1世纪末至公元1世纪初。这是罗马历史上的共和国晚期和奥古斯都时期，是罗马文学史上的“黄金时代”。这一时期最主要的文学作品包括史诗、诗歌、文艺理论等。

第三个时期是公元1世纪中叶至公元5世纪西罗马帝国灭亡。公元1世纪到公元2世纪是罗马帝国初期，文学史上称之为罗马文学的“白银时代”。这一时期文学成就主要表现在诗歌、悲剧、史诗、小说、传记等方面。公元2世纪后，罗马帝国面临末日，文学随之衰落，基督教教会文学开始兴起，这表明欧洲文学已开始由古代文学向封建中世纪文学过渡了。

古罗马文学是在继承古希腊文学的基础上发展起来的，总体成就比不上古希腊文学，但具有自己的民族特色，在哲理诗、散文、小说和世态喜剧等领域的成就超过了古希腊文学，成为沟通古希腊文学与后世欧洲文学的桥梁。因此，恩格斯说：“没有奴隶制就没有希腊国家、希腊的艺术和科学；没有奴隶制就没有罗马帝国；没有希腊文化和罗马帝国所奠定的基础，也就没有现代的欧洲。”

思考练习

1.简述古代欧洲文学的作用。

2.简述古希腊文学与古罗马文学各自的特色。

第二节　古代希腊文学——神话(节选)

神话简介

神话“用想象和借助想象以征服自然力、支配自然力,把自然力加以形象化”(马克思)。

作品导读

希腊神话同世界其他民族的神话一样产生于人类的“童年时代”,是上古时代生产力比较低下的情况下产生的一种近似于“巫文化”的文化形态。希腊神话是古希腊人民留给后世的一份丰富多彩、奇异瑰丽的口头文学遗产,它经过几百年甚至几千年的口耳相传,在“荷马时代”被广泛地记载于荷马史诗、古希腊戏剧以及许多历史、哲学著作中,后人经过不断搜集整理,把这些散存于史诗、戏剧、历史、哲学著作中的神话故事重新组织、整理成目前比较通行的两册《古希腊神话故事集》。

古希腊神话故事大致分为两大类:一类是神的故事,另一类是民间英雄传说。

神的故事包括天地的开辟、神和人的起源、四季的成因、动植物的出现,以及以宙斯为首的奥林匹斯神族成员的活动。

英雄传说是被神话化了的历史事件,主要讲述远古时代人与自然斗争的故事。

在希腊神话中,神和英雄具有同形同性的特点。

古希腊神话生动形象地反映了古希腊甚至整个人类“童年时代”的社会风貌,是人类对“童年时代”的深情回忆、认识和解释。它以丰富而奇异的色彩为我们描绘了一幅幅独具特色的生活图景。因此马克思说:“在某种意义上,希腊神话是人类艺术不可企及的典范。”希腊后来的戏剧、诗歌、雕塑、建筑等各文学、艺术门类都是根据希腊神话发展而来的,所以马克思还说:“希腊神话不只是希腊艺术的宝库,而且是它的土壤。”

希腊神话不仅促进了希腊文化的发展,而且对欧洲后代文化也产生了巨大而深远的影响。尤其是古罗马文化,简直就是古希腊文化的翻版。另外欧洲文艺复兴和浪漫主义文学都是在继承了古希腊文学的前提下发展起来的。

总体来说,古希腊神话体现了人道主义思想和现世思想。这也是在经历了黑暗的封建中世纪之后,文艺复兴运动用希腊神话作反神权的思想武器的原因。

作品赏析

(一)神的故事四则(节选)

1.提坦神族开天辟地的故事

世界原本是混沌一片,没有天地之分,没有花草树木,更没有人,这一片混沌被称作卡厄斯。不知经过了多少年的不停旋转,卡厄斯从自己身上分离出了地母该亚。后来地母该亚又从自己身上生出了天神乌拉诺斯,于是她与乌拉诺斯结合,生了六男六女,统称“提坦”。乌拉诺斯总是疑心这些孩子要推翻自己的统治,取代其天神之位,就把他们都打入冥府,只有最小的儿子克洛诺斯被地母该亚藏了起来,幸免于难。后来克洛诺斯打败了乌拉诺斯,释放出其他“提坦”,他取代父亲做了新的天神,他以妹妹瑞亚为妻,又生了六男六女,称作“小提坦”。他做天神后也总是疑心儿女们要推翻自己的统治,所以干脆把这些孩子吞入腹中,只有最小的儿子宙斯被母亲瑞亚藏了起来,幸免于难。后来在普罗米修斯的帮助下,宙斯打败了父亲克洛诺斯,逼他吐出了那些被吞下去的“小提坦”,然后取代了父亲的地位。宙斯做了神主,以他的姐姐赫拉为妻。高高的奥林匹斯山上建立了一个“提坦神统”,这个神族是一个庞大的组织。

2.希腊民族起源的故事

普罗米修斯与弟弟厄庇墨透斯用“范土”创造了人类,他们愚昧而耐劳。为了赋予人类智慧,普罗米修斯偷了神界的天火给人类,从此人类见到了光明,摆脱了野蛮与蒙昧。人类创造了文明,开始有了战胜自然的武器,吃熟食、使用工具,懂得了医学、占卜术和几何学等。人类聪明了,宙斯却惶恐了。他害怕人类强大以后会战胜神族,抢去他的神位与权力,于是他大发雷霆,一方面惩罚普罗米修斯,把他钉在高加索山上五千年,让神鹰天天掏吃他的心脏;另一方面惩罚人类,他让众女神创造了一个美丽的女神——潘多拉,让她嫁给厄庇墨透斯。婚礼上,宙斯送给潘多拉一个精美的宝盒,她由于好奇就打开了盒子,疾病、饥饿、战争、谎言、死亡、残杀、欺骗等立刻都飞了出来。潘多拉花容失色,急忙关上盒子,唯独把希望关在里面。从此无穷无尽的灾难开始了。可是宙斯还不罢休,他觉得这样毁灭人类太麻烦,于是让海神波塞冬引发了一场空前绝后的大洪水,淹没了大地,世界成为一片汪洋。大水过后大地一片荒芜,可是有两个人躲过了洪水,而且恰好是一对夫妻,他们是普罗米修斯的后代卡丢翁和他的妻子辟拉。他们两个新婚不久,比较浪漫,在山顶上观景,所以幸免于难。等他们走下山后,发现原来郁郁葱葱的大地变成了寸草不生的荒野,一点生命的迹象都没有了。他们感到非常难过、非常孤独。这时,时光女神时美思走来,对他们说,“拾起你们母亲的骨头往身后扔”!辟拉十分聪明,她立刻拾起大地上的石头扔在身后,这块石头立刻变成了一个人,于是他们就这样一路走、一路捡起石头扔在身后,他们身后跟的人越来越多,而恰在这时他们自己的孩子出生了,他们给自己的孩子取名“希腊”,从此天地间有了希腊氏族。

3.沙漠形成的故事

普罗米修斯的另外一个弟弟名叫阿特拉斯，是个天神，天之所以坍不下来，是因为他用神力支撑着。后来他死了，为了使天不倾倒下来，他死后变成了一座顶天立地的高山顶起了天。那么他是怎么死的呢？据说雅典娜有个贴身女仆叫墨杜萨，她修炼不够，只是个女妖而不是神。她长得十分漂亮，但是又十分地毒。她不光心狠手辣，而且身上充满了毒液，她头上的每根头发都是一条毒蛇，所以谁也不敢接近她，只有智慧女神雅典娜能制服她。但她对雅典娜是又怕又恨又嫉妒，有一天她愤然离去，来到一片美丽的草原上施展妖术。由于她身上毒液太多，这片草原很快变成了沙漠。谁只要看她一眼，就会变成石头。雅典娜十分生气，就派少年英雄波修斯前去制服她。波修斯戴着爱神阿佛罗狄特给的隐身帽，穿上风神的飞鞋，一手执长剑，一手拿智慧女神给的反光镜，来到非洲沙漠，用智慧和勇气终于取下了女妖的头。然后快速返回，一路上女妖的头滴下的血，让良田顷刻间就变成戈壁滩，所以一路上许多肥沃的土地都变成了沙漠。这一天波修斯走到了奥林匹斯山下，天神阿特拉斯听说波修斯杀了墨杜萨，他早就知道墨杜萨姿容过人，活着时不敢看她，现在死了，他想看看，波修斯怎么劝说他都没用，他非要看看漂亮的女妖，结果看了以后立刻变成了一块大石头，由于他身材太高大了，这块石头就被称作“阿尔卑斯山”，与奥林匹斯山遥相呼应。

4.露珠与太阳的故事

爱神阿佛罗狄特有个儿子叫丘比特，他是个可爱的小男孩，永远也长不大，后来做了神主宙斯的天使。他有两只翅膀，手执两支箭，一支是爱情之箭，另外一支是拒绝爱情之箭。他很顽皮，经常用这两支箭随处乱射，结果闹出了许多爱情悲喜剧和闹剧。有一天，他看见太阳神阿波罗驱车巡视天空，于是他顽皮地用爱情之箭射中了他，正巧这时露珠女神达芬从此地经过，阿波罗就疯狂地爱上了达芬，达芬一直暗恋太阳神，可太阳神从来都是傲视苍穹，不正眼看她，现在见太阳神满怀激情地向自己表白爱情，她激动得难以自持，刚要投向太阳神的怀抱，此时丘比特又用拒绝爱情之箭射中了达芬，于是达芬就拼命地拒绝阿波罗。阿波罗死死地缠住达芬不放，而达芬则想方设法躲避阿波罗，天天如此。这天，眼看阿波罗就要追上达芬了，恰好前边有一棵桂树，达芬急中生智变成了桂树的一部分，从此只要太阳一出来，树叶上的露珠就消失了。

（以上四则故事均改写自赫西俄德.工作与时日·神谱[M].张竹明，蒋平，译.北京：商务印书馆，1991.略有删改。）

(二) 英雄传说二则(节选)

1.英雄赫拉克勒斯的传说

宙斯在奥林匹斯山上常常感到寂寞无聊,于是就下山寻找漂亮的民间少女。这天,他又下山了,碰上一个美丽的民女,于是大献殷勤并与之幽会,后来这个少女生下个男孩。神后赫拉知道后很生气,于是就派蛇神去咬死这个男孩。这个男孩半人半神,名叫赫拉克勒斯,生下来就力大无穷。这天蛇神来到他的摇篮旁想咬死他,没想到他一个小小的婴儿竟神奇地捏死了蛇神。长大后他向半人半马神卡戎学艺,想建立功业。这时先知先觉神告诉他,只要他完成十二件大功就能成为神族一员,就可以到奥林匹斯山上找他的父亲。于是他离家出走去建功立业,在一个岔路口,他遇上了善、恶两位神,两位神都允诺会帮他实现梦想。善神说吃尽人间苦方可实现梦想,而恶神说只要听他的,很快就能实现梦想。赫拉克勒斯毅然跟着善神走了。在这之后他立了十二件大功,比如杀死牛头蛇、夺取突尼斯国王的马群、清洗牛棚等。最后他终于成为奥林匹斯神界的一员。他在去往神界的途中,经过高加索山时,救下了普罗米修斯。这就在他和父亲宙斯之间埋下了矛盾的种子,我们可以想象他的一生注定是悲剧的一生。

2.能工巧匠代达洛斯父子的传说

代达洛斯和儿子伊卡洛斯都是能工巧匠,有一天他们来到了克里特岛。这个岛上的王后有一个梦中情人,这个情人不是人而是一头神牛。于是王后让父子俩为她做一头有生命的神牛。父子俩用木头做了一头牛,因为这头牛太逼真了,所以神给了它生命之灵气,它成了真的神牛。王后就和神牛同居了,并且生下了一个妖怪弥诺陶洛斯。国王发现这桩丑事之后恼羞成怒,他怕家丑外扬,于是就请另一个能工巧匠造了一个迷宫,将父子二人和这个造迷宫的匠人一起关了进去。但他们三人都顺利地逃了出来。父子俩的方法是用蜡做了一对翅膀从迷宫里飞了出来。他们向家乡希腊飞去,儿子伊卡洛斯太爱逞能,越飞越高,结果翅膀被太阳烤化了,掉下来摔死了,而父亲飞回了家乡。那个造迷宫的匠人知道自己肯定不会活着被放出去,所以事先准备了许多细线,迷宫修到哪儿就把细线拉到哪儿,最后沿着细线终于逃出了迷宫。

(以上两则故事改写自赫西俄德.工作与时日·神谱[M].张竹明,蒋平,译.北京:商务印书馆,1991.略有改动。)

思考练习

1.简述神话的定义。

2.简述古希腊神话的分类及特点。

3.古希腊神的故事和英雄传说分别传递出了什么思想?

第三节　古代希腊文学——荷马史诗(存目)

作者简介

荷马(约公元前9世纪—约公元前8世纪)的身世和生活年代极难稽考。据考证,“荷马”的原意是“人质”,“荷马立达”意指行吟诗人,也可以指一个家族。一般认为荷马是爱奥尼亚人,出生于斯密或卡俄斯,因为卡俄斯岛上有一个叫“荷马立达”的氏族。传说中荷马是个盲人,因为当时的行吟诗人大多是盲人。据说荷马的主要活动地是小亚细亚,即亚洲西部的美索不达米亚平原一带。

作品导读

荷马史诗是流传下来的古希腊最早且完整的文学作品,由《伊利亚特》(又译《伊利昂纪》)和《奥德赛》(又译《奥德修纪》)组成。相传这两部史诗是一个名叫荷马的盲诗人根据民间口头流传的短歌编成的,因而被称为荷马史诗。

荷马史诗的故事取材于特洛伊战争,这场战争已为考古发掘所证实。特洛伊是位于小亚细亚西北部海岸的一个城邦国。约公元前12世纪,希腊半岛各城邦国组成联军,渡过爱琴海进攻特洛伊,引发了一场持续十年的战争。最后希腊联军攻陷了特洛伊王城。这是一场部落之间的战争。战争结束后,在民间流传着有关这场战争中双方英雄的短歌,如阿基琉斯、阿伽门农、赫克托耳、俄底修斯等。荷马经常四处演唱这些短歌,在演唱的过程中,他发现这些短歌之间有着内在的联系,于是将它们加以整理、加工,重新创作成两部具有统一风格、统一情节和互相关联的人物形象的长诗,即《伊利亚特》和《奥德赛》。从此人们再传唱关于特洛伊战争的故事时,就不再以原来的短歌为蓝本,而是以荷马加工创作的这两部长诗为蓝本。到公元前6世纪,人们才用文字将这两部长诗记录下来,它们被统称为荷马史诗。目前我们看到的荷马史诗是公元前2世纪亚历山大二世时代经过文人的再次加工以后的定稿。

按照当时希腊人的思想方式,这场战争被神话化了。历史事件因此以神话的形式表现出来,这便是荷马史诗形成的基础。

《伊利亚特》是关于特洛伊(伊利亚)战争的一首诗。全诗15 693行,共24卷,叙述了这场战争最后51天发生的故事。战争进行了十年,由于众神各助一方,双方相持不下。后来希腊军中发生了内讧,原因是统帅阿伽门农依仗权势抢走了阿基琉斯心爱的女战俘。阿基琉斯一怒之下退出战斗,特洛伊人立刻大占上风。《伊利亚特》以一次争执为楔子,以阿基琉斯的愤怒为主线,描写了51天之内发生的事件。缺少阿基琉斯的希腊人接连战败,阿基琉斯的好友帕特罗克洛斯借了阿基琉斯的盔甲、长矛和盾牌出战,结果被赫克托耳杀死。被激怒的阿基琉斯重披战甲与赫克托耳决战,把赫克托耳杀死,还把他的尸体拖回了希腊大营。《伊利亚特》最后叙述了特洛伊老国王普里阿摩斯去请求阿基琉斯归还自己儿子的尸体的故事。在白发苍苍的老人面前,阿基琉斯顿生恻隐之心,同意了老国王的请求,而且他也非常敬佩赫克托耳,所以命令停战三天,为赫克托耳举行葬礼。三天后战争重新开始,群龙无首的特洛伊人气数已尽。俄底修斯用"木马计"骗开了特洛伊的城门,希腊军里应外合,攻破特洛伊城。他们烧毁城池,抢夺财物,押着战俘和妇女回国了。

《奥德赛》是音译,即英雄俄底修斯。顾名思义,这首长诗主要描写俄底修斯十年海上漂流的故事以及回家后与纠缠他的妻子的求婚者斗争的故事。全诗 12 110 行,24 卷。俄底修斯是希腊军中一个多才多智的将军。在《伊利亚特》中,他是"木马计"的设计者。由于他的"木马计",希腊军队取得了彻底的胜利。希腊军队胜利后带着掠夺的财物、奴隶返回故乡,连海伦也被他们夺了回去。俄底修斯在返乡途中遇到了千难万险,于是在海上漂流了十年。

史诗一开始就写他在海上已经漂流了十年,而俄底修斯经过十年的漂流终于回到了故乡,他先扮成乞丐回到自己的府邸,看到求婚者死缠着妻子不放,而妻子美丽依旧,端庄贤淑,只低头织布。他非常感动,在儿子的帮助下,打败了求婚者,这才说明身份,将一根木棍插在大地上,从此一家人重新开始了美好的生活。

作品赏析

伊利亚特(存目)

奥德赛(存目)

思考练习

1.简述《伊利亚特》的主题意蕴。

2.简述阿基琉斯和赫克托耳这两个人物的性格特点。

3.简述《伊利亚特》的"道义"观念。

4.简述《奥德赛》的主题意蕴。

5.简述俄底修斯的性格特点。

6.请比较《伊利亚特》和《奥德赛》这两部史诗。

第四节　古代希腊文学——悲剧(节选)

(一)埃斯库罗斯

作者简介

埃斯库罗斯(公元前525—公元前456年),出身于雅典的世袭贵族家庭,成长于厄琉息斯。他一生创作了大约90部戏剧,得到过17次头奖,但是流传下来的只有7部悲剧,如《波斯人》《俄瑞斯忒斯》《被缚的普罗米修斯》等。他被誉为古希腊的“悲剧之父”。埃斯库罗斯在戏剧上的最大贡献是创作了“三部曲”。《普罗米修斯》就包括《被缚的普罗米修斯》《被释放的普罗米修斯》《火神颂》三部分。其中,《火神颂》中写到,每年人们要举起火把祭祀普罗米修斯,并将它作为传统流传下来。现代奥运会点燃火炬的惯例就源于此。他还有一部三部曲《俄瑞斯忒斯》,包括《阿伽门农》《奠酒人》《报仇神》。

作品导读

《被缚的普罗米修斯》讲述了普罗米修斯因为人类偷取火种而受到神王宙斯的惩罚,最后被宙斯的私生子赫拉克勒斯救了下来的故事。主人公普罗米修斯是坚强的民主派战士的化身,他把象征光明和智慧的天火偷给人类,却饱受象征专制暴君的宙斯的迫害。但他甘愿为正义事业忍受苦难,揭露暴君的罪恶,成为“哲学的日历中最高尚的圣者和殉道者”。此剧主题集中、人物性格鲜明、场面宏大、风格崇高、感情强烈、诗句气势雄浑,但存在人物性格固定不变、情节简单、缺乏戏剧性等缺陷。

作品赏析

被缚的普罗米修斯(存目)

(二)索福克勒斯

作者简介

索福克勒斯(公元前496—公元前406年),雅典奴隶制民主制全盛时期的悲剧作家,出生于科洛诺斯,28岁就在戏剧竞赛中获奖,从事戏剧写作长达60年,获得过24次戏剧头奖,是获奖最多的悲剧诗人。他一生创作过100多部戏剧,比后世的莎士比亚成就还大,现存的只有7部,即《埃阿斯》《安提戈涅》《奥狄浦斯王》(另一译名为《俄狄浦斯王》)等,他被誉为“戏剧荷马”。他是继埃斯库罗斯之后希腊最杰出的戏剧家。

他的戏剧之所以被认为是希腊戏剧成熟的标志和典范,是因为其中不仅有曲折的剧情、鲜明的人物形象,还讲究一定的表现手段,这都比埃斯库罗斯的戏剧要成熟。索福克勒斯的代表作是《奥狄浦斯王》。他的戏剧反映了奴隶制民主制全盛时代的特色。他的《安提戈涅》被哲学家黑格尔称为“最典范的悲剧作品”。

作品导读

《奥狄浦斯王》这部戏剧通过奥狄浦斯的英雄形象,反映了古希腊奴隶制民主制时代的政治特点,体现了当时的时代精神和人民的美好愿望。剧本通过奥狄浦斯王的悲剧结局,指出命运具有伤天害理的邪恶性质。

作品赏析

奥狄浦斯王(节选)

第四场

奥狄浦斯 长老们,如果让我猜想,我以为我看见的是我们一直在寻找的牧人,虽然我没有见过他。他的年纪和这客人一般大;我并且认识那些带路的是自己的仆人。(向歌队长)也许你比我认识得清楚,如果你见过这牧人。

歌队长 告诉你吧,我认识他;他是拉伊奥斯家里的人,作为一个牧人,他和其他的人一样可靠。

[众仆人带领牧人自观众左方上。]

奥狄浦斯 啊,科任托斯客人,我先问你,你指的是不是他?

报信人 我指的正是你看见的人。

奥狄浦斯 喂,老头儿,朝这边看,回答我问你的话。你是拉伊奥斯家里的人吗?

牧　人 我是他家养大的奴隶,不是买来的。

奥狄浦斯 你干的什么工作,过的什么生活?

牧　人 大半辈子放羊。

奥狄浦斯 你通常在什么地方住羊棚?

牧　人 有时候在基泰戎山上,有时候在那附近。

奥狄浦斯 还记得你在那地方见过这人吗?

牧　人 见过什么?你指的是哪个?

奥狄浦斯 我指的是眼前的人,你碰见过他没有?

牧　人 我一下子想不起来,不敢说碰见过。

报信人 主上啊,一点也不奇怪。我能使他清清楚楚回想起那些已经忘记了的事。我相信他记得他带着两群羊,我带着一群羊,我们在基泰戎山上从春天到阿尔克图罗斯初升的时候做过三个半年朋友。到了冬天，我赶着羊回我的羊圈，他赶着羊回拉伊奥斯的羊圈。（向牧人）我说的是不是真事？

牧　人　你说的是真事，虽是老早的事了。

报信人　喂，告诉我，还记得那时候你给了我一个婴儿，叫我当自己的儿子养着吗？

牧　人　你是什么意思？干吗问这句话？

报信人　好朋友，这就是他，那时候是个婴儿。

牧　人　该死的家伙！还不快住嘴！

奥狄浦斯　啊，老头儿，不要骂他，你说这话倒是更该挨骂！

牧　人　好主上啊，我有什么错呢？

奥狄浦斯　因为你不回答他问你的关于那孩子的事。

牧　人　他什么都不晓得，却要多嘴，简直是白搭。

奥狄浦斯　你不痛痛快快回答，要挨了打哭着回答！

牧　人　看在天神面上，不要拷打一个老头子。

奥狄浦斯　（向侍从）还不快把他的手反绑起来？

牧　人　哎呀，为什么呢？你还要打听什么呢？

奥狄浦斯　你是不是把他所问的那孩子给了他？

牧　人　我给了他；愿我在那一天就死了！

奥狄浦斯　你会死的，要是你不说真话。

牧　人　我说了真话，更该死了。

奥狄浦斯　这家伙好像还想拖延时间。

牧　人　我不想拖延时间，我刚才已经说过我给了他。

奥狄浦斯　哪里来的？是你自己的，还是从别人那里得来的？

牧　人　这孩子不是我自己的，是别人给我的。

奥狄浦斯　哪个公民，哪家给你的？

牧　人　看在天神面上，不要，主人啊，不要再问了！

奥狄浦斯　如果我再追问，你就活不成了。

牧　人　他是拉伊奥斯家里的孩子。

奥狄浦斯　是个奴隶，还是个亲属？

牧　人　哎呀，我要讲那怕人的事了！

奥狄浦斯　我要听那怕人的事了！也只好听下去。

牧　人　人家说是他的儿子，但是里面的娘娘，主上家的，最能告诉你是怎么回事。

奥狄浦斯　是她交给你的吗？

牧　人　是,主上。

奥狄浦斯　是什么用意呢?

牧　人　叫我把他弄死。

奥狄浦斯　做母亲的这样狠心吗?

牧　人　因为她害怕那不吉利的神示。

奥狄浦斯　什么神示?

牧　人　人家说他会杀他父亲。

奥狄浦斯　你为什么又把他送给了这老人呢?

牧　人　主上啊,我可怜他,我心想他(老人)会把他带到别的地方——他的家里去;哪知他(老人)救了他,反而闯了大祸。如果你就是他所说的人,我说,你生来是个受苦的人啊!

奥狄浦斯　哎呀!哎呀!一切都应验了!天光呀,我现在向你看最后一眼!我成了不应当生我的父母的儿子,娶了不应当娶的母亲,杀了不应当杀的父亲。

[奥狄浦斯冲进宫去,众侍从随入,报信人、牧人和众仆人自观众左方下。]

(埃斯库罗斯,等.古希腊戏剧选[M].罗念生,译.北京:人民文学出版社,1998.略有改动。)

(三)欧里庇得斯

作者简介

欧里庇得斯(公元前485—公元前406年)出身于阿卡提一个贵族家庭,他和母亲感情很好,所以在他的戏剧中,母爱成为一个重要的主题。他是雅典奴隶制民主国家处于危机时期的悲剧作家,被誉为“舞台上的哲学家”。他的悲剧反映了雅典奴隶制民主制走向衰落时期的社会现实和思想危机,题材多表现妇女的命运,是世界上第一个为妇女不公平命运控诉呐喊的作家。流传下来的18部剧本,大多借神话传说题材来反映社会现实问题。欧里庇得斯对神、对命运、对传统伦理道德提出怀疑,肯定个人的自由意志,强调事在人为。代表作是《美狄亚》。

作品导读

《美狄亚》借希腊神话中“金羊毛”的故事,揭露男人喜新厌旧、逢迎权贵的薄情与女子的忠贞不渝,以及由此给女子带来的悲惨命运。

《美狄亚》的剧情梗概是:伊阿宋是个少年英雄,在科尔克斯公主美狄亚的帮助下,克服重重困难,取回了金羊毛并和美狄亚结婚。这本是一桩美满的婚姻,但伊阿宋后来却另寻新欢,娶了科林斯公主,抛弃了美狄亚。他另觅新欢并不单单是因为喜新厌旧,而是为了攀高折桂,获取更高的地位和更多的财产。

作品赏析

美狄亚(存目)

思考练习

1.简述悲剧《奥狄浦斯王》的意义。

2.简述《奥狄浦斯王》的主题思想与艺术特色。

3.简述"三一律"的戏剧原则。

第五节 古代罗马文学

古罗马文学是在古希腊文学的影响下发展起来的,在罗马奴隶制社会条件下又具有自己的民族特色,有自己的成就和贡献。

古罗马文学主要是指公元前3世纪中叶至公元5世纪的奴隶社会中期和后期的文学,大致可以分为早、中、晚三个时期。

早期文学,也称共和国时期文学,处于古罗马文学形成发展期。罗马奴隶制共和国始建于公元前510年,但是前期的文学作品大多散失,因此,一般从公元前3世纪中叶算起,到公元前1世纪中叶为止。这一时期的罗马文学主要处于模仿古希腊文学的阶段。主要成就体现在喜剧方面,这一时期的喜剧基本上模仿古希腊戏剧,被称作"新喜剧",即不问政治的喜剧。主要作家有普劳图斯和泰伦提乌斯等。

普劳图斯(公元前254—公元前184年)是第一个有完整作品传世的罗马剧作家,所写20多部世态喜剧,大多根据希腊喜剧改编,以希腊社会为背景来反映罗马人的生活。其作品语言诙谐风趣,重视喜剧效果,具有民间喜剧生动活泼的风格。主要作品有《吹牛的军人》《孪生兄弟》《俘虏》《一坛金子》等。

泰伦提乌斯(约公元前190—公元前159年),共创作了6部喜剧,悉数流传了下来。这些作品都改编自希腊喜剧。其剧作关注各种社会问题,特别是青年人的恋情及由此引发的家庭冲突、新旧思想的矛盾。《两兄弟》是泰伦提乌斯的一部优秀作品,改编自米南德的同名喜剧。作品以风格严肃、结构周密、语言典雅见长。

中期文学,指从公元前1世纪至公元1世纪的文学,即罗马共和国晚期和奥古斯都时期的文学,特别是屋大维获得"奥古斯都"(神圣、崇高之意)称号后的执政期间的文学,这一时期在文学史上被称为"黄金时代"。屋大维大力提倡文学创作,促使具有独立民族风格的罗马文学正式形成。这一时期罗马文学的最大成就是出现了享有世界声誉的贺拉斯、奥维德、维吉尔三大诗人。

贺拉斯(公元前 65—公元前 8 年)生于获释奴隶家庭,曾在罗马和雅典学习文学和哲学。其传世作品有《讽刺诗集》两卷、《长短句集》、《歌集》、《世纪之歌》、《书札》两卷等。《诗艺》是《书札》的一部分,涉及艺术作品的内容与形式的关系、古典悲剧的特点、诗人个人修养等重要问题,是一部出色的文艺理论著作。《诗艺》还继承和发展了亚里士多德倡导的“模仿说”,强调诗人要熟悉生活,要到生活中寻找题材,要重视文艺的社会教育作用,并提出“寓教于乐”的重要主张,对后代欧洲文学产生了巨大影响。

奥维德(公元前 43—公元 18 年)的创作以哀歌为主,在哀歌的对句写作方面堪称大师。罗马语言学家昆提利安认为他是最后的轮唱哀歌体爱情诗人。《变形记》是奥维德最负盛名的作品。他的《岁时记》是一部关于古罗马历法的 6 卷本哀歌诗作。内容涵盖了罗马历法中的上半年(从一月到六月),每一卷诗阐述这个月中重要的节日以及节日的起源和风俗,有时也兼谈相关的神话故事,或论及当月的天象和农事。其作品是后人了解古代文化的重要作品之一,并且直接影响了欧洲艺术和文学传统。

维吉尔(公元前 70—公元前 19 年),全名为普布利乌斯·维吉尔·马罗,是最有才华的古典诗人之一。维吉尔的《牧歌》由 10 首短歌组成,受到古希腊田园诗人忒奥克里托斯影响,用譬喻体,情调哀婉纤巧;反映了因内战失去土地的农民的怨愤,讴歌屋大维的振兴农业政策为人民带来了希望。

《埃涅阿斯纪》借鉴荷马史诗的艺术形式,记述的是罗马开国的传说;共 12 卷,近 10 000 行,写于诗人一生中的最后 10 年。《埃涅阿斯纪》可分为前后两部分,各 6 卷,前一部分模仿《奥德赛》,写埃涅阿斯在海上的漂流历险;后一部分模仿《伊利亚特》,写埃涅阿斯在意大利同图尔努斯的战争。虽然《埃涅阿斯纪》可以分为不同部分,但中心人物只有一个,贯穿始终。

《埃涅阿斯纪》的艺术成就很高,在语言上讲究辞藻、追求音律,风格庄重典雅;塑造人物形象时从单纯描写外貌、动作、气势发展到深入刻画其内心世界,使古罗马文学向近代文学跨出了一大步。

晚期文学,是从公元 1 世纪中叶到 5 世纪西罗马帝国灭亡为止的文学。罗马帝国初期,即屋大维死后两百年间,文学史上称其为“白银时代”。屋大维去世后,罗马帝国成为君主专政国家,奴隶主贵族的寄生性、腐朽性更加突出,战争不断,社会矛盾尖锐,这严重影响了文学的正常发展。这一时期的代表作家有塞内加和阿普列尤斯等。

塞内加(公元前 4—公元 65 年)是影响较大的悲剧作家,代表作有《特洛亚妇女》,描写了特洛亚城沦陷后女俘的惨状,渲染悲观绝望、无力反抗的气氛。

阿普列尤斯(约公元 124—约公元 175 年),创作了多种体裁的文学作品。代表作《金驴记》,是罗马保留至今的唯一完整的散文体小说。

思考练习

1.简述古罗马文学发展的三个时期。

2.简述古罗马三大诗人的文学成就。

第二章　中世纪欧洲文学

第一节　概述

欧洲文学史上的中世纪,指的是从公元 450 年左右西罗马帝国衰落到 15 世纪文艺复兴之间(约公元 5 世纪—公元 15 世纪)一千余年的时间。

欧洲的中世纪是一个信仰时代,基督教进行了大规模传教活动,对欧洲文化进行了一次新的整合。宗教在中世纪一直占据着核心位置,天主教教会在欧洲建立了基督教国家联合体,它的存在维护了欧洲统一的信仰和价值,教皇的权力在英诺森三世时期达到了顶峰,其威望和实力一度凌驾于世俗政权之上。在民族主义兴起以前,以天主教教会形式存在的“世界主义”是一个鼓舞人心的理想。

中世纪的欧洲处于封建社会。整个中世纪,基督教始终统治着思想。它最初只是穷人和奴隶的教派,宣扬“上帝面前人人平等”。313 年,君士坦丁把它作为国教,从此它失去了人民宗教的意义,成为一种驯服、麻痹、欺骗人民的工具,这一点在它分裂为天主教和东正教之后(西欧称为天主教,东欧称为东正教)表现得尤为明显。

1.欧洲中世纪的政治特点

(1)政教合一。“政教合一”成为中世纪欧洲社会政治的一大特点,即僧侣阶级成为封建社会的最大剥削阶级,宗教思想成为欧洲的真正统治思想。教皇作为欧洲社会中真正的最高统治者可以支配国王,地方教会可以支配地方政府,僧侣地位高于贵族、庄园主,占有三分之二的土地,这些土地的收入归教会所有。

(2)神学取得了“万流归宗”的地位。一切都要以神学为指导,神学教条控制了人们的思想和行为。教会垄断了一切,包括文化、教育。教会提出“知识就是罪恶”,因而人民只能接受神权教育。他们摧残一切文化,包括除基督教外的一切外来宗教。

(3)宣扬“禁欲主义”和“来世思想”。在社会生活中,僧侣阶级自己花天酒地,却要求人民放弃理想、欲望,放弃物质追求和享受,甚至不许人们谈情说爱,恋爱结婚被视为耻辱、伤风败俗之举。他们还宣扬今生的痛苦都是为来世积累幸福。

欧洲中世纪是人类历史上最黑暗的时代。它的黑暗不同于远古混沌初开的野蛮与蒙昧时代，那时人类虽然在黑暗中摸索，但艰难地一步步地向光明迈进，生活在希望中，而这时人们却是由光明重新走向黑暗。统治者完全是人为地将生活在光明中的人拉向黑暗的深渊，利用宗教神权来压制人性、摧残知识，把文明时代重新拉回蒙昧时代。因此，中世纪的文学是没有生命力的文学。

2.欧洲中世纪文学作品的主要类型

(1)教会文学。以教会名义向群众宣传宗教思想的一些文学作品，如宗教剧、宗教诗、圣徒传，以《圣经》为代表。

(2)英雄史诗。欧洲中世纪的英雄史诗大致分为两类。一类反映了蛮族部落的生活，他们在政治和经济生活上还未封建化，大多没有受到基督教的影响。这类史诗多以神话或历史事件为依据，歌颂部族英雄，代表作有日耳曼人的《希尔德布兰特之歌》、盎格鲁-撒克逊人的《贝奥武甫》等。另一类英雄史诗也以历史人物、民间传说为基础，这类史诗是欧洲各民族封建化以后的产物，和前一时期的史诗不同，这类史诗中的荣誉观念已不限于狭小范围内的部落英雄的复仇义务，而是开始具有明确的国家和民族观念，如《尼伯龙根之歌》《罗兰之歌》《伊戈尔远征记》等。

(3)骑士文学。在中世纪的欧洲，同教会一样，骑士也是维护封建社会的一大支柱，骑士制度是封建制度赖以存在的基础之一。骑士都来自中小地主，是封建僧侣、贵族阶层的附庸。为骑士阶层服务的文学叫骑士文学。这种文学很荒唐，主要有两大类，一类是骑士抒情诗，一类是骑士罗曼史。骑士抒情诗的代表作品有《亚历山大王》《特洛伊之书》《高文爵士与绿衣骑士》等。骑士罗曼史的代表作有《特里斯坦和绮瑟》《亚瑟王之死》等。

(4)城市文学。城市文学又名市民文学，是12世纪以后随着城市的兴起而产生的一种反映新兴市民阶级思想情趣的文学。代表作有《列那狐系列故事诗》《玫瑰传奇》等。

中世纪的欧洲文学几乎是在新的基础上从头开始发展的。这里所说的基础，一是指各民族原有的民间文学，二是指基督教文学。由于基督教的统治，人本意识被神本意识压制，教会文学和宗教文化产生了广泛而深入的影响，基督教精神成为后世欧洲文学的又一文化内核。从这个意义上说，中世纪文学是欧洲文学发展史上不可缺少的环节，它与以古希腊、古罗马文学为代表的古代欧洲文学形成了截然不同的文学传统，它们构成了欧洲文学的两大源头。

思考练习

1.简述中世纪的政治特点。

2.简述欧洲中世纪文学的基本类型。

第二节 《神曲》(存目)

作者简介

但丁·阿利吉耶里(1265—1321),出生于佛罗伦萨一个古老的骑士贵族世家,但是家族到了但丁父辈时就已衰落。9 岁那年,但丁在一次节庆聚会上遇到了银钱经纪人波尔蒂那利的女儿贝阿特丽采,对她一见钟情,从此贝阿特丽采成为他一系列抒情诗歌的主角。1289 年,贝阿特丽采染病身亡,但丁闻讯大病一场,从此贝阿特丽采作为高度理想化的形象只在他的精神世界中出现。

但丁生活在欧洲文明的转型期。当时处在封建社会的意大利,最早出现了资本主义萌芽,也最早产生了资产阶级新文化的萌芽。资产阶级和封建阶级文化思想的碰撞以及欧洲两种不同文学传统所体现的文化精神,都深深地印在了他的创作中。

关于他的历史地位,恩格斯指出:“封建的中世纪的终结和现代资本主义纪元的开端,是以一位大人物为标志的。这位人物就是意大利人但丁,他是中世纪的最后一位诗人,同时又是新时代的最初一位诗人。”

但丁是意大利第一位民族诗人,现代意大利语的奠基者,欧洲文艺复兴时代的开拓人物之一。他是中世纪最伟大的作家,同时又是欧洲中世纪文学向近代文艺复兴文学过渡的标志性人物之一,以长诗《神曲》留名后世。

但丁一生创作了许多作品,如《爱情总寄托在高贵的心中》《女性请我讲述》《诗句集》《新生》《飨宴》《论俗语》《论世界帝国》等,并在 1321 年逝世前完成了他一生中最伟大的诗作《神曲》。

作品导读

《神曲》原名《神的喜剧》,中文译名为《神曲》,是一部叙事长诗,是但丁的代表作。在这一力作中,他把自己的所有怨愤和期盼都灌注其中,用想象力建造了一个瑰丽堂皇的彼岸世界。全诗按诗人的游历过程分为三部分:《地狱》《炼狱》《天堂》。每部分 33 篇,加上最前面的序诗,共计 100 篇。诗句三行一段,连锁押韵,其中《地狱》部分 4720 行,《炼狱》部分 4755 行,《天堂》部分 4758 行,每篇都以“群星”一词结束。

在《神曲》开篇,但丁刚刚走出幽暗的森林,被三只凶猛的野兽拦住了去路,它们分别是象征贪欲的狼、象征权欲的狮子和象征淫欲的豹子。在危急关头,古罗马诗人维吉尔出现,他受贝阿特丽采之托带领但丁游历了地狱和炼狱,最后由贝阿特丽采带领但丁游历了天堂。

整首长诗描述了从丑恶到美好、从黑暗到光明的历练过程,实际上是对人类社会不断前进的一种希望。诗人采用中世纪最流行的梦幻文学的形式，描写了一个幻游三界的故事。

作品赏析

神曲（存目）

思考练习

1.为什么说但丁“是中世纪的最后一位诗人，同时又是新时代的最初一位诗人”？

2.简述《神曲》的思想价值与艺术特点。

3.简述《神曲》的地位与影响。

第三章　文艺复兴时期的欧洲文学

第一节　概　述

文艺复兴是14世纪—17世纪初欧洲资产阶级反封建教会的思想文化运动。资产阶级新思想、新文化在这场运动中崛起,从此欧洲进入了一个文化昌盛的新时期。这一时期欧洲文学的主流是人文主义文学,它是欧洲近代文学的开端,为欧洲文学的发展翻开了崭新的一页。

文艺复兴对于欧洲具有非同寻常的划时代意义。它彻底改变了欧洲的发展方向,从而使人类前进了一大步。在人类走进现代文明的过程中,文艺复兴起了至关重要的作用。从某种意义上讲,文艺复兴改变了人类的命运。

1.文艺复兴产生的历史背景

(1)14世纪至17世纪初这三百多年,是欧洲从封建主义向资本主义过渡的转折期。这时的生产力发展迅速,人们已开始用风力和水力来带动机器进行生产,改变了手工劳动的原始方式,生产力快速提高,而且出现了具有资本主义性质的剥削雇佣劳动的手工业作坊和工场,也就是说最初的资产阶级已经出现并开始了血腥的原始积累。农村自给自足的自然经济已经解体。这样,旧有的封建主义的生产关系已不能适应生产力的发展,新旧两种势力之间必然发生激烈的冲突。由于双方实力相差悬殊,资产阶级若以武力对抗肯定是以卵击石,所以资产阶级只能选择文斗。

(2)航海活动使资产阶级力量大大加强。代表性事件是1492年,哥伦布发现了新大陆。处于上升时期的资产阶级马上从这一发现中看到了新的发展契机,于是马上开始残酷地贩运非洲黑奴到这片未开垦的处女地上,用他们的血泪和生命来开发这片土地,为自己建立殖民地。所以说美国乃至美洲的发展史,实际上是一部黑人和土著民族的血泪史。但这一举动使这片蛮荒之地开出了文明之花。新大陆的开发为西欧资本主义开拓了海外市场,使他们的领土成倍地增长。尤其是老牌资本主义国家西班牙、葡萄牙和英国,他们的殖民地比本国领土大几十倍。至今南美洲还有许多英属殖民地或西班牙殖民地,如阿根廷的马尔维纳斯群岛。发现的新大陆使欧洲资产阶级获得了广阔的活动天地，增强了力量，这也进一步促进了资本主义生产关系的发展，使他们有了更强大的力量同封建势力抗衡。

(3)德国宗教改革家马丁·路德(1483—1546)和法国宗教改革家加尔文(1509—1564)创立了维护资产阶级利益的路德新教和加尔文教，沉重打击了封建制度和以罗马教皇为代表的天主教会。当时资产阶级要发展壮大，第一天敌并不是无产阶级而是封建教会(那时无产阶级还没有真正形成，资产阶级与无产阶级的矛盾还不十分明显)，所以资产阶级集中力量、利用各种条件壮大自己，同教会斗争。在这个历史时期，城市平民、农民同封建庄园主、教会之间的矛盾十分尖锐激烈。于是资产阶级就利用各种势力之间的矛盾，同封建势力进行斗争。

(4)古代文化与封建文化之间具有天然的不协调性。资产阶级要同封建势力进行斗争，用什么作为武器呢？他们还没有认识到"枪杆子里面出政权"的真理，另外他们也不具备武装斗争的条件。于是他们按照但丁的思路，先从思想斗争开始，用古代文化作为武器。为什么要用古代文化做武器呢？我们在讲古希腊文化时讲过古代文化的代表主要是神话、史诗、戏剧。虽然它们讲的都是神的故事，但所表现的却都是人——人的生活、人的思想、人的愿望、人的情感、人的矛盾，甚至以宙斯为首的"提坦神族"实际上也是对古代人类部落的反映。神和人一样有喜怒哀乐，有人类所具有的一切弱点，比如嫉妒、虚荣、报复心强等。在古代神话中，人始终处于中心地位，其表现的都是现世思想。这同文艺复兴的"人本主义"和"个性解放"是一致的，而同中世纪的"神权思想"和"来世观念"却天然不协调。正如阿基琉斯所说："我宁可做一个侍奉财产不多的人的人，也不愿做地府中所有鬼魂的头领。"古代文化的这种人本主义和现世思想(即人是万物的灵长、宇宙的中心，人不能屈从于神的安排，人活在世上就要尽力享受活着的幸福时光，而不应把幸福寄托在虚无缥缈的来世及灵魂升天)表现出的是人的尊严，这正是人们所期望但却不敢明确追求的。资产阶级明确地肯定了这一思想并极力地宣扬它，用这种思想来引导人民用一种乐观进取的精神把握生活。这在当时是一种非常进步的思潮。鲁迅先生说："在意大利，文艺复兴的意义就是把古代的好的东西复活，把现存的坏的东西压倒。"好的东西并不是神话故事本身，而是神话故事等古代文化中"人文主义"的思想内核，资产阶级利用它来同封建教会斗争。以"神话"反对"神权"，这是资产阶级上升时期对历史的巨大贡献。

总之，文艺复兴是历史发展到一定阶段的一种必然结果，它展现了一个真理：历史的车轮不可倒转，已经走进文明的人类不能再退回黑暗。黑暗的中世纪必定要被推翻，而推翻封建社会的最初力量便是以古代文化为内核的知识。"知识就是力量"就是这时提出的一个理性的口号。

2.人文主义的内涵

文艺复兴的指导思想是人文主义，其内涵主要包括以下几点。

(1)肯定人的价值,反对神权思想。欧洲中世纪封建社会以封建宗教神权作为思想体系,可以说在现代文明出现之前,宗教一直是欧洲文化的核心,而神权则是其中心的中心。它宣扬的思想是“神是万物之长,创造一切、主宰一切,人在神的面前微不足道”。人文主义认为“人是宇宙的中心、万物的灵长,世界上的万事万物人都可以创造,人一生下来就有着一切的可能性”。

(2)用理性反对蒙昧主义。中世纪教会垄断文化和教育,它按照神权思想来教化百姓。人们从生下来接受的就全是神权思想,以至于“教会取得了万流归宗的地位”,它把所有文化形态(如哲学、法学、文学、艺术等)都合并到神学中去。恩格斯说:“哲学成为神的奴仆,科学是教会的婢女,文学是圣者的言行录,史学沦为寺院的编年史。”中世纪的一切文化都必须以神学为中心并为其服务,这使人民除了神学以外接触不到其他思想,以至于处于一种蒙昧状态,认为世界就是由神创造并主宰的,久而久之人民便失去了人的尊严,但自己却对此一无所知。教会还宣扬“知识就是罪恶”,要求人民听从神的一切旨意,老老实实做教会的顺民。而人文主义却用理性唤醒人的自尊。所谓理性就是发展合乎自然的人的个性,追求知识,探索真理,认识世界,用人的智慧和力量、按照人的意愿去改造世界、创造人类美好的新世界。这时培根提出一个大胆的口号“知识就是力量”,以此同教会的“知识就是罪恶”进行针锋相对的斗争。

(3)用个性解放反对禁欲主义。中世纪的教会成员十分荒淫无耻,但是却用禁欲主义来压抑人性,宣扬“肉体是灵魂的牢狱,现世是罪恶的幽谷”,要人放弃对物欲的追求和享受:人不能有理想,不能有个人愿望,不能有物质享受,甚至不能恋爱结婚。总之,一切欲望都是罪恶的,只有压抑这些享受的欲望才能进天堂,来世才能获得幸福,否则就要下地狱。而人文主义则认为人应该有各种各样的欲望,有追求物质生活和爱情的权利,有发展个性的权利。这是人性的需要,也是人权的需要,人文主义要把人性从禁欲主义的桎梏和牢笼中解放出来。

(4)拥护中央集权,反对封建割据。教会把持下的欧洲看似铁板一块,实则矛盾四伏。尤其是封建割据把一个个统一的国家弄得四分五裂,随便一个主教就可以支持一个庄园主建立一个小公国。新兴的资产阶级要求统一国家、统一市场,所以极力宣扬中央集权,反对残酷野蛮的封建领主割据。这种要求在资产阶级上升时期具有进步的历史意义,但是也为后来的独裁专制埋下了隐患。

3.文艺复兴文学的三大成就

(1)奠定了欧洲各国民族文学的基础。所谓的民族文学,就是用本民族语言写作、反映本民族生活的文学。在中世纪,教会要求一切文化形态必须以正统的拉丁语写作,严重地制约了写作者的创作。但丁的《论俗语》首先提出了民族语言的优越性,并用《神曲》证明了这一点,为人文主义作家树立了榜样。人文主义者都用自己本民族语言写作，如薄伽丘用意大利语，拉伯雷用法语，莎士比亚用英语，塞万提斯用西班牙语。

(2)确立了欧洲近代文学的各种体裁。古代文学中只有神话、诗歌、戏剧。中世纪没有真正的文学，而文艺复兴确立了诗歌、小说、戏剧、论说文、文艺理论等文学形式。如诗歌以抒情诗和十四行诗成就最高，代表人物是莎士比亚和白朗宁夫人。小说的雏形已基本确定，《十日谈》为短篇小说的代表，《巨人传》为长篇小说的代表。另外还有流浪汉小说，这是后来批判现实主义的先驱。戏剧方面，除了古代的喜剧和悲剧之外，这时还出现了悲喜剧，即“正剧”。过去的理论性文章也是用诗歌体写的，而这时确立了论说文这一新的体式。因此我们现在写论文时可以自由写作，否则不会写诗就不能发表自己的观点。文艺理论方面，这时发展出了柏拉图、苏格拉底、亚里士多德等人的理论。达·芬奇此时提出了“文艺是模仿现实的镜子”这一理论，即文艺既不是照搬生活，又不是脱离生活，而是反映生活。这就揭示了文学的真正含义。

(3)出现了一大批卓越的作家和作品。这时的作品多如繁星，在文学史上留下了辉煌的一页。可以说这是一个巨人巨著频出的时代，这些巨人不仅在文学史上占有一席之地，在文化的许多领域都对人类文明有巨大贡献。恩格斯在《自然辩证法导言》中盛赞那时的文学巨人：“在思维能力、热情、性格方面，在多才多艺和多学多识方面的巨人，那时差不多没有一个著名的人物不曾做过长途旅行，不会说四五种语言，不在几个专业上放射出光芒。”如薄伽丘是一个通晓古希腊语的学者，还是欧洲短篇小说的奠基人；达·芬奇不仅是画家，画出了举世震惊的《蒙娜丽莎》《最后的晚餐》，还是数学家、建筑学家和文艺理论家，最让人想不到的是他还是个机械工程师；拉伯雷是欧洲长篇小说创始人，他的本职工作却是个外科医生，是他开创了西方解剖学；托马斯·摩尔是第一个空想社会主义者、地质力学专家，他的《乌托邦》是第一部空想社会主义著作，为人类描绘了一幅没有剥削、没有压迫、按需分配的完美的社会图景。总之，这一大批卓越的作家中有四位尤其突出，被称为“文艺复兴四大家”，他们就是薄伽丘、拉伯雷、莎士比亚、塞万提斯。

文艺复兴是继古希腊、古罗马文化之后欧洲文化的又一次高峰。文艺复兴文学是欧洲资产阶级文学的开端。

思考练习

1.简述文艺复兴的概念。

2.简述文艺复兴产生的历史背景。

3.简述人文主义的内涵。

4.说说文艺复兴文学的巨大成就。

第二节 《十日谈》(节选)

作者简介

乔万尼·薄伽丘(1313—1375),意大利杰出的人文主义作家,其父亲是佛罗伦萨商人。薄伽丘少年时追随音乐家乔万尼·马佐利,从他那里学到了但丁的《神曲》。1326年,薄伽丘随全家迁到那不勒斯,开始在父亲的银行里学习经商,由于缺乏兴趣,转而学习法律。在父亲的引荐下,他出入那不勒斯的上流社会,和那不勒斯国王的私生女玛利亚产生了恋情,但当时玛利亚已经结婚。薄伽丘将她以"菲亚梅达"之名写进了他的许多作品。

后来薄伽丘对法律也失去了兴趣,但他广泛地学习了各种知识,并和当时最出色的学者们交往,包括诗人、人文主义者和神学家等。

薄伽丘是一位多产的作家,涉足的文学体裁十分广泛,包含了小说、诗歌、学术著述等。他创作了叙事诗《菲洛斯特拉托》和《苔塞伊达》、传奇小说《菲亚梅达的哀歌》和《菲洛柯洛》、学术著作《异教诸神谱系》和《但丁传》等。

作品导读

薄伽丘的代表作是短篇故事集《十日谈》,它由一百个故事串联而成,是一部写实主义的短篇小说集,也是薄伽丘的代表作。

1348年,黑死病肆虐于繁华的佛罗伦萨,整个欧洲多达一千万的居民因此丧命。薄伽丘以这场灾难为背景,历时五年完成了《十日谈》。故事中,十名青年男女(七女三男),来到一座景色美丽的乡村别墅里避难,为了打发时间,他们约定每人每天讲一个故事来为他们的欢聚助兴。这样,十个人讲了十天,一共讲了一百个故事,所以这一作品名为《十日谈》。这些故事有的取材于现实生活中的真人真事,有的取材于历史故事、古代传说。但无论是历史故事还是古代传说,都被移植到意大利的现实背景下,进行了人文主义的再创作。作品表现出对人性自由的尊重以及对世俗幸福的向往。作家在作品中尖锐地讽刺了教会的封建与伪善。在艺术上,作品采取的是一种框架结构,大故事里套小故事,以一条主线串联许多小故事。作品里每个人物都有其鲜明的个性,甚至讲故事的人的个性都能从他所讲的故事的风格中体现出来。在行文中,语言精练流畅,而且讽刺尖锐,使作品既充满激情,又富有战斗性。

作品赏析

十日谈(节选)

第四天故事一

萨莱诺的亲王唐克莱本是一位宽厚仁慈的王爷，可是到了晚年，他的双手却沾染了一对情侣的鲜血。他的膝下并无三男两女，只有一个独养的郡主，亲王对她真是百般疼爱，自古以来，父亲爱女儿也不过是这样罢了；谁想到，要是不养这个女儿，他的晚境或许倒会快乐些呢。那亲王既然这么疼爱郡主，所以也不管耽误了女儿的青春，竟一直舍不得把她出嫁；直到后来，再也藏不住了，这才把她嫁给了加布亚公爵的儿子。不幸的是，婚后不久，丈夫去世，她成了一个寡妇，重又回到她父亲那儿。

她正当青春年华，天性活泼，身段容貌都长得十分佳妙，而且才思敏捷，只可惜做了一个女人。她住在父王的宫里，养尊处优，过着豪华的生活；后来看见父亲这样爱她，根本不想把她再嫁，自己又不好意思开口，就打算私下找一个中意的男子做她的情人。

出入她父王的宫廷的，上下三等人都有，她留意观察了许多男人的举止行为，看见父亲跟前有一个年轻的侍从，名叫纪斯卡多。虽说他出身微贱，但是人品高尚，气宇轩昂，确是比众人高出一等，她非常中意，竟暗中爱上了他，而且朝夕相见，愈看愈爱。那小伙子并非傻瓜，不久也就觉察了她的心意，也不由得动了情，整天只想念着她，把什么都抛在脑后了。

两人这样眉目传情，已非一日；郡主只想找个机会和他幽会，可又不敢把心事托付给别人，于是她想出一个极好的主意来。她写了封短信，叫他第二天怎样来和她相会；又把这信藏在一根空心的竹竿里面，交给纪斯卡多，还开玩笑地说道：

“把这个拿去当个风箱吧，那么你的女仆今儿晚上可以用这个发火了。”

纪斯卡多接过竹竿，心想郡主绝不会无缘无故给他这样的东西，而且说出这样的话来。他回到自己房里，检查竹竿，看见中间有一条裂缝；劈开一看，原来里面藏着一封信。他急忙把信读了，明白了其中的意思，这时候他真是成了世上最快乐的人。于是他就依着信里的话，做好准备，去和郡主幽会。

在亲王的宫室附近有一座山，山上有一个许多年前开凿的石室；在山腰上，当时又另外凿了一条隧道，透着微光，直通那石室。那石室久已废弃，所以那隧道的出口处也荆棘杂草丛生，几乎把洞口都掩蔽了。在那石室里，有一道秘密的石级，直通宫室，石级和宫室之间，隔着一扇沉重的门，把门打开，就到了郡主楼下的一间屋子。因为山洞久已不用,大家早把这道石级忘了。可是什么也逃不过情人的眼睛,所以居然给那位多情的郡主记了起来。

她不愿让任何人知道她的秘密,便找了几样工具,亲自动手来打开这道门,辛苦了好几天,终于把门打开了。她就登上石级,直找到那山洞的出口处,她把隧道的情形、洞口离地大约多高等都写在信上,教纪斯卡多设法从这隧道到她宫里来。纪斯卡多立即预备了一条绳子,中间打了许多结,绕了许多圈,以便攀上爬下。第二天晚上,他穿了一件皮衣,免得叫荆棘刺伤,就独个儿悄悄来到山脚边,找到了那个洞口,把绳子的一端在一株坚固的树桩上系牢,自己就顺着绳索,降落到洞底,在那里静候郡主。

第二天,郡主假说要午睡,把侍女都打发出去,独自待在房里。于是她打开那扇暗门,沿着石级,走下山洞,果然找到了纪斯卡多,彼此都喜不自胜。郡主就把他领进自己的卧室,两人在房里逗留了大半天,真像神仙般快乐。分别时,两人约定,一切都要谨慎行事,不能让别人得知他们的私情。于是纪斯卡多回到山洞;郡主锁上暗门,去找她的侍女。待到天黑之后,纪斯卡多攀着绳子上升,从进来的洞口出去,回到自己的住所。自从发现了这条捷径以后,这对情人就时常相会。

可是命运之神不甘心让这对情人长久沉浸在幸福里,竟借着一件意外的事故,把这一对情人满怀的欢乐化作断肠的悲痛。这厄运是这样降临的:

原来唐克莱常常独自一人来到女儿房中,跟她聊一会儿天,然后离去。有一天,他吃过午饭,又到他女儿绮思梦达的寝宫里去,看见女儿正带着她那许多女伴在花园里游乐,他不愿打断她的兴致,就悄悄走进她的卧室,不曾让人看到或是听见。来到房中,他看见窗户紧闭、帐帷低垂,就在床脚边的一张软凳上坐了下来,头靠在床上,拉过帐子来遮掩了自己,好像有意要躲藏起来似的,不觉就这样睡熟了。

也是合该有事,绮思梦达偏偏约好纪斯卡多在这天幽会,所以她在花园里玩了一会儿,就让那些女伴继续玩去,自己悄悄溜到房中,把门关上了,却不知道房里还有别人,就去开了那扇暗门,把在隧道里等候着的纪斯卡多放进来。他们俩像平常一样,一同登上了床,寻欢作乐,正在得意忘形的当儿,不想唐克莱醒了。他听到声响,惊醒过来,看见女儿和纪斯卡多两个正在干着好事,气得他直想咆哮起来,可是再一转念,他自有办法对付他们,还是暂且隐忍一时,免得家丑外扬。

那一对情人像往常一样,温存了半天,直到不得不分手的时候,这才走下床来,全不知道唐克莱正躲在他们身边。纪斯卡多从洞里出去,她自己也走出了卧室。唐克莱也不顾自己年事已高，从一个窗口跳到花园里去，趁着没有人看见，赶回自己房中，气得要死。

当天晚上，到了睡觉时分，纪斯卡多从洞底爬上来，不想早有两个大汉，奉了唐克莱的命令守候在那里，将他一把抓住；他身上还裹着皮衣，就这样被悄悄押到唐克莱跟前。亲王一看见他，差一点儿掉下泪来，说道：

"纪斯卡多，我平时待你不薄，不想今日里却让我亲眼看见你色胆包天，竟敢败坏我女儿的名节！"

纪斯卡多一句话都没有，只是这样回答他："爱情的力量不是你我所管束得了的。"

唐克莱下令把他严密看押起来。他当即被禁锢在宫中的一间幽室里。

唐克莱左思右想，该怎样发落他的女儿；他吃过饭后，就像平日一样，来到女儿房中，把她叫了来。绮思梦达怎么也没想到已经出了岔子。唐克莱把门关上，单剩自己和女儿在房中，于是老泪纵横，对她说道：

"绮思梦达，我一向以为你端庄稳重，哪里想到竟会有这种事！要不是我亲眼看见，而是听旁人告诉我，那么别说是你跟你丈夫以外的男人发生关系，就是说你存了这种欲念，我也绝对不会相信的。我已经到了风烛残年，再没有几年可活了，谁知碰到这种事，叫我从此以后一想起来，就觉得心痛。

"即使你要做出这种无耻的事来，天哪，那也得挑一个身份相称些的男人才好！多少王孙公子出入我的宫廷，你却偏偏看中了纪斯卡多——这是一个下贱的奴仆，可以说，从小就靠我们行好，把他收留在宫中；你这种行为真叫我心烦意乱，不知该把你怎样发落才好。至于纪斯卡多，昨天晚上他一爬出山洞，我就把他捉住，关了起来，我自有处置他的办法。对于你，天知道，我却一点主意都拿不定。一方面，我对你狠不起心来，天下做父亲的爱女儿，总没有像我这样爱你爱得深。另一方面，我想到你这样轻薄，又怎能不怒火直冒？如果看在父女的分上，我只好饶了你；如果以事论事，我就顾不得骨肉之情，非要重重惩罚你不可。不过，在我还没拿定主意以前，我且先听听你自己有什么话要说。"

说到这里，他低下头去，号啕大哭起来，竟像一个挨了打的孩子一样。

绮思梦达听了父亲的话，知道不但他们的私情已经败露，而且纪斯卡多也已经被关了起来，她心里感到一阵说不出的悲痛，好几次都差点儿要像一般女人那样大哭大叫起来。她知道她的纪斯卡多必死无疑，可是崇高的爱情战胜了那脆弱的感情，她凭着惊人的意志力，强自镇定，并且打定主意，宁可一死也决不说半句求饶的话。因此，她在父亲面前并不像一个因为犯下过

错、受了责备而哭泣的女儿,却是勇敢无畏、眼无泪痕、面无愁容、坦坦荡荡地回答她父亲说:

“唐克莱,我不预备否认这回事,也不想向你讨饶;因为第一件事对我不会有半点好处,第二件事就是有好处我也不愿意干。我也不想请你看着父女的情分来开脱我;不,我就是要把事情的真相讲出来,用充分的理由来为我的名誉辩护,接着就用行动来坚决响应我灵魂的伟大的号召。不错,我确是爱上了纪斯卡多,只要我还活着——只怕是活不多久了——我就始终如一地爱他。假使人死后还会爱,那我死了之后还要继续爱他。我堕入了情网,与其说是由于女人的意志薄弱,倒不如说,由于你不想再给我配一个丈夫,同时也为了他本人可敬可爱。

“唐克莱,你既然自己是血肉之躯,你应该知道你养出来的女儿,她的心也是血肉做成的,并非铁石心肠。你现在年老力衰了,但是应该还记得那青春的规律,记得它对青年人具有多大的支配力量。虽说你的青春多半是消磨在战场上,你也总该知道饱暖安逸的生活对于一个老头儿会有什么影响,别说对于一个青年人了。

“我是你生养的,是个血肉之躯,在这世界上又没度过多少年头,还很年轻,那么怎怪得我春情荡漾呢?况且我已经结过婚,尝到过其中的滋味,这种欲念就格外迫切了。我按捺不住这片青春烈火。我年轻,又是个女人,我情不自禁,私下爱上了一个男人。我凭着热情冲动,做出这事来,但是我也曾费尽心机,免得你我蒙受耻辱。多情的爱神和好心的命运,指点了我一条外人不知道的秘密的通道,好让我如愿以偿。这回事,不管是你自己发现的也罢,还是别人报告你的也罢,我决不否认。

“有些女人只要随便找到一个男人,就满足了,我可不是那样;我是经过了一番观察和考虑,才在许多男人中间选中了纪斯卡多,有心去挑逗他的;而我们俩凭着小心行事,确实享受了不少欢乐。你方才把我痛骂了一顿,听你的口气,我缔结了一段私情,罪过还轻;只是千不该万不该去跟一个低三下四的男人发生关系,倒好像我要是找一个王孙公子来做情夫,你就不会生我的气了。这完全是没有道理的世俗成见。你不该责备我,要埋怨,只能去埋怨那命运之神,为什么他老是让那些庸俗无能之辈窃居着显赫尊荣的高位,把那些人间英杰反而埋没在草莽里。

“可是我们暂且不提这些,先来谈一谈一个根本的道理。你应该知道,我们人类的骨肉都是用同样的物质造成的,我们的灵魂都是天主赐给的,具备着同样的机能、同样的效用、同样的德性。我们人类向来是天生一律平等的,只有品德才是区分人类的标准,发挥大才大德的才当得一个'贵';否则就只能算是'贱'。这条最基本的法律虽然被世俗的谬见所掩蔽了,可并不是就此给抹杀掉,它还是在人们的天性和举止中间显露出来;所以凡是有品德的人就证明了自己的高贵,如果这样的人被人说是卑贱的,那么这不是他的错,而是这样看待他的人的错。

"请你看看满朝的贵人,打量一下他们的品德,他们的举止,他们的行为吧;然后再回头看看纪斯卡多又是怎样。只要你不存偏见,下一个判断,那么你准会承认:最高贵的是他,而你那班朝贵都只是些鄙夫而已。说到他的品德,他的才能,我不信任别人的判断,只信任你的话和我自己的眼光。谁曾像你那样屡屡称赞他,把他当作一个英才?真的,你这样赞美他不是没有理由的。要是我没有看错人,我敢说,你赞美他的话他句句都当之无愧,你以为把他称赞够了,可是他比你所称赞的还要胜三分呢。要是我把他看错了,那么我是上了你的当。

"现在你还要说我结识了一个低三下四的人吗?如果你这样说,那就是违心之论。你不妨说,他是个穷人,可是这话只会给你带来羞耻,因为你有了人才不知道提拔,把他埋没在仆人的队伍里。贫穷不会磨灭一个人的高贵的品质,不,反而是富贵容易使人丧失志气。许多帝王,许多公侯将相,都是白手起家的;而现在有许多村夫牧人,从前都是豪门巨族呢。

"那么,你要怎样处置我,用不着再这样踌躇不决了。如果你决心要下毒手——要在你风烛残年干出你年轻的时候从来没干过的事,那么你尽管用残酷的手段对付我吧,我决不向你乞怜求饶,因为如果这算得是罪恶,那我就是罪魁祸首。我还要告诉你,如果你处置了纪斯卡多,或者准备怎样处置他,却不肯用同样的方法来处置我,那我也会自己动手来处置我自己的。

"现在,你可以去了,跟那些娘们儿一块去哭吧;哭够之后,就狠起心肠一刀子把我们俩一起杀了吧——要是你认为我们非死不可的话。"

亲王这才知道他的女儿有一颗伟大的灵魂,不过还是不相信她的意志真会像她的言词那样坚决。他走出了郡主的寝宫,决定不用暴力对待她,却打算惩罚她的情人来打击她的热情,叫她死了那颗心。当天晚上,他命令看守纪斯卡多的那两个禁卫私下把他(纪斯卡多)绞死,挖出心脏,拿来给他。那两个禁卫果然照着他的命令执行了。

亲王叫人拿出一只精致的大金杯,把纪斯卡多的心脏盛在里面,又吩咐自己的心腹仆人把金杯送给郡主,同时叫他传言:"你的父王因为你用他最心爱的东西来安慰他,所以现在他也把你最心爱的东西送来慰问你。"

再说绮思梦达,等父亲走后,矢志不移,便叫人去采集了那恶草毒根,煎成毒汁,准备一旦她的疑虑成为事实,就随时要用到它。那侍从送来了亲王的礼物,还把亲王的话转述了一遍。她面不改色,接过金杯,揭开一看,里面盛着一颗心脏,就懂得了亲王为什么要说这一番话,同时也明白了这必然是纪斯卡多的心脏无疑。于是她回过头对那仆人说:

"只有拿黄金做坟墓,才算不委屈了这颗心脏,我父亲这件事做得真得体!"

说着,她举起金杯,凑向唇边,吻着那颗心脏,说道:"我父亲对我的慈爱,一向无微不至,如今在我生命的最后一刻里,对我越发慈爱了。为了这么尊贵的礼物,我要最后一次向他表示感谢!"

于是她紧拿着金杯,低下头去,注视着那颗心脏,说道:"唉,你是我的安乐窝,我一切的幸福全都栖息在你身上。最可诅咒的是那个人的狠心的行为——是他叫我现在用这双肉眼注视着你!只要我能够用我那精神上的眼睛时时刻刻注视你,我就满足了。你已经走完了你的路程,已经尽了命运指派给你的任务,你已经到了每个人迟早都要来到的终点。你已经解脱了尘世的劳役和苦恼;你的仇敌把你葬在一个跟你身份相称的金杯里,你的葬礼,除了还缺少你生前所爱的人儿的眼泪外,可说什么都齐全了。现在,你连这也不会欠缺了,天主感化了我那狠毒的父亲,指使他把你送给我。我本来准备面不改色、从容死去,不掉一滴泪,现在我要为你哭一场,哭过之后,我的灵魂立即就要飞去跟你曾经守护的灵魂结合在一起。只有你的灵魂使我乐于跟从,倾心追随,一同到那不可知的冥域里去。我相信你的灵魂还在这里徘徊,凭吊着我们的从前的乐园。那么,我相信依然爱着我的灵魂呀,为我深深地爱着的灵魂呀,你等一等我吧!"

说完,她就低下头去,凑在金杯上,泪如雨下,可绝不像娘们儿那样哭哭啼啼,她一面眼泪流个不停,一面只顾跟那颗心脏亲吻,也不知亲了多少回,吻了多少遍,总是没完没结,把旁边的人看得呆住了。侍候她的女伴不知道这是谁的心脏,也不明白她说这些话是什么意思,可是都被她深深感动了,陪她伤心掉泪,再三问她伤心的原因,可是任凭怎样问、怎样慰劝,她总是不肯说,她们只得极力安慰她一番。后来郡主觉得哀悼够了,就抬起头来,揩干了眼泪,说道:

"最可爱的心呀,我对你,已经完全尽了我的本分,现在只剩下最后的一步了,那就是:让我的灵魂来和你的灵魂结个伴儿吧!"

说完,她叫人取出那昨日备下的盛毒液的瓶子,只见她拿起瓶子就往金杯里倒，把毒液全倾注在那颗被泪水洗刷过的心脏上；于是她毫无畏惧地举起金杯，送到嘴边，把毒汁一饮而尽。饮罢，她手里依然拿着金杯，登上绣榻，睡得十分端正安详，把情人的心脏按在自己的心上，一言不发，静待死神降临。

侍候她的女伴，这时虽然还不知道她已经服毒，但是听她的话、看她的行为有些反常，就急忙派人去把种种情形向唐克莱报告。他怕发生什么变故，急匆匆地赶到女儿房中，正好这时候她在床上睡了下来。他想用好话来安慰她，可是已经迟了，这时她已经命在顷刻了。他不觉失声痛哭起来，谁知郡主却向他说道：

"唐克莱，我看你何必浪费这许多眼泪呢，等逢到比我更糟心的事，再哭不迟呀；我用不到你来哭，因为我不需要你的眼泪。除了你，有谁达到了目的反而哭泣的呢？如果你从前对我的那一片慈爱，还没完全泯灭，请你给我最后的一个恩典——那就是说，虽然你反对我跟纪斯卡多做一对不出面的夫妻，但是请你把我和他的遗体（不管你把他的遗体扔在什么地方）公开合葬在一处吧。"

亲王听得她这么说，心如刀割，一时竟不能作答。年轻的郡主觉得她的大限已到，紧握着那心脏、贴在自己的心头，说道：

"天主保佑你，我要去了。"

说罢，她闭上眼，随即完全失去知觉，摆脱了这苦恼的人生。

这是纪斯卡多和绮思梦达这一对苦命的情人的结局。唐克莱哭也无用，悔也太迟，就把他们二人很隆重地合葬在一处，全萨莱诺的人民听到他们的事迹，无不感到悲恸。

（薄伽丘.十日谈[M].方平，王科一，译.上海：上海译文出版社，2004.略有删改。）

思考练习

1.简述《十日谈》的思想意义与艺术特色。

2.简述《十日谈》"第四天故事一"所表现的反封建思想。

3.简述《十日谈》的框架结构。

第三节　《巨人传》（节选）

作者简介

弗朗索瓦·拉伯雷（约1483—1553），是16世纪法国文艺复兴运动时期人文主义文学的代表作家,也是欧洲"文艺复兴四大家"之一。他出生在法国中部都兰省一个富有的律师家庭,少年时接受经院哲学的教育,进修道院做过修士。他博学多才,早年主要研究古希腊文化,如语言学、文学、哲学、天文、地理、数学、医药、考古、植物学,他对古代文化很有研究。后来他成了一名医生。1530 年以后,他主要在里昂一带行医,以外科著名。他是欧洲解剖学的创始人,在行医之余开始文学创作。他以奇思妙想写了一部有趣的《巨人传》。拉伯雷的人格非常高尚,他的遗言是:"我没有财产,我欠别人很多,把我留下的一切都送给穷人。"他留下的是什么呢? 是他丰富的学识和这部流芳百世的《巨人传》。

作品导读

《巨人传》是文艺复兴时期法国人文主义思潮的百科全书,又是 16 世纪法国封建社会的缩影。拉伯雷通过对理想君主、巨人卡冈都亚和他的儿子庞达固埃的形象塑造,尖锐地讽刺了封建制度,揭露了教会的黑暗和中世纪教育的腐朽。小说内容涉及当时的政治、宗教、哲学、法律、医学、经济和伦理道德、行为准则等方面,宣扬了人文主义主张。

《巨人传》不是一部现实主义小说,它是一部奇妙而深奥的浪漫主义杰作,它讲述了一个虚幻的古代巨人国国王的故事。第一代国王叫格朗古杰,第二代国王叫卡冈都亚,第三代国王叫庞达固埃。《巨人传》主要写后两个国王的故事,全书分为五部分。

作品赏析

巨人传(节选)

修士整个的生活起居,不是根据法规、章程或条例,而是按照自己的意愿和自由的主张来过活的。他们高兴什么时候起床,就什么时候起床,其他像吃、喝、工作、睡觉,也都是随他们的意愿。没有人来惊吵他们,也没有人强迫他们吃、喝,或做任何别的事情。这是高康大规定的。他们的会规,就只有这么一条:随心所欲,各行其是。

因为自由的人们,由于先天健壮,受过良好教育,来往交谈的又都是些良朋益友,他们生来就有一种本能和倾向,推动他们趋善避恶,他们把这种本性叫作品德。遇有卑劣的约束和压迫来强制和束缚他们的时候——因为我们人总是追求禁止的事物、想得到弄不到手的东西——他们便会把推动他们向善的那种崇高热情转过来,来摆脱和冲破这个桎梏的奴役。

由于有这种自由的精神,于是只要能讨人喜欢的事,大家便争着去做,形成一种值得称道的竞赛。如果一个修士或修女说"我们喝酒吧"大家便都去喝酒；如果一个人说“我们去玩吧”大家就一起去玩；如果一个人说“我们到野外去吧”大家就一起去。假使是去放鹰或打猎，女的便骑上专为妇女乘骑的驯马，后面带了雄伟的良驹，在玲珑地戴着手套的手腕上，每人架着一只鹰，或者一只鹞子，或是一只雕。男修士携带着其他的猛禽。

（拉伯雷.巨人传[M].成钰亭，译.上海：上海译文出版社，2013.）

思考练习

1.简述《巨人传》的思想意义与艺术特色。

2.简述《巨人传》的价值与影响。

第四节　《堂·吉诃德》(节选)

作者简介

米盖尔·德·塞万提斯·萨维德拉(1547—1616)，西班牙文艺复兴时期最杰出的作家，也是欧洲人文主义文学中小说成就最大的作家。他出生在一个破落的贵族家庭，父亲是一名潦倒终生的外科医生，为了养活妻儿老小，四处游历行医，但仍四处欠债、入不敷出。塞万提斯少年时代跟着父亲四处行医，过着颠沛流离、居无定所的生活。他虽然没有受过正统的教育，但十分勤奋好学，博览群书，不放过任何学习的机会。哪怕地上有一张烂纸，只要上面有字，他就会拾起来读一读。他的学问就是在大街上“拾”来的。

塞万提斯是西班牙最著名的现实主义作家，马克思称他为“超群的小说家”，并把他的《堂·吉诃德》看作“衰落的骑士制度的史诗”。这样一个西班牙文艺复兴领袖的人生并不像他的小说那样美妙，可以说他的一生充满了坎坷与苦难，他一生都在与苦难斗争。如果说堂·吉诃德不知道自己的对手是谁的话，那塞万提斯则清楚地知道自己一生都在与两个敌人斗争：一个是贫穷，一个是骑士制度。因此我们可以说，他的一生是贫困的一生，是充满不幸的一生，是战斗的一生、不屈从的一生。

尽管塞万提斯的生活充满坎坷、不幸，创作条件又艰苦异常，但他了解社会、了解人民。他博学多才，阅历丰富，所以他总是能以敏锐的眼光抓住生活的本质，然后用他横溢的才华和一支生花妙笔，不断地给西班牙文艺复兴时期的文坛增光添彩。他的作品有诗歌《帕尔纳索斯游记》等、戏剧《奴曼西亚》、短篇小说集《惩恶扬善故事集》和长篇小说《堂·吉诃德》等。

作品导读

《堂·吉诃德》原名《奇情异想的绅士堂·吉诃德·台·拉·曼却》,小说主人公堂·吉诃德因读骑士小说入了迷,认为要实现公平和正义,唯一的办法就是恢复古代的骑士道。于是他模仿古代骑士选了邻村的牧猪女杜尔西内娅为意中人,骑上了一匹瘦马,戴上破旧的盔甲,要去做"游侠"。

小说就是以堂·吉诃德的三次出游为主线组织情节的。

作者为我们描写了一个纯真善良的人由于读骑士小说入迷进而脱离现实、耽于幻想,最后醒悟的人生悲剧。

作者以夸张讽刺的艺术手法、史诗般的规模,描绘了16世纪至17世纪西班牙广阔的社会现实图景,对上层统治阶级进行了无情的揭露,对人民的苦难寄予深切的同情。

对比手法贯穿小说始终。小说中既有平凡的琐事,也有奇特的想象;既有朴实无华的真实故事,也有滑稽夸张的虚构情节;既有发人深思的悲剧因素,也有引人发笑的喜剧成分。

作品赏析

堂·吉诃德(节选)

我们这位骑士离开客店以后的遭遇

堂·吉诃德走出客店,天都快亮了。他想到自己已经封授骑士,说不尽的满意、得意、快意,鼓鼓的一肚子欢欣,险得把坐骑的肚带都迸断了。可是他记起店主的劝告,决计回家一趟,置办些出门必备的东西,尤其是钱和衬衣。他还要带个侍从,打算就雇用街坊上的一个老农。这人很穷,又有孩子,可是做骑士的侍从却很合适。他心上那么盘算,就带转驽骍难得回家。这匹马仿佛嗅到了自己马房的气味,跑得脚不沾地,十分起劲。

他没走多远,忽听得右边树林深处隐隐有哭喊的声音。他立刻说:

"感谢上天照应,叫我马上有机会尽尽本分,实现自己的雄心壮志。准有男人或女人遭了难在叫喊,要我去援救呢。"

他掉转辔头,寻声跑去,进树林才走了几步,就看见一棵橡树上拴着一匹母马,另一棵橡树上绑着个十五岁左右的男孩子,上身脱得精光;正是他在哭喊。原来一个粗壮的农夫正拿着一条皮腰带狠狠地抽他,一下下抽,一声声训斥。他说:

"少说话! 多留神!"

那孩子说：

“我的主人啊，我下次不敢了，我对上帝发誓，下次一定改过，保证以后看羊多多留心。”

堂·吉诃德看见了怒声喝道：

“你这骑士不讲理！怎么虐待一个不能自卫的人啊！太不像话了！你骑上马，拿起长枪，”——原来那人也有一支长枪倚在拴马的橡树上——“你这样卑劣，我要好好儿教训你呢！”

农夫忽见一个浑身披挂的人举枪在他头上挥舞，怕性命难保，忙赔小心说：

“绅士先生，我惩罚的这小子是我的佣人。我叫他在附近看管我的一群羊，他心不在肝儿上，每天丢一只，也许是不小心，也许竟是不老实。我惩罚他，他却说我抠门儿，要借此赖掉欠他的工钱。我凭上帝、凭自己的灵魂发誓，他撒谎！”

堂·吉诃德道：“你这下流东西，竟在我面前说‘他撒谎’！我凭照耀咱们的太阳发誓，我要用这支长枪戳你一个透明窟窿！不准分辩，快把工钱付给他！你要道个‘不’字，我凭主宰咱们的上帝告诉你，我此时此刻就断送了你！快把他解下来！”

农夫一言不发，低头解下了他的佣人。堂·吉诃德就问那孩子，主人欠了他多少钱。他说：九个月的工钱，每月七个瑞尔。堂·吉诃德一算，共计六十三个瑞尔，就对农夫说：如果不想送命，马上掏出钱来。农夫吓得战战兢兢，说没欠那么多钱，因为曾经给佣人三双皮鞋，佣人生病时还放过两次血，花了他一个瑞尔，这些费用都该一一扣还；他生死关头，决不敢胡说，况且这是他发誓保证的——其实他并没有发誓。

堂·吉诃德答道：“好，可是他平白挨了你这顿鞭打，皮鞋和放血的账就此抵消了。他虽然穿破了你那几双皮鞋的皮，你也打破了他身上的皮；他生了病，你虽然叫理发师给他放血，他这会儿身体好好的，却给你打得出血。所以旧账一笔勾销了。”

“绅士先生，糟的是我没带钱。让安德瑞斯跟我回家去，我一定把工钱如数付给他，一个瑞尔也不短他的。”

那孩子说：“我还跟他回家去吗？那真是倒霉了！先生，我怎么也不去的！他背着人，准把我像圣巴多罗美那样活剥了皮呢。”

堂·吉诃德道：“那不会。我怎么命令，他就得照办。如果他凭自己封授的骑士称号起个誓，我就放他走，保证他把钱付给你。”

那孩子说:“先生,请您还仔细想想,我主人不是骑士,也从没有封授过什么骑士的称号。他是居住在金达拿尔的财主胡安·阿尔杜多。”

堂·吉诃德说:“这不相干,阿尔杜多族里也会有骑士;况且‘干什么事,就成什么人’。”

安德瑞斯说:“不错呀,可是我这个主人赖掉我的工钱,白叫我辛苦劳累,他干的是什么事,他该是什么人呢?”

农夫说:“安德瑞斯小兄弟,我没有赖。请你跟我回去,我凭骑士的一切称号发誓,一定把工钱付给你,像我刚才说的那样,一个瑞尔不短你的,甚至还要给你添上点儿油水呢。”

堂·吉诃德说:“油水我就免了你,只要你把瑞尔照数付给他就行。记着,你发了誓务必做到,不然的话,我凭你刚才的誓也发个誓,我一定会回来找了你痛打一顿,你即使比壁虎还藏得严,我也能找你出来。假如你先要问明是谁的命令,才死心塌地地服从,那么,你听着,我是专打不平的勇士堂·吉诃德·台·拉·曼却。再见吧,你要是不想挨我刚才说的那顿打,别忘了你许的愿和发的誓。”

他说完踢动驽骍难得,一阵风似的跑了。农夫目送他出了树林,不见影踪,就转身对他的佣人安德瑞斯说:

“过来,我的孩子,我听从那位专打不平的侠士下的命令,要把欠你的都还你呢。”

安德瑞斯说:“您非还不可!您得听那位好骑士的话。我祝愿他长命百岁!他真勇敢!真是个公正的判官!您要是不还,他一定回来,怎么说就怎么干。”

农夫说:“我也一定怎么说就怎么干。只为我爱你深,所以要多欠你点儿,好多多还你。”

他抓住孩子的胳膊,重新把他绑在橡树上,把他狠狠地抽了一顿,抽得他九死一生。

那农夫说:“安德瑞斯少爷啊,你现在把那位专打不平的家伙叫来吧!瞧他再有什么办法打不平!不过我还是手下留情了。你想得不错,我恨不得活剥了你呢!”

农夫终究把孩子解下,随他去找他那位判官来怎么说、怎么干。安德瑞斯垂头丧气地走了,发誓要去找英勇的堂·吉诃德·台·拉·曼却,把方才的事一一报告,叫他主人加几倍还账。尽管这么说,但他是哭着走的,他的主人却在那里笑。勇士堂·吉诃德的打不平,原来是这么回事,他却为此得意非凡，觉得自己在骑士的道路上迈出了可喜可傲的第一步，欢欢喜喜骑马回村，一面低声自言自语：

“绝世美人杜尔西内娅·台尔·托波索啊，你真是现在世界上最有福的人！英名冠绝古今的堂·吉诃德·台·拉·曼却，注定是向你拜倒、随你使唤的！谁不知道他昨天刚封授骑士，今天已经消除了穷凶极恶的暴行呢！残忍的敌人刚才无故鞭打一个娇弱的孩子，他把那家伙手里的鞭子夺掉了。”

这时他走到一个十字路口，立刻想到这是游侠骑士停马选择道路的地方；他要学样，也停了下来。往哪条路上走呢？他仔细想了一会儿，就撂下缰绳，让驽骍难得自己做主。这匹马随着它第一个心愿，奔向自己的马房。堂·吉诃德走了约莫两个米里亚路，忽见一大队人马。原来那是到穆尔西亚去买丝的一伙托雷都商人。他们一行六人，都打着阳伞，四个佣人骑马跟随，还有三个步行的骡夫。堂·吉诃德远远望见，立刻认为碰上奇遇了。他正要尽量模仿书上读到的行径，觉得这真是天赐其便，可以照书行事。他雄赳赳地在鞍镫上坐稳了，紧握长枪，把盾牌遮在胸前，在路中心勒住马，等候他心目中的那队游侠骑士。他们走向前来，到可以见面答话的远近，他就提高嗓门，傲然说：

“你们大家都得承认，普天下的美女，都比不上拉·曼却的女王、独一无二的杜尔西内娅·台尔·托波索！谁不承认，休想过去！”

一群商人听了都停步端详这发话的人，瞧他模样古怪，又加上刚才那番话，马上知道这人是疯子。可是他们还想从容追究一下那句话的用意。其中一人爱开玩笑，也很风趣，就说：

“绅士先生，我们不知道您刚才说的那位美人儿是谁，您且让我们瞧瞧吧。如果她真像您说的那么美，您要我们承认的就是事实，我们不用强迫，都甘心承认。”

堂·吉诃德答道：“我要是让你们瞧见了，我说的就是明摆着的事，你们承认了有什么稀罕呢？关键是要没看见就相信，死心塌地地奉为真理、坚决卫护。你们不这样，就是狂妄自大，得和我交交手见个高下。你们或者按骑士道的规则，一个一个上来，或者照你们这伙人的下流习惯，一拥齐上。我在这儿等着你们。正义在我这一面，我是有信心的。”

那商人说：“骑士先生，我替在场几位王子向您求情。我们没有耳闻目见的事，承认了于心不安，况且这话对阿尔咖利亚和埃斯特瑞玛杜拉的那些女皇和王后很不公平。您别叫我们心上不安，把那位小姐的相片给我们瞧瞧吧，哪怕只有麦粒大小的也行，因为‘拿到了线头，就抽开了线球’。这样我们才心安,您也可以满意。而且我觉得我们已经非常向往那位小姐了,即使相片上她一眼瞎、一眼流朱砂和硫黄,我们为了讨您的好,随您要怎么恭维我们就怎么恭维。"

堂·吉诃德勃然大怒,喝道:"无耻的混蛋!她眼睛里不流那些东西!不流你说的那些东西!流的是龙涎香和裹在棉花里的麝香!她不是独眼,也不是驼背,她身子比瓜达拉玛的纺车轴儿还直。你信口亵渎我那位绝世美人,我决不白饶你!"

他说罢斜托着长枪,怒气冲天,直奔那个商人。要不是侥天之幸驽骍难得半道绊倒,那冒昧的商人就遭殃了。驽骍难得一跤跌倒,它的主人摔在野地里滚得老远,想爬起来,却给长枪呀、盾牌呀、踢马刺呀、头盔呀,再加上那套古董铠甲的分量碍着手脚,怎么也爬不起来。他一面挣扎,一面喊道:

"胆小鬼,不要跑!奴才,等着我!我的马把我摔倒了,不是我的错。"

他们中间有个赶骡的小伙子脾气不大好,听这个倒霉货躺在地上口出狂言,忍不住要回敬他一顿好打。他走上来夺过长枪,折作几段,随手拿起一段,把堂·吉诃德结结实实地揍了一顿。堂·吉诃德虽然披着一身铠甲,也被打得像碾过的麦子一样。骡夫的东家都大声喝住他,那小子却打上火来,定要打个畅快才罢。他拣起其余的断柄,一股脑儿全撒在那摔倒的可怜虫身上。堂·吉诃德虽然着了暴雨似的一顿棍子,嘴却没有闭一闭,直在呵天喝地,又恫吓他心目中的这一帮强盗。

那小子打累了,一队商人重又上路,一路上只顾谈论这挨揍的倒霉蛋。堂·吉诃德一看只剩自己一人了,又试图爬起来。可是方才身体好好儿的都爬不起,这会儿被揍得七死八活,哪里还行呢?他倒是私自庆幸,觉得这种灾殃是游侠骑士分内应有的,都怪他那匹马不好。不过他浑身疼痛,要自己起来真是休想了。

(塞万提斯.堂·吉诃德[M].杨绛,译.北京:人民文学出版社,1987.略有删改。)

思考练习

1.简述《堂·吉诃德》的主题思想和艺术特点。

2.试分析堂·吉诃德这一艺术形象。

第五节　《哈姆莱特》(节选)

作者简介

威廉·莎士比亚(1564—1616)是文艺复兴时期英国以及欧洲最伟大的戏剧家。他的戏剧创作代表了人文主义文学的最高成就,也是欧洲乃至世界文学的高峰之一。

莎士比亚1564年出生于英国中部斯特拉福镇的一个羊毛商人家庭。他的父亲是个暴发户,他自幼对羊毛生意没有兴趣。他不甘待在这个小镇子上,不想靠织羊毛手套和经营羊毛生意了此一生,他有更宽广的胸怀,所以到他这一代家道就衰落了。18岁那年他想外出谋生,但一段盲目冲动的恋情耽搁了他。第二年,他的儿子出生了,他只好待在小镇子上,但看看外面的世界有多精彩的想法一直在他的脑海里,终于在20岁那年,他不顾妻子的反对离开家乡来到伦敦谋生。没有大学文凭,想出人头地也不容易。只有小学文化水平的莎士比亚能干什么呢?到处打工。他后来到了一个剧团做杂役,偶尔也跑跑龙套,演个群众甲、士兵乙什么的。聪明的莎士比亚在剧团里耳濡目染,对戏剧有了很深的了解,而且他似乎是个天才戏剧家,对戏剧敏感,有着一种特殊的悟性。1590年,他因一个偶然的机会帮助剧团写了一个剧本——《温莎的风流娘们》。结果他写的剧一炮打响,从此一发而不可收,看他的剧成了当时伦敦上流社会的时尚,而且他的许多剧都要先在宫廷里为国王演出。他还因对戏剧的巨大贡献而被封为世袭爵士。他晚年回到故乡,建了豪华的爵士宅邸,安度晚年。1616年4月23日,莎士比亚平静地死在家中。总体来看,莎翁的一生没有什么坎坷和苦难。

莎士比亚的创作大致可以分为三个阶段。

第一个阶段(1590—1600),主要作品是历史剧和喜剧,代表作有历史剧《理查三世》《亨利四世》《亨利五世》等、喜剧《仲夏夜之梦》《无事生非》《皆大欢喜》《第十二夜》《威尼斯商人》等、悲剧《罗密欧与朱丽叶》等。

第二个阶段(1601—1607),主要成就表现在悲剧方面,代表作有《哈姆莱特》《李尔王》《奥赛罗》《麦克白》等。

第三个阶段(1608—1613),主要成就表现在传奇剧方面。代表作有《辛白林》《暴风雨》《冬天的故事》等。

作品导读

《哈姆莱特》写于1601年,是莎士比亚的代表作品,突出地表现了作者的人文主义思想。几百年来,《哈姆莱特》长演不衰,还被改编成了电影。

这部剧取材于12世纪的丹麦历史,莎士比亚将这段史实搬上舞台,不是为了重现一个复仇故事,而是为了表现英国的社会现实和自己对社会问题的思考。

作品赏析

哈姆莱特(节选)

(哈姆莱特及霍拉旭上。)

哈姆莱特 这个题目已经讲完,现在我可以让你知道另外一段事情。你还记得当初的一切经过情形吗?

霍拉旭 记得,殿下!

哈姆莱特 当时在我的心里有一种战争,使我不能睡眠;我觉得我的处境比锁在脚镣里的叛变的水手还要难堪。我就鲁莽行事。——结果倒鲁莽对了,我们应该承认,有时候一时孟浪,往往反而可以做出一些为我们的深谋密虑所做不成功的事。从这一点上,我们可以看出来,无论我们怎样辛苦图谋,我们的结果却早已有一种冥冥中的力量把它布置好了。

霍拉旭 这是无可置疑的。

哈姆莱特 我从舱里起来,把一件航海的宽衣罩在我的身上,在黑暗之中摸索着找寻那封公文,果然我达到了目的,摸到了他们的包裹。我拿着它回到我自己的地方,疑心使我忘记了礼貌,我大胆地拆开了他们的公文,在那里面,霍拉旭——啊,堂皇的诡计!——我发现一道严厉的命令,借了许多好听的理由为名,说是为了丹麦和英国双方的利益,决不能让我这个险恶的人物逃脱,接到公文之后,必须不等磨好利斧,立即枭下我的首级。

霍拉旭 有这等事?

哈姆莱特 这一封就是原来的国书,你有空的时候可以仔细读一下。可愿意听我告诉你后来我怎么办吗?

霍拉旭 请您告诉我。

哈姆莱特 在这样重重诡计的包围之中,我的脑筋不等我定下心来思索,就开始活动起来了。我坐下来另外写了一道国书,字迹清清楚楚。从前我曾经抱着跟我们那些政治家同样的意见,认为字体端正是一件有失体面的事,总是想竭力忘记这一种技能,可是现在它却对我有了大大的用处。你知道我写了些什么话吗?

霍拉旭 嗯,殿下。

哈姆莱特 我用国王的名义,向英王提出恳切的要求,因为英国是他忠心的藩属,因为两国之间的友谊,必须让它像棕榈树一样发荣繁茂,因为和平的女神必须永远戴着她的荣冠,沟通彼此的情感,以及许许多多诸如此类的重要理由,请他在读完这一封信以后,不要有任何的迟延,立刻把那两个传书的来使处死，不让他们有从容忏悔的时间。

霍拉旭　可是国书上没有盖印，那怎么办呢？

哈姆莱特　啊，就在这件事上，也可以看出一切都是上天预先注定。我的衣袋里恰巧藏着我父亲的私印，它跟丹麦的国玺是一个式样的。我把伪造的国书照着原来的样子折好，签上名字，盖上印玺，把它小心封好，归还原处，一点没有露出破绽。下一天就遇见了海盗，那以后的情形，你早已知道了。

霍拉旭　这样说来，吉尔登斯吞和罗森格兰兹是去送死的了。

哈姆莱特　哎，朋友，他们本来是自己钻求这件差使的。我在良心上没有对不起他们的地方，是他们自己的阿谀献媚断送了他们的生命。两个强敌猛烈争斗的时候，不自量力的微弱之辈，却去插身在他们的刀剑中间，这样的事情是最危险不过的。

霍拉旭　想不到竟是这样一个国王！

哈姆莱特　你想，我是不是应该——他杀死了我的父王，奸污了我的母亲，篡夺了我的嗣位的权利，用这种诡计谋害我的生命，凭良心说我是不是应该亲手向他复仇雪恨？如果我不去剪除这一个戕害天性的蟊贼，让他继续为非作恶，岂不是该受天谴吗？

霍拉旭　他不久就会从英国得到消息，知道这一回事情产生了怎样的结果。

哈姆莱特　时间虽然很局促，可是我已经抓住眼前这一刻工夫。一个人的生命可以在说一个"一"字的一刹那之间了结。可是我很后悔，好霍拉旭，不该在雷欧提斯之前失去了自制；因为他所遭遇的惨痛，正是我自己的怨愤的影子。我要取得他的好感。可是他倘不是那样夸大他的悲哀，我也决不会动起那么大的火性来的。

霍拉旭　不要作声！谁来了？

（奥斯里克上。）

奥斯里克　殿下，欢迎您回到丹麦来！

哈姆莱特　谢谢您，先生。（向霍拉旭旁白）你认识这只水苍蝇吗？

霍拉旭　（向哈姆莱特旁白）不，殿下。

哈姆莱特　（向霍拉旭旁白）那是你的运气，因为认识他是一件丢脸的事。他有许多肥田沃壤；一头畜生要是做了一群畜生的主子，就有资格把食槽搬到国王的席上来了。他"咯咯"叫起来简直没个完，可是——我方才也说了——他拥有大批粪土。

奥斯里克　殿下，您要是有空的话，我奉陛下之命，要来告诉您一件事情。

哈姆莱特　先生，我愿意恭聆大教。您的帽子是应该戴在头上的，您还是戴上去吧。

奥斯里克 谢谢殿下,天气真热。

哈姆莱特 不,相信我,天冷得很,在刮北风哩。

奥斯里克 真的有点儿冷,殿下。

哈姆莱特 可是对于像我这样的体质,我觉得这一种天气却是闷热得厉害。

奥斯里克 对了,殿下,真是说不出来的闷热。可是,殿下,陛下叫我来通知您一声,他已经为您下了一个很大的赌注了。殿下,事情是这样的——

哈姆莱特 请您不要这样多礼。(**促奥斯里克戴上帽子。**)

奥斯里克 不,殿下,我还是这样舒服些,真的。殿下,雷欧提斯新近到我们的宫廷里来,相信我,他是一位完善的绅士,充满着最卓越的特点,他的态度非常温雅,他的仪表非常英俊。说一句发自衷心的话,他是上流社会的指南针,因为在他身上可以找到一个绅士所应有的品质的总汇。

哈姆莱特 先生,他对于您这一番描写,的确可以当之无愧。虽然我知道,要是把他的好处一件一件列举出来,不但我们的记忆将要因此而淆乱,交不出一篇正确的账目来,而且他这一艘满帆的快船,也绝不是我们失舵之舟所能追及。可是,凭着真诚的赞美而言,我认为他是一个才德优异的人,他的高超的禀赋是那样稀有而罕见,说一句真心的话,除了在他的镜子里以外,再也找不到第二个跟他同样的人,纷纷追踪求迹之辈,不过是他的影子而已。

奥斯里克 殿下把他说得一点不错。

哈姆莱特 您的用意呢?为什么我们要用尘俗的呼吸,嘘在这位绅士的身上呢?

奥斯里克 殿下?

霍拉旭 自己所用的语言,到了别人嘴里,就听不懂了吗?早晚你会懂的,先生。

哈姆莱特 您向我提起这位绅士的名字,是什么意思?

奥斯里克 雷欧提斯吗?

霍拉旭 他的嘴里已经变得空空洞洞,因为他的那些好听话都说完了。

哈姆莱特 正是雷欧提斯。

奥斯里克 我知道您不是不明白——

哈姆莱特 您真能知道我这人不是不明白,那倒很好。可是,说老实话,即使你知道我是明白人,对我也不是什么光彩的事。好,您怎么说?

奥斯里克 我是说,您不是不明白雷欧提斯有些什么特长——

哈姆莱特 那我可不敢说,因为也许人家会疑心我有意跟他比高下。可是要知道一个人的底细,应该先知道他自己。

奥斯里克 殿下,我的意思是说他的武艺,人家都称赞他的本领一时无两。

哈姆莱特 他会使些什么武器?

奥斯里克 长剑和短刀。

哈姆莱特 他会使这两种武器吗?很好。

奥斯里克 殿下,王上已经用六匹巴巴里的骏马跟他打赌;在他的一方面,照我所知道的,押的是六柄法国的宝剑和好刀,连同一切鞘带钩子之类的附件,其中有三柄的挂机尤其珍奇可爱,跟剑柄配得非常合适,式样非常精致,花纹非常富丽。

哈姆莱特 您所说的挂机是什么东西?

霍拉旭 我知道您要听懂他的话,非得翻查一下注解不可。

奥斯里克 殿下,挂机就是钩子。

哈姆莱特 要是我们腰间挂着大炮,用这个名词倒还合适,在那一天没有来到以前,我看还是就叫它钩子吧。好,说下去。六匹巴巴里骏马对六柄法国宝剑,附件在内,外加三个花纹富丽的挂机。法国产品对丹麦产品。可是,用你的话来说,这样"押"是为了什么呢?

奥斯里克 殿下,王上跟他打赌,要是你们两人交起手来,在十二个回合之中,他至多不过多赢您三着;可是他却觉得他可以稳赢九个回合。殿下要是答应的话,马上就可以试一试。

哈姆莱特 要是我答应个"不"字呢?

奥斯里克 殿下,我的意思是说,您答应跟他当面比较高低。

哈姆莱特 先生,我还要在这厅堂里散散步。您去回陛下说,现在是我一天之中休息的时间,叫他们把比赛用的钝剑预备好了,要是这位绅士愿意,王上也不改变他的意见的话,我愿意尽力为他博取一次胜利。万一不幸失败,那我也不过丢了一次脸,给他多剁了两下。

奥斯里克 我就照这样去回话吗?

哈姆莱特 您就照这个意思去说,随便您再加上一些什么新颖辞藻都行。

奥斯里克 我保证为殿下效劳。

哈姆莱特 不敢,不敢。(奥斯里克下)多亏他自己保证,别人谁也不会替他张口的。

霍拉旭 这一只小鸭子顶着壳儿逃走了。

哈姆莱特 他在母亲怀抱里的时候,也要先把他母亲的奶头恭维几句,然后吮吸。像他这一类靠着一些繁文缛礼撑撑场面的家伙,正是愚妄的世人所醉心的;他们的浅薄的牙慧使傻瓜和聪明人同样受他们的欺骗,可是一经试验,他们的水泡就爆破了。

(一贵族上。)

贵族 殿下,陛下刚才叫奥斯里克来向您传话,知道您在这厅上等候他的旨意,他叫我再来问您一声,您是不是仍旧愿意跟雷欧提斯比剑,还是慢慢再说。

哈姆莱特 我没有改变我的初心,一切服从王上的旨意。现在也好,无论什么时候都好,只要他方便,我总是随时准备着,除非我丧失了现在所有的力气。

贵族 王上、娘娘,跟其他的人都要到这儿来了。

哈姆莱特 他们来得正好。

贵族 娘娘请您在开始比赛以前,对雷欧提斯客气几句。

哈姆莱特 我愿意服从她的教诲。(贵族下。)

霍拉旭 殿下,您在这一回打赌中间,多半要失败的。

哈姆莱特 我想我不会失败。自从他到法国去以后,我练习得很勤,我一定可以把他打败。可是你不知道我的心里是多么不舒服,那也不用说了。

霍拉旭 啊,我的好殿下——

哈姆莱特 那不过是一种傻气的心理,可是一个女人也许会因为这种莫名其妙的疑虑而惶惑。

霍拉旭 要是您心里不愿意做一件事,那么就不要做吧。我可以去通知他们不用到这儿来,说您现在不能比赛。

哈姆莱特 不,我们不要害怕什么预兆。一只雀子的死生,都是命运预先注定的。注定在今天,就不会是明天;不是明天,就是今天;逃过了今天,明天还是逃不了,随时准备着就是了。一个人既然在离开世界的时候,只能一无所有,那么早早脱身而去,不是更好吗?随它去。

(国王、王后、雷欧提斯、众贵族、奥斯里克及侍从等持钝剑等上。)

国王 来,哈姆莱特,来,让我替你们两人和解和解。(牵雷欧提斯、哈姆莱特二人手使相握。)

哈姆莱特 原谅我,雷欧提斯。我得罪了你,可是你是个堂堂男子,请你原谅我吧。这儿在场的众人都知道,你也一定听见人家说起,我是怎样被疯狂害苦了。凡是我的所作所为,足以伤害你的感情和荣誉、激起你的愤怒来的,我现在声明都是我在疯狂中犯下的过失。难道哈姆莱特会做对不起雷欧提斯的事吗?哈姆莱特决不会做这种事。要是哈姆莱特在丧失他自己的心神的时候,做了对不起雷欧提斯的事,那样的事不是哈姆莱特做的,哈姆莱特不能承认。那么是谁做的呢?是他的疯狂。既然是这样,那么哈姆莱特也是属于受害的一方,他的疯狂是可怜的哈姆莱特的敌人。当着在座众人之前,我承认我在无心中射出的箭,误伤了我的兄弟;我现在要向他请求大度包涵，宽恕我的不是出于故意的罪恶。

雷欧提斯　按理讲，对这件事情，我的感情应该是激动我复仇的主要力量，现在我在感情上总算满意了，但是另外还有荣誉这一关，除非有什么为众人所敬仰的长者，告诉我可以跟你捐除宿怨，指出这样的事是有前例可援的，不至于损害我的名誉，那时我才可以跟你言归于好。目前我且先接受你友好的表示，并且保证决不会辜负你的盛情。

哈姆莱特　我绝对信任你的诚意，愿意奉陪你举行这一次友谊的比赛。把钝剑给我们。来。

雷欧提斯　来，给我一柄。

哈姆莱特　雷欧提斯，我的剑术荒疏已久，只能给你帮场；正像最黑暗的夜里一颗吐耀的明星一般，彼此相形之下，一定更显得你的本领的高强。

雷欧提斯　殿下不要取笑。

哈姆莱特　不，我可以举手起誓，这不是取笑。

国王　奥斯里克，把钝剑分给他们。哈姆莱特侄儿，你知道我们怎样打赌吗？

哈姆莱特　我知道，陛下，您把赌注下在实力较弱的一方了。

国王　我想我的判断不会有错。你们两人的技术我都领教过，但是后来他又有了进步，所以才规定他必须多赢几着。

雷欧提斯　这一柄太重了，换一柄给我。

哈姆莱特　这一柄我很满意。这些钝剑都是同样长短的吗？

奥斯里克　是，殿下。（**二人准备比剑。**）

国王　替我在那桌子上斟下几杯酒。要是哈姆莱特击中了第一剑或是第二剑，或者在第三次交锋的时候争得上风，让所有的碉堡上一齐鸣起炮来，国王将要饮酒慰劳哈姆莱特，他还要拿一颗比丹麦四代国王戴在王冠上的更贵重的珍珠丢在酒杯里。把杯子给我。鼓声一起，喇叭就接着吹响，通知外面的炮手，让炮声震彻天地，报告这一个消息："现在国王为哈姆莱特祝饮了！"来，开始比赛吧，你们在场裁判的都要留心看着。

哈姆莱特　请了。

雷欧提斯　请了，殿下。（**二人比剑。**）

哈姆莱特　一剑。

雷欧提斯　不，没有击中。

哈姆莱特　请裁判员公断。

奥斯里克　中了，很明显的一剑。

雷欧提斯　好，再来。

国王 且慢;拿酒来。哈姆莱特,这一颗珍珠是你的,祝你健康!把这一杯酒给他。(**喇叭齐奏。内鸣炮。**)

哈姆莱特 让我先赛完这一局,暂时把它放在一旁。来。(**二人比剑**)又是一剑,你怎么说?

雷欧提斯 我承认给你碰着了。

国王 我们的孩子一定会胜利。

王后 他身体太胖,有些喘不过气来。来,哈姆莱特,把我的手巾拿去,揩干你额上的汗。王后为你饮下这一杯酒,祝你胜利,哈姆莱特。

哈姆莱特 好妈妈!

国王 乔特鲁德,不要喝。

王后 我要喝的,陛下,请您原谅我。

国王 (旁白)这一杯酒里有毒。太迟了!

哈姆莱特 母亲,我现在还不敢喝酒,等一等再喝吧。

王后 来,让我擦干你的脸。

雷欧提斯 陛下,现在我一定要击中他了。

国王 我怕你击不中他。

雷欧提斯 (旁白)可是我的良心却不赞成我干这件事。

哈姆莱特 来,该第三个回合了,雷欧提斯。你怎么一点儿不起劲?请你使出你全身的本领来吧,我怕你在开我的玩笑哩。

雷欧提斯 你这样说吗?来。(**二人比剑。**)

奥斯里克 两边都没有中。

雷欧提斯 受我这一剑!(**雷欧提斯挺剑刺伤哈姆莱特。二人在争夺中彼此手中之剑各为对方夺去,哈姆莱特以夺来之剑刺雷欧提斯,雷欧提斯亦受伤。**)

国王 分开他们!他们动起火来了。

哈姆莱特 来,再试一下。(**王后倒地。**)

奥斯里克 嗳哟,瞧王后怎么啦!

霍拉旭 他们两人都在流血。您怎么啦,殿下?

奥斯里克 您怎么啦,雷欧提斯?

雷欧提斯 唉,奥斯里克,正像一只自投罗网的山鹬,我用诡计害人,反而害了自己,这也是我应得的报应。

哈姆莱特 王后怎么啦?

国王 她看见你们流血,昏了过去了。

王后 不,不,那杯酒,那杯酒——啊,我的亲爱的哈姆莱特!那杯酒,那杯酒。我中毒了。(死。)

哈姆莱特　啊,奸恶的阴谋!喂!把门锁上!阴谋!查出来是哪一个人干的。(雷欧提斯倒地。)

雷欧提斯　凶手就在这儿,哈姆莱特。哈姆莱特,你已经不能活命了。世上没有一种药可以救治你,不到半小时,你就要死去。那杀人的凶器就在你的手里,它的锋利的刃上还涂着毒药。这奸恶的诡计已经回转来害了我自己。瞧!我躺在这儿,再也不会站起来了。你的母亲也中了毒。我说不下去了。国王——国王——都是他一个人的罪恶。

哈姆莱特　锋利的刃上还涂着毒药!——好,毒药,发挥你的力量吧!(刺国王。)

众人　反了!反了!

国王　啊!帮帮我,朋友们,我不过受了点伤。

哈姆莱特　好,你这败坏伦常、嗜杀贪淫、万恶不赦的丹麦奸王!喝干了这杯毒药——你那颗珍珠是在这儿吗?——跟我的母亲一道去吧!(国王死。)

雷欧提斯　他死得应该,这毒药是他亲手调下的。尊贵的哈姆莱特,让我们互相宽恕,我不怪你杀死我和我的父亲,你也不要怪我杀死你!(死。)

哈姆莱特　愿上天赦免你的错误!我也跟着你来了。我死了,霍拉旭。不幸的王后,别了!你们这些看见这一幕意外的惨变而战栗失色的无言的观众,倘不是因为死神的拘捕不给人片刻的停留,啊!我可以告诉你们——可是随它去吧。霍拉旭,我死了,你还活在世上,请你把我的行事的始末根由昭告世人,解除他们的疑惑。

霍拉旭　不,我虽然是个丹麦人,可是在精神上我却更是个古代的罗马人。这儿还留剩着一些毒药。

哈姆莱特　你是个汉子,把那杯子给我。放手,凭着上天起誓,你必须把它给我。啊,上帝!霍拉旭,我一死之后,要是世人不明白这一切事情的真相,我的名誉将要永远蒙着怎样的损伤!你倘然爱我,请你暂时牺牲一下天堂上的幸福,留在这一个冷酷的人间,替我传述我的故事吧。(内军队自远处行进及鸣炮声)这是哪儿来的战场上的声音?

奥斯里克　年轻的福丁布拉斯从波兰奏凯班师,这是他对英国来的钦使所发的礼炮。

哈姆莱特　啊!我死了,霍拉旭。猛烈的毒药已经克服了我的精神,我不能活着听见英国来的消息,可是我可以预言福丁布拉斯将被推戴为王,他已经得到我这临死之人的同意。你可以把这儿所发生的一切事实告诉他,此外仅余沉默而已。(死。)

霍拉旭 一颗高贵的心现在碎裂了！晚安，亲爱的王子，愿成群的天使们用歌唱抚慰你安息！——为什么鼓声越来越近了？（内军队行进声。）

（福丁布拉斯、英国使臣及余人等上。）

福丁布拉斯 这一场比赛在什么地方举行？

霍拉旭 你们要看些什么？要是你们想知道一些惊人的惨事，那么不用再到别处去找了。

福丁布拉斯 好一场惊心动魄的屠杀！啊，骄傲的死神！你用这样残忍的手腕，一下子杀死了这许多王裔贵胄，在你的永久的幽窟里，将要有一席多么丰美的盛筵！

使臣甲 这一个景象太惨了。我们从英国奉命来此，本来是要回复这儿的王上，告诉他我们已经遵从他的命令，把罗森格兰兹和吉尔登斯吞两人处死。不幸我们来迟了一步，那应该听我们说话的耳朵已经没有知觉了，我们还希望从谁的嘴里得到一声感谢呢？

霍拉旭 即使他能够向你们开口说话，他也不会感谢你们，他从来不曾命令你们把他们处死。可是既然你们都来得这样凑巧，有的刚从波兰回来，有的刚从英国到来，恰好看见这一幕流血的惨剧，那么请你们叫人把这几个尸体抬起来放在高台上面，让大家可以看见，让我向那懵无所知的世人报告这些事情的发生经过。你们可以听到奸淫残杀，反常悖理的行为，冥冥中的判决，意外的屠戮，借手杀人的狡计，以及陷人自害的结局。这一切我都可以确确实实地告诉你们。

福丁布拉斯 让我们赶快听你说。所有最尊贵的人，都叫他们一起来吧。我在这一个国内本来也有继承王位的权利，现在国中无主，正是我要求这一个权利的机会。可是虽然我准备接受我的幸运，我的心里却充满了悲哀。

霍拉旭 关于那一点，我受死者的嘱托，也有一句话要说，他的意见是可以影响许多人的。可是在这人心惶惶的时候，让我还是先把这一切解释明白了，免得引起更多的不幸、阴谋和错误来。

福丁布拉斯 让四个将士把哈姆莱特像一个军人似的抬到台上，因为要是他能够践登王位，一定会成为一个贤明的君主的。为了表示对他的悲悼，我们要用军乐和战地的仪式，向他致敬。把这些尸体一起抬起来。这一种情形在战场上是不足为奇的，可是在宫廷之内，却是非常的变故。去，叫兵士放起炮来。（奏丧礼进行曲；众人抬尸同下。内鸣炮。）

（莎士比亚.莎士比亚全集[M].朱生豪，译.北京：人民文学出版社，1978.略有改动。）

思考练习

1.分析作品的主题思想。

2.论述莎士比亚戏剧的艺术特点。

3.为什么说哈姆莱特是一个人文主义者?

第四章　17 世纪—18 世纪欧洲文学

第一节　概　述

17 世纪—18 世纪欧洲文学的主流是古典主义文学，其次是资产阶级启蒙文学。

1.古典主义

古典主义是继文艺复兴运动之后欧洲近代文学的第二次大的文学艺术变革，17 世纪时尤其在法国盛行。它在文艺理论和创作实践上以古希腊、古罗马文学为典范，因而被称为古典主义文学。

(1)古典主义文学的基本特征

第一，宣扬国家至上，歌颂开明君主。古典主义者在政治上拥护王权，主张国家统一，反对教会统治，反对封建割据，所以他们创作的文学作品在内容上体现为个人利益服从国家利益，歌颂爱国英雄和开明君主，同时谴责暴政和贵族的残酷，揭露教会的荒谬无耻。

第二，崇尚理性，鼓励克制私欲。这是对文艺复兴时期出现的许多不正常现象进行反思后提出的新理论。这时的理性与文艺复兴时期的理性有所不同。文艺复兴时期的理性指个人知识、智能的发展，发展到后来成为个人主义。而这时的理性是以国家利益为衡量标准的理性，是受笛卡尔唯理主义哲学影响的理性。否定感情是理性的基础，指要用理性克制感情。文艺复兴时过分提倡个性解放，给社会带来许多混乱，因此，这时提出要以理性来克制个性私欲，强调个人对社会的责任感。这是古典主义文学的基本主题。

第三，以古希腊、古罗马文学为典范。比如戏剧要严格遵守“三一律”原则，要以亚里士多德的《诗学》为文艺理论的标准。

(2)法国古典主义代表作家

高乃依，其代表作为《熙德》。这是法国第一部古典主义悲剧，主要通过责任与爱情的冲突，来体现责任战胜个人爱情的理性思想。罗狄克在其与施曼娜的美好爱情同国家利益冲突时，痛苦地担负起了国家责任而离开了施曼娜。

拉辛，他的戏剧被称为真正的悲剧，代表作《安德洛马克》是第一部标准的“三一律”古典主义悲剧。内容同样是歌颂理性的爱情，谴责为个人私欲而牺牲国家利益的行为。阿喀琉斯的儿子庇吕斯为了未婚妻爱尔米奥娜放弃了自己的责任，而爱尔米奥娜爱的是阿伽门农的儿子俄瑞斯忒斯。为了与心上人在一起，她残忍地杀害了庇吕斯；而俄瑞斯忒斯本是国家使节，为了追求爱情，竟然忘记了自己的使命，给国家造成巨大损失。这部剧中只有赫克托尔的遗孀安德洛马克是为国家利益牺牲个人一切的人，尤其是当个人的贞节与国家利益冲突时，她这样一个把贞节看得高于生命的女人，经过痛苦的选择最后决定牺牲个人的贞节保护儿子。作品通过这些人表现了古典主义作品中国家利益高于一切的思想。

拉·封丹，其代表作是《患瘟疫的野兽》，这是一部寓言诗。他的作品大都取材于古希腊的《伊索寓言》，借动物界来影射人类社会，揭露封建社会的黑暗和贵族阶级的残暴。

布瓦洛，他是最重要的古典主义理论家。代表作《诗的艺术》被称为“古典主义美学法典”。

莫里哀，法国古典主义时期最重要的戏剧家。

弥尔顿，英国古典主义文学作家。他是诗人、剧作家、文艺理论家。代表作有《失乐园》《复乐园》《力士参孙》。他在英国戏剧界的地位仅次于莎士比亚。

2.启蒙主义

18 世纪，在英国资产阶级革命的影响下，欧洲大陆上以法国为中心发生了声势浩大的启蒙运动。“启蒙”原意是“用光照亮”，因而 18 世纪又被称为“光明世纪”。启蒙学者宣扬天赋人权，宣扬自由、平等、博爱，特别是宣扬理性，强调一切都必须在理性的法庭上证明自己符合理性或者放弃存在的权利。启蒙运动为 1789 年法国资产阶级革命做了理论准备，启蒙学者利用文学宣扬自己的主张，由此造就了启蒙文学。

这一时期正是欧洲资产阶级与封建势力进行斗争的关键时期，也就是资产阶级最后向封建势力夺权的时期。启蒙运动就是为最后夺取政权进行的思想准备。恩格斯说：“启蒙运动是开导人的头脑的运动。”它比文艺复兴和古典主义都更直接地向封建势力发起挑战，但这种挑战，还没有到刀枪相向的地步，还是一种思想教育运动。经过文艺复兴三百年的思想教育，人们已逐渐认清了封建教会的丑恶虚伪，但还不能完全用理性的、科学的眼光去看待世界。启蒙运动就是要开启人们的理性，对整个封建主义的上层建筑进行猛烈的批判，用唯物主义理念来取代宗教唯心理念，从根本上否定封建社会存在的合理性，让人们明白只有建立一个新世界，人类才会看到光明、才会有希望。启蒙运动中所建立起的一整套思想体系被称作“启蒙主义”。启蒙主义相对于文艺复兴时的人文主义，有了更强烈的战斗性。

(1)启蒙主义的战斗性

第一,在世界观上,用唯物主义的自然观批判宗教的唯心主义理论,揭穿“上帝创造世界”“王权神授”的欺骗性,从根本上否定封建社会存在的合理性。

第二,在意识形态领域用理性原则批判封建主义上层建筑。他们否定一切宗教的权威,把一切有关神权的东西抛进历史的垃圾堆。

第三,在组织群众时提出“自由”“平等”“博爱”的口号,号召人民群众向封建主义开炮。这些口号实际上带有欺骗性,资产阶级绝不可能给人民自由、平等与博爱,但这些口号迎合了人民的美好愿望,所以确实起到了推动作用。

(2)启蒙主义文学的主要成就

第一,启蒙主义文学配合启蒙运动,为启蒙运动胜利作出了不可磨灭的贡献。启蒙主义文学最大的特点是思想性强,具有鲜明的倾向性,作家与作品都尽力为启蒙运动服务。

第二,启蒙主义文学大多以第三等级的人作为作品的主人公,塑造了一大批鲜活的下层民众形象。

第三,启蒙主义创作方法与文体多样。从方法上讲,一般来说都是现实主义的,但也有浪漫主义、感伤主义、古典主义。从文体上讲,以小说为例,有书信体、日记体、游记体、自传体、哲理体等。

(3)启蒙主义文学的代表作家

法国四大家:孟德斯鸠、伏尔泰、狄德罗、卢梭。

英国四大家:笛福、斯摩莱特、菲尔丁、彭斯。

德国三杰:歌德、席勒、莱辛。

思考练习

1.简述古典主义的含义及其文学特征。

2.简述启蒙主义的含义及其文学特征。

3.简述启蒙主义文学的主要成就。

第二节　《伪君子》(节选)

作者简介

莫里哀(1622—1673),原名让·巴蒂斯特·波克兰,是法国喜剧作家、演员、戏剧活动家,法国芭蕾舞喜剧的创始人。莫里哀是他的艺名,法语意为常春藤。

莫里哀是法国17世纪最重要的古典主义文学作家、古典主义喜剧的开创者,在欧洲戏剧史上占有十分重要的地位。代表作品有《无病呻吟》《伪君子》《悭吝人》等。

作品导读

《伪君子》讲述的故事是：假装圣洁的教会骗子答尔丢夫混进富商奥尔贡家中，企图勾引其妻子、夺取其家财，最后真相败露，答尔丢夫锒铛入狱，奥尔贡幡然醒悟，一家人皆大欢喜。《伪君子》不仅是戏剧史上的巅峰之作，同时也开启了莫里哀以手中之笔批判社会现实问题、反封建反宗教统治的全盛时期。

《伪君子》围绕父亲专制包办女儿婚姻的冲突展开剧情。冲突起因是，奥尔贡想让答尔丢夫变成“自己家里的人”。方法是把女儿玛丽雅娜嫁给他。为此，奥尔贡强迫爱女解除跟瓦莱尔的原订婚约。这一对未婚情侣求助于侍女桃丽娜，侍女出谋划策，让其去找女方的哥哥和继母帮忙。艾耳密尔请答尔丢夫面谈，劝他别从中阻挠一对青年的婚事，不料骗子竟乘机向她表白。该事被躲在套间里偷听的达米斯撞见，他立即在奥尔贡面前告发。奥尔贡以为是儿子造谣，一怒之下将其赶出家门，取消了他的财产继承权，并马上去办了法律手续，将全部家产赠给答尔丢夫，并且宣布当天晚上就让女儿与骗子订婚。艾耳密尔设计让骗子当场出丑，才使丈夫清醒过来。伪装一撕破，答尔丢夫露出了狰狞面目：法院依据奥尔贡赠送财产的契约，通知原主，天亮前必须搬走；接着骗子以奥尔贡私藏的秘密文件为凭告了御状，带领侍卫官前来抓人。多亏国王“察微知隐”，使恶人受惩，好人获恕。结尾是奥尔贡感谢皇恩浩荡，决心举办女儿和瓦莱尔的婚事。

作品赏析

伪君子(节选)

奥尔贡　哦！老天爷呀，我刚才听见的这番话能叫人相信吗？

答尔丢夫　老兄，是的，我是一个坏人、一个罪人，一个不讲信义、对不起上帝的可怜的罪人，一个世上从未见过的穷凶极恶的人。我一生的每一时刻都载满了污秽，我的一生只不过是一堆罪恶与垃圾。我也看出来了，上帝原要处罚我，所以借着这个机会来磨炼我一下，因此无论人们怎样责备我，说我犯了多大的罪恶，我决不敢自傲到替自己辩护。您尽管相信他们对您说的话好了，您尽管发怒吧！您尽可以把我当作一名罪犯，把我撵出您的大门，因为我应该忍受的羞辱多着呢，受这么一点儿，原不算什么。

奥尔贡　（向他的儿子）嗳，你这坏蛋，你竟敢捏造出这种谣言来败坏他道德纯洁的声名。

达米斯　怎么？这个伪善心灵假装出来的温良竟使您否认这个事实？……

奥尔贡　住口,你这可恶的瘟神。

答尔丢夫　唉!别拦他,让他说下去吧!您错怪他了,您最好还是相信他所说的话吧。既然已有了这样的事实,您为什么还这样庇护我呢?其实,您又怎能知道我会干出些什么事来!单单凭我的外表吗?您真是只根据我的表面,就以为我比任何人都好吗?不,不,您是让表象给蒙蔽了。我,我恰恰不是您所想象的那样一个人。大家都拿我当作一个好人,其实,我是个一文不值的人。(向达米斯)我的好孩子,您尽管说吧!您尽管拿我当作阴险、无耻、灭绝理性的人,拿我当作强盗,当作杀人凶犯,再找出一些比这还丑恶的字眼来加在我身上吧!我决不反驳,这正是我理所应得的;我愿意跪在地下忍受这种耻辱,当作我这一生一世所犯罪恶应得的一场羞辱报应来领受。

奥尔贡　(向答尔丢夫)老弟,这太过分了。(向他的儿子)你还不服气吗?你这个坏种?

达米斯　什么?他这番话竟把您迷惑到这一步,竟至于……

奥尔贡　住口,你这无赖的恶棍。(向答尔丢夫)老弟,不要见怪,快起来吧!(向他的儿子)不要脸的东西!

达米斯　他能……

奥尔贡　闭嘴!

达米斯　真气死我了,怎么?我……

奥尔贡　你再多说一个字,我就打断你的胳膊。

答尔丢夫　老兄,看在上帝面上,千万别动气。我宁愿忍受最残酷的刑罚,也不愿您的儿子因为我而受到一点点皮肤上的损伤。

奥尔贡　你这忘恩负义的东西。

答尔丢夫　随他去吧!如果要我双膝跪在地下替他求饶的话……

奥尔贡　(向答尔丢夫)唉!您这叫什么话呀?(向他的儿子)混蛋!你看看他的大仁大义!

达米斯　那么……

奥尔贡　不许再闹!

达米斯　什么?我……

奥尔贡　不许再闹,听见了没有?我知道你为什么总要攻击他,就因为你们大家全恨他,我今天才知道我的太太、孩子、仆人全在反对他,全都厚着脸皮想尽一切方法要把这位伟大的虔徒从我家里撵出去。不过你们大家越用尽心思要把他撵走,我就越一心一意地要把他留住,并且我马上就把我的女儿嫁给他，煞一煞我全家人的狂妄气焰。

达米斯　您想强迫我妹妹嫁给他？

奥尔贡　是的，坏蛋，并且就在今天晚上，就为让你气个半疯。唉！我得跟你们大家斗一斗，让你们知道我的话是必须服从的，我是这里的一家之主。喂！你们赶快回头吧，你，你这无赖，赶快跪在他的面前，向他告饶。

达米斯　叫谁跪？叫我？让我来央求这个混账东西，他仗了他的招摇撞骗……

奥尔贡　混蛋，你敢反抗我的命令，你敢骂他？（向答尔丢夫）给我一根棍子，一根棍子！谁也别拦我。（向他的儿子）马上给我滚出去，休想再回来。

达米斯　好！我走，不过……

奥尔贡　快滚开，你这混蛋！我不但要剥夺你继承我遗产的权利，还要狠狠地诅咒你。

（莫里哀.伪君子[M].赵少侯，译.北京：人民文学出版社，1980.略有改动。）

思考练习

1.简述《伪君子》的艺术构思。

2.简述《伪君子》为何着重写伪君子的失败？

3.简述作品的主题和艺术特色。

第三节　《新爱洛绮丝》（节选）

作者简介

让·雅克·卢梭（1712—1778），法国18世纪伟大的启蒙思想家、哲学家、教育家、文学家，18世纪法国大革命的思想先驱，杰出的民主政论家和浪漫主义文学流派的开创者，启蒙运动最卓越的代表人物之一。主要著作有《论人类不平等的起源》《社会契约论》《爱弥儿》《忏悔录》《新爱洛绮丝》等。

作品导读

《新爱洛绮丝》是书信体小说，是法国启蒙运动时期著名作家卢梭的代表作之一，作于1761年，具有明显的反封建精神。朱丽的父亲是个有着浓厚封建等级偏见的贵族，他顽固地反对将女儿嫁给一个出身第三等级的家庭教师，强迫她嫁给贵族沃尔玛。作品中的圣普乐和朱丽，都具有反封建精神，他们反对封建等级观念，追求个性解放。圣普乐是个品学兼优、才貌双全的知识分子，他不承认封建道德和等级观念，把恋爱视为基本的人权。作者指出，封建的等级偏见和道德观念，才是造成这对青年的悲剧的根本原因。

作品赏析

新爱洛绮丝(节选)

湖上泛舟——写给爱德华先生

先生,我想把我们最近经历的一次危险告诉您,幸亏我们虚惊一场,但如今还有点儿疲惫。这件事值得单独写一封信。看了信,您会领会促使我写信给您的原因。

您知道,德·沃尔玛夫人的家离湖边不远,她爱在湖上泛舟。三天前,她的丈夫离家,我们无所事事,加之夜晚繁星满天,我们便计划第二天泛舟湖上。旭日初升我们便来到岸边,我们坐上了小船,带着渔网,准备捕鱼,有三个桨手,一个仆人,我们还带了一些食品,要在船上进午餐。我带上一杆枪,准备打候鸟。可是,她责备我打死鸟纯粹是糟蹋,而且唯一的乐趣只是令人难受。因此,我不时用诱鸟笛去召唤湖上各种好吃的鸟,作为消遣。我只向非常远的一只打了一枪,但没有命中。

我们在离岸五百步远的地方捕了一两个钟头的鱼。捕到不少鱼,但除了一条挨了一桨的鳟鱼以外,朱丽叫人把所有的鱼都扔回水里了。她说:"这些鱼在受罪,把它们放生吧:让我们也享受它们能逃脱危险的快乐。"仆人扔得慢吞吞的,勉为其难,啧有烦言。我不难看出,我们的仆人宁愿尝尝他们逮到的鱼,也不欣赏给鱼放生的理论。

我们随后划向浩渺的湖面。出于年轻男子的冲动——这种冲动到时候会治好的,我开始划起领头那支桨,向湖心前进,不久,我们便离岸边有一法里多。在那里,我向朱丽讲解我们四周的壮丽天际的各个部分。我向她指点远处的罗讷河河口,湍急的河水在四分之一法里的地方停止奔流,仿佛担心用混浊的河水弄脏湖水蔚蓝色的晶莹。我向她指出山脉的凸角,山脉平行的同位角在分开这些凸角的空间形成一道河床,河水畅流其间。我让她离开我们这边的湖岸,兴致勃勃地让她欣赏沃镇一带瑰丽迷人的湖边,那儿,星罗棋布的城镇,难以计数的居民,处处花木装点、青翠欲滴的山坡,组成一幅令人悦目的图画;那边,处处精耕细作和丰饶的土地给农夫、牧民和葡萄农提供要靠他们辛劳才能得来的果实,贪婪的包税人根本吞噬不了这果实。然后,我向她指点在彼岸的沙布莱,那是大自然同样宠幸的地方,却只呈现出一派贫穷的景象。我让她明显区分出两个政府对人民的富有、人口数量和幸福带来的不同作用。我对她说:"土地就这样向精耕细作的幸运民族敞开自己富饶的胸怀,并不吝惜自己的财宝。它似乎在向自由的美好景象微笑并显得生气勃勃，它乐于养育人。相反，遍布半荒凉土地上的寒碜的破房子、灌木和荆棘，从远处就表明，统治那里的主人并不在，土地不情愿地向奴隶们提供他们享受不到的微薄的产品。”

正当我们兴高采烈，这样遥望邻近的湖岸时，刮起一阵东北风，将我们从斜里推向彼岸，风力很猛。我们想到要掉转船头返回时，阻力非常大，以致我们不牢固的小船再也无法克服这股阻力。不久，浪涛变得汹涌起伏：必须返回萨伏瓦的岸边，竭力在我们对面的梅伊里村靠岸.这几乎是这带湖岸唯一可以靠岸的地方，那里的沙滩是个合适的靠岸场所。但是已经改变方向的风加强了，使我们的船夫们的努力变得徒劳，狂风让我们沿着一片陡峭的悬崖往下走时偏离了方向，我们再也找不到存身的处所。

我们齐心协力划桨，几乎在同一时刻，我痛苦地看到朱丽一阵恶心，浑身无力，瘫倒在船上。幸好她惯于坐船，这种状态持续得并不久。但我们的努力随着危险而增长。烈日、疲劳和汗水使我们气喘吁吁，筋疲力尽。这时，朱丽重新恢复了全部勇气，用充满同情的友好表示，激励我们的勇气。她毫无例外地给我们每个人的脸擦汗。她担心大家会喝醉，将水倒进酒壶里，轮流给精疲力竭的人喝酒。不，炎热和激动使她的脸色越发泛出红光，任何时候都不如这一刻。您可爱的女友闪烁出这样强烈的光彩。最使她的魅力增色的是，从她动人的神态大家清楚地看到，她所有的关心不是来自对自身的担心，而是来自对我们的同情。一次撞击使我们都湿透了，刹那间两块船板裂开口子，她以为小船撞得粉碎。在这个温柔的母亲的呼喊中，我清晰地听到这几个字：“噢，我的孩子们！莫非要再也见不到你们了吗？”我呢，我的想象总是比灾难走得更远，虽然我确实经历过危难状态，但我以为不时看到小船沉没，这个多么可怜的美人在浪涛中挣扎，死亡的苍白使她面孔的粉红褪了色。

末了，由于奋力划船，我们上溯到梅伊里，在离岸边十步远的地方搏斗了一个多小时，然后我们终于靠了岸。上岸时，所有疲惫都被忘却了。朱丽要感谢每个人对她做出的所有努力。由于在最危险时她只想到我们，上岸后她觉得大家只救了她一个人。

我们吃饭时胃口好得就像干了累活那样。鳟鱼烧好了。朱丽是酷爱鳟鱼的，却吃得很少。我明白，为了消除船夫们做出这番牺牲的遗憾心情，她并不关心我吃得很多。先生，您说过多少次，无论小事还是大事，这个多情的心灵总是会显露出来的。

饭后，湖水仍然汹涌，小船需要修理，我提议散一圈步。朱丽用风大和太阳毒来反对我,而且考虑到我疲倦了。我有自己的看法,我什么都适应。我对她说:"我从童年起就习惯于艰苦的锻炼,锻炼非但不会损害我的身体,反而使它变得更加结实,这次远游使我变得更加强壮。至于太阳和风,您有草帽,我们可以到阴凉处和树林里。问题只在于要在悬崖中间攀登。您不喜欢平原,却乐于忍受疲乏。"她按我的意愿去做,我们的人吃饭时,我们就出发了。

您知道,自从我从瓦莱流亡归来后,在梅伊里待了十年,等待准许我回来。正是在那里,我度过了非常忧愁而又非常美妙的日子,心中只牵挂着她,正是从那里我给她写了一封信,她看了非常感动。这个偏僻处所曾经是我在冰雪中的栖身之地,在那里我的心乐意同它在世上最珍爱的人进行内心对话,我总是想再看一看这个地方。在一个更加令人愉快的季节,带着我从前与她的画像一起住在那里的女子,去观看这个非常珍贵的地方,这个机会就是我要散步的秘密原因。能向她指点这样持久又这样不幸的激情建造的旧日的纪念场所,对我是一大乐事。

我们在曲折的凉爽的小路上走了一个小时,才到达那里。小路在树木和岩石之间难以觉察地上升,因而除了路途较长,倒没有什么不舒服的。在走近时,由于认出往日的标志,我几乎晕过去,但我克制住自己,隐藏住内心的骚乱,我们终于到达了。这个偏僻的地方构成一个荒野的、不见人迹的隐居地,但是有着各种各样的美,这种美只令敏感的心灵喜欢,而在别的心灵看来则是可怕的。一道融化的雪水形成的急流,在离我们二十步远的地方,奔腾着混浊的水,哗哗地卷着河泥、沙子和石块。在我们背后,一片无法接近的悬崖,将我们所处的空地与人们称为"冷饮商"的阿尔卑斯山的这一部分分隔开来,因为不断扩大的、巨大的冰峰从世界之初起就覆盖着这座山脉。黑森森的枞树林在右边阴惨惨地为我们遮阴。一大片橡树林坐落在左边急流之外。在我们脚下,湖泊在阿尔卑斯山的怀抱中形成的这一片广阔的水面,将我们与沃镇一带富饶的湖岸分隔开来,壮丽的汝拉山脉的峰顶俯瞰着这片景致。

在这些巨大而壮美的景物中间,我们所处的这一小片地方展示着秀丽的乡间住地的魅力:几条小溪穿过岩石渗透出来,在绿树丛中形成水晶般的网状流淌着;几棵野果树向我们的头顶垂下它们的树冠;湿润而凉爽的土地长满青草和鲜花。这样美好的居住地在周围景物的映衬下,看来该是一对情人双双逃脱大自然的肆虐的安身处所。

我们到达这偏僻的居住地后,观赏了一会儿。"什么!"我以泪汪汪的眼睛望着朱丽,对她说,"看到一个处处存在着您的地方,您的心难道竟一无所感，根本觉不到暗暗的激动吗？”于是，不等她回答，我就把她带往悬岩那边，向她指点，她名字的起首字母被刻在千百个地方，还有几句彼特拉克和塔索的诗，与我刻写时所处的状态有关。久别重逢，我感到这些东西的存在能有力地激发待在它们旁边时引起的强烈感情。我有点激动地对她说：“噢，朱丽！你具有我的心所向往的永恒魅力！这就是从前对你来说世上最忠实的情人长吁短叹的地方。在这里，你可爱的形象给予他幸福，并准备着使他最终从你这里获得幸福。那时，这里既看不到这些果子，也看不到这些绿荫，绿树和鲜花根本没有覆盖这一块块地方，溪流也根本没有形成这样的分割；这些小鸟也根本没有发出啁啾之声；唯有贪婪的鹰、不祥的乌鸦和阿尔卑斯山可怕的老鹰的叫声回响在这些岩洞间；巨大的冰凌在每个悬崖垂挂而下，冰雪形成的花彩是这些树唯一的装饰品：这里的一切散发出冬天的严寒气息和白霜的可怕气氛。唯有我心中的热情使我能忍受这个地方，我在这里整日思念着你。这块石头我在上面坐过，为了遥望远处你幸福的家；在附近的一块上面我写下感动你的心的那封信；这些锋利的石块给我用作雕刻刀，刻写你的名字的起首字母；这里，我越过冰冷刺骨的急流，去捡回被一股旋风刮走的你的一封信；那里，我过来重阅并千百次亲吻你写给我的最后一封信；在这个悬崖边，我用贪婪而阴郁的目光测度悬崖的深度；最后，正是在这里，我在忧心忡忡地启程之前，过来为病得要死的你哭泣，发誓在你之后不再苟且偷生。被忠贞不渝地爱着的姑娘，噢，我为你而生，我真该同你一起重游旧地，缅怀我在那里为离别你而长吁短叹地度过的时光！……”我正要说下去，但朱丽看到我走近悬崖边缘，惊慌起来，抓住我的手，捏紧不放，一言不发，带着柔情凝视我，好不容易忍住一声叹息。然后，突然掉转目光，拖着我的手臂。“我们走吧，我的朋友，”她用激动的声音对我说，“这里的空气对我不好。”我叹息着同她一起离去，不过没有回答她的话，我永远离开了这个令人忧郁的偏僻处所，就像我要离开朱丽本人那样。

绕了几个圈子慢慢回到港口以后，我们分开了。她想单独待一会儿，而我继续漫无目的地溜达。我回来时，小船还没有修理好，湖水也没有风平浪静，我们忧郁地吃晚饭，垂下眼睛，神态若有所思，吃得很少，说话更少。晚饭后，我们坐在沙滩上，等待出发的时候到来。月亮不知不觉升上夜空，湖水平静了些，朱丽提议动身。我把手伸给她，帮她下船；我坐在她旁边，不再想松开她的手。我们噤若寒蝉。木桨均匀的有节奏的响声引起我的遐思。沙锥相当快活的啁啾使我回想起往日的欢乐，非但不使我愉快，反而使我忧郁。我逐渐感到折磨着我的愁绪在加剧。宁静的天宇、清新的空气、柔和的月光、我们周围水波闪烁出的银白光辉、最令人愉悦的感受的涌现,甚至这个妙人儿在眼前,什么都不能使我的心摆脱千百种痛苦的思索。

我开始回忆起从前在我们那令人如醉如痴的初恋期间,同她做过的一次类似的散步。那时充溢我心灵的各种美妙情感,重又汇集起来,反而使我心里难受;我们青年时代的所有大事、我们的学习、我们的交谈、我们的通信、我们的约会、我们的欢乐:

E tanta fede,e si dolce memorie,

E silungo costume!

这连续不断的一幕幕给我描画出过去的幸福。一切都翩然而至,增加我眼前的不幸,在我的回忆中占据位置。我在思忖:一切都完了。这些时光,这些幸福的时光一去不复返了,永远消失了。唉!不再返回了。而我们却活着,又待在一起,偏偏总是心连心!我觉得我会更加耐心地忍受她的死或她的分离,我不像远离她度过的所有时期那样痛苦。当我在远方悲叹时,重见她的希望使我的心轻松一些。我庆幸她只要出现一下便会消除我所有的痛苦;我至少在各种可能性中考虑一种状态,比我的状态痛苦稍减。但待在她身边,看到她,接触到她,跟她说话,爱她,崇拜她,几乎要占有她时,却感到我永远失去她。这就把我置于愤怒和癫狂的迸发之中,逐渐使我激动到绝望的田地。不久,我开始在脑海里反复思考不祥的计划,在我一想起就要颤抖的冲动中,我强烈地想把她推入波涛,与我一起葬身水底,结束我的生命和长期的折磨。这可怕的欲望最后变得非常强烈,我不得不突然松开她的手,走到船头。

在那里,我强烈的激动开始了另一个走向。一种更加温柔的感情逐渐渗入我的心灵,动情克服了绝望,我开始泪如泉涌。这种状态比起我摆脱的状态,并非没有某些乐趣。我痛哭了好久,轻松了许多。待我恢复过来,我回到朱丽身边,又捏住她的手。她拿着手帕,我感到手帕已经湿透。“啊!”我对她悄声说,“我看到我们的心不断息息相通!”——“不错,”她用变调的声音说,“但愿我们用这种口吻说话是最后一次。”于是我们又开始平静地谈话,划行了一小时之后,我们到达了,没有遇到别的事故。我们回到家里时,我借着亮光看到她双眼通红,而且肿胀得厉害:她大概不会感到我的双眼情况更好。经过这一天的疲劳,她非常需要休息,她抽身走了,我也去睡下。

我的朋友,这就是我平生感到最强烈的激动的一天中发生的事。我希望这样的激动将是一种骤变,使我完全恢复原来的我。另外,我要告诉您,这次遭遇比关于人的自由和美德的价值的一切议论,对我更有说服力。有多少人受到诱惑而无力抗拒，最后归于失败啊！对朱丽来说，我的眼睛看到这一点，我的心感到这一点，这一天，她进行了人类心灵所能承受的最大搏斗；而她战胜了。但我做了什么才离她这么远呢？噢，爱德华！你受到情人的吸引，同时战胜你的愿望和她的愿望时，你只有孤身一人吗？没有你，我也许完了。在这遇险的一天，上百次回忆起你的品德使我保持美德。

（卢梭.新爱洛绮丝[M].郑克鲁，译.上海：上海译文出版社，1997.略有改动。）

思考练习

1.简述圣普乐的性格特点。

2.简述作品的主题思想和艺术特色。

第四节 《失乐园》(节选)

作者简介

约翰·弥尔顿(1608—1674)出生于英国伦敦一个富裕的清教徒资产阶级家庭，是英国资产阶级革命时期的诗人和政论家，也是英国文学史上最伟大的史诗诗人。代表作品有长诗《失乐园》《复乐园》《力士参孙》等。

1625年，弥尔顿进入剑桥大学，并开始写诗。大学毕业后又攻读了6年文学学位。1638年，弥尔顿到欧洲各国游历。1640年英国资产阶级革命爆发，弥尔顿毅然投身于革命运动之中，并出版了5本有关宗教自由的小册子。1644年，弥尔顿又为争取言论自由而写了《论出版自由》。1649年，革命胜利后的英国成立共和国，弥尔顿发表了《论国王与官吏的职权》等文，以巩固革命政权。1660年，英国封建王朝复辟，弥尔顿被捕入狱，不久被释放，此后他专心写诗。

作品导读

《失乐园》讲述了叛逆之神撒旦因为反抗上帝的权威被打入地狱，却毫不屈服，为复仇寻至伊甸园的故事。亚当与夏娃受被撒旦附身的蛇的引诱，偷吃了上帝明令禁吃的智慧树上的果子。最终，撒旦及其同伴遭天谴全变成了蛇，亚当与夏娃被逐出了伊甸园。该作说明人类从不识不知的原始社会进入生产劳动的文明社会，依靠了知识和劳动。同时，宇宙间就有正反相对、相互矛盾的两种势力存在，人类历史上也反复出现过变革、斗争的流血事件，出现过失乐园的悲剧。

《失乐园》中，撒旦对上帝的反叛和天国战争代表了封建主义的顽抗和封建地主与资产阶级之间的内战。正义终究会战胜邪恶，国王查理一世被推上了断头台。然而，随着共和国的堕落和腐败,资产阶级向斯图亚特王朝国王查理二世妥协,与其共同镇压了人民大众的革命运动,封建王朝复辟了。先进生产力的代表违背了社会发展规律。

《失乐园》中弥尔顿用亚当、夏娃对上帝的背叛来影射历史事件,寓意非常明确。人民群众是历史进步的推动力量和社会进步的最终根源,但是资产阶级忽视了人民的力量,成了封建主义的战利品。弥尔顿通过《失乐园》表达了自己的政治立场和革命意识,提出了一系列有关人性的问题。

作品赏析

失乐园(节选)

千军万马已经列队待发,
数目和那叛乱的无神之徒相等。
用火和刀剑向他们勇猛进攻;
把他们追到天界的尽头,
从神境福地赶到刑场,落入
地融深渊,在那儿早已广辟炎炎的
混沌界,等待着他们的坠落。
至尊的声音这样说了以后,
朵朵云彩阴暗了全山,烟雾滚滚,
灰色的涡卷包着翻腾的火焰,
这是他的圣怒已经激发的征象;
同样可怕的天喇叭在高处猛吹。
命令一发,卫护天庭的天使军
排成无敌的强大方阵,
光辉闪耀的队伍,静静地
踏着和谐的乐音而前进;
乐音激荡英雄的热情,
在神圣的领导下,甘冒万险
为上帝和他的弥赛亚而决战。

(弥尔顿.弥尔顿诗选[M].朱维之,译.北京:人民文学出版社,1998.)

思考练习

1.简述撒旦这一艺术形象。

2.简述作品的主题思想。

第五节　《汤姆·琼斯》(存目)

作者简介

亨利·菲尔丁(1707—1754),英国 18 世纪最杰出的小说家、戏剧家,18 世纪英国启蒙运动的杰出代表人物之一,是英国第一个用完整的小说理论来从事创作的作家,被沃尔特·司各特称为“英国小说之父”。在《约瑟夫·安特鲁传》《汤姆·琼斯》和《阿米利亚》中,菲尔丁奠定了至 19 世纪末一直影响着英国小说的、全面反映当代社会的现实主义传统。他最大的文学贡献是他创作的现实主义小说。菲尔丁和丹尼尔·笛福、塞缪尔·理查逊并称为英国现代小说的三大奠基人。

作品导读

《汤姆·琼斯》是菲尔丁艺术上最成熟的代表作,同时也是英国小说史上划时代的一部杰作。小说篇幅宏大,结构十分缜密,情节非常紧凑。《汤姆·琼斯》全书共 18 卷,每卷前面都有一篇序文。按照故事发生的背景,全书可以分为三大部分:第一部分是第一卷至第六卷,以偏僻的外省为背景,以索美塞得州奥尔华绥和魏斯登这两个乡绅的家庭生活为中心,描写英国乡村的生活;第二部分是第七卷至第十二卷,写由乡村到伦敦路上的情景,主要写汤姆和索菲娅由乡间到伦敦途中的困苦颠沛和种种冒险,小说中的重要人物在这里先后出场;第三部分是第十三卷至第十八卷,场景移到伦敦,以都市生活为背景,反映伦敦的城市环境,使小说的主人公和与其社会地位、观点、习惯各不相同的人物接触,着重暴露上层社会腐朽糜烂的生活,当中插入了贝娜斯登夫人和费拉谟伯爵这一类堕落的上层人物,使小说情节更加复杂;而方正先生死前的遗书、律师道林的自供、瓦脱夫人对往事的追叙,使小说进入结局。

作品赏析

汤姆·琼斯(存目)

思考练习

1.简述作品的结构特点。

2.简述作品的主题思想和艺术特色。

3.简述作品的时代意义。

第六节 《阴谋与爱情》(存目)

作者简介

席勒(1759—1805),德国剧作家、诗人,1759 年 11 月 10 日生于符腾堡公国的马尔巴赫。父亲是外科医生。席勒的戏剧创作分为狂飙突进运动和古典文学两个时期。狂飙突进运动阶段的剧作有《强盗》《斐爱斯柯》《阴谋与爱情》《唐·卡洛斯》。古典文学时期的剧作有《华伦斯坦》三部曲、《奥尔良的姑娘》、《玛丽亚·斯图亚特》、《梅西那的新娘》、《威廉·退尔》等。

作品导读

《阴谋与爱情》是德国 18 世纪杰出戏剧家席勒的著名剧作。《阴谋与爱情》的故事发生在 18 世纪的德国。当时德国处在政治分裂、经济落后的封建社会,分裂成许多封建小邦。各邦统治者——大公施行着残暴的独裁统治。故事中,平民琴师的女儿露意丝和宰相的儿子相爱,然而,这段爱情却在等级森严的社会和钩心斗角的宫廷阴谋下,以二人的死去而告终。这部戏剧结构紧凑、情节生动、冲突激烈,揭露了社会的不平等以及宫廷内部争权夺利的种种阴谋与恶行,反映了 18 世纪德国宫廷贵族阶级和小市民阶级的尖锐冲突。

作品赏析

阴谋与爱情(存目)

思考练习

1.简述主人公露意丝的性格特点。

2.简述作品的主题意蕴。

第七节 《浮士德》(存目)

作者简介

约翰·沃尔夫冈·冯·歌德(1749—1832)出生于美因河畔的法兰克福,是德国著名思想家、作家、科学家,魏玛古典主义最著名的代表。作为诗歌、戏剧和散文作品的创作者,他是最伟大的德国作家之一,也是世界文学领域中出类拔萃的光辉人物。他在 1773 年写了一部戏剧《葛兹·冯·伯利欣根》,从此蜚声德国文坛。1774 年发表的

《少年维特之烦恼》,更使他名声大噪。1776 年开始为魏玛公国服务。1831 年完成《浮士德》,翌年在魏玛去世。

作品导读

《浮士德》是德国作家歌德创作的一部长达 12 111 行的诗剧,第一部出版于 1808 年,共 25 场,不分幕。第二部共 27 场,分 5 幕。全剧没有首尾连贯的情节,而是以浮士德思想的发展变化为线索,以德国民间传说为素材,以文艺复兴以来的德国和欧洲社会为背景,写一个新兴资产阶级先进知识分子是如何不满于现实、竭力探索人生意义和社会理想的生活道路的。这是一部现实主义和浪漫主义结合得十分完美的诗剧。《浮士德》是歌德的代表作,是他毕生思想和艺术探索的结晶。《浮士德》的构思和写作,贯穿了歌德的一生:1768 年开始创作,一直写到 1831 年——逝世前一年才完成,前后共用了 64 年。

《浮士德》构思宏伟,内容复杂,结构庞大,风格多变,融现实主义与浪漫主义于一炉,将真实的描写与奔放的想象、当代的生活与古代的神话传说杂糅一处,善于运用矛盾对比之法安排场面、配置人物,语言时庄时谐、有讽有颂、形式多样,达到了极高的艺术境界。

作品赏析

浮士德(存目)

思考练习

1.简述《浮士德》的思想意义。

2.论述《浮士德》是如何塑造主人公形象的。

第五章 19世纪欧美文学

第一节 概 述

19世纪前期欧美文学的主潮是浪漫主义,19世纪中后期欧美文学的主潮是批判现实主义。

1.浪漫主义

(1)浪漫主义的内涵

浪漫主义的内涵具体表现在以下几个方面。

第一,浪漫主义是一种社会思潮,不单纯是一场文学变革运动,就像文艺复兴、古典主义和启蒙运动不单纯存在于文学领域一样。作为一种社会思潮,它必然涉及社会思想领域的各个方面,例如:哲学方面,这时以康德、黑格尔、费尔巴哈为代表的德国古典派哲学成为主流;社会学方面,以圣西门、傅立叶等人为代表的法国空想社会主义成为主流。

第二,浪漫主义在文学领域有两种倾向:积极浪漫主义与消极浪漫主义。积极浪漫主义代表着资产阶级民主派势力,而消极浪漫主义代表着资产阶级大革命以后的封建复辟势力。从1789年法国大革命中,可以看出这两种不同的立场。积极浪漫主义代表人物有英国的拜伦和雪莱、法国的雨果、德国的歌德、俄国的普希金。消极浪漫主义代表人物有英国的华兹华斯、法国的夏多布里昂等。

第三,浪漫主义对于文学而言是一种创作方法,它与作为社会思潮的浪漫主义既有区别又有联系。作为一种社会思潮,浪漫主义出现于18世纪末至19世纪初的欧洲,而作为一种创作方法,浪漫主义自古以来在世界各国都存在。但在特定的历史条件下,这种社会思潮使这种创作方法成为一种文学的变革形态,成为那个时代的主流文学风格,二者是密不可分的。

(2)浪漫主义产生的历史背景

19世纪前期,欧洲少数国家,如英、法基本上确立了资本主义社会秩序,但资本主义制度尚未完全建立起来,大多数欧洲国家仍处于封建社会。这是封建王权进行垂死挣扎的时代。在这种历史背景下，有两个原因促使浪漫主义思潮产生。

第一，人们对启蒙主义的失望。在启蒙运动中，资产阶级为了得到人民群众的拥护、利用人民群众的力量与封建势力夺权，提出了“自由、平等、博爱”的口号。这实际上是在向人民许诺：夺取政权后要给人民一个充满自由、平等、博爱的新社会，一个美好的理性王国。可是资产阶级胜利后，社会却仍然是充满了剥削压迫的不平等社会，只不过资产阶级新贵代替了封建旧贵族。所谓的民主不过是资产阶级新的专政方式，劳动人民仍处于受压迫地位，所以人们开始对资产阶级产生怀疑。

第二，人民对现实的强烈不满。这时的欧洲虽然是“解放区的天”，却不是“晴朗的天”。一方面旧的封建社会还未完全瓦解，另一方面资产阶级夺权后翻脸无情。这两种社会现实使人民非常不满。封建势力要做垂死挣扎，可是又不敢跟已经强大起来的资产阶级较量，只好拿人民开刀，对人民疯狂压迫。而资本主义秩序刚建立，完全是一种无序的自由竞争，大鱼吃小鱼，小鱼吃虾米，那么包括中小资产阶级在内的“虾米”们就要起来反抗。就在这样的历史背景下，以中小资产阶级为代表的一股社会思潮和文学思潮——浪漫主义就产生了。从浪漫主义产生的条件和背景看，它极力反对这个有着双重压迫的社会，既反对旧的封建社会，也反对新的资本主义社会。

(3)积极浪漫主义文学的基本特征

第一，表现理想，对未来寄予美好的希望。由于对现实的不满，积极浪漫主义作家将希望寄托在未来，也就是说他们尽量不表现现实，而侧重于表现理想的未来社会，或者将自己的理想凌驾在现实之上。但客观地看，他们的理想并不清晰，甚至是错误的。比如他们不满现实，却指不出来他们理想中的社会前景到底是什么样的；他们要同现实斗争，却不知道该怎样斗争。但他们对人类未来还是充满乐观主义信念的。雪莱在他的抒情诗《西风颂》中说：“冬天已经来了，春天还会远吗？”恩格斯称他为“天才的预言家”。而他的诗剧《普罗米修斯》则被马克思称为“本质上的革命家”。

第二，宣扬反抗精神。这一点可以说是积极浪漫主义文学中最基本、最普遍的主题。积极浪漫主义作家笔下的主人公大多具有反抗精神，但应该指出的是，这些反抗都是个人主义的，所以这些主人公都是个人英雄主义者。这说明那时的斗争是一种自发的斗争而不是自觉的斗争。如拜伦的诗剧《曼弗雷德》的主人公曼弗雷德、《海盗》中的康德拉、《该隐》中的该隐等，他们都具有反抗精神和叛逆性格，但都是个人英雄主义者，所以人们称这些人为“拜伦式的英雄”。

第三，爱憎分明。在积极浪漫主义作家的作品中，他们对社会现实持断然否定的态度，毫不掩饰这种憎恨与批判，如拜伦的《唐璜》，以唐璜的奇遇为线索，批判整个欧洲社会，他走到哪里就把哪里的黑暗与丑恶揭开给人看。

第四，常用历史故事或民间故事作为创作素材。由于积极浪漫主义不是现实主义,作品不以反映现实为主,所以积极浪漫主义作家对社会现实的批判也不是直接的,而是借助于历史或民间故事,以达到借古讽今的战斗目的。

(4)浪漫主义文学的主要成就

浪漫主义文学的主要成就表现在诗歌方面。大多数作家都是诗人,如拜伦、雪莱、海涅、惠特罗、普希金和雨果等。

除诗歌之外,浪漫主义小说和戏剧带有浓厚的批判现实主义成分,为批判现实主义文学打下了基础,代表作家有雨果、梅里美、大仲马等。

2.批判现实主义

(1)批判现实主义的内涵

批判现实主义是起源于19世纪30年代的一股文学潮流。它真实地反映社会现实,典型地再现社会风貌,深入地解剖和强烈地批判当时社会制度中的各种矛盾,因而被后人称为“批判现实主义文学”。简而言之,就是用批判的态度来反映社会现实的文学。

(2)批判现实主义产生的历史背景

19世纪30年代,三大阶级(封建势力、资产阶级、无产阶级)的矛盾日趋尖锐复杂。在各种矛盾中,资产阶级与封建势力已经争得“你死我活”了,而新成长起来的无产阶级对刚刚建立的资本主义制度的反抗也十分激烈(如巴黎公社、英国宪章运动、里昂工人大罢工等),还有资产阶级内部的分化,这些情况都使资本主义固有的矛盾不可避免地暴露出来。而启蒙主义时期的关于理性王国的幻想已经彻底破灭,浪漫主义的激情也已经是强弩之末,而且浪漫主义文学对于社会抽象的反抗和空洞的理想已经不能适应尖锐的、复杂的社会矛盾了。这就迫使人们不得不用冷静的眼光来看待他们的生活。于是忠实地再现社会现实的一切,对社会中存在的不合理因素进行深刻揭露、强烈批判的批判现实主义文学就应运而生了,而且它很快从英法等老牌资本主义国家迅速传遍整个欧洲,后来甚至扩展至美洲,成为19世纪末至20世纪的一股最壮阔、最有益的文学潮流。

(3)批判现实主义文学的基本特点

第一,广阔而真实地反映社会的各个方面。批判现实主义作家着力于暴露社会的黑暗,批判现实的罪恶。在他们的笔下,我们可以看到封建社会已经不可避免地、无法挽回地崩溃并灭亡了,而资本主义耀武扬威地发展壮大起来;也可以看到农奴制的残暴;同时还可以看到资本主义令人发指的剥削和对人们心灵的毒害。资本主义制度的种种矛盾和罪恶更是作家们揭露和批判的主要对象。批判现实主义作品广泛地涉及社会的各个领域,尖锐地提出了许多重大的社会问题,勾勒出一幅幅令人触目惊心的悲惨图景,引起了人们对社会制度深刻的不满和怀疑。但是我们也要看到,批判现实主义作家只是一味地否定一切，而苦于没有结论，也找不到出路。这就使他们的作品不同程度地具有悲观主义色彩，而且越到后期这种色彩越浓重。

第二，“人道主义”仍是其基本思想。从文艺复兴的“人文主义”开始，贯穿资产阶级文学的一条主线就是极力宣扬所谓的“人道主义”。但是我们说，“人文主义”是资产阶级上升时期的一种进步思想，但后来的“人道主义”具有一定的欺骗性。资产阶级越是宣扬“人道主义”，资本主义社会人吃人、金钱统治一切的实质就暴露得越充分，资本家对工人的剥削压榨就越惨无人道。所以对于批判现实主义作家来说，他们看到了这一点，很矛盾，很痛苦，也很无奈。因此他们在表现“人道主义”这一基本思想时，总让人感到有些牵强。但即便现实社会中的“人道主义”失去了原有的进步性，倒退成空洞的“人道主义”，他们作为有良知的作家，还是极力在宣扬它、呼唤它。

第三，批判现实主义作家大多数来自小资产阶级，当然也有工人、贫民、流浪汉，还有大贵族、大资产阶级。但无论来自哪个阶层，他们都属于小资产阶级作家，俄语称之为“布尔乔亚”。他们对于资本主义的揭露和批判是资本主义发展过程中表现出来的一种自我认识、自我反思和自我批判，具体地说就是“小资批判大资”。所以从表现出的批判性和深刻程度来看，年轻作家的战斗力、批判力都很强，而老年作家则比较保守。

第四，具有一系列的“二重性”。批判现实主义文学的二重性表现在它既有进步性，又有保守性。进步性表现在它无情地揭露资本主义制度的种种罪恶与劣根性，保守性表现在这些揭露和批判不是为了推翻这个不合理的社会，而是为了改良它、维护它，使它更稳固。具体来讲，其二重性表现在四个方面：其一，批判是尖锐的，但医治方法是荒唐的。这些作家虽然是文学巨匠，但在政治上却是庸医，是愤怒的批评家，是浅陋的预言家。其二，他们在批判大资产阶级 、大贵族时是无情的，但对所谓好的大资本家、大贵族抱有极大幻想。他们幻想通过大资产阶级、大贵族发善心来实现社会理想，把“人道主义”的光环强加在大资产阶级、大贵族头上，美化了一部分大资产阶级、大贵族，用“人道主义”作为各阶级之间矛盾的调和剂。这显然十分可笑。其三，对劳动人民表示同情，对其高尚情操加以赞扬，但是却仇视或丑化无产阶级。在他们笔下，穷人不是可怜兮兮就是凶残愚昧。其四，对待个人主义的态度具有双重标准。对于资产阶级来说，强调个人主义是其最大的阶级特征。从薄伽丘开始，资产阶级对个人主义一直是欣赏的。批判现实主义作家一方面看到了极端个人主义导致的悲惨结果，另一方面却极力歌颂和推崇个人英雄主义。所以他们笔下的正面人物几乎都是个人主义者。

第五，“除细节的真实外，真实地再现典型环境里的典型人物”。这是恩格斯对批判现实主义的经典概括。可以说，每一部批判现实主义作品都是社会生活的集中体现,但每一个事件都是放诸典型环境里的。尤其是作品中的主要人物,他们都是鲜活而丰满的,既有共性又有个性,如于连、列文、安娜、简·爱、斯佳丽等。批判现实主义文学之所以经久不衰,关键在于塑造了这些光彩夺目的人物形象。不同作品中的人物构成了一条多姿多彩的人物画廊,使作品具有旺盛的生命力。

(4)批判现实主义作家代表人物

批判现实主义作家,以 1871 年巴黎公社为界,可以分为前后两个群体。

第一,前期有法国作家司汤达、巴尔扎克、梅里美、福楼拜,英国作家狄更斯、萨克雷、善斯凯尔夫人、勃朗特姐妹、简·奥斯汀,俄国作家普希金、果戈理、车尔尼雪夫斯基、别林斯基、屠格涅夫、涅赫拉索夫等。

第二,后期有法国作家莫泊桑、左拉、罗曼·罗兰,英国作家高尔斯华绥、哈代、萧伯纳,俄国作家托尔斯泰、陀思妥耶夫斯基、契诃夫,美国作家马克·吐温、杰克·伦敦、欧·亨利、德莱塞、海明威,挪威作家易卜生,丹麦作家安徒生,匈牙利作家裴多菲等。

思考练习

1.简述 19 世纪浪漫主义文学产生的原因。

2.简述积极浪漫主义文学的基本特征。

3.简述批判现实主义文学的基本特点。

第二节 《许珀里翁的命运之歌》

作者简介

弗里德里希·荷尔德林(1770—1843),德国优秀的抒情诗人。青少年时就读于教会学校和神学院,古典哲学和希腊诗歌对他有很大影响,他渴求静谧、自由,钦羡大自然的美与纯朴。20 岁开始写诗,他的诗富于浪漫派气息,形式精致,文笔优美,洋溢着自由和爱国主义精神。组诗《祖国赞歌》表达了诗人对德意志民族和人类历史的关怀和信念,被比喻为崇高的交响音乐,是他创作的顶峰。

作品导读

许珀里翁是荷尔德林的小说《许珀里翁》(1799 年)中的主人公,是一位流亡德国的希腊青年;《许珀里翁的命运之歌》就出自该书。而"许珀里翁",原是希腊神话中的天神,因反抗宙斯而被推入地狱;他这个名字象征受难的人类。

这首抒情杰作采用强烈的对比手法,前两节描绘天神脚踏云毯,遨游太空,清风轻拂,圣花永放,安享极乐的、不受命运摆布的生活;第三节则描写受苦难的世人命中注定没有休憩之地，时刻遭受天灾人祸，不断消逝、沦亡。诗作比喻形象，意蕴深长，表达了人类的苦闷心情，以及对统治者、对天神的抗议和怨愤。

原诗节奏舒缓、和谐、明快，呈阶梯式，错落有致，译诗照仿。

作品赏析

许珀里翁的命运之歌

你们遨游在上界天光
　踏着柔软的云毯，至福的神灵！
　　辉煌的神风，
　　　轻拂着你们，
　　　　宛如女艺人的纤指拨动
　　　　　神圣的琴弦。

超脱命运，就像甜睡的
　婴儿，天神们呼吸着；
　　贞洁地保存
　　　在朴素的蓓蕾里，
　　　　他们的神智
　　　　　永远如花开放，
　　　　　　而极乐的眼睛
　　　　　　　眺望着在宁静
　　　　　　　　永恒的清辉中。

但我们却被注定，
　没有休憩之处，
　　消逝着，沉沦着
　　　受难的世人
　　　　盲目地从一个时刻
　　　　　到另一个时刻，
　　　　　　仿佛流水从巉岩
　　　　　　　抛向巉岩，
　　　　　　　　年复一年坠入未知的深渊。

1798年

（黎华.外国名诗100首[M].武汉：湖北教育出版社，1996.）

思考练习

1.简述这首诗的主旨。

2.谈谈这首诗结构形式的特色。

第三节 《海因利希·冯·奥夫特丁根》(存目)

作者简介

诺瓦利斯(1772—1801),原名弗里德里希·冯·哈登贝格·诺瓦利斯,德国浪漫主义诗人。1772 年 5 月 2 日生于萨克森公国一个没落的贵族世家,从小受到严格的宗教教育。1790 年在耶拿随费希特学习哲学,并结识席勒。1791 至 1793 年在莱比锡大学学习。后在法院、盐务局供职,并与早期浪漫派作家弗·施莱格尔等交往。1801 年 3 月 25 日因罹患肺结核去世。

他的抒情诗代表作有《夜之赞歌》(又名《夜颂》)、《圣歌》等。他还写过长篇小说《海因利希·冯·奥夫特丁根》(未完成),书中以蓝花作为浪漫主义憧憬的象征,非常著名。他也因此被誉为"蓝花诗人"。

作品导读

他未完成的长篇小说《海因利希·冯·奥夫特丁根》描写了中世纪诗人奥夫特丁根的生平,以此与歌德的《威廉·迈斯特》相抗衡。小说探讨了以神秘的"蓝花"为象征的浪漫派诗歌的价值和本质,语言优美,想象丰富。他还曾计划编写一部百科全书。对于诺瓦利斯,有人认为他的世界观神秘、反动,他歌颂黑夜、死亡、疾病等,消极颓废;也有人认为他的消极之中包含着反抗。但所有人对他在艺术上的创新和成就都表示肯定。

作品赏析

海因利希·冯·奥夫特丁根(存目)

思考练习

1.简述作品的主题思想。

2.简述作品的艺术特点。

第四节　《德国，一个冬天的童话》（节选）

作者简介

亨利希·海涅（1797—1856），德国著名的抒情诗人和散文家，被称为“德国古典文学的最后一位代表”。

1797年12月13日，海涅生于德国莱茵河畔杜塞尔多夫的一个犹太商人家庭。童年和少年时期经历了拿破仑战争，学过金融和法律。

1795年，拿破仑的军队曾开进莱茵河流域，对德国的封建制度进行了一些民主改革。正如恩格斯所说，拿破仑“在德国是革命的代表，是革命原理的传播者，是旧的封建社会的摧残人”。法军的这些改革，使备受歧视的犹太人的社会地位得到了较大改善，因此海涅从童年起就深受法国资产阶级革命思想的影响。

1821年海涅开始发表诗作，凭借4卷《游记》和《歌集》蜚声文坛。1825年为取得德国公民权而皈依基督教，因此疏远了犹太民族，但他的革命思想又使他在德国无法找到工作。1830年革命后自愿流亡巴黎，从诗歌写作转向政治活动，成为国家民主运动的领导人，同时对法国和德国文化有许多评述。

诗人以平常的词语、普通的语句创作出思想深刻、生动优美的诗篇。在德国文学史上既是作家又是思想家的不乏其人，但像海涅那样将二者完美地统一起来，而又没有让诗歌负担哲学的沉重的，并不多见。

作品导读

《德国，一个冬天的童话》是海涅的代表作。这首政治抒情长诗共27章，是诗人在流亡法国十多年之后返回祖国后写下的，真切地记述了诗人在德国的所见所感。

当诗人踏上故土，听到弹竖琴的姑娘弹唱古老的“断念歌”和“催眠曲”时，感觉这些陈词滥调与自己的思想感情格格不入。于是，诗人立即唱出一支新的歌，表达了他要在大地上建立“天上王国”的理想：人人都过着幸福的生活，大地上有足够的面包、玫瑰、常春藤、美和欢乐。

然而，现实中的德国根本不是“天上王国”，当姑娘在弹唱时，诗人受到普鲁士税收人员的检查。诗人嘲弄那些翻腾箱子的蠢人：“你们什么也不能找到！我随身带来的私货，都在我的头脑里藏着。”诗人来到亚琛，看到了驿站招牌上的一只象征普鲁士统治的鹰。这只鹰张牙舞爪、恶狠狠地俯视着诗人。瞬间，诗人的内心充满了对它的仇恨，随即愤怒地咒骂和嘲弄这只“丑恶的凶鸟”：“一旦这凶鸟落在我手中，我就要毫不手软地拔掉它的羽毛，果断地砍断它的利爪，将它的尸首系在长竿上示众。不仅如此，我还要召唤射鸟的能手，来一番痛痛快快的射击。”在愤怒中，诗人许下诺言：“谁要是把这只凶鸟的尸首射下来,我就把王冠和权杖授给这个勇敢的人,并向他欢呼:'万岁,国王!'"

最后,诗人指出:"伪善的老一代在消逝",而"新的一代正在成长"。诗人还发出警告:"死去的诗人,要尊敬,可活着的,也要爱惜。"如果胆敢得罪诗人,不但要被诗人诅咒,而且还要被关进"但丁的地狱"。

作品赏析

德国,一个冬天的童话(节选)

凄凉的十一月,
日子已渐渐阴郁,
风把树叶摘落,
我走上德国的旅途。
来到国境,
强烈的心跳震撼着胸底。
并且,真的,
连眼泪也开始滴沥。
听见德国的语言,
使我有异样的感觉,
好像我心脏的血液溢出了,
它舒畅地衰落下去了。
一位小小的琴女在歌咏,
用真实的感情,
和假的嗓音,但她的弹唱,
却使我非常动心。
她歌唱着爱,和爱中的恨,
歌唱着牺牲,
歌唱着那天上的、更好的世界里的重逢,
说那儿没有愁恨。
她歌唱着地上的眼泪,
歌唱着那一瞬即逝的狂欢,
歌唱那被华光照耀着的灵魂,
他们是沉醉在永远的欢悦中,在彼岸。
她歌唱的是古时绝望的曲调,

是在民众痛苦哀泣的时候，
能将他们送入昏睡中的，
那天上的催眠曲调。
我知道这些旋律，这些歌词，
知道这些词句的作者大师们——
他们在屋里私自饮酒，
在门外却假意用水劝人。屋里饮酒，门外劝水，指那些伪善的僧侣。
新的歌，更好的歌，
啊！朋友，让我替你们制作——
我们要在地上
建筑起天国。
我们要在地上得到幸福，
再不愿老是饥肠辘辘，
再不愿把勤劳的两手获得的东西，
拿去填饱那些吃闲饭的肚腹。
为着一切的人们，
这地上有足够的面包产生。
玫瑰花呀，常春树呀，美呀，乐呀，
甜豌豆呀，也同样能孳生。
是的，豆荚裂时，
甜豌豆便是属于万人的，
天上的乐园吗？
让你们天使和麻雀拿去！
我们死后若能生出翅膀，
我们就到天上拜访你们，
在那儿我们要和你们一道，
同吃最幸福的蛋糕和点心！
新的歌，更好的歌，
它和笛、提琴一样畅快地响着。
忏悔的歌声止了，
丧钟也沉默着。
处女欧洲，
和美丽的自由天使订婚，

万岁呀,这对新郎新妇,
万岁呀,他们未来的子孙!
我的歌,是结婚赞美歌,
是更好的、新的歌,
最高感激的星光,
在我的心中闪烁。
感激的星光,它会热烈地焚烧,
熔流而成火焰的河川。
我感到自己变得无比的坚强,
我甚至能把槲树折断!
踏上德国的国土以来,
灵妙的液体便流贯了我的全身。
巨人再一次触到了他的母体,
他身上就又有新的力量长成。

(海涅.德国,一个冬天的童话[M].冯至,译.北京:人民文学出版社,1978.略有改动。)

思考练习

1.简述从作品中获得的精神启示。

2.简述作品的主题思想和艺术特色。

第五节 《唐璜》(存目)

作者简介

乔治·戈登·拜伦(1788—1824),英国19世纪初最杰出的浪漫主义诗人,也是欧洲浪漫主义文学和资产阶级民主力量的重要代表。他的创作对欧洲各国的民主斗争和文学发展产生了巨大影响。

代表作品有《恰尔德·哈洛尔德游记》《唐璜》等,他在诗歌里塑造了一批"拜伦式英雄"。他不仅是一位伟大的诗人,还是一个为理想战斗一生的勇士。他积极而勇敢地投身革命——参加了希腊民族解放运动,并成为领导人之一。

作品导读

《唐璜》是拜伦创作的长篇讽刺史诗,作者原拟写24章,由于奔赴希腊,只写完了第1—16章和第17章片段,共16 000多行。《唐璜》是英国文学史上篇幅最长的诗作，也是欧洲浪漫主义文学的代表作品。诗作虽未完成，但因深刻的思想内容、广阔的生活容量和独特的艺术风格，被歌德称为“绝顶天才之作”。

作品通过主人公唐璜在西班牙、希腊、土耳其、俄国和英国等不同国家的生活经历，展现了 19 世纪初欧洲的现实生活，讽刺批判了“神圣同盟”和欧洲反动势力。诗中表现了唐璜的善良和正义，通过他的种种浪漫奇遇，描绘了欧洲的人物百态、山水名城和社会风情，画面广阔，内容丰富，堪称一座艺术宝库。诗歌对英国贵族和资产阶级的拜金主义进行了深刻的揭露和讽刺。英国统治阶级夸耀“自由”和“权利”，但是唐璜初次来到伦敦，就遭到了强盗的袭击。诗歌痛斥英国贵族卡斯尔累爵士为“恶棍”和“奴隶制造商”，谴责当时备受统治阶级称赞的惠灵顿为“第一流的刽子手”，揭露了英国上流社会华丽外表下的糜烂透顶、丑陋不堪。

《唐璜》是拜伦最重要的一组诗，半庄半谐、夹叙夹议，既有现实主义的内容，又有奇突、轻松而讽刺的笔调。第一、二章匿名发表后，立即引起巨大的反响。英国维护资产阶级体面的报刊群起而攻之，指责它对宗教和道德的进攻是“对体面、善良感情和维护社会所必需的行为准则的讥讽”，“令每个正常的头脑厌恶”，等等。但同时，它却受到了人民高度的赞扬。

作品赏析

唐璜（存目）

思考练习

1.简述主人公的形象。

2.简述作品主题与艺术特色。

第六节　《西风颂》

作者简介

波西·彼希·雪莱（1792—1822），英国浪漫主义民主诗人、作家，第一位社会主义诗人、小说家、哲学家、散文随笔和政论作家、改革家、柏拉图主义者和理想主义者，受空想社会主义思想影响颇深。雪莱生于英格兰萨塞克斯郡霍舍姆附近的沃恩汉，12 岁进入伊顿公学；1810 年进入牛津大学；1811 年 3 月 25 日由于散发《无神论的必然》，入学不足一年就被牛津大学开除；1813 年 11 月完成叙事长诗《麦布女王》；1818 年至 1819 年完成了两部重要的长诗《解放了的普罗米修斯》和《倩契》；1819 年作《西风颂》。

雪莱是英国文学史上最有才华的抒情诗人之一,被誉为"诗人中的诗人",与乔治·戈登·拜伦并称为英国浪漫主义诗歌的"双子星座"。

作品导读

《西风颂》同样具有象征意义,这不羁的精灵在送旧迎新,诗人预言人类美好的未来——"春天"为期不远了。全诗气势磅礴,回肠荡气,令人感奋。

作品赏析

西风颂

一

呵,狂野的西风,你把秋气猛吹,
不露脸便将落叶一扫而空,
犹如法师赶走了群鬼,

赶走那黄绿红黑紫的一群,
那些染上了瘟疫的魔怪——
呵,你让种子长翅腾空,

又落在冰冷的土壤里深埋,
像尸体躺在坟墓,但一朝
你那青色的东风妹妹回来,

为沉睡的大地吹响银号,
驱使羊群般的蓓蕾把大气猛喝,
就吹出遍野嫩色,处处香飘。

狂野的精灵!你吹遍了大地山河,
破坏者,保护者,听吧——听我的歌!

二

你激荡长空,乱云飞坠
如落叶;你摇撼天和海,
不许它们像老树缠在一堆;

你把雨和电赶了下来，
只见蓝空上你骋驰之处
忽有万丈金发披开，

像是酒神的女祭司勃然大怒，
愣把她的长发遮住了半个天，
将暴风雨的来临宣布。

你唱着挽歌送别残年，
今夜这天空宛如圆形的大墓，
罩住了混浊的云雾一片，

却挡不住电火和冰雹的突破，
更有黑雨倾盆而下！呵，听我的歌！

三

你惊扰了地中海的夏日梦，
它在清澈的碧水里静躺，
听着波浪的催眠曲，睡意正浓，

朦胧里它看见南国港外石岛旁，
烈日下古老的宫殿和楼台
把影子投在海水里晃荡，

它们的墙上长满花朵和藓苔，
那香气光想想也叫人醉倒！
你的来临叫大西洋也惊骇，

它忙把海水劈成两半，为你开道，
海底下有琼枝玉树安卧，
尽管深潜万丈，一听你的怒号

就闻声而变色,只见一个个
战栗,畏缩——呵,听我的歌!

四

如果我能是一片落叶随你飘腾,
如果我能是一朵流云伴你飞行,
或是一个浪头在你的威力下翻滚,

如果我能有你的锐势和冲劲,
即使比不上你那不羁的奔放,
但只要能拾回我当年的童心,

我就能陪着你遨游天上,
那时候追上你未必是梦呓,
又何至沦落到这等颓丧,

祈求你来救我之急!
呵,卷走我吧,像卷落叶,波浪,流云!
我跌在人生的刺树上,我血流遍体!

岁月沉重如铁链,压着的灵魂
原本同你一样,高傲,飘逸,不驯。

五

让我做你的竖琴吧,就同森林一般,
纵然我们都叶落纷纷,又有何妨!
我们身上的秋色斑斓,

好给你那狂飙曲添上深沉的回响,
甜美而带苍凉。给我你迅猛的劲头!
豪迈的精灵,化成我吧,借你的锋芒,

把我的腐朽思想扫出宇宙,

扫走了枯叶好把新生来激发；
凭着我这诗韵做符咒，

犹如从未灭的炉头吹出火花，
把我的话散布在人群之中！
对那沉睡的大地，拿我的嘴当喇叭。

吹响一个预言！呵，西风，
如果冬天已到，难道春天还用久等？

（雪莱.英国诗选[M].王佐良，译.上海：上海译文出版社，2011.略有改动。）

思考练习

1.简述《西风颂》的主旨。

2.简述《西风颂》的艺术特色。

第七节　《双城记》(节选)

作者简介

查尔斯·狄更斯(1812—1870)，全名查尔斯·约翰·赫法姆·狄更斯，是 19 世纪英国最伟大的现实主义作家。他出生在朴次茅斯一个海军小职员家庭。少年时因家庭生活窘迫，只能断断续续入校求学，后被迫到工场做童工。15 岁以后，他当过律师事务所学徒、录事和法庭记录员，20 岁开始当报馆采访员。

1837 年他完成了第一部长篇小说《匹克威克外传》，这是他的第一部现实主义小说。后来他的创作日渐成熟，先后出版了《雾都孤儿》《老古玩店》《董贝父子》《大卫·科波菲尔》《艰难时世》《双城记》《远大前程》等。1870 年 6 月 9 日卒于罗切斯特附近的盖茨山庄。

狄更斯注重描写生活在英国社会底层的“小人物”的生活遭遇，深刻地反映了当时英国复杂的社会现实，为英国批判现实主义文学的开拓和发展作出了卓越的贡献。他的作品在英国文学发展史上具有深远的影响。

作品导读

《双城记》是一部以法国大革命为背景的长篇历史小说。故事将巴黎、伦敦两个大城市联系起来，围绕着梅尼特医生一家和以德发日夫妇为首的圣安东尼区展开。小说里描写了贵族是如何残害百姓的。人民心中积压的对贵族的刻骨仇恨,导致了法国大革命。书名中的“双城”指的是巴黎与伦敦。

小说深刻地揭露了法国大革命前被深深激化的社会矛盾,强烈地抨击贵族阶级的荒淫残暴,并深切地同情苦难中的下层人民。作品尖锐地指出,人民群众的忍耐是有限度的,在贵族阶级的残暴统治下,人民群众迫于生计,必然奋起反抗。这种反抗是正义的。小说还描绘了起义人民攻击巴士底狱的壮观场景,表现了人民群众的伟大力量。作者站在人道主义的立场上,既反对残酷压迫人民的暴政,又反对革命人民过于极端的暴力。但《双城记》备受争议,因为在狄更斯笔下,失控阶段的革命演变成了巨大灾难。狄更斯批判革命人民的盲目屠杀,他们在憎恨贵族社会的残酷压迫的同时,自己也变成了一种畸形的社会阶层,除了仇恨和报复,一无所有。

狄更斯反对滥杀无辜,反对任何形式的暴力。他认识到革命思想的到来是不可避免的;但当革命来临,并带来许多可怕的情况和血腥场面时,他转而反对革命。狄更斯的态度从原先的支持革命转变为后来的否定革命,前后形成了巨大的反差,但有一个一致的标准:反对暴力和滥杀无辜,强调人文主义和爱。狄更斯主张非暴力社会改革,他反对在暴力中革命。他认为革命暴力不能解决根本问题,只有凭借理性与宽容、善良和爱才能建立一个和平与和谐的社会。

作品赏析

双城记(节选)

那是最美好的时代,那是最糟糕的时代;那是智慧的年头,那是愚昧的年头;那是信仰的时期,那是怀疑的时期;那是光明的季节,那是黑暗的季节;那是希望的春天,那是失望的冬天;我们全都在直奔天堂,我们全都在直奔相反的方向——简而言之,那时跟现在非常相像,某些最喧嚣的权威坚持要用形容词的最高级来形容它。说它好,是最高级的;说它不好,也是最高级的。

英格兰宝座上有一个大下巴的国王和一个面貌平庸的王后;法兰西宝座上有一个大下巴的国王和一个面貌姣好的王后。对两国支配着国家全部财富的老爷来说,国家大局足以万岁千秋乃是比水晶还清楚的事。

那是耶稣纪元一千七百七十五年。灵魂启示在那个受到欢迎的时期跟现在一样在英格兰风行一时。骚斯柯特太太刚满了她幸福的二十五岁,王室卫队一个先知的士兵已宣布这位太太早已做好安排,要使伦敦城和西敏寺陆沉,从而为她崇高形象的出现开辟道路。即使雄鸡巷的幽灵在咄咄逼人地发出它的预言之后销声匿迹整整十二年,去年的精灵们咄咄逼人发出的预言仍跟她差不多,只是少了几分超自然的独创性而已。前不久英国国王和英国百姓才得到一些人世间的消息。那是从远在美洲的英国臣民的国会传来的。说来奇怪，这些信息对于人类的影响竟然比雄鸡巷魔鬼的子孙们的预言还要巨大。

法兰西的灵异事物大体不如她那以盾和三叉戟为标志的姐妹那么受宠。法兰西正在一个劲儿地往坡下滑，印制着钞票，使用着钞票。除此之外她也在教士们的指引下建立些仁慈的功勋，寻求点乐趣。比如判决一个青年斩去双手，用钳子拔掉舌头，然后活活烧死，因为他在一群和尚的肮脏仪仗队从五六十码之外他看得见的地方经过时，竟然没有跪倒在雨地里向它致敬。而在那人被处死时，生长在法兰西和挪威森林里的某些树木很可能已被"命运"这个樵夫看中，要砍倒它们，锯成木板，做成一种在历史上以恐怖著名的可以移动的架子，其中包含了一个口袋和一把铡刀。而在同一天，巴黎近郊板结的土地上某些农户的简陋的小破屋里也很可能有一些大车在那儿躲避风雨。那些车很粗糙，溅满了郊野的泥浆，猪群在它旁边嗅着，家禽在它上面栖息。这东西也极有可能已被"死亡"这个农民看中，要在革命时给它派上死囚囚车的用场。可是那"樵夫"和"农民"尽管忙个不停，却总是默不作声，蹑手蹑脚，不让人听见。因此若是有人猜想到他们已在行动，反倒会被看作是无神论和大逆不道。

英格兰几乎没有秩序和保障，难以为民族自夸提供佐证。武装歹徒胆大包天的破门抢劫和拦路翦径在京畿重地每天晚上出现。有公开的警告发表：各家各户，凡要离城外出，务须把家具什物存入家具店的仓库，以保安全。黑暗中的强盗却是大白天的城市商人。他若是被他以"老大"的身份抢劫的同行认了出来，遭到挑战，便潇洒地射穿对方的脑袋，然后扬长而去。七个强盗抢劫邮车，被押车卫士击毙了三个，卫士自己也不免"因为弹尽援绝"被那四个强盗杀死，然后邮件便被从从容容地弄走。伦敦市的市长大人，一个神气十足的大员，在特恩安森林被一个翦径的强徒喝住，只好乖乖地站住不动。那强盗竟当着众随员的面把那个显赫人物掳了个精光。伦敦监狱的囚犯跟监狱看守大打出手；法律的最高权威对着囚犯开枪，大口径短枪枪膛里填进了一排又一排的子弹和铁砂。小偷在法庭的客厅里扯下了贵族大人脖子上的钻石十字架。火枪手闯进圣-嘉尔斯教堂去检查私货，暴民们却对火枪手开枪。火枪手也对暴民还击。此类事件大家早已习以为常，见惯不惊。在这样的情况之下刽子手不免手忙脚乱。这种人无用胜于有用，却总是应接不暇。他们有时把各色各样的罪犯一大排一大排地挂起来；有时星期二抓住的强盗，星期六就绞死；有时就在新门监狱把囚犯成打成打地用火刑烧死；有时又在西敏寺大厅门前焚烧小册子。今天处决一个穷凶极恶的杀人犯,明天杀死一个只抢了农家孩子六便士的可怜的小偷。

诸如此类的现象,还加上一千桩类似的事件,就像这样在可爱的古老的一千七百七十五年相继发生,层出不穷。在这些事件包围之中,“樵夫”和“农民”仍然悄悄地干着活,而那两位大下巴和另外两张平常的和姣好的面孔却都威风凛凛,专横地运用着他们神授的君权。一千七百七十五年就是像这样表现出了它的伟大,也把成千上万的小人物带上了他们前面的路——我们这部历史中的几位也在其中。

(狄更斯.双城记[M].石永礼,等译.北京:人民文学出版社,1993.略有改动。)

思考练习

1.简述《双城记》的主题思想。

2.简述《双城记》的艺术特色。

第八节 《总管》

作者简介

伊凡·谢尔盖耶维奇·屠格涅夫(1818—1883),19世纪俄国批判现实主义文学的著名代表,“卓越的俄罗斯作家”(列宁语)。

屠格涅夫出身贵族地主家庭,自幼目睹农奴受迫害的惨状,心中产生对农奴制的憎恨。1836年毕业于彼得堡大学语文系,继而又到德国柏林大学进修哲学和古典文学课程。19世纪40年代初开始创作活动,早期的浪漫主义抒情诗带有感伤情调,但在别林斯基影响下很快转向批判现实主义的道路。自1847年起,他在《现代人》杂志上,陆续发表了二十多篇以暴露农奴制黑暗为主题的短篇小说,这就是震惊世界文坛的《猎人笔记》。他对新事物感觉敏锐,善于及时地提出人民普遍关心的新问题。长篇小说《罗亭》(1856)塑造了一个既不满意贵族社会又脱离人民的“多余的人”的典型,《贵族之家》(1859)反映了封建贵族家庭必然灭亡的趋势,《前夜》(1860)展示了农奴制崩溃前夕俄国进步青年的新觉醒,《父与子》(1862)描写了老一代的贵族自由主义者和新一代的平民民主主义者之间不可避免的冲突,《处女地》(1877)则再现了19世纪70年代兴起的俄国民粹主义运动。19世纪中期至后期的俄国从封建农奴制转变为资本主义制度的整个历史时代,在屠格涅夫的作品中都得到了艺术的反映。但在当时俄国的民主阵营中,屠格涅夫的政治立场较为保守,对沙皇亚历山大二世抱有幻想,这种自由主义派的保守观点直接导致他和革命民主主义者的公开决裂。

当一位青年作家问他应该怎样写作时，屠格涅夫这样回答："注意观察周围的一切，不仅要努力从生活的一切现象里抓住生活，而且还要努力去了解它，了解生活依之而运动的却又不是经常表露出来的那些规律；必须通过意外的偶然性达到典型——不管怎样，要永远忠于真实性。"惊人的真实性和优美的抒情性的高度统一，使屠格涅夫的作品具有一种特别吸引人的诗的魅力。

作品导读

《总管》是《猎人笔记》中揭露最深的一篇。小说有力地描写了地主和农奴之间尖锐的阶级对立，并如实地反映了农奴制改革前俄国农村经济的深刻变化。总管索夫龙是新出现的富农暴发户的典型，具有"恶狗"般凶残与贪婪的特性。他对主子曲意奉承，目的是将村子作为自家的财产。他对农奴进行敲骨吸髓的剥削，全村农民都欠他的债，像雇工那样替他做工。谁要告状，他就将谁置之死地。他不仅靠土地盘剥农民，还贩卖马匹、柏油、大麻、奶酪，从事商业投机。对金钱的狂热追求使他丧尽天良，"人家都说他是一只狗"。这个典型的概括意义是很深的。另一个人物，地主宾诺奇金，也是那个时代出现的新典型。他不是旧式的地主，而是新型的、"文明"的、"西欧派"的地主；外表衣冠楚楚，满口法国话，既"高雅"又"仁慈"，但这一切不过是粉饰其野蛮的农奴主本性的面纱；只要仆人没有把酒烫温，他就要命令打手将犯过失的人"处理"一顿。列宁在《纪念葛伊甸伯爵》一文中，曾引用宾诺奇金的形象无情地戳穿了标榜"人道"的贵族自由主义者的伪善嘴脸。这两个艺术典型的成功塑造，充分表现了屠格涅夫对现实生活的敏锐的观察和独到的概括。

作品赏析

总　管

在离开我的领地大约十五俄里的地方，住着一个我所熟悉的人——青年地主、退职近卫军官阿尔卡季·巴甫勒奇·宾诺奇金。他的领地里有许多野禽，房屋是依照一个法国建筑家的设计而建造的，仆役们都穿英国式服装，饮食很讲究，招待客人很殷勤，然而你总还是不喜欢到他家里去。他为人审慎而积极，照例受过良好的教育，担任过职务，在上流社会中厮混过，现在经营产业，颇有成就。阿尔卡季·巴甫勒奇，照他自己所说，为人严格而公正，关心他属下的幸福，惩罚他们也是为了他们的幸福。"对待他们必须像对待孩子一样，"在谈起这些的时候他这样说，"他们是没有知识的，mon cher；il faut prendre cela en consideration。"他到了所谓免不了不愉快的时候，避免暴躁剧烈的动作，不喜欢提高声音，而大都是伸出手来直指着那人，冷静地说:“仁兄,我不是这样要求过你吗?”或者:“你怎么啦,我的朋友,想想清楚吧。”这时候他只是轻轻地咬着牙齿,撇着嘴巴。他身材不高,风姿翩然,相貌很不坏,手和指甲都保持十分清洁;他的红润的嘴唇上和面颊上显示着健康之色。他的笑声响亮而轻松,和蔼地眯着一双明亮的、褐色的眼睛。他的服装体面而有风格;他订阅法国的书籍、图画和报纸,但是他不大喜欢看书:一册《流浪的犹太人》好容易读完,玩纸牌他是能手。一般地说来,阿尔卡季·巴甫勒奇算是我们省里最有修养的贵族和最可羡的风流男子中的一个;女人们为他神魂颠倒,尤其称赞他的风采。他持身处世异常谨慎,像猫一样小心;他有生以来从未沾惹过任何事端;然而有机会也喜欢卖弄自己,欺侮怯弱的人。他非常嫌恶不良的交际——恐怕损害自己的名誉;而在高兴的时候,就自称为伊壁鸠鲁的崇拜者,虽然他对于哲学往往没有好评,称之为德国学者的虚无的食粮,有时竟称之为妄语。他也喜欢音乐,玩纸牌的时候常常含糊地然而有感情地唱歌;《卢西阿》和《松那蒲拉》中的曲子他也记得一些,但是不知为什么取音都很高。每逢冬天他就到彼得堡去。他家里收拾得异常整齐;连马车夫们也受他的影响,每天不但擦马轭、刷上衣,还洗自己的脸。阿尔卡季·巴甫勒奇家的仆人们的眼色的确有点阴郁,但是在我们俄罗斯,懊恼和睡眠不足原是分别不出的。阿尔卡季·巴甫勒奇说话时声音柔和悦耳,抑扬顿挫,仿佛每一个字都是乐愿地从他那漂亮的、洒满香水的髭须中吐出来的;他又常常应用法语的辞句,例如:“Ma—is c'est impayable!”“Mais comment donc!”等等。由于这种种原因,我至少不很喜欢去访问他,要不是为了他那里有松鸡和鹧鸪,我也许完全同他绝交了。在他家里,有一种奇怪的不安支配着你;即使生活很舒服也不能使你快乐。每天晚上,当一个穿着有纹章纽扣的浅蓝色号衣的署发侍仆出现在你面前,开始卑躬屈节地替你拉下长筒靴来的时候,你就感觉到:假使这个苍白而瘦削的人突然换了一个颧骨阔得可惊而鼻子扁得稀奇的、体格强壮的年轻小伙子(这人刚刚由主人从田间拉来,而不久以前赏赐他的土布衣服已有十处绽裂)出现在你面前,你将说不出地高兴,而乐愿蒙受和长筒靴一起拉掉你的小腿的危险。……

虽然我对阿尔卡季·巴甫勒奇不怀好感,有一次我却在他家里过了一夜。第二天一清早,我就吩咐套好我的四轮马车,但是他不愿意让我不吃英国式的早餐就离去,便领我走进他的书房。和茶一起拿出来给我们的有肉饼、半熟的鸡蛋、奶油、蜜糖、干酪等等。两个侍仆戴着洁白的手套,机警而肃静地、无微不至地侍候我们。我们坐在一只波斯式的长沙发上。阿尔卡季·巴甫勒奇穿着宽大的绸裤,黑色的丝绒短大衣,头戴一顶有蓝色流苏的漂亮的非斯卡帽，脚踏一双没有后跟的中国式黄拖鞋。他喝茶，笑着，欣赏着自己的指甲，吸着烟，把坐垫衬在腰部，总之，觉得心情非常愉快。阿尔卡季·巴甫勒奇吃饱了早餐，样子显然很满足，给自己倒了一杯红酒，把酒杯拿到嘴唇边，忽然皱起眉头。

"酒为什么不烫温？"他用十分刺耳的声音问侍仆之中的一个。

那个侍仆着慌了，一动不动地站着，脸色发白了。

"仁兄，我在问你话呀！"阿尔卡季·巴甫勒奇冷静地继续说，眼睛一直盯着他。

这不幸的侍仆踟蹰不安地站着，拧着餐巾，一句话也不说。阿尔卡季·巴甫勒奇低下头，沉思地蹙着眉头对他看看。

"Pardon, mon cher，"他带着愉快的笑容说，同时亲切地用手碰碰我的膝，然后重又目不转睛地望着那侍仆。"哼，去吧，"略微沉默了一会之后他这样补说一句，然后扬起眉毛，按一按呼铃。

一个身体肥胖、肤色浅黑、头发黑色、额角低低而眼睛浮肿的人走进来。

"费多尔的事……去处理吧，"阿尔卡季·巴甫勒奇泰然自若地低声说。

"知道了，"那胖子回答，就出去了。

"Voila, mon cher, les desagrements de la cam-pagne，"阿尔卡季·巴甫勒奇愉快地说，"嗳，您要到哪儿去呀？别去了吧，再坐一会儿吧。"

"不，"我回答，"我该走了。"

"老是打猎！唉，你们这些猎人啊！您现在到哪儿去呢？"

"离开这儿四十俄里，到略波伏去。"

"到略波伏去？哈，好极了，那么我陪您一同去。略波伏离开我的领地希比洛夫卡不过五俄里，我很久不到希比洛夫卡去了，总是抽不出时间。这回真巧极了：您今天到略波伏去打猎，晚上回到我那儿来。Ce sera charmant，我们一起吃晚饭，——我们带一个厨子去，——您就在我那儿过夜。好极了！好极了！"他不等我回答，就这样说，"C'est arran-ge……喂，谁在那边？吩咐替我们套马车，要快些。您没有到过希比洛夫卡吗？我实在不好意思请您在我的总管家里过夜，可是我知道您是很不讲究的，您在略波伏也许会在干草棚里过夜哩。……我们去吧，我们去吧！"

于是阿尔卡季·巴甫勒奇唱起一只法国的浪漫曲来。

"您也许不知道，"他摆动着两脚，继续说，"我在那儿有缴代役租的农人呢。现在讲宪法了，有什么办法呢？可是他们倒能如数付给我代役租。老实说，我早就想叫他们改成劳役租制了，可是地皮很少！我一直觉得奇怪，他们怎样敷衍过去的呢。不过,C'est leur affaire,我那边的总管是一个能干的人,une forte tete,做大事业的人!您看见了就会知道。……这真是一个好机会!”

真是没有办法。本来我早上九点钟就要出发的,但是我们直到两点钟才出发。猎人同志们一定都能体会我的心焦。阿尔卡季·巴甫勒奇,像他自己所说,喜欢乘机享乐一下,他携带了无数的衬衫裤、食物、饮料、香水、枕垫以及各种化妆用品箱,这些物资在某些俭朴自持的德国人足够一年之用呢。每次从山坡上驶下去的时候,阿尔卡季·巴甫勒奇总要对马车夫说一番简短而有力的话,由此我可以断定我这位朋友是一个十足的胆小鬼。然而这次旅行十分平安地完成了;只是在一座刚修好的小桥上,载厨子的马车翻倒了,后轮子压住了他的胃。

阿尔卡季·巴甫勒奇看见他那家养的卡列姆翻倒了,这一吓非同小可,连忙叫人去问他:手有没有跌伤?得到了满意的回音,立刻放心了。因为有这一切事,我们在路上走了很长久;我和阿尔卡季·巴甫勒奇同坐在一辆马车里,到了旅行快终了的时候,我觉得苦闷得要命,尤其是因为在几小时的过程中,我的朋友已经完全松懈下来,开始显出自由主义作风了。我们终于到达了,不过不是到略波伏,而是直接到了希比洛夫卡;不知怎么一来弄成这样了。反正我在这一天里不能打猎了,于是只得勉强地顺从我的命运。

厨子比我们早到几分钟,而且显然已经安排好,预先通知过有关的人了,因此正当我们的车子开进村子的栅门去的时候,村长(总管的儿子)就来迎接了。他是一个身材高大、体格强壮、头发棕黄色的汉子,骑着马,脱着帽,穿着新上衣,不扣纽扣。“索夫龙在哪儿?”阿尔卡季·巴甫勒奇问他。村长先敏捷地跳下马来,向主人深深地鞠一个躬,说:“您好,阿尔卡季·巴甫勒奇老爷。”然后微微抬头,抖擞一下身子,报告说:索夫龙到彼罗夫去了,但是已经派人去叫他了。“好,你跟我们来吧,”阿尔卡季·巴甫勒奇说。村长为了表示礼貌,把马拉在一边,爬上马,踏着小速步跟在马车后面,手里拿着帽子。我们的马车在村子里走。我们碰见了几个坐在空货车里的农人;他们是从打谷场来的,一路唱着歌,全身颠动着,两条悬空的腿摇摇摆摆;但是一看见我们的马车和村长,突然默不作声了,脱下他们的冬帽(这时候是夏天),欠身而起,仿佛在听候命令。阿尔卡季·巴甫勒奇亲切地对他们点点头。惊慌的骚扰显然传遍了全村。穿格子裙的农妇用木片投掷那些感觉迟钝的或者过分热心的狗;一个胡子从眼睛底下生起的跛足老头儿把一匹还没有喝饱水的马从井上拉开,不知为什么在它肚子上打了一下,然后鞠躬行礼。穿长衬衫的男小孩都啼啼哭哭地跑进屋里去,把肚子搁在高门槛上,挂下了头,翘起两只脚,就这样很敏捷地滚进门里,到了黑洞洞的前室里,不再从那里出现了。连母鸡也都急急忙忙地加快步子走向大门底下的缝隙里去;只有一只黑胸脯像缎子背心而红尾巴碰着鸡冠的、大胆的公鸡,停留在路上,已经完全准备啼叫出来了,忽然困窘起来,也逃走了。总管的屋子和其他屋子相隔离,建立在茂密的绿色大麻田中央。我们在大门前停车。宾诺奇金先生站起身来,姿态入画地脱下了斗篷,从马车里走出来,和蔼可亲地环顾着四周。总管的妻子深深地鞠着躬迎接我们,又走过来吻主人的手。阿尔卡季·巴甫勒奇让她恣意地吻够了,然后走上台阶去。在前室的黑暗的角落里,站着村长的妻子,她也鞠躬,但是不敢走过来吻手。在所谓冷室里——在前室的右面——已经有另外两个女人在那里张罗着;她们把各种废物、空罐子、僵硬的皮袄、油钵、装着一堆乱布头和一个肮脏的婴孩的摇篮从那里搬出,用浴室帚子来打扫灰尘。阿尔卡季·巴甫勒奇把她们赶了出去,就在圣像下面的长凳上坐下了。马车夫们开始把大小箱笼和其他应用物件搬进来,走路的时候尽力减轻他们的沉重的靴子的踏步声。

这期间阿尔卡季·巴甫勒奇便询问村长关于收获、播种和其他农作的事情。村长的回答还算使他满意,但是似乎态度萎靡而不爽快,仿佛用冻僵的手指去扣外套的纽扣一般。他站在门边,常常留心张望着,给动作敏捷的侍仆让路。我通过他的强壮的肩膀,看见总管的妻子正在前室里悄悄地殴打另一个女人。忽然听见马车声,它在台阶面前停下来,总管走进来了。

这个阿尔卡季·巴甫勒奇所谓做大事业的人,身材不高,肩膀宽阔,头发苍白,体格结实,长着一个红鼻子、一双浅蓝色的小眼睛和扇形的胡子。我要顺便说一说:自有俄罗斯以来,国内尚未有过发福发财的人没有浓密的大胡子的前例;有的人一向只有一点稀薄的尖胡子,忽然满面生须,同光轮一样,这种毛不知道从哪儿来的!总管大概在彼罗夫喝得醉醺醺了,他的脸相当浮肿,而且散播着酒气。

"啊,您哪,我们的好老爷,我们的大恩人,"他扯着调子说起话来,脸上表示非常的感动,仿佛就要迸出眼泪来似的,"好容易赏光!……请您的手,老爷,请您的手,"他说这话时,嘴唇早已突出着了。

阿尔卡季·巴甫勒奇满足了他的愿望。

"唔,索夫龙老弟,你的业务搞得怎么样?"他用亲切的声音问。

"啊,您哪,我们的好老爷!"索夫龙叫起来,"业务怎么会不好呢!您哪,我们的好老爷,我们的大恩人,您这一来啊,我们这个小村子可就有光彩啦,您给我们带来了一辈子的幸福！上帝保佑您，阿尔卡季·巴甫勒奇，上帝保佑您！托您的福，一切都很顺利。”

说到这里，索夫龙沉默了一会，向老爷看看，然后仿佛又感情冲动起来(同时酒醉也在发作)，再次要求吻手，说起话来扯调子扯得比以前更厉害了。

“啊，您哪，我们的好老爷，大恩人，……咳……真是！我实在高兴得发疯了。……我看了简直不相信是真的。…… 啊，您哪，我们的好老爷！……”

阿尔卡季·巴甫勒奇向我看看，微笑一下，问道：“N'-est-ce pas que c'est touchant?”

“啊，老爷，阿尔卡季·巴甫勒奇，”唠叨不休的总管继续说，“您这是怎么啦？您简直把我急坏了，老爷；您没有通知我您要来。今天晚上在什么地方过夜呢？瞧这儿多脏，全是灰尘……”

“不要紧，索夫龙，不要紧，”阿尔卡季·巴甫勒奇微笑着回答，“这里很好。”

“啊，我们的好老爷，——怎么算得上好？只配我们农人住住；可是您……啊，您哪，我的好老爷，大恩人，啊，您哪，我的好老爷！……请原谅我这傻瓜，我发疯了，真的，完全昏头昏脑了。”

这期间晚餐端出来了，阿尔卡季·巴甫勒奇开始用膳。老头儿把自己的儿子赶出去——他说，气息太重。

“喂，老人家，地界分好了吗？”宾诺奇金先生问，他显然要模仿农人的语调，向我眨眨眼睛。

“地界分好了，老爷，全是托您的福。前天清单已经开好了。赫勒诺夫的人起初硬不答应，……好老爷啊，真的，他们硬不答应。他们要求这样，……要求那样，……天晓得他们要求什么；简直是一群傻瓜，老爷，都是蠢货。可是我们，老爷啊，听您的话，表示了谢意，酬劳了经纪人米科莱·米科拉伊奇；一切都依照您的吩咐去做，老爷；您怎么吩咐，我们就怎么做，全都是得到叶各尔·德米特利奇的同意才做的。”

“叶各尔报告过我了，”阿尔卡季·巴甫勒奇郑重地说。

“可不是，老爷，叶各尔·德米特利奇报告过了，可不是。”

“那么，这样说来，你们现在都满意吗？”

索夫龙正是在等这一句话。“啊呀，我们的好老爷，我们的大恩人！”他又扯着调子说起来。……“那还用说吗……我们的好老爷，我们日日夜夜在替您祈祷上帝呢。……土地么，自然是少一点……”

宾诺奇金打断了他的话：

“啊，好了，好了，索夫龙，我知道的，你是我的忠心的仆人。……那么，谷子打得怎么样？”

索夫龙叹一口气。

“唉，我们的好老爷，谷子打得不怎么好。是这样的，阿尔卡季·巴甫勒奇老爷，让我报告您，发生了这么一回事。（这时候他两手一摊，向宾诺奇金先生靠近些，弯下身子，眯住了一只眼睛。）我们地上发现了一个死尸。”

“这是怎么回事？”

“我也想不明白，我们的好老爷：准是仇人在那里捣鬼。幸亏发现在靠近别人地界的地方；不过，该说句实话，确是在我们的地上。我趁事情没有发觉，马上就叫人把它拖到了别人的地上，还派了人去看守，我预先嘱咐自己人，说：不许声张。为了妥当起见，我对警察局长说明了，说是这么一回事；又请他喝茶，又酬谢他。……老爷，您猜怎么着，这件事就卸在别人的肩膀上了；要不然，一个死尸，出两百卢布都不算一回事哩。”

宾诺奇金先生听了自己的总管的诡计，不住地笑，几次向他点着头对我说：“Quel gaillard，ah?”

这时候天完全黑了；阿尔卡季·巴甫勒奇吩咐收拾食桌，拿干草来。侍仆替我们铺好床单，放好枕头；我们躺下了。索夫龙领得了关于第二天的指示，回到自己屋里去了。阿尔卡季·巴甫勒奇临睡的时候，还谈了些关于俄罗斯农民的优秀品质的话，同时告诉我：自从索夫龙管理以来，希比洛夫卡的农人们不曾欠过一个钱的租税。……更夫敲起梆子来；那个婴孩，显然还未能体会应有的自我牺牲精神，在屋子的某处啼哭起来。……我们睡着了。

第二天我们起身很早。我准备到略波伏去了，但是阿尔卡季·巴甫勒奇想要给我看看他的领地，要求我留了下来。我自己觉得，这做大事业的索夫龙的优秀品质，让我在事实上确证一下，也是好的。总管来了。他穿着蓝色的外衣，束着一条红色的腰带。他说话比昨天少得多了，眼光锐利，一直盯着老爷看，答话有条有理，十分干练。我们和他一起到打谷场去。索夫龙的儿子，身材极其高大的村长，在各方面看来都是一个非常愚笨的人，他也跟我们去，还有一个地保费道塞伊奇也加入我们这一伙里，他是一个退伍的兵士，长着一大堆口髭，面部表情非常奇怪：他仿佛在很久以前对某种东西大大地吃了一惊，从此一直没有回复原状。我们参观了打谷场、干燥棚、烤禾房、库房、风车、家畜院、苗秧、大麻田；的确一切都井然有序。只是农人们的沮丧的脸，使我觉得有些疑惑。除了实用之外，索夫龙还顾到美观：所有的沟渠旁边都种爆竹柳；在打谷场上的禾堆中间开辟着几条小路，上面铺着沙；风车上装着一个风信子,形状像一只张开嘴巴、吐出红舌头的熊;在砖造的家畜院上,筑着一个有点像希腊风人字头的东西,在这人字头下面用白粉题着字:"此家畜浣。壹千捌伯肆拾年健造于希比各夫卡村。"[1]阿尔卡季·巴甫勒奇开心极了,就用法语对我叙述代役租制的好处,然而同时又指出,劳役租制对地主的好处更多,——不过这些也不必去计较!……他开始给总管出主意:怎样种马铃薯,怎样备办家畜的饲料等等。索夫龙用心地听取主人的话,有时反驳几句,但是不再称扬阿尔卡季·巴甫勒奇为好老爷或大恩人,而只管强调地说,他们的地太少,不妨再买些。"这有什么,买吧,"阿尔卡季·巴甫勒奇说,"用我的名义买吧,我不反对。"索夫龙听了这些话没有回答什么,只是摸摸胡子。"那么现在我们不妨到树林里去一趟,"宾诺奇金先生说。立刻有人给我们牵来了乘用的马;我们骑了马到树林里去,或者像我们那里所说,到"禁区"里去。我们在这"禁区"里看到了人迹不到的极其荒僻的景象,阿尔卡季·巴甫勒奇为此称赞索夫龙,拍拍他的肩膀。宾诺奇金先生关于造林,抱着俄罗斯人的见解,这时候便对我讲了一件他所谓非常有趣的事:说有一个爱开玩笑的地主开导他的守林人,把他的胡须拔掉了一半光景,用以证明砍伐是不能使树林繁茂起来的。……可是在别的方面,索夫龙和阿尔卡季·巴甫勒奇两人都不反对新办法。回到村子里之后,总管领我们去看他最近从莫斯科定购来的簸谷机。这簸谷机的确很好,但是如果索夫龙知道这最后的散步中有多么不愉快的事情在那里等候他和主人,他大概要和我们一起留在家里了。

发生了这样的事;我们从库屋里走出来,看到了下述的光景:离开门若干步的地方,有一个污秽的水坑,三只鸭子正在其中逍遥自在地拍水,水坑旁边跪着两个农人;一个是大约六十岁的老头儿,另一个是大约二十岁的小伙子,两个人都穿着打补丁的麻布衬衫,光着脚,腰里系着绳子。地保费道塞伊奇在那里起劲地同他们周旋。假使我们在库屋里多耽搁一会,他大概可以把他们劝走了,但是他看见了我们,就挺直身子笔直地站着,一动也不动了。村长张开了嘴巴,握着怀疑的拳头,也站在那里。阿尔卡季·巴甫勒奇皱起眉头,咬紧嘴唇,走近那两个请愿人。两个人默默地向他叩一个头。

"你们要什么?你们请求什么?"他用严厉而略带鼻音的声音质问。(两个农人互相看一眼,一句话也不说,只是怕太阳似的眯起眼睛,呼吸急促起来。)

"喂,怎么啦?"阿尔卡季·巴甫勒奇继续说,立刻转向索夫龙,"这是哪一

① 这题词的原文有许多拼音上的错误。译文为欲保留原意,也用了几个错字。正确的题词应该是:"此家畜院。一千八百四十年建造于希比洛夫卡村。"

家的人?”

“是托波列叶夫家的,”总管慢吞吞地回答。

“喂,你们怎么啦?”宾诺奇金先生又说,“你们没有舌头的吗?你说,你要什么?”他向那老头儿点一点头,继续说,“别怕呀,傻瓜。”

老头儿伸长了他那暗褐色的、有皱纹的脖子,歪斜地张开了发青的嘴唇,用嘶哑的声音说:“老爷,照顾我们!”说着,又在地上叩一个头。年轻的农人也叩下去。阿尔卡季·巴甫勒奇尊严地望望他们的后脑,把头一仰,把两只脚稍微摆开些。

“怎么回事?你控告谁?”

“老爷,发发慈悲!让我们透一口气。……给折磨得苦死了,”老头儿费力地说。

“谁折磨了你?”

“是索夫龙·亚科夫里奇啊,老爷。”

阿尔卡季·巴甫勒奇沉默了一会。

“你叫什么名字?”

“安底钵,老爷。”

“这是谁?”

“是我的小儿子,老爷。”

阿尔卡季·巴甫勒奇又沉默了一会,翘翘髭须。

“唔,他怎么折磨了你呢?”他说时,轻蔑地从口髭上望下去看着那老头儿。

“老爷,人家完全被他拆败了。老爷,两个儿子没有轮到就给他拉去当新兵,现在又要夺去我第三个儿子了。老爷,昨天他把我最后一头母牛从院子里拉了去,又狠狠地打了我老婆一顿——喏,就是这位先生。”(他指指村长。)

“嗯?”阿尔卡季·巴甫勒奇说。

“不要让我们的人家完全被拆败,恩人。”

宾诺奇金先生皱起了眉头。

“这究竟是怎么一回事呀?”他带着不满意的神情低声问总管。

“禀告老爷,这是个醉汉,”总管第一次用最恭敬的语气回答,“不肯做工的。欠租已经有五年了。”

“索夫龙·亚科夫里奇替我付了欠租,老爷,”老头儿继续说,“已经付了五年了,付过之后,就把我当作奴隶,老爷,还有……”

“那么你为什么欠租呢?”宾诺奇金先生厉声地问。(老头儿低下了头。)

"大概是爱喝酒,在酒店里混日子吧?(老人张开嘴巴,要说话了。)我知道你们的,"阿尔卡季·巴甫勒奇暴躁地继续说,"你们的事情就是成天喝酒,躺在炕上,让规矩的农人替你们负担。"

"他又是一个无赖的人,"总管在主人的话里插进一句。

"嗯,这还用说吗。往往是这样的;我看到已经不止一次了。一年到头放荡、无赖,现在就叩头求饶。"

"老爷,阿尔卡季·巴甫勒奇,"老头儿绝望地说,"发发慈悲,照顾我们,——我哪里是无赖的人?我在上帝面前发誓,我实在忍不住了。索夫龙·亚科夫里奇讨厌我,为什么讨厌我——让上帝审判他吧!人家完全被他拆败了,老爷。……就连这最后一个儿子……就连这个……(老头儿的一双黄色的、有皱纹的眼睛里泪水闪闪发光了。)发发慈悲,老爷,照顾照顾……"

"还不止我们一家呢,"年轻的农人开始说话了……

阿尔卡季·巴甫勒奇忽然动起怒来:

"谁来问你,啊?不问你,就不许你说话。……啊,天哪!这简直是造反了。不行,老弟,在我这里是不准造反的,……在这里……(阿尔卡季·巴甫勒奇跨上前一步,然而,大概是想起了我的在场,就别过脸去,把手插在裤袋里了。)Je vous demande bien pardon,mon cher,"他勉强装出微笑,显著地降低了声音说。"C'est le mauvais cote de la medaille……喂,好啦,好啦,"他继续说,并不看着那两个农人,"我会吩咐下去,……好啦,去吧,(农人不站起来。)咦,我不是对你们说过……好啦。去呀,我会吩咐下去的,听见了没有?"

阿尔卡季·巴甫勒奇背向了他们。"永远不满足,"他从牙齿缝里喃喃说出,就大踏步走回家去。索夫龙跟在他后面走。地保突出了眼睛,仿佛准备跳到很远的地方去似的。村长把鸭子从水坑里赶走。两个请愿者又在那地方站了一会,互相看看,然后慢吞吞地走回家去,并不回转头来。

大约两个钟头之后,我已经在略波伏,同我所熟悉的农人安巴季斯特准备出猎了。在我离开以前,宾诺奇金一直对索夫龙表示不满。我和安巴季斯特谈起希比洛夫卡的农人们,谈起宾诺奇金先生,问他认不认识那边的总管。

"索夫龙·亚科夫里奇吗?……噢!"

"这个人怎么样?"

"这是一只狗,不是人;这样的狗,走到了库尔斯克也找不到的。"

"怎么呢?"

"希比洛夫卡村只不过名义上是那个……他到底姓什么呀,喏,就是那个宾什么金的产业;实际上这村子并不是他掌管的,而是索夫龙掌管的。"

“真的吗?”

“他当作自己的财产掌管着。那边的农人全都借满了他的债;像雇农一样替他做工:派这个赶货车、派那个到那里,……把他们折磨得好厉害。”

“他们的地好像不多吧?”

“不多?光是在赫勒诺夫的农人那里,他就租了八十俄亩,在我们这里也租了一百二十俄亩;他全部有一百五十俄亩。他不单靠田地,又贩卖马匹,还有牲口,还有柏油,还有牛酪,还有大麻,还有这样、那样。……能干,真能干,发财了,这家伙!可恶的是,他要打人。这是畜生,不是人;人家都说他是一只狗、恶狗,真是一只恶狗。”

“那么他们为什么不控告他呢?”

“啊呀!他们的老爷才不管这些事呢!只要没有欠租,他还管什么?嗯,你去试试控告他,”他略停一下又说,“哼,他就把你……嗯;你去试试,……不行,他会给你点厉害瞧瞧……”

我想起了安底钵,就把所看见的情形告诉了他。

“瞧吧,”安巴季斯特说,“这回他要吃掉他了;要把他一股脑儿吞下去了。村长现在要打他了。你想,这个可怜的人真倒霉!他凭什么该受这份罪。……他在村会上跟他吵过嘴;跟那个总管,一定是忍不住了。……这件事有什么大不了!可是他就折磨起安底钵来。现在就要把他折磨死了。他真是一只狗,一只恶狗,——上帝原谅我的口业,——他懂得哪些人可以欺压。有些老头儿有几个钱,家里人比较多,他就不敢碰,这个秃头鬼,可是这一回他就放肆了!所以安底钵的儿子没有轮到就给他拉去当新兵,这蛮不讲理的骗子,恶狗,——上帝原谅我的口业。”

我们出发去打猎了。

(成立,屈毓秀.外国短篇小说选[M].太原:山西人民出版社,1979.略有删改。)

思考练习

1.简述小说的主题意蕴。

2.简述小说的艺术特色。

第九节　《德伯家的苔丝》(存目)

作者简介

托马斯·哈代(1840—1928)出生于英国西南部多塞特郡,诗人、小说家。哈代一生共发表了14部长篇小说、4部短篇小说、8部诗集、1部史诗剧。代表作有《德伯家的苔丝》《无名的裘德》《还乡》《卡斯特桥市长》等。《无名的裘德》中讲述的作为男女主角的表兄妹的婚恋,导致哈代受到舆论攻击,自此哈代不再写小说。他晚年的主要作品有3卷诗剧《列王》。

哈代是横跨两个世纪的作家,早期和中期的创作以小说为主,继承和发扬了维多利亚时代的文学传统;晚年凭借诗歌拓展了英国20世纪文学的范畴。此外,还有许多以"威塞克斯故事"为总名的中短篇小说。

1910年,哈代获得英国文学成就奖。

作品导读

小说中的女主人公苔丝生于一个贫苦小贩家庭,父母要她到一个富老太婆家去攀亲戚,结果她被少爷亚雷·德伯诱奸,后来她与牧师的儿子安玑·克莱恋爱并订婚,在新婚之夜她把昔日的不幸向丈夫坦白,却没能得到原谅,之后两人分居,安玑·克莱去了巴西。几年后,苔丝再次与亚雷·德伯相遇,后者纠缠她,这时候她因家境窘迫不得不与仇人同居,不久安玑·克莱从国外回来,向苔丝表示悔恨。在这种情况下,苔丝痛苦地觉得是亚雷·德伯毁了她一生的幸福,愤而杀死了这个花花公子。最后她被捕并被处以绞刑。

哈代在小说的副标题中称女主人公为"一个纯洁的女人",公开地向维多利亚时代虚伪的社会道德提出挑战。

哈代在书中描绘了新兴的工业和都市文明给古老的农村带来的冲击,揭露了禁锢民众思想、强调贞洁、压制妇女社会地位的虚伪道德。苔丝的悲剧命运反映了当时的时代背景:其一,经济衰落;其二,法律制度不公正;其三,宗教伪善;其四,资产阶级只有虚伪的道德。苔丝的悲剧是当时社会的产物,因此苔丝的悲剧也是社会的悲剧。

作品赏析

德伯家的苔丝(存目)

思考练习

1.简述作品的艺术特色。

2.简述作品的主题意蕴。

第十节　《悲惨世界》(存目)

作者简介

维克多·雨果(1802—1885),19世纪法国浪漫主义文学的代表作家,法国文学史上卓越的资产阶级民主作家,被人们称为"法兰西的莎士比亚"。

雨果的创作历程超过60年,其作品包括26卷诗歌、20卷小说、12卷剧本、21卷哲理论著,合计79卷。其代表作有长篇小说《巴黎圣母院》《九三年》《悲惨世界》,短篇小说《"诺曼底"号遇难记》等。

作品导读

《悲惨世界》的内容覆盖了拿破仑战争和之后十几年的时间。故事以主人公土伦苦刑犯冉·阿让的个人经历为主线,融进了法国的历史、革命、战争、道德哲学、法律、正义、宗教信仰等内容。

作品以冉·阿让出狱后的种种经历贯穿全书,深刻反映了时代的问题。雨果在作品中融入了从拿破仑在滑铁卢失败到人民因反对"七月王朝"起义这一阶段的情况,反映了当时的社会生活和政治状况。作品不但描述了获释犯人冉·阿让和流浪妇女芳汀的不幸生活以及芳汀的私生女珂赛特的悲惨遭遇,而且揭示了当时社会中勤劳善良的劳动人民遭受歧视和压迫的不公平命运。雨果还在作品中揭露了当时残酷不公的法典和秩序,猛烈抨击了那种人们饿死可以而偷面包却要坐牢的社会制度,谴责了那些安于现状和铁石心肠的市民在面对处于困境中的他人时那种袖手旁观的冷漠态度。

作品赏析

悲惨世界(存目)

思考练习

1.简述《悲惨世界》的主题思想和艺术特色。

2.简述作品的框架结构。

第十一节 《红与黑》(存目)

作者简介

司汤达(1783—1842),19 世纪法国批判现实主义文学的奠基者,原名马利-亨利·贝尔,"司汤达"(又译斯丹达尔)是他的笔名,代表著作有《阿尔芒斯》《红与黑》《帕尔马修道院》等。

1783 年 1 月 23 日,司汤达生于法国格勒诺布尔一个有产者家庭,少年时代在法国资产阶级革命的氛围中长大,崇敬拿破仑,并多次随拿破仑的大军征战欧洲。1814 年波旁王朝复辟后侨居米兰,同意大利爱国主义者有来往,后被驱逐出境,回到巴黎。他的作品大部分在 1831 年后写成。1842 年 3 月 23 日于巴黎逝世。

作品导读

《红与黑》的主人公于连是小业主的儿子,凭着聪明才智,在当地市长家当家庭教师,但却与市长夫人勾搭成奸,事情败露后逃离市长家,进了神学院。经神学院院长举荐,到巴黎给极端保王党中坚人物拉莫尔侯爵当私人秘书,很快得到侯爵的赏识和重用。与此同时,于连又与侯爵的女儿有了私情。最后在教会的策划下,市长夫人被逼写了一封告密信揭发他,使他的飞黄腾达毁于一旦。他在气愤之下,开枪击伤市长夫人,被判处死刑,上了断头台。

小说描写了于连个人奋斗的悲剧,这在波旁王朝复辟时期是极为常见的社会现象。波旁王朝复辟后,许多小资产阶级青年失去了拿破仑时代靠个人天赋加官晋爵的机会。他们去等级森严的巴黎努力奋斗,但只有少数人成功,大多数人都失败了。这就是波旁王朝复辟后整整一代小资产阶级平民的现实遭遇,于连的人生正是这样一出富有时代特征的悲剧。

《红与黑》打破了学院古典主义因循守旧,向中世纪和古希腊、古罗马取材的传统,把社会现实生活引入小说,为 19 世纪现实主义小说开了先河。

作品赏析

红与黑(存目)

思考练习

1.简述《红与黑》的悲剧意识。

2.简述于连的典型形象。

第十二节　《高老头》(节选)

作者简介

奥诺雷·德·巴尔扎克(1799—1850),法国批判现实主义文学的代表作家,被称为“现代法国小说之父”,生于法国中部图尔市的一个小资产阶级家庭。1816 年入法律学校学习,毕业后不顾父母反对,毅然走上文学创作道路,但是第一部作品——五幕诗体悲剧《克伦威尔》却完全失败。而后他与人合作,进行滑稽小说和神怪小说的创作,曾一度弃文从商,经营企业,出版名著丛书等,均告失败。商业和企业上的失败使他债台高筑,但也为他日后创作打下了坚实的生活基础。1829 年,他发表长篇小说《朱安党人》,迈出了现实主义创作的第一步;1831 年出版的《驴皮记》使他声名大震。1834 年,《高老头》完成,这是巴尔扎克最优秀的作品之一。

巴尔扎克要使自己成为文学上的拿破仑。他一生创作甚丰,写出了 91 部小说,塑造了 2472 个栩栩如生的人物形象,他的这 91 部小说合称《人间喜剧》。《人间喜剧》被誉为“资本主义社会的百科全书”。但他为早期的债务和写作所累,终因劳累过度于 1850 年 8 月 18 日与世长辞。

作品导读

《高老头》着重揭露、批判的是资本主义世界中人与人之间赤裸裸的金钱关系。小说以 1819 年年底到 1820 年年初的巴黎为背景,主要写两个有交叉的故事:退休面粉商高老头被两个女儿冷落,悲惨地死在伏盖公寓的阁楼上;青年拉斯蒂涅在巴黎社会的腐蚀下不断发生改变,但仍然坚守着正义与道德。同时还穿插了鲍赛昂夫人和伏脱冷的故事。通过寒酸的公寓和豪华的贵族沙龙这两个主要舞台的不断交替出现,作家描绘了一幅幅巴黎社会物欲横流、极端丑恶的画面,披露了在金钱势力支配下资产阶级的道德沦丧和人与人之间的冷酷无情,揭示了在资产阶级的进攻下贵族阶级的必然灭亡,真实地反映了波旁王朝复辟时期的特征。

《高老头》这部作品在展示社会生活的广度和深度方面,在反映作家世界观的进步性和局限性方面,在表现《人间喜剧》的艺术成就和不足之处方面,都具有代表意义。其艺术风格最能体现巴尔扎克作品的特点。

作品赏析

高老头(节选)

第二天下午两点左右,皮安训要出去,叫醒拉斯蒂涅,接他的班。高老头的病势上半天又加重许多。

“老头儿活不到两天了,也许还活不到六小时,”医学生道,“可是他的病,咱们不能置之不理。还得给他一些费钱的治疗。咱们替他当看护是不成问题,我可没有钱。他的衣袋,柜子,我都翻遍了,全是空的。他神志清楚的时候我问过他,他说连一个子儿都没有了。你身上有多少,你?”

“还剩二十法郎,我可以去赌,会赢的。”

“输了怎么办?”

“问他的女婿女儿去要。”

皮安训道:“他们不给又怎么办?眼前最急的还不是钱,而是要在他身上贴滚热的芥子膏药,从脚底直到大腿的半中间。他要叫起来,那还有希望。你知道怎么做的。再说,克利斯朵夫可以帮你忙。我到药剂师那儿去做个保,赊欠药账。可惜不能送他进我们的医院,招呼得好一些。来,让我告诉你怎么办;我不回来,你不能离开他。”

他们走进老人的屋子,欧也纳看到他的脸变得没有血色,没有生气,扭做一团,不由得大吃一惊。

“喂,老丈,怎么样?”他靠着破床弯下身去问。

高里奥眨巴着黯淡的眼睛,仔细瞧了瞧欧也纳,认不得他。大学生受不住了,眼泪直涌出来。

“皮安训,窗上可要挂个帘子?”

“不用。气候的变化对他已经不生影响。他要有冷热的知觉倒好了。可是咱们还得生个火,好煮药茶,还能作好些旁的用处。等会我叫人送些柴草来对付一下,慢慢再张罗木柴。昨天一昼夜,我把你的柴跟老头儿的泥炭都烧完了。屋子潮得厉害,墙壁都在淌水,还没完全烘燥呢。克利斯朵夫把屋子打扫过了,简直像马房,臭得要命,我烧了些松子。”

拉斯蒂涅叫道:“我的天!想想他的女儿哪!”

“他要喝水的话,给他这个。”医学生指着一把大白壶。“倘若他哼哼唧唧地叫苦,肚子又热又硬,你就叫克利斯朵夫帮着给他来一下……你知道的。万一他兴奋起来说许多话,有点儿精神错乱,由他去好了。那倒不是坏现象,可是你得叫克利斯朵夫上医院来。我们的医生,我的同事,或是我,我们会来给他做一次灸。今儿早上你睡觉的时候,我们会诊过一次,到的有迎尔博士的一个学生,圣父医院的主任医师跟我们的主任医师。他们认为颇有些奇特的症候,必须注意病势的进展,可以弄清科学上的几个要点。有一位说,血浆的压力要是特别加在某个器官上,可能引发一些特殊的现象。所以老头一说话，你就得留心听，看是哪一类的思想，是记忆方面的，智力方面的，还是判断方面的；看他注意物质的事还是情感的事；是否计算，是否回想过去；总之你想法给我们一个准确的报告。病势可能急转直下，他会像现在这样人事不知地死去。这一类的病怪得很。倘若在这个地方爆发，"皮安训指了指病人的后脑，"说不定有些出奇出怪的病状：头脑某几个部分会恢复机能，一下子死不了。血浆能从脑里回出来，至于再走什么路，只有解剖尸体才能知道。残废院内有个痴呆的老人，充血跟着脊椎骨走；人痛苦得不得了，可是活在那儿。"

高老头忽然认出了欧也纳，说道：

"她们玩得痛快吗？"

"哦！他只想着他的女儿，"皮安训道，"昨夜他和我说了上百次：她们在跳舞呢！她购跳舞衣衫去了——他叫她们的名字。那声音把我听得哭了，真是要命！他叫：但斐纳！我的小但斐纳！娜齐！真的！简直叫你止不住眼泪。"

"但斐纳，"老人接口说，"她在这儿，是不是？我知道的。"

他眼睛忽然骨碌碌地乱转，瞪着墙壁和房门。

"我下去叫西尔维预备芥子膏药，"皮安训说，"这是替他上药的好机会。"

拉斯蒂涅独自陪着老人，坐在床脚下，定睛瞧着这副嘴脸，觉得又害怕又难过。

"特-鲍赛昂太太逃到乡下去了，这一个又要死了，"他心里想，"美好的灵魂不能在这个世界上待久的。真是，伟大的感情怎么能跟一个猥琐、狭小、浅薄的社会沆瀣一气呢？"

他参加的那个盛会的景象在脑海中浮起来，同眼前这个病人垂死的景象成为对比。皮安训突然奔进来叫道：

"喂，欧也纳，我才见到我们的主任医师，就奔回来了！要是他忽然清醒，说起话来，你把他放倒在一长条芥子膏药上，让芥末把颈窝到腰部下面一齐裹住；再叫人通知我们。"

"亲爱的皮安训！"欧也纳说。

"哦！这是为了科学。"医学生说，他的热心像一个刚改信宗教的人。

欧也纳说："那么只有我一个人是为了感情照顾他了。"

皮安训听了并不生气，只说："你要看到我早上的模样，就不会说这种话了。告诉你，朋友，开业的医生眼里只有疾病，我还看见病人呢。"

他走了。欧也纳单独陪着病人，唯恐高潮就要发作。不久高潮果然来了。

“啊！是你，亲爱的孩子。”高老头认出了欧也纳。

“你好些了吗?”大学生拿着他的手问。

“好一些。刚才我的脑袋好似夹在钳子里，现在松一点儿了。你可曾看见我的女儿？她们马上要来了，一知道我害病，会立刻赶来的。从前在于西安街，她们服侍过我多少回！天哪！我真想把屋子收拾干净，好招待她们。有个年轻人把我的泥炭烧完了。”

欧也纳说：“我听见克利斯朵夫的声音，他替你搬木柴来，就是那个年轻人给你送来的。”

“好吧！可是拿什么付账呢？我一个钱都没有了，孩子。我把一切都给了，一切。我变了叫花子了。至少那件金线衫好看吗？(哎哟！我痛！)谢谢你，克利斯朵夫。上帝会报答你的，孩子。我啊，我什么都没有了。”

欧也纳凑着男佣人的耳朵说：“我不会教你和西尔维白忙的。”

“克利斯朵夫，是不是我两个女儿告诉你就要来了？你再去一次，我给你五法郎，对她们说我觉得不好，我临死之前还想拥抱她们，再看她们一次。你这样去说吧，可是别过分吓了她们。”

克利斯朵夫看见欧也纳对他递了个眼色，便动身了。

“她们要来了，”老人又说，“我知道她们的脾气。好但斐纳，我死了，她要怎样地伤心呀！还有娜齐也是的。我不愿意死，因为不愿意让她们哭。我的好欧也纳，死，死就是再也看不见她们。在那个世界里，我要闷得发慌哩。看不见孩子，做父亲的等于入了地狱；自从她们结了婚，我就尝着这个味道。我的天堂是于西安街。嗳！喂，倘使我进了天堂，我的灵魂还能回到她们身边吗？听说有这种事情，可是真的？我现在清清楚楚看见她们在于西安街的模样。她们一早下楼，说：爸爸，你早。我把她们抱在膝上，用种种花样逗她们玩儿，跟她们淘气。她们也跟我亲热一阵。我们天天一块儿吃中饭，一块儿吃晚饭，总之那时我是父亲，看着孩子直乐。在于西安街，她们不跟我犟嘴，一点不懂人事，她们很爱我。天哪！干吗她们要长大呢？(哎哟！我痛啊；头里在抽。)啊！啊！对不起。孩子们！我痛死了。要不是真痛，我不会叫的，你们早已把我训练得不怕痛苦了。上帝呀！只消我能握着她们的手，我就不觉得痛啦。你想她们会来吗？克利斯朵夫蠢极了！我该自己去的。他倒有福气看到她们。你昨天去了跳舞会，你告诉我呀，她们怎么样？她们一点不知道我病了，可不是？要不她们不肯去跳舞了，可怜的孩子们！噢！我再也不愿意害病了。她们还少不了我呢。她们的财产遭了危险，又是落在怎样的丈夫手里！把我治好呀，治好呀！（噢！我多难过！哟！哟！哟！）你瞧，非把我医好不行，她们需要钱，我知道到哪儿去挣。我要上奥特赛去做淀粉。我才精明呢，会赚他几百万。（哦呀！我痛死了！）”

高里奥不出声了，仿佛集中全身的精力熬着痛苦。

“她们在这儿，我不会叫苦了，干吗还要叫苦呢？”

他迷迷糊糊昏沉了好久。克利斯朵夫回来，拉斯蒂涅以为高老头睡熟了，让佣人高声汇报他出差的情形。

“先生，我先上伯爵夫人家，可没法跟她说话，她和丈夫有要紧事儿。我再三央求，特-雷斯多先生亲自出来对我说：高里奥先生快死了是不是？哎，再好没有。我有事，要太太待在家里。事情完了，她会去的——他似乎很生气，这位先生。我正要出来，太太从一扇我看不见的门里走到穿堂，告诉我：克利斯朵夫，你对我父亲说，我同丈夫正在商量事情，不能来。那是有关我孩子们生死的问题。但等事情一完，我就去看他——说到男爵夫人吧，又是另外一桩事儿！我没有见到她，不能跟她说话。老妈子说：啊！太太今儿早上五点一刻才从跳舞会回来；中午以前叫醒她，一定要挨骂的。等会儿她打铃叫我，我会告诉她，说她父亲的病更重了。报告一件坏消息，不会嫌太晚的——我再三央求也没用。哎，是呀，我也要求见男爵，他不在家。”

“一个也不来，”拉斯蒂涅嚷道，“让我写信给她们。”

“一个也不来，”老人坐起来接着说，“她们有事，她们在睡觉：她们不会来的。我早知道了。直要临死才知道女儿是什么东西！唉！朋友，你别结婚，别生孩子！你给他们生命，他们给你死。你带他们到世界上来，他们把你从世界上赶出去。她们不会来的！我已经知道了十年。有时我心里这么想，只是不敢相信。”

他每只眼中冒出一颗眼泪，滚在鲜红的眼皮边上，不掉下来。

“唉！倘若我有钱，倘若我留着家私，没有把财产给她们，她们就会来，会用她们的亲吻来舐我的脸！我可以住在一所公馆里，有漂亮的屋子，有我的仆人，生着火；她们都要哭作一团，还有她们的丈夫，她们的孩子。这一切我都可以到手。现在可什么都没有。钱能买到一切，买到女儿。啊！我的钱到哪儿去了？倘若我还有财产留下，她们会来伺候我，招呼我；我可以听到她们，看到她们。啊！欧也纳，亲爱的孩子，我唯一的孩子，我宁可给人家遗弃，宁可做个倒霉鬼！倒霉鬼有人爱，至少那是真正的爱！啊，不，我要有钱，那我可以看到她们了。唉，谁知道？她们两个的心都像石头一样。我把所有的爱在她们身上用尽了，她们对我不能再有爱了。做父亲的应该永远有钱，应该拉紧儿女的缰绳,像对付狡猾的马一样。我却向她们下跪。该死的东西!她们十年来对我的行为,现在到了顶点。你不知道她们刚结婚的时候对我怎样的奉承体贴!(噢!我痛得像受毒刑一样!)我才给了她们每人八十万,她们和她们的丈夫都不敢怠慢我。我受到好款待:好爸爸,上这儿来;好爸爸,往那儿去。她们家永远有我的一份刀叉。我同她们的丈夫一块儿吃饭,他们对我很恭敬,看我手头还有一些呢。为什么?因为我生意的底细,我一句没提。一个给了女儿八十万的人是应该奉承的。他们对我那么周到,体贴,那是为我的钱啊。世界并不美。我看到了,我!她们陪我坐着车子上戏院,我在她们的晚会里爱待多久就待多久。她们承认是我的女儿,承认我是她们的父亲。我还有我的聪明呢,嗨,什么都没逃过我的眼睛。我什么都感觉到,我的心碎了。我明明看到那是假情假意,可是没有办法。在她们家,我就不像在这儿饭桌上那么自在。我什么话都不会说。有些漂亮人物咬着我女婿的耳朵问:

——那位先生是谁啊?

——他是财神,他有钱。

——啊,原来如此!

"人家这么说着,恭恭敬敬瞧着我,就像恭恭敬敬瞧着钱一样。即使我有时叫他们发窘,我也补赎了我的过失。再说,谁又是十全的呢?(哎哟!我的脑袋简直是块烂疮!)我这时的痛苦是临死以前的痛苦,亲爱的欧也纳先生,可是比起当年娜齐第一次瞪着我给我的难受,眼前的痛苦算不了什么。那时她瞪我一眼,因为我说错了话,丢了她的脸;唉,她那一眼把我全身的血管都割破了。我很想懂得交际场中的规矩,可是我只懂得一样:我在世界上是多余的。第二天我上但斐纳家去找安慰,不料又闹了笑话,惹她冒火。我为此急疯了。八天工夫我不知道怎么办。我不敢去看她们,怕受埋怨。这样,我便进不了女儿家的大门。哦!我的上帝!既然我吃的苦,受的难,你全知道,既然我受的千刀万剐,使我头发变白,身子磨坏的伤,你都记在账上,干吗今日还要我受这个罪?就算太爱她们是我的罪过,我受的刑罚也足够补赎了。我对她们的慈爱,她们都狠狠地报复了,像刽子手一般把我上过毒刑了。唉!做老子的多蠢!我太爱她们了,每次都回头去迁就她们,好像赌棍离不开赌场。我的嗜好,我的情妇,我的一切,便是两个女儿,她们俩想要一点儿装饰品什么的,老妈子告诉了我,我就去买来送给她们,巴望得到些好款待!可是她们看了我在人前的态度,照样来一番教训。而且等不到第二天!喝,她们为着我脸红了。这是给儿女受好教育的报应。我活了这把年纪,可不能再上学校啦。(我痛死了,天哪!医生呀!医生呀!把我脑袋劈开来,也许会好些。)我的女儿呀,我的女儿呀,娜齐,但斐纳!我要看她们。叫警察去找她们来,抓她们来!法律应该帮我的,天性,民法,都应该帮我。我要抗议。把父亲踩在脚下,国家不要亡了吗?这是很明白的。社会,世界,都是靠父道做轴心的;儿女不孝父亲,不要天翻地覆吗?哦!看到她们,听到她们,不管她们说些什么,只要听见她们的声音,尤其但斐纳,我就不觉得痛苦。等她们来了,你叫她们别那么冷冷地瞧我。啊!我的好朋友,欧也纳先生,看到她们眼中的金光变得像铅一样不灰不白,你真不知道是什么味儿。自从她们的眼睛对我不放光辉之后,我老在这儿过冬天;只有苦水给我吞,我也就吞下了!我活着就是为受委屈,受侮辱。她们给我一点儿可怜的,小小的,可耻的快乐,代价是教我受种种的羞辱,我都受了,因为我太爱她们了。老子偷偷摸摸地看女儿!听见过没有?我把一辈子的生命给了她们,她们今天连一小时都不给我!我又饥又渴,心在发烧,她们不来疏解一下我的临终苦难。我觉得我要死了。什么叫作践踏父亲的尸首,难道她们不知道吗?天上还有一个上帝,他可不管我们做老子的愿不愿意,要替我们报仇的。噢!她们会来的!来啊,我的小心肝,你们来亲我呀;最后一个亲吻就是你们父亲的临终圣餐了,他会代你们求上帝,说你们一向孝顺,替你们辩护!归根结底,你们没有罪。朋友,她们是没有罪的!请你对大家都这么说,别为了我难为她们。一切都是我的错,是我纵容她们把我踩在脚下的。我就喜欢那样。这跟谁都不相干,人间的裁判,神明的裁判,都不相干。上帝要是为了我责罚她们,就不公平了。我不会做人,是我糊涂,自己放弃了权利。为她们我甚至堕落也甘心情愿!有什么办法!最美的天性,最优秀的灵魂,都免不了溺爱儿女。我是一个糊涂蛋,遭了报应,女儿七颠八倒的生活是我一手造成的,是我惯了她们。现在她们要寻欢作乐,正像她们从前要吃糖果。我一向对她们百依百顺。小姑娘想入非非的欲望,都给她们满足。十五岁就有了车!要什么有什么。罪过都在我一个人身上,为了爱她们而犯的罪。唉,她们的声音能够打开我的心房。我听见她们,她们在来啦。哦!一定的,她们要来的。法律也要人给父亲送终的,法律是支持我的。只要叫人跑一趟就行。我给车钱。你写信去告诉她们,说我还有几百万家私留给她们!我敢起誓。我可以上奥特赛去做高等面食。我有办法。计划中还有几百万好赚。哼,谁也没有想到。那不会像麦子和面粉一样在路上变坏的。嗳,嗳,淀粉哪,有几百万好赚啊!你告诉她们有几百万绝不是扯谎。她们为了贪心还是肯来的;我宁愿受骗,我要看到她们。我要我的女儿!是我把她们生下来的!她们是我的!"他一边说一边在床上挺起身子,给欧也纳看到一张白发凌乱的脸,竭力装作威吓的神气。

欧也纳说:"嗳,嗳,你睡下吧。我来写信给她们。等皮安训来了,她们要再不来,我就自个儿去。"

"她们再不来,"老人一边大哭一边接了一句,"我要死了,要气疯了,气死了!气已经上来了!现在我把我这一辈子都看清楚了。我上了当!她们不爱我,从来没有爱过我!这是摆明的了。她们这时不来是不会来的了。她们越拖,越不肯给我这个快乐。我知道她们。我的悲伤,我的痛苦,我的需要,她们从来没体会到一星半点,连我的死也没有想到;我的爱,我的温情,她们完全不了解。是的,她们把我糟蹋惯了,在她们眼里我所有的牺牲都一文不值。哪怕她们要挖掉我眼睛,我也会说:挖吧!我太傻了。她们以为天下的老子都像她们的一样。想不到你待人好一定要人知道!将来她们的孩子会替我报仇的。唉,来看我还是为她们自己啊。你去告诉她们,说她们临死要受到报应的。犯了这桩罪,等于犯了世界上所有的罪。去啊,去对她们说,不来送我的终是忤逆!不加上这一桩,她们的罪过已经数不清啦。你得像我一样地去叫:哎!娜齐!哎!但斐纳!父亲待你们多好,他在受难,你们来吧!——唉!一个都不来。难道我就像野狗一样的死吗?爱了一辈子的女儿,到头来反给女儿遗弃!简直是些下流东西,流氓婆;我恨她们,咒她们;我半夜里还要从棺材里爬起来咒她们。嗳,朋友,难道这能派我的不是吗?她们做人这样恶劣,是不是!我说什么?你不是告诉我但斐纳在这儿吗?还是她好。你是我的儿子,欧也纳。你,你得爱她,像她父亲一样的爱她。还有一个是遭了难。她们的财产呀哦!上帝!我要死了,我太苦了!把我的脑袋割掉吧,留给我一颗心就行了。"

"克利斯朵夫,去找皮安训来,顺便替我雇辆车。"欧也纳嚷着。他被老人这些呼天抢地的哭诉吓坏了。

"老伯,我到你女儿家去把她们带来。"

"把她们抓来,抓来!叫警卫队,叫军队!"老人说着,对欧也纳瞪了一眼,闪出最后一道理性的光,"去告诉政府,告诉检察官,叫人替我带来!"

"你刚才咒过她们了。"

老人愣了一愣,说:"谁说的?你知道我是爱她们的,疼她们的!我看到她们,病就好啦……去吧,我的好邻居,好孩子,去吧,你是慈悲的。我要重重地谢你;可是我什么都没有了,只能给你一个祝福,一个临死的人的祝福。啊!至少我要看到但斐纳,吩咐她代我报答你。那个不能来,就带这个来吧。

告诉她，她要不来，你不爱她了。她多爱你，一定会来的。哟，我渴死了，五脏六腑都在烧！替我在头上放点儿什么吧。最好是女儿的手，那我就得救了，我觉得……天哪！我死了，谁替她们挣钱呢？我要为她们上奥特赛去，上奥特赛做面条生意。”

欧也纳搀起病人，用左臂扶着，另一只手端给他一杯满满的药茶，说道：“你喝这个。”

“你一定要爱你的父母，”老人说着，有气无力地握着欧也纳的手，“你懂得吗，我要死了，不见她们一面就死了。永远口渴而没有水喝，这便是我十年来的生活……两个女婿断送了我的女儿。是的，从她们出嫁之后，我就没有女儿了。做老子的听着！你们得要求国会定一条结婚的法律！要是你们爱女儿，就不能把她们嫁人。女婿是毁坏女儿的坏蛋，他把一切都污辱了。再不要有结婚这回事！结婚抢走我们的女儿，教我们临死看不见女儿。为了父亲的死，应该订一条法律。真是可怕！报仇呀报仇呀！是我女婿不准她们来的呀。杀死他们！杀雷斯多！杀纽沁根！他们是我的凶手！不还我女儿，就要他们的命！唉！完啦，我见不到她们了！她们！娜齐，但斐纳，喂，来呀，爸爸出门啦……”

“老伯，你静静吧，别生气，别多想。”

“看不见她们，这才是我的临终苦难！”

“你会看见的。”

“真的！”老人迷迷惘惘地叫起来，“噢！看到她们！我还会看到她们，听到她们的声音。那我死也死得快乐了。唉，是啊，我不想活了，我不稀罕活了，我痛得越来越厉害了。可是看到她们，碰到她们的衣衫，唉！只要她们的衣衫，衣衫，就这么一点儿要求！只消让我摸到她们的一点儿什么！让我抓一把她们的头发……头发……”

他仿佛挨了一棍，脑袋往枕上倒下，双手在被单上乱抓，好像要抓女儿们的头发。

他又挣扎着说：“我祝福她们，祝福她们。”

然后他昏过去了。皮安训进来说：

“我碰到了克利斯朵夫，他替你雇车去了。”

他瞧了瞧病人，用力揭开他的眼皮，两个大学生只看到一只没有颜色的灰暗的眼睛。

“完啦，”皮安训说，“我看他不会醒了。”

他按了按脉，摸索了一会，把手放在老头儿心口。

“机器没有停。像他这样反而受罪,还是早点去的好!”

“对,我也这么想。”拉斯蒂涅回答。

“你怎么啦?脸色发白像死人一样。”

“朋友,我听他又哭又叫,说了一大堆。真有一个上帝!哦,是的,上帝是有的,他替我们预备着另外一个世界,一个好一点儿的世界。咱们这个太混账了。刚才的情形要不那么悲壮,我早哭死啦,我的心跟胃都给揪紧了。”

“喂,还得办好多事,哪儿来的钱呢?”

拉斯蒂涅掏出表来:

“你送当铺去。我路上不能耽搁,只怕赶不及。现在我等着克利斯朵夫,我身上一个钱都没有了,回来还得付车钱。”

拉斯蒂涅奔下楼梯,上海尔特街特-雷斯多太太家去了。刚才那幕可怕的景象使他动了感情,一路义愤填胸。他走进穿堂求见特-雷斯多太太,人家回报说她不能见客。

他对当差说:“我是为了她马上要死的父亲来的。”

“先生,伯爵再三吩咐我们……”

“既然伯爵在家,那么告诉他,说他岳父快死了,我要立刻和他说话。”

欧也纳等了好久。

“说不定他就在这个时候死了。”他心里想。

当差带他走进第一客室,特-雷斯多先生站在没有生火的壁炉前面,见了客人也不请坐。

“伯爵,”拉斯蒂涅说,“令岳在破烂的阁楼上就要断气了,连买木柴的钱也没有;他马上要死了,但等见一面女儿……”

“先生,”伯爵冷冷地回答,“你大概可以看出,我对高里奥先生没有什么好感。他教坏了我太太,造成我家庭的不幸。我把他当作扰乱我安宁的敌人。他死也好,活也好,我全不在意。你瞧,这是我对他的情分。社会尽可以责备我,我才不在乎呢。我现在要处理的事,比顾虑那些傻瓜的闲言碎语紧要得多。至于我太太,她现在那个模样没法出门,我也不让她出门。请你告诉她父亲,只消她对我,对我的孩子,尽完了她的责任,她会去看他的。要是她爱她的父亲,几分钟内她就可以自由……”

“伯爵,我没有权利批评你的行为,你是你太太的主人。可是至少我能相信你是讲信义的吧?请你答应我一件事,就是告诉她,说她父亲没有一天好活了,因为她不去送终,已经在咒她了!”

雷斯多注意到欧也纳愤愤不平的语气,回答道:“你自己去说吧。”

拉斯蒂涅跟着伯爵走进伯爵夫人平时起坐的客厅。她泪人儿似的埋在沙发里,那副痛不欲生的模样叫他看了可怜。她不敢望拉斯蒂涅,先怯生生地瞧了瞧丈夫,眼睛的神气表示她精神肉体都被专横的丈夫压倒了。伯爵侧了侧脑袋,她才敢开口:

"先生,我都听到了。告诉我父亲,他要知道我现在的处境,一定会原谅我。我想不到要受这种刑罚,简直受不了,可是我要反抗到底。"她对她的丈夫说。"我也有儿女。请你对父亲说,不管表面上怎么样,在父亲面前我并没有错。"她无可奈何地对欧也纳说。

那女的经历的苦难,欧也纳不难想象,便呆呆地走了出来。听到特-雷斯多先生的口吻,他知道自己白跑了一趟,阿娜斯大齐已经失去自由。

接着他赶到特-纽沁根太太家,发觉她还在床上。

"我不舒服呀,朋友,"她说,"从跳舞会出来受了凉,我怕要害肺炎呢,我等医生来……"

欧也纳打断了她的话,说道:"哪怕死神已经到了你身边,爬也得爬到你父亲跟前去。他在叫你!你要听到他一声,马上不觉得你自己害病了。"

"欧也纳,父亲的病也许不像你说的那么严重。可是我要在你眼里有什么不是,我才难过死呢;所以我一定听你的吩咐。我知道,倘若我这一回出去闹出一场大病来,父亲要伤心死的。我等医生来过了就走。"她一眼看不见欧也纳身上的表链,便叫道:"哟!怎么你的表没有啦?"

欧也纳脸上红了一块。

"欧也纳!欧也纳!倘使你已经把它卖了,丢了……哦!那太岂有此理了。"

大学生伏在但斐纳床上,凑着她耳朵说:

"你要知道么?哼!好,告诉你吧!你父亲一个钱没有了,今天晚上要把他入殓的尸衣都没法买。你送我的表在当铺里,我钱都花光了。"

但斐纳猛地从床上跳下,奔向书柜,抓起钱袋递给拉斯蒂涅,打着铃,嚷道:

"我去我去,欧也纳。让我穿衣服,我简直是禽兽了!去吧,我会赶在你前面!"她回头叫老妈子:"丹兰士,请老爷立刻上来跟我说话。"

欧也纳因为能对垂死的老人报告有一个女儿会来,几乎很快乐地回到圣-日内维新街。他在但斐纳的钱袋里掏了一阵打发车钱,发觉这位那么有钱那么漂亮的少妇,袋中只有七十法郎。他走完楼梯,看见皮安训扶着高老头,医院的外科医生当着内科医生在病人背上做灸。这是科学的最后一套治疗,没用的治疗。

“替你做灸你觉得吗?”内科医生问。

高老头看见了大学生,说道:

“她们来了是不是?”

外科医生道:“还有希望,他说话了。”

欧也纳回答老人:“是的,但斐纳就来了。”

“呃!”皮安训说,“他还在提他的女儿,他拼命地叫她们,像一个人吊在刑台上叫着要喝水……”

“算了吧,”内科医生对外科医生说,“没法的了,没救的了。”

皮安训和外科医生把快死的病人放倒在发臭的破床上。

医生说:“总得给他换套衣服,虽则毫无希望,他究竟是个人。”他又招呼皮安训:“我等会儿再来。他要叫苦,就给他横膈膜上搽些鸦片。”

两个医生走了,皮安训说:

“来,欧也纳,拿出勇气来!咱们替他换上一件白衬衫,换一条褥单。你叫西尔维拿了床单来帮我们。”

欧也纳下楼,看见伏盖太太正帮着西尔维摆刀叉。拉斯蒂涅才说了几句,寡妇就迎上来,装着一副又和善又难看的神气,活现出一个满腹猜疑的老板娘,既不愿损失金钱,又不敢得罪主顾。

“亲爱的欧也纳先生,你和我一样知道高老头没有钱了。把被单拿给一个正在翻眼睛的人,不是白送吗?另外还得牺牲一条做他入殓的尸衣。你们已经欠我一百四十四法郎,加上四十法郎被单,以及旁的零星杂费,跟等会儿西尔维要给你们的蜡烛,至少也得二百法郎;我一个寡妇怎受得了这样一笔损失?天啊!你也得凭凭良心,欧也纳先生。自从晦气星进了我的门,五天工夫我已经损失得够了。我愿意花三十法郎打发这好家伙归天,像你们说的。这种事还要叫我的房客不愉快。只要不花钱,我愿意送他进医院。总之你替我想想吧。我的铺子要紧,那是我的,我的性命呀。”

欧也纳赶紧奔上高里奥的屋子。

“皮安训,押了表的钱呢?”

“在桌子上,还剩三百六十多法郎。欠的账已经还清。当票压在钱下面。”“喂,太太,”拉斯蒂涅愤愤地奔下楼梯,说,“来算账。高里奥先生在府上不会耽久了,而我……”

“是的,他只能两脚向前地出去的了,可怜的人。”她一边说一边数着二百法郎,神气之间有点高兴,又有点倔强。

“快点儿吧。”拉斯蒂涅催她。

“西尔维，拿出褥单来，到上面去给两位先生帮忙。”

“别忘了，西尔维，”伏盖太太凑着欧也纳的耳朵说，“她两晚没有睡觉了。”

欧也纳刚转身，老寡妇立刻奔向厨娘，咬着她耳朵吩咐：

“你找第七号褥单，那条旧翻新的。反正给死人用总是够好的了。”

欧也纳已经在楼梯上跨了几步，没有听见房东的话。

皮安训说：“来，咱们替他穿衬衫，你把他扶着。”

欧也纳站在床头扶着快死的人，让皮安训脱下衬衫。老人做了个手势，仿佛要保护胸口的什么东西，同时哼哼唧唧，发出些不成音的哀号，犹如野兽表示极大的痛苦。

“哦！哦！”皮安训说，“他要一根头发链子和一个小小的胸章，刚才咱们做灸拿掉的。可怜的人，给他挂上。喂，在壁炉架上面。”

欧也纳拿来一条淡黄带灰的头发编成的链子，准是高里奥太太的头发。胸章的一面刻着“阿娜斯大齐”，另外一面刻着“但斐纳”。这是他永远贴在心头的心影。胸章里面藏着极细的头发卷，大概是女儿们极小的时候剪下来的。发辫挂上他的脖子，胸章一碰到胸脯，老人便心满意足地长叹一声，叫人听了毛骨悚然。他的感觉这样振动了一下，似乎往那个神秘的区域，发出同情和接受同情的中心，隐没了。抽搐的脸上有一种病态的快乐的表情。思想消灭了，情感还存在，还能发出这种可怕的光彩，两个大学生看着大为感动，涌出几颗热泪掉在病人身上，使他快乐得直叫：

“噢！娜齐！但斐纳！”

“他还活着呢。”皮安训说。

“活着有什么用？”西尔维说。

“受罪——！”拉斯蒂涅回答。

皮安训向欧也纳递了个眼色，教他跟自己一样蹲下身子，把胳膊抄到病人腿肚子下面，两人隔着床做着同样的动作，托住病人的背。西尔维站在旁边，但等他们抬起身子，抽换被单。高里奥大概误会了刚才的眼泪，使出最后一些气力伸出手来，在床的两边碰到两个大学生的脑袋，拼命抓着他们的头发，轻轻地叫了声：“啊！我的儿哪！”整个灵魂都在这两句里面，而灵魂也随着这两句喁语飞逝了。

“可怜可爱的人哪。”西尔维说，她也被这声哀叹感动了。这声哀叹，表示那伟大的父爱受了又惨又无心的欺骗，最后激动了一下。

这个父亲的最后一声叹息还是快乐的叹息。这叹息说明了他的一生,他还是骗了自己。大家恭恭敬敬地把高老头放倒在破床上。从这个时候起,喜怒哀乐的意识消灭了,只有生与死的搏斗还在他脸上印着痛苦的标记。整个的毁灭不过是时间问题了。

"他还可以这样地拖几小时,在我们不知不觉的时候死去。他连临终的痰厥也不会有,脑子全部充血了。"

这时楼梯上有一个气咻咻的少妇的脚声。

"来得太晚了。"拉斯蒂涅说。

来的不是但斐纳,是她的老妈子丹兰士。

"欧也纳先生,可怜的太太为父亲向先生要钱,先生和她大吵。她晕过去了,医生也来了,恐怕要替她放血。她嚷着:爸爸要死了,我要去看爸爸呀!叫人听了心惊肉跳。"

"算了吧,丹兰士。现在来也不中用了,高里奥先生已经昏迷了。"

丹兰士道:"可怜的先生,竟病得这样凶吗?"

"你们用不着我了,我要下去开饭,已经四点半了。"西尔维说着,在楼梯台上几乎觉得撞在特-雷斯多太太身上。

伯爵夫人的出现叫人觉得又严肃又可怕。床边是黑的,只点着一支蜡烛。瞧着父亲那张还有几分生命在颤动的脸,她掉下泪来。皮安训很识趣地退了出去。

"恨我没有早些逃出来。"伯爵夫人对拉斯蒂涅说。

大学生悲伤地点点头。她拿起父亲的手亲吻。

"原谅我,父亲!你说我的声音可以把你从坟墓里叫回来,哎!那么你回来一会儿,来祝福你正在忏悔的女儿吧。听我说啊——真可怕!这个世界上只有你会祝福我。大家恨我,只有你爱我。连我自己的孩子将来也要恨我。你带我一块儿去吧,我会爱你,服侍你。噢!他听不见了,我疯了。"

她双膝跪下,疯子似的端详着那个躯壳。

"我什么苦都受到了,"她望着欧也纳说,"特-脱拉伊先生走了,丢下一身的债,而且我发觉他欺骗我。丈夫永远不会原谅我了,我已经把全部财产交给他。唉!一场空梦,为了谁来!我欺骗了唯一疼我的人!(她指着她的父亲)我辜负他,嫌弃他,给他受尽苦难,我这该死的人!"

"他知道。"拉斯蒂涅说。

高老头忽然睁了睁眼,但只不过是肌肉的抽搐。伯爵夫人表示希望的手势,同弥留的人的眼睛一样凄惨。

“他还会听见我吗？——哦，听不见了。”她坐在床边自言自语。

特-雷斯多太太说要守着父亲，欧也纳便下楼吃饭。房客都到齐了。

“喂，”画家招呼他，“看样子咱们楼上要死掉个把人了吧？”

“查理，找点儿不凄惨的事开玩笑好不好？”欧也纳说。

“难道咱们就不能笑了吗？”画家回答，“有什么关系，皮安训说他已经昏迷了。”

“嗳！”博物院管事接着说，“他活也罢，死也罢，反正没有分别。”“父亲死了！”伯爵夫人大叫一声。

一听见这声可怕的叫喊，西尔维、拉斯蒂涅、皮安训一齐上楼，发觉特-雷斯多太太晕过去了。他们把她救醒了，送上等在门外的车；欧也纳嘱咐丹兰士小心看护，送往特-纽沁根太太家。

“哦！这一下他真死了。”皮安训下楼说。

“诸位，吃饭吧，汤冷了。”伏盖太太招呼众人。

两个大学生并肩坐下。

欧也纳问皮安训：“现在该怎么办？”

“我把他眼睛闭上了，四肢放得端端正正。等咱们上区公所报告死亡，那边的医生来验过之后，把他包上尸衣埋掉。你还想怎么办？”

“他不能再这样嗅他的面包了。”一个房客学着高老头的鬼脸说。

“要命！”当助教的叫道，“诸位能不能丢开高老头，让我们清静一下？一个钟点以来，只听见他的事儿。巴黎这个地方有桩好处，一个人可以生下，活着，死去，没有人理会。这种文明的好处，咱们应当享受。今天死六十个人，难道你们都去哀悼那些亡灵不成？高老头死就死吧，为他还是死的好！要是你们疼他，就去守灵，让我们消消停停地吃饭。”

“噢！是的，”寡妇道，“他真是死了的好！听说这可怜的人苦了一辈子！”

在欧也纳心中，高老头是父爱的代表，可是他身后得到的唯一的诔词，就是上面这几句。十五位房客照常谈天。欧也纳和皮安训听着刀叉声和谈笑声，眼看那些人狼吞虎咽、不关痛痒的表情，难受得心都凉了。他们吃完饭，出去找一个神甫来守夜，给死者祈祷。手头只有一点儿钱，不能不看钱办事。晚上九点，遗体放在便榻上，两旁点着两支蜡烛，屋内空空的，只有一个神甫坐在他旁边。临睡之前，拉斯蒂涅向教士打听了礼忏和送葬的价目，写信给特-纽沁根男爵和特-雷斯多伯爵，请他们派管事来打发丧费。他要克利斯朵夫把信送出去，方始上床。他疲倦之极，马上睡着了。

早上，皮安训和拉斯蒂涅亲自上区公所报告死亡；中午，医生来签了字。

过了两小时,一个女婿都没送钱来,也没派人来,拉斯蒂涅只得先开销了教士。西尔维讨了十法郎去缝尸衣。欧也纳和皮安训算了算,死者的家属要不负责的话,他们倾其所有,只能极勉强地应付一切开支。把尸身放入棺材的差事,由医学生担任了去;那口穷人用的棺木也是他向医院特别便宜买来的。他对欧也纳说:

"咱们给那些混蛋开一下玩笑吧。你到拉希公墓去买一块地,五年为期;再向丧礼代办所和教堂定一套三等丧仪。要是女婿女儿不还你的钱,你就在墓上立一块碑,刻上几个字:

特-雷斯多伯爵夫人暨特-纽沁根男爵夫人之尊翁

高里奥先生之墓

大学生二人捐资代葬。"

欧也纳在特-纽沁根夫妇和特-雷斯多夫妇家奔走毫无结果,只得听从他朋友的意见。在两位女婿府上,他只能到大门为止。门房都奉有严令,说:

"先生跟太太谢绝宾客。他们的父亲死了,悲痛得了不得。"

欧也纳对巴黎社会已有相当经验,知道不能固执。看到没法跟但斐纳见面,他心里感到一阵异样的压迫,在门房里写了一个字条:

"请你卖掉一件首饰,使你父亲下葬的时候成个体统。"

他封了字条,吩咐男爵的门房递给丹兰士送交女主人;门房却送给男爵,被他往火炉里一扔了事。欧也纳部署停当,三点左右回到公寓,望见小门口停着口棺木,在静悄悄的街头,搁在两张凳上,棺木上面连那块黑布也没有遮盖到家。他一见这光景,不由得掉下泪来。谁也不曾把手蘸过的蹩脚圣水壶,浸在盛满圣水的镀银盘子里。门上黑布也没有挂。这是穷人的丧礼,既没排场,也没后代,也没朋友,也没亲属。皮安训因为医院有事,留了一个便条给拉斯蒂涅,告诉他跟教堂办的交涉。他说追思弥撒价钱贵得惊人,只能做个便宜的晚祷;至于丧礼代办所,已经派克利斯朵夫送了信去。欧也纳看完字条,忽然瞧见藏着两个女儿头发的胸章在伏盖太太手里。

"你怎么敢拿下这个东西?"他说。

"天哪!难道把它下葬不成?"西尔维回答,"那是金的啊。"

"当然——!"欧也纳愤愤地说,"代表两个女儿的只有这一点东西,还不给他带去吗?"

柩车上门的时候,欧也纳叫人把棺木重新搞上楼,他撬开钉子,诚心诚意地把那颗胸章,姐妹俩还年轻,天真,纯洁,像他在临终呼号中所说的"不懂得犟嘴"的时代的形象,挂在死人胸前。除了两个丧礼执事,只有拉斯蒂涅和克利斯朵夫两人跟着拖车，把可怜的人送往圣-丹蒂安-杜-蒙，离圣-日内维新街不远的教堂。灵柩被放在一所低矮黝黑的圣堂前面。大学生四下里张望，看不见高老头的两个女儿或者女婿。除他之外，只有克利斯朵夫因为赚过他不少酒钱，觉得应当尽一尽最后的礼数。两个教士，唱诗班的孩子，和教堂管事都还没有到。拉斯蒂涅握了握克利斯朵夫的手，一句话也说不上来。

"是的，欧也纳先生，"克利斯朵夫说，"他是个老实人，好人，从来没大声说过一句话，从来没损害别人，也从来没干过坏事。"

两个教士，唱诗班的孩子，教堂的管事，都来了。在一个宗教没有余钱给穷人作义务祈祷的时代，他们做了尽七十法郎所能办到的礼忏：唱了一段圣诗，唱了《解放和来自灵魂深处》。全部礼忏花了二十分钟。送丧的车只有一辆，给教士和唱诗班的孩子乘坐，他们答应带欧也纳和克利斯朵夫同去。教士说：

"没有送丧的行列，我们可以赶一赶，免得耽搁时间。已经五点半了。"

正当灵柩上车的时候，特-雷斯多和特-纽沁根两家有爵徽的空车忽然出现，跟着柩车到拉希公墓。六点钟，高老头的遗体下了墓穴，周围站着女儿家中的管事。大学生出钱买来的短短的祈祷刚念完，那些管事就跟神甫一齐溜了。两个盖坟的工人，在棺木上扔了几铲子土挺了挺腰；其中一个走来向拉斯蒂涅讨酒钱。欧也纳掏来掏去，一个子儿都没有，只得向克利斯朵夫借了一法郎。这件很小的小事，忽然使拉斯蒂涅大为伤心。白日将尽，潮湿的黄昏使他心里乱糟糟的；他瞧着墓穴，埋葬了他青年人的最后一滴眼泪，神圣的感情在一颗纯洁的心中逼出来的眼泪，从它堕落的地下立刻回到天上的眼泪。他抱着手臂，凝神瞧着天空的云。克利斯朵夫见他这副模样，径自走了。

拉斯蒂涅一个人在公墓内向高处走了几步，远眺巴黎，只见巴黎蜿蜒曲折地躺在塞纳河两岸，慢慢地亮起灯火。他的欲火炎炎的眼睛停在王杜姆广场和安伐里特宫的穹窿之间。那便是他不胜向往的上流社会的区域。面对这个热闹的蜂房，他射了一眼，好像恨不得把其中的甘蜜一日吸尽。同时他气概非凡地说了句：

"现在咱们俩来拼一拼吧！"

然后拉斯蒂涅为了向社会挑战，到特-纽沁根太太家吃饭去了。

（巴尔扎克.高老头[M].傅雷，译.北京：人民文学出版社，1978.略有删改。）

思考练习

1.简述《高老头》中高老头的形象及意义。

2.简述拉斯蒂涅这个艺术形象。

第十三节 《黄昏的和声》

作者简介

沙尔·波德莱尔(1821—1867),法国19世纪最著名的现代派诗人,象征派诗歌先驱,在欧美诗坛具有重要地位,其作品《恶之花》是19世纪最具影响力的诗集之一。从1843年起,波德莱尔开始陆续创作后来收入《恶之花》的诗歌。诗集出版不久后,他便因“有碍公共道德及风化”等罪名受到轻罪法庭的判罚。1861年,波德莱尔申请加入法兰西学士院,后退出。作品有《恶之花》《巴黎的忧郁》《美学珍玩》《可怜的比利时!》等。

作品导读

这首诗是波德莱尔的代表作之一,也是欧洲象征主义诗歌的代表作,它形象地表现了象征主义诗歌的特点和美学追求。

诗人用黄昏的意象来表达自己与情人在一起的美好时光里的欢乐、痛苦和圣洁的感情。诗中的每一个意象都是诗人情感的流露。那花的战栗就是诗人的战栗,那幽咽的声音就是诗人心的哭泣声,那天空的凄愁象征着诗人忧郁的心境。诗人奔走在这喧嚣的世界,体味情感的波澜,在万物中、在它们的动静中寻找诗的意象,寻找心灵的象征,摹画心灵的美。诗人的美是忧郁的,那花、那音乐、那天空都蒙着重重的帷幕,沉沉的。

作品赏析

黄昏的和声

时候已到,每朵花在枝上微颤,
宛如一只香炉那样喷云吐雾,
声音和芳香在暮霭之中旋舞,
忧郁的华尔兹,使人倦的昏眩!
宛如一只香炉那样喷云吐雾;
小提琴像受折磨的心在抖颤;
忧郁的华尔兹,使人倦的昏眩!
天空像临时祭坛美丽而愁苦。
小提琴像受折磨的心在抖颤,

温柔的心憎恨黑茫茫的虚无！
天空像临时祭坛美丽而愁苦；
太阳在自己凝固的血中消散。
温柔的心憎恨黑茫茫的虚无，
将辉煌的昔日残余搜集齐全！
太阳在自己凝固的血中消散……
像圣体发光，你形象使我目眩！

（波德莱尔.波德莱尔诗歌精选[M].郑克鲁，译.太原：北岳文艺出版社，2000.略有改动。）

思考练习

1.简述这首诗歌的音韵美。

2.简述诗歌所表达的情思。

第十四节　《泪洒在我的心头》

作者简介

保罗·魏尔伦(1844—1896)，法国诗人，象征主义派别的早期领导人。象征主义者尝试使诗歌从传统的题材和形式中脱离出来。

魏尔伦的诗歌以优雅、精美且富有音乐性而著称。他在梅斯出生，1871年在巴黎深受年轻诗人亚瑟·兰波(又译阿蒂尔·兰波)影响。与妻子分居后，他和兰波过上了波希米亚式的生活，并沦落成酒鬼。1873年在与兰波争吵时开枪打伤了他，因此被判入狱两年。

他的著作包括《农神体诗》《美好之歌》《智慧》《过去》《平行》等。

作品导读

《泪洒在我的心头》写得真挚深沉，如怨如诉，抒发了爱情受到挫折时的内心痛苦，采用大量谐韵和叠韵，营造出凄怆的气氛和意境。

作品赏析

泪洒在我的心头

雨轻轻洒落在城里
——阿蒂尔·兰波
泪洒在我的心头，

仿佛雨落在城里。
是什么样的悲愁
潜入到我的心头?

啊,这雨声多凄清,
敲打地面和屋顶!
对于烦恼的心灵,
雨之歌多么凄清!
泪落得无缘无故,
在这沮丧的心上。
什么!彼此心不负?
这悲哀无缘无故。

这是最深的悲愤,
因为我一无所知,
没有爱也没有恨,
我的心多么悲愤。

(魏尔伦.失恋者之歌:法国爱情诗选[M].郑克鲁,译.上海:上海译文出版社,1990.略有删改。)

思考练习

1.简述作品的艺术美。
2.简述作品所传递的情思。

第十五节　《纪念碑》

作者简介

亚历山大·谢尔盖耶维奇·普希金(1799—1837),是19世纪气势恢宏的俄国文学的源头。他以自己的诗歌、小说和戏剧开创了俄国文学的新时代,因而被称为“俄国文学之父”、“俄国诗歌的太阳”(高尔基)、“青铜骑士”。

普希金诸体皆擅,为俄国民族文学和文学语言的发展作出了突出贡献,在诗歌、小说、戏剧乃至童话等文学领域都给俄国文学创立了典范。普希金还被高尔基誉为“一切开端的开端”。他出身于贵族家庭,童年开始写诗,在沙皇政府专为培养贵族子弟而设立的皇村高等学校学习。学习期间受到当时进步的十二月党人及一些进步思想家的影响。后来发表的不少诗作抨击农奴制度，歌颂自由与进步。普希金的主要作品除了诗歌，还有长篇小说《上尉的女儿》《叶甫盖尼·奥涅金》等。普希金因创作活动遭到沙皇政府迫害，1837 年在一次有阴谋的决斗中遇害。他的创作对俄国文学和语言的发展影响深远。

作品导读

普希金的诗歌颂理想、赞美自由、抨击农奴制度、同情劳动人民，在当时产生了极大的反响。诗人短暂的一生和他辉煌的诗歌成就，高高树立起一座俄国现实主义诗歌不朽的丰碑。

全诗以直接抒情为主，表现诗人对于献身诗歌艺术和崇高理想的思考。这首诗是在沙皇专制下写成的，诗人敢于藐视残暴的统治者，表现了执着追求理想，为真理、为正义、为人民而讴歌、献身的大无畏精神。

作品赏析

纪念碑

我为自己竖起了一座天然的纪念碑，
人们的道路通向那里，再也不会荒芜，
它抬起了自己不屈的头，
高过亚历山大的纪念石柱。

不，我不会完全死去——我的心灵
通过珍秘的琴声将超越我的骨灰、避免腐朽，——
我将永享荣誉，即使在这月光下的世界
哪怕只有一个诗人居留。

我的名字将传遍伟大的俄罗斯，
她那各族的语言将把我呼唤：
高傲的斯拉夫、芬兰，至今野蛮的通古斯，
还有卡尔梅克，草原的伙伴。

我之所以久久地为人民所喜爱，
是因为我曾用诗歌激起了他们善良的感情，
是因为我在这残酷的时代歌颂过自由，

并且为倒下的人们祈求过宽容。

啊,诗神,永远听从上帝的旨意吧,
既不要怕凌辱,也不希求桂冠,
赞誉和诽谤,都可以漠不关心,
更不要和愚蠢的人们争辩。

(普希金.俄国诗选[M].魏荒弩,译.长沙:湖南人民出版社,1998.略有删改。)

思考练习

1.简述作品的主题意蕴和艺术特点。

2.简述"纪念碑"的象征意义。

第十六节 《孤帆》

作者简介

米哈依尔·莱蒙托夫(1814—1841),19世纪俄国继普希金之后的伟大诗人。出身于退役军官家庭。14岁开始写诗,1837年他为普希金因决斗而死写的《诗人之死》一诗名震文坛。由于反抗专制统治,因此屡遭流放和入狱,最后死于预谋的决斗,年仅27岁。

莱蒙托夫在短短13年的创作生涯里,一共写下了400多首抒情诗,名篇有《孤帆》《浮云》《祖国》等。长诗20余部,以《恶魔》《童僧》为代表,还有剧本《假面舞会》和杰出的长篇小说《当代英雄》等。诗人继承了普希金和十二月党人诗人的传统,把热爱祖国和歌颂自由作为诗歌创作的基本主题。其风格沉郁中有刚劲,手法上既能出色地运用浪漫主义,又擅长现实主义的描写。

作品导读

18岁的诗人因参加学生运动而被迫离开莫斯科大学,到了波罗的海边的彼得堡,面对波涛汹涌的大海,触景感怀,写下此诗。诗分三节,每节前两行写景,由远而近,后两行抒情,渴求在激烈的变动中获得精神的安宁,景和情相互渗透,内涵丰富。诗中蓝天、白帆、碧水、红日交相辉映,再添上茫茫的雾霭,汹涌的波涛,呼啸的海风,水天相连,广袤无边,构成了一幅绚丽多姿、浩渺壮阔的海景画面。这首政治抒情诗,是诗人人格、理想的象征,大海孤帆,正是诗人孤傲、迷惘而又不愿同流合污的叛逆性格的象征,它所祈求的风暴,正是革命斗争的暴风雨。全诗含蓄隽水,有一种朦胧的诗境美。

作品赏析

孤　帆

在大海蔚蓝的薄雾里
一叶孤帆闪着白光。
它在远方寻找什么？
在故乡又抛下了什么？

波涛汹涌，海风呼啸，
桅杆弯曲着发出轧轧的声响；
唉，——它不是在寻求幸福，
也不是远离快乐！——

帆下是澄澈的碧流，
帆上是金色的阳光：——
而它，这叛逆者，在祈求风暴，
仿佛在风暴里才有安宁！

1832 年

（黎华.外国名诗 100 首[M].武汉：湖北教育出版社，1996.）

思考练习

1.简述这首诗的主旨。

2.简述这首诗的艺术特色。

第十七节　《死魂灵》(节选)

作者简介

尼古拉·瓦西里耶维奇·果戈理(1809—1852)，为俄国文学贡献了卓越的小说和戏剧作品，俄国批判主义文学由此形成波澜壮阔的大潮。代表作有《死魂灵》(或译《死农奴》)和《钦差大臣》。1809 年，果戈理生于乌克兰波尔塔瓦省米尔格拉德县一个小地主家庭。孩提时期的果戈理就对戏剧产生了浓厚的兴趣。果戈理从小就把文学看作为人类服务的高尚事业，为此曾不断试笔，但未获成功。1830 年春，《祖国纪事》杂志正式发表了他的中篇小说《圣诞节前夜》,同年5月,他同仰慕已久的普希金相识,结下了深厚的友情。这为果戈理走上文坛奠定了基础。1831年至1832年,果戈理相继出版了《狄康卡近乡夜话》第一、二部,作品给他带来巨大声誉。1835年相继出版的小说集《米尔格拉德》和《小品集》,代表着他迈出了创作的新步伐,标志着他从浪漫主义向现实主义的过渡和跨越。《米尔格拉德》中包括《旧式地主》《塔拉斯·布尔巴》《地鬼》和《两个伊凡吵架的故事》4部中篇小说。1835年创作的剧本《结婚》,揭示了婚姻中的等级观念和金钱关系。1836年正式发表了讽刺喜剧《钦差大臣》。1842年5月正式出版小说《死魂灵》。1852年,果戈理烧掉《死魂灵》第二卷的手稿,不久后去世。

作品导读

《死魂灵》是俄国批判现实主义文学发展的基石,也是果戈理现实主义创作发展的顶峰。

小说讲述一个投机钻营的骗子、假装成六等文官的乞乞科夫买卖死魂灵(俄国的地主们将他们的农奴叫作"魂灵")的故事。乞乞科夫来到某市后先用一个多星期的时间打通了上至省长下至建筑技师的大小官员的关系,而后去市郊向地主们收买已经死去但尚未注销户口的农奴,准备把他们当作活的农奴抵押给监管委员会,骗取大笔押金。他走访了一个又一个地主,经过激烈的讨价还价,买到一大批死魂灵,当他高高兴兴地凭着早已打通的关系迅速办好了法定的买卖手续后,其罪恶勾当被人揭穿,检察官竟被谣言吓死,乞乞科夫只好匆忙逃走。

在《死魂灵》中,果戈理通过五个地主形象,说明了俄国腐朽的农奴制不仅摧残了农奴,而且摧残了农奴主,由此得出结论:农奴制必须取消。作者通过乞乞科夫的形象,表现了新兴资产阶级的罪孽、人性的异化,以及人在畸形的环境(寄生生活)和欲望(金钱占有欲)驱使下会变成非人。

作品赏析

死魂灵(节选)

很早以前,在我的少年时代,在我那一去不复返地飞闪过去的童年时代,当我头一次走近一个不熟识的地方时,总是兴致勃勃的:不管是一处田庄也好,一座贫穷的小县城也好,一个村子也好,一片郊区也好,孩子的好奇的眼光到处都可以发现许多新奇有趣的东西。任何一幢建筑物,任何一件只要带有一点引人注目的特点的东西,都会使我止步停留,惊讶不已。不论是式样千篇一律的、有半数窗户是装饰性的、孤零零地耸立在一群小市民的圆木矮平房中间的官府房子,也不论是粉刷得雪白的新建教堂上面的、整个儿包着白铁皮的造型严谨的巍峨圆穹顶，不论是市集，也不论是在闹市里碰上的小县城的一个油头粉面的花花公子，——所有这一切都逃不过稚嫩而敏感的目光。我把鼻子伸出我那辆赶路的大车，忙不停地张望着，至今未曾见过的一件上衣的款式啦，在蔬菜铺的店堂里闪现的一木箱一木箱的钉子啦，葡萄干啦，肥皂啦，远远望去黄澄澄一片的松香啦，还有一桶一桶从莫斯科运来的已经发硬的糖果啦，我都会看得津津有味，一个踽踽独行的、只有上帝才知道从哪个省份给打发来尝味一下小县城的寂寞无聊的步兵军官啦，一个穿着一件腰眼里打褶子的短褂、乘着二轮马车匆匆而过的商人啦，我也会看得出神，遐想联翩，探究起他们颠沛困苦的生活来。只要有小县城的一个公务员走过，我便会沉思起来：他这会儿是上哪里去？到一个什么同事家里消磨一个夜晚呢，还是直接赶回自己的家，趁天色还没有全黑，在台阶上偷闲坐上半个来小时，然后同母亲、妻子、小姨以及全家老小一起坐下来吃晚饭？我也会猜想，当汤已经喝过，一个戴着铜币编制的颈圈的女婢或者一个穿着肥厚短褂的小厮拿来一支插在经久耐用的土制烛台上的油脂蜡烛的时候，他们一家人在谈些什么？当我临近随便哪一位地主的田庄的时候，我总好奇地打量着那一座高高的狭长的木造钟楼，或者一座宽大阴沉的木造的古老教堂。远处，透过青翠碧绿的树林，隐约闪现着地主宅第的红屋顶和白烟囱，这总使我觉得是那么诱人，我焦灼地等待着，等那些遮蔽房屋的树木向两边闪开，让房屋整个儿地展现在我的眼前，唷，在那个年代，它的外貌丝毫不显得俗气，我还会根据房屋的外貌竭力揣测：地主本人是一个什么样的人物？他是胖还是瘦？他是有儿子呢，还是有整整六个女儿，和有了她们就少不了的清脆悦耳的笑声、花样百出的游嬉，而最小的妹妹准是一个美人儿？她们是不是个个都长着黑眼珠？地主本人是一个嘻嘻哈哈的快活人，还是像九月底的秋天那样阴沉忧郁，整日价望着日历，絮絮叨叨地尽说些惹年轻人厌烦的关于黑麦和小麦的庄稼事儿？

现在，我是无动于衷地驶近任何一座不熟识的村子，无动于衷地望着它的平庸俗气的外貌；我的冷了下去的眼光觉得腻烦，我不再感到欢乐有趣，在以往的年代里会在我的脸上即刻激起反应、引起我欢笑和难以穷竭的言语的那些东西，现在都不留痕迹地闪滑过去，冷淡的沉默封锁住我一动也不动的嘴唇。哦，我的青春！哦，我的蓬勃的朝气！

当乞乞科夫正在沉思，暗笑庄稼汉给普柳什金起的绰号的时候，他却没有注意到，马车已经驶到有许多农舍和街巷的广阔村子的中心来了。不过，他很快就发现了这一点，因为圆木铺的路面让他受到了很沉重的一震，跟这比起来,城里的石子路面真算不得什么了。这些圆木像钢琴的键盘一样,忽而高,忽而低,一不留神,不是后脑勺撞出一个包,就是前额碰出一块青斑,再不然就是自己咬痛了自己的舌尖。他在所有的木头建筑物上都看出了某种特别陈旧衰朽的迹象:农舍上的圆木颜色发黑,旧得不堪;许多屋顶千疮百孔,像筛子一样;有些屋顶上只剩下了马头,两边只剩下一根根肋骨似的柱子。看来,是屋主人自己把椽子和板壁从屋子上拆走的,他们的想法当然也挺有道理:雨天农舍遮不了身,晴天屋子自己又不会漏水,和娘们儿厮混根本用不着这些屋子,反正小酒店里和大路上到处有的是地方,总之一句话,你爱上哪儿去都成。农舍的窗户都没有玻璃,有的窗洞里塞着一块破布或者一件粗呢大褂;屋顶下面搭着带有栏杆的小凉台,那是有些俄国农舍不知道为什么原因总要搭上一个的,凉台歪斜污黑,谈不上有什么诗情画意。从农舍的后面望去,在许多地方成排地竖立着巨大的麦垛,堆放的日子显然挺长久了;麦垛的颜色已经变得像烧制得很坏的旧砖头,上面长出了各种各样、乱七八糟的东西,旁边甚至还盘绕着灌木。麦子看来是归地主老爷的。在麦垛和破旧的屋顶后面,一片晴空底下,有两座紧挨着的乡村教堂,随着轻便折篷马车打弯的方向,忽而右忽而左地高高耸起,一眨眼又隐没不见了:一座空关着,是木造的;另一座是砖砌的,淡黄色的墙上布满污迹和裂缝。老爷的宅第先是不时隐约显露出它的局部,直到那一连串农舍的尽头处方才整个儿敞露出来,在那儿,取代农舍的是一大片荒芜的菜园,或者是一块白菜地,围着低矮的、有的地方已经断折的篱笆。这座古怪的城堡很长,长得出奇,看起来像一个衰朽不堪的残疾人。它有些地方是一层楼,有些地方是两层楼;在那不能完全遮盖它的衰败相的灰暗的屋顶上面,竖着两座遥遥相对的望楼,两座望楼都已经摇摇欲坠,一度鲜明光亮的油漆全部剥落了。屋子的墙壁有些地方仿佛龇牙咧嘴似的露出着光秃秃的、抹过泥灰的木架子,可以看出它们熬过了各种各样的恶劣天气,熬过了雨淋风吹和骤然多变的秋季天气。窗户只有两扇打开着,其余的都关得严严实实,拉下了百叶窗,甚至钉上了木板。连这两扇窗户也不大透光,其中的一扇还贴着用包装食糖的蓝色纸头剪成的暗沉沉的三角糊窗纸。

一座古老的、广阔的花园在屋子后面延伸开去,先是朝向村子,然后渐渐隐没在田野中间,虽说它蔓草丛生,荒凉寂寞,却似乎只有它在给这偌大的村子带来生气,也似乎只有它那一片别有情趣的荒芜景色充盈着诗情画意。无拘无束、繁衍枝蔓的树梢连成一片,横陈在天际,宛如一片片绿色的浮云和密密层层形状不严整的、微微抖动的华盖。一株被暴风雨和雷电折断了树梢的白桦树，从这片绿树丛中耸起它那粗壮的白色躯干，伫立在空中，像一根端正挺拔的、莹洁璀璨的大理石圆柱；往上看不见柱头，而只见劈断的、翘起一角的斜面，像是一顶深色的帽子套在雪白的圆柱上，或者是一只黑色的鸟儿蹲在那里。下面，蛇麻草紧紧压住成片的接骨木、花楸果和榛树，然后沿着这整片密如藩篱的树丛的顶端蜿蜒而过，终于爬了上去，盘绕直达备受摧折的白桦树的半腰。到了白桦树的半腰，蛇麻草又从那儿往下牵攀，搭住别的树的枝梢，或者就悬挂在空中，把自己尖细的钩形叶瓣卷成一个个小圆圈，让它们随风飘荡。被阳光照耀着的苍翠密林在有些地方彼此岔离开去，露出一片嵌在它们中间的未被阳光照到的凹地，有如张开着一只黑沉沉的大嘴。这片土地整个儿笼罩着阴影，在它黑洞洞的深处隐隐约约闪现出一条曲折狭窄的小径，一排倒塌的栏杆，一座摇摇欲坠的凉亭，一株衰朽的、有洞孔的杨柳树干，一丛颜色发白的灌木，它的枝叶都被密密的荒草野荆窒闷得枯萎了，盘错虬结在一起，像一团团浓密的毛鬃从柳树后面戳出着，最后，是枫树的新生幼嫩的分枝，从旁边伸出它的巴掌般大的碧绿叶瓣，阳光不知怎么的钻到了一片叶瓣下面去，忽然使它变得通体透明、火红，在这浓重的黑暗中奇妙地闪闪发光。在花园顶靠边的一头，好几株修长的、跟别的树不一般高的白杨树，在它们颤动的梢顶上高高举着一只只巨大的鸦窠。有几株树的枝条已经折裂，但还没有全断，跟枯叶一起低低地垂挂着。总之，一切都美妙极了，那是不论大自然，也不论艺术家，都怎样也构思不出来的，只有当大自然和艺术家结合在一起，只有当大自然用它的刻刀对人工的、经常是缺乏性灵的、过于烦琐的作品加以最后的雕琢，删削笨重累赘的大块文章，剔除趣味粗俗的精细工整，弥补寒碜的、把构思立意袒露无遗的破绽和疏漏，给只求均衡整齐的冷漠风格创造出来的一切注入奇异的温暖，——只有在那个时候，才会形成这一美妙的杰作。

转过一个弯或者两个弯之后，我们的主人公终于到了那幢邸宅的门前，此刻邸宅显得更加凄凉了。青苔已经盖满了围墙和大门上腐朽的木料。一大簇显然日见破败的房屋：下房、谷仓、地窖，挤满了大院；这些房屋的左右两边都可以看见有门通向别的院子。一切都说明：这儿有过一段时间家业经营的规模是非常大的，可是，在今天，一切都显得凄惨冷落了。看不到一点能使画面蓬勃有生气的景象，没有不时打开的门，没有川流不息、出出进进的人，没有任何热热闹闹的家务操劳和繁忙！只有一扇大门敞开着，那是因为一个庄稼汉赶着一辆满载货物、盖着蒲席的大车驶了进去，他的出现仿佛是特地为了活跃一下这块已经死去的地方：在别的时候，连这扇大门也是紧紧关闭着的,因为有一把巨大的锁挂在铁环里面。乞乞科夫很快就在一幢房子旁边发现了一个人影,这人正在跟赶着大车来的那个庄稼汉吵架。他很久都识别不出这是一个男人还是一个女人。她身上的那件衣服实在不伦不类,很像是女人的睡袍,头上戴着一顶乡下女仆戴的小圆帽,只有那条嗓子他觉得比起女人的来似乎嫌沙哑了一点。"噢,是个女的!"他自个儿寻思道,但转念一想,"噢,不是的!""当然是个女的!"他再仔细打量了一下之后,终于这么说。对方也在盯着看他,来客在她的眼里仿佛是一件挺稀罕的东西,因为她不仅打量了他,而且打量了谢里方,甚至把马也从头到尾都细细地看遍了。凭她腰里挂的那串钥匙和她刚才骂庄稼汉时用的那番相当粗野的话,乞乞科夫断定,这准是一个管家婆。

"我问你,大娘,"他跨下马车,说,"老爷在家吗?……"

"不在家。"管家婆没有听完他的问话,就打断他说。可是后来,隔了一分钟光景,找补了一句:"您来干吗?"

"有事哟。"

"请里屋来吧!"管家婆说着转过了身子,于是让他看到,她的背脊沾满了面粉,下面的衣服上有一个大窟窿。

他一跨进宽敞而昏暗的门廊,就仿佛进了地窖,有股子冷气向他迎面吹来。过了门廊,他踏进一间也很昏暗的屋子,只因为门的下面有一条阔缝透进一道光线,屋内方才略微有点亮光。他推开了这扇门,终于见着了阳光。可是,眼前的一片凌乱又叫他大吃一惊,仿佛这幢房子里正在洗刷地板,把全部家具暂时一股脑儿都堆到这儿来了。在一张桌子上甚至搁着一把断了腿的椅子,旁边是一座停摆的钟,钟摆上已经结了蛛网。也就在那儿,靠墙放着一口橱,里面有老式的银器、长颈玻璃酒瓶和中国瓷器。写字台原是镶嵌螺钿的,现在好多处螺钿已经剥落,只剩下几条填过胶的淡黄的槽痕,台上放的东西五花八门:一叠字迹密密的小纸片,上面压着一块有卵形把手的、颜色已经发绿的大理石镇纸,一本红色书脊皮封面的古旧的书,一只整个儿干瘪得不比榛果大的柠檬,一段圈手椅上的断把手,一杯不知是什么名堂的饮料,里面浮着三只苍蝇,上面盖着一页信,一小段火漆,还有一小片不知打哪儿拣来的破烂布头,两支蘸过墨水的、干得活像害痨病的鹅毛笔,一根完全发了黄的、可能还是法国人入侵莫斯科之前主人剔过牙齿的牙签。

墙上胡乱地、挨得紧紧地挂着好几幅画:一幅发了黄的长条版画画的不知是哪一场战争,上面有挺大的战鼓,头戴三角军帽、张口呐喊的士兵和淹进水里的战马,画没有配上玻璃,装在一个四角饰有纤巧的青铜嵌线和也是青铜的环形花纹的红木画框里。在这些画的旁边，一幅发了黑的巨幅油画足足占了半堵墙，画的是花卉、水果、一个剖开的西瓜、一个野猪头和一只倒悬的野鸭。天花板正中挂着一盏套着麻布罩的枝形吊灯，灰尘满布，挺像一只蚕茧，里面蜷伏着一条蚕。靠近墙犄角的地板上堆着许多更不雅观的、根本不配放在桌上的破烂。至于那里堆的是些什么，可真难以判断啦，因为尘垢积得这么厚，任何人用手去一碰，手就会变得像戴上了手套；只有一段断掉的木锹和一只旧的皮靴跟戳在外面让人看得比较清楚。要不是放在桌上的那顶破旧睡帽作证，无论如何也说不上这屋子是有人住着的。正当他在仔细端详这全部古怪的陈设的时候，边门打开了，他在院子里照过面的那个管家婆走了进来。可是这下子他看清了，这与其说是个女管家，还不如说是个男管家：女管家至少不刮胡子的呀，而这一位，恰恰相反，是刮胡子的，不过看来是难得刮一次，因为他的整个下巴颏和下腮帮子活像马厩里刷马用的铁丝篦。乞乞科夫摆出一副探询的神情，焦灼地等着，看管家要对他说些什么话。那管家也在等着，看乞乞科夫要对他说些什么话。乞乞科夫不料会碰上这样古怪的尴尬场面，终于熬不住，决心发问了：

“老爷在家吗？在自己房里，是不是？”

“主人就在这儿。”管家说。

“哪儿呀？”乞乞科夫又问了一遍。

“怎么啦，老爷子，您是瞎了眼，还是怎么的？”管家说，“哎呀呀！要知道，主人就是我呀！”

这时候，我们的主人公不由得往后退了一步，直瞪瞪地望着他。形形色色的人他见过不少，甚至连我和读者也许一辈子也没有机会见到的人物，他都见识过；可是，像这样的一位，他还没有看见过。这位先生的相貌倒也没有什么特别之处：和许多清癯的老年人的脸几乎一样，只是下巴颏朝前突出得挺厉害，因此，一开口他就得用手帕把它捂住，免得唾沫横飞；一双小眼睛还没有失去光泽，在翘得高高的眉毛底下骨碌碌地转动着，像是两只小老鼠从暗洞里探出它们尖尖的嘴脸，竖起耳朵，掀动着胡髭，在察看有没有猫儿或者淘气的孩子守候在什么地方，并且疑虑重重地往空中嗅着鼻子。倒是他那身装束要别致得多，随便你用什么法子，花多大力气，也研究不出来他的这件睡袍是用什么料子做成的：袖管和衣襟乌黑油亮，简直像是做靴筒的上等鞣皮，背后原是两片下摆的地方飘挂着四片下摆，棉絮成团地从那儿直往外钻。系在他脖颈上的也是一件莫名其妙的玩意儿：不知是袜子，还是吊袜带，还是肚兜，反正说什么也不是领带。总之一句话，要是乞乞科夫在随便一个什么地方的教堂门口碰上了他，凭他这副打扮准会布施给他一个铜板的。因为我们的主人公有一个值得称道的长处，他的心肠挺软，他总不忍心见到穷人而不给一个铜板的。可是现在，站在他面前的不是一个穷要饭的，站在他面前的是一位地主呀。这位地主拥有一千多个农奴，哪一家也找不出像他那样多的麦谷、面粉和仅是成垛地堆在田里的粮食，哪一家的储藏室、粮仓和栈房里也没有堆积着那样多的布匹、呢料、硝过的和没有硝过的羊皮、晒干的鱼、各种各样的菜蔬或者瓜果菌蕈。如果有谁到他的作坊大院里去瞧一眼，看到堆放在那儿的各种木材和永远不派用处的器皿，他准怀疑自己别是闯进了莫斯科的木器市场，那是手疾眼快的姑姑奶奶们，身后带着厨娘，为办货而每日必去之处，那儿各式各样以树木为材的器具白花花地堆积如山——榫合的，车光的，手雕的，编织的，真是应有尽有：木桶，木盆，双耳木坛，有盖的木甏，带嘴的和不带嘴的木壶，圆形的小口木罐，柳条筐，妇女放麻线和其他小零碎的篮筐，又细又弯的白杨木条编的箩筐，桦树皮编的小圆盒，以及许许多多不论富的还是穷的俄罗斯人都要用的好东西。旁人看来，普柳什金要这些多得数不清的东西有什么用处呢？这些东西哪怕给两处像他的村子那样大小的田庄用，一辈子也用不完，——可是，他连这些还嫌少。既然不满足于已经有的，他就每天在自己的村子里满街地转，桥墩下张张，屋梁下望望，凡是落进他眼里的东西——一只旧鞋跟、一片娘儿们用过的脏布、一枚铁钉、一块碎陶瓷片，他都捡回自己的家，放进乞乞科夫在墙犄角发现的那堆破烂里。“瞧，那打鱼的又干他的营生去啦!”庄稼汉们见到他出门搜捕猎物，就这么说。的确，他走过之后街巷已经不用再打扫了：曾有一回，一位过路军官失落了一根马刺，一眨眼这马刺就进入了那堆破烂里；如果哪个女人在井旁一不留神，丢下了一只水桶，他立刻把水桶也拎走了。不过，要是眼快的庄稼汉当场逮住了他，那他倒也不争辩，就交出那偷得的东西；可是，一旦东西进入了那堆破烂，那么，一切全完啦：他会赌咒发誓，说东西是他的，是他从哪儿、向谁买来的，或者是祖老太爷手里传下来的。即使在他自己的房间里，不论在地板上见到什么——一小段火漆也好，一小角纸片也好，一小截鹅毛笔也好，他都要一一捡起来，搁到写字台或者窗台上去。

可是，有过那么一段时光，他只是一个克勤克俭的当家人！他有妻室儿女，左邻右舍常常上他家去串门吃饭，聆听和学习他的持家之道和精打细算的本领。一切都显得生机勃勃，有条不紊：水磨、制毡机在辘辘转动，呢绒厂、木工车床、纺织工场都在不歇地工作；主人犀利的目光射进每一个角落、每一件事情，好比一只勤奋的蜘蛛在它那张苦心经营的网上忙碌而又灵活地上下奔走。他的脸上虽然从来不曾反映出过分强烈的情感，但是眼睛里却透露出智慧；他的谈话充满着经验和世故，因此客人都乐意听他讲话；殷勤、健谈的女主人素有好客的美名；迎面走出来的是他的两个可爱的女儿，两人都长着淡黄的头发，都像蔷薇花那样娇艳；跳跳蹦蹦出来的是他的儿子，一个活泼淘气的小家伙，见人就拥抱接吻，而不大问这是不是叫客人高兴。屋里的窗户统统打开着，阁楼上住着一位法国教师，他胡子刮得精光，打枪是个能手：每到午饭时刻总要带回几只鹌鹑和野鸭作为添菜，但有时也会只带回几个麻雀蛋，那时他就叫人煎了自己享用，因为全家上下再没有人要吃煎蛋的。阁楼上还住着一位他的女同胞——两位小姐的教师。主人总是穿着常礼服来到饭桌旁，衣服虽说穿得有点旧了，但是干干净净，肘弯处都还完整，哪儿也不见一个补丁。可是，善良贤惠的女主人去世了；一部分钥匙，连同一部分琐屑的操心事，从此落到了他的身上。普柳什金变得更加不知安宁，并且像所有的鳏夫一样，变得更加多疑和吝啬起来。对大女儿亚历山德拉·斯捷潘诺夫娜他不能够事事放心，并且他也的确没错，因为隔了不久亚历山德拉·斯捷潘诺夫娜就和一个天晓得属于哪个骑兵团的上尉私奔了，她知道父亲出于一种古怪的成见不喜欢军官，似乎军官个个都是赌棍和败家子，所以和上尉在某处一个乡村教堂里匆匆举行了婚礼。对她的出走父亲只送去了诅咒，倒也不费神去把她追回。家里变得更加空荡荡了。在主人的身上吝啬开始暴露得更加明显，他那粗硬头发里冒出的星星白发，吝啬的忠实朋友，又进一步助长了这种恶习的发展；法国教师被辞退了，因为儿子已经到了供职的年龄；法国太太给撵走了，因为在亚历山德拉·斯捷潘诺夫娜被人诱拐的丑事里面她并不是清白无辜的；儿子一到了省城，原来应该依照父亲的意见在民政厅里谋一个实实在在的差事的，结果却进了兵团，并且只是在进了军界之后，为了要钱做制服，方才写信禀告父亲的。他得到的回复，极其自然的是俗话所说的“碰了一鼻子的灰”。最后，连唯一留在家里陪伴在他身边的女儿也死了，从此之后，老头儿一个人成了他全部家产的看守、保管和主人。孤独的生活给吝啬这一恶习增添了丰富的养料。而吝啬，正如大家所知道的，有狼一般的胃口，越吃越贪婪。在他的身上，人的感情本来就不深厚，现在一分钟一分钟地枯竭下去，于是，在这片废墟里每天都要消失掉一点东西。正好在这当口，仿佛有意证实他对军人的看法似的，他的儿子打牌把钱输得精光，他出自真心地给儿子寄去了作为父亲的诅咒，从此之后他再也不去过问，儿子是活在人间，还是已经死了。他屋里的窗户逐年一扇一扇地被关上，最后只剩下两扇开着，而其中的一扇，如读者已经看到的，还给糊上了纸；主要的家计一年胜似一年地被荒废了,他那狭隘的目光所关注的只是他收集在自己房间里的一些碎纸片和破鹅毛笔;对待上他家去收购农产品的顾客,他越来越寸步不让;顾客们讲价钱讲得唇焦舌敝,最后都不再上他的门了,他们说,这简直是魔鬼,而不是人;干草和粮食在霉烂,禾垛变成真正的粪堆,只差在上面栽种白菜,地窖里面粉结成了石块,非得劈碎了才能够用,呢料、麻布和粗布简直碰都碰不得:一碰就会化成一团团的飞尘。他有些什么家私,一共有多少,连他自己都已经记不清楚,他只记得,在他那口橱里的哪一个地方搁着一只酒瓶,里面有点喝剩的陈酒,在瓶上他亲手做过记号,以防有人把酒偷喝掉,也还记得在哪儿有一截鹅毛笔或者一小段火漆。尽管如此,田庄里租税收入照旧不变:庄稼汉得照旧如数送来地租,每个农妇得照旧缴上那么多的胡桃,织布女工得照旧织出那么多的麻布——然后,所有这些东西全被堆进储藏室,渐渐烂掉,被虫蛀空,连他本人最后也成了人类身上一个被蠹蚀的空洞。亚历山德拉·斯捷潘诺夫娜曾经带着一个小男孩儿来过约莫两回,想能不能好歹得到点东西;看来,和骑兵上尉一起东飘西荡的军伍生活并不像婚前想象得那样美妙。普柳什金虽然宽恕了她,甚至把放在桌子上的一颗纽扣给外孙玩了一会儿,可是,一个钱也没有给她。亚历山德拉·斯捷潘诺夫娜第二回来的时候带了两个小孩儿,还送给他一个当茶点的甜圆面包和一件新睡袍,因为爸爸身上的那件不仅叫她看了心中有愧,而且也使她感到脸上无光。普柳什金和两个外孙亲热了一番,把他们抱在膝盖上,一个放在右腿上,一个放在左腿上,颠得他们完全像骑在马上一样,面包和睡袍都收下了,可是一丝一毫也没有送给女儿;亚历山德拉·斯捷潘诺夫娜就此两手空空地走了。

现在,在乞乞科夫面前就站着这样一位地主!应该说,在一切事物都喜爱舒展而不喜爱蜷缩的俄罗斯,这种现象是罕见的,若和就在邻近出现的一位地主相比,那会显得格外稀奇,因为那位地主逞着俄罗斯人的豪放性格和大爷脾气,整日价恣意地寻欢作乐,或者如俗话所说,过着花天酒地的生活。一个没有见过世面的过路人看到那位地主的府第,准会惊叹不止,停下脚步,他弄不明白,是哪一位有财有势的天潢贵胄竟然纡尊降贵厕身到一群愚昧无知的小地主中间来啦:他那一幢幢白色的石砌房屋,上面竖着无数的烟囱、望楼、风标,四周被成群的边屋和各式客房团团围着,望过去简直像是一座座宫殿。他还能缺什么呢?演戏,舞会,这都有啦;花园里通宵达旦地灯火通明,飘荡着嘹亮的音乐声。有半省的人士盛装艳服兴高采烈地在树底下游嬉,尽管在这个时候,从树丛深处会像舞台布景似的探出一条枝桠,那枝桠在人工光线的照耀下已经失去了原有翠绿的颜色,而越往上升它越阴暗,越森严,等到横陈在夜空中间，它那黑影更是显得狰狞可怕，还有那些严峻的树梢，在高处抖动着树叶，一步步往漆黑的夜色里退去，仿佛十分憎恶地面上照亮它们根部的浮华虚幻的光彩似的，——尽管这样，却没有一个人感觉到在这一片人为的光明中含有着什么荒唐的、令人心寒的迹象。

普柳什金一言不发地站着已经有好几分钟了，而乞乞科夫被主人的外貌和他屋内的种种景象分散了注意力，一时也还不知道把话从何谈起。他久久想不出用什么措辞来说明他这次登门拜访的原因。他差点已经要说出诸如此类的话来：久闻他德高望重，品格不凡，所以认为自己责无旁贷必须登门拜谒，表示钦慕。可是转念一想，立刻觉得这未免过分了。他从眼梢里把室内的全部陈设再打量了一下，觉得“德高望重”和“品格不凡”这些字眼完全可以用“自奉甚俭”和“持家有方”来替代，于是，他把话作了如此修改之后说：久闻他自奉甚俭，治理田产有方，所以认为自己责无旁贷必须登门亲睹仪容，并表敬意。当然，可以举出另外一个更为合适的理由，可是一时脑子里实在转不出别的念头来了。

普柳什金听了只是努动嘴唇咕哝了一声，由于他的牙齿全都掉光了，他到底说了些什么，一点也听不清楚，但意思大致是这样的：“什么敬意，去你的吧！”不过，因为在我们的国家里好客之风是这样盛行，连吝啬鬼也无法破例，所以，他接着就略微清楚一点地找补了一句：“请坐，请！”

“我好久不见有客来啦，”他说道，“不过，说句实话，有客来，我不见得有多大的好处。现在就兴互相串门这种挺不像话的风气，却把田庄上多少事儿都撂下不管……再说，你还得喂他们的马干草吃！我是早就吃过午饭啦，我的厨房坏得不成样子，连烟囱也全塌啦；要是在灶里生个火呀，还准惹出一场火灾来哩。”

“原来是这样！”乞乞科夫自个儿心里想道，“幸亏我在索巴凯维奇家里吃了一个奶渣饼和一块羊胸脯子。”

“还有人这么挖苦我，说是走遍整个田庄也难找出一把干草来！”普柳什金接着说道，“不过也确实，干草哪能积得起来呢？地只有一小块，庄稼汉又懒，都不爱干活，尽想到酒店里去喝一盅……眼看老来要去讨饭喽！”

“可是，我常听人家提起……”乞乞科夫谦恭地说，“您有一千多个魂灵哩。”

“那是谁说的？您呀，老爷子，您该朝说这话的人眼睛里啐一口唾沫才对！这个促狭鬼，看来他是想跟您开个玩笑。说是有上千个魂灵，可是你去算一算看，一场空啊！这三年来该死的热病就把我的好大一批庄稼汉给折磨死啦。”

“真有这样的事！死了许多吗?”乞乞科夫挺感兴趣地叫了起来。

“是啊,许多人送了命。”

“那么请问,数目有多少呢?”

“八十来个。”

“真的?”

“我不会撒虚谎,老爷子。”

“请容许我再问一声,这些个魂灵,我想,您是从最近一次人口调查后算起的吧?”

“要是这样,还得谢天谢地啰,”普柳什金说道,“糟就糟在,要是从那个时候算起,就得有一百二十个啦。”

“真的吗？整整一百二十个?”乞乞科夫又尖声叫了起来,这回他惊讶得连嘴也有点合不拢了。

“我老啦,老爷子,不兴撒谎啦,我是六十开外的人啦!”普柳什金说道。对于这样几乎是高兴的叫喊他似乎有点生气。乞乞科夫发觉,对别人的痛苦这样无动于衷的确不成体统,所以他赶紧长叹了一声,并且说他对此深深感到同情。

“可惜同情不能当饭吃,”普柳什金说道,“就说住在我附近的那个上尉吧,鬼知道他是打哪儿来的,尽说是我的亲戚,开口‘大伯’,闭口‘大伯’,还吻我的手哩,而一同情起来,就那么拉直了嗓门哭呀喊的,差点儿把你的耳朵给震聋啦。一张脸哪,通红通红的,大概老是在没命地灌烧酒。他那几个钱肯定是在当军官那会儿输光了,要不就是给一个女戏子骗走了,所以他这才来同情个没完!”

乞乞科夫竭力解释,他的同情和上尉的完全不一样,并且他不讲空话,而准备用行动来加以证实,接着,他不再耽误正事,立刻直截爽快地声明,他愿意担负所有那些死得如此悲惨的农奴的人头税。这个建议看来完全出乎普柳什金的意料。他瞪大了眼睛,朝乞乞科夫看了许久,方才问道:

“您老爷子有没有干过军职?”

“没有啊,”乞乞科夫相当机警狡猾地回答道,“我原是做文职的。”

“文职?”普柳什金把这个字眼重复了一遍,于是就努动起嘴唇来,仿佛在嚼食什么东西似的,“可这是怎么回事呢？这不是叫您自己明吃亏吗?”

“只要您高兴,我就是吃亏也心甘情愿呀。”

“哎呀,老爷子！哎呀,我的救命恩人!”普柳什金尖声叫了起来,他快活得没有觉察,此刻从他的鼻孔眼里极不美观地挂出一条像浓咖啡那样颜色的烟丝般的东西,并且睡袍下摆也豁了开来,露出了极不雅观的衬裤。"您这下可叫老人宽心啦!哎呀,我的老天爷!哎呀,我的大圣人!……"普柳什金再也说不下去了。可是,不到一分钟的工夫,那么突然出现在他泥塑木雕般的脸上的欢乐,也就那么突然消逝不见了,仿佛它压根儿不曾有过似的,接着他的脸上重又恢复了一副忧心忡忡的神气。他甚至用手帕抹了一下脸,然后把它揉成一团,拭起自己的上嘴唇皮来了。

"请容许我问一声,您可别生气啊,您怎么就决定每年由您来付这笔人头税啦?那么,钱是给我,还是给公家呢?"

"我看咱们就这么办:咱们立一个买卖契据,好像他们都还活着似的,而您好像是把他们卖给了我。"

"好哇,立个买卖契据。"普柳什金说着迟疑不决起来,并且又开始咬他的嘴唇皮了,"可是,立买卖契据——都得花钱呀。那些文书老爷心可黑啦!从前,花上半卢布,再添上一袋面粉,就能够对付过去啦,可是现在,你得孝敬满满的一车麦谷,外加一张红票子,瞧,有多么贪财!我真不明白,怎么教士们对这些全都不闻不问呢,该出来教训几句吧,不管怎么说,对上帝的话总违拗不得的。"

"可你这个人哪,我看,准会违拗!"乞乞科夫自个儿心里这样想,可是嘴上立刻说,出于对他的崇敬,连立契据的费用也情愿由自己来负担。

一听到连立契据的费用都归他来负担,普柳什金断定,来客是一个十足地道的傻瓜,只是装成原是吃文职饭的样儿,而实际上十拿九稳当过军官,也是个追女戏子的色鬼。不过,尽管这样想,他也掩盖不住自己的高兴,因此,不仅祝愿来客太平如意,而且不曾问问清楚他是不是已经有了子息,就还祝愿他的子女也太平如意。他走到窗口,用手指敲了敲玻璃,叫了一声:"喂,普罗什卡!"立刻听到有人慌慌张张奔进门廊,在那里忙乱了一阵子,把皮靴跺得橐橐的响,最后门打开了,走进了普罗什卡,这是一个十三岁上下的男孩儿,穿着一双大得出奇的长筒皮靴,一走路脚几乎就要从里面滑出来。普罗什卡怎么会有这样大的靴子呢,这一点立刻就可以明白啦:原来普柳什金不管家里有多少仆人,只给他们大伙儿备一双靴子,并且靴子总得放在门廊里。每个被唤进老爷里屋去的仆人通常都光着脚连奔带跳地穿过整个院子,可是,进了门廊就得穿上靴子,这样才可以走进房间。一出房门,他又得脱下靴子,仍旧放在门廊里,再光着脚板走回去。如果在秋天,尤其是在早晨初降薄霜的日子里,有人往窗外望一眼的话,他准能看见所有的仆人都在一蹦三跳,动作之迅捷是连戏院里最矫健灵活的舞蹈演员也未必能够做到的。

“老爷子,您来瞧瞧这副嘴脸!”普柳什金手指着普罗什卡的脸,对乞乞科夫说道,“人蠢得像根木头,可是只消你放下一点东西,他转眼就偷走啦!喂,你来干什么的,蠢货,你说,来干什么的?”说到这儿他把话停了一下,但普罗什卡也还是不搭腔。“听着,把茶炊烧旺了端来,喏,拿着钥匙,交给玛芙拉,叫她上储藏室去。那里架子上有个烤干的甜面包,就是亚历山德拉·斯捷潘诺夫娜带来的那个,拿它来当茶点!……站住,你急着上哪儿?蠢货!嗐,蠢货!哎呀,真是一个蠢货!你脚底抹了油,还是怎么的?……你先把话听明白了:面包上面的一层说不定有点坏了,那就叫她用刀刮掉,面包屑可别扔了,要放到鸡棚里去。不过,你得留神点,你这个小子不许踏进储藏室,要不,你听明白了!我就给你点桦树笤帚的滋味尝尝!我看,现在你的胃口敢情正好着,那好,让它再好一点!不信,你倒进储藏室去试试,反正我待会儿就从窗口看着。对他们这种人一点都不能够相信。”当普罗什卡拖着他那双大皮靴给打发走了之后,他转过脸对乞乞科夫说道。在这之后,他甚至对乞乞科夫也不时投去充满狐疑的眼光。他开始觉得这样不同寻常的慷慨大度简直是难以置信的,他心里寻思道:“鬼才知道他哩,说不定他和所有那些败家子一样,只不过是个牛皮大王,吹得天花乱坠,无非是为了好跟你聊上一阵子,把茶喝个痛快,完了就拍拍屁股走啦!”于是,既是出于谨慎,同时也是由于想对来客略微加以一点考验,他说,要是能够快一点立下契据,倒也不坏,因为口说无凭,对人他不能够完全放心。天有不测风云,人有旦夕祸福呀。

乞乞科夫声明,哪怕即刻立下契据,他都愿意,并且提出只需给他一份全部农奴的名单就行了。

这使普柳什金放下了心。现在,他显然在筹划办一件什么事情。果然,他摸出钥匙,走到碗橱跟前,打开橱门,在杯子和碗碟之间翻寻摸索了半天,最后说:“怎么也找不到哇,可是我明明有一瓶上等的甜酒,除非被人偷喝掉啦!这批人真是十足的强盗坯!哦,可别就是它!”乞乞科夫看见他双手捧着一只酒瓶,瓶上积满灰尘,活像套着一件毛线衫。“还是我那死去的内人做的,”普柳什金接着说道,“管家这鬼婆子大概就顺手把它一撂,连瓶塞都没塞上,混账!有多少个小虫子和各种各样的脏东西会落到里面去哟,不过我已经把脏东西统统掏出来啦,现在挺干净的啦,让我来敬您一杯。”

可是,乞乞科夫竭力谢绝了这样的甜酒,他说,他已经喝过了,也吃过了。“已经喝过了,也吃过了!”普柳什金说道,“当然,当然,上等人嘛,不管走到哪儿,一眼就看得出来,他不吃,却总是饱饱的;不比那种偷鸡摸狗的,任凭你给他吃多少，也填不饱他的肚子……就说那个上尉吧，一进门就直嚷嚷：‘大伯，拿点吃的来吧！’可我哪儿是他的什么大伯，就像他成不了我爷爷一样。准是自己家里没得吃的，这才串门来啦！对，您说要一份所有那些懒鬼的花名册？没问题，凡是我知道的，我已经把他们统统专门抄在一张纸上啦，为的是一旦来调查人口，就可以把他们全部一笔勾销。”普柳什金戴上眼镜，在纸堆里翻寻起来。在解开一捆捆纸片的时候，他请客人吃了那么多的灰尘，害得后者打了一个喷嚏。后来他终于抽出一张上下四周都写满了字的小纸片，农奴的姓名像蚊子那样密密麻麻地占满了纸片。那里各式各样的姓名都有：巴拉摩诺夫、庇缅诺夫、班台莱依摩诺夫，甚至还出现了一个格利戈里·达耶兹查依-涅-达耶杰施；总共有一百二十多个。见到这样一个大数目，乞乞科夫禁不住微微笑了一笑。他把名单小心翼翼地放进口袋，提醒普柳什金说，为了签订契据，他务必进城一趟。

“进城？那怎么行？……这个家怎么能够丢下？要知道我的底下人不是贼，就是骗子手，一天工夫就会把我偷个精光，叫我连外套也没得钉子好挂啦。”

“那么，您就没有一个熟人了吗？”

“能有谁是熟人呢？所有我的熟人不是死了，就是和我断了来往。哦，老爷子！怎么没有，有哇！”他尖声叫了起来。“厅长本人就和我认识，早先常上我这儿来串门的，怎么不认识呢？还是小学同班，一块儿爬过篱笆来着！怎么不熟呢？熟极啦！要不就给他写封信吧！”

“当然得给他写。”

“怎么不熟呢，熟极啦！还是小学里的伙伴哩。”

说着，在这张呆木的脸上蓦地闪现一道温暖的亮光，这并不是感情的流露，而是感情的某种苍白的影子，一种类似溺水的人出乎意外地浮出了水面，引起聚在岸边的人群一阵欢叫的现象。喜出望外的兄弟姊妹们从岸上抛去绳索，盼望会不会再次冒出他的背脊或者挣扎得已经乏力的手臂，可是，一切都是枉然，——那次的出现已经是最后的一次了。四周一片沉寂，在那之后重归平静的无情流水的表面显得更加可怕和空虚了。同样，普柳什金的脸，当一刹那在它上面闪现的感情消逝之后，也显得更加麻木，更加猥琐了。

“桌上原有小半张白纸的呀，”他说道，“可现在不知到哪儿去了。我的底下人全是些混账东西！”说着他开始往桌上桌下张望，四处翻寻，最后喊叫起来：“玛芙拉！来哪，玛芙拉！”应声来了一个女人，手里端着一只碟子，上面放着读者久闻其名的面包干。于是，主仆之间发生了这样一段对话：

“你这个强盗婆,把纸藏到哪儿去啦?”

“老天在上,老爷,除了您自己盖在酒盅上的那张小纸片,我没见过什么纸。”

“可我从你那双贼眼里就看得出来,是你捞走的。”

“我把它捞去干吗?我要纸一点用处也没有;我又不识文断字。”

“你撒谎,你把它给那个教堂打杂的去了。他是识得几个字的,所以你就拿去给他啦。”

“可人家教堂打杂的要纸的话,他自己会弄到的。他才没见过您那张破纸哩。”

“那你就等着吧,到了末日审判那一天,为了这一桩罪过,魔鬼要用铁枷来烙你!你等着吧,看他们把你烙得个皮焦肉烂哇哇叫!”

“凭什么要烙我呀,那小半张纸我又没沾过手。说我有什么别的女人家的短处倒也罢了,可还没人编排过我偷东西哩。”

“可魔鬼就是要烙你!他们一边说:‘你这滑头,你欺骗了老爷,这下要给你点厉害看看!’一边就用烧红的铁枷来烙你!”

“可我会说:‘冤枉!老天在上,冤枉,我没拿过……’咦,它明明就在桌上。看您总是平白无故地冤枉人!”

普柳什金果真看到了那小半张纸,一时说不出话来,他努动了一下嘴唇,又开口说道:“哟,你怎么敢这样放肆?好一张利嘴!你说她一句,她就回敬十句!去拿个火来让我把信封上。慢着,我看你准会随手抓根油脂蜡烛来的,油脂这玩意儿好烧,一烧就没了,只是叫人糟蹋钱,你还是给我拿根松明来得了!”

玛芙拉走了,普柳什金往圈手椅里坐定,拿起一支鹅毛笔,把小半张纸翻来转去琢磨了半天,看看能不能从它上面再裁下小半张来,可是他最后断定,那是万万办不到的了;他把笔伸进里面装着一种起了霉花的液体、底上还积了许多苍蝇的墨水壶,蘸了一蘸之后开始写了;他把字母一个个描绘得跟乐谱上的音符一样,每分每秒钟都在稳住他的大有满纸挥洒之势的手腕,让一行一行字贴得挺紧挺紧,一边还不无遗憾地想:无论如何还会留下很多完全空白的地方。

一个人居然会堕落到这样卑微、悭吝、丑恶的地步!居然会变得这样厉害!这像是真实的吗?一切都和真实的一样,在一个人的身上什么变化都是可能发生的。今天一个热情如焚的年轻人,如果看见自己到了暮年的画像,也许会惊骇万分,慌忙后退的。所以,当你们向温柔的青年时代告别,跨入严酷的、使人心肠变硬的成年的时候，你们要把人的全部感情带着上路，可千万不要把它们在中途失落了，不然的话，往后就找不回来啦！那等待在前面的老年阴森可怕极了，无论什么东西它都不会归还给你们的！坟墓要比它仁慈一些，在坟墓上还会写着：某人安葬于此！可是，在失去人性的老年的冰冷麻木的脸上，你们可什么也别想看到啊。

“您有没有什么朋友，”普柳什金一边折着信纸，一边说道，“需要逃掉的魂灵？”

“您还有逃掉的魂灵？”乞乞科夫定了定神，赶紧追问道。

“正是有啊。我的女婿已经查对过了。照他的说法，人好像全都早已逃得没踪没影啦。不过，他是军人，要说敲响马刺行个礼儿，那他倒挺在行，但要跑跑法院告状打官司……”

“那么，他们的数目是多少呢？”

“也有七十来个。”

“真的？”

“老天在上，不假！要知道我这儿年年有人逃跑。农奴百姓嘴馋得很，加上闲散就养成了好吃懒做的坏习气，可我连自个儿都没有什么东西吃……要是有人想买他们，不论出什么价钱，我都乐意卖。您不妨告诉贵友：只消找回十个，他就有好大的一笔出息啦。要知道，一个纳税农奴现在时价要值五百卢布哪。”

“不，关于这桩买卖咱们可不能让朋友探到半点风声。”乞乞科夫自个儿心里想道，接着他说明，这样的朋友是怎么也找不到的，还说光是告这个状就要破费更多的钱，因为跟法院千万沾不得边，还是敬而远之为妙；不过，他又说，既然普柳什金的确如此窘困，他于心不忍，准备出……可是，这区区小数甚至不值一提。

“可您到底能出多少呢？”普柳什金问道，露出一副贪婪的神色，活像一个犹太人；两只手有如水银般地抖索起来。

“依我看，每个农奴二十五戈贝。”

“那您怎么个买法，现付吗？”

“对，马上付现钱。”

“不过，老爷子，看我一贫如洗的分上，您就出四十戈贝吧。”

“最尊敬的先生，”乞乞科夫说道，“别说四十戈贝，就是五百卢布我也肯出！我心甘情愿地出，因为我亲眼看见一位可敬的忠厚长者由于心地善良的缘故正在受苦受难。”

“老天在上,正是这样!老天在上,千真万确!”普柳什金说着垂下了头,悲痛欲绝地摇了摇,“都是吃了心地善良的苦啊。”

“您瞧,我一眼就明白了您的品格。那么,我怎么能够要买一个农奴而舍不得五百卢布呢?可是,我苦于没有资财,要是再加上五戈贝,那好,我同意,这样每个魂灵就卖到三十戈贝啦。”

“哦,老爷子,全凭您的一句话啦,您哪怕再添加两个戈贝吧。”

“好,我再加两个戈贝。您一共有多少逃奴?您好像说过有七十个?”

“不。细算下来总共有七十八个。”

“七十八,七十八,每个魂灵三十二戈贝,那就是……”这时我们的主人公至多考虑了一秒钟便脱口而出:“那就是二十四卢布九十六戈贝!”他的算术本领是十分高明的。他立刻要普柳什金写了一张收据,付了钱给他;普柳什金伸出双手接过了钱,那么小心翼翼地往写字台跟前捧去,仿佛捧的是一种液体,每走一步都怕把它泼翻似的。到了写字台旁,他把钱再数看了一遍,然后又是非常小心翼翼地把它们放进一只抽屉里去,钱就注定要被埋在那里,直等到他村里的两位教士,卡尔普神父和波里卡尔普神父,护送他本人入土,叫他的女婿和女儿,可能还有那位硬和他攀亲道故的上尉,高兴得无法形容的那天为止。把钱藏好之后,普柳什金就往圈手椅里坐定,这时他好像再也找不出谈话的资料了。

“怎么,您已经打算走啦?”当他发现乞乞科夫微微一动的时候说道,而乞乞科夫只是想从口袋里摸出手帕罢了。

这一问提醒了他:的确没有必要再在这儿磨蹭了。“对,我该走了!"说着他拿起了帽子。

“那么茶呢?”

“不了,茶最好还是改日来喝吧。”

“那怎么办,我已经吩咐人烧茶炊去了。说句实话,我本人根本不爱喝茶,喝这玩意儿费钱得很,何况糖又狠命地涨了价。普罗什卡!不用烧茶炊啦!面包干交给玛芙拉,听见没有。叫她放回原来的地方去,不,你还是拿到这儿来,我自己送回去。再会啦,老爷子,愿上帝保佑您,至于信呢,烦劳您转交给厅长啦。对,不妨让他看了,他是我的老朋友。怎么不是呢!我和他原是小学里的同班呀!”

说完,这个怪物,这个缩头缩脑的干瘪老头儿把他送出了前院,客人一走,普柳什金就吩咐把大门立刻锁上,然后到各个储藏室走了一圈,看看那些看守是不是都在各自的岗位上,而他们个个正站在各处的墙犄角边,手里拿着木锹，用一只空桶代替铁板在嘭嘭地敲着；接着他拐进厨房，借口要尝尝底下人伙食的好坏，把麦糊菜汤吃了个够，又把所有的仆人一个不漏地臭骂了一顿，骂他们手脚不干净，品行不规矩，在这之后他方才返回自己的房间。等到只有他一个人的时候，他甚至盘算了一下，他该怎样感谢来客的这种确实无与伦比的慷慨大量才好。“我要送给他一件东西，”他自个儿心里想，“送给他一只怀表，这可是一只挺好的银表，不比什么镀金的或者青铜的，虽说有点坏了，但他可以给自己修一修。他还是一个年轻人，为了讨未婚妻的喜欢，他需要有只怀表！不，”他思忖了一会儿之后，又对自己说，“我不如写在遗嘱里，等我死了留赠给他，好让他时时刻刻怀念我。”

可是，我们的主人公纵然没有怀表，心情也快乐非凡。这样意外的收获的确是一份名副其实的厚礼。不管怎么说，明摆着不仅有死掉的魂灵，还有逃掉的魂灵，并且总共有二百多个！当然，在他驶进普柳什金的村子的时候，他已经预感到会有些油水可捞，但是像这样的好买卖他可万万没有料想到。一路上他异乎寻常地快活，不时吹着口哨，还把拳头凑在嘴边，鼓动着嘴唇，像吹喇叭似的吹着，最后索性哼起一首歌子来，曲调是那样的别致，以致谢里方听着听着，后来微微地摇晃了一下脑袋，说：“瞧人家老爷是怎样唱的！”当他们驶近城关时，暮色已浓。阴影完全和光点浑然一体，连景物本身似乎也化成模模糊糊的一片了。斑斓多彩的拦路杆蒙上了一层难以分辨的颜色；站岗哨兵的胡髭仿佛长到了额骨上，比眼睛高出许多，并且脸上似乎压根儿没有鼻子。车轮的隆隆声和车身的颠簸使人觉察到马车已经走上了石子路。街灯还没有点上，只有在几处地方从人家的窗户里开始陆续射出灯光，而在那些静街僻巷里有人在吵嘴，有人在说话，凡是有大批士兵，马车夫，工匠和一种裹着红披巾、光脚穿着皮鞋、像蝙蝠般在十字街头窜来窜去的闺秀模样的特殊人物的都市，一到夜间总少不了这样的一派风光。对这些人乞乞科夫一概不曾留意，他甚至没有发现有许多摇晃着手杖的瘦个儿官员，他们大概到城外溜达了一程之后正在往家里走吧。只是偶尔有几声仿佛是娘儿们的叫喊传到了他的耳朵里：“你胡说，酒鬼！我根本没让他那么胡来！”或者是“别动手呀，粗坯，上局子里去好了，到了那儿我再跟你讲个明白！……”总而言之，是一些叫一个二十岁的沉溺于幻想的年轻人听了之后准会一下子臊得浑身冒汗的话，因为那时候他刚看完戏往家里走，脑子里装的尽是西班牙的小巷，月夜，手抱三弦琴、披着一头鬈发的美妙女郎的姿影。还有什么幻想、什么美梦没有在他的脑海里浮现呢？此刻，他正在九天之上，到了席勒身边做客——可是，突然在他的头上，有如一声霹雳，响起了那些大煞风景的脏话,于是,他发现自己重又回到了地上,甚至就在干草市场上,甚至就在那家小酒店的近旁,并且生活仍旧像平日一样在他的面前搔首弄姿,令人作呕。

终于马车猛烈地往上一跳,随即像坠入地洞似的驶进了旅馆的大门。出来迎接乞乞科夫的是彼得卢什卡,他一只手撩起他那件常礼服的一角下摆,——因为他不喜欢下摆叉开着,——另外一只手搀扶着乞乞科夫跨出车门。旅馆伙计也奔了出来,手里举着一支蜡烛,肩上搭着一块抹布。见到老爷回来,彼得卢什卡是否高兴,这就不得而知啦,只见他和谢里方相互睐了一下眼睛,同时他那张平时板着的面孔这下子仿佛略微开朗了一些。

"您出门时间够长的啦。"旅馆伙计一边照着楼梯,一边说道。

"是啊,"乞乞科夫跨上楼梯的时候说,"那么你好吗?"

"托老天爷的福,好,"旅馆伙计点头哈腰地回答道,"昨儿来了一位中尉模样的军官,住在十六号房间。"

"中尉?"

"不清楚是什么官,梁赞来的,栗色的马。"

"好,好,往后你做事也还得巴结呦!"乞乞科夫说着走进了自己的房间。经过过道时,他耸了耸鼻子,对彼得卢什卡说:"你至少也得把窗户打开呀!"

"我是把它们打开过的。"彼得卢什卡说,但他明明是撒了一个谎。不过,老爷也知道他撒谎,可是已经不想劳神去予以驳斥了。旅途归来他觉得筋疲力尽。他要了一份只有乳猪肉的最清淡的晚餐,吃罢赶紧脱下衣服,一钻进被窝他便入睡了,睡得挺熟、挺香,这种入睡的本领实在奇妙,只有既不为痔疮、跳蚤所苦,又与过度发达的智力无缘的那些幸运儿方才能够享受如此的美梦。

(果戈理.死魂灵[M].满涛,许庆道,译.北京:人民文学出版社,1983.)

思考练习

1.简述吝啬鬼普柳什金的外部特征。

2.简述《死魂灵》的现实意义。

3.论述《死魂灵》中描写"破败场景"的意义。

第十八节　《罪与罚》(存目)

作者简介

费奥多尔·米哈伊洛维奇·陀思妥耶夫斯基(1821—1881),俄国作家,出生于小贵族家庭,童年在莫斯科和乡间度过。1846年发表第一部长篇小说《穷人》,受到高度评价。1848年发表中篇小说《白夜》。1849年因参加反农奴制活动而被流放到西伯利亚,在此期间发表了长篇小说《被侮辱和被损害的》《罪与罚》《白痴》《群魔》《卡拉马佐夫兄弟》等作品。

陀思妥耶夫斯基的小说戏剧性强,情节发展快,接踵而至的灾难性事件往往伴随着复杂激烈的心理斗争和痛苦的精神危机,以此揭露资产阶级关系的纷繁复杂、矛盾重重和深刻的悲剧性。

作品导读

小说中,穷大学生拉斯科利尼科夫受无政府主义思想毒害,认为自己是个超人,可以为所欲为。为生计所迫,他杀死放高利贷的老太婆阿廖娜和她无辜的妹妹莉扎薇塔,制造了一起震惊全俄的凶杀案。经历了一场痛苦的忏悔后,他最终在基督徒索尼娅姑娘的规劝下,投案自首,被判流放西伯利亚。作品着重刻画主人公犯罪后的心理变化,揭示了俄国下层人民的苦难生活。

小说反映的主题具有现实意义:人们愿意去神化基督教,其最终目的是安慰自己,因为这样可以让人找到一个精神上的支撑点。于是,在以基督教为背景的文化语境中,西方作家正视人的局限性、不足和致恶性,认为人应在破除恶性的过程中虔诚向善。这样,人类就能以接受苦难的方式来赎罪并得救,在与罪恶激烈的抗争中发展和完善自己,从而使"罪与罚"命题变得丰富和深刻。"罪与罚"母题研究深化了"人"的问题意识,突出了人类的精神存在价值。陀思妥耶夫斯基对"罪与罚"的独到认识,打破了纯宗教意义的"罪与罚"面貌,同时又建立了一种全新的"人的宗教"。

作品赏析

罪与罚(存目)

思考练习

1.结合《罪与罚》,论述陀思妥耶夫斯基的创作特点。

2.简述作品的主题思想和艺术特色。

第十九节 《安娜·卡列尼娜》(节选)

作者简介

列夫·尼古拉耶维奇·托尔斯泰(1828—1910),19世纪中期俄国批判现实主义作家、思想家、哲学家,代表作有《战争与和平》《安娜·卡列尼娜》《复活》等。托尔斯泰出身于贵族家庭,1840年入喀山大学,1847年退学回故乡后在自己领地上作改革农奴制的尝试。1851—1854年在高加索军队中服役并开始写作。1854—1855年参加克里米亚战争。1855年11月到彼得堡进入文学界。1857年托尔斯泰出国,看到了资本主义社会的重重矛盾,但找不到消灭社会罪恶的途径,只好呼吁人们按照"永恒的宗教真理"生活。1860—1861年,为考察欧洲教育,托尔斯泰再度出国,结识赫尔岑,听狄更斯演讲,会见普鲁东。1863—1869年托尔斯泰创作了长篇历史小说《战争与和平》。1873—1877年经12次修改,他完成其第二部里程碑式巨著《安娜·卡列尼娜》。19世纪70年代末,托尔斯泰的世界观发生巨变,之后他写成了《忏悔录》。他在后期创作的作品有:剧本《黑暗的势力》《教育的果实》,中篇小说《魔鬼》《伊凡·伊里奇之死》《克莱采奏鸣曲》《哈泽·穆拉特》,短篇小说《舞会之后》,长篇小说《复活》。《复活》是他长期思想、艺术探索的总结。托尔斯泰晚年力求过简朴的平民生活,1910年10月从家中出走,11月7日病逝于一个小站,享年82岁。

作品导读

《安娜·卡列尼娜》是托尔斯泰创作的长篇小说,也是其代表作品。在这一作品中,贵族妇女安娜追求爱情幸福,却在卡列宁的虚伪、伏伦斯基的冷漠和自私面前碰得头破血流,最终落得卧轨自杀、陈尸车站的下场。庄园主列文反对土地私有制,抵制资本主义制度,同情贫苦农民,却又无法摆脱贵族习气而陷入无法解脱的矛盾之中。矛盾的时期、矛盾的制度、矛盾的人物、矛盾的心理,使全书在矛盾的旋涡中颠簸。这部小说是新旧交替时期紧张惶恐的俄国社会的写照。

该书通过女主人公安娜追求爱情的悲剧和列文在农村面临危机时进行的改革与探索这两条线索,描绘了俄国从莫斯科到外省乡村广阔而丰富多彩的图景,先后描写了150多个人物,是一部社会百科全书式的作品。

作品赏析

安娜·卡列尼娜(节选)

伏伦斯基跟着列车员登上车厢,在入口处站住了,给一位下车的太太让路。伏伦斯基凭他丰富的社交经验，一眼就从这位太太的外表上看出，她是上流社会的妇女。他道歉了一声，正要走进车厢，忽然觉得必须再看她一眼。那倒不是因为她长得美，也不是因为她整个姿态所显示的风韵和妩媚，而是因为经过他身边时，她那可爱的脸上现出一种异常亲切温柔的神态。他转过身去看她，她也向他回过头来。她那双深藏在浓密睫毛下闪闪发亮的灰色眼睛，友好而关注地盯着他的脸。仿佛在辨认他似的，接着又立刻转向走近来的人群，仿佛在找寻什么人。在这短促的一瞥中，伏伦斯基发现她脸上有一股被压抑着的生气，从她那双亮晶晶的眼睛和笑盈盈的樱唇中掠过，仿佛她身上洋溢着过剩的青春，不由自主地忽而从眼睛的闪光里，忽而从微笑中透露出来。她故意收起眼睛里的光辉，但它违反她的意志，又在她那隐隐约约的笑意中闪烁着。伏伦斯基走进车厢。伏伦斯基的母亲是个黑眼睛、鬈头发的干瘪老太太。她眯缝着眼睛打量儿子，薄薄的嘴唇露出一丝笑意。她从座位上站起身来，把手提包递给侍女，伸出一只皮包骨头的小手给儿子亲吻，接着又托起儿子的脑袋，在他的脸上吻了吻。

“电报收到了？你身体好吗？赞美上帝！”

“您一路平安吧？”儿子说，在她旁边坐下来，不由自主地倾听门外一个女人的声音。他知道这就是刚才门口遇见的那位太太在说话。

“我还是不同意您的话。”那位太太说。

“这是彼得堡的观点，夫人。”

“不是彼得堡的观点，纯粹是女人家的观点。”她回答。

“那么让我吻吻您的手。”

“再见，伊凡·彼得罗维奇。请您去看看我哥哥来了没有，要是来了，叫他到我这儿来。”那位太太在门口说，说完又回到车厢里。

“怎么样，找到哥哥了吗？”伏伦斯基伯爵夫人问那位太太。

伏伦斯基这才想起，她就是卡列宁夫人。

“您哥哥就在这儿，”他站起来说。“对不起，我刚才没认出您来。说实在的，我们过去见面的时间太短促，您一定不会记得我了。”伏伦斯基一面鞠躬，一面说。

“哦，不，”她说，“我可以说已经认识您了，因为您妈妈一路上尽是跟我谈您的事情。”终于让那股按捺不住的生气从微笑中流露出来。

“哥哥我可还没见到呢。”

“你去把他找来，阿历克赛。”老伯爵夫人说。

伏伦斯基走到站台上，叫道：

“奥勃朗斯基！这儿来！”

但安娜不等哥哥走过来，一看到他，就迈着矫健而又轻盈的步子下了车。等哥哥一走到她面前，她就用一种使伏伦斯基吃惊的果断而优美的动作，左手搂住哥哥的脖子，迅速地把他拉到面前，紧紧地吻了吻他的面颊。伏伦斯基目不转睛地瞧着她，自己也不知道为什么，一直微笑着。但是一想到母亲在等他，就又回到车厢里。

“她挺可爱，是不是？”伯爵夫人说到卡列宁夫人，“她丈夫让她同我坐在一起，我很高兴。我同她一路上尽是谈天。噢，我听说你……你一直还在追求理想的爱情。这太好了，我的宝贝，太好了。”

“我不知道您指的是什么，妈妈，”儿子冷冷地回答，“那么妈妈，我们走吧。”

安娜又走进车厢，来同伯爵夫人告别。

“您瞧，伯爵夫人，您见到了儿子，我见到了哥哥，”她快活地说，“我的故事全讲完了，再没有什么可讲的了。”

“哦，不，”伯爵夫人拉住她的手说，“我同您在一起，就是走遍天涯也不会觉得寂寞的。有些女人就是那么可爱，你同她谈话觉得愉快，不谈话同她一起坐坐也觉得愉快。您就是这样一位女人。您不必为您的儿子担心，总不能一辈子不离开呀！”

安娜挺直身子，一动不动地站着。她的眼睛含着笑意。

“安娜·阿尔卡迪耶夫娜有个八岁的儿子，”伯爵夫人向儿子解释说，“她从没离开过儿子，这回把儿子留在家里，她总是不放心。”

“是啊，伯爵夫人同我一路上谈个没完，我谈我的儿子，她谈她的儿子。”安娜说。她的脸上又浮起了微笑，一个对他而发的亲切的微笑。

“这一定使您感到很厌烦吧。”伏伦斯基立刻接住她抛给他的献媚之球，应声说。不过，安娜显然不愿继续用这种腔调谈下去，就转身对伯爵夫人说：

“我真感谢您。我简直没留意昨天一天是怎么过的。再见，伯爵夫人。”

“再见，我的朋友，”伯爵夫人回答，“让我吻吻您漂亮的脸。不瞒您说，我这老太婆可真的爱上您了。”

这句话尽管是老一套，安娜却显然信以为真，并且感到很高兴。她涨红了脸，微微弯下腰，把面颊凑近伯爵夫人的嘴唇，接着又挺直身子，带着荡漾在嘴唇和眼睛之间的微笑，把右手伸给伏伦斯基。伏伦斯基握了握她伸给他的手，安娜也大胆地紧紧握了握他的手。她这样使劲握手使伏伦斯基觉得高兴。安娜迅速地迈开步子走出车厢。她的身段那么丰满，步态却那么轻盈，真使人感到惊奇。

“她真可爱!”老太婆说。

她的儿子也这样想。伏伦斯基目送着她,直到她那婀娜的身姿看不见为止。伏伦斯基脸上一直挂着微笑。他从窗口看着她走到哥哥面前,拉住他的手,热烈地对他说话。说的显然是同他伏伦斯基不相干的事。这使他感到不快。

“哦,妈妈,您身体好吗?”他又一次对母亲说。

“很好,一切都很好。阿历山大长得很可爱,玛丽雅长得挺漂亮。她真好玩。”

伯爵夫人又说起她最得意的事——孙儿的洗礼。她就是为这事特地到彼得堡去了一次。她还谈到皇上赐给她大儿子的特殊恩典。

“啊,拉夫伦基来了,”伏伦斯基望着窗外说,“您要是愿意,现在可以走了。”

伯爵夫人的老当差走进车厢报告说,一切准备就绪。伯爵夫人站起来准备动身了。

“走吧,现在人少了。”伏伦斯基说。

侍女拿着手提包,牵着狗;老当差和搬运工拿着其他行李。伏伦斯基挽着母亲的手臂。他们走出车厢的时候,忽然有几个人神色慌张地从他们身边跑过。戴着颜色与众不同的制帽的站长也跑过去了。显然是出了什么事。已经下车的旅客也纷纷跑回来。

“什么?……什么?……自己扑上去的!……轧死了!……”过路人中传出这一类呼声。

奥勃朗斯基挽住妹妹的手臂,也神色慌张地走回来。他们在车厢门口站住,避开拥挤的人群。

太太们走到车厢里,伏伦斯基同奥勃朗斯基跟着人群去打听这场车祸的详情。

一个看道工,不知是喝醉了酒,还是由于严寒蒙住耳朵,没有听见火车倒车,竟被轧死了。

不等伏伦斯基和奥勃朗斯基回来,太太们已从老当差那儿打听到了详细经过。

奥勃朗斯基和伏伦斯基都看到了血肉模糊的尸体。奥勃朗斯基显然很难过。他皱着眉头,眼看就要哭出来了。

“哎呀,真可怕!哎呀,安娜,还好你没看见!哎呀,真可怕!”他喃喃地说。

伏伦斯基不作声。他那张俊美的脸很严肃,但十分平静。

“哎呀,伯爵夫人,您还好没看见,”奥勃朗斯基说,“他老婆也来了……看见她真难受……她一头扑在尸体上。据说,家里有一大帮子人全靠他一个人养活。真可怜!”

伏伦斯基瞅了她一眼,立刻走下车去。

“我马上回来,妈。”他从门口回过头来说。

几分钟以后,当他回来的时候,奥勃朗斯基已经在同伯爵夫人谈论那个新来的歌星了,但伯爵夫人却不耐烦地望着门口,等儿子回来。

“现在我们走吧。”伏伦斯基走进来说。

他们一起下了车。伏伦斯基同母亲走在前面。安娜同她哥哥走在后面。在车站出口处,站长追上了伏伦斯基。

“您给了我的助手两百卢布。请问您这是赏给谁的?”

“给那个寡妇,”伏伦斯基耸耸肩膀说,“这还用问吗?”

“是您给的吗?”奥勃朗斯基在后面大声问。他握住妹妹的手说:“真漂亮!真漂亮!他这人挺可爱,是吗?再见,伯爵夫人。”

他同妹妹站住了,找寻她的侍女。

他们出站的时候,伏伦斯基家的马车已经走了。从站里出来的人们还纷纷议论着刚才发生的事。

“死得真惨哪!”一位先生在旁边走过说,“听说被轧成两段了。”

“我的看法正好相反,这是最好过的死法,一眨眼就完了。”另一个人说。

“怎么不采取一些预防措施啊!”第三个人说。

安娜坐上马车。奥勃朗斯基惊奇地看到她的嘴唇在哆嗦,她好容易才忍住眼泪。

“你怎么啦,安娜?”他们走了有几百码路,他问道。

“这可是个凶兆。”她说。

“胡说八道!”奥勃朗斯基说,“最要紧的是你来了。你真不能想象,我对你抱有多大的希望啊!”

“你早就认识伏伦斯基了?”她问。

“是的。不瞒你说,我们都希望他同吉娣结婚呢。”

“是吗?”安娜悄悄地说。“哦,现在来谈谈你的事吧!”她接着说,抖了抖脑袋,仿佛要从身上抖掉什么妨碍她的累赘似的。“让我们来谈谈你的事。我接到你的信就来了。”

“是啊，如今全部希望都在你身上了！”奥勃朗斯基说。

“那么，你把事情经过都给我讲讲吧。”

奥勃朗斯基就讲了起来。

到了家门口，奥勃朗斯基扶妹妹下了车，叹了一口气，握了握她的手，自己就到官厅办公去了。

（托尔斯泰.安娜·卡列尼娜[M].草婴，译.上海：上海译文出版社，1982.）

思考练习

1.简述主人公安娜的性格特点。

2.简述作品的主题思想和艺术特点。

第二十节　《玩偶之家》(存目)

作者简介

亨利克·易卜生(1828—1906)，挪威戏剧大师，现代欧洲戏剧的奠基人。其作品强调个人在生活中的快乐，无视传统社会的陈腐礼仪。代表作有诗剧《彼尔·京特》，社会悲剧《玩偶之家》《群鬼》《人民公敌》《海达·加布勒》，象征性剧作《野鸭》《当我们死而复醒时》等。其象征性剧作是反映其“精神死亡”思想的作品。

作品导读

《玩偶之家》是一部典型的社会问题剧，主要围绕过去被宠爱的女主人公娜拉的觉醒展开，最后以娜拉的出走结束全剧。《玩偶之家》通过女主人公娜拉与丈夫海尔茂之间由相亲相爱转为决裂的过程，探讨了资产阶级的婚姻问题，暴露了男权社会与妇女解放之间的矛盾冲突，进而向资产阶级社会的宗教、法律、道德提出挑战，激励人们尤其是妇女为挣脱传统观念的束缚、为争取自由平等而斗争。

《玩偶之家》是一部三幕戏剧。故事中，女主人公娜拉为给丈夫海尔茂治病，瞒着丈夫伪造签名向柯洛克斯泰借钱，无意犯了伪造字据罪。多年后，海尔茂升职为经理，开除了柯洛克斯泰，后者拿字据要挟娜拉，海尔茂知情后勃然大怒，骂娜拉是“坏东西”“罪犯”“下贱女人”，说自己的前程全被她毁了，而当危机解除后，又立刻恢复了对妻子的甜言蜜语。娜拉认清了自己在家庭中“玩偶”般从属于丈夫的地位，当丈夫自私、虚伪的丑恶灵魂暴露无遗的时候，她断然出走。

《玩偶之家》中塑造的女性形象——娜拉，成了爱情话语的牺牲品，曾一度陷入失语状态。海尔茂在名誉和妻子之间进行选择的时候，不惜以牺牲妻子为代价来挽回自己的面子。从娜拉和海尔茂的关系看,婚姻是一个以男人为中心的堡垒,女人在这样的堡垒里是无论如何也找不到幸福出路的。娜拉虽然在男权社会中处于从属地位,却一步一步走向了抗争和独立,在不断寻找婚姻幸福出路的过程中,完成了对自己的救赎和解放。《玩偶之家》通过中产阶级出身的妇女——娜拉追求生活意义和人的权利的觉悟过程,揭露了资产阶级社会的丑恶,歌颂了妇女的解放。

作品赏析

玩偶之家(存目)

思考练习

1.简述《玩偶之家》中第三幕的艺术特征。

2.简述主人公娜拉的性格特点。

第二十一节　《谷子熟了……》与《自由、爱情》

作者简介

裴多菲(1823—1849),匈牙利爱国诗人和英雄,革命民主主义者,也是匈牙利民族文学的奠基人。在瑟克什堡大血战中同沙俄军队作战时牺牲,年仅26岁。他的诗歌主要是号召人民摆脱奥地利的统治,废除封建制,诗中激情澎湃。

重要诗作有《雅诺士勇士》《民族之歌》《使徒》等。

作品导读

《谷子熟了……》是一首爱情诗,以成熟的谷子为喻,比喻新鲜而贴切。

《自由、爱情》是一首言志诗,感情高尚,铿锵有力,如雷霆万钧,令人难忘。

作品赏析

谷子熟了……

谷子成熟了,
天天都很热,
到了明天早晨,
我就去收割。
我的爱也成熟了,

很热的是我的心；
但愿你，亲爱的，
就是收割的人！

（裴多菲.裴多菲诗选[M].孙用，译.北京：人民文学出版社，1979.）

自由、爱情

生命诚宝贵，
爱情价更高；
若为自由故，
二者皆可抛！

（殷夫，译。引自鲁迅.为了忘却的纪念[M]//鲁迅.南腔北调集.北京：人民文学出版社，2000.）

思考练习

1.简述《谷子熟了……》的结构特点。

2.简述《自由、爱情》的主旨。

第二十二节　《教长的黑面纱》

作者简介

纳撒尼尔·霍桑(1804—1864)，美国心理分析小说的开创者，也是美国文学史上首位写作短篇小说的作家，被称为美国 19 世纪最伟大的浪漫主义小说家。

霍桑出生于美国马萨诸塞州萨莱姆的一个破落的贵族世家，幼年丧父，同寡母一道住在位于萨莱姆镇的外公家，自幼性格孤高自许、焦虑多疑。童年的不幸和压抑的生活氛围使他内心有一种“痛苦的孤独感”，他对社会改革毫无兴趣，对资本主义经济迅速发展无法理解。外公家笃信基督教的清教，霍桑受到了清教的影响。1825 年，霍桑从波登大学毕业后，回到萨莱姆，创作并发表了几十篇短篇小说。1839 年，霍桑在波士顿海关工作了两年多之后，进入了“布鲁克农庄”，接触超验主义思想，并结识了超验主义思想的代表人物爱默生和梭罗等。此后，霍桑又赴萨莱姆海关上任，萨莱姆海关的生活对他创作《红字》有着直接的影响。《红字》的出版巩固了他在美国文坛的地位，也对后世产生了巨大的影响。霍桑被评价为“一个生活的旁观者”，这一人生态度表现了他热衷于观察人的内心。他深受原罪思想的影响，而且认为原罪代代相传，倡导人们以善行来洗刷罪恶、净化心灵。

其代表作包括长篇小说《红字》《七角楼房》，短篇小说集《重讲一遍的故事》《古宅青苔》《雪影》等。其中《红字》已成为世界文学经典。

作品导读

《教长的黑面纱》(1837)的题材和《红字》相似,不过写得更隐晦。主题是揭露资产阶级道德的虚伪性,同时幻想以内心的忏悔来挽救社会的罪恶。作者用微言曲笔暗示了胡波教长与故世少女的暧昧关系,如教长戴起面纱之日就是少女不幸夭折之时,"牧师露出面孔的一刹那,少女的尸体就战栗起来","牧师和少女的精灵手拉手在一起走着"等等。黑面纱是教长的罪恶的标志,也是他自新的象征。"这生死不离的象征物"将教长和社会隔绝了,人人都畏惧他、躲避他;但黑纱又将他和社会更紧地联系起来,"助长了胡波牧师布道的威力",因为他透过黑纱的阴影洞察到资产阶级灵魂的深处,看出"每一张脸上都有一面黑纱","大地也有自己的黑纱"。霍桑只用了一块黑纱,却表现出对人物内心世界的深刻剖析和对资产阶级虚伪道德的有力鞭挞。虽然作品浸透着悲观情绪和宗教色彩,但这种寓意深远的浪漫主义的象征手法还是值得我们借鉴的。

作品赏析

教长的黑面纱

米尔福德礼拜堂的司事站在廊子上忙着拉扯系钟的绳子。村里的老人弯腰曲背沿街走来。孩子们笑脸盈盈,跳跳蹦蹦地跟在父母身边,有的则神气十足地迈着庄重的步子,显示自己一身过礼拜日的新装。衣冠楚楚的小伙子侧眼偷觑好看的姑娘们,觉得礼拜日的阳光使她们比平时更为动人。当人群大部分走进礼拜堂的门廊后,司事开始摇钟,同时注视着胡波牧师的门口。牧师一出现就是停止钟声的信号。

"胡波牧师可弄了什么在他脸上呵?"司事惊讶地大叫。

听见的人全都立刻转过身来,望见胡波牧师若有所思地缓缓地向礼拜堂走来。人们不约而同地怔住了,就是有个陌生的牧师占据了胡波先生的布道坛,也不至于使他们这样吃惊。

"你敢确定那是我们的牧师吗?"教友葛雷问司事。

"没错儿,是咱们的胡波牧师,"司事回答说,"他今天本该与威斯伯利教区的舒特牧师对换,可是舒特牧师要做一次葬礼祈祷,昨天捎信说不来了。"

引起如此震动的原因,乍看去其实不值得这样大惊小怪。胡波年近三十,颇具绅士风度,虽然还独身,但衣着整洁,像牧师应有的那样;仿佛有一位细心的妻子为他洗浆了圣箍,刷去了礼拜日用的外衣上的一周来的积尘。他的外表只有一点引人注目：那就是箍在额上，遮住了脸庞的一面黑纱；黑纱低垂，随着他的呼吸微微颤动。从近处看，那原是两层绢纱，除嘴和下颏外把五官全都遮住了，不过似乎并没有挡住他的视线，只是把眼前的一切生灵和木石之物都投上了一层阴郁的色彩。胡波牧师眼前带着这片阴影，缓慢地、沉静地走来，他像心不在焉的人那样，微驼着背，两眼望着地下，可是对站立在礼拜堂台阶上的教民还是和蔼地颔首致意。他们却看呆了，顾不得还礼。

"我简直没法相信那块黑纱后面真是咱们胡波牧师的脸。"司事说。

"我不喜欢这块面纱，"一个老妪蹒跚地走进礼拜堂，一面喃喃自语，"他把脸这么一遮，整个人就变成了一个可怕的怪物。"

"我们的牧师疯了，"教友葛雷一面说一面跟随着她跨过门槛。

在胡波牧师进去之前，这不可思议的怪事，早就在礼拜堂里传开了，教友们都骚动起来，谁都忍不住回头朝门口望去，有人索性站起来转过身，有几个小男孩爬上座位的靠背又摔了下来，造成一片混乱。礼拜堂里乱哄哄的，到处是女人们的衣裙窸窣作响，男子们的脚步拖踏移动，与平日迎候牧师莅临而应有的肃静大不相同。可是胡波牧师似乎没有注意到教民的不安。他几乎毫无声息地走进来了，对坐在礼拜堂两边的会众微微点头，走过最年长的教民身旁时躬身致敬。后者是位白发老人，坐在礼拜堂通道中间的一个沙发上。最奇怪的是可敬的老人对牧师外表的异常竟毫无觉察。他好像也没有感受到周围的惊奇，直到胡波牧师由转梯上了布道坛，面对着教友，而与他们之间隔着一层黑纱，这时老人才若有所悟。牧师脸上那个神秘的标志一刻也没有摘下。他领唱圣诗时，那片纱随着他的呼吸起伏；他宣讲圣经时，面纱的阴影也挡在他和圣书之间；他祈祷时，面纱沉甸甸地贴在他仰起的脸上。他莫不是要在他向之祝祷的敬畏的上帝面前隐藏自己的面孔吗？

小小一块黑纱，震动如此之大，不止一个神经脆弱的妇女承受不住，提前离开了会场。可是在牧师眼里，面色苍白的会众或许就像他自己的黑纱在他们眼里一样，也是这样可怕啊。

胡波牧师布道称职，为人所公认，但他并不擅长辞令。他力求通过温和的感化作用引导人们朝向天堂，而不是用奔雷般的言辞，鞭策他们前往。这一天，他的布道在风格和方式上也仍具有他以往的特点。可是，也许是由于其中流露的情绪，也许是听众的想象力，总之，他今天的演说辞是他们所听过的最强有力的一篇。它比往常的布道更带着胡波牧师温良的阴郁的性情。布道的主题是讲隐秘之罪和人们对最亲近的人，对自己的良知都要遮藏不露的隐私，甚至忘却了全能的上帝是能洞察一切的等等。牧师这一字一句都有着一种神秘的力量。会众的每一个人,从天真无邪的少女到铁石心肠的恶棍,都觉得躲在可怕的面纱后面的牧师正悄悄逼来,洞察了他们思想行为的全部罪恶。不少人把叉着的双手按在胸前。胡波牧师的话语并不可怕,至少并不激烈。尽管如此,他的忧郁的声调的每一个颤音都使听众发抖。会场中,与恐惧相随而来的是一种意想不到的悲怆。听众强烈地感到牧师的异常,他们盼望一阵清风把黑纱吹开,而他们几乎相信,露出来的会是另一个陌生的面孔,虽然眼前的形体、举止和声音明明属于胡波牧师。

礼拜刚一结束,人们不讲规矩,前拥后挤地跑了出来,急不可待地要交流一下压抑了许多的惊异;而且,眼前一没有那块黑纱,人们的心情显然轻松起来。有的围成小圈,挤在一起窃窃私语;有的独自走回家,一路陷入沉思默想;有的人故意大声说笑,亵渎安息日。有几个人自作聪明地摇摇头,暗示说他们能识破这一秘密;还有的人声称这中间根本没有什么奥妙,只不过深夜的灯火损伤了胡波牧师的视力,需要遮蔽。过了片刻,胡波牧师随着教民也走出来了。他那蒙着面纱的脸从这群人转向那群人,他向白发苍苍的父老表示敬意;又以和蔼的尊严风度招呼中年人,如同是他们的朋友和精神向导一样;而转向青年人时则显示着爱护与威严;他还把手放在孩子们的头上,为他们祝福。这都是他每逢安息日的老习惯。可是今天,回报他的礼仪的只有惊奇和迷惘的目光。没有一个人像往常那样攀附牧师与他同行。桑德斯老爷,无疑出于疏忽大意,忘记邀请牧师进餐;自从牧师在此地就职以来,几乎每个礼拜天都是在桑德斯家的餐桌上祝福的。这一天,他只好独自回到住宅;在关门时,他回头看了一眼盯着他的背影的众人。一丝忧伤的苦笑从黑纱背后露出来,隐隐闪烁在嘴边,然后随同牧师一起消失了。

“真怪,”一位妇女说,“这样一面普通的黑纱,妇女们常系在帽子上,为什么在胡波牧师的脸上就变得这么可怕?”

“胡波牧师的脑子准是出了毛病,”她的丈夫,村里的医生说,“最难捉摸的是他这怪癖给人们的震动。连我这样一个理智的人也不例外。这面黑纱,虽然只遮住了牧师的脸,却影响着他整个的人,使他从头到脚都带着鬼气,难道你不觉得吗?”

“一点也不错,”他妻子说,“我说什么也不敢一个人跟他在一起。我真纳闷他自己怕不怕自己!”

“人有时会自己怕自己的。”她丈夫说。

下午的礼拜情况与上午完全一样。礼拜结束后,为一位少女鸣响了丧钟。亲戚和朋友都聚集在那家房屋里,关系疏远些的相识则站在门口,谈论着死者的美德。突然他们中断了谈话——胡波牧师出现了,仍然戴着那面黑纱,现在它倒是恰当的徽记了。牧师走进了停放遗体的房间,在棺材前躬身与自己已故的教民做最后的告别。他低下头去时,黑纱从他额头上直垂下来,死去的少女要不是永远合上了眼睛,就会看见他的面孔的。胡波牧师这样急忙拉好面纱,莫非是害怕她的目光吗?有人亲眼观察了这次生者与死者之间的会面,毫无犹疑地说,在牧师露出面孔的一刹那,少女的尸体战栗起来,尸衣和那薄纱的帽子也跟着微微抖动,虽然死者的面容仍然保持着死亡的宁静。一个迷信的老太婆是这桩奇迹的唯一见证人。胡波牧师离开遗体去到哀悼者的房间,然后走到楼梯口,开始为死者祈祷。这是一篇深情的、感人至深的祷文,充满了悲痛,而又浸注了天国的希望。在牧师最悲伤的语音之间,似乎依稀听到了少女的纤指在轻轻拨动着天堂的琴弦。人们听着,觉得不寒而栗,虽然他们并不解其中深意。祷告中说,但愿他们大家,和他自己,还有一切世人,都能像这位少女一样,从容地迎接撕下面纱的最后时刻。抬棺材的人吃力地走着,随后是哀悼的人群,死者在他们前面,胡波牧师戴着黑纱在后面,使得整个的街道充满悲伤的气氛。

"你为什么往后看?"送葬队伍里有人问他的同伴。

"我有一种幻觉,"她回答道,"似乎牧师和少女的精灵手拉手在一起走着!"

"我也这样觉得,也是在那一瞬间。"

当天晚上,米尔福德村里最漂亮的一双男女要举行婚礼。胡波牧师平素是个忧郁的人,但在这种场合总有一种平静的喜悦,这比喧闹作乐更能引起共鸣的笑脸。胡波牧师的这一特点比什么都更赢得他的教民的爱戴。婚礼上的宾客焦急地等待他的到来,满心以为整日里笼罩着他的那奇异的恐惧气氛,现在一定会烟消云散。可是结果并不是这样。胡波牧师一进门,人们第一眼看见的便是那可怕的黑纱,它曾为葬礼增添了更深的哀痛,现在给婚礼带来的只能是凶兆。宾客们顿时觉得似乎有一朵乌云从黑纱后面滚滚而来,遮住了花烛的光亮。新婚夫妇站在牧师面前。但是新娘冰冷的手指在新郎发抖的手里战栗着,她像死一样的苍白引起人们窃窃私语,说这是下午刚下葬的那个姑娘从坟墓里出来进入洞房。如果世上还有比这更惨淡的婚礼,那就是响起丧钟的那著名的一次了。在仪式之后,胡波牧师举杯向新人祝贺,他的声调温和轻快,这本应像炉中欢乐的火花,照亮客人们的脸。可就在牧师举杯的瞬间,他在穿衣镜里看见了自己的形象,黑纱使他自己也卷进征服众人的那种恐惧之中。他全身颤抖,嘴唇发白,他把尚未尝过的酒洒在地毯上,直冲进茫茫的黑夜里。原来,大地也戴着自己的黑纱。

第二天,米尔福德全村只有一个话题,那就是牧师的黑纱。黑纱以及它背后的秘密,成为街谈巷议和妇女在窗前饶舌的材料。它是酒店老板向顾客报道的头条新闻。孩子们在上学的路上也喊喊喳喳地说着它。一个学样的小家伙用一块旧黑手帕遮住了脸,这恶作剧不但使同学们胆战心惊,把他自己也吓得几乎神智错乱。

说来奇怪,教区里那些多嘴的、好打听的人们,没有一个敢直截了当地把问题提到胡波牧师面前,问问他为什么这样做。在过去,每当他有一点事情需人过问时,给他出主意的从不乏人,他自己也乐于听从别人的规劝。如果说他有什么过失,那就是极端缺乏自信,哪怕是最温和的责备也会使他把微不足道的小事看成犯罪。尽管尽人皆知他这过分随和的毛病,可是教民中间没有一个人提起黑纱的事,对他进行善意的规劝。一种既不明说,又掩盖不住的恐惧使大家互相推诿,最后只好采取权宜之计,派出教会代表和胡波牧师面谈,以免黑纱问题发展成为丑闻。从来没有一个代表团履行职务像他们这样失败过。牧师友好客气地接待他们,但就座后却一言不发,把挑开这个重大议题的重担全部留给他们,这显而易见的议题可能已在胡波牧师的意料之中。黑纱箍在胡波牧师的额头上,遮住了他的面部,只露出两片安详的嘴唇,嘴角上有时挂着一丝苦笑。可是在他们的想象中,那块黑纱却似乎挂在他的胸前,是挡在他和他们之间的一个可怕的秘密象征。黑纱一旦拉开,他们就可以无拘束地谈论它,可是在拉开之前却不便启齿。于是他们就默默无语,心绪烦乱地呆坐着,不安地躲避着胡波牧师的目光,他们觉得这看不见的目光一直盯在他们身上。最后,代表们无可奈何地回去了,向推举他们的人交代说,事关重大,如果还不必要求召开宗教大会的话,也必须举行教会会议。

黑纱使所有的人心惊神悸,但村中却有一个人不曾被吓住。代表们没有带回什么结果,甚至没有敢于提出问题,她却以自己个性的宁静的力量,决定亲自来驱散那越来越黑沉沉地堆集在胡波牧师周围的奇怪的阴云。作为他的未婚妻,她有权知道是什么隐藏在黑纱之下。她借牧师来访的机会,简单、直率地挑开话题,这样就使得事情对他们俩都容易些了。牧师坐定后,她目不转睛地看着那块黑纱,但看不出震慑众人的那种恐怖气象:那只不过是双层的绢纱,从额头垂到嘴边,随着他的呼吸微微颤动。

“不,”她笑着大声说道,“这块纱没有什么可怕,只不过遮住了一张我喜爱的脸庞。来吧,我的好人,让太阳从乌云后露面吧。你先把黑纱摘下,再告诉我你为什么要那样做。”

胡波牧师的脸上闪过一丝若有若无的微笑。

“那个时辰会来的，”他说，“那时我们都必须摘下面纱。要是在那时辰到来之前，我一直戴着它的话，就要请你不要介意了，亲爱的教友。”

“你的话也全是谜语。请你至少把遮住你的真话的纱摘去吧。”

“伊丽莎白，我愿意的，”他说道，“只要在誓言允许的范围之内。要知道，这纱是记号和标志，我受誓言的约束，必须永远蒙戴，无论在光明还是黑暗之中，独自一人还是众目睽睽之下，也无论是处于陌生人还是亲密的朋友之间。总之，尘世间没有人能看到它摘下。这凄凉的阴影必定把我和人世隔绝，甚至你，伊丽莎白，也永远不能到达它的后面！”

“什么灾难落到你头上？”她热切地询问，“致使你要永远遮暗自己的眼睛？”

“如果说它是哀悼的象征，”胡波回答，“那么，和大多世人一样，我的痛苦如此凄楚，需要黑纱来打上记号。”

“可是万一世人不相信那是无邪的悲痛的象征呢？”伊丽莎白再次追问，“尽管人们爱戴你尊敬你，难免会有流言说你隐藏自己的面目是由于犯下了不可告人的罪恶。为了自己的神职，求你澄清这种流言吧。”

她向他暗示了村里流传的那些谣言的内容，说着自己脸上也泛起红云。可是胡波牧师仍然是那样沉着。他甚至又微笑了一下，还是那种悲伤的微笑，它像一道微光从面纱的阴暗处透露出来。

“如果我为悲痛而隐藏自己的面孔，这理由就很充足了，”他回答说，“如果我是为不可告人的罪恶而遮住它，那么请问，难道有什么人可以不这样做吗？”

他就这样温顺而又固执地拒绝了她的一切乞求。最后伊丽莎白沉默了。有一会儿工夫她陷入了沉思，似乎在琢磨还有什么新方法可以把自己的未婚夫从这样阴暗的狂想中拉出来。显然，它即使没有别的含义，也至少是神志不清的征兆。虽然她的性格比他坚强，泪珠也从她脸颊上滚了下来。可是一瞬间，一种新的感情代替了悲痛：她正漫不经心地望着黑纱，突然，好像空中骤然出现了一片薄暮的昏暗，面纱的恐怖包围了她。她站起来，在他面前吓得发抖。

“啊，你终于也感觉到了吗……？”他悲哀地说。

她没有回答，用手捂着眼睛，准备离开房间。他冲上去抓住她的手臂。

“对我耐心些吧，伊丽莎白，”他激动地叫喊，“尽管这面纱今生今世必定要挡在你我之间,也不要抛弃我吧！只要你成为我的,在来世我不会再蒙戴黑纱,也不会有黑暗隔开你我的灵魂！这只不过是现在的面纱,不是永恒的！啊,我一个人在黑纱后面是多么孤独,多么害怕！不要让我永远留在这悲惨的黑暗中吧!”

“把面纱只摘下一次,对着我看一眼。”她说。

“不,那永远办不到!”胡波牧师回答。

“那么,别了!”伊丽莎白说。

她抽回自己的手臂,慢慢地走开,在门口停下来,战栗着向他长久地望了最后一眼,好像要刺破黑纱的秘密。即使在悲痛中,胡波牧师还是微笑了,他想到,把他与幸福拆开的,只不过是这么一个物质的象征,其实,这物件所投下的阴暗的恐怖才必定会在最亲密的情侣之间造成隔阂呵!

从那以后,谁也不再设法使胡波牧师摘下黑纱,也不盘问他关于黑纱的秘密。有些人自认为超越常人的见识,指出那只是一种怪癖,这种怪癖常在正常人身上与理智的行为混合在一起,使他们显得处处反常。可是在众人眼中,胡波牧师是不可救药的怪物。他不能平静地在街上行走,因为,总会发现胆小怕事的人躲着他,而另一种人则存心挡住他的去路来显示自己的大胆。后一种人的骚扰迫得他放弃了日落时到墓地去散步,因为每当他倚栏沉思时,墓碑后面就会有人探头偷看他的黑纱。传说是死人的凝视引他到墓地去的。使他痛心的是孩子们见到他就飞跑开去,他那忧郁的形象还离得很远,他们就中断了最快活的游戏。他们本能的恐惧比什么都更使他最痛切地感到,有一种非凡的恐怖交织在黑纱的经纬之中。事实上,他自己对黑纱也极端厌恶,这是众所周知的。除非不得已,他从来不到镜前,也从来不饮静止的泉水,以免在清泉宁静的怀抱中看到自己而吓一跳。从这里便引出许多流言蜚语,说明胡波牧师犯下了掩盖不住而又只能隐约暗示的滔天大罪,致使他良心备受折磨。于是黑纱背后仿佛有阵阵乌云向阳光滚去。这罪孽与哀痛的混合物包围了可怜的牧师,使得爱与同情永远到不了他身边。据说魔鬼在黑纱背后与他相会。他就这样永远笼罩在黑纱的阴影之下,充满了内心的战栗和对外界的恐惧,时而在自己的灵魂黑暗中摸索,时而透过那层薄雾,凝望着惨淡的世界。据说就是肆无忌惮的风也尊重他那可怕的秘密,从来不把那片薄纱吹起。不过每当胡波牧师走过熙攘的人群时,还是对芸芸众人的模糊面影凄然微笑。

尽管有这么多弊端,黑纱却有一个长处,那就是助长了胡波牧师布道的威力。他借助于那神秘的象征物——因为没有其他明显的原因,——对罪孽深重而陷入痛苦的灵魂具有异常的力量。被他领回正路的人对他怀有特殊的恐惧。他们断言，尽管出之于委婉的方式，他们在回到天国的光明大道之前，曾和他一起沉落在黑纱的背后。真的，黑纱的阴影好像能使他与一切阴暗的感情共鸣。垂死的罪人大声叫着胡波牧师，非等他出现才肯咽气，可是当牧师弯身向他们低声抚慰时，他们就颤抖起来，因为蒙纱的面孔离他们这样近。黑纱造成的惊骇恐怖，甚至在死亡面前也不稍减！陌生人从远方专程来听他布道，只因看不见他的脸，所以偏要看看他这个人，以兹消遣。可是其中许多人来时心情轻松，走时却战战兢兢。有一次，在贝尔切总督的任期内，胡波牧师被指派作选举的布道辞。他戴着黑纱站在长官、长老会和代表们跟前，给他们留下极深刻的印象，以至那一年通过的法案竟具有早期宗法统治时期的阴郁和虔诚。

胡波牧师就这样度过了漫长的一生，他行为无可指责，但阴暗的怀疑笼罩着他。他和蔼仁慈，但不为人所爱，甚至引起无名的恐惧。他与世人隔绝，他们的健康和快乐与他无缘，而陷入临终的痛苦时却总要他帮助。流年似水，在牧师蒙着黑纱的额头上洒下了白霜。他在新英格兰一带的教会里颇有名望，获得了胡波神甫的尊称。他刚到职时已经成年的一代现已相继去世，他的教民一部分在礼拜堂里，更多的则在墓地上。终于有一天，他自己大功告成，生命临到黄昏的尽头，现在轮到胡波神甫长眠了。

在老教长的病榻前，烛光惨淡，人影依稀可辨。他没有任何亲戚。在场的有仪表端庄而无动于表的医生，他正设法使病入膏肓的老人减轻痛苦。教会长老和其他各位以虔诚著称的父老也在场。威斯伯利教区的克拉克牧师，是个热心的年轻人，他骑马赶到垂危的教长床前为他祈祷。还有护士，那可不是专门照料垂死病人的雇工，而是独一无二的那一个，她那含蓄的感情在沉默和孤独中经受了岁月的寒霜而持久不衰，直到这死亡的时刻。这就是伊丽莎白！除了她还有谁呢？胡波神甫那白发苍苍的头躺在死亡之枕上，黑纱依然箍在额头，遮住了脸，随着他挣扎的每一次呼吸而微微颤动，终其一生。那块黑纱悬在他与人世之间，隔绝了人情温暖和爱情幸福，把他禁锢在最凄凉的监狱之中，那就是他自己的心！那块纱现在仍然贴在他的脸上，似乎使得那阴暗的病室更加黯淡，并且在他面前挡住了来世的光辉。

他已经神志不清许久了，他怀疑地徜徉于过去和现在之间，有时竟跨进未来世界的一片混沌里。不时发着高热，辗转反侧，消耗了所剩无几的气力。但即使在最痛苦的痉挛挣扎中，在最荒诞无稽的昏迷狂想中，当任何思想都失去了理智的力量时，他仍然提心吊胆生怕黑纱掉落。其实，即使他那迷惘的灵魂会有所疏忽的话,坐在他枕边的忠实伴侣也会转过脸去而为他遮住那副衰老的面孔;那在她最后一次看见时还是他正当盛年的韶秀容颜。最后,濒死的老人在精神与肉体的极度疲乏之中平静地躺着,脉搏几乎感觉不到,除了偶尔一阵深长而又不规律的呼吸预示灵魂即将离去以外,气息也渐渐微弱了。

威斯伯利教区的教长走近床头。

"可敬的胡波神甫,"他说道,"你解脱的时刻到了。你是不是已准备好撤除那隔绝现世和永生的屏障?"

胡波神甫开始时只轻轻把头动了一下作为回答,后来,恐怕他的意思不够明确,又勉强提起精神说道:

"是的,"他有气无力地说,"我的灵魂等待着这个时刻,已经疲惫不堪了。"

"你要考虑到,"克拉克教长接着说,"像你这样一个毕生献身于宗教的人,思想行为圣洁高尚,用凡人的尺度衡量可谓完美无瑕的典范,这样一位教会长老,怎能给人留下话柄,玷污你身后的美名?我的兄弟,我请求你,不要让这件事发生吧。在你走向永生的时候,让我们有幸瞻仰你光辉的容颜吧。在撤除永生的屏障之前,让我先掀去你脸上的这黑色的屏障吧。"

说着,克拉克就探身要去揭开这个多年的秘密。这时,胡波牧师突然显出这样的力量,把周围的人都吓了一跳,他费力地从被子下面伸出双手,死命按住了黑纱,决心作一番争斗,如果威斯伯利的教长竟跟垂死的病人动武的话。

"不!永远不!"戴着面纱的教长叫道,"今生今世,绝对不!"

"莫测高深的老人!"吓坏了的威斯伯利教长叫道,"你的灵魂是带着怎样可怕的罪孽去面临最后的审判!"

胡波神甫快要断气了,最后的气息在喉咙里咯咯作响,可是他双手拼命向前摸索,抓住那即将逝去的生命,好把话说完。他甚至在床上坐起身来,在死神的怀抱中索索发抖,这时黑纱垂挂着,把整个一生的恐怖都聚集在一起了。那情景可怕异常。神甫脸上常见的忧伤的苦笑又在黑纱的暗影后面若隐若现,逗留在他的嘴边。

"你们为什么独独见了我害怕发抖?"他说着用戴面纱的面孔朝着那些面色苍白的围观者环视一周,"你们彼此见面也该发抖!男人躲开我,女人没有恻隐之心,儿童惊叫跑开,只不过因为我的黑纱!其实它有什么可怕,还不是由于隐约地象征着的秘密?等有一天,等朋友和夫妇之间都能推心置腹,开诚相见，等人们再也不妄想逃避造物主的眼睛，卑鄙地藏匿自身罪恶的隐私，到那时，你们再为我这生死不离的象征物而把我看作怪物吧！我看着我的周围，啊！每一张脸上都有一面黑纱！”

听众惊恐地面面相觑，互相躲避，胡波神甫却倒在枕头上，成为一具面戴黑纱的死尸，惨淡的冷笑仍然挂在嘴角。人们把他戴着面纱装入棺材，戴着面纱埋进坟墓。年复一年，青草在那块墓地上生长了又枯萎，石碑上布满青苔，胡波神甫的脸庞也早已化为灰尘。可是，想到它是在黑纱下面腐烂的，仍然使人不寒而栗。

（成立，屈毓秀.外国短篇小说选[M].太原：山西人民出版社，1979.略有改动。）

思考练习

1.你认为胡波教长佩戴黑面纱的动机和原因是什么？

2.许多教民畏惧和躲避胡波教长的原因是什么？

第二十三节　《啊，船长！我的船长！》

作者简介

沃尔特·惠特曼（1819—1892）生于长岛，父亲是一名建筑工人。他是美国现代诗歌的开山鼻祖，19世纪最杰出的浪漫主义诗人。他崇尚平等，歌唱自我，热爱人民。代表作是《草叶集》。其采用自由体，气势恢宏，汪洋恣肆，奔放不羁。

作品导读

《啊，船长！我的船长！》为悼念林肯遇刺而作。以船长比喻这位主张废奴的总统，再恰当不过。全诗写得雄健、悲壮、优美。

作品赏析

啊，船长！我的船长！

啊，船长，我的船长！我们艰苦的航程已经终结，
这只船安然渡过了一切风浪，我们寻求的奖赏已经获得。
港口在望，我听见钟声在响，人们都在欢呼，
目迎着我们的船从容返航，它显得威严而英武。
可是，啊，心啊！心啊！心啊！
啊，殷红的鲜血长流，

在甲板上,那里躺着我的船长,
他已倒下,已死去,已冷却。

啊,船长,我的船长!起来吧,起来听听这钟声,
起来,——旌旗正为你招展——军号正为你发出颤音。
为你,送来了这些花束和花环。
为你,熙攘的群众在呼唤,转动着多少殷切的脸。
这里,船长!亲爱的父亲!
你头颅下边是我的手臂!
在甲板上像是在一场梦里,
你已倒下,已死去,已冷却。

我们的船长不作回答,他的双唇惨白而寂静,
我的父亲不能感觉我的手臂,他已没有脉息、没有知觉,
我们的船已安全抛锚停泊,已经结束了它的航程,
胜利的船从险恶的旅途归来,我们寻求的已赢得。
欢呼吧,啊,海岸!轰鸣,啊,洪钟!
可是,我却轻移悲伤的步履,
在甲板上,那里躺着我的船长,
他已倒下,已死去,已冷却。

(惠特曼.草叶集选[M].楚图南,译.北京:人民文学出版社,1995.略有改动。)

思考练习

1. 全诗采用象征手法,船长掌舵的那条“船”象征什么?
2.“从容返航”的具体意义是什么?

第二十四节 《汤姆·索亚历险记》(存目)

作者简介

马克·吐温(1835—1910),美国作家、演说家。他的原名是塞缪尔·郎荷恩·克莱门斯。“马克·吐温”是他的笔名,原是密西西比河水手使用的表示在航道上所测水的深度的术语。代表作品有小说《百万英镑》《汤姆·索亚历险记》《哈克贝利·费恩历险记》等。马克·吐温12岁时,父亲去世,他只好停学,到工厂当小工。后来他又换了

不少职业，曾做过密西西比河的领航员、矿工及新闻记者工作，而后渐渐地着手写一些有趣的小品，开始了自己的写作生涯。他于 1910 年 4 月 21 日去世，安葬于纽约州艾玛拉。

马克·吐温一生写了大量作品，题材涉及小说、剧本、散文、诗歌等。从内容上说，他的作品批判了不合理现象和人性的丑恶之处，表达了作家强烈的正义感和对普通人民的关心；从风格上说，幽默和讽刺是他的写作特点。他经历了美国从初期资本主义到帝国主义的发展过程，其思想和创作也表现为从轻快调笑到辛辣讽刺再到悲观厌世，前期以辛辣的讽刺见长，到了后期语言更为激烈。

马克·吐温是美国批判现实主义文学的奠基人，他的主要作品大多已有中文译本。2006 年，马克·吐温被美国的权威期刊《大西洋月刊》评为影响美国的 100 位人物第 16 名。

作品导读

19 世纪 70 年代，美国资本主义进入了垄断时期。庞大的、机器轰鸣的工厂的出现，集体化的大生产组合以及大刀阔斧的进取精神促使美国工业突飞猛进，使得以往平静而又无多少竞争的年代里的礼貌行为和道德涵养准则逐渐失去了栖身之地。因此，大发展的社会对维多利亚时代的温文尔雅的摒弃是不可避免的。特别是南北战争，它像一种催化剂，在摧毁了奴隶制的同时，也加速了维多利亚时代社会结构的崩溃，把年轻人推进向传统宣战的潮流，使他们体内潜藏已久的被压抑的暴力迸发出来，去摧毁那个不合时宜的 19 世纪社会。

马克·吐温就是在这个大历史背景下创作《汤姆·索亚历险记》的，因此这部作品具有深远的历史意义。他把自己的童年生活经历浓缩进了这部小说，但又注入了他自己的思想和时代缩影，使它脱离了一般的、庸俗的儿童回忆格调，让它充满了时代的活力。

小说的故事发生在 19 世纪上半叶美国密西西比河畔的一个普通小镇上。主人公汤姆·索亚天真活泼、敢于探险、追求自由，不堪忍受束缚个性、枯燥乏味的生活，幻想干一番英雄事业。小说的时代在南北战争前，写的虽是圣彼得堡小镇，但该镇某种程度上可以说是当时美国社会的缩影。小说通过主人公的冒险经历，对当时虚伪庸俗的社会习俗、伪善的宗教仪式和刻板陈腐的学校教育进行了讽刺和批判，以欢快的笔调描写了少年儿童自由活泼的心灵。

汤姆幼年丧母，由姨妈收养。聪明顽皮的汤姆受不了姨妈和学校老师的管束，常常逃学闯祸。一天深夜，他与好朋友哈克贝利·费恩到墓地玩耍，无意中目睹了一起凶杀案。因为害怕被凶手发现他们知道这件事，汤姆、哈克贝利带着另一个小伙伴一起逃到一座荒岛上做起了“海盗”，弄得家里以为他们被淹死了，结果他们却出现在了自己的“葬礼”上。经过激烈的思想斗争,汤姆终于勇敢地站出来,指证了凶手。不久之后,在一次野餐活动中,他与心爱的姑娘贝姬在一个岩洞里迷路了,整整三天三夜饥寒交迫,面临着死亡的威胁。后来他们终于成功脱险,和好友哈克贝利一起找到了凶手埋藏的宝藏。

作品赏析

汤姆·索亚历险记(存目)

思考练习

1.简述主人公的性格特点。

2.简述作品主题和艺术特色。

第二十五节 《项链》

作者简介

居伊·德·莫泊桑(1850—1893),19世纪后半期法国优秀的批判现实主义作家,与俄国契诃夫和美国欧·亨利并称为“世界三大短篇小说巨匠”,其中莫泊桑被誉为现代文学中的“世界短篇小说之王”。他一生创作了6部长篇小说、359篇中短篇小说及3部游记,是法国文学史上短篇小说创作数量最大、成就最高的作家。代表作品有《项链》《漂亮朋友》《羊脂球》《我的叔叔于勒》等。

莫泊桑1850年出生于法国上诺曼府滨海塞纳省的一个没落贵族家庭。曾参加普法战争,此经历成为他日后创作小说的一个重要主题。莫泊桑患有神经痛和强烈的偏头痛,巨大的劳动强度,使他逐渐病入膏肓。直到1891年,他已不能再进行写作。在遭受疾病残酷的折磨之后,莫泊桑于1893年7月6日逝世,年仅43岁。

作品导读

在19世纪80年代的法国,资本主义恶性发展,大资产阶级当权,对人民巧取豪夺,政府中贪污风行,社会上道德沦丧,资产阶级骄奢淫逸的糜烂生活和唯利是图的道德观念影响到整个社会,追求享乐追求虚荣,成为一种恶劣的社会风气。这种社会风气在小资产阶级当中同样盛行。由于这个阶级在资本主义社会中地位极不稳定,他们总想摆脱这种处境,跻身于上流行列。但是,只有少数人获得成功,而大多数在资本主义的竞争中落入更悲惨的遭遇。

《项链》讲述的是这样一个故事:玛蒂尔德是一位漂亮的女子,她的丈夫是一个普通的小职员。她虽然地位低下，却迷恋豪华的贵族生活，为了出席一次盛大的晚会，她用丈夫积攒下的400法郎做了一件礼服，还从好友那里借来一串美丽的项链。在部长家的晚会上，玛蒂尔德以她超群的风姿出尽了风头，她的虚荣心由此得到了充分的满足，可她竟然把借来的项链丢失了，在这种情况下，她只有隐瞒着好友，慢慢来赔偿。从此，夫妇俩度过了10年节衣缩食的生活。在这艰难的积攒过程中，玛蒂尔德的手变得粗糙了，容颜也衰老了。后来，她偶然得知了她丢失的那条项链不过是一条价格低廉的人造钻石项链，而她赔偿的却是一挂真钻石项链。就这样玛蒂尔德白白辛苦了10年。

作品赏析

项　链

世上的漂亮动人的女子，每每像是由于命运的差错似的，出生在一个小职员的家庭；我们现在要说的这一个正是这样。她没有陪嫁的资产，没有希望，没有任何方法使得一个既有钱又有地位的人认识她，了解她，爱她，娶她；到末了，她将将就就和教育部的一个小科员结了婚。

不能够讲求装饰，她是朴素的，但是不幸得像是一个降了等的女人；因为妇女们本没有阶级，没有门第之分，她们的美，她们的丰韵和她们的诱惑力就是供她们做出身和家世之用的。她们的天生的机警，出众的本能，柔顺的心灵，构成了她们唯一的等级，而且可以把民间的女子提得和最高的贵妇人一样高。

她觉得自己本是为了一切精美的和一切豪华的事物而生的，因此不住地感到痛苦。由于自己房屋的寒碜，墙壁的粗糙，家具的陈旧，衣料的庸俗，她非常难过。这一切，在另一个和她同等的妇人心上，也许是不会注意的，然而她却因此伤心，又因此懊恼，那个替她照料琐碎家务的布列塔尼省的小女佣人的样子，使她产生了种种忧苦的遗憾和胡思乱想。她梦想着那些静悄悄的接待室，如何蒙着东方的帷幕，如何点着青铜的高脚灯檠，如何派着两个身穿短裤子的高个儿侍应生听候指使，而热烘烘的空气暖炉使得两个侍应生都在大型的圈椅上打盹。她梦想那些披着古代壁衣的大客厅，那些摆着无从估价的瓷瓶的精美家具；她梦想那些精致而且芬芳的小客厅，自己到了午后五点光景，就可以和亲切的男朋友在那儿闲谈，和那些被妇女界羡慕的并且渴望一顾的知名男子在那儿闲谈。

然而事实上，她每天吃晚饭的时候，就在那张小圆桌跟前和她的丈夫对面坐下了，桌上盖的白布要三天才换一回，丈夫把那只汤池的盖子一揭开，就用一种高兴的神气说道:“哈!好肉汤!世上没有比它更好的……”因此她又梦想那些丰盛精美的筵席了,梦想那些光辉灿烂的银器皿了,梦想那些满绣着仙境般的园林和其间的古装仕女以及古怪飞禽的壁衣了;她梦想那些用名贵的盘子盛着的佳肴美味了,梦想那些在吃着一份肉色粉红的鲈鱼或者一份松鸡翅膀的时候带着爽朗的微笑去细听的情话了。

而且她没有像样的服装,没有珠宝首饰,什么都没有。可是她偏偏只欢喜这一套,觉得自己是为了这一套而生的。她早就指望自己能够取悦于人,能够被人羡慕,能够有诱惑力而且被人追求。

她有一个有钱的女朋友,一个在教会女学里的女同学,可是现在已经不再想去看她,因为看了之后回来,她总会感到痛苦。于是她由于伤心,由于遗憾,由于失望并且由于忧虑,接连她要很多天不开心,不料某一天傍晚,她丈夫带着得意扬扬的神气回来了,手里拿着一个大信封。

“瞧吧,”他说:“这儿有点儿东西是专门为了你的。”她赶忙拆开了信封,从里面抽了一张印着这样语句的请帖:

“教育部长若尔日·郎波诺暨夫人荣幸地邀请骆塞尔先生和骆塞尔太太参加一月十八日星期一在本部大楼举办的晚会。”

她丈夫希望她一定快活得很,谁知她竟带着伤心而且生气的样子把请帖扔到桌上,冷冰冰地说:

“你叫我拿着这东西怎么办?”

“不过,亲人儿,我原以为你大概是满意的。你素来不出门,并且这是一个机会,这东西,一个好机会!我费了多少力才弄到手。大家都想要请帖,它是很难弄到手的,却又没有多少份发给同事们。我们将在晚会上看得见政界的全部人物。”

她用一种暴怒的眼光瞧着他,后来她不耐烦地高声说:

“你叫我身上穿着什么到那儿去?”

他以前原没有想到这一层;支吾地说:

“不过,你穿着去看戏的那件裙袍。我觉得它很好,我……”

瞧见他妻子流着眼泪,他不说话了,吃惊了,心里糊涂了。两大滴眼泪慢慢地从她的眼角向着口角流下来;他吃着嘴说:

“你有点怎样?你有点怎样?”

但是她用一种坚强的忍耐心镇住了自己的痛苦,擦着自己那副润湿了的脸蛋儿,一面用一道宁静的声音回答:

“没有什么。不过我没有衣裳,所以我不能够去赴这个晚会。你倘若有一个同事，他的妻子能够比我打扮得好些，你就把这份请帖送给他。”

他发愁了，接着说道：

“这么着吧，玛蒂尔德。要花多少钱，一套像样的衣裳，以后遇着机会你还可以再穿的，简单一些的？”

她思索了好几秒钟，确定她的盘算，并且也考虑到这个数目务必可以由她要求，不至于引起这个节俭科员的一种吃惊的叫唤和一个干脆的拒绝。

末了她迟迟疑疑地回答：

“细数呢，我不晓得，不过我估计，有四百金法郎，总可以办得到。”

他的脸色有点儿发青了，因为他手里正存着这样一个数目预备去买一支枪，使得自己在今年夏天的星期日里，可以和几个打猎的朋友到南兑尔那一带平原地方去打鸟。

然而他却回答道：

“就是这样吧。我给你四百金法郎。不过你要想法子去做一套漂亮的裙袍。”

晚会的日期已经近了，骆塞尔太太好像在发愁，不放心，心里有些焦躁不安。然而她的新裙袍却办好了。她丈夫某一天傍晚问她：

“你有点怎样？想想吧，这三天以来，你是很异样的。”

于是她说：

“没有一件首饰，没有一粒宝石，插的和戴的，一点儿也没有，这件事真教我心烦。简直太穷酸了。现在我宁可不去赴这个晚会。”

他接着说道：

“你将来可以插戴几朵鲜花。在现在的时令里，那是很出色的。花十个金法郎，你可以买得到两三朵很好看的玫瑰花。”

她一点也听不进去。

“不成……世上最叫人丢脸的，就是在许多有钱的女人堆里露穷相。”

但是她丈夫高声叫唤起来：

“你真糊涂！去找你的朋友伕来士洁太太，问她借点首饰。你和她的交情，是可以开口的。”

她迸出了一道快活的叫唤：

“这是真的。这一层我当初简直没有想过。”

第二天，她到她这位朋友家里去了，向她谈起了自己的烦闷。

伕来士洁太太向着她那座嵌着镜子的大衣柜跟前走过去，取出一个大的盒子，带过来打开向骆塞尔太太说：

"你自己选吧,亲爱的。"

她最初看见许多手镯,随后一个用珍珠镶成的项圈,随后一个威尼斯款式的金十字架,镶着宝石的,做工非常精巧。她在镜子跟前试着这些首饰,迟疑不决,舍不得丢开这些东西,归还这些东西。她老问着。

"你还有没有一点什么别的?"

"有的是,你自己找吧。我不晓得哪件合得上你的意思。"她忽然在一只黑缎子做的小盒子里,发现了一串用金刚钻镶成的项链,那东西真的压得倒一切;于是她的心房因为一种奢望渐渐跳起来。她双手拿着那东西发抖,她把它压着自己裙袍的领子绕在自己的颈项上面了,对着自己在镜子里的影子出了半天的神。

后来,她带着满腔的顾虑迟疑地问道:

"你能够借这东西给我吗,我只借这一件?"

"当然可以,当然可以。"

她跳起来抱着她朋友的颈项,热烈地吻了又吻,末后,她带着这件宝贝溜也似的走了。

晚会的日子到了,骆塞尔太太得到极大的成功,她比一般女宾都要漂亮,时髦,迷人,不断地微笑,并且乐得发狂。一般男宾都望着她出神,探听她的姓名,设法使人把自己引到她跟前作介绍。本部机要处的人员都想和她跳舞,部长也注意她。

她用陶醉的姿态舞着,用兴奋的动作舞着,她沉醉在欢乐里,她满意于自己的容貌的胜利,满意于自己的成绩的光荣;满意于那一切阿谀赞叹和那场使得女性认为异常完备而且甜美的凯歌,一种幸福的祥云包围着她。所以她什么都不思虑了。

她是清晨四点钟光景离开的。她丈夫自从半夜十二点钟光景,就同着另外三位男宾在一间无人理会的小客厅里睡着了,这三位男宾的妻子也正舞得很快活。

他对她的肩头上披上了那些为了上街而带来的衣裳,家常用的俭朴的衣裳,这些东西的寒碜意味是和跳舞会里的服装的豪华气派不相称的。她感到了这一层,于是为了避免另外那些裹着珍贵皮衣的太太们注意,她竟想逃遁了。

骆塞尔牵住了她:

"等着吧。你到外面会受寒。我去找一辆出租的街车来吧。"

不过她绝不听从他,匆匆忙忙下了台阶儿。等到他俩走到街上竟找不着车了;于是他俩开始去寻觅,追着那些他们远远地望得见的车子。

他俩向着塞纳河的河沿走下去,两个人感到失望,浑身冷得发抖。末了,他俩在河沿上竟找着了一辆像是夜游病者一样的旧式轿车——这样的车子白天在巴黎如同感到自惭形秽,所以要到天黑以后才看得见它们。

车子把他俩送到殉教街的寓所大门外了,他俩惆怅地上了楼。在她,这算是结束了。而他呢,却想起了自己明天早上十点钟应当到部。

她在镜子跟前脱下了那些围着肩头的大氅之类,想再次端详端详无比荣耀的自己。但是陡然间她发出了一声狂叫。她已经没有那串围着颈项的金刚钻项链了!

她丈夫这时候已经脱了一半衣裳,连忙问:

"你有点怎样?"

她发痴似的转过身来向着他:

"我已经……我已经……我现在找不着伏来士洁太太那串项链了。"

他张皇失措地站起来:

"什么!……怎样!……哪儿会有这样的事!"

于是他俩在那件裙袍的衣褶里,大氅的衣褶里,口袋里,都寻了一个遍。到处都找不到它。

他问道:

"你能够保证离开舞会的时候还挂着那东西吗?"

"对呀,我在部里的过道里还摸过它。"

"不过,倘若你在路上失掉了它,我们可以听得见它落下去的声响。它应当在车子里。"

"对呀。这是可能的。你可曾记下车子的号码?"

"没有。你呢,你当初也没有注意?"

"没有。"

他俩口呆目瞪地互相瞧着。末了,骆塞尔重新着好了衣裳。

"我去,"他说,"我去把我俩步行经过的路线再走一遍,去看看是不是可以找得着它。"

于是他出街了。她呢,连睡觉的气力都没有,始终没有换下那套参加晚会的衣裳,就靠在一把围椅上面,屋子里没有生火,脑子里什么也不想。

她丈夫在七点钟回家。什么也没有找得着。

他走到警察总厅和各报馆里去悬一种赏格,又走到各处出租小马车的公司,总而言之,凡是有一线希望的地方都走了一个遍。

她对着这种骇人的大祸,在惊愕状态中间整整地等了一天。

骆塞尔在傍晚的时候带着瘦削灰白的脸回来了;他一点什么也没有发现过。

“应当,”他说,“写信给你那个女朋友说你弄断了那串项链的搭钩,现在正叫人在那里修理。这样我们就可以有周转的时间。”

她在他的口授之下写了这封信。

一星期以后,他们任何希望都消失了。并且骆塞尔像是老了五年,高声说道:

“现在应当设法去赔这件宝贝了。”

第二天,他们拿了盛那件宝贝的盒子,照着盒子里面的招牌到了珠宝店里,店里的老板查过了许多账簿。

“从前,太太,这串项链不是我店里卖出去的,我只做了这个盒子。”

于是他俩到一家家的首饰店去访问了,寻觅一件和失掉的那件首饰相同的东西,凭着自己的记忆力做参考,他俩因为伤心和忧愁都快要生病了。

他们在故宫街一家小店里找到了一串用金刚钻镶成的念珠,他们觉得正像他们寻觅的那一串。它值得四万金法郎。店里可以作三万六千让给他俩。

他们所以央求那小店的老板在三天之内不要卖掉这东西。并且另外说好了条件:倘若原有的那串在二月底以前找回来,店里就用三万四千金法郎收买这串回去。

骆塞尔本存着他父亲从前留给他的一万八千金法郎。剩下的数目就得去借了。

他动手借钱了,向这一个借一千金法郎,向那个借五百,向这里借五枚鲁意金元,向另一处又借三枚。他签了许多借据,订了许多破产性的契约,和那些盘剥重利的人,各种不同国籍的放款人打交道。他损害了自己后半生的前程,他不顾成败利钝冒险地签上了自己的名姓,并且,想到了将来的苦恼,想到了就会压在身上的黑暗贫穷,想到了整个物质上的匮乏和全部精神上的折磨造成的远景,他感到恐怖了,终于走到那个珠宝商人的柜台边放下了三万六千金法郎,取了那串新项链。

在骆塞尔太太把首饰还给伏来士洁太太的时候,这一位用一种不高兴的神情向她说:

“你应当早点儿还给我,因为我也许要用它。”

她当时并没有打开那只盒子,这正是她的女朋友担忧的事。倘若看破了这件代替品,她将要怎样想?她难道不会把她当作一个贼?

骆塞尔太太尝到了穷人的困窘生活了。此外，突然一下用英雄气概打定了主意，那笔骇人的债是必须偿还的。她预备偿还它。他们辞退了女佣；搬了家；租了某处屋顶底下的一间阁楼下。

她开始做种种家务上的粗硬工作了，厨房里可厌的日常任务了。她洗濯杯盘碗碟，在罐子锅子的油垢底子上磨坏了那些玫瑰色的手指头。内衣和抹布都由她亲自用肥皂洗濯再晾到绳子上；每天早起，她搬运垃圾下楼，再把水提到楼上，每逢走完一层楼，就得坐在楼梯上喘口气。并且穿着得像是一个平民妇人了，她挽着篮子走到蔬菜店里、杂货店里和肉店里去讲价钱，去挨骂，极力一个铜元一个铜元地去防护她那点儿可怜的零钱。

每月都要收回好些借据，一面另外立几张新的去展缓日期。

她丈夫在傍晚的时候替一个商人誊清账目，时常到了深夜，他还得抄录那种五个铜元一面的书。

末后，这种生活延长到十年之久。

十年之末，他俩居然还清了全部债务，连同高利贷者的利钱以及由利上加利滚成的数目。

骆塞尔太太像是老了。现在，她已经变成了贫苦人家的强健粗硬而且耐苦的妇人了。乱挽着头发，歪歪地系着裙子，露着一双发红的手，高声说话，大盆水洗地板。但是有时候她丈夫到办公室里去了，她独自坐在窗前，于是就回想从前的那个晚会，那个跳舞会，在那里，她当时是那样美貌，那样快活。

倘若当时没有失掉那件首饰，她现在会走到什么样的境界？谁知道？谁知道？人生真是古怪，真是变化无常啊。无论是害您或者救您，只消一点点小事。

然而，某一个星期日，她正走到香榭丽舍大街兜个圈子去调剂一周之中的日常劳作，这时候忽然看见了一个带着孩子散步的妇人。那就是伏来士洁太太，她始终是年轻的，始终是美貌的，始终是有诱惑力的。

骆塞尔太太非常激动。要不要去和她攀谈？对的，当然。并且自己现在已经还清了债务，可以彻底告诉她。为什么不？她走近前去了。

“早安，约翰妮。”

那一位竟一点儿也不认识她了，以为自己被这个平民妇人这样亲热地叫唤是件怪事，她支支吾吾地说：

“不过……这位太太！……我不知道……大概应当是您弄错了。”

“没有错。我是玛蒂尔德·骆塞尔呀。”

她那个女朋友狂叫了一声：

“噢！……可怜的玛蒂尔德，你真变了样子！……”

“对呀，我过了许多很艰苦的日子，自从我上一次见过你以后；并且种种苦楚都是为了你！……”

“为了我……这是怎样一回事？”

“从前，你不是借了一串金刚钻项链给我到部里参加晚会，现在，你可还记得？”

“记得，怎样呢？”

“怎样，我丢了那串东西。”

“哪儿的话，你早已还给我了。”

“我从前还给你的是另外一串完全相同的。到现在，我们花了十年工夫才付清它的代价。像我们什么也没有的人，你明白这件事是不容易的……现在算是还清了账，我是结结实实满意的了。”

伏来士洁太太停住了脚步：

“你可是说从前买了一串金刚钻项链来赔偿我的那一串？”

“对呀，你从前简直没有看出来，是吗？那两串东西原是完全相同的。”

说完，她用一阵自负而又天真的快乐神气微笑了。

伏来士洁太太很受感动了，抓住了她两只手：

“唉。可怜的玛蒂尔德，不过我那一串本是假的，顶多值得五百金法郎！……”

(莫泊桑.项链[M].周丽霞，编译.汕头：汕头大学出版社，2018.略有删改。)

思考练习

1.玛蒂尔德丢失借来的钻石项链，没有立刻向原主人说出真相，是出于自尊还是其他性格因素在起作用？怎样理解她丢失项链后的种种行为？

2.小说最后才说出项链是赝品，说说这样构思有何好处？

第二十六节 《威尼斯》

作者简介

弗里德里希·尼采(1844—1900)，德国著名哲学家、诗人。生于牧师家庭。曾在波恩大学和莱比锡大学学习。他认为哲学家应是一个伟人，鄙薄名誉地位，探讨人生意义，甘心为真理而受苦，成为世人的教育者。著有《悲剧的诞生》《查拉图什特拉如是说》《看啊，这人》等。

尼采写有许多哲理诗和抒情诗，语言优美，诗意浓郁，思想深邃，富有独创性。

作品导读

对于音乐，尼采一生都深深热爱，把它比喻为“十月里的中午”，“热烈而深沉”，像“一个娇小甜美、妩媚可爱的女人”。《威尼斯》就是一首以灵魂作琴的绝唱。诗人倚着桥栏，映入眼帘的是贡多拉(威尼斯一种带鸟头形的平底狭长小船)，在昏黄的夜景中陶醉，远处漂来柔婉的歌声，潋滟的河面闪耀着点点金光。那颗真诚的心，感到多彩的幸福而颤抖，轻轻地唱起一支船歌：诗人的灵魂像一张琴，那紧绷的琴弦时刻在被无形的手指弹拨。可是美妙、动人的歌，有谁在倾听呢？有谁？孤独是诗人。全诗语言优美简练，充满激情，喻义深邃。

作品赏析

威尼斯

倚着桥栏我站在
昏黄的夜色中。
远处漂来了歌声：
它闪烁的点点金光
掠过碧波潋滟的水面。
贡多拉，灯火，音乐——
醉沉沉地流入莞茫暮霭……

我的灵魂，如一张琴，
被无形的手指轻弹，
暗暗唱一曲贡多拉之歌，
因多彩的至福而颤栗。
——可有人在倾听？……

1888年

(黎华.外国名诗100首[M].武汉：湖北教育出版社，1996.)

思考练习

1.简述这首诗歌的主旨。

2.谈谈诗歌的艺术特色。

第二十七节 《浑黄交响乐》

作者简介

奥斯卡·王尔德(1854—1900),英国著名诗人、作家。出生于名医家庭。曾就读于都柏林大学和牛津大学,学生时代便有诗名。1876年,他曾到意大利和希腊旅行,古代非基督教的耽乐主义文化,对他后来的艺术理论和创作实践有很大影响。1895年他因被控犯罪入牢,服苦役两年;1897年出狱后穷愁潦倒,最后在忧郁中病死于巴黎的一家小客栈里,死前不久加入了罗马天主教。

王尔德是19世纪末英国唯美主义运动的倡导者,主张"为艺术而艺术",认为不是艺术反映了现实,而是现实反映了艺术,现实社会是丑恶的,只有"美"才有永恒的价值。他说:"诗歌应像一只水晶球,应使生活显得更加美丽,而不那么真实。"他的诗作文辞精美,想象丰富,色彩绚丽,音调铿锵。著有童话《快乐王子集》,剧本《莎乐美》,小说《道林·格雷的画像》,以及晚年的诗集《里丁监狱之歌》,散文忏悔录《从深处》等。

作品导读

这首诗描绘伦敦秋雾,那满城黄色大雾,弥天漫地,影影绰绰。远景是桥面上行驶的公共马车,望去像只黄蝴蝶在爬动,路上偶有一二行人,像烦躁不安的小虫;中景是码头边停泊着满载黄麦秆的大驳船,船埠上笼罩的浓雾,仿佛悬在水天之间一条硕大无朋的黄丝巾;近景是古殿旁的榆树,黄叶开始褪色、飘落,而身边的泰晤士河,呈现灰绿色,宛若根雕有波纹的碧玉。

诗作轻柔、奇异,以实写虚,以有形状无形,如画似幻,表现出鲜明的印象主义倾向,描绘了诗人在朦胧的光色与雾气中视觉的直接感性印象,并以主旋律主色调作为诗题——《浑黄交响乐》。

作品赏析

浑黄交响乐

公共马车在桥面上行驶,
像只黄黄的蝴蝶在爬动;
这里或那里走过个人影,
像烦躁不安的小小虫豸。

满装黄黄麦秆的大驳船

靠在阴影憧憧的码头旁，
浓雾像丝绸的围巾一样——
挂在船埠上黄黄的一片。

圣殿那里榆树上的黄叶
开始在飘零，开始在褪色；
我脚边灰绿的泰晤士河
像根雕着波纹的碧玉节。

（黎华.外国名诗100首[M].武汉：湖北教育出版社，1996.）

思考练习

1.简述这首诗的主旨。

2.简述诗的艺术特色。

第二十八节 《苦恼》

作者简介

契诃夫(1860—1904)，俄国小说家、戏剧家。出生于破产商人家庭，早年边做家庭教师，边求学。1884年毕业于莫斯科大学医学系。

学生时代即开始以“契洪特”的笔名写作诙谐小品和幽默短篇小说。这些小说质量参差不齐，瑕瑜互见，有逗趣取乐、投合时俗的平庸之作，也有暴露黑暗、针砭社会的佳作，如《小公务员之死》《变色龙》等。1886年后，他思想剧变，锐意反映人生，描摹世态，创作风格日趋成熟，写作了许多脍炙人口的短篇小说，如《万卡》《草原》《第六病室》《带阁楼的房子》《带小狗的女人》等。契诃夫的小说言简意赅，冷峻客观，独树一帜。他与莫泊桑、欧·亨利齐名，被认为是世界上最具影响力的短篇小说家之一。契诃夫也写戏剧，名作有《三姊妹》和《樱桃园》等。

作品导读

《苦恼》主要内容讲述了彼得堡赶车的老车夫姚纳(又译约纳)，身处社会底层，生活十分困苦，遭遇又很不幸。姚纳的妻子早已去世，新近又刚死了儿子，深沉的哀痛充塞着他的胸膛，急欲找一个人倾吐自己的悲伤。在一个大雪纷飞之夜，他一次又一次地向坐他马车的客人或遇见的普通人诉说，不是遭到侮辱就是遭到拒绝。在车水马龙的彼得堡，在川流不息的人群当中，竟然没有一个人愿意听他把话说完，姚纳最后只能向同自己相依为命的小母马去诉苦吐怨。

小说主题用以小见大的手法反映社会现实。这是一件发生在社会底层的微不足道的小事，作者借此表现出社会下层小人物悲惨无援的处境和苦恼孤寂的心态，强烈地渲染出沙皇俄国的世态炎凉。反映出当时社会的黑暗和人与人关系的自私、冷漠。

作品赏析

苦　恼

暮色一片苍茫，一片片鹅毛大雪慢慢悠悠地飞舞在刚刚点亮的路灯周围，飘落在马背、屋顶和路人的帽子、肩膀上，积起了一层薄薄的轻柔的雪花。车夫约纳·波塔波夫浑身上下已经雪白，宛如一个幽灵一样。他佝偻着脊背，将身子蜷缩到一个活人所能做到的最大限度，呆呆地坐在驭座上。即便是成堆的雪压在他的身上，他也未必会觉得有必要把它抖掉……

车夫的那匹老马同样遍体雪白，岿然不动。走近细瞧，它那伫立的身姿、瘦骨嶙峋的体态，还有它那棍子般直挺的细腿，使它活像一块仅值一戈比的马形蜜糖饼干。它显得心事重重，就是任何一匹马都会表现出来的，一旦它被强行卸去犁耙，远离了早已习惯了的单调乏味的种种景象，被抛掷在这光怪陆离的灯火、无休无止的喧嚣以及熙来攘往的人群的大旋涡之中，又怎能不勾起它满腔的心思呢……

约纳和他的瘦马已经很久没有挪动位置了，他们在午饭之前就从大车店出来了，至今也没能揽到一笔生意。但是，眼见暮霭就要笼罩全城了，路灯发出的黯淡的微光，璀璨夺目的、流光溢彩的大街变得越来越繁忙、越热闹了。

“车夫，我去维堡区!”约纳听到有人在喊他，“车夫!”

约纳猛地打了个哆嗦，透过沾满雪花的眼睫毛，他看见了一个身穿军大衣的军人。

“我去维堡区!”军人又重复了一遍，“你睡着了，还是怎么了？我去维堡区!”

约纳抖动了一下缰绳以示同意，马背上和他双肩上的积雪便纷纷散落下来……军人坐上了雪橇。车夫咂响嘴唇驱赶着马，然后就像天鹅般伸长脖子，略略欠起身子，习惯性地挥舞着鞭子。老马也伸长了脖颈，曲起骨瘦如柴的细腿，迟迟疑疑地起步了……

“真是该死，你这个东西往哪儿闯呀!”从黑压压的过往人流中发出一阵怒吼，“真是见鬼，你这是跑到哪儿来啦？靠右边走!”一辆四轮轿式马车上的车夫破口大骂。

“你怎么不会赶车啊！应该靠右边走的！”军人也生气了。

一个横穿马路的行人的肩膀碰到了马脸上，他恶狠狠地瞪着车夫，不时地抖动着袖子上的雪。约纳在驭座上如坐针毡，局促不安，不时地往两旁架着胳膊肘，眼珠到处乱转，就像中了邪一般，仿佛自己也不明白到底应该往哪里走似的。

“这些人真是混账呀！”军人挖苦地说，“一个个全都想和你撞个满怀，还有人往马肚子底下钻。他们肯定是事先商量好的。”

约纳转过头望了望这位乘客，嘴唇微微地翕动着……显然他是想说些什么，可是从他的喉咙里只发出了一阵嘶哑的声音，他一个字也没能说出来。

“你这是怎么啦?”军人问。

约纳咧了咧嘴，露出一丝苦笑，然后便使劲儿清了清嗓子，这才发出沙哑的声音说：“老爷，我那个……儿子，这个星期死啦。”

“噢……他是怎么死的?”

约纳转过身说道：“我也不知道呢！可能是得上热病了……只在医院里躺了三天，然后就没气了……也许这是上帝的旨意吧。”

“你拐拐弯嘛，魔鬼！”昏暗之中猛地听到一声呵斥，“你是瞎了还是怎么的？老狗！睁开眼睛瞧着点儿呀！”

“走吧，我们走吧……”乘客说，“像这样下去，咱们明天也到不了目的地。你快赶赶马呀！”

车夫再次伸长了脖子，欠了欠身，凝重而优雅地挥动着鞭子。随后，每当他回头张望自己的乘客时，那人都闭上了眼睛，这分明是不想听他说话。他把这位乘客送到维堡区之后，便把雪橇停在了一家小酒店的旁边，他躬身坐在驭座上，又纹丝不动了……湿润的飞雪给他和他的马儿涂上了一层白色。一个钟头过去，又一个钟头过去了……

人行道上走过来三个年轻人，他们响亮地跺着套鞋，并彼此对骂着。其中的两人又高又瘦，而第三个却又矮又小，还驼着背。

“车夫，我们去警察局大桥！”驼背的破锣嗓子喊道，“三个人……二十戈比！”

约纳抖动着缰绳，咂嘴驱赶着马。二十戈比的价钱太不合算了，但是，他已经顾不上讨价还价了……一卢布也好，五戈比也罢，眼下只要有乘客就好了……三个年轻人你推我搡，骂骂咧咧地来到雪橇的跟前，三个人一齐拥向了座位。这就有麻烦了，究竟哪两个人坐着、哪一个人站着呢？他们相互吵骂、责怪了好半天，最终总算有了结果：因为驼背个子最矮，所以他站着。

“喂,快点儿赶马呀!”驼背站好后又用他那破锣嗓子发话了,一股股热气喷到了约纳的后脑勺上。“你倒是使劲儿抽呀!我的老兄,瞧瞧你这顶帽子!恐怕全彼得堡也找不到比这更差劲儿的了……”

“嘿嘿……嘿嘿……”约纳笑着说,“有啥就戴啥呗……”

“得啦,你有啥就戴啥去吧,可是,你得快点儿赶马呀!一路上你都是这么个赶法吗?脖颈子想挨巴掌了是不是?……”

“头都疼得快炸啦……”一个瘦高个儿说,“昨天在克马索夫的家时,我和瓦西卡两个人喝了整整四瓶白兰地。”

“我不明白,你为什么要谎话连篇呀!”另一个瘦高个儿发火了,“你在胡说八道,简直猪狗不如。”

“如果我是在撒谎,就让上帝惩罚我好啦,可我说的全是实话嘛……”

“连这也算是实话,如果这样,那虱子也会咳嗽了。”

“嘿嘿!”约纳笑了,“你们真是开心的爷儿们!”

“呸,见你的鬼去吧!”驼背勃然大怒道,“你个老不死的,你究竟去还是不去啊?哪有你这样赶路的?你狠狠地抽它一鞭子嘛!啊,真是鬼东西!啊!狠狠地抽它!”

约纳感觉到身后那个驼背的肢体在扭动,还有他说话的声浪。他耳朵听着骂自己的话,眼睛望着满街的人,心中的孤寂感才开始慢慢地消散了。驼背的骂声不绝,他可以说出一串又一串五花八门的脏话,直骂到上气不接下气,连连咳嗽才停了下来。之后,两个高个儿则聊起了一个名叫娜杰日达·彼得罗夫娜的女人。约纳频频回头看着他们,趁着他们谈话中的短暂停顿,他再次回过头去,喃喃地说道:“我那……我那个儿子……这个星期死啦!”

“这有什么,人人都会死的……”驼背咳罢,正在擦着嘴唇,他叹着气说,“喂,快点儿快点儿!先生们,我简直无法忍受这么个走法!你要多大会儿才能把咱们拉到啊?”

“那你就给他鼓鼓劲……朝他的脖颈上揍呀!”

“真是个老不死的,你听见没有?我可真要给你的脖颈子来上几下啦!……跟你们这种家伙客气,还不如自个儿去走路呢!……听见没有,你这个老蛇精?你是不是把我们的话当作耳旁风了?”

这时约纳听到了几声脆脆的巴掌声。他笑着说:“嘿嘿……你们真是好开心的爷儿们……上帝会保佑你们长命百岁的!”

“车夫,你结过婚吗?”一个高个儿问他。

“我呀?嘿嘿……好开——好开心的爷儿们!我那老婆早就成了一堆黄

土啰……哈哈哈……也就是被埋在坟头里啦。我儿子这不也死了嘛，可我倒还依然活着……这真是一件怪事，死神一准认错了人……他本来是来找我的，可偏偏却找着了我的儿子……”

约纳回过头正想说说自己的儿子是怎么死的，可是正在这时候，驼背却如释重负地舒了一口气，大声地宣布说：“谢天谢地，我们总算到了。”

接过二十戈比的约纳久久地望着那几个浪荡子的背影，直到他们消失在一处黑魆魆的大门口。现在的他又成了孤零零的一个人，一片死寂重又包围住了他……刚刚平息没多久的苦恼再次向他袭来，这次更加猛烈地噬啮着他的心。约纳的双眼痛苦地来回打量着街道两旁川流不息的人群，在这成千上万的行人之中，却没有一个人愿意听自己诉说衷肠。人们的步履全都匆匆，既没有留意到他这个人，也不曾觉察到他的苦恼……他的苦恼是这么深不可测，无边无际。如果约纳的满腔苦恼可以从裂开的胸膛中奔涌而出，那它足以淹没整个世界。可是尽管如此，也没有一个人看得见。他的苦恼深深埋藏在这样一个微不足道的躯壳里，就是你在大白天打着火把也难以瞧见。

约纳看到一个看门人，他的手里拿着一个小纸包，他便决定找那人去聊聊。

“兄弟，这会儿有几点了？”他问道。

“九点多了……你把雪橇停在这儿干什么？快点儿赶开！”

约纳将雪橇驶到了几步开外的地方，然后猫着腰，任凭苦恼折磨着自己……他觉得再向谁倾诉也已经无济于事了……可是还没有过去五分钟，他就又直起腰来，连连地摇头，仿佛感到了剧痛似的，于是他就抖动起缰绳……他实在无法忍受了。

“回大车店去，”他心里想着，“还是回大车店去吧！”

那匹老马也似乎洞悉主人的心思，一溜小跑起来。一个半小时之后，约纳已经坐在了一个肮脏的大炉炕的跟前了。地板上、长凳上、炉台上全都睡满了人，而且空气恶浊憋闷，鼾声不绝于耳……看着那些熟睡的人，约纳不住地抓耳挠腮，后悔自己回来得太早了……

“连燕麦钱也没能挣够啊……”他寻思着，“所以自己才这么苦恼。一个人如果非常能干，自己能吃得饱饱的，马儿也可以吃得饱饱的，那他还有什么可操心的……”

有个年轻的车夫从墙角里翻身站了起来，一边睡意未消地哼唧着，一边朝水桶伸过手去。“你想水啦？”约纳问。

“是呀，想喝了！”

“那你就喝吧……喝个够……我呢，小兄弟，我儿子这个星期死啦……你听说了吗？他是这个星期死在医院里的……真是倒霉！”

约纳想看看他听了自己的话会有什么反应，但是小伙子却径直钻进了被窝，蒙头大睡去了。老人只好搔了搔头皮，喟然长叹一声……他也渴望着和人说话，就像那个小伙子一心想喝水一样。儿子死去眼看就快一个星期了，可是至今他也没有找到一个可以说说话的人……他太需要详详细细、清清楚楚地向人诉说一番了……他必须向人们说说儿子是怎么得的病，受尽了怎样的折磨，临死前又都讲了些什么话，是怎么死的……他还需要细细地叙述一番儿子下葬的情形，还有自己又是如何去医院取回死者的衣物的。在乡下，他还有个女儿阿尼西娅……他觉得也需要讲讲她的情况……是呀，这个时候他可以说是话非常多的，谁听了他的遭遇都会连声惊叹，感慨不已，一洒同情之泪的。他认为要是能跟娘儿们聊聊，那就更好了，肯定她们听不了几句就会大放悲声的。

“我得去瞧瞧我的马了，”约纳心想，“睡觉，等会儿也来得及……用不着担心的，一定能睡够的……”

约纳穿好衣服，就朝马圈走去了。他一心牵挂的是干草、燕麦，还有天气……可是，独自一人的时候，他从不去想死去的儿子……只是向别人讲讲还是可以，但自个儿去思念他，去回忆他的模样，那就太让人难过了，这实在是无法忍受的……

“你在咀嚼干草吗？”看见马儿的双眼晶莹发亮，约纳就问他的马，“嗯，嚼吧，嚼吧……既然咱们挣不到买燕麦的钱，那就只好吃些干草啦……是呀……要说赶车，我已经有点儿老啦……本该由我的儿子去赶的，而不是我……他可是一个地地道道的马车夫……要是他还活着，那该有多好哇……”

沉默了片刻，约纳又接着说道：“这么着吧，伙计，我的小母马儿……库兹马·姚内奇已经没啦……无缘无故，猛地就死啦……他已经不在人世啦……也就是说，如果你有一个小马驹儿，你就是个驹崽子的亲娘……可是突然之间，如果这个马儿一下没命啦……你是不是会很心疼？”

那匹瘦马一边倾听着，一边咀嚼着草料，还向人的双手上连连喷着鼻息……

约纳忘情地诉说着自己的经历，把自己满腔的苦都向马儿细细倾吐了出来……

（契诃夫.契诃夫短篇小说集[M].谢素素，译.哈尔滨：黑龙江科学技术出版社，2015.）

思考练习

1.主人公姚纳的双重苦恼是什么？最终他向谁诉说了他的悲伤？

2.《苦恼》这篇小说主要表达了作者怎样的思想情感？

第二十九节　《麦琪的礼物》

作者简介

欧·亨利(1862—1910)，美国短篇小说家、美国现代短篇小说创始人，其主要作品有《麦琪的礼物》《警察与赞美诗》《最后一片叶子》《二十年后》等。

1862年9月11日，欧·亨利生于美国北卡罗来纳州格林斯伯勒，曾当过银行职员、药剂师等。1896年2月，欧·亨利因受到盗用公款的指控入狱，后逃亡洪都拉斯。1898年再次入狱，期间开始发表作品。1902年，欧·亨利移居纽约，成为职业作家。1910年6月5日，欧·亨利因肝硬化在美国纽约去世。欧·亨利与契诃夫和莫泊桑并列世界三大短篇小说巨匠，曾被评论界誉为曼哈顿桂冠散文作家和美国现代短篇小说之父，他的作品有“美国生活的百科全书”之誉。

作品导读

《麦琪的礼物》讲述的是一个圣诞节里发生在社会下层的小家庭中的故事。男主人公吉姆是一位薪金仅够维持生活的小职员，女主人公德拉是一位贤惠善良的主妇。他们的生活贫穷，但吉姆和德拉各自拥有一样极珍贵的宝物。吉姆有祖传的一块金表，德拉有一头美丽的瀑布般的秀发。为了能在圣诞节送给对方一件礼物，吉姆卖掉了他的金表为德拉买了一套“纯玳瑁做的边上镶着珠宝”的梳子，德拉卖掉了自己的长发为吉姆买了一条白金表链。他们都为对方舍弃了自己最宝贵的东西，而换来的礼物却因此变得毫无作用了。

作品赏析

麦琪的礼物

一块八毛七分钱。全在这儿了。其中有六毛钱还是一个铜子儿一个铜子儿凑起来的。这些铜子儿是每次一个两个地向杂货铺、菜贩和肉店老板死乞白赖地硬扣下来的。尽管人家没有明说，自己总觉得这种交易太悭吝了，当时都臊红了。德拉数了三遍。数来数去还只是一块八毛七分钱，而第二天就是圣诞节了。

显然,除了倒在那张破旧不堪的小榻上号哭以外,再也没有别的办法了。德拉就这样做了。这使得精神上的一种感慨油然而生,认为人生是由啜泣、抽噎和微笑组成的,而抽噎占了其中的绝大部分。

我们不妨抽空来看看这个家吧。这个家庭主妇渐渐地从第一阶段退到第二阶段,一套连家具的公寓,房租每星期八块。虽然称不上绝对难以形容,其实与贫民窟也相差无几。

下面的门廊里有一个信箱,可是永远不会有信件投进去;还有一个电钮,除非神仙下凡尘才能把铃按响。那里还贴有一张名片,上面印着"詹姆斯·迪林汉·扬先生"这几个字。

"迪林汉"这一名号还是主人先前一时高兴加入姓名之中的,那时,他每星期挣三十块钱。而现在,收入缩减到每星期二十块钱,"迪林汉"这几个字看起来有些模糊了,仿佛它们正在郑重地考虑,是不是应该缩成一个谦逊质朴的"迪"字为好。但是,每逢詹姆斯·迪林汉·扬先生回家,走进楼上的房间时,詹姆斯·迪林汉·扬太太——也就是刚才已经介绍过的德拉——总是管他叫"吉姆",总是热情地拥抱他。那自然是很好的。

德拉哭完之后,在脸颊上扑了些粉。她站在窗子跟前,凝望着窗外灰蒙蒙的后院,一只灰猫正在灰色的篱笆上行走着。

明天就是圣诞节了,她只有一块八毛七分钱来替吉姆买一份礼物。好几个月来,她省吃俭用,能攒起来的都攒了,可还是只有这一点儿。一星期二十块钱的收入是不够用的,支出总是比她预算的为多,总是这样。只有一块八毛七分钱来给吉姆买礼物了——她的吉姆。为了给他买一件好东西,德拉自得其乐地筹划了好些时日。要买一件精致、珍奇而确有价值的东西——够得上为吉姆所有的东西固然很少,可总得有点相称才行啊。

房子里,两扇窗子间有一面壁镜。诸位也许已经见过房租八块钱的公寓里的壁镜。一个十分瘦弱而灵活的人,从一连串纵的片断的映像里,或许能对自己的容貌有个大致的了解。德拉全凭着苗条的身材,才精通了那项技艺。

她蓦地从窗口转过身,站到了壁镜前。她的眼睛明亮而晶莹,她的脸在二十秒钟内却失色了。她迅速将头发解开,让它披落下来。

詹姆斯·迪林汉·扬夫妇有两样东西特别引以为豪,一是吉姆祖传三代的金表,另一样便是德拉的长发。如果示巴女王住在院子对面的公寓里,德拉总有一天会将她的头发悬到窗外去晾干,令那位女王的珍宝和礼物相形见绌。如果所罗门王当了看门人,把他所有财富都堆在地下室里,吉姆每次经过那儿时准会掏出他的金表看看，好令所罗门嫉妒得吹胡子瞪眼睛。

这当儿，德拉一头美丽的头发披散在身上，就像一股褐色的小瀑布，奔泻闪亮。头发一直垂到膝盖底下，仿佛为她披上了一件衣裳。她又神经质地赶紧将头发梳好。她踌躇了一会儿，静静地站着，一两滴泪水溅落在破旧的红地毯上。

她穿上褐色的旧外套，戴上褐色的旧帽子。她眼睛里还闪烁着晶莹的泪花，裙子一摆，飘然走出房门，下楼跑到街上去了。

她在一块招牌前停住了脚步，招牌上写道："莎弗朗妮夫人——经营各种头发用品。"德拉跑上一段楼梯，气喘吁吁地让自己定下神来。那位夫人身材肥大，皮肤煞白，一副冷冰冰的样子，同"莎弗朗妮"这一名字不太相称。

"你会买我的头发吗？"德拉问。

"我买头发，"夫人说，"脱下帽子，让我看看你的头发。"

那股褐色的小瀑布倾泻而下。

"二十块钱。"夫人熟练地抓起头发说。

"赶紧把钱给我。"德拉说。

此后的两个小时像长了玫瑰色的翅膀一样飞逝而过。诸位无须理会这种杂凑的比喻。总之，德拉正为了送吉姆的礼物在店铺里搜索。

德拉终于找到它了。它一定是为吉姆而非别人特意制造的。她在所有的店铺里都兜底翻过了，各家都没有这样的东西。那是一条白金表链，样式简单而朴素，只是凭借货色来显示自身的价值，不凭什么装潢来炫耀——一切好东西都应该是这样的。它甚至配得上那只金表。她一眼看到它就认为非给吉姆买下来不可，它简直就像他的为人，文静而有价值——用这句话来形容表链和吉姆本人都是恰到好处。店里以二十一块钱的价格将表卖给了她，她带着剩下的八毛七分钱，匆匆赶回家去了。有了那条表链，吉姆就可以在任何场合下毫无顾虑地看钟点了。那只表虽然华贵，但因只用了一条旧皮带作表链，他有时只是偷偷地瞥上一眼。

德拉回家后，她的陶醉有一小部分被审慎和理智所替代了。她拿出卷发铁钳，点上煤气，着手补救由于爱情和慷慨而造成的灾害。那始终是件艰巨的工作，简直是件了不起的工作。

不出四十分钟，她头上便布满了紧贴的小发鬈，活像一个逃课的小学生了。她对着镜子细心地、一遍遍地照着。

"如果吉姆看见了我，不把我宰掉才怪呢，"她自言自语地说，"他会说我就像康奈岛游乐场里卖唱的姑娘。可我又有什么办法呢？——唉！只有一块八毛七分钱,叫我如何办呢?”

到了七点,咖啡已经煮好了,煎锅也在炉子后面热着,随时都可以煎肉排了。

吉姆从没有晚回家。德拉把表链折着握在手里,在他进来时必经的门口的桌子角上坐下来。接着,她听到楼下梯级上响起了吉姆的脚步声,她脸色倏地白了。她有一个习惯,往往为了日常最简单的事默默祈祷几句,现在,她悄声地说:“求求上帝,让他认为我还是美丽的。”

门开了,吉姆走了进来,随手又把门关上了。他很瘦削,一脸严肃。可怜的人儿,他今年还只有二十二岁,就得负起了家庭的重荷!他需要一件新大衣,甚至连手套也没有。

吉姆在门内站住,像一条猎狗嗅到鹌鹑气味一样纹丝不动。他眼睛盯着德拉,那种神情是她无法理喻的,这令她十分惊慌。那种神情不是愤怒,不是惊讶,不是不满,更不是厌恶,不是她能预料到的任何神情。他只以那种奇特的神情凝视着德拉。

德拉一扭腰,从桌上跳了下来,走近他身边。

“亲爱的,吉姆,”她喊道,“别那样盯着我看,我把头发剪掉卖了,不给你送一份礼物,我是过不了圣诞节的。头发会重新长出来的——你不会在意,不是吗?我得这么做才行。我的头发长得很快。快说‘圣诞快乐’吧!吉姆,让我们快快乐乐的。我给你买了一件多么好——多么美丽的好东西,你是怎么也猜不到的。”

“你把头发剪掉了?”吉姆吃力地问道,仿佛他绞尽脑汁以后,还是没能把这个显而易见的事实弄明白似的。

“不但剪掉了,而且还卖了,”德拉说,“不管怎样,你还是一样地喜欢我,不是吗?”

吉姆好奇地朝房间里到处张望。

“你说你的头发没有了?”他带着白痴一样的神情问道。

“你用不着再找了,”德拉说,“我告诉你,已经卖了——卖了,没有了。今天是圣诞前夜,亲爱的。好好待我,我剪掉头发为的都是你呀。我的头发也许数得清,”她突然非常温柔地往下说道,“但是我对你的爱谁也数不清。我把肉排烧上,好吗?吉姆。”

吉姆好像忽然从恍惚状态中苏醒过来。他把德拉拥在怀里。为了不至于冒昧,让我们花上十秒钟工夫瞧瞧另一些无关紧要的东西吧。每个星期八块钱的房租或者每年一百万的房租——这有什么区别?数学家或喜剧家可能给你一个不正确的答复。麦琪带来了珍贵的礼物，但其中没有那样东西，这句含意晦涩的话，下文将会有说明。

吉姆从大衣口袋里掏出一包东西，将它扔在桌上。

“不要对我产生任何误解，德拉，”他说，“不管是剪发、修脸还是洗头，我对我的姑娘的爱情丝毫不会减低一分。但是，你把那包东西打开便会明白，刚才你为什么把我愣住了。”

白皙的手指敏捷地撕开了绳子和纸。接着，是一声狂喜的叫喊；紧接着，哎呀！突然转变成了女性神经质的眼泪和号哭，立即需要公寓的主人想尽办法来抚慰她。

摆在眼前的是那套插在头发上的梳子——全套的发梳，两鬓用的，后面用的，应有尽有，那是百老汇路一个橱窗里的、德拉早就盼望着的东西。纯玳瑁做成的、边上镶有珠宝的美丽发梳——配那已经剪掉的美发，颜色刚好合适。她知道这套发梳很贵重，她从心底里向往很久了，但从没有过拥有它的希望。现在居然为她所有了，可是用来佩戴那一心向往的装饰品的头发却没有了。

但是，她还是将它紧紧抱在怀里，隔了许久，她才能抬起迷蒙的泪眼，含笑着对吉姆说：“我的头发长得多快啊，吉姆！”

接着，德拉就像只挨了烫的小猫似的跳了起来，喊道：“噢！噢！”

吉姆还没看到送给他的漂亮的礼物呢！她将它托在自己掌心上，热切地递给他。这无知无觉的贵重金属，似乎在闪烁着她的快活和热忱的神情。

“漂亮吗，吉姆？我跑遍了全城才找到它。现在你得每天把表看上一百次了，把你的表给我，我要看看它配上去是什么样子！”

吉姆并没按她的话去做，却倒在了小榻上，双手枕着头，微笑着。

“德拉，”他说，“让我们把圣诞节的礼物搁在一边，暂时保存起来。它们实在太好了，现在用了未免可惜。我是卖掉金表换了钱来给你买的发梳。现在请你煎肉排吧！”

那三位麦琪，读者都知道，全是有智慧的人——非常有智慧的人——他们带来礼物，送给在马槽里降生的圣婴耶稣。他们首创了圣诞节馈赠礼物的风俗。既然他们智力非凡，他们的礼物无疑也是聪明的，可能还附带着一种碰上收到同样的东西时可以交换的权利。我用拙笔在这里向读者叙述了一个毫无曲折、不足为奇的故事：那两个住在同一间公寓里的笨孩子，极不明智地为了对方而牺牲了他们家中最宝贵的东西。但是，让我对眼前一般聪明人说最后一句话，在所有馈赠礼物的人之中，他们两个是最聪明的。在一切接受礼物的人之中,像他们一样的人也是最聪明的。他们就是麦琪。

(亨利.欧·亨利短篇小说选[M].王仲年,译.北京:人民文学出版社,1986.略有改动。)

思考练习

1.作者在小说结尾赞叹吉姆和德拉夫妻俩说:“他们就是麦琪。”对这句话你是怎样理解的?

2.作品采用“一实一虚、双线并行”的结构方式,这样的结构方式有什么好处?

第六章　20 世纪欧美文学

第一节　概　述

20 世纪是一个复杂多变的时代，在这个时代，欧美文学逐渐呈现出多元发展的姿态，也有了许多新的特点。一方面，随着世界统一市场的形成和各民族相互交往的增加，欧美文学已不再局限于欧洲和美国，拉美和澳大利亚的文学也取得了令人瞩目的成就；另一方面，随着社会矛盾的激化和悲观主义哲学的流行，人们已不再认为能真实地认识和反映生活，也不再相信种种抽象的理想，浪漫主义和现实主义都不再一统文坛，形形色色的现代主义流派开始兴起并成为 20 世纪世界文学的主潮之一。此外，随着无产阶级革命运动的发展和社会主义制度在一些国家的建立，无产阶级革命文学和社会主义文学也成为世界文学中一道独特的风景线。

现代主义是 19 世纪末至 20 世纪诞生并流行于 20 世纪的许多文学流派的总称，主要包括象征主义、表现主义、未来主义、超现实主义、意识流小说等十多种文学流派。它的思想基础是非理性主义哲学，如叔本华和尼采的唯意志论、柏格森的生命哲学、弗洛伊德的精神分析学等。它的基本特点是主张反传统，着力表现的是人在现代社会中的扭曲和异化；表现手法上追求新奇和怪诞，语言往往晦涩难懂；人物形象的塑造不再遵循典型个性化规律，甚至只是抽象概念的符号；特别重视对人物内心世界的挖掘，人物的活动日益从外部世界退回到内部世界。

象征主义在 19 世纪 70 年代兴起于法国，19 世纪 80 年代正式成为一个流派，它的先驱是波德莱尔，而法国诗人莫雷亚斯于 1886 年发表的《象征主义宣言》标志着这一流派的正式诞生。代表人物主要有法国的瓦雷里、比利时的梅特林克、奥地利的里尔克、爱尔兰的叶芝、英国的 T.S.艾略特、俄国的勃洛克等。

表现主义产生于德国，最初流行于绘画领域，后来扩展至文学领域。表现主义强调“艺术是表现，不是再现”。它的先驱是瑞典作家斯特林堡，其《鬼魂奏鸣曲》等剧作把鬼魂搬上舞台，让死尸、幻影、亡魂、活人同时登场。代表作家有奥地利的卡夫卡、德国的凯泽、捷克的恰佩克、美国的奥尼尔等。

未来主义是一个激进的反传统的文学流派,否定传统文化,赞美现代工业文明,着力表现速度和力量的美。创始人是意大利诗人马里内蒂,1909 年他撰写并发表了《未来主义宣言》,标志着这个流派的诞生。未来主义的重要作家还有意大利的帕拉采斯基、法国的阿波利奈尔和俄国的马雅可夫斯基等。

超现实主义兴起于第一次世界大战时期的法国。1924 年,布勒东发表《超现实主义宣言》,宣称在现实世界之外,还有一个更为真实的"无意识"世界。代表作家除了布勒东,还有阿拉贡、艾吕雅等。

意识流小说在 20 世纪二三十年代流行于欧美。它不注重环境、人物和情节的描写,而致力于表现人物意识的流动状态;不受物理时空和逻辑的制约,时空跳跃、多变;多用自由联想、内心独白、象征和暗示等表现手法。代表作家及作品有:法国普鲁斯特的《追忆逝水年华》,其以"我"对往事的追忆为主线,展示了"我"出生于富裕家庭却精神空虚的庸俗生活;英国伍尔芙的《墙上的斑点》《到灯塔去》;美国福克纳的《喧哗与骚动》,其反映了南方望族康普生家族的没落,小说创造了复合意识流方法,在运用意识流手法发掘人物的内心生活方面达到了新的高度。此外,还有爱尔兰的乔伊斯、苏联的别雷等。

后现代主义反对现代主义将文学变成精神贵族的深奥、晦涩的文字迷宫,主张把文学拉回到生活世界,变成普通人的轻松通俗的文字游戏。但在表现全面异化和精神危机方面,它与现代主义是一脉相承的,实质上是现代主义的发展和继续。

存在主义滥觞于 20 世纪 30 年代的法国,二战后达到发展的顶峰。它是现代派文学中声势最大、风靡全球的一种文学潮流。存在主义文学与存在主义哲学关系密切。存在主义文学的特征是理性多于形象,核心是"存在先于本质""世界是荒谬的""人生是痛苦的和自由选择"。"荒谬"和"痛苦"是存在主义文学的基本主题。艺术上,存在主义文学寓哲理于形象中,不拘一格地运用表现手法,甚至将传统的和现代的表现手法并用。存在主义作家主要有萨特、加缪、波伏娃、梅勒。

荒诞派戏剧出现于 20 世纪 50 年代的法国文坛,后发展至欧美各国。它强调表现抽象的主观感受,喜欢采用漫画式的夸张和比喻,情节没有连贯性,人物缺乏鲜明个性,常用东拉西扯的对话表现人的孤独,还常借助各种特设的灯光、道具布景,使整个舞台成为荒诞世界的象征性场景。代表作家有法国的贝克特和尤奈斯库、英国的品特、美国的阿尔比等。

新小说派在 20 世纪 50 年代崛起于法国,反对传统小说以人物为中心的写作方式及其中虚构的故事情节、有序的结构和"陈旧"的语言,主张以"物"来取代人,对"物"作细致的物理性描写,主张建立一个"纯属内心世界的时间和空间",描写人物意识深处的真实。代表作家有罗伯·格里耶、萨洛特、布托和西蒙等。

黑色幽默文学在 20 世纪 60 年代流行于美国,又叫黑色喜剧、荒诞小说,深受存在主义思潮影响，擅长用夸张、反讽的手法揭示社会和人生荒诞、乖谬的本质，故意用轻松调侃的态度面对悲剧性的事件。代表作家有冯内古特、海勒、巴思和品钦等。

魔幻现实主义产生于20世纪三四十年代的拉美，60年代以后成为拉美文学主潮。它的特点是把现实与神话、真情与梦幻巧妙结合，给现实披上光怪陆离的外衣，使现实具有浓郁的魔幻色彩。代表作家有哥伦比亚的马尔克斯、危地马拉的阿斯图里亚斯和墨西哥的鲁尔福等。

垮掉的一代是第二次世界大战后美国的一个现代主义文学流派。其成员大多是年轻的文化人。他们对战后现实不满，对未来丧失信心，同时又慑于麦卡锡主义的压力，因而采取一种脱俗的方式向社会挑战，对一切传统观念嗤之以鼻，拒不承担任何社会责任，厌弃工作和学业，把吸毒、参禅、流浪、纵欲当作主要的生活内容。他们不仅反对传统的价值观和风尚习俗，反对资本主义社会和现行政策，同时也敌视共产主义，逃避现实，厌恶政治，企图在禅宗胜景中求得解脱和精神上的慰藉。代表作家及作品有艾伦·金斯伯格的《嚎叫》和杰克·凯鲁亚克的《小城镇与大都会》等。

思考练习

1.简述现代主义文学的特征。

2.简述存在主义文学的特征。

第二节　《约翰·克利斯朵夫》(存目)

作者简介

罗曼·罗兰(1866—1944)，19世纪末至20世纪上半叶法国最杰出的现实主义作家，1915年诺贝尔文学奖得主。1866年1月29日在法国中部高原上的小镇克拉姆西出生，从小在谙熟音乐的母亲的熏陶下对音乐产生了极大兴趣；1880年，随父母迁居巴黎；1886年中学毕业后考入巴黎高等师范学校；1889年毕业后，通过会考取得了中学教师终身职位的资格，并开始与他崇拜的托尔斯泰通信；1889—1891年，在罗马的法国学校就读，此后多次去比利时、荷兰等地旅游，收集创作素材；之后入罗马法国考古学校当研究生；归国后在巴黎高等师范学校和巴黎大学讲授艺术史，并从事文艺创作。

他的小说特点被人们归纳为"用音乐写小说"。另外，罗曼·罗兰一生还为争取人类自由、民主与光明进行了不屈的斗争。他积极投身进步的政治活动，声援西班牙人民的反法西斯斗争，并出席巴黎保卫和平大会，对人类进步事业作出了一定的贡献。

主要作品有：《群狼》《丹东》《七月十四日》等8部戏剧，《贝多芬传》《米开朗基罗传》《托尔斯泰传》等3部传记，《约翰·克利斯朵夫》等长篇小说及《哥拉·布勒尼翁》

等中篇小说。

作品导读

《约翰·克利斯朵夫》是罗曼·罗兰于1912年完成的一部长篇小说,通过主人公一生的经历反映现实社会的一系列矛盾冲突,宣扬人道主义和英雄主义。小说描写了主人公奋斗的一生:从儿时音乐才能的觉醒,到青年时代对权贵的蔑视和反抗,再到成年后在事业上的追求和成功,最后达到精神宁静的崇高境界。

《约翰·克利斯朵夫》是一部多主题小说。在小说的扉页上,罗曼·罗兰说将小说献给"各国的受苦、奋斗而必战胜的自由灵魂"。可见,对"生命力"的歌颂是作品的核心和灵魂。主人公约翰·克利斯朵夫的许多事迹都是以贝多芬为原型创作的。作者将贝多芬的音乐精神和"力"的特质融于克利斯朵夫的性格之中,借用一个音乐家的奋斗经历来倡导其英雄主义、人道主义和理想主义,表现了作者"和谐""统一"的艺术思想和美学理念。对生命力的歌颂是通过克利斯朵夫反抗命运、战胜内心的过程和音乐的对比冲突来体现的,比如克利斯朵夫爱的力量和恨的力量的对比,克利斯朵夫与自身内心软弱斗争的对比等。罗曼·罗兰让克利斯朵夫成为人类和谐精神的本体象征,在对立矛盾中达到神圣的"统一"。不仅人物个性、人物配置上体现出复调的对比和统一,而且从各个侧面丰富的克利斯朵夫性格的发展,反映了作者希望人类精神完善发展的美好愿望。

作品赏析

约翰·克利斯朵夫(存目)

思考练习

1.简述作品的主题思想。

2.简述作品的艺术特色。

第三节 《追忆似水年华》(节选)

作者简介

马塞尔·普鲁斯特(1871—1922),20世纪法国最伟大的小说家之一,意识流文学的先驱与大师,也是20世纪世界文学史上最伟大的小说家之一。普鲁斯特出生于一个非常富有的家庭,自幼体质孱弱、生性敏感、富于幻想,这对他文学禀赋的发掘起到了促进作用。他从中学时开始写诗,为报纸写专栏文章,后入巴黎大学和巴黎政治学院钻研修辞和哲学，对柏格森直觉主义的潜意识理论进行研究并尝试将其运用到小说创作中。可以说柏格森、弗洛伊德是他一生文艺创作的导师。1984年6月，法国《读书》杂志公布了由法国、西班牙、联邦德国、英国、意大利报刊评选出的十名欧洲"最伟大作家"，普鲁斯特名列第六。

作品导读

《追忆似水年华》是一部与传统小说不同的长篇小说。全书以叙述者"我"为主体，将所见所闻、所思所感融为一体，其中既有对社会生活、人情世态的真实描写，又有对作者自我追求、自我认识的内心经历的记录。除叙事以外，小说还包含大量的感想和议论。整部作品没有中心人物，没有完整的故事，没有波澜起伏和贯穿始终的情节线索。它大体以叙述者的生活经历和内心活动为轴心，穿插描写了大量的人物事件，犹如一棵枝丫交错的大树，可以说是在一部主要小说上生出许多独立成篇的其他小说，也可以说是一部"交织着好几个主题曲的巨大交响乐"。

作者通过故事套故事、故事与故事交叉重叠的方法，描写了众多的人物、事件，展示了一幅19世纪与20世纪之交法国上流社会的生活图景。这里有姿色迷人、谈吐高雅而又无聊庸俗的盖尔芒夫人，有道德堕落、行为丑恶的变性人渣琉斯男爵，有纵情声色的浪荡公子斯万等。此外，小说也描写了一些与上流社会有关联的作家、艺术家，他们大都生前落魄失意，而作品却永世长存。小说还描写了一些下层的劳动者。《追忆似水年华》这部长篇巨著通过上千个人物的活动，冷静、真实、细致地再现了法国上流社会的生活习俗、人情世态。因此，有些西方评论家把它与巴尔扎克的《人间喜剧》相提并论，称之为"风流喜剧"。

作品赏析

追忆似水年华(节选)

往事也一样。我们想方设法追忆，总是枉费心机，绞尽脑汁都无济于事。它藏在脑海之外，非智力所能及；它隐蔽在某件我们意想不到的物体之中(藏匿在那件物体所给予我们的感觉之中)，而那件东西我们在死亡之前能否遇到，则全凭偶然，说不定我们到死都碰不到。

这已经是很多很多年前的事了，除了同我上床睡觉有关的一些情节和环境外，贡布雷的其他往事对我来说早已化为乌有。可是有一年冬天，我回到家里，母亲见我冷成那样，便劝我喝点茶暖暖身子。而我平时是不喝茶的，所以我先说不喝，后来不知怎么又改变了主意。母亲着人拿来一块点心，是那种又矮又胖、名叫"小玛德莱娜"的点心，看来像是用扇贝壳那样的点心模子做的。那天天色阴沉,而且第二天也不见得会晴朗,我的心情很压抑,无意中舀了一勺茶送到嘴边。起先我已掰了一块“小玛德莱娜”放进茶水准备泡软后食用。带着点心渣的那一勺茶碰到我的上颚,顿时使我浑身一震,我注意到我身上发生了非同小可的变化。一种舒坦的快感传遍全身,我感到超尘脱俗,却不知出自何因。我只觉得人生一世,荣辱得失都清淡如水,背时遭劫亦无甚大碍,所谓人生短促,不过是一时幻觉;那情形好比恋爱发生的作用,它以一种可贵的精神充实了我。也许,这感觉并非来自外界,它本来就是我自己。我不再感到平庸、猥琐、凡俗。这股强烈的快感是从哪里涌出来的?我感到它同茶水和点心的滋味有关,但它又远远超出滋味,肯定同味觉的性质不一样。那么,它从何而来?又意味着什么?哪里才能领受到它?我喝第二口时感觉比第一口要淡薄,第三口比第二口更微乎其微。该到此为止了,饮茶的功效看来每况愈下。显然我所追求的真实并不在于茶水之中,而在于我的内心。茶味唤醒了我心中的真实,但并不认识它,所以只能泛泛地重复几次,而且其力道一次比一次弱。我无法说清这种感觉究竟证明什么,但是我只求能够让它再次出现,原封不动地供我受用,使我最终彻悟。我放下茶杯,转向我的内心。只有我的心才能发现事实真相。可是如何寻找?我毫无把握,总觉得心力不逮;这颗心既是探索者,又是它应该探索的场地,而它使尽全身解数都将无济于事。探索吗?又不仅仅是探索:还得创造。这颗心灵面临着某些还不存在的东西,只有它才能使这些东西成为现实,并把它们引进光明中来。

(普鲁斯特.追忆似水年华[M].李恒基,等译.南京:译林出版社,2008.略有改动。)

思考练习

1.简述作品的艺术风格。

2.简述作品的结构和主题思想。

第四节 《第二对象》

作者简介

西奥多·德莱塞(1871—1945),20世纪美国最负盛名的批判现实主义小说家。其作品广泛而深刻地反映了垄断资本主义时代美国社会各方面的真实面貌,将美国批判现实主义文学推向前所未有的高峰。

德莱塞的一生是战斗的一生,进步的一生。他出身于城市贫民的家庭,自幼当童工,饱尝艰辛;有时失业,流落街头,但始终坚持自学。1892至1895年,他被聘为新闻记者，往来美国各大城市间，洞悉了金元帝国的内幕。他的头两部长篇小说《嘉丽妹妹》(1900)和《珍妮姑娘》(1911)，描写了两个工人女儿的悲惨生活，戳穿了美国自由民主的神话。苏联十月革命的胜利促使他批判资本主义制度更加自觉，同时克服了早期作品的某些宿命论和自然主义的倾向。其轰动世界文坛的辉煌巨著《美国的悲剧》(1925)，以真实的案件为题材，写一个被美国生活方式腐蚀的青年为了高攀名门而谋杀了自己怀孕的情人，最后被处死刑；这是对美国社会制度的血泪控诉书。

1927年作者访问了斯大林领导下的苏联，回国后积极参加工人运动，思想更有新的进步，在中短篇小说集《女性群象》(1930)中塑造了美国文学史上第一个共产党员的形象。作者晚年完成毕生刻意经营的《欲望三部曲》，即《金融家》(1912)、《巨人》(1914)、《斯多噶》(逝世后1947年出版)，全书通过一个金融资本家的发家史，全面揭露了美国垄断资产阶级的腐朽性和反动性。1945年德莱塞参加美国共产党，坚信"共产主义是改造美国的唯一出路"。

在艺术上，德莱塞是要求严格的现实主义作家。他说："艺术是一种蜜，是从人类的心灵中分泌出来的，是借艰苦与劳动之翼搜集来的。"他的创作总是从亲自观察到的大量日常生活的真情实事出发，加以集中提炼，真实地再现了典型环境中的典型性格。广阔的社会画面，细致的心理描写，灵活的对比手法以及个性化的人物语言，是德莱塞艺术的主要特点。

作品导读

《第二对象》是德莱塞的短篇代表作之一。作品通过一个小市民家庭的少女选择对象的故事提出资本主义社会妇女的前途问题。秀蕾被她所爱的对象抛弃而不得不同她不爱的对象结合，这是社会造成的结果。她的命运早就被资本主义社会安排好了，那就是结婚，生孩子，一辈子当男人的玩物和家庭的奴隶。她毫无自主权，即使是选择对象的自主权。她"显然跳不出这个圈子"，只能屈从于卑俗的生活与不幸的命运。作者以其细腻精深的心理描写的手法对秀蕾选择对象时的矛盾心情作了极为逼真的叙述，活画出她热情而软弱的性格。另外，轻浮孟浪的亚瑟和忠厚迟钝的巴敦，两种性格的对比也很鲜明。这都表现了德莱塞现实主义艺术的独创风格。

作品赏析

第二对象

亲爱的秀蕾：

你不要这些信吧，一共才不过六封；再说，我只有你这点东西在旅途中来安慰我。它们对你有什么用呢——短短的几封信，告诉我你一准和我见面——可是我啊,——你为我着想吧！我要是把它们寄还给你,你一定会都撕掉,然而,如果你让它们留在我这儿,我可以给洒上麝香和龙涎香,放在一个小银盒子里,永远带在我身边。

啊,亲爱的秀蕾,你真不知道我觉得你多么甜,多么可爱！我们在一起做的那些事,没有一件在我心里不是清清楚楚的,好像在匹兹堡这儿对面的这座摩天大楼一样,而且比它可爱得多。事实上,我对你的种种思念是我最宝贵最美好的东西,秀蕾。

但是我现在年纪太轻,不能结婚。你了解这点,秀蕾,是不是？我还没有什么固定的工作,而我又这么浮躁,将来是不是一准会有,我也不敢说,真的。就在昨天,老洛克斯布姆——我在这儿的新东家——来找我,问我是否愿意去爪哇,到他的一座咖啡园里当副监工;他说一两年内不会有多少钱,勉强够过活,可是以后会多的——我一口就答应了。一想到爪哇和去那儿我就答应了,虽然我知道我耽在这儿不动倒可以多挣点儿。你难道不清楚我是怎么回事吗,秀？我太浮躁,太年轻。我是不可能很好地照应你的,而那样的话你过不久也就不会喜欢我了。

但是,啊,亲爱的秀蕾,我真万分想念你啊！好像没有一个钟点,没有你的一小点儿回到我心里来——可爱的、甜蜜的一点儿——那个夜晚,我们坐在特雷戈公园的草地上,隔着树数天上的星星;在麻雀岬的第一晚,我们误了最后一班火车,只得走到兰莱。还记得那些雨蛙吗,秀蕾？还有在阿瑟贝森林的那个暖和的四月的星期天！哦,秀,你不要这六封信！让我保存吧。亲爱的,无论你到哪儿,无论你做什么,总想着我吧,可以吗？我一定永远想念你。但愿你当初认识的是一个比我好、比我明白的人;但愿我真的可以和你结婚,处处使你称心如意。再会吧,亲爱的。我大约本月内就要动身去爪哇。要是那样的话,要是你愿意要风景明信片,我可以给你寄几张——要是有的话。

你的贱友
亚瑟

她坐在那儿,把手里的信翻来覆去,绝望得哑口无言。这一定是她会从他那儿收到的最后一封信了。这一点她是肯定的。现在他走了,一去不复返了。她只给他写过一次信,没有作露骨的央求,只是要他退还她的信,随后就来了这封温柔而圆滑的回信,对于有没有回来的可能一字不提,却要求保存她的信,留作旧情的纪念——他们在一起度过的那些快乐的时刻。

那些快乐的时刻！哦,是的,是的,是的,——那些快乐的时刻！

这会儿，她下了班坐在家里，回想着从他来到他走的这短短的几个月里发生的一切；她的记忆里出现了一个充满色彩和光辉的世界——一种使人飘飘欲仙的光辉和色彩，但是现在，唉，完全烟消云散了。那个世界里有那么多她所想望的东西——爱情、浪漫、娱乐、欢笑。他是那样的快活逍遥，那样的任性，那样年轻浪漫，那样爱玩爱变化，什么都爱说，什么都爱干。亚瑟会快快活活地跳舞，吹口哨，随随便便地唱歌，游戏。他会玩纸牌，变戏法。他有那么一副优越的神气，那么愉快活泼，其中有一种天生的礼貌，可是他又显然不能容忍迟钝和笨拙或者任何枯燥无味的东西。这些也正是××的特点，可是她的思绪立刻从他那里跑开了。她除了亚瑟谁也不愿意想。

这会儿她坐在自己的小卧室里，在白求恩街她家的楼下客厅的隔壁，向外观看着恺赛家的院子，和那旁边的——白求恩街上没有篱笆——保洛德家、贝克家、克瑞德家，还有别家的“院子”或草地。她想到这一切在他看来一定都多么单调无聊，像他那样的具有想象力和经验，那种对变化和欢乐的喜爱，那种比她所熟悉的要好得多的环境。也许她的容貌和性情都不足以克服她工作中或家庭里的这种——什么东西——单调无聊，很可能也就是这个把他赶跑了。因为，尽管到目前为止已经有许多人爱慕她，尽管她又年轻又漂亮，并且不断地听到人家暗示说她的美貌搅乱着某些人的心，他反正没有爱上她——他走掉了。

而现在，当她沉思的时候，这幅景象，以及它所代表的一切——她的父母、她的工作、她在她工作的那个药房和这条街上这所房子之间每天的穿梭往返——好像象征着她的生命，以及她命中注定了永远要忍受的一切。有些女孩子幸运得多。她们穿好衣服，住好房子，生活在一个有乐趣有好机会的世界里。她们不需要俭省，积蓄，靠工作谋生，然而她却一直不得不这样做：可是以前——在他未来以前——从来没有抱怨过。白求恩街的那些俗气的前院和房屋几乎都是一样的；这所房子也和其他的一式一样，每间屋子和凉台都和其他的一样；她的父母其实也和其他的一样。以前，这一切好像都还不错，实在挺美满的。但是现在啊，现在！

她的母亲，一个瘦削、苍白、但是慈祥的女人，待在厨房里，削土豆啦，洗生菜啦，往油锅里放进一小块牛排啦、排骨啦、牛肝啦，一天又一天，从早到晚，一月又一月，一年又一年。隔壁是恺赛太太，做着同样的事。还有她家隔壁的克瑞德太太。还有她家隔壁的保洛德太太。可是以前她并没觉得这种生活太坏。但是现在啊——现在——哦！沿着整条街所有的凉台或草地上都是人家的丈夫和父亲，多半是中年人或是像她父亲一样的老年人，有的还没吃晚饭在读报或剪草,有的吃完了饭在吸烟和沉思。她父亲这会儿正在大门口,他是一个躬腰的、宽容的、爱沉思的人。他难得有什么话说——凡事都交给他妻子,她的母亲,可是以他那种平淡沉静的方式爱着她。他的职业是制模工人,经过多年的辛苦和积蓄,在她母亲的帮助下,他才买下了这所普普通通的小房子。他们没有什么一定的宗教信仰,就像他常常说的那样,认为相当好的人品足够作升天堂的保证,可是他们偶尔也去尼古拉斯街的美以美会礼拜堂。她自己一度还加入了那个教会。但是近来她没有去过,她的世界里其他世俗的乐趣把她牵引开了。

然后,在那些她现在觉得单调无聊的事物当中,他来了——亚瑟·伯理斯托——年轻、活泼、相貌好、有野心、爱梦想,随即,在她还不明白到底是怎么回事的时候,一切都变了。他出现得那样快——仿佛是从天上掉下来的。

在他以前是巴敦·维廉斯,胖胖的、不活泼、性情好、心肠好。他那时正在,或者不如说在亚瑟来以前曾经,要求她和他结婚,她也让他一半相信她愿意。她对他的感情是淡薄的,虽说她自以为是温柔的。她认为,按照她的邻里的逻辑,他是那种可以给她作一个好丈夫的男人,而且直到亚瑟露面以前,她确实打算和他结婚。照她现在的看法,那不是真正的爱情的结合,可是她当时却以为是,那或许和真正的爱情的结合就是一回事。但是,她现在回想起来,亚瑟一来,她的眼睛可睁开啦!仿佛是一眨眼的工夫,出现了一个新的天和新的地。亚瑟来到了,同时带来了一种截然不同的感觉。

梅勃·戈甫请她到她家——在邻近的郊区卫斯雷——去过感恩节。她没想到会发生什么事情,同时因为巴敦忙着搞大东铁路调车室的一部分工作而不能见她,她就去了。接着,使她感到惊讶和奇异的、几乎说不出的快乐的是,她一看到他,他就在那儿——亚瑟,细细的、笔挺的身材,黑黑的头发和眼睛,清秀的容貌,和硬币上的人像一样的清爽可爱。当他看着她,微笑着讲起一些他遇到过的滑稽的事情的时候,好像有什么东西迷住了她。晚饭后他们都到爱悌丝·伯林泽家去跳舞。她跟他跳舞的时候,不知怎么搞的,他也并没有怎么放肆,仿佛就占有了她,把她抱得紧紧的,对她说她的眼睛和头发生得真好看,小下巴圆得真可爱,又说他觉得她跳舞跳得真美,她真甜。她高兴得几乎要晕过去了。

"你喜欢我吗?"他在跳舞时有一次这样问她,她便不由自主地抬起头来直盯着他的眼睛,从那一刻起她几乎要为他发疯了,除了他的头发、他的眼睛、他的笑容、他的优美的身材,她什么都不能想了。

尽管她下了决心不让任何人知道,梅勃却什么都看见了。后来她们回到梅勃家，上床睡觉的时候，她轻轻地说；

“啊，秀蕾，我看见了。你喜欢亚瑟，是不是？”

“我觉得他挺好的，”秀蕾想起她是这么回答的，因为梅勃知道她和巴敦的关系，加上梅勃也喜欢他，“可是我并不为他发疯。”为了这么一句瞎话，她几乎整整一夜都在梦中叹气。

第二天，亚瑟照着自己提出的请求和约定，又到梅勃家来，请她和梅勃一起去附近的一家电影院，从那儿他们又上了一家冰激凌店。一路上，只要梅勃不注意，他就捏捏她的胳膊和手，亲亲她的脖子，她屏住了气，连她的心好像也不跳了。

“你总肯让我到你们家来找你吧，肯不肯？”他低声地问。

她回答说，“星期三晚上，”随即在一张小纸条上写下了住址，递给他。

但是现在这一切都完了，都完了。

这所房子，现在看上去是这样的沉闷——他第一趟来的那个夜晚是多么的浪漫啊——摆着普通的家具的正屋，后来在春天里挂着刚吐芽的蔓藤的凉台，和那五月的月亮。哦！五月的月亮，还有六月和七月的，当他在这儿的时候！为了把晚上的时间留给亚瑟，她向巴敦扯了不知多少谎。为了使他不会碰到巴敦，她偶尔也向亚瑟扯过谎。她甚至没对亚瑟提起过巴敦，因为——因为——噢，因为亚瑟好得太多了，而且（现在她向自己承认了）就算亚瑟喜欢她，她也没把握他会永远喜欢她，还有——噢，还有，非常坦白地讲吧，巴敦也可能够好的。她并没有因为认识了亚瑟而就恨起巴敦来——一点也没有。她依旧相当喜欢他——他那样的和善和忠心，那样平淡无味，老老实实，对她那么体贴，亚瑟绝不是这样的。亚瑟出现以前，她记得很清楚，巴敦好像是满好的——事实上，作为一个愉快的朋友，她完全称心如意，来接她啦，带她到各处去玩啦，送她鲜花和糖果啦，这些是亚瑟难得做的；单单为了这一点，不提别的，她也不得不继续喜欢他，可怜他，而且，像她以前对自己承认的，要是亚瑟丢下她的话——他的父母不是比她自己的父母宽裕吗——像他这样一个人他的工作不是挺好吗——每月一百五十元而且以后一定还要多？在认识亚瑟以前不久，她觉得这样挺不错，至少够两个人生活的，因此她有时候也想要试一试——但是现在啊——现在——

他第一回来的那个夜晚——她记得多清楚啊——她现在待在里面的这间屋隔壁的客厅怎样改变了面貌，洋溢着一种以前从没有过的东西，挂着没叶子的枯藤的凉台也是一样，甚至这条街——单调的、俗气的白求恩街——也是一样。那天下午，她在店里工作的时候，外面落了一阵雪，地面都变白了。当她走过邻居人家的时候,窗帘和放下来的帘子底下都透出了灯光,家家户户都显得远比往常可爱得多、幸福得多、动人得多。她急忙跑进了自己的家,捻开客厅里的红灯罩的大灯,她唯一的艺术宝贝(她是这样想的),把它靠钢琴放着,放在琴和窗户的中间,又把椅子摆摆好,随后就赶忙去做尽力把自己打扮得可爱的那件工作。为了他,她拿出了她的最好的一件薄薄的便服,把头发梳成了她认为最好看的式样——这是他过去没见过的——在面颊和鼻子上搽了粉,学店里一些女孩儿们那样画黑了眼毛,穿上她的新的灰缎子便鞋。她这样打扮好了以后,紧张地等着他,什么都吃不下,心里除了他什么都不能想。

最后,她刚想他也许不来了吧,就在这时候他来了,带着那种调皮的微笑说:"喂!你原来住在这儿?我刚才拿不准。哎呀,你比我所想象的还要漂亮得多,可不是?"接着,在门口的小过道里,在关着的门的背后,他抱住了她,在她嘴上吻了十来下,她假装着推开他,挣脱他,说她父母会听见的。

哦,随后,那间屋子,有他在里面,在红色的灯光下,他的白皙漂亮的脸显得更漂亮,她以为!他让她挨着他坐着,拉着她的手,跟她谈他的工作和他的梦想——一切他指望将来要做的——接着她发觉自己也正热烈地希望着过那样的生活——他的生活——做任何他所希望做的事;不过,她心里有点苦恼,她一直都在纳闷,他是否希望她那样做呢——他那么年轻、爱梦想、有野心,比她自己年轻得多,也比她爱梦想,虽然事实上他比她大好几岁。

随后就是从十二月到今年九月的那一段美满的时光。这期间凡是在恋爱中值得发生的事都发生了。哦,春天里那些美好的日子,花木刚刚发芽吐叶的时节,有一个星期天他带她到阿索贝去,所有的大森林都在那儿。他们在草地上找春天的野花,坐在斜坡上看下面的河水,望着一群男孩子准备好一只帆船坐着出发了,正像她希望和亚瑟也能做到的——一起到一个地方去——远远地、远远地离开一切平凡的事物和生活。然后,他轻轻搂住了她,吻她的面颊和脖子,拧她的耳朵,摸她的头发——哦,在那片草地上,她周围是春天的花儿,上面是小绿叶的华盖,爱情的美满到了极点——那么美好的爱情,她现在只要一想起来就止不住泪水!后来是那些日子,那些星期六下午和星期日,在阿索贝和麻雀岬(大沙滩在那儿),在美丽的特雷戈公园,离她家一二哩路,他们可以在晚上到那儿去,在舞亭里或者附近坐坐,吃点冰激凌,跳跳舞,或者看人家跳舞。哦 ,星星,微风,那些日子里夏天的气息!唉!唉!

自然,她的父母从一开头就为她跟亚瑟和她跟巴敦之间的关系纳闷,因为巴敦早已认为她是属于他的了，而她也好像喜欢他。可是她是他们宠爱的独养女，她也一向利用这一点，因此他们不能设想对她说什么。她究竟是又年轻又漂亮，有权利改变主意；可是，可是——在巴敦那方面她不得不经常扯谎搪塞，因为亚瑟很任性，他挑了哪一晚就得要哪一晚——到店里接她，留她在城里吃晚饭，看电影。

亚瑟从来不像巴敦那样——害羞、呆板、听话、长久而耐心地等待着每一点小小的情意，相反的，他是任性而热切的，硬要她和他接吻拥抱以及享受爱情的种种乐趣，逗她玩就像猫儿捉弄老鼠那样。她一见他就身不由主。他要她把她的时间和感情给他，不允许有任何障碍。他也并不是自私或残忍，像有些人那样，而是有时候太轻率和冒失，那是不自觉的，然而有时候又多情和温存——几乎总是如此。但是他每谈到将来的事情，仿佛并没有她在内——这使她非常不安——谈到他可能去的地方，他可能做的事，不知为什么，他似乎以为或者假定她不可能也不愿意和他一起做那些事。他总认为他有一天要去澳洲经商，或者去非洲，或者可能去印度。他心里好像从来没有什么固定的，明确的前途。

在这种时候，她有一种束手无策、大难临头，陷入了困境的可怕的感觉。这种困境不是她所能控制的，而且会把她拖到一个悲惨的结局。她觉得，亚瑟虽然明明爱上了她，也显然很喜欢她，却不一定会永远爱她。于是她开始怯生生地(后来一直也都是这样)问他一些逗人爱的、探口气的、关于他自己和她的问题：他们将来是否一定在一起啦，他是否真要她——爱她啦——他想不想和别人结婚还是就和她结婚啦，以及她穿戴着珍珠色的缎子结婚礼服、乳白色的长面纱和缎子鞋，抱着新娘的鲜花好看不好看啦。为了那个目的，她在他未来以前，由于和巴敦的关系，早就在慢慢地、稳步地存钱；不过他来了以后，这件事的意义在她心里都转移到他身上了。但是这时候她也悲哀地问起自己，“究竟会不会实现呢？”他那样飘飘然，那样无所谓，随口答应：“是啊，是啊，”和“当然，当然！对了！是的，真是哩；一定！哎，小乖乖，你那样该多漂亮啊！”然而，不知为什么，这一切一直仿佛只是一段美好的插曲，不会持久的。亚瑟太花哨，太不踏实，太心浮气躁。他那些到各个城市去旅行和居住，最后在纽约或旧金山落户的主意——从来没她在内，除非她问他——都是太不好的兆头；虽然他总是嘻嘻哈哈地叫她放心：“当然！当然！”然而不知为什么她从来不能真正相信他的话，因此她有时十分伤心，异常苦闷。她老想哭，可是又说不出为了什么。

以后，由于她对他痴情，她终于和巴敦吵了架，或者说差不多吵了架吧，要是可以说有人真和他吵过架的话。那是因为几个星期以前的一个星期四晚上,她和他失了约。她知道亚瑟星期三要来,同时因为巴敦到店里来看她,她一时大方,便说他可以来找她,可是事后又懊悔,因为她对亚瑟迷恋得厉害。等到星期三,亚瑟又变了主意,告诉她改在星期五来,可是星期四傍晚他到店里来了,约她到麻雀岬去,结果使她没有时间去通知巴敦。他到她家去了,和她的父母一直待到十点半。过了几天,虽然她给他写了信道歉,他到店里来找她略微抱怨两句。

"你觉得你做得很对吗,秀蕾?你难道不能给我送个信儿吗?他是谁?—— 你不肯对我讲的新朋友?"

秀蕾立刻就火了。

"就算有人又该怎么样?跟你有什么关系?我还不属于你哩,是不是?我告诉你了,没有什么人,我希望你别再跟我啰唆。上星期四我没有办法——没别的——我不愿意你找我的麻烦——没别的。你不爱来不许不来吗,随你便。"

"别那么说,秀蕾,"巴敦恳求说,"你不是认真吧。可是,你要不愿意再理我,我就不来麻烦你了。"

因为秀蕾绷着脸生气,他不知道怎么办,就走了。从此她就没见过他。

她这样和巴敦闹翻了以后,便避免到他工作的火车站去。过了不久,亚瑟在约定的时间没有来,直到第二天才送来信儿,说他为了公司的事星期日出门了,没来得及通知她,可是星期二他一准来。这是一个可怕的打击。当时秀蕾就预料到以后要发生的事情。在那一会儿,整个世界仿佛突然变化成了灰烬,除了一片烧得焦黑的灰烬以外什么也没有——她觉得整个生命都是那样。然而那时候她就已经明白,这不过是这种日子和这种托辞的开端,并且不久,不久,他就会不来了。他已经开始对她厌倦,过不久就会连托辞也不找了。她意识到这点,吓得不寒而栗。

紧接着,她所害怕的冷淡果真来了——简直仿佛是她自己的思想造成的。最初,有一个星期三晚上,他一定得到哪儿去开会,那正是他预定来接她的时间。以后他又得在星期日出门。以后他又要出外整整一星期——他说非去不可,他的商业上的责任正在增加——过去有一次他随便地说过,他决不会让任何东西妨碍她的地位——永远不会。她并没想拿这话来责难他;她太要强了。要是他要走的话,那他就走得啦。她不愿意将来对自己说,她曾经想法拉住任何男人。但是,这种思想照样使她非常痛苦。他和她在一起的时候,他好像是够温存的;只是他时常东张西望,好像是有些腻味。他对别的女孩子，特别是那些漂亮的，似乎和对她一样的感到兴趣。

后来他接连一两个星期一趟也不来，那些漫长的日子的痛苦啊！在店里和在家里的等待、寻思、怀疑——在店里，她因为心里放不下他而时常犯错误，被人家提醒；晚上在她自己家里，那么心不在焉，弄得她的父母也嘀咕两句。她深知她的父母一定看出亚瑟不再来了，或者不像从前那样常来了——因为有时候她假装是和他出去，其实是到梅勃家去——同时巴敦也把她扔了，他是被她的冷淡赶跑的，也许从此不来了，除非她主动地去找他。

就在那时候她想出了这个主意：重新和巴敦来往来保全她自己的面子；说得露骨一点，就是利用他和他的痴情、他的忠实、他的愚钝，来掩盖她自己的尴尬的处境。不过这条计策要等她给亚瑟写了这一封信以后才去试行——这一封信不过是想看看是否还有一线希望的托辞，要用相当温柔的口气写，要他退还她写给他的那几封信。现在她将近一个月没见他了，最后一次见面时，他说过他可能不久就得离开她一些时候——到匹兹堡去工作。她现在拿在手里的就是他的回信——从匹兹堡来的！太可怕了！没有他在内的未来！

但是巴敦永远不会知道真正发生了什么事情，要是她回心转意的话。尽管她和亚瑟在一起消磨过那么多美妙的时光，她有把握还可以把他叫回来。她并没有真的完全把他给甩了，这个他也知道。他有时使她非常厌烦过，在她不上班而亚瑟又没来的日子来找她，带着鲜花、糖果或两样都带，坐在凉台的台阶上，谈谈铁路上的事情和他们的一些老朋友的下落和工作。她有时觉得可耻，看着像巴敦这样有耐性、抱着希望、好脾气的人受她这样的欺骗，而她却为了另外一个人弄得失魂落魄。她在这种时候觉得，她的父母一定看得出，一定明白，可是她又有什么别的办法呢？

"我是一个坏女孩，"她翻来覆去地对自己说，"我太不对了。我有什么权利把剩下的东西拿给巴敦呢？"尽管这样，她仍然觉得，只要她愿意对巴敦表示好感，只要是她，哪怕是别人剩下的，他一定也会感激不尽的；甚至到如今，只要她屑于弯一弯手指，她就可以把他弄到手。他那样的单纯，脾气那样好，那样迟钝和老实，和亚瑟迥然不同(她想到这儿脸上不由得不露出笑容)，她现在爱亚瑟就像巴敦过去爱她那样——奴隶般的，没希望的。

后来，日子一天天地过去了，亚瑟再也没有写信来——只有这短短的一封——起初她是伤心透顶，以后绝望得麻木了，她便打算(从某一个观点来说是相当勇敢的)来适应这个新的局面。她何必绝望呢？何必痛苦而死呢，既然有很多人——尤其是巴敦——会仍然爱慕她？她年青、漂亮，漂亮得很——许多人这样告诉她。只要她愿意,她大可以装出活泼愉快的样子。她为什么要忍受着这种负心的行为而一点不想报复呢?她为什么不去过一种无情无义的风流生活,同时跟十来个人谈情说爱——跳跳舞,胡闹一通,把亚瑟忘个一干二净呢?招引她的人多得很。有许多天,她站在药房的柜台旁边左思右想,但是一想到该从哪一个下手,她又畏缩了。在她最近这次恋爱以后,一切都太没劲了,至少在目前是这样。

然后——然后——总有巴敦啊,那个谦卑的、忠实的人。她过去对他那样无情,她利用过他,可是她现在确实仍然喜欢他。为了他的缘故,她不知暗暗责备过自己多少回了。他一定知道,一定看出了她这一阵待他多么坏,然而他还是一趟又一趟地来,直到她真的和他吵了架,而任何人都可以看出那种情形是简直没有希望的。她不由得不记起,尤其在现在的痛苦之中,他是非常爱她的。他现在根本不来找她了——她终于以她的冷淡把他赶跑了——但是只要一句话,一句——。她又等了好多天,好几个星期,还存在着万一的希望,然后——

大东铁路车站里巴敦的上司的办公室一直使她向他献殷勤成为很方便的事,因为她常常就从这个车站进出。他在一楼的副调车员办公室里,她乘郊区火车(有时比电车快)来来往往经过那儿,只要张望一下就可以看见他;不过她小心翼翼地躲开他快一年了。要是她现在愿意到那隔壁的电报处窗口(那是他的办公室的一部分)要一张电报纸,并像过去那样地抬高了嗓音,他即便没看见她,也绝不可能听不到她的声音。只要他听见,他就会站起身走过来——她有这个把握,因为他一见她就身不由主。用这个办法或是在外面溜达来引起他的注意,这是她旧日的一条小计。盘算了一个月以后,她觉得非行动不可——处于一个被甩的女孩的地位是太难受了。她实在再也不能忍受了——她母亲的眼色就够受的。

一天傍晚六点一刻,她从她工作的店里出来,郁郁不乐地往家走。她的心情是沉重的,她的脸色苍白无神。她出来以前到店里的休息室去了一趟,搽上一点粉和胭脂,梳一梳头发,来尽量增加她的妩媚。她不用费很大的事就可以重新迷住她旧日的爱人,她觉得有把握——然而也可能不是太容易的事吧。万一他已经找到了另外一个人呢?但是她不相信有那样的事。从他最后一次想见她到现在时间不能算长,而且他实在是非常、非常喜欢她,又非常忠心。他挑选起来是又慢又稳的——他当初对她就是那样。然而,又有谁知道呢?她怀着这种念头在黄昏中向前走,第一次感觉到欺骗所带来的羞耻和痛苦,以及那些穷途潦倒、俯首乞怜的人们所感到的被迫放弃一个理想的苦恼，和走投无路的心情。亚瑟是造成这种痛苦的原因。

她到车站的时候，在这个钟点往往塞满车站的人群正在挤来挤去。那么多像她和亚瑟一样的一对对青年男女有说有笑地匆忙走过，至少她觉得是那样的。她先在磅秤上的小镜子里照了照，看看自己是否还跟过去一样的媚人，然后若有所思地在车站外面的小花摊前面站住，花几分钱买了一小把紫罗兰。随后她就进去了，站在那窗口附近，偷偷地巴着头看他在不在那儿。他在。她看见他坐在一张桌子旁边，低着头工作，眼睛上面戴着护眼罩，那一副呆板的，一团和气的样子。她倒退了几步，盘算了一下，终于走上前去，用清晰的声音问："请你给我一张电报纸，可以吗？"

被甩的巴敦怀着满心痴情，一听见她的声音立刻就站了起来。他不灵活地站了起来，两眼洋溢着友情和希望，脸上堆着笑容，走了过来。一看到她苍白的可是漂亮的脸孔——实在比以前他所看到过的还要苍白，还要漂亮——他心里暗暗地激动。

"你好吗，秀蕾？"他快走到跟前时亲热地问道，同时两眼充满希望打量着她的脸。他这么久没看见她了，他非常想念她，她那苍白的美貌比往日更使他动心。她为什么不肯要他呢？他这样问自己。他的持久的爱情为什么还打不动她的心呢？也许还可以吧。"我好像有好多个星期没看见你了。家里人都好吗？"

"他们都好，巴，"她调皮地笑了一笑，"我也很好。你怎么样？我好久没看见你了。我心里一直惦着，不知道你怎么样。你一向好吗？我只是要打个电报。"

当他走过来的时候，秀蕾起初假装没看见他，过了一会儿又故作吃惊，虽然她实际上硬忍住一口长气。在亚瑟以后又看到他那副样子，使她觉得不称心。她真能再对他发生兴趣吗？她能吗？

"当然，当然，"他亲切地回答，"我永远是很好的。谁也要不了我的命，你知道。你不是要出门吧，秀蕾？"他关心地问道。

"不，我只要给梅勃打电报。她答应明天和我见面，我要她一准来。"

"你现在不像以前那样时常经过这儿，秀蕾，"他温柔地埋怨说。"至少，我好像不常见你，"他又笑着说。"不是我得罪了你吧，是不是？"他问道，她急忙否认了。他又接着说："怎么回事啊，秀？你没生病吧？"

她装出旧日那种快活自在的样子，心里却觉得想大哭一场似的。

"哦，没有，"她回答说，"我一直很好。我这些日子都走那个大门，或者坐兰顿路的电车来回。"（这是真的，因为她一直想躲避他。）"我大多数晚上都太匆忙,没时间停留,巴。你知道店里时常让我们待到多晚。”

他也记得,从前她时不常地挤出时间来逗留一下或和他碰头。

“是的,我知道,”他机灵地说,“可是我们的老牌局你近来也都没去,是不是?至少我没见着你。我去过两三次,以为你也许会在场。”

这是亚瑟做下的另一件事——打消了她对店里和邻居的这些集会以及她一度参加的小乐队的兴趣。过去这一切都好像非常的愉快有趣——但是现在啊——那时候,只要巴敦的工作不忙,他总是陪着她去参加。

“没有,”她含糊其词地回答,可是装出一副回味快乐的往事的神气;“可是我时常想起那些牌局多好玩儿。丢下不去真是太不像话啦。你最近没看见哈瑞·斯特尔或者特瑞娜·塔斯克吧,有没有?”她问,并不是有什么兴趣,而是在找话说。

他摇摇头表示没有,随即又说:

“对了,我倒也见过哩;就是前几天在这儿的候车室里。他们是到城里来看戏的,我想。”

他回想起这是他们俩旧日的习惯,以及他们唯一的一次吵架是为了什么,脸上便微微露出了失望的神情。秀蕾看出来了。她觉得有一点为他难过,但却更加为她自己难过,这样凄凉地回到这一切来。

“你和以前一样漂亮啊,秀蕾,”他接着说,同时注意到她并没写电报,而她的目光里有一点怅惘的表情,“更漂亮了,我觉得。”她听了黯然地一笑。她所容忍他说的每一句话,对他都是字字黄金,对她却像死灰一样。“你愿意不愿意在本星期的哪天晚上进城来看《捕鼠机》?我们不知道有多久没一起去看戏了。”他的眼睛满怀着希望,乞求地望着她的眼睛。

原来如此——她可以重新得到他——不幸的正是这一点!得到她实在并不想要,并不喜爱的人!现在只要她微微一点头,他就会来,而正是这种痴情使得一切都几乎毫无价值,而且如此可悲。她这样开了端,现在应该一准和他结婚了,并且只要她愿意,一个月之内就能结婚,但是,哦,哦——她能够吗?这一会她决定了她不能够,不愿意。只要他嫌恶她就好了——叫她走开——不理她——但是不然;她命中注定了要被他以这种动人的、哀求的方式来爱,而她不能如她自己所希望的那样爱他——和被爱。显然,他需要一个像她这样的人;而她呢,她——。她心里觉得有点烦,声调里流露出一种认为在这个时候寻欢作乐太不得体的感觉,她大声说:

“不,不!”接着看到他的脸色变了,显得非常悲哀,“我是说,不要在这个星期。”(“不要这么快,”她几乎说。)“这星期我有好几个约会,并且我这一阵身体不大好。但是”——看到他的脸色变了，同时又想起她自己的处境——“你不如哪天晚上到我家来吧，我们下回再去看戏。”

他的脸上放出了异样的光彩。他多么渴望和她在一起，她的一点点好感又多么安慰和鼓舞他，这真是使人惊讶。可是，她现在也可以看出，这对她是多么没意思，会永远没意思，尽管对于他这是天堂的福乐。旧日的关系要恢复就得全部恢复，爽爽快快的，但是，她既然又还为那件事觉得这样伤心，她是不是愿意这样做呢？当她盘算着的时候，这些复杂的思绪在她心里来回奔驰着。巴敦好像看出来了，他现在突然想到或许他追她追得不够吧——太容易就给推脱了。她或许还喜欢他哩。今天晚上，她这趟来看他，好像证实了这一点。

“一定，一定，”他同意地说，“我愿意这样。我星期日出来，要是你愿意的话。我们随便什么时候去看戏都行。我很难受，秀蕾，听到你身体不大好。这些天我常常想起你。我星期三就来看你吧，好不好？”

她没精打采地笑了一笑。这比她预料的容易得太多了——她的胜利——因此也太像死灰一样，充满了“死海果”和失败的滋味，实在悲惨得很。在亚瑟以后，她怎么能够呢？真的，他又怎么能够呢？

“星期天吧，”她恳求地说，定了最远的一天，随后就急忙走了出去。

她那忠实的爱人目送她的背影的时候，她感到一阵强烈的恶心。试想——试想——竟然会弄到这个地步！她没有用那张电报纸，这会儿也早忘了那回事了。使她丧气的不是她所要的简单的手腕，而是她自己的前途——它找不到比这个更好的路，显然跳不出这个圈子，再不，就是她没勇气使它跳出这个圈子，为什么她不能对一个和巴敦不同的人发生兴趣呢？为什么她非得回到他那儿去呢？为什么不等一等，再认识别人——像先前一样的不理他呢？但是不，不；现在什么事——什么人都没关系了，其实与其是别的什么人还不如是巴敦，她至少会使他幸福，同时又可以解决她自己的问题。她走到外面的停车场，爬上了火车。一阵照例的挤挤撞撞过去以后，火车慢慢地向她家所在的那个郊区拉唐尼亚开出去。她坐在车上一路思索着。

“我刚才做了什么？我现在正在做什么？”她反复地问自己，同时咯达咯达的轮子沿着铁轨有节奏地向前飞驰，这座褐色的、沉闷的、没尽头的城市的房屋延绵不绝地奔驰过去。“把我自己和过去——幸福的过去——一刀两断，因为一旦我结婚以后，万一亚瑟回来又要我的话——万一，万一！”

下面有一处，在一个小棚子底下，几个卖水果蔬菜的正在打发当天卖剩下的货色——多么沉闷无聊的生活，她想。这里是罗吉斯路了，街上有这一路的红色电车、许多货车和卡车、川流不息的小汽车——她早早晚晚像穿梭似的从这里经过不知多少趟了,以后还得再走多少趟啊,除非她结婚!这儿是大河,河水在布满煤库与码头的两岸中间平静地流着——流向她和亚瑟一起尽情观赏过的大海。啊,要是能坐一只小船漂流到远方,到那一望无边、动荡不定、渺无人迹的大海!不知为什么,今天晚上,天天晚上,只要一看见这片河水,她就想起那些在麻雀岬和亚瑟一起在露天度过的夜晚、爱克特舞亭里的那一长排跳舞的人、阿索贝的森林、舞亭里有人跳舞的那个公园——她硬忍住了眼泪。有一次,正是像今天这样的一个晚上,亚瑟和她一起坐车经过这儿,捏着她的手,说她多么可爱。哦,亚瑟,亚瑟!而现在巴敦却要重新回到他的老地位——无疑是永远的。她不能再这样愚蠢地拿自己的或他的一生开玩笑了。有什么用呢?但是想想看!

是的,一定得这样——永远这样了,她告诉自己。她一定得结婚。时光会偷偷地溜过去,一转眼她就会太老了。这是她唯一的前途——结婚。这实在是她一向期望的唯一的前途——家庭、孩子、一个(像亚瑟那样)为她所爱的男人的爱情。哦,对于她那会是一个多么幸福的家庭啊!但是如今,如今啊——

可是现在也决不能回头了。没有别的路。万一亚瑟回来的话——但是放心吧,他不会的!她冒了多大的险却失败了——失去了他。她追求真正爱情的小小冒险完全失败了。亚瑟来以前一切都是满好的。巴敦,肥胖、单纯、坦白、直率,似乎给了她一个挺好的前途——她现在几乎不能理解是怎么回事了。她知道他有足够的钱可以为他们俩盖所小房子,他这样告诉过她。他永远会尽最大的努力去使她快乐,这点她是有把握的。他们可以过和她父母现在所过的差不多的生活——也许可以好一点,可也好不了多少——也绝不会受穷。无疑问的他们准会有孩子,因为他渴望孩子——好几个——那会占去她的时间,许多年的时间——伤心的、灰色的岁月!可是亚瑟——她会心甘情愿为他生孩子的——就从此完了,只是一场梦了——想想这一点!而迟钝的、平庸的巴敦却会实现了他的最美丽的梦想——为什么呢?

因为她追求爱情失败了——这就是为什么——而她这一生从此再也不会有真正的爱情。她绝不会像爱亚瑟一样的爱任何人。那是不可能的,她很清楚。他太迷人,太可爱了。无论她在什么地方,无论她和谁结婚,他永远会回来的,夹在她和任何可能的爱人中间,接受任何可能的亲吻。她所爱的所吻的将会是亚瑟。她用一条小手绢轻轻地擦擦眼睛,转过头去,脸靠着窗户往外看。不久,拉唐尼亚的近郊在望的时候,她又寻思起来(恋情真迷人):要是亚瑟有一天——或者就是这一会儿——回来的话就不知怎样了！要是现在他正在这里的车站，碰巧或是特地来的，来迎接她，来安慰她那疲惫的心灵。他以前在这儿接过她。她会怎样向他飞奔过去，把头倚在他的肩上，永远把巴敦丢到九霄云外，忘掉他们俩曾经有过片刻的分离。噢，亚瑟，亚瑟！

可是，不，不！这儿是拉唐尼亚了——这儿是火车上空的高架桥、长长的商业大街、向那大都市开回去的那些写着"中心路"、"兰敦路"的电车。隔着几条街，在树木成荫的白求恩街上——比往常显得更单调，更无味——是她父母的小房子，以及她觉得现在比过去更牢牢地捆在她身上的那种生活的俗套——那些一式一样的剪草机、草地、凉台。以后该是巴敦上班下班，像她父亲和她自己现在上下班一样，她给巴敦管家、做饭、洗衣服、熨衣服、缝衣服，像她母亲现在给她父亲和她自己做这些事一样。她不会像她自己所希望的那样真正的爱什么人人。噢，真可怕！她永远摆脱不了这一套，尽管她真受不了，几乎再忍受一小时也做不到了。但是她一定得，一定得，为了——为了——她闭上了眼睛去幻想。

她在树下沿着街走，经过了那些和她自己家一样的房屋和草地，然后看见她父亲正在凉台上看晚报。她一看到就叹了一口气。

"回来了，孩子？"他高兴地喊道。

"嗯。"

"你妈正不知道你晚饭想吃牛排还是牛肝哩。顶好告诉她一声。"

"哦，什么都行。"

她急急忙忙地跑进了自己的卧室，把帽子和手套一扔，一声不响地躺到床上休息，灵魂里发出痛苦的呻吟。竟然会弄到这步田地！——永远不再见他！——只看见巴敦，和他结婚，住在这样一条街上，生四五个孩子，忘掉她年青时候所有的朋友——都是为了在父母面前保全她的脸面，为了挽救她的前途。为什么非得是这样呢？真的应该这样吗？她哽咽得透不过气来。她母亲已经听见她回来，过了一会儿就来到她屋里——她是个消瘦、踏实、慈爱、保守的人。

"你怎么啦，孩子？今晚你觉得不舒服吗？你是头痛吗？让我摸摸看。"

她的细瘦冰冷的手指在她的两鬓和头发上摸来摸去。她说顶好马上吃点东西或头痛粉。

"我没事儿，妈妈。我就是这会儿有点儿不舒服。不要麻烦。我一会儿就起来。请您别麻烦。"

"今天晚上你想吃牛排呢还是吃牛肝，亲爱的？"

“噢,什么都行——什么都不要——请您不要麻烦——就吃牛排得了——什么都行,”——只要她能把她支使开,让自己安静一下就好了!

她母亲看着她,同情地摇摇头,随即一声不响地走了出去,没再说什么。她这样躺着,想了又想——关于过去的美好、未来的黑暗的种种令人心碎的思绪——直想到再也受不了的时候,她爬了起来,心乱如麻,看着窗外的院子和隔壁的房子,目不转睛地凝视着她的未来。她应该怎么办?她究竟应该怎么办?那儿是恺赛太太正在厨房里和每天一样地做晚饭,和她自己的母亲一样,还有恺赛先生,穿着衬衣在凉台上看晚报。再过去是波拉德先生,正在院子里剪草。整个白求恩街都是这样的房子,这样的人——全是简单平凡的人——职员啦、管账的啦、相当得发的技术工人啦、像她父亲和巴敦一样,虽然也都是挺好的人,可是不像亚瑟,亲爱的、失去的亚瑟—— 而她呢,被迫或由于必要而作的决定,不久也要成为他们当中的一个,无疑的也要住在一条这样的街道上,永生——。这一会儿,这种思想使她哽咽得透不过气来。

她下了决心一定不这样做。不,不,不!一定还有别的路——好多条路。她不必这样做,除非她真心愿意——一定不——可是——。然后她走到镜子前面,照照脸,理理头发。

“但是有什么用呢?”她过了一会儿疲惫地、死了心地问自己,“我为什么要哭呢!我为什么不和巴敦结婚呢?我反正也算不了什么。亚瑟不要我。我想要他,而我却不得不接受另外一个人——再不就谁也不要——是谁其实又有什么区别呢?我太痴心妄想了。就是这么回事儿。我要亚瑟,他却不要我。我不要巴敦,他却拜倒在我脚下。我是一个失败的人,我的问题就在这儿。”

然后她卷起袖子,摘下胸前一条太显眼的三角形肩巾,走进厨房,一面四下张望着找围裙,一面说:

“我可以帮忙吗?桌布在哪儿?”随后,在隔壁房间一个抽屉里的餐巾和银器中间找到了桌布,她就摆起桌子来。

(成立,屈毓秀.外国短篇小说选[M].太原:山西人民出版社,1979.略有改动。)

思考练习

1.简述作品的主题思想。

2.简述作品的艺术特色。

第五节　《变节者》

作者简介

杰克·伦敦(1876—1916),美国优秀的批判现实主义作家,出身于一个破产的农民家庭。他很早就到工厂做工,亲身体验到童工的痛苦生活,后来又当过水手。他曾随着失业工人流浪各地,走遍美国,熟悉了社会最底层的生活。1897 年,当成千上万的人染上"黄金热",奔向黄金盛产地克朗戴克河时,杰克·伦敦也动身到遥远的北方去了。但他并不是为了寻求黄金,而是想了解那些淘金者充满危险和吸引人的生活。北极地区壮丽的自然景色,淘金工人的性格、习惯、与大自然的斗争,留给他深刻的印象,成为他创作的丰富题材。

杰克·伦敦一生写了近五十部作品,其中重要的有《白色的寂寥》(1900)、《海狼》(1904)、《铁蹄》(1907)、《马丁·伊登》(1909)等。他遵循现实主义的创作道路,真实地揭露了美国社会中尖锐的矛盾。资产阶级虚伪的民主,帝国主义的疯狂侵略掠夺,社会的黑暗不平,这一切都在杰克·伦敦的作品中得到了反映。他还怀着对被压迫剥削者的同情,表达了普通人民的高尚品质:他们的坚强意志,坚忍不拔,勇敢无畏,热爱生命,富于牺牲的精神。杰克·伦敦还擅长于描写动物,如《白色的獠牙》(1906)等,他常把资产阶级社会关系的残酷无情和动物界相对比,揭露了资产阶级的兽性本质,含有深刻的现实意义。

杰克·伦敦曾积极参加美国工人运动,进行宣传工作,写出许多优秀作品。但自 1910 年起,他逐渐脱离工人的斗争,追求资产阶级生活方式,出现不健康的倾向,遂发生思想和创作危机。1916 年,他终因精神空虚而自杀。

在艺术手法上,杰克·伦敦很少用静止的描写,作品雄浑有力,动作性很强。他喜欢刻画坚强的个性,常将人物放到尖锐的矛盾冲突中去表现。其形象如浮雕般鲜明突出。

作品导读

《变节者》通过一个童工的悲惨命运,揭露了资本家对工人,尤其对童工的残酷剥削。小说真实而深刻地描写了工人极端痛苦的生活和恶劣的劳动条件。资本家、监工和检查员,完全把工人当成没有生命的机器。为了积累资本,他们招用童工,延长工时,进行惨无人道的剥削和榨取。小说中的乔纳,从七岁就到工厂做工,帮助多病的母亲抚养幼小的弟妹。他失去了童年。乔纳每天劳动十小时以上,睡眠不足,早上常被母亲用武力从酣睡中拖起。由于长期饥饿,发育严重不良,十四岁的孩子竟像六十岁的老头儿。他没有人生乐趣,没有任何精神生活,在阴森可怕、监狱般的工厂里,像一件机器的附属品,永远在做着机械的动作。当他精疲力竭、幼小的生命将要耗尽时,终于决定“变节”,离开工厂和家庭出外流浪。小说描写质朴,生动感人,乔纳的命运引起人们深切的同情。

作品赏析

变节者

现在我将起身去工作,
愿主使我莫要怠惰。
如果我在今晚之前一命呜呼,
愿主垂鉴我的工作实无讹误。

阿门

“乔纳,如果你再不起来,我一点东西也不给你吃了!”

这威吓对于那孩子并不发生效力。他固执地追求着那甜蜜的黑酣乡,正如一个做梦者追求着他的好梦一般。那孩子的两手松松地握着拳,无力地痉挛地向空中击了几下。这几下原是想击着他的母亲的,但是她很熟练地避开了它们,一边用力去摇他的肩膀。

“让我安静一会儿吧!”

这一声叫喊自睡眠的深渊中呜咽出来,突然高扬,成了一种动人心魄的激愤的哀号,继而又抑沉下去,变成了一种含糊的悲啼。那是一声野兽似的叫喊,一个苦恼的灵魂的叫喊,其中充满着无穷的苦痛和抗议之意。

可是他的母亲却不管这些。她是一个眼光忧郁,神色疲乏的妇人。她每天必须去催促她的孩子起床,她已习惯于这工作了。她伸手抓住了那条盖被,就想把它扯下来。但那孩子的两手立即从空中缩了回去,拼命紧抱着被头。他在床头缩成一堆,他的身上依然盖着被头。于是她企图把那盖被扯到地上去,那孩子也和她争持着。她鼓着勇气,用了全身之力去扯,那孩子和盖被就松动了,慢慢儿被拖出来;那孩子本能地紧贴着那被头,以躲避房中的冷气。

当他随着被头滚到床边的时候,他似乎快要头朝下脚朝天地倒跌下来了。但是“意识”在他的心中闪了一下,他立即翻身坐了起来,摇摇摆摆地平衡着他自己的身体。接着,他就把他的两脚放到地上去。他的母亲立即去握住了他的肩膀,摇了他几摇。于是他的拳头又射出来了,这回射得比前次更急更有力。同时,他的眼睛也睁了开来。她就放了手。他是完全醒了。

“好，好，”他喃喃地说。

她拿了房中的灯，急急地走了出去。

“你恐怕要被扣工钱了，”她回头来警告他说。

他留在黑暗中，穿好了他的衣服，就向厨房里走去。他虽然是一个又小又瘦的孩子，他的脚步却是异常地沉重。他的两脚艰难地曳着全身的重量走路；这似乎难以令人相信，因为他的身体是瘦得皮包骨头的。一进厨房，他就拖了一把破旧的椅子到桌旁去，接着就坐了下去，预备进他的早餐了。

“乔纳，”他的母亲锐声地叫了。

他就忽的立起身来，一声不响地走到水槽那边去。那是一只油腻污秽的水槽。从它的出口处，常有一股污气冲上来。但他并不注意这些。水槽而有臭味，对于他仿佛也是一种自然的现象，正如肥皂拖泥带水而不易发生泡沫，也是一种自然现象一样。他也并不怎样努力去使它发生泡沫。他只在龙头中放出来的冷水中冲洗了几下就完事了。他并不刷他的牙齿；他甚至没有见过一支牙刷，他也不知道世界上还有许多的人类每天要干那样的蠢事——刷牙。

“你总得不用别人通知，每天自动地盥洗一回才好，”他的母亲抱憾地说。

她正握着水罐上的破盖，在倒出两杯咖啡来。他也并不声辩，因为这是他们间的一种永久的争执；他的母亲顽石样地固执着，他必须每天洗一回面。他在一条油腻的污秽的褴褛的毛巾上揩干了他的面孔，那毛巾在他的面上留下了许多缕的麻的纤维。

“我很希望我们并不住得离厂这样的远，”她等他坐下了就开口说，“你知道，我总是尽着我的全力来谋全家的幸福的。但是房租上每礼拜可省下一块钱，是多大的一笔款项呀！并且我们在这边所住的房屋也比较宽大。这点你是知道的。”

他并不怎样留心去听她。这些话他以前都已听过了，听过多少次了。她的思想的范围是有限的；她老是悲叹着他们的住处和工厂相离太远，以至感到十分的艰苦。

“省下一块钱就可以多买一些食物，”他简洁地说，“我得快些走路，去挣得这食物。”

他急匆匆地吃着他的早餐，把面包嚼个半碎，就和着咖啡囫囵吞下去了。那热而污浊的液体，说是咖啡，乔纳也就以为它是咖啡——头等的咖啡了。这乃是他仅有的一种享乐。在他的一生中，他并没有喝过真正的咖啡。

除了面包之外，他的早餐还有一小片冷猪肉。他的母亲重又给他斟了一

杯咖啡。当他快要把面包吃尽时,他期待着他的母亲再给他一些食物。但她打断了他那希冀的目光说:

“乔纳,不要猪猡似的贪食了!你已得了你的一份。你的弟妹们比你小呢。”

对于这叱责他也并不答辩。他不是一个饶舌者。他也不再希冀更多的食物了。他是不作不平鸣的,他已在那可怕的学校(工厂)里学会了一种可怕的耐性。他喝干了他的咖啡,用手背揩了一揩他的嘴巴,就准备立起了。

“等一下,”她急促地说,“我想那块大面包上大概还可以割下一小片来给你吃。”

她在她的动作中施了一些遮眼法。在表面上,似乎她从那藏在面包匣内的大面包上割了一片下来,其实她给他的却是她自己应得的两片中的一片。她以为他已受了她的骗,其实他早已看破了她的手法。不过他还是坦然地把那片面包取来吃了;因为他相信,他那多病的母亲是吃不下多少的。

她见他在嚼着那干面包,就伸手把自己杯中的咖啡倒入了他的杯中。

“今天早上我的胃口似乎不大好,”她又下了一句解释。

远远地传来了一声延长而尖锐的汽笛声,他们俩就立即站了起来。她向放在架上的洋铁闹钟一望,那两只针正指着五点半。在工厂里劳动的其余的人,都正在从睡梦中醒来。她在肩上披了一条围巾,在头上戴了一顶难看的古旧的棕色小帽。

“我们非跑不可了,”她说;一边旋下灯芯,吹熄了那煤油灯。

他们在暗中摸索出去,走下了楼梯。外边的天气是清新而寒冷;乔纳初与外边的冷空气接触的时候,战栗了好几下。天上的星光还没有减色;城市完全躺在黑暗之中。在途上,乔纳和他母亲两人的脚都拖着地走,因为他们腿上的筋肉并没有高举阔步的豪气。

默默地走了十五分钟,他的母亲就向右转弯了。

“不要耽搁了,”这是她从那正在吞没她的黑暗中发出来的最后的警告。

他并不作答,只是彳亍地向前走去。在那工厂区内,各处的门都在打开来;不久他就杂在一群人中,在黑暗中一齐向前推进。当他走近工厂的大门时,汽笛又叫了一次。他回头向东一望,看见一片鱼肚色的白光正从那些参差不齐的屋顶上爬上来。他所看到的白日,只有这一点,因为他立刻就跟着大家进厂去了。

厂内有许许多多长排的机器,乔纳就去站在一排中。在他的前面,在一只充满着小锭子的柜子上面,有许多疾转着的大锭子。他的工作就是要把那些小锭子上的麻线绕到这些大锭子上去。这件工作是简单的。所需要的只有敏捷。那些小锭子上的麻线是完得这样的快，而使它们告罄的大锭子又是那样的多，以至管理它们的人一刻也没得空闲。

乔纳机械地工作着。当一个小锭子因麻线告罄而跃出来时，他就用左手当作制动机，去阻住了那大锭子，一边用大拇指和食指去捉住那飘扬的线头。同时，又用右手去捉住一个小锭子上的松着的线头，两手的这种种不同的动作，必须敏捷地在同一的时间完成。于是他把那两个线头系了一个“织工结”，左手一松，锭子又呼呼地疾转起来了。所谓“织工结”其中并没有什么困难的地方。有一次，乔纳曾夸口说，他就是在睡着的时候也会系它们的。这也是的确的，有时候，他做着系结的梦，系着无数的不绝而来的“织工结”，在一夜里仿佛劳动了好几世纪一样。

同厂的孩子们有的在偷懒，当那些小锭子上的麻线告罄时，他们并不把新的接替上去。厂中为要防止这种耗费时间和机器的情形，特地设着许多监工的人。乔纳身旁的那个孩子正在偷懒，被监工的瞧见了，就给了他一记耳光。

“你看那边的乔纳——你为什么不和他一样呢？”那监工怒气勃勃地质问他。

乔纳的那些锭子正在以全力工作着，但他对于那间接的称赞并不感着怎样的喜悦。从前也曾有过这样的时候……但那是很久很久以前的事了。如今，当他听见人家把他举出来当作光荣的模范人物时，他的淡漠的脸上并没有什么表情。他是一个十分完善的工人。这个他是知道的。人家也时常这样告诉他。这已成了一句平凡的话，对于他似乎也没有什么特别的意义。从完善的工人，他已进而成为一部完善的机器。若是他的工作发生了讹误，那末，正和一部机器出了岔子一样，必然是由于所用的材料不合的缘故。如果他偶然要犯谬误，那末，我们该知道，一副完善的模型偶然也要制出不完善的物品来的。

这也无须惊奇。因为在他的一生中，他是无时无刻不和机器保持着密切的关系的。他是依靠着机器而生长的；他几乎可说是由机器养育成长的。十二年之前，就在这同一的工厂的纺织间中，起了一阵小小的骚动。乔纳的母亲忽然晕倒了。他们把她安放在地板上，四周围着那些叫嚣着的机器。那工头叫两个中年的女工放下了她们的工作，前来帮忙；他自己也在旁协助。在几分钟之后，那纺织间中就加添了一个不是从门户中进去的灵魂。这就是乔纳。他出世的时候，耳中就充满着那些纺织机的撞击和砰礴声；他的第一口呼吸就吸入了那潮湿而温热的空气和那空气中飞扬着的苎麻纤维。因为要驱除这些侵入他的肺内的纤维,他在出世的第一天就咳嗽了,以后就永远有了咳嗽的毛病。

在乔纳旁边的那个孩子被监工打了一记耳光,就嘤嘤地啜泣着。这孩子因憎恨那立在远处恶狠狠地监视着他的监工而脸上起着痉挛,但他的锭子却已没有一个空着了。他向着他面前的那些疾转着的锭子喊了许多可怕的诅咒;但那声浪并不能传到六尺以外,因为那些机器的叫嚣声把它抑制着,就像有一座墙壁把它挡住一样。

对于这一切事,乔纳一点也不加以注意。他的生活态度是“逆来顺受”。并且那样的事件他已反复地见过多次了,所以也就不觉得什么。在他看来,反对那监工的,是和反抗一部机器的意志一样地无效的。人家装设了一部机器,要它按着一定的方法,去做某些一定的工作;你决不能改变它的作用。监工的也是如此的。

在十一点钟的时候,工厂中起了一种骚动。不知怎么,这骚动霎时间就传遍了各处。一个只有一条腿的孩子,本在乔纳的另一边工作着的,迅速地跷到了一只空着的柜子旁边,连着拐杖跳了进去,就完全不见了。厂里的厂长正同着一位青年人慢慢地走来。这位青年人的服装很讲究;他是政府派来的“检查员”,——而在乔纳的眼光中,他又是一位绅士。

他一边巡行着,一边仔细观察着那些孩子们。他的锐利的眼睛看到了乔纳一旁空着的机器,但他并不说什么话。乔纳也被他瞧见了,他就突然停止前进了。他曳着乔纳的臂膊,使他离开那机器一步;但他(检查员)惊异地叫了一声,立即又放下了那只臂膊。

“瘦得可以,”厂长不安地笑道。

“和旱烟管一样;”是那检查员的答辞,“你看这两条腿。这孩子已得了软骨病——虽然还在初期,但他确已得了这病。如果他将来不死于癫痫,那末,必是因为肺痨已先取了他的命。”

乔纳默默地倾听着,但并不了解。并且他也无暇去管那些未来的病痛。眼前的那位检查员,却使他感着一种迫在眉睫的更严重的厄运的威胁。

“现在,我的孩子,我要你老实告诉我,”那检查员向着乔纳的耳边尽力大喊道,因为他要压倒四周的机器的叫嚣声,“你是多大年纪?”

“十四岁,”乔纳高声打着谎语。他喊得太用力了,以至不能自禁地干呛了好一阵,把那半天中侵入他的肺内的苎麻纤维呛了一些出来。

“看他的样子至少有十六岁了,”厂长说。

“不如说六十岁吧，”检查员插嘴说。

“他的样子老是这样的。”

“在这里多久了?”检查员急急地追问。

“多年了。一点也不见长大。”

“也不见得变小吧，我敢说。我猜想这几年中他一直在此地工作?”

“有时在此，有时不在此——但都在新法令颁布以前，”厂长急急地申明了一句。

“机器闲着?”检查员指着乔纳旁边无人管理的机器发问；那部机器的一部分锭子正在疯狂地飞舞着。

厂长做了一个手势，把那监工招了过来，一边指着那部机器，一边向他的耳边喊叫道:“望这边看!”接着，他回报检查员说:“那机器是闲着的。”

他们走了过去，乔纳就回头去做工；他所害怕的厄运没有落下来，所以他的心中就轻松了一些。但是那个一条腿的孩子却没有这样侥幸。那眼光锐利的检查员一举手间就把他从柜中拉了出来。他的嘴唇在颤动着，他的脸上表示着他已遭遇了一种深重的不可救药的灾殃。那监工的露着惊奇的脸色，仿佛以前从未见过这个孩子一样；厂长的脸上现着震恐和不悦的表情。

“我认识他的，”检查员说，“他现在只有十二岁。在最近一年之内，我已把他赶出了三个工厂。这是第四次了。”

他又回过头去向那一条腿的孩子说:“上次你曾经答允我，立誓去进学校了。”

那一条腿的孩子流泪哭了，“请原谅，检查先生，我们家里新近死了两个婴孩；我们实在穷得没有办法。”

“你为什么要这样的咳呛?”检查员质问他，仿佛他犯了罪似的。

那一条腿的孩子辩解说:“没有什么。上礼拜我得了一些感冒，检查先生，因此时常要咳呛。”

最后那一条腿的孩子跟着那检查员走了出去；那位不安地抗辩着的厂长也陪了出去。此后单调又笼罩了下来。那悠久的上午和更久的午后终于过去了:放工的汽笛声响了。当乔纳走出工厂的大门时，黑暗早已光临了。在这中间，太阳已在天空中巡行了一周，在世界上洒满了它的慈爱的光热，自西方的那些参差不齐的屋顶上落下去了。

一天之中，只有晚膳的时候，乔纳才得和他的弟妹们相会。他的样子和他们的相差很远:他已非常的老气了，而他们却幼小得可怜。他对他们的过分的稚气，觉得很不耐烦。他不能了解他们。他的童年时代久已消逝了。他很像一个烦躁的老人,他厌恶那些孩子的骚扰,他觉得这些都是可恶的痴呆的表现。他一边忿忿地默默地吃喝着;一边又想他们不久也不得不去做工了,于是心中的怒气才平了一些。他想,工作将消磨了他们的锐气,而使他们变得和他一样的庄重而沉着。这样,乔纳沿袭着一般人的惯例,也把自己当作了测量万物的尺度。

在进膳的时候,他的母亲又啰啰嗦嗦地反复申说着,她正用她的全力来谋全家的幸福;所以那寡薄的晚膳一告终了,乔纳就仿佛释下了一担重负似的,立即推开坐椅站了起来。他一时又想去睡觉,又想到门前去;他踌躇了一会,终于走出了大门。他并不走到远处去。他在门前的阶石上坐下了:他的两腿蜷缩着,他的窄狭的肩膀无力地向前低垂着,他的两肘放在膝上,而用手掌支着他的下巴。

他这样坐着,并不在作什么思考。他只是在休息着。如以他的脑筋而论,那简直与睡着无异。他的弟妹们从屋内跑了出来,联合了别家的孩子们在他的四周喧哗地嬉戏着,街角上有一盏电灯,照耀着他们的嬉戏。他们知道,乔纳是烦躁而易于惹怒的;可是他们的冒险精神却引诱他们去戏弄他。他们彼此握着手,并用他们的身体摇摇摆摆地打着拍子,向着他的面孔哼了许多可厌的难听的俚曲。最初他向他们吐了许多咒骂之辞——这些话他是从几个工头的口上学来的。既而他见咒骂一无效用,同时又记起了他的尊严,于是他就回复了死也似的沉默。

他的最大的弟弟,年方十岁的惠儿,是他们游戏时的领袖。乔纳对他并没有特别的好感。他因不断地为惠儿牺牲并对他让步,以至他的生活很早就毫无乐趣了。他明确地感觉着:他虽给了惠儿许多重大的恩惠,但惠儿并不知感恩。在他自己的儿童时代——那个时代离现在已经很远了——他因为不得不去照管惠儿,所以他的游戏的时光被剥夺了一大半。那时惠儿还是一个婴儿,他们的母亲一天到晚在工厂里做工,正和现在一样。因此,小父亲和小母亲的职务就一齐落在乔纳身上了。

惠儿似乎确然受了乔纳的牺牲和让步的裨益。他的体格很好,很健壮,与他的哥哥一样的高,且比他更重。仿佛乔纳的元气已转注在惠儿的血液中了。在精神方面,两人的情形也是如此。乔纳是倦怠、疲劳、而乏生气;他的弟弟却充满着丰富的生活力,似乎因丰满过度而快要溢出来了。

那嘲弄的歌唱愈闹愈厉害了。惠儿一边舞蹈着,一边俯身向前去,对着乔纳伸伸他的舌头。乔纳突然伸出他的左臂去,捉住了惠儿的颈项。同时,他用那瘦小的拳头对着惠儿的鼻子痛击了一下。那拳头虽然瘦小得可怜,但并不见得没有力量，因为它立即引起了一声痛楚的号叫。其他的孩子们也发出吃惊的喊声来，而乔纳的妹妹，乔妮，却飞也似的窜进屋里去了。

他用力把惠儿推了一下，恶狠狠地在他的腿上踢了几脚；然后又把他攫住了，把他掷在地上，使他的面孔埋在尘土之中。他又使那面孔和尘土着实地摩擦了好几次，才肯放松他。于是他们的母亲赶到了，嘶声地忧惧地发了一阵母性的怒。

“为什么他不肯让我安静一会儿呢？”乔纳这样答复她的责备，“他难道不看见我是疲乏了吗？”

“我已和你一样的大了，”惠儿在母亲的怀中咆哮着，他的脸上黏着许多堆眼泪、尘土，和血液的混合物，“现在我已和你一样大了，不久我将长得更大。那时候，我就要报仇了——你看着吧！”

“你的确已经长大了，所以你应该去做工了，”乔纳回答说，“这就是你的分内事。你应该去做工了。你的妈应该叫你去做工了。”

“但他是太小了，”她抗议道，“他还是一个小孩子呢。”

“我还没有他这样长大时，已开始去做工了。”

乔纳的嘴张开着，似乎还要发表一些他所感着的不平的感觉，但是忽而那嘴啪的合拢了。他忧郁地旋转身子，缓步进了屋内，就上床去睡了。他的寝室的门是洞开着的，因为要放进些厨房里的暖气去。当他在那半暗的房中脱衣服就寝时，他听见他的母亲正在和一个不期而至的邻居妇人交谈。他的母亲正在哭着，她的话语中间夹着没精神的抽噎声。

“我不知道什么东西竟使乔纳变了相，”他听见她说，“以前他并不是这样的。以前他是一个很能容忍的小天使。”

“不过他确是一个好孩子，”她紧接着申明说，“他一直勤恳地工作着；当他开始去做工时，年龄的确是太小了。但那并不是我的过失。我总尽着我的全力来谋全家的幸福的，我敢说。”

延长的抽噎声自厨房里传达过来，乔纳喃喃地自言自语说：“我一直勤恳地工作着……”同时他的眼睑合拢了。

在第二天的早上，他又被他的母亲用武力自酣睡中拖了起来。于是，又是那寡薄的早餐，那暗中的跋涉，以及他在刚要走进工厂的大门时回过头去所瞥见的屋顶上的白日的淡光。那是又一日了：他的日常生活总是刻板似的天天一样的。

只有在更换职业或患病的时候，他的生活才起一些变化。当他六岁时，他做了惠儿和那些更幼稚的弟妹的小母亲和小父亲。七岁，他就进了工厂，去绕苎麻锭子。八岁时,他在另一个厂里找到了一个位置。他的职业是非常简易的。他只要端坐着,手里拿一枝小竿去导引一匹在他面前流过的布匹。这布匹从一座机器的肚里吐出来,经过了一个火热的滚筒,就径往别处去了。乔纳一天到晚端坐在阳光所照不到的一个地方,头上燃着一盏煤气灯:他仿佛也是那机器的一部分。

那个处所虽然又闷热又潮湿,但他还是很欣喜的,因为他那时年纪很小,还怀着许多美梦和幻想。他一边看着那布匹无尽地打他面前流过,一边做了许多神奇的好梦。但是这件工作太单调了,他的心智一点也无从活动,因此他的梦想就逐渐减少了,他的心智变为麻木不仁了。然而他借此终究可获得两块钱一礼拜的工资;有了两块钱,虽不能每餐吃饱,但已可免于饿死了。

但是当他九岁时,他就丧失了这个位置;原因是发疹子。他痊愈之后,在一个玻璃厂中找到了一种工作。这种工作是需要技巧的,工资也较高。他们是计件给值的;一个工人的手段愈高,他所得的工资也愈多。这乃是一种动心的诱因。在这个诱因之下,乔纳就发展成了一个能干的工人。

这种工作是简单的:把玻璃塞子缚在小瓶上。他在腰际带着一束麻绳。他把那些小瓶放在两膝中间,就用双手工作着。他这样屈着身子坐着,他的窄狭的肩背就变为驼形了,他的胸部每天要受十小时的压迫。这些对于他的肺脏是很不好的,但是他每天缚了三百打的瓶子。

该厂的厂长也很看重他,时常引着参观者前去看他工作。在十小时之内,他的两手竟能缚好三百打的瓶子。他的工作的完善程度,简直已和机器相等了。一切冗赘的动作都已除掉了。他的瘦小的两臂的每一动作,他的瘦小的手指的每一动作,都是敏捷而准确的。他常在极度的紧张中工作着,结果他得了神经衰弱的症候。在夜间,他的筋肉在睡梦中起着抽搐;在日里,他一刻也不能舒展或休息。他的神经常在紧张状态中,他的筋肉继续地起着痉挛。他的面色愈形憔悴了,他的干咳也愈见厉害了。最后,肺炎在那狭隘的胸膛中的孱弱的肺部发作了,他就丧失了玻璃厂中的位置。

现在他又回到麻织厂里去做绕锭子的工作了。但他在这里是很有高升的希望的,因为他是一个优秀的工人。不久他将升到"上浆间"里去;日后他还可升到"纺织间"里去。此后,虽然无可再升,但他的工作的效率还可继续增长。

那些机器比他初进工厂时跑得快多了,但他的脑筋却迟钝了许多。他的梦想已完全终止了,虽然他在早年曾经做过许许多多的好梦。有一回,他爱上了一个女子。那是在他初进布厂去管理那流动的布匹的时候;他恋爱的对象乃是厂长的女儿。她是一个少女，年纪比他大得多；他仅远远地见过她五六次，但这并没有什么关系。他在那打他面前滑过的布匹上，描画了许多美丽的幻景：他干了许多非常的事业，他发明了几种神奇的机器，最后他变成了该厂的厂主，就和那少女结了婚，庄严地在她的额上吻着……

可是这些离现在都已很久了；如今他是老而且倦，没有闲情再去恋爱了。并且，她已经出嫁，随着她的丈夫去了，而他的心灵已经昏然入睡了。然而这毕竟是一种可爱的经验，因此他时时回顾着这件事，正如其他的人们回顾着他们渴望仙人的童年时代一样。他从来没有想念过仙人或"圣诞老人"，但他确曾坚信地渴望过他的幻想在那流动的布匹上所描画的光明的未来。

他很早就变成了一个成人。在七岁时，当他开始拿劳力去换工资的时候，他的儿童时代就告终了。他有了一种"独立"之感。一种"独立"之感进入了他的心中，他和他母亲间的关系就改变了。因为他已会赚钱了，因为他已在社会上做工了，他的地位就仿佛已和她的平等了。当十一岁时，他已完全进入了他的成年时代；那时他已做了六个月的夜工。没有一个孩子，做了夜工而仍能保持着儿童的本色的。

在他的生命史中，有几件大事是值得一记的。有一回，他的母亲买了一些加利福尼亚的陈皮梅。还有两回，他的母亲做了一些牛奶蛋糕。这些都是他一生中的大事，他常在亲切地记忆着的。有一次，他的母亲对他说，有机会时她还要做一样美味的食品给他吃，名叫"漂浮之岛"；滋味比牛奶蛋糕还要好！他盼望了多年，盼望有一天能吃着那美味的"漂浮之岛"；最后在失望之余，他才放弃了这种愿望，以为那是一个捉摸不到的理想。

有一回，他在人行道上拾得了一个两角半的银角子。这也是他一生中的一件大事，也可以说是一幕小小的悲剧。当那个银角子闪入他的眼帘，而他还没有把它拾起时，他已知道了他的责任。他的家中因缺乏金钱，时常有人挨着饿；所以这个角子，正如他每礼拜六晚上所领得的工资一样，是应该立即拿到家里去交给母亲的。这点他是很明白的，不过他自己从来没有得到花钱的机会，并且那时他正在闹着糖果的饥荒。他在一生中，只有在日历上印着红字的日子尝过一些糖果；此刻他却很想大嚼一下呢。

他并不想欺瞒自己。他知道这是一种罪过；他细想了一会，终于不慌不忙地去犯了罪，到一爿糖店里去买了一角五分钱的糖果。其余的一角钱，他留着预备后来再享乐一回。但是因为他是不惯于携带银钱的，所以不久这一角钱就失去了。这事发生的时候，他正在受着良心的痛责，因此他就以为这个乃是神明的一种惩戒的表现。他震恐地意识着，近在目前就有一位威严而愤怒的上帝。上帝已看见了一切,上帝的惩戒是很迅速的,他不准乔纳享受他全部的罪恶之果。

在记忆中他时常回顾着这件事,以为是他的生命史中的一桩大罪:每一次回忆时,他的良心总要重复抬起头来,给他一种精神上的刺痛。这乃是他的一桩亏心的事。又因为结果如此,所以当他回忆时,常常要发生一种悔恨的感觉。他不满于当初使用那枚银币的方法。他想,他很可用更好的方法去处置它;如果他早知道上帝的惩罚来得那样的快,那末,他就要把整个银币一次用完,且看上帝有什么办法!在想象中,他把那枚银币使用了不下数百次,每次的结果都较上一次的更好。

此外,他还有一种暗淡而模糊的记忆,是他父亲的野蛮的脚深印在他的心灵上而永远不能磨灭的。它似乎不是一桩具体的事实的回忆,它很像是一个噩梦。在青天白日之下,当乔纳清醒的时候,他永远没有记起过这件事。往往在夜间当他快要入睡而他的意识正在逐渐消失的时光,“它”才会来到。它往往使乔纳突然回复了清醒的意识而感着一种难以形容的恐怖。在惊惧中,他觉得自己仿佛横躺在床脚边,而他的父母的形象依稀地在床内。他从来没有见过他父亲的真相。他的父亲只留给他一个印象,就是他有一双野蛮而无情的脚。

他早年的许多往事时常萦绕着他,但后来的数年就没有什么可回忆了。天天都是一样的。昨天或去年和一千年或一分钟是完全一样的。毫无特别的事故发生。没有什么大事可标志时间的推移。时间仿佛并不进行,它是静止不动的。只有那疾转的机器在动着;但它们动来动去还是在一个地方,虽然它们是动得更快了。

当他十四岁的时候,他升到了“上浆间”中去工作。这真是一件值得大书特书的大事。除了一夜的睡觉或每周的发薪日之外,终于有了一件可供记忆的大事。它启发了一个新时代;它开辟了一个新纪元。“当我进上浆间去工作的时候”,或“在我进上浆间以前”,或“在我进了上浆间之后”,这些句子都成了乔纳此后的口头禅。

当他十六岁时,他升到了纺织间中,去管理一部机器。这里又有了使人兴奋的诱因,因为这种工作也是计件给值的。乔纳的成绩很好,因为他的肉身已被工厂铸成了一座完善的机器。在三个月之后,他已兼管着两部机器了;不久他更进而兼管三部——四部。

在他进了纺织间去工作的第二年年底,他所织出来的布已比无论哪个织工多了;如与那些手段较低的织工相比,竟多一倍有奇。他赚钱的本领逐渐达到最高点，同时他家中的境况也慢慢地好起来了。然而这并不是说，他的进款能应付家中的各项用度而绰有余裕。那些孩子都长大起来了。他们的食量也增加了。他们已进了学校，而校中的教科书都是要花钱去买的。还有一层，仿佛他的工作做得愈快，物价也腾贵得愈快。就是房租也涨了许多，虽然那房屋因年久失修而愈趋愈坏了。

他已长得较高了；但是他较前更瘦了。他的神经衰弱的症候也愈形厉害了。他是更其烦躁而易于惹怒了。那些孩子已受了许多痛切的教训，因此时常回避着他。他的母亲因他的赚钱的本领而尊敬他，可是她的尊敬中仿佛带着几分畏惧。

人生对他毫无乐趣可言。日常的各种美景和胜会，他是从来没有见过。夜间，他常在痉挛的昏睡中挨过。其余的时间他不息地工作着；他的意识乃是机器的意识。除此以外，他的心灵是一片空白。他没有什么理想。他只有一种幻想，以为他所喝的是头等的咖啡。他成了一只做工的走兽。他没有任何的精神生活。然而在他的心灵深处，随着他的每一小时的劳动，他的两手的每一动作，以及他的筋肉的每一抽搐，却有一种不自觉的变化在发展着；不久它将表演出来，使他自己和他左右的人大吃一惊了。

在暮春时节的一天晚上，他自工厂中回到家里时，感觉着异样的疲劳。当他坐下去进膳的时候，他的周围充满着一种热切的期待的空气，但是他并没有注意到。他默默地机械地吃着放在他面前的东西。那些孩子嘻嘻哈哈地，用嘴巴做着吮啜的声音；但他似乎什么都没有听见。

“你知道你在吃什么东西吗？”最后他的母亲忍不住问了。

他茫然地看着他面前的盒子，又茫然地看看他的母亲。

“是‘漂浮之岛’呢！”她得意扬扬地宣布道。

“哦。”他说。

“是‘漂浮之岛’呢！”孩子们高声唱和着。

“哦，”他说，但吃了两三口之后，他又说了：“我觉得今天晚上胃口不大好。”

他放下了汤匙，推开了座椅，倦怠地站了起来：

“我想要去睡觉了。”

但他自厨房中走到寝室里去时，他的两脚似乎比平常更沉重而不易搬动了。脱衣服竟成了一件非常繁重而艰难的事；当他无力地啜泣着爬进被窝中去的时候，他的一只靴子依然留在脚上。他觉得有一样什么东西，在他的头的内部翻腾着，膨胀着，以至弄得他的头脑沉重而轰然发响。他的瘦小的手指觉得仿佛和他的手腕一样的粗大了,手指的尖端有一种漠然的不舒服的感觉,正和他的头脑一样。他的背脊痛得难以忍受。他的骨骼全部的剧痛着。浑身上下都觉得疼痛。而在他的脑壳中,仿佛有千万部的纺织机在撞击着,砰礴着,锐叫着,咆哮着。一切的空间都充塞着飞跃的织梭。它们错杂地飞来飞去,使他眼花缭乱。他独自管理着千百部的织机;它们愈转愈快,他的头脑也跟着愈转愈急,似乎在吐出丝来供给那千百只飞梭。

第二天上午,他没有上厂去做工。他正在忙碌地在他的脑壳内运转着千百部织机上作大规模的纺织。他的母亲照常去做工;但在赴厂以前,先去为他请了一个医生来。那医生说,他的病是一种厉害的流行性感冒。乔妮做了看护妇,执行着医生的嘱咐。

这场感冒症是很厉害的;过了一个礼拜,乔纳才能穿了衣服在房里无力地蹒跚着。据医生说,再过一个礼拜,他就可照常去工作了。在礼拜日的午后,即他勉强能够起行的第一天午后,那纺织间里的工头前来探访他。那工头对他的母亲说,他是那纺织间中最优秀的工人,他的位置将为他保留着;下礼拜一他可以照旧去上工。

"你为什么不谢谢他,乔纳?"他的母亲不安地问他。

"他大病之后,还没有完全复原。"她向那客人道歉说。

乔纳蜷曲地坐着,眼睛坚定地注视着地板。那工头去了以后,他在这样的姿态中又坐了好久。外边的空气很暖和,因此午后他就去坐在门前的阶石上。有时候,他的嘴唇微微地动着。他似乎正在专心地计算着一些无限长的账目。

第二天上午,天气一转温暖,他就又去坐在阶石上。这次他带着一支铅笔和一些纸张,以继续他昨天的计算;接着他就辛苦地、古怪地计算着。

"兆之上是什么?"在正午时他问那从学校里回来的惠儿,"并且是怎样计算的?"

这一天午后,他完成了他的工作。此后他仍然每天去坐在那阶沿上,可是不再带着纸笔了。他的全部的精神都贯注在那株生长于路旁的大树上。他专一地观察着它,有时竟持续至数小时之久而不觉厌倦;当春风吹过而它的枝叶往来摇摆时,他就感觉着无上的兴味。在那一个礼拜内,他似乎完全在和他自己的性灵交通着、融洽着,以至陷入了忘情的状态中。在礼拜日,他坐在阶沿上高声笑了好几次;他的母亲听见了很惶惑不安,因为她已多年没有听见他的笑声了。

第二天早上,在侵晨的昏暗中,她到他的床前去催他起身。他在上一个礼拜内已经睡得很足了，所以立刻就醒来了。他并不挣扎，当她把他的盖被揭去时，他也并不企图去抓住它。他安静地躺着，他安静地说道：

“那是没有用的，妈。”

“你要迟到了。”她说，以为他的睡魔还没有完全被赶走。

“我已醒了，妈；我对你说，那是没有用的。你不如让我独自安静一会儿吧。我是不起来的。”

“但是你要失掉你的饭碗了。”她大声说。

“我是不起来的。”他用一种异常冷淡的声调重复说。

这天上午她自己也没有去上工。这样的病症她实在从未见过。狂热病和昏迷，她是能够了解的；但这简直是发痴了。她把被头盖上了乔纳的身体，就派乔妮去请医生。

当医生来到时，乔纳正在平静地安睡着；他平静地醒了转来，就伸出手去让医生诊脉。

“一点也没有什么异状，”医生说，“不过十分虚弱罢了。他的骨头上没有多少肉。”

“他是一直如此的。”他的母亲插嘴道。

“现在你可以去了，妈，让我再睡一会儿。”乔纳温柔地恬静地说；接着他就温柔地、恬静地侧转身子睡去了。

在十点钟的时候，他醒了。他穿好了衣服，走到厨房里去，看见他的母亲正在那里，脸上露着惊惶的表情。

“我要往别处去了，妈，”他宣告说，“因此我来向你告别。”

她用她的围裙罩住了她的头部，突然坐下，啜泣起来了。他耐心地等候着。

“我老早就该料到的。”她啜泣着说。

“往哪里去呢？”最后她问，一面从头上除下了那条围裙；她的眼睛惊骇地注视着他，但她的面上并没有多少好奇的神色。

“我不知道——随便哪里。”

当他说话时，那路旁的大树在他的“心眼”之前明晃晃地显现了出来。它似乎就在他的眼睑之下潜藏着；他喜欢的时候立刻就可以看到它。

“那末你的饭碗呢？”她颤声说。

“我永不再去做工了。”

“天哪，乔纳！”她哀恸着，“不要这样说！”

他所说的在她的心目中简直与亵渎神明的言辞无异。她为乔纳的说话所引起的震恐的程度,直与一个母亲听见她的孩子否认上帝的存在一样。

“究竟什么东西使你变相了?”她质问道。她作一最后的努力,想用一种命令的语调去阻止他。

“数目,”他回答说,“只是数目。上礼拜我计算了许多的数目,结果很可使人惊讶。”

“我不知道,这个和你的行动有什么关系。”她啜泣着说。

乔纳心平气和地微笑了一笑,他的母亲看见他的烦躁和焦急的脾气已完全消失了,心中又吃了一惊。

“我将表示给你看,”他说,“我是非常疲倦了。但是什么东西使我疲倦呢? 动作。我自有生以来,一直在动作着。我已倦于动作了,我今后不愿再动作了。你还记得我在玻璃厂中工作的时候吗? 那时我每天要缚三百打的瓶子。每缚一个瓶子,我估计要作十个不同的动作,那末,一天就有三万六千个动作;十天,是三十六万个动作;一月是一百零八万个动作,把那八万丢开不算——”他用了慈善家的慷慨口吻说,“把那八万丢开不算,那末,一月是一百万个动作——一年就是一千二百万个动作。

“在纺织间中,我所作的动作约两倍于此。那末,一年就要作二千五百万个动作;我觉得仿佛已这样动作了将近一百万年。

“在上礼拜之内,我是一点也没有动作。我在许多许多的钟点内,一个动作也没有作。我告诉你,那真惬意啦;接连几点钟安坐在那边,什么事都不须做。我从来没有快乐过。我从来没有得到一刻的闲暇。我一直在动作着,那当然无法可以快乐了。此后我不愿再动作了。我要安坐着,安坐着,休息着,休息着,继续地休息着。”

“但是惠儿和孩子们将怎么办呢?”她绝望地问。

“那倒确是一个问题,惠儿和那些孩子。”他接口说。

但他的声调中并没有什么悲凉的意味。他久已知道了他的母亲想以全力培植惠儿的志愿,但是现在这不再能打动他的心了。什么事都不放在心上了。就是这事,也不在他的心上了。

“妈,你对于惠儿的计划我是知道的——你想使他在学校里多住几年,把他养成一个会计员。但这计划是不中用的,我已精疲力竭了。此后他也只好去做工了。”

“我那样辛苦地把你养育成长,你竟要弃我而去吗?”她啜泣着,又动手把那围裙罩到她的头上去;她的心思也改变了。

“我不是你养育大来的,”他用一种悲凉而亲切的声调回答说,“我是自己养育大来的，妈，就是惠儿也是我养他大来的。他已比我更大、更重，而且更高了。当我是一个小孩子的时候，我大概是常常没有吃饱的。当他做小孩子的时候，我已在工作着，拿我的劳力去换面包来供给他。但这些情形现在都要告终了。惠儿也可像我那样的去做工，不然他可听凭饿死；他愿意走哪一条路，我不管。我是疲倦了。我就要走了。你不和我话别吗？"

她并不作答。那围裙已罩在她的头上了，她正在号哭着。他到门口时，又停留了一下。

"我相信，我总是尽了我的心力来谋求全家的幸福的。"她正在呜咽着说。

他跨出了家门，就往街上走去。当他看见那株孤高的大树时，他的脸上就露出了一种淡淡的笑容来。"我什么事都不去做了。"他咿唔地低声对自己说。他渴望地抬头望望天空，但那明亮的太阳使他昏眩而不能睁眼。

他走了很长的一段路；他从容不迫地走着。他经过了那个麻织厂。那些纺织机的隐隐的锐叫声传到了他的耳内，他微微笑着，那是一种温和的恬静的微笑。他并不怀恨任何人，他也不怀恨那些撞击着咆哮着的机器。他的心中并无怨恨之念，他只是狂热地渴望着休息。

他渐渐行近了乡间，房屋和工厂逐渐稀少了，面前的视野逐渐展开来了。最后，城市已完全在他身后了，他沿着铁道在一条林荫的小路上彳亍着。他的走路并不像一个人。他的样子也不像一个人。他仿佛是滑稽画中的人物。他像是一只发育不全的残缺无名的生物；他的样子像一只病态的猿猴，两臂没精打采地垂着，肩背驼着，胸廓很窄狭——总之，是古怪而可怖。

他走过了一个小火车站，就到一块草地上的一株树底下去躺下了。整个下午，他都躺在那里。有时候他假寐着，他的筋肉就在睡梦中起着抽搐。当觉醒时，他也一动不动地躺着，自树枝的空隙间仰望着天空和飞鸟。他大声笑了一二次，但他的笑并不是对他以前所看到或感到的任何事物而发的。

当薄暮去尽而黑夜来临时，一列货车隆隆地滚进了那个火车站。当机车到旁边的轨道上去拖带车辆时，乔纳就沿着那列货车爬行着。他拉开了一辆空货车的边门，笨拙地吃力地爬了进去。他关上了车门。那机车叫了一声，列车就开动了。乔纳已在车内躺下了，他在暗中微微地笑着。

（成立，屈毓秀.外国短篇小说选[M].太原：山西人民出版社，1979.略有改动。）

思考练习

1.分析乔纳这个人物形象的社会意义。

2.简述小说主题和艺术特色。

第六节 《中国之美》

作者简介

赛珍珠(1892—1973),美国作家,以中文为母语。1922年在庐山开始尝试写作,1931年发表长篇小说《大地》。她的作品和生活有紧密联系,写有小说、传记、儿童文学、政论、广播剧和文艺评论,主要代表著作有《大地》(1931)、《儿子们》(1932)、《分家》(1935)、《放逐》(1936)。尤其借其小说《大地》,1932年获得普利策小说奖,1938年获诺贝尔文学奖。

作品导读

《中国之美》这篇文章是以独特视角探讨中国之美的散文,它的侧重点不在于对中国具体美的描绘上,而在于对各民族天性上的差异的思考,以及对各民族所流露出来的不同的审美情趣和方式的把握,还通过中国过去有美而现在缺乏美的对比,来揭示中国之美流失的原因,并揭露了中国贫穷落后的一面,同时也批判了中国人审美情趣的贫乏及错误的审美认识。这篇文章既不是一篇真正意义上的游记,也不是一篇纯粹的写景散文,它熔写景、议论、抒情于一炉。本文篇幅较长,但脉络清晰。本文大量运用对比手法,作者将其他民族与中国进行对比,指出中国古典美走向衰落的原因。举例也是本文比较突出的一个特色。

作品赏析

中国之美

美国秋天的树林是美丽的,迷人的,唯有一个生长于异国他邦的美国人,才能完全领略。令我不解的是,在我回美国之前,竟然从未听到有人谈起过它。我先前一直生活在中国,那儿一片宁静,风景如画,自有其独特的可爱之处:清瘦的翠竹摇曳生姿,荷塘倒映出庙宇那翘起的飞檐,大地一片郁郁葱葱。亚热带明媚的阳光和繁星密布的夜空,又使它显得千般的娇、万般的柔。夏去秋来,金菊盛开,但转眼又是萧瑟西风,黄花憔悴,一片苍凉。有道是:残秋不堪忍,蓄芳待来春。树木飘尽落叶,只留下灰暗的棕色树丫,在风中瑟瑟地抖动。几乎是一夜之间,大地就披上了素净的冬装。一切都是灰蒙蒙的。苍凉的天地间,蜷伏着几座小小的农家土屋,一切都没有了生气。人们也都裹进了深蓝色和灰色的棉袍中,失去了往日的活力。

这样,漫游东方之后,我踏上了美丽的英国原野,夏末的淡紫与黄褐的色调，令我神荡意迷。道道树篱，即使在樱草时节也不会更可爱。那一片如醉如梦的恬静，使人忘却尘世的烦恼，而沉醉于静谧的良田和座座古老的灰色石房，沉醉于静止的大气中依依上升的炊烟。英格兰大地笼罩着一片优美安逸的气氛，真不啻劳累过后酣然入梦。

带着这心绪，我横渡大西洋，直抵纽约城。喧嚣的纽约显示出的骇人的活力，除了坐惯了中国那慢悠悠的电车、黄包车和手推车的人，还有谁能感受得到呢？大街上，汽车一辆接着一辆，你刚躲过一辆，马上又有千百辆开过来——横过马路也成了惊心动魄的历险。相比之下，中国那些拦路抢劫的土匪也显得温和了。高架铁路上，火车隆隆驶过，令人头晕目眩；还有显然是宇宙腹部发出的地下呼啸。我被打着哈欠的地球迷住了，它在一个地方把人成百上千地吞将下去，又在数里以外的某个地方吐将出来，而这些人依然是匆匆忙忙，烦躁不安。沉闷的地铁让我不堪忍受，无轨电车也让我紧张万分。每当我抓紧电车里的吊带时，我就不无遗憾地忆起昔日在中国的情形：手推车缓缓前行，路旁几池碧水，鸭儿悠然划动双蹼；我不时探身摘一朵野花，扔给那些光着黑黝黝的身子在尘土中滚爬的孩子们。

纽约惊醒了我温馨的梦，美国秋林又让我惊叹不已。

一周以后，当我在弗吉尼亚一片树林里散步时，我的狂喜之情无法言表。在此之前，从未有人告诉过我林中景色有多么奇美。当然他们也曾说过："你知道树叶在秋天都变了颜色了。"但这又能给人什么印象呢？我原以为不过是些淡黄、黄褐或淡淡的玫瑰红罢了。然而，我却看到了一片生机盎然、五彩缤纷的景象，令人难以置信的粗犷、艳丽、充满野性的活力。黝黑的峭壁下，一棵参天大树拔地而起，一株火红的藤蔓攀缘而上，俨然一位精神抖擞的哨兵——我永远也不会忘记这情景。

枫林中曲径通幽，犹如通往天国黄金大街的小路。漫步而去，头顶上枝丫交错，橙黄、粉红、猩红、深褐、淡黄……色彩纷呈。林中徜徉，仿佛踱在一块鲜艳的地毯上，这是北京地毯也没有的鲜艳，是以帝王之富也难以买到的色泽。那些细藤、幼草，夏日里想必还是柔弱娇小的吧，现在却也不甘寂寞，争奇斗妍。

太美了！地球上再也没有能与这相媲美的了！然而我却怀疑，年复一年，美国人是否能欣赏这景观。不管怎样，美国秋林让我叹为观止。北极光不会让我吃惊，虽然这要在以后才能证实；维苏威火山也不会让我吃惊，即使有一天，天空随着加百利的喇叭吹出的曲调消失不见了，我也怀疑我是否还会吃惊。平生第一次散步美国秋林，我就被这产生于幽静之物的美深深打动了。我不相信世上还有别的什么,能给我以更深刻的美的启示。

我又一次陷入了对美的冥想之中。寻找世间万物的可爱之处,思考各个民族的天性是怎样以不同的美的方式自然流露出来的,这一直是我引以为乐的事情,也就是说,我的注意力不在那些旅游者趋之若鹜的名胜,因为在那些游览胜地很少能看到那个国家的普通人民。

我不是在卢浮宫,而是在一个老妇身上找到法国的。她身穿蓝布长裙,头戴白色纱巾,跪在叮咚作响的小溪旁捣衣。她是那样任劳任怨,那样贤惠。她突然抬起头冲我笑了,笑出了无处不在、无时不有的幽默和风情。一张爬满皱纹的脸上,那对永远年轻的眸子,光波流动,充满活力——我几乎看呆了。

人迹罕至的阿尔卑斯山脉,白雪皑皑,在蓝天的映衬下,显得格外雄伟壮丽,但它并没有真正体现出瑞士人民的特征。瑞士人民吃苦耐劳,平和沉稳。在那块面积不大的土地上,梨树要小心地靠墙栽上,葡萄藤要认真修剪,不让它疯长,结出的串串果实也要仔细地数来数去。那儿的一切小巧整齐,自有其独特的美。巍峨的少女峰,天长地久地耸立在那块不大的土地上,但我却怀疑,瑞士人一年到头能否对她看上两眼。

真奇怪!不知怎的,只有当我的思绪与养育我的祖国——中国联系在一起时,我才能这样有条不紊地思考各个民族的差异。

不知有多少外国人,刚走下从上海开来的火车,结束了他们到中国的首次旅行后,就对我说:“……嗨,中国可不如日本美!”

我只是笑笑,不想马上回答,因为我知道中国之美。

日本给人的感觉是精美。这不仅在于它那可爱的瓷器、华丽文雅的和服和那些噼啪噼啪急速行走的迷人的孩童——这些尽人皆知;它的精美也不仅仅在于山坡上的小块梯田,不在于那些整洁但不坚固的房屋和那仙境般的小小的生活乐园——这些举目可见。

日本伟大的美存在于你和我,作为匆匆过客,在走马观花之间很难发现的地方。

正是这种美使一个劳累了一天的苦力,放下扁担,随便吃一些米饭加鱼,便到那手帕大的花园里忙碌起来。他们神情专注地干着,轻松愉快地干着,完全沉浸在为自己也为家庭创造美的欢欣之中了,全家人都围在他身边,钦佩地看着。日本人家家都有花园,如果命运不肯赐给一个穷人一平方英尺土地的话,他也会花上一部分钱,买上一块大大的地盘,几个小时辛苦而又欢愉的劳动之后,他便逐渐有了一个微型花园:假山、凉亭、一池清水。几片青苔,权做草坪；一些小草，且做树木；再把羊齿植物塞入石缝，便有了一片灌木丛。

也正是这种美，使得一个日本客栈主人，为了让客人舒心，每天都在房间里更换一件精致的摆设。今天，他从珍藏中挑出一幅水墨画，画面淡雅逼真，一只小鸟正立于芦苇之上。明天，你屋里又会有一个深蓝色的瓷瓶，瓶里插上一枝怒放的雪梨，放得恰到好处，让你禁不住要参悟佛道了。有时，出现在你房间里的会是一幅旧地毯，褪了色的毯面上，一队手提灯笼的人正在行进，看上去古怪而有趣。

最近，我听到许多议论日本的闲语。有些人甚至说日本人连普通人的品质也不具备。我不敢妄论，我要等到有人为我把无比的邪恶和对美的温柔的爱这两种品质融在一起时再发表意见。这种温柔的爱，在日本的穷人、富人身上几乎都能找到。人们穷毕生精力，自发地追求着美，不是出于对金钱的考虑，而是出于对美的渴求。倘若美即真是正确的，那么，难道这里面就没有一点真吗？

这种在日本比比皆是的优雅美，在中国当然并非随处可见。因此，我不能责备那些刚看了中国一眼就断言她丑陋的朋友们。无疑，生活的拮据让穷人们时刻都在想着如何填饱肚子，在普通百姓的生活中，美少得可怜。

有一天，我的园丁正在花园翻地，我问他："你愿不愿意要点这种花籽种在你房前？"

他不信任地看了我一眼，用力掘着地："穷人种花没有用，"他说，"那都是供有钱人玩赏的。"

"不错，但这并不要你花钱。你看，我可以给你几种花籽，如果你那片地不肥，你可以从这儿的肥堆上弄点肥料。我会给你时间让你侍弄它们的。种点花会让你心神愉快的。"

他俯身拾起一块石头扔了出去，"我要种点菜。"园丁的回答很干脆。

无疑，中国的穷人们干什么都讲求经济实惠。我也曾在内地某处住过一段时间。在那儿，我问一个农妇，如果哪一年收成好，有盈余的话，吃穿用是怎样安排的，是把余钱存起来呢还是花掉。

回想起过去的好年景，那农妇笑了，她兴奋地说："我们就多吃点！"

在一个土匪遍地的国家，他们没有把自己那点积蓄存入可信赖的钱庄，而是统统都吃进了肚里，因为那儿是最安全的地方，至少没有人能把它们抢走了！天知道他们的身体是否会因此好一点。

逛一下中国的城市，它们的丑陋会使你大吃一惊——到处拥挤不堪，又脏又乱；街道上臭气熏天，令人作呕。病病歪歪的乞丐，蓬头垢面，使出他们卑鄙的生财手段,可怜巴巴地哀求着,过着寄生虫的生活。几只癞皮狗在胆怯地溜来溜去。倘若你朝商店或居民家里扫一眼,你会发现一切都以实用为原则:桌子没有上油漆,凳子在打造时显然是没有考虑到要让人们坐上去感到舒服,箱子、床、乱七八糟的破旧玩意儿,还有原始的炊具——所有这些都挤在那一点点小得令人难以置信的空间里,让人心烦意乱,丝毫没有对美中所能体现出的精神财富的追求。

前几天,我站在江西的一个山顶上,放眼百里大好河山,极觉心旷神怡——阳光下,溪水波光潋滟;长江悠悠,蜿蜒入海,恰似一条黄色大道。绿树成荫,村舍掩映。块块稻田,绿如碧玉,棋盘般整齐。似乎一切都那么宁静,一切都那么美丽。

然而我太了解我的祖国了。我知道,如果我走进那仙境之中,我会发现溪流已被污染,河边挤满了用席苇做仓顶的破旧不堪的小船,那里就是成千上万食不果腹的渔民的唯一栖息之地。绿树下面,房屋一个紧挨着一个,垃圾在阳光的曝晒下散发着阵阵臭气,苍蝇成群,到处可见的黄狗会冲我狂吠。那儿尽管有人人可享用的新鲜空气,但房子却小而无窗,里面暗如洞穴,孩子们脏得要命,头发乱蓬蓬的,鼻子就别提了,鼻涕总是流到嘴里!看不到一朵鲜花,看不到一处人为的美解除生活的单调沉闷,就连草房前那一块空地也被碾成了打谷场,坚硬的场地在阳光的照耀下泛着青光。贫穷?是的,但也往往是懒惰与无知的结果。

那么,中国究竟美在何处呢?反正它不在事物的表面。别着急,且听我慢慢道来。

这个古老的国家,几个世纪以来,一直缄默不言,无精打采,从不在乎其他的国家对它的看法,但正是在这儿,我发现了世上罕见的美。

中国并没有在那些名胜古迹中表现自己,即使在旅行者远东之行的目标——北京,我们看到的也不是名胜古迹:紫禁城、天坛、大清真寺……都是这个民族根据生活的需要逐步建立起来的。那是为他们自己建造的,根本不是为了吸引游客或是赚钱。的确,多少年来,这些名胜都是你千金难睹的。

中国人天生不知展览、广告为何物。在杭州无论你走进哪家大丝绸店,你都会发现,店里朴素大方,安静而昏暗。排排货架,整齐的货包,包上挂着排列匀称的价格标签。在国外,店主们常在陈列架上,挂着精心叠起的绸缎,用以吸引人们的目光,招徕顾客。但这儿却没有这些。你会看到一个店员走上前来,当你告诉他想买什么之后,他会从货架上给你拿下五六个货包。包装纸撕掉了,你面前突然出现一片夺目的光彩,龙袍就是用这料子做成的。

看着闪闪发光、色泽鲜艳的织锦、丝绒、绸缎在你面前堆起，你会感到眼花缭乱，就像有一群脱茧而出的五彩缤纷的蝴蝶在你眼前飞舞一样。你选好了所要之物，这辉煌的景色也就重又隐入黑暗。

这就是中国！

她的美是那些体现了最崇高的思想，体现了历代贵族的艺术追求的古董、古迹，这些古老的东西，也和它们的主人一样，正慢慢走向衰落。

这堵临街的灰色高墙，气势森严，令人望而却步。但如果你有合适的钥匙，你或许可以迈进那雅致的庭院。院内，古老的方砖铺地，几百年的脚踏足踩，砖面已被磨损了许多。一株盘根错节的松树，一池金鱼，一只雕花石凳，凳上坐着一位鹤发长者，身着白色绸袍，宝相庄严，有如得道高僧。在他那苍白、干枯的手里，是一管磨得锃亮、顶端镶银的黑木烟袋。倘若你们有交情的话，他便会站起身来，深鞠几躬，以无可挑剔的礼数陪你步入上房。二人坐在高大的雕花楠木椅子上，共品香茗；挂在墙上的丝绸卷轴古画会让你赞叹不已，空中那雕梁画栋，又诱你神游太虚。美，到处是美，古色古香，含蓄优雅。

我的思绪又将我带到了一座寺院。寺院的客厅虽然宽敞，却有点幽暗。客厅前有一片小小的空地，整日沐着阳光。空地上有一个用青砖垒起的花坛，漫长的岁月，几乎褪尽了砖的颜色。每至春和景明，花坛里硕大的淡红色嫩芽便破土而出。我五月间造访时，阳光明媚，牡丹盛开，色泽鲜艳，大红、粉红红成了一团火。花坛中央开着乳白色的花朵、淡黄色的花朵，煞是好看。花坛造型精巧，客人只有从房间的暗处才能欣赏到那美妙之处。斯时斯地，夫复何言？夫复何思？

我知道有些家庭珍藏有古画、古陶器、古铜器，还有年代已久的刺绣，这些东西出世时，还没人想到会有什么美洲的存在，它们的历史说不定真的和古埃及法老的宝藏一样古老呢！

变化中的中国发生了一些让人伤心的事情。一些无知的年轻人，或者为贫困所迫，或者是因为粗心大意，竟学会了拿这些文物去换钱。这些古玩实乃无价国宝，是审美价值极高的艺术珍品，是任何个人都不配私人占有，而只应由国家来收藏的。但他们目前还不能明白这一点！

外国对中国犯下了种种罪行，不容忽视的一点就是对中国美的掠夺。那些急不可耐的古玩搜集商，足迹遍及全球的冒险家，还有各大商行的老板，从中国美的宝库中掠夺了不知多少珍品。这委实是对一个无知的人的掠夺，因为他不知道自己认为可以卖到三十块银圆的东西，根本就不该卖掉。

此外，中国年轻的一代中，又有很多人的思想似乎尚未成熟，他们的表现让人感到惊愕。他们既然怀疑过去,抛弃传统,也就不可避免地抛弃旧中国那些无与伦比的艺术品,去抢购许多西方的粗陋的便宜货,挂在自己的屋里。这个国家的许多特色是我们所热爱的,而现在中国的古典美谁来继承?盲目崇洋所带来的必然堕落怎样解决?难道说随着人们对传统的抛弃,我们也必须失掉庙宇的斗拱飞檐吗?

但我也时时感到欣慰:一定会有一些人继承所有那些酷爱美的先辈,以大师的热情去追求美并把它带到较为太平的年代。

前几天,我去了一个著名中国现代画家的画室。看着那一幅幅广告画,一幅幅俗套的健美女郎像和那用色拙劣的海上落日图,我的心直往下沉——一堆粗制滥造的油画!但是在画室的一个不显眼的角落,我发现了一幅小小的水彩画。那是一条村巷,在夏日的黄昏的阵雨中,弥漫着淡蓝色的雾,一些银灰色的斜线划过画面。从一座让人感到亲切的小屋的窗口,闪出微弱的烛光。一个孤零零的人手撑油伞踽踽独行,湿漉漉的石块上投下了他那摇晃的身影。

我转过身来,对画家说:"这是最好的一幅。"

他的脸顿时明朗起来。

"你真这么看?我也是这样想的!这是我以前每天都看到的故乡街巷,但是,"画家叹息一声,"这是我为消遣而画的,这画不能卖掉。"

倘若一定要我找出中国之美的瑕疵来,我只能说它太隐逸,太高雅了,多数平民很少能享受,这美本来也是属于他们的,而那些公侯之家或宗教团体却将它据为己有,许多人无法获得审美知识,因而无法充分享受生活的乐趣。几百年来,那些极为贫困和没有文化的人们,只能默默地降生,又默默地死去,对那种妙不可言、令人倾倒的美漠然视之,无动于衷。追求美成了贵族社会、有闲阶级的特权,穷人们则认为那只是富人的消遣,与自己无缘。

普通中国人需要培养审美情趣,去发现他周围有待于挖掘的美。一旦他懂得了美的意义,一旦他认识到美根本不存在于那令人讨厌的、要价四角的石板画中,甚至也不完全存在于有钱人的那些无价之宝中,一旦他认识到美就存在于他们的庭院之中,正等待他从粗心懒散造成的脏乱环境中去发掘时,一种崭新的精神将会在这片美丽的大地上传播开来。

虽然这儿的千百万在贫困中挣扎的人们,一直都在为一口饭而终日辛劳,但我知道,无论如何,人不能仅靠植物生活。我们最需要的是那些大家都能自由享用的美——澄塘霞影,婀娜的花卉,清新的空气,可爱的大自然。

前几天,我把我的这个想法对我的中国老师讲了,他随口讲了一句:"仓廪实则知礼仪;衣食足则知荣辱。”

我想是这样的。

然而,我相信我的园丁昨晚美餐了一顿。当时,他在草坪上快活地干活。我则坐在竹丛下沉思。突然,一片奇异的光彩把我从沉思中惊醒,我抬头一看,西天烧起了绚丽的晚霞,令我心驰神往。

“噢,看哪!”我喊道。

“在哪儿?在哪儿?”园丁紧紧抓住锄把叫道。

“在那儿。看那颜色有多美!”

“哦,那呀!”园丁却不胜厌恶地说,弯下腰去接着修整草坪。“你那样大声喊叫,我还以为有蜈蚣爬到你身上了呢!”

说实在的,我并不认为爱美要以填饱肚子为前提,再多的美食家也只是美食家。此外,如果我的中国老师说的那句话绝对正确,那我该怎样解释下列情况呢?那又老又聋的王妈妈,可怜的寡妇中更可怜的一个,整日里靠辛辛苦苦为人缝衣换碗饭吃,然而,她桌上那个有缺口的瓶子里,整个夏天都插有不知她从哪儿弄来的鲜花。当我硬是送她一个碧绿的小花瓶时,她竟高兴得流出了眼泪。

还有那个小小的烟草店。那位掉光了牙齿的老店主,整天都在快乐地侍弄他的陶盆里一株不知其名的花草。我院外的那位农夫,让一片蒲葵在房子四周任其自然地长着。还有那些街头“小野孩儿”,也常常害羞地把脸贴在我门上,向我讨一束花儿。

不,我认为每个儿童的心田里,都能播下爱美的种子。尽管困苦的生活有时会将它扼杀,但它却是永生不灭的,有时它会在那些沉思冥想的人的心田里茁壮成长,对这些人来说,即使住进皇宫与皇帝共进晚餐也远非人生之最大乐趣。他们知道自己将永远不会满足,除非他们以某种方式找到了美,找到人生之最高境界。

(李乡状.二十世纪外国散文精选[M].西安:陕西师范大学出版总社,2018.)

思考练习

1.园丁的“快活”和“厌恶”反映出怎样的内心世界?

2.在这篇文章中,作者对美有哪些思考?

第七节 《鲜花盛开的土地》

作者简介

卡特莉·瓦拉(1901—1944),芬兰著名女诗人,自由体诗的先驱者。生于林务官家庭。师范学校毕业后任乡村教师。是芬兰文学团体"火炬社"和"基拉社"的发起人之一,艺术上主张仿效欧洲流派采用自由体,政治上反对战争和法西斯主义。第二次世界大战期间被迫流亡瑞典。诗作往往色彩鲜艳,有时还带有浓厚的异国情调,代表诗集为《远方的花圃》(1924 年)和《归来》(1934 年),还著有诗集《蓝色的门》《在地球背脊上》《花园在燃烧》等。

作品导读

在《鲜花盛开的土地》中诗人把芬兰美丽富饶的大地展现在我们面前,把鲜花盛开的泥土的芳馨送进我们的鼻端,而且最后一节给人以希望和光明之感。在这片土地上生活着,如痴如醉,无比快乐,即使死神降临和天上的彩虹坠落下来,那也无妨,因为鲜花开过之后还会再度盛开!

诗作语言纯朴,比喻精当,画面鲜艳,节奏明快。

作品赏析

鲜花盛开的土地

泥土吐露芳香
那是遍地有簇簇紫丁香,
高山霜岚缭绕
那是覆盖着烂漫的野花,
椴树上繁星密布
那是盛开了朱红的花朵。
蓝色、白色、
还有金黄色的花朵,
在青青的草地上摇曳
就像大海上欢闹的波涛。

那阵阵袭人的薰香呵!
真比圣香还要甘美

温暖而令人颤抖，
浓郁得使人欲醉，
哪怕是不信上帝的异教徒
也贪婪地吸进这泥土的芳馨。

生活，生活，
快快乐乐地生活！
尽情享受这美好的人生
把生命的花瓣统统张开
让我们看到
它们是何等娇艳动人！
让鲜花的芳香
还有太阳的温暖
来解除我们的饥渴
使我们如痴似醉、无比快活。

那么，请问：
要是死神降临
要是天上的彩虹坠落到人间，
这又怎么办？

鲜花毕竟盛开过一次，
太阳却一直光芒灿烂，
把天堂的炽热而伟大的爱
笔直射进鲜花的花蕊，
笔直射进它的生命核心，
——鲜花还会再盛开！

（黎华.外国名诗100首[M].武汉：湖北教育出版社，1996.）

思考练习

1.简述这首诗歌的主旨。

2.简述诗歌的艺术特色。

第八节 《禁闭》(存目)

作者简介

萨特(1905—1980),法国20世纪最重要的哲学家之一,法国无神论存在主义的主要代表人物,最积极的西方社会主义倡导者之一,一生中拒绝接受任何奖项,包括1964年的诺贝尔文学奖。他在战后的历次斗争中都站在正义的一边,对各种被剥夺权利者表示同情,反对冷战。他也是优秀的文学家、戏剧家、评论家和社会活动家。

作品导读

《禁闭》是法国作家萨特于1945年创作的戏剧。作为萨特最具代表性的哲理剧,其深刻含义和深远影响已经远远超出了戏剧范畴,萨特通过《禁闭》一作探讨人与他人的关系问题,以戏剧的形式重申了他的存在主义观点。

《禁闭》主要描述了三个死后被投入地狱的罪人——邮政局小职员伊内丝、巴黎贵妇艾丝黛尔、报社编辑加尔散,以及作为过场人物的地狱听差。当他们在地狱密室初相遇时,彼此之间设防戒备,相互隐瞒生前劣迹:加尔散竭力要让他人相信自己是英雄,实际上他是个在二战中因临阵脱逃被处死的胆小鬼,同时又是个沉溺酒色、折磨妻子的虐待狂;艾丝黛尔掩饰色情狂的身份和杀婴罪责,诡称自己是个为了年老的丈夫断送了青春的贞洁女子;伊内丝则充满敌意地牢记"他人"的存在以求尽可能地遮掩自己同性恋的往昔。但是,他们不仅封闭自己,而且"拷问"他人,每个人无时不在"他人的目光"中存在并受到审视与监督。由于他们生前恶习不改,真实面目迅速暴露。暴露之后,便无顾忌。三人之间形成了相互追逐又相互排斥的双向型三角关系:加尔散希望得到伊内丝而拒绝艾丝黛尔;伊内丝希望得到艾丝黛尔而拒绝加尔散;艾丝黛尔希望得到加尔散而拒绝伊内丝。三个痛苦的灵魂像坐上了旋转木马,永在相互追逐又永远追逐不到。相互的追逐成了痛苦的煎熬,谁也不能得到,谁也不能安宁,谁也不能退场,其苦状若身陷无间地狱。最终加尔散悟得地狱之中并无刑具的道理:"何必用烤架呢,他人就是地狱!"剧作以加尔散无可奈何地说"好吧,让我们继续下去吧"一言收场。

作品赏析

禁闭(存目)

思考练习

1.简述作品的主题思想。

2.简述作品的艺术特点。

第九节　《我有一个梦想》

作者简介

马丁·路德·金(1929—1968),美国著名的民权运动领袖。

1963年,马丁·路德·金进见了肯尼迪总统,要求通过新的民权法,给黑人以平等的权利。同年8月28日在林肯纪念堂前发表《我有一个梦想》的演说。是1964年度诺贝尔和平奖获得者。1968年4月,马丁·路德·金前往孟菲斯市领导工人罢工时被人刺杀,时年39岁。1986年起美国政府将每年1月的第三个星期一定为马丁·路德·金全国纪念日。

作品导读

《我有一个梦想》是马丁·路德·金于1963年8月28日在林肯纪念堂前发表的演说。文章慷慨激昂,催人奋进,表达了作者让世界的黑人获得公平、正义的梦想。

作品赏析

我有一个梦想

100年前,一位伟大的美国人签署了《解放黑人奴隶宣言》,今天我们就是在他的雕像前集会。这一庄严宣言犹如灯塔的光芒,给千百万在那摧残生命的不义之火中饱受煎熬的黑奴带来了希望。它之到来犹如欢乐的黎明,结束了束缚黑人的漫漫长夜。

然而100年后的今天,我们必须正视黑人还没有得到自由这一悲惨的事实。100年后的今天,在种族隔离的镣铐和种族歧视的枷锁下,黑人的生活备受压榨。100年后的今天,黑人仍生活在物质充裕的海洋中一个穷困的孤岛上。100年后的今天,黑人仍然蜷缩在美国社会的角落里,并且意识到自己是故土家园中的流亡者。今天我们在这里集会,就是要把这种骇人听闻的情况公之于世。

就某种意义而言,今天我们是为了要求兑现诺言而汇集到我们国家的首都来的。我们共和国的缔造者草拟宪法和独立宣言的气壮山河的词句时,曾向每一个美国人许下了诺言,他们承诺所有人——不论白人还是黑人——都享有不可让渡的生存权、自由权和追求幸福权。

就有色公民而论,美国显然没有实践她的诺言。美国没有履行这项神圣的义务,只是给黑人开了一张空头支票,支票上盖着“资金不足”的戳子后便退了回来。但是我们不相信正义的银行已经破产,我们不相信,在这个国家巨大的机会之库里已没有足够的储备。因此今天我们要求将支票兑现,这张支票将给予我们宝贵的自由和正义保障。

我们来到这个圣地也是为了提醒美国,现在是非常急迫的时刻。现在决非侈谈冷静下来或服用渐进主义的镇静剂的时候。现在是实现民主的诺言时候。现在是从种族隔离的荒凉阴暗的深谷攀登种族平等的光明大道的时候,现在是向上帝所有的儿女开放机会之门的时候,现在是把我们的国家从种族不平等的流沙中拯救出来,置于兄弟情谊的磐石上的时候。

如果美国忽视时间的迫切性和低估黑人的决心,那么,这对美国来说,将是致命伤。自由和平等的爽朗秋天如不到来,黑人义愤填膺的酷暑就不会过去。1963 年并不意味着斗争的结束,而是开始。有人希望,黑人只要撒撒气就会满足;如果国家安之若素,毫无反应,这些人必会大失所望的。黑人得不到公民的基本权利,美国就不可能有安宁或平静,正义的光明的一天不到来,叛乱的旋风就将继续动摇这个国家的基础。

但是对于等候在正义之宫门口的心急如焚的人们,有些话我是必须说的。在争取合法地位的过程中,我们不要采取错误的做法。我们不要为了满足对自由的渴望而抱着敌对和仇恨之杯痛饮。我们斗争时必须永远举止得体,纪律严明。我们不能容许我们的具有崭新内容的抗议蜕变为暴力行动。我们要不断地升华到以精神力量对付物质力量的崇高境界中去。

现在黑人社会充满着了不起的新的战斗精神,但是不能因此而不信任所有的白人。因为我们的许多白人兄弟已经认识到:他们的命运与我们的命运是紧密相连的,他们今天参加游行集会就是明证;他们的自由与我们的自由是息息相关的。我们不能单独行动。

当我们行动时,我们必须保证向前进。我们不能倒退。现在有人问热心民权运动的人:“你们什么时候才能满足?”

只要黑人仍然遭受警察难以形容的野蛮迫害,我们就绝不会满足。

只要我们在外奔波而疲乏的身躯不能在公路旁的汽车旅馆和城里的旅馆找到住宿之所,我们就绝不会满足。

只要黑人的基本活动范围只是从少数民族聚居的小贫民区转移到大贫民区,我们就绝不会满足。

只要我们的孩子被“仅限白人”的标语剥夺自我和尊严,我们就绝不会满足。

只要密西西比州仍然有一个黑人不能参加选举，只要纽约有一个黑人认为他投票无济于事，我们就绝不会满足。

不！我们现在并不满足，我们将来也不满足，除非正义和公正犹如江海之波涛，汹涌澎湃，滚滚而来。

我并非没有注意到，参加今天集会的人中，有些受尽苦难和折磨，有些刚刚走出窄小的牢房，有些由于寻求自由，曾在居住地惨遭疯狂迫害的打击，并在警察暴行的旋风中摇摇欲坠。你们是人为痛苦的长期受难者。坚持下去吧，要坚决相信，忍受不应得的痛苦是一种赎罪。

让我们回到密西西比去，回到亚拉巴马去，回到南卡罗来纳去，回到佐治亚去，回到路易斯安那去，回到我们北方城市中的贫民区和少数民族居住区去，要心中有数，这种状况是能够也必将改变的。我们不要陷入绝望而不可自拔。

朋友们，今天我对你们说，在此时此刻，我们虽然遭受种种困难和挫折，我仍然有一个梦想，这个梦想深深扎根于美国的梦想之中。

我梦想有一天，这个国家会站立起来，真正实现其信条的真谛："我们认为真理是不言而喻，人人生而平等。"

我梦想有一天，在佐治亚的红山上，昔日奴隶的儿子将能够和昔日奴隶主的儿子坐在一起，共叙兄弟情谊。

我梦想有一天，甚至连密西西比州这个正义匿迹、压迫成风、如同沙漠般的地方，也将变成自由和正义的绿洲。

我梦想有一天，我的四个孩子将在一个不是以他们的肤色，而是以他们的品格优劣来评价他们的国度里生活。

今天，我有一个梦想。我梦想有一天，亚拉巴马州能够有所转变，尽管该州州长现在仍然满口异议，反对联邦法令，但有朝一日，那里的黑人男孩和女孩将能与白人男孩和女孩情同骨肉，携手并进。

今天，我有一个梦想。

我梦想有一天，幽谷上升，高山下降，坎坷曲折之路成坦途，圣光披露，满照人间。

这就是我们的希望。我怀着这种信念回到南方。有了这个信念，我们将能从绝望之岭劈出一块希望之石。有了这个信念，我们将能把这个国家刺耳的争吵声，改变成为一支洋溢手足之情的优美交响曲。

有了这个信念，我们将能一起工作，一起祈祷，一起斗争，一起坐牢，一起维护自由；因为我们知道，终有一天，我们是会自由的。

在自由到来的那一天,上帝的所有儿女们将以新的含义高唱这支歌:“我的祖国,美丽的自由之乡,我为您歌唱。您是父辈逝去的地方,您是最初移民的骄傲,让自由之声响彻每个山岗。”

如果美国要成为一个伟大的国家,这个梦想必须实现!

让自由之声从新罕布什尔州的巍峨的崇山峻岭响起来!

让自由之声从纽约州的崇山峻岭响起来!

让自由之声从宾夕法尼亚州的阿勒格尼山响起来!

让自由之声从科罗拉多州冰雪覆盖的落基山响起来!

让自由之声从加利福尼亚州蜿蜒的群峰响起来!

不仅如此,还要让自由之声从佐治亚州的石岭响起来!

让自由之声从田纳西州的瞭望山响起来!

让自由之声从密西西比的每一座丘陵响起来!

让自由之声从每一片山坡响起来!

当我们让自由之声响起,让自由之声从每一个大小村庄、每一个州和每一个城市响起来时,我们将能够加速这一天的到来。那时,上帝的所有儿女,黑人和白人,犹太教徒和非犹太教徒,耶稣教徒和天主教徒,都将手携手,合唱一首古老的黑人灵歌:“自由啦!自由啦!感谢全能上帝,我们终于自由啦!”

(李乡状.二十世纪外国散文精选[M].西安:陕西师范大学出版总社,2018.)

思考练习

1.本文运用了哪些修辞手法?并说明其作用。

2.“我有一个梦想”,这个“梦想”指什么?

第十节 《等待戈多》(存目)

作者简介

塞缪尔·贝克特(1906—1989)是活跃于20世纪法国的爱尔兰作家,创作领域包括戏剧、小说和诗歌,尤以戏剧成就最高。他是荒诞派戏剧的重要代表人物。1969年,他因“以一种新的小说与戏剧的形式,以崇高的艺术表现人类的苦恼”而获得诺贝尔文学奖。

作品导读

《等待戈多》(也被译为《等待果陀》)是爱尔兰现代主义剧作家塞缪尔·贝克特的两幕悲喜剧,1953年首演。《等待戈多》表现的是一个"什么也没有发生,谁也没有来,谁也没有去"的悲剧。作品着重表现人的心态、心理活动以及心理活动障碍。作品中的人物没有鲜明的性格,作品没有连贯的故事情节。

《等待戈多》是戏剧史上真正的革新之作,也是第一部演出成功的荒诞派戏剧。

当代戏剧学者沁费尔得指出:"就贝克特而言,他的剧作对人生所作的阴暗描绘,我们尽可以不必接受,然而他对于戏剧艺术所作的贡献却足以赢得我们的感谢和尊敬。他使我们重新想起,戏剧从根本上不过是人在舞台上的表演,他提醒了我们,华丽的布景、逼真的道具、完美的服装、波澜起伏的情节,尽管有趣,但对于戏剧艺术却不是非有不可的。"

作品赏析

等待戈多(存目)

思考练习

1.思考为何要等待戈多。

2.简述作品的构思与艺术特点。

第十一节　《不能承受的生命之轻》(存目)

作者简介

米兰·昆德拉(1929—2023),捷克裔法国小说家,1929年生于捷克斯洛伐克的布尔诺,自1975年起,在法国定居。长篇小说《玩笑》《生活在别处》《告别圆舞曲》《笑忘录》《不能承受的生命之轻》《不朽》,以及短篇小说集《好笑的爱》是作者以母语捷克文写成的。而长篇小说《慢》《身份》《无知》,随笔集《小说的艺术》《被背叛的遗嘱》《帷幕》以及《相遇》则是以法文写成的。《雅克和他的主人》系作者戏剧代表作。

作品导读

小说描写了托马斯与特丽莎、萨丽娜之间的感情生活,但不是一个男人和两个女人的三角性爱故事,它是一部哲理小说,小说从"永恒轮回"的讨论开始,把读者带入了对一系列问题的思考中,比如轻与重、灵与肉。

小说的故事发生在1968年苏联入侵捷克斯洛伐克时期,民主改革的气息演变成专横压榨之风潮,本书剖示隐秘的爱情,探讨爱的真谛,涵盖了男女之爱、朋友之爱、祖国之爱。在欲望之下,每个人对各类型的爱皆有自由选择的权利,自应负起诚恳执着的义务。人生责任是一个沉重的负担,却也是最真切实在的,摆脱了负担,一切将变得毫无意义。本书更多地探讨了人生的意义所在:人生是要有一种信念的,不能全交给机遇和偶然。

作品赏析

不能承受的生命之轻(存目)

思考练习

1.简述作品中“轻”的内涵。

2.简述作品的主题与艺术特色。

第十二节 《流浪的星星》(节选)

作者简介

勒克莱齐奥(1940—),法国著名文学家,20世纪后半叶法国新寓言派代表作家之一,也是现今法国文坛的领军人物之一,与莫迪亚诺、佩雷克并称为“法兰西三星”。在1994年的法国读者调查中,勒克莱齐奥成为最受读者欢迎的作家。2008年获得诺贝尔文学奖。代表作品有《诉讼笔录》《战争》《流浪的星星》《饥饿间奏曲》等。

作品导读

该小说讲述了从1940年至1982年,时间跨度达40年的故事:二战中法国尼斯后方的一个村庄被意大利人占据,作为犹太人,女孩艾斯苔尔安静幸福的童年生活被打破,随之而来的是恐惧和逃亡,还有父亲的离世。弱小的她感到绝望与无助,只得把所有的希望都寄托在传说中的家园——耶路撒冷。主人公艾斯苔尔和母亲都坚信,只要到了那里,她们就会彻底告别苦难、得到救赎。作者诗化地将耶路撒冷比作人间的伊甸园,那里没有战火硝烟,没有种族歧视,弥漫着和平气息,充满人间关爱。但当面对艰难境况和阻挠时,艾斯苔尔开始怀疑这梦想中的精神家园到底是不是真的存在。最后她们抵达了圣城,发现这个城市也处在战乱之中,灰尘四起,喷泉枯涸。这与曾支撑她们走下去的精神家园,那个想象中的“光明之城”,有着天壤之别。

主人公在矛盾中挣扎、质疑、惶惑,最终在自然空间中释放人性,完成了对人性的整合以及顿悟生命后的体认。

作品赏析

流浪的星星(节选)

只要听见水声,她就知道冬日将尽了。冬天,雪覆盖了整个村庄,房顶、草坪一片皑皑。檐下结满了冰凌。随后太阳开始照耀.冰雪融化,水一滴滴地沿着房椽、沿着侧梁、沿着树枝滴落下来,汇聚成溪,小溪再汇聚成河,沿着村里的每一条小路欢舞雀跃,倾泻而下。

也许正是这水声唤起了她最古老的记忆。她想起了在山间度过的第一个冬天,还有春天的水声叮咚。是什么时候呢,她走在爸爸妈妈的中间,就在这村中的小路上,他们拉着她的手。她的一只胳膊简直有点吊,因为爸爸是那么高。而水就这样从四面八方流淌下来,一路奏着叮叮咚咚的音乐,潺潺流转。每次她忆起这个场景,总是想笑,因为那是一种轻柔而略略有点异样的声音,宛如轻抚。是的,她那会儿确实笑了,就在她爸爸妈妈中间,那水滴,那小河回应着她的笑声,一滑而过,一路流去……

而今天,在夏日的灼热里,在这碧蓝的天空下,她感到有那样一种幸福,那样一种盈溢了全身,简直——叫人有点害怕的幸福。她尤其喜欢村庄上方那一片绿草萋萋的山坡,斜斜地伸往天际。可她从来没有到坡顶去过,因为据说那儿有蛇。她在田边走了一小会儿,只一会儿,为了感受一下泥土的清香,还有那摩挲着唇际的草尖。有些地方草高极了,完全淹没了她的身子。她十三岁,她叫艾莲娜·格莱芙,但是她的父亲总是叫她艾斯苔尔。

六月初,学校关了门,因为老师塞利曼病了。原本还有个老师,亨里齐·费恩,专门在早上给学生上课的,可是他不愿意一个人来。对于孩子们来说,这个已开始的假期似乎会有点嫌长。他们还不知道,他们当中的许多人将眼看着他们的假期以死亡而告终。

每天早晨,太阳一升起来,孩子们就全都匆匆忙忙地出了门,直到中饭时间才会回家,然后扔下饭碗再跑,在田间追逐嬉闹,或是在村里的小路上玩球,那只用自行车车胎皮补了好几次的破球。

夏季刚刚开始,大部分孩子就已经像个野人了,脸、手、腿全都被太阳晒成了赤褐色的,头发上沾满了草棍,衣服也扯得破破烂烂,土迹斑斑。艾斯苔尔很喜欢在每天早上和这群孩子一道跑出去,塞利曼先生的班级倾巢出动,男孩,女孩,犹太孩子和村里的孩子,全混在一起,个个都那么喧杂吵闹,衣衫褴褛。一大早,她就和他们奔跑在尚散发着清香的村路上,接着,他们穿过大广场,激起一片狗吠,还有坐在那里晒太阳的老人的抱怨声。小溪穿街而过,他们就沿着街衢往河的方向奔去,穿过截断河流的田野,一直跑到村里的墓地那儿。太阳烈的时候,他们就在冰凉的激流里洗澡。男孩子就留在原处,女孩子则溯流而上,躲在大块的岩石后面。但是她们知道男孩子还是会穿过荆棘尾随而来,偷看她们,而她们总是发出尖叫,把水往他们身上乱泼一气。

艾斯苔尔是所有的女孩子里最疯的一个,她的黑色髦发剪得很短,脸被晒成赤褐色。每回她母亲看见她回来吃饭,总是会对她说:“艾斯苔尔,你简直像个茨冈人!”她父亲倒是很喜欢她这样,他用西班牙语叫着她的名字:“艾斯苔利塔,小星星。”

是她父亲第一次带她去看村庄上方的那块草地,就在激流的上游。稍远处,有一条公路通往山峦和松林,但那边是另外一个世界了。加斯帕里尼说冬天里会有狼群在松林中出没,说如果在夜里仔细听,就能听见狼在嚎叫,远远的。可是艾斯苔尔夜里躺在床上听过,却从来也没有听见什么狼嚎。也许是水声太响了,小溪一直在村道中间流淌着,从来没有间断过。

有一天,那还是夏季来临以前,她父亲一直把她领到山谷的进口,在那里,小河变成了一股蓝色的水流,在岩石间跳来跳去。山谷的两边耸立着高高的山脉,仿佛城墙,覆满了森林。她父亲指着山谷深处,指着那乱糟糟的层峦叠嶂对她说:“往那儿,就是意大利。”艾斯苔尔试着猜测山的另一边究竟有些什么。“意大利是不是很远?”她问。父亲就回答她说:“如果你能像鸟儿那样飞起来,你今天晚上就能到那里了。可是你需要走很长很长时间,也许要两天。”她真想做只小鸟,好当天就能飞到意大利。而自此之后,她的父亲再也没有跟她说过意大利,还有山那边的任何事情。

意大利人,人们只在村中看到过。他们住在终点旅馆,那是一座高大的白色建筑,在广场上就可以看到旅馆绿色的百叶窗。大部分时间,他们都待在旅馆里,在底层的饭厅聊天或是打牌。天气晴朗的时候他们也会到广场上来,三两成群地,在广场上来回散步,都是些士兵或者警察。孩子们总是低声嘲笑着他们那种饰有鸡毛的帽子。而当艾斯苔尔和其他女孩子跑过,这些宪兵也和她们开句把玩笑,法语和意大利语混杂着说。每天,犹太人都得到旅馆前去排一次队,划个到,再核对一下配给证。每回艾斯苔尔都陪着她的妈妈和爸爸。他们一起走进阴暗的大厅。宪兵在门口放了一张饭店的桌子,每个进门的人报了自己的名字后,他们就在名单上圈个圈。

但是,艾斯苔尔的父亲并不恨意大利人。他说他们没有德国人那么坏。有一天,在艾斯苔尔家厨房召开的一次会上,有人说了意大利人的坏话,她父亲还发了火。“闭嘴,”他说,“在利比埃尔省长要把我们交给德国人的时候,正是他们救了我们。”但是他几乎闭口不提战争，是的，对这一切，他都几乎闭口不提：对犹太人，因为他不信犹太教，他是共产党。塞利曼先生提出要把艾斯苔尔送到村庄上方的小木屋里去接受宗教教育时，她的父亲拒绝了，而村里的犹太孩子几乎每晚都去。于是她遭到了其他孩子的嘲笑，他们冲着她叫goy，就是异教徒的意思，他们还叫她“共产党”。可是她父亲就是不肯让步。他只是说：“随他们说去好了，他们比你忘得还快。”果然，塞利曼先生班上的孩子很快忘记了这些，他们不再喊她“异教徒”或是“共产党”了。而且，别的孩子中也有不去参加宗教训导的，像加斯帕里尼，或者像特里斯当。特里斯当有一半英国血统，而他的母亲是意大利人，一个有着一头褐色头发，并且总是戴着大大的帽子的美丽妇人。

艾斯苔尔很喜欢亨里齐·费恩先生，那是为着钢琴的缘故。他住在一座破烂不堪的小楼的底层，就在广场的低处，通往坟墓的那条街上。这不是一座漂亮的住宅，甚至人们说有点阴森，因为宅子废弃的花园长满了乌鸦草，而小楼的百叶窗也总是紧闭着。亨里齐·费恩先生不上课的时候就把自己关在他的厨房里弹钢琴。这是村中唯一的一架钢琴，甚至是一直到尼斯或蒙特卡洛这一带山区的唯一一架钢琴。据说意大利人刚刚在旅馆住下的时候，那个叫作蒙多罗尼，也颇好音乐的宪兵队长曾想把钢琴搬到他们的饭厅里。但是费恩先生说：“你们可以把钢琴搬走，因为你们是胜利者。不过你们要明白，我绝对不会到那里去为你们演奏的。”

他从不为任何人演奏。他独自一人生活在这座破败的房子里，有些个下午，艾斯苔尔经过那里时，可以听见从厨房的门缝里飘出的音乐声。那是一种如同春天的涓涓细流的声音，柔和，轻盈，莺莺流转，从四面八方同时流溢出来。艾斯苔尔总是会停下来，在栅栏附近侧耳倾听。曲子一结束，她就飞一般地溜走了，她怕被他看见。有一天，她和母亲谈到了钢琴的事情，她母亲才告诉她说费恩先生战前曾经是维也纳的著名钢琴家；晚上，他会在大厅里开音乐会，夫人们穿着晚礼服，先生们则穿着黑色燕尾服。德国人入侵奥地利，他们把所有的犹太人都关进了监狱，他们带走了费恩先生的妻子，而费恩先生却得以逃脱。但是从那天起，他就不愿意为任何人演奏了。他到村里来的时候，村里还没有钢琴。他从海边某地买了一架，装在小卡车里运来，用防雨布遮得严严实实的，然后他就把钢琴放到了他的厨房里。

现在艾斯苔尔知道了这一切，她勉强敢靠近栅栏了。她听着这些音符柔和地流淌出来，她觉得那里面有一种忧伤的东西，那种叫人泪盈双眼的忧伤。

这一天，天气热极了，村里的一切似乎都在沉睡，可艾斯苔尔一直跑到费恩先生的房前才停下,在园子里,有一棵大桑树。艾斯苔尔紧紧抓住栅栏,翻上墙头,躲在桑树的荫盖下。通过厨房的窗,她看见了费恩先生侧倾在钢琴上的身影。象牙色的琴键在昏冥中闪闪发光。音符流泻,似乎停顿犹豫着,又重新滑出来,那仿佛是一种语言,仿佛费恩先生自己也不是很清楚该从哪儿开始。艾斯苔尔用尽了一切气力朝里看,一直看到眼睛都痛了。而演奏这才真正地开始,曲子突然从钢琴里迸出来,随即盈满了整个屋子、花园,还有街衢,用它的力量、它的秩序侵满了一切,然后它变得柔和、神秘。现在它跳跃着,如同溪流里的水花在四处飞溅,它径直往天空的中心飞去,直入云霄,与天光交融混杂。它跃入所有的山峦,循溯到两条激流的源头,它有着河流的力量。

艾斯苔尔紧紧抓着生了锈的栏杆,倾听着费恩先生的语言。现在,他不再是学校里授课的老师。他在讲述着一些奇异的故事,一些她无法记住的故事,就像梦。在这些故事里,人们是那么自由,没有战争,没有德国人也没有意大利人,没有任何东西可以让人感到害怕,可以让生活停滞。但是,它们也是忧伤的,然后曲子渐渐缓下来,犹在询问。有一些时刻,仿佛一切都被摧毁了,一切,碎裂无复。最后是一片沉寂。

音乐声再度响起,艾斯苔尔仔仔细细地听着,每一句从琴键下不经意流淌出来的话语。她生命里从来没有过如此重要的东西,除了在有些时候,她母亲唱一支歌,或是她父亲给她读她喜欢听的故事的时候.就好像她听到匹克威克先生进了伦敦监狱或者尼古拉·尼可比见到了他的舅舅。

艾斯苔尔推开栅栏,穿过花园。她没有弄出一点声响,就走进了厨房,一直走到钢琴前。她注视着,在一个老人神经质般的十指下,每个象牙色的琴键深深地陷下去,准确、有力,她仔细地倾听着每一句话语。

突然,费恩先生停下了,一片寂静,厚重而难以忍受。艾斯苔尔不禁向后退去,费恩先生转向她。他那苍白的脸闪着光华,还有他那略显滑稽的山羊胡子。

他说:“你叫什么名字?”

“艾莲娜。”艾斯苔尔回答道。

“那好,进来吧。”

一切都那么自然,好像他原本就认得这个小女孩似的。

然后他重新开始演奏,不再顾她。她就站在钢琴旁听着,连呼吸都不敢。她从未听到过如此美妙的音乐。在幽冥之中,黑色的钢琴抹去了一切。老人纤长的手指在琴键上奔忙,停下,再出发。时不时地,费恩先生翻寻着他的那堆簿子，上面记的都是些神秘的名字……

（勒克莱齐奥.流浪的星星[M].袁筱一，译.北京：人民文学出版社，2010.略有改动。）

思考练习

1.简述作品的主题思想。

2.简述作品的艺术特点。

第十三节 《华伦夫人的职业》（存目）

作者简介

萧伯纳（1856—1950），19世纪末至20世纪上半叶英国最杰出的现实主义剧作家。他出生于爱尔兰都柏林一个小公务员家庭。

1925年，他因作品具有理想主义和人道主义而获诺贝尔文学奖，是世界著名的擅长幽默与讽刺的语言大师，同时他还是积极的社会活动家和费边社会主义的宣传者。他支持妇女的权利，呼吁选举制度的根本变革，倡导收入平等，主张废除私有财产。

萧伯纳的一生，是和社会主义运动密切相关的一生。他认真研读过《资本论》，公开声明"是一个普通的无产者""一个社会主义者"。他主张艺术应当反映迫切的社会问题，反对"为艺术而艺术"。其思想深受德国哲学家叔本华及尼采的影响，他也读过马克思的著作，不过他却主张用渐进的方法改变资本主义制度，反对暴力革命。

作品导读

在维多利亚时期，大多数女性没有特殊的技能，只能在劳动力密集型产业中从事普通劳动，在肮脏艰苦的工作环境里出卖廉价劳动力。作者真实地再现了维多利亚时期女性受到的社会压迫，尤其是经济压迫。正是由于社会的丑陋黑暗，一批代表时代发展的新女性出现了，薇薇便是其中的代表。萧伯纳借新女性薇薇之口，抨击了资本主义社会的虚伪残酷，矛头直指唯利是图、压迫女性的资产阶级，把社会现实赤裸裸地展现在读者面前，期望更多像薇薇一样的新女性出现，从而改变这个肮脏的世界。

《华伦夫人的职业》是萧伯纳的代表剧作，共四幕，1894年首演。作品揭露了资本主义社会的经济基础，指出统治阶级的财富是建立在对人民的残酷剥削上的，在资产阶级社会没有道德可言。作者将此剧列入"不快意的戏剧"一类，作品批判不讲道德、贪婪、腐朽的资产阶级生活，揭发披华贵外衣者的堕落，但对华伦夫人这类人给予了深切同情，因为是罪恶的社会在逼良为娼。

作品赏析

华伦夫人的职业(存目)

思考练习

1.简述华伦夫人的性格特征。

2.简述作品的主题和艺术特色。

第十四节 《茵尼斯弗利岛》

作者简介

威廉·巴特勒·叶芝(1865—1939),亦译“叶慈”“耶茨”,爱尔兰诗人、剧作家和散文家,1923年诺贝尔文学奖得主,著名的神秘主义者,是“爱尔兰文艺复兴运动”的领袖,也是艾比剧院的创建者之一。叶芝的诗受浪漫主义、唯美主义、神秘主义、象征主义和玄学诗的影响,演变出其独特的风格。叶芝的艺术代表着英语诗从传统到现代过渡的缩影。叶芝早年的创作具有浪漫主义的华丽风格,善于营造梦幻般的氛围,其在1893年出版的散文集《凯尔特的薄暮》,便属于此风格。然而进入不惑之年后,在现代主义诗人艾兹拉·庞德等人的影响下,尤其是在其本人参与爱尔兰民族主义政治运动的切身经验的影响下,叶芝的创作风格发生了比较激烈的变化,更加趋近现代主义了。

作品导读

《茵尼斯弗利岛》是叶芝1890年发表的一首抒情诗作,作品用朴实的语言和生动的意象描绘对田园自由生活的喜爱。这首诗从发表到现在已有一个多世纪,经受了时间的考验,成为爱尔兰乃至整个世界诗歌海洋中一颗熠熠闪光的明珠,在爱尔兰被列为中小学生的必读作品。

《茵尼斯弗利岛》是诗人用意象精心营造起来的浪漫主义诗歌境界。叶芝在该诗中通过塑造茵尼斯弗利岛这特殊的仙境,来反映诗人的主观世界和诗人对事物的内心感受,并且抒发了他强烈的感情。叶芝于1895年随家庭移居伦敦,看到了19世纪末以伦敦为代表的英国社会的萧条景象,产生了对都市生活现实的不满,因此,他用城市令人沮丧的环境,如灰色的人行道作为象征符号来暗示这一景象。显而易见,叶芝在这首诗中着重抒发了自己的理想,虚构了一个自己的理想世界来与现实世界形成鲜明的对比,从而达到对现实进行批判的目的。将茵尼斯弗利岛这一想象的空间作为特殊的仙境是这首诗的最基本的浪漫主义特征。

作品赏析

茵尼斯弗利岛

我就要起身走了，到茵尼斯弗利岛，
造座小茅屋在那里，枝条编墙糊上泥；
我要养上一箱蜜蜂，种上九行豆角，
独住在蜂声嗡嗡的林间草地。

那儿安宁会降临我，安宁慢慢儿滴下来，
从晨的面纱滴落到蛐蛐歌唱的地方；
那儿半夜闪着微光，中午染着紫红光彩，
而黄昏织满了红雀的翅膀。

我就要起身走了，因为从早到晚从夜到朝，
我听得湖水在不断地轻轻拍岸；
不论我站在马路上还是在灰色人行道，
总听得它在我心灵深处呼唤。

（陈立华.经典诗歌欣赏[M].武汉：武汉测绘科技大学出版社，1997.）

思考练习

1.反复朗读，正确理解诗人在这首诗中所流露出来的思想倾向。

2.感受诗人所描绘的景象，领略它朦胧而美丽的意境。

第十五节　《虹》(存目)

作者简介

戴维·赫伯特·劳伦斯(1885—1930)，英国小说家、批评家、诗人、画家，20 世纪英国最独特和最具争议的作家之一。

他出生于英国中部诺丁汉郡的一个矿工家庭，当过屠户会计、厂商雇员和小学教师，曾在国内外漂泊十多年，对现实抱批判否定态度。劳伦斯写过诗，但主要写长篇小说。他一生创作了 10 部长篇小说、11 部短篇小说集、4 部戏剧、10 部诗集、4 部散文集、5 部理论论著、3 部游记和大量的书信。代表作品有《儿子与情人》《虹》《恋爱中的女人》和《查泰莱夫人的情人》等。

作品导读

19世纪末,英国的发展在帝国主义的竞争中逐渐缓慢下来,经济危机又给英国社会带来一片萧条的景象,1914年第一次世界大战的爆发更是激化了国际国内的各种矛盾。对比维多利亚时代英国的强盛,人们对当时的秩序与传统制度的信心日渐丧失,精神与信仰的危机和对传统的反叛成为这一时期社会价值观念的主潮,反映在文学上则表现为"心理状态、道德理想和精神价值与维多利亚时代文学的态度、理想和价值几乎是背道而驰的"。另外,工业化极大地破坏了人与环境的和谐,导致人与大自然的天然联系被割断,并使人沦为机器的奴隶,英国社会进入一个"崩溃的个人与退步的整体、个人的绝对孤独及其社会关系的全面异化"的阶段。文学开始更多地转向人的内心,观照人的心灵。

长篇小说《虹》通过一家三代人的遭遇,描述了工业革命给传统的乡村带来的巨大变化,同时以极大的热情和深度,探索有关性的心理问题。

在《虹》中,第一代人的生活带有田园诗的色彩,同时也预示古老文明即将结束;第二代人精神的苦闷和呆滞的目光,是令人窒息的工业化社会的最好注解;第三代人的探索具有积极的社会意义,表达了人们要冲破狭窄的生活圈子、过上一种自然和谐的生活的愿望。

《虹》反映了当时的人,特别是女性,在处理两性关系中的矛盾冲突时及寻求自我和个性解放历程中的困惑与彷徨,也记述了作者自己在爱情和婚姻中的经历,反映了他对建立和谐的两性关系的渴望。

对两性伦理关系的观察是劳伦斯文学创作的重要出发点,他以此为平台来观察心理与现实的关系,用充满活力与激情的文学创作批判现代社会中人与人之间,尤其是两性关系之间的危机,向读者展示了资本主义文明高速发展时期工业文明对人的物化与异化。面对工业社会对人性的深刻异化,劳伦斯试图通过文学创作寻求理想的解决办法。

作品赏析

虹(存目)

思考练习

1.简述作品中"彩虹"意象的象征意义。

2.简述作品的主题思想。

第十六节　《荒原》(存目)

作者简介

托马斯·斯特恩斯·艾略特(1888—1965),英国诗人、剧作家和文学批评家,诗歌现代派运动领袖,出生于美国密苏里州的圣路易斯城。代表作品有《荒原》《四个四重奏》等。

艾略特曾在哈佛大学学习哲学和比较文学,接触过梵文和东方文化,对黑格尔派的哲学家颇感兴趣,也曾受到法国象征主义文学的影响。1914年,艾略特结识了美国诗人庞德。第一次世界大战爆发后,他来到英国,并定居伦敦,先后做过教师和银行职员等。1922年发表的《荒原》为他赢得了国际声誉,被评论界看作20世纪最有影响力的一部诗作,被认为是英美现代诗歌的里程碑,是象征主义文学中最有代表性的作品。

1927年,艾略特获得英国国籍。1943年结集出版的《四个四重奏》使他获得了1948年的诺贝尔文学奖。他晚年致力于诗剧创作,1965年在伦敦逝世。

作品导读

《荒原》思维上的跳跃很大,意象之间、场面之间的衔接常常很突兀,诗人的情绪深藏在那些奇特的意象后面,这些意象与诗人的感情相对应,和众多的引语、典故、对话、场景一起,组成了一幅五光十色的图画,这幅图画具有不同的层次,包蕴着一团气氛,可以充分调动读者的想象力。

枯萎的荒原——庸俗丑恶、虽生犹死的人们——复活的希望,作为一条主线贯穿了全诗阴冷朦胧的画面,深刻地表现了人欲横流、精神堕落、道德沦丧、生活卑劣猥琐、丑恶黑暗的西方社会的本来面貌,传达出第一次世界大战后西方人对世界、对现实的厌恶,普遍存在的失望情绪和幻灭感,表现了一代人的精神病态和精神危机,从而否定了现代西方文明。同时,诗歌把西方社会的堕落归因于人的“原罪”,把恢复宗教精神当作拯救西方世界、拯救现代人的灵丹妙药,这是艾略特给出的答案。

《荒原》在艺术上的成就超过了现代派的其他诗作,是具有借鉴价值、值得认真研究的杰作。这首抒情长诗风格多样,表现手法不拘一格,糅合了象征主义、意象主义和玄学派的一些特点。诗中陈述与咏叹、抒情与讽刺、描绘与警示、庄严典雅的诗句与滑稽可哂的市井俗语,交织成五彩缤纷的景象。大量的典故(涉及36个作家、56部作品和6种外文)、比喻、暗示、联想、对应等象征主义手法及意象叠加、时空交错等现代诗歌表现手段,诗人用来得心应手。他甚至大胆采用了象征里套象征、神话里面套神话、神话和现实交错、古与今杂糅、虚与实融会的手法,使得诗歌高度的抽象化、哲理化有机地统一起来,极大地丰富了诗歌的表现手段,拓展了诗歌的思想内容。《荒原》在艺术表现上的不足是使用典故太多,且想象、联想和暗示都带有很大的随意性,造成诗歌晦涩难解,使一般读者望而却步。

作为西方现代主义的第一个流派,后期象征主义对文学的发展是有独特贡献的。它在艺术的创造、开拓方面所得到的成功经验,丰富了诗歌的表现手段,增强了诗歌的艺术感染力,影响了现代主义的各个流派;象征主义作家着力表现内心世界,也是对文学领域的拓展。但是,象征主义在艺术上过分追求表现形式而造成的神秘晦涩与内容上表现出来的悲观主义、宗教神秘主义和反动倒退的社会主张则是应当否定的。

作品赏析

荒原(存目)

思考练习

1.简述作品的主题思想。

2.简述作品的写作特点。

第十七节　《尤利西斯》(节选)

作者简介

詹姆斯·乔伊斯(1882—1941),爱尔兰作家、诗人,20 世纪最伟大的作家之一,后现代文学的奠基者之一,其作品及"意识流"思想对世界文坛影响巨大。他自 1920 年起定居巴黎。其一生颠沛流离,辗转于欧洲各地,靠教授英语和写作糊口,晚年饱受眼疾之痛,几近失明。其作品结构复杂,用语奇特,极富独创性。

主要作品有:短篇小说集《都柏林人》,描写下层市民的日常生活,显示社会环境对人的理想和希望的毁灭;自传体小说《青年艺术家的自画像》,以大量内心独白描述人物心理及其周围世界;代表作长篇小说《尤利西斯》,表现现代社会中人的孤独与悲观;后期所作的长篇小说《芬尼根的守灵夜》,借用梦境表达对人类存在和命运的终极思考,语言极为晦涩难懂。

作品导读

《尤利西斯》讲述的是青年诗人斯蒂芬寻找一个精神上的象征性的父亲和布卢姆寻找一个儿子的故事。斯蒂芬已经有了一个生理上的父亲西蒙·迪达勒斯,但是斯蒂芬只把他当成肉体上的父亲,斯蒂芬认为自己有能力变得成熟,也可以成为一名父亲,然而,由于父亲西蒙·迪达勒斯的批评和缺乏理解并没有成功。因此斯蒂芬所寻找的父亲只能是一个象征性的父亲，这个父亲可以允许斯蒂芬自己也成为一名父亲。布卢姆寻找儿子从很大程度上讲则是因为他需要一个后代来巩固自己的身份和延续香火。由此可见，斯蒂芬和布卢姆两人都希望通过寻求为父之道来巩固身份。该文本以时间为序，描述了男主人公利奥波德·布卢姆于 1904 年 6 月 16 日 1 天 18 个小时之内的在都柏林的生活经历。乔伊斯通过描述一天内发生的单一事件向人们展示了一幅人类社会的缩影，通过对一个人一天日常生活和精神变化的细致刻画揭示了人类社会的悲与喜、英雄与懦夫的共存以及宏伟与沉闷的同现。

乔伊斯本人于 1920 年在书信中评论该作品：它是一部关于两个民族(以色列与爱尔兰)的史诗，同时是一个周游人体器官的旅行，也是一个发生在一天(一生)之间的小故事。

《尤利西斯》作为意识流小说的代表作，被誉为 20 世纪百大英文小说之首，并被奉为 20 世纪最伟大的小说。

作品赏析

尤利西斯(节选)

可视事物无可避免的形式：至少是对可视事物，通过我的眼睛认知。我在这里辨认的是各种事物的标记，鱼的受精卵和海藻，越来越涌近的潮水，那只铁锈色的长筒靴。鼻涕绿，蓝银，铁锈：带色的记号。透明的限度。然而他补充说，在形体中。那么，他察觉事物的形体早于察觉其带色了。怎样察觉的？用他的头脑撞过，准是的。悠着点儿。他谢了顶，又是一位百万富翁。有学识者的导师。其中透明的限度。为什么说其中？透明，不透明。倘若你能把五指伸过去，那就是户，伸不过去就是门。闭上你的眼睛去看吧。

斯蒂芬闭上两眼，倾听着自己的靴子踩在海藻和贝壳上的声音。你好歹从中穿行着。是啊，每一次都跨一大步。在极短暂的时间内，穿过极小的一段空间。五，六：持续地。正是这样。这就是可听事物无可避免的形态。睁开你的眼睛。别，唉！倘若我从濒临大海那峻峭的悬崖之巅栽下去，就会无可避免地在空间并列着往下栽！我在黑暗中待得蛮惬意。那把梣木刀佩在腰间。用它点着地走：他们就是这么做的。我的两只脚穿着他的靴子，并列着与他的小腿相接。听上去蛮实，一定是巨匠造物主那把木槌的响声。莫非我正沿着沙丘走向永恒不成？喀嚓吱吱，吱吱，吱吱。大海的野生货币。迪希先生全都认得。

来不来沙丘，
母马玛达琳？

瞧,旋律开始了。我听见啦。节奏完全按四音步句的抑扬格在行进。不。在飞奔。母马玛达琳。

(乔伊斯.尤利西斯[M].萧乾,文洁若,译.哈尔滨:北方文艺出版社,2015.略有改动。)

思考练习

1.如何理解《奥德赛》和《尤利西斯》之间的对应性?

2.试分析《尤利西斯》中的内心独白、自由联想和蒙太奇等意识流技巧。

第十八节 《金色笔记》(存目)

作者简介

多丽丝·莱辛(1919—2013),笔名简·萨默斯,英国女作家,代表作有《金色笔记》等,被誉为继伍尔芙之后最伟大的女性作家,并多次获得诺贝尔文学奖提名以及多个世界级文学奖项。在2007年10月11日,瑞典皇家科学院诺贝尔奖委员会宣布将2007年诺贝尔文学奖授予这位英国女作家。她是迄今为止获奖时最年长的女性诺贝尔获奖者。2013年11月17日去世,享年94岁。

作品导读

《金色笔记》通过描写女主人公安娜的个人生活和追求,表现了20世纪50年代动荡不安的世界现状和人们的精神风貌,这也构成了作家对当代社会生活、人生信念、文学创作以及审美形式的思考与探索。这部小说在艺术形式上表现出大胆的改革与尝试。

作者把五本笔记穿插在这个故事之中,以此描写20世纪中期整个世界的风貌。其中黑色笔记描写主人公作为作家在非洲的经历,涉及殖民主义和种族主义问题;红色笔记写她的政治生活,记录她对斯大林主义由憧憬到幻灭的思想过程;黄色笔记是作者根据自己的爱情生活所创作的一个故事,题为《第三者的影子》;蓝色笔记是她的日记,记录了主人公的精神轨迹。四本笔记成为一个不安宁的灵魂的四道反光。而最后的金色笔记,却是作者对人生的一种哲理性总结。

2007年,瑞典皇家科学院将诺贝尔文学奖授予作为当代英国最重要的作家之一的多丽丝·莱辛。诺贝尔文学奖颁奖词称《金色笔记》为“一部先锋作品,是20世纪审视男女关系的巅峰之作”。

作品赏析

金色笔记(存目)

思考练习

1.简述作品的主题思想。

2.简述作品的艺术特点。

第十九节　《鹰之歌》

作者简介

马克西姆·高尔基(1868—1936),苏联伟大作家,社会主义、现实主义文学奠基人,杰出的政治活动家。他的早期作品杂存着现实主义和浪漫主义两种风格。主要代表作有:短篇小说《马尔卡·楚德拉》(1895)、《契尔卡什》(1895),散文诗《海燕之歌》(1901)、《母亲》(1906),剧本《敌人》(1906),及描述个人成长、奋斗的自传体小说三部曲《童年》《在人间》《我的大学》。列宁称他为“无产阶级艺术最杰出的代表”。

作品导读

《鹰之歌》写于 1895 年,是高尔基早期的一篇散文诗。它以生动的文笔塑造了追求自由、渴望战斗的鹰和安于现状、苟且偷生的蛇两个艺术形象,并从对前者的赞颂和对后者的批判中给人以革命的启迪。

该首散文诗通过一个鞑靼族老牧人拉吉姆讲述的鹰和蛇的故事,塑造了两个对比强烈的鲜明形象——一只会爬行的蛇和永远高飞的鹰。从对比中作者突出了鹰之高大,蛇之渺小;鹰之高尚,蛇之低俗;鹰之英姿,蛇之丑陋;鹰之奋不顾身,蛇之贪生怕死。

高尔基在该首具有浓烈浪漫主义色彩的散文诗里,塑造了两个截然不同的形象:鹰的形象——先进的革命的英雄形象,和蛇的形象——自私保守的市侩形象。作者通过这两个形象,以新颖、高亢的风格,明快、有力的语言,抨击了安于现状,苟且偷安的市侩心理,颂扬了人民对自由、幸福和美好未来的追求。

作品赏析

鹰之歌

懒洋洋地在岸边叹气的大海在浴着淡青色月光的远方静静地睡着了。

在那儿柔和的、银白色的海跟南方的蓝色天空融在一块儿,沉沉地睡去了,海面反映出羽毛形云片的透明的织锦,那些云片也是不动的,而且隐隐约约地露出来金色星星的光纹。天空仿佛越来越低地朝海面俯下来,它好像想听清楚那些不知道休息的波浪瞌睡昏昏地爬上岸的时候,喃喃地在讲些什么。

山上长满了给东北风吹折成奇形怪状的树木,这些山把它们峻峭的山峰高高地耸在它们头上那一片荒凉的蓝空中,在那儿它们的锋利、粗糙的轮廓给包裹在南方夜间的温暖、柔和的黑暗里,变成浑圆的了。

高山在严肃地沉思。它们把黑影投在带绿色的重重浪头上。紧紧地罩住了浪头,好像想制止波浪的这种唯一的动作,想静息水波的不绝的拍溅声和浪花的叹息,——这一切声音打破了四周神秘的静寂,在这四周除了这一片静寂以外,还弥漫着这个时候还隐在山峰后面的明月的淡青色的银光。

"阿—阿拉—阿赫—阿—阿克巴尔!……"拉吉姆轻轻地叹口气说,他是克里米亚的老牧羊人,高个子白头发,皮肤给南方的太阳烤黑了,是一个聪明的干瘦老头子。

他和我两个躺在一块跟亲族的山隔断了的大岩石旁边的沙滩上,这块大岩石身上长满了青苔,现在给罩在阴影里,——这是一块忧愁的、阴郁的岩石。波浪把泥沙和海藻不断地投在岩石朝海的那一面,岩石上挂满了这些东西,就好像给拴在这个把海跟山隔开了的狭长沙滩上一样。我们营火的火光照亮了岩石朝山的这一面,火光在颤抖,影子在布满深的裂痕的古老岩石上面跑。

拉吉姆跟我正在用我们刚才捉到的鱼做汤;我们两个人都有这样的一种心境:好像什么东西都是透明的、有灵魂的、可以让人了解透彻的,而且我们的心非常纯洁,非常轻松,除了思索以外,就再没有任何的欲望了。

海亲热地拍着岸,波浪的声音是那样亲切,好像在要求我们准许它们在营火旁边取暖似的。偶尔在水声的大合音中间响起来一种更高、更顽皮的调子——这就是快爬到我们跟前来的一个胆子更大的波浪。

拉吉姆胸膛朝下地伏在沙滩上,头朝着海,两只胳膊肘支着身子,头搁在手掌心上,沉思地望着阴暗的远方。那顶毛茸茸的羊皮帽子已经滑到他的后脑袋上了,一阵凉风从海上吹来,吹到他那布满细皱纹的高高的前额上。他开始谈起哲理来,并不管我是不是在听,好像他在跟海讲话一样:"忠诚地信奉上帝的人要进天国。可是不信奉上帝、不信奉先知的人怎样呢?也许他——就在这个浪花里面……说不定水上这些银色点子就是他……谁知道呢?"

阴暗的、摇荡得厉害的海亮起来了，海面上这儿那儿出现了随便射下来的月光。月亮从毛耸耸的山峰后面出来了，现在慢悠悠地把它的光辉倾注在海上(海正轻轻叹着气起来迎接它)，倾注在我们旁边的岩石上。

“拉吉姆！……讲个故事吧……”我向老头子央求道。

“为什么要讲?”拉吉姆问道，他并不掉过头来看我。

“是啊！我喜欢你的故事。”

“我已经把所有的故事全讲给你听了……我再也没有了……”他愿意我央求他讲，我就求他。

“你愿意听的话，我就给你讲个歌子吧!”拉吉姆同意了。

我愿意听他的古老的歌子，他极力保持歌子的独特的旋律，就用一种沉郁的吟诵调讲起来。

一

“黄领蛇爬在高高的山上，它躺在潮湿的峡谷里，盘起身子，望着下面的海。

“太阳照在高高的天上，山把热气吹上天，山下海浪在拍打岩石……

“山泉穿过黑暗和喷雾的中间，沿着峡谷朝着海飞奔，一路上冲打石子，发出雷鸣的声音……

“山泉满身白色浪花，它又白又有劲，切开了山，带着怒吼地落进海里去。

“突然在蛇盘着的峡谷里，从天上落下来一只苍鹰，它胸口受伤，翅膀带血……

“鹰短短地叫一声，就摔到地上来，带着无可奈何的愤怒，拿胸膛去撞坚硬的岩石……

“蛇大吃一惊，连忙逃开了，可是它马上就知道这只鸟只能够活两三分钟。

“蛇爬到受伤的鸟跟前，对着鸟的耳朵发出咝咝的声音：‘怎么，要死吗?’

“‘对，我要死了。’鹰长叹一声，回答道。‘我痛快地活过了！……我懂得幸福！……我也勇敢地战斗过！……我看见过天空……你绝不会离得那么近地看到天空！……唉，你这个可怜虫！

“‘哼，天空是什么东西？——一个空空的地方……我怎么能爬到那儿去呢？我这儿就很好……又暖和，又潮湿！’

“蛇这样回答爱自由的鸟，可是它却在心里暗笑鹰的这些梦话。

“它这样想着：‘不论飞也好，爬也好，结局只有一个：大家都要躺在地里，大家都要变作尘土……’

“可是这只英勇的鹰突然抖了抖翅膀,稍微抬起身子,看了看峡谷。

“水从灰色岩石缝中渗出来,阴暗的峡谷里非常气闷,而且散布着腐朽的气味。

“鹰聚起全身的力气,悲哀地、痛苦地叫:

“‘啊,只要我再升到天空去一次!……我要拿仇敌……来堵我胸膛的伤口……拿它来止我的血……啊!战斗的幸福!……’

“蛇在想:‘它既然这样痛苦地呻吟,那么在天空生活一定非常愉快!……’

“它就给这只爱自由的鸟出主意:‘你就爬到峡谷边儿上,跳下去。你的翅膀也许会托起你来,那么你还可以痛快地活一会儿。’

“鹰浑身发颤,骄傲地大叫一声,用爪子抓住岩山上的黏泥,走到了悬崖的边缘。

“鹰到了那儿,就展开翅膀,深深吸了一口气,两只眼睛发光——滚下去了。

“它像石头一样在岩石上滚着滑下去,很快地就落到下面,翅膀折断,羽毛散失……

“山泉的激浪捉住它,洗去它身上的血迹,用浪花包着它,带它到海里去。

“海浪发出悲痛的吼声撞击岩石……在无边的海面上不见了鸟的尸首……

二

“黄颔蛇躺在峡谷里,好久都在想鸟的死亡和鸟对天空的热情。

“它一直望着远方,那个永远用幸福的梦想来安慰眼睛的远方。

“‘这只死鹰,它在无底无边的虚空里看见了什么呢?为什么像它这一类的鸟临死还要拿它们那种对于在天空飞翔的热爱来折磨灵魂呢?它们在那儿明白了什么呢?其实我只要飞上天空去,哪怕一会儿也好,我就会全知道的。’

“它说了就做了。它把身子卷成一个圈,往空中一跳,它像一根细带子在日光里闪亮了一下。

“生成爬行的东西不会飞!……它忘记了这一层,跌在岩石上面了。可是它并没有死,反倒大声笑起来了……

“‘原来这就是在天空飞翔的妙处!这也就是跌下去的妙处啊!……这些可笑的呆鸟!它们不懂得土地,在土地上感到不舒服,只想高高地飞上天空,生活在炎热的虚空里。那儿只有空虚。那儿光多得很,可是没有吃的东西，也没有托住活的身体的东西。为什么要骄傲呢？为什么要责备呢？为什么拿骄傲来掩饰它们自己那种疯狂的欲望，拿责备掩饰它们自己对生活的毫无办法呢？可笑的呆鸟！……它们讲的话现在再也骗不到我了！我自己全明白了！我——看见过天空了……我飞到天上去过，我探测过天空，也知道跌下去是怎么一回事了，不过我并没有跌死，我只有更加相信我自己。让那些不能爱土地的东西就靠幻想活下去吧。我认识真理。我绝不相信它们的号召。我是从土地生出来的，我就依靠土地生活。'

"蛇扬扬得意地盘在石头上面。

"海面充满灿烂的阳光在闪烁，波浪凶猛地打击着海岸。

"在它们那种狮吼一样的啸声中响起了雷鸣似的赞美骄傲的鸟的歌声，海浪打得岩石发抖，庄严、可怕的歌声使得天空战栗：

"我们歌颂这种勇士的疯狂！

"勇士的疯狂就是人生的智慧！啊，勇敢的鹰啊！你在跟仇敌战斗中流了血……可是将来有一天——你那一点一滴的热血会像火花一样，在人生的黑暗中燃烧起来，在许多勇敢的心里燃起对自由、对光明的狂热的渴望！

"你固然死了！……可是在勇敢、坚强的人的歌声中你永远是一个活的榜样，一个追求自由、追求光明的骄傲的号召！

"我们歌颂勇士的疯狂！……"

……远处乳白色的海面静下来了，海浪哼着唱歌的调子在拍打沙滩，我望着远处的海面不作声。水上，月光的银色点子越来越多了……我们的水壶轻轻地沸腾起来。

一个浪顽皮地跳上了岸，带着无礼的闹声朝拉吉姆的头爬过来。

"你到哪儿去？……退回去！"拉吉姆朝着浪挥一下手，浪恭顺地退回海里去了。

我并不觉得拉吉姆把波浪当作人一样看待的举动可笑或者可怕，我们四周的一切都显得十分有生气、温柔、亲切。海非常平静，是一种带着威严的意味的平静，使人觉得海吹到山上(在那儿白天的炎热还没有退尽)去的新鲜气息中有许多强大的、含蓄的力量。深蓝色天空中，星星的金色花纹透露出来让人甜蜜地期待着某一种启示的、使灵魂迷醉的庄严的消息。

一切都在打瞌睡，不过这是一种紧张的、容易醒的瞌睡，好像在下一秒钟一切都会惊醒起来，共同发出一种异常好听的音调的极和谐的和音。这些音调会讲些关于世界的秘密的故事，会使人的智慧了解这些秘密，然后就像扑灭鬼火似的弄灭人的智慧，把灵魂高高地带到深蓝色的深渊里去，在那儿星星的闪烁的花纹会奏起启示的仙乐来迎接灵魂……

(李乡状.二十世纪外国散文精选[M]. 西安:陕西师范大学出版总社,2018.)

思考练习

1.作者在刻画“鹰”“海燕”时赋予了它们相同的形象特征,运用了相同的表现方法。请简要说明。

2.“蛇”和“鹰”志向不同,对“地面”的感觉也不同,作者采用了不同的描写方法。请从文中找出这些不同,并分析二者形象。

第二十节 《狗之歌》

作者简介

叶赛宁(1895—1925),俄罗斯诗人,出生于梁赞省一个农民家庭。1909年进入教会师范学校,1912年到莫斯科,当过店员和校对员,在沙尼亚夫斯基人民大学就读。1916年入伍,次年离开。1921年与邓肯结婚,至1924年分居,次年与托尔斯泰的孙女结婚。后因精神抑郁症自杀。主要作品有《扫墓日》《俄罗斯与革命》《苏维埃俄罗斯》《安娜·斯涅金娜》。他的诗反映了社会生活的变化和农村现实。

作品导读

《狗之歌》是一幕小小的悲剧,不过写的是一条母狗失去七只小狗的悲剧。母狗舐犊情深,把月牙当成了小狗。作者写得真切感人。

作品赏析

狗之歌

早上,在黑麦杆搭的狗窝里,
破草席上闪着金光:
母狗生下了一窝狗崽——
小狗,茸毛棕黄。

她不停地亲吻着子女,
直到黄昏还在给它们舔洗,
在她温暖的肚皮底下

雪花儿融成了水滴。

晚上，雄鸡蹲上了
暖和的炉台，
愁眉不展的主人走来，
把七条小狗装进了麻袋。

母狗在起伏的雪地上奔跑，
追踪主人的足迹。
她来到尚未冰封的水面
凝视着泛起的涟漪。

她舔着两肋的汗水，
踉跄地返回家来，
茅屋上空的弯月，
她以为是自己的一只狗崽。

仰望着朦胧的夜空，
她发出了哀伤的吠声，
淡淡的月牙儿溜走了，
躲到山冈背后的田野之中。

于是她沉默了，仿佛挨了石头，
仿佛听到奚落的话语，
滴滴泪水流了出来，
宛如颗颗金星落进了雪地。

（陈惇，何乃英.中学生阅读欣赏文库·外国文学编·诗歌卷[M].哈尔滨：黑龙江教育出版社，1996.略有改动。）

思考练习

1.简述这首诗的思想意蕴。

2.简述这首诗的写作特点。

第二十一节 《静静的顿河》(节选)

作者简介

米哈伊尔·亚历山大罗维奇·肖洛霍夫(1905—1984),苏联著名作家、苏联科学院院士,1905年出生在顿河流域维约申斯克镇附近的克鲁日林村一个农民家庭。在肖洛霍夫13岁时,第一次世界大战爆发,他不得不中断学业,投身革命。17岁时,肖洛霍夫到莫斯科,开始从事文学活动。1925年,20岁的肖洛霍夫带着妻子又回到了家乡顿河地区定居。也就是从这时起,年轻的肖洛霍夫开始创作《静静的顿河》。1939年,获得列宁勋章;1941年获斯大林文学奖;1965年,瑞典皇家科学院以其"在描写俄罗斯人民生活各历史阶段的顿河史诗中所表现的艺术力量和正直品格",授予肖洛霍夫诺贝尔文学奖。

作品导读

《静静的顿河》共四部,分别于1928年、1929年、1933年和1940年出版,前后历时12年。《静静的顿河》展示了1912到1922年间,俄国社会的独特群体——顿河地区的哥萨克人在第一次世界大战、二月革命和十月革命以及国内战争中的苦难。主人公葛利高里,是生长在顿河岸边的哥萨克人,他在妻子娜塔莉亚与情人阿克西妮亚之间摇摆不定,在革命与反革命之间摇摆不定,他既是英雄,又是受难者,他有着哥萨克人的一切美好品质——勇敢、正直、不畏强暴,而同时,他身上又带有哥萨克人的种种偏见和局限,在历史急变的关头,他徘徊于生活的十字路口。作者用悲剧手段,塑造了一个个性鲜明的男子汉形象,从葛利高里身上,读者能感觉出作者对人的尊重。

《静静的顿河》展现的是哥萨克人通过战争、痛苦和流血走向社会主义的过程。《静静的顿河》是一部描写在具有重大历史意义的时代中的人民生活的史诗,在不到五年的时间内,葛利高里一会儿投入红军,一会儿倒向白军,双手沾满了两方面的鲜血,他的矛盾和痛苦显然与他所属的特定群体有关。

作品赏析

静静的顿河(节选)

她走着,嘴里嚼着头巾的尖角,哭叫声在喉咙里直往上冲。一进门,就倒在地板上,眼泪、痛苦涌进头脑里的一片黑洞洞的空虚,憋得她喘不过气来……后来这些都过去了;只有心灵深处好像有什么锋利的东西在隐隐地刺她,折磨着她。

被牲口踩倒的麦子又立起来了。雨露阳光，使踩倒在地上的麦茎又挺立起来；起初，就像一个被不能胜任的重负压得弯着身子的人一样，后来就挺直身子，抬起头来，白昼又照样照耀着它，风又照样吹得它摇曳多姿了……

夜里，阿克西妮亚一面狂热地抚爱着丈夫，一面却在思念着另一个人，憎恨和热爱交织在心头。这个女人的脑子里又产生了重操旧业、进行新的犯罪的念头：她决心把葛利高里从幸福的、既未受过苦又未尝过爱情欢乐的娜塔莉亚·科尔舒诺娃手里夺回来。每天夜里她想出一大堆主意，在黑暗中眨着干枯的眼睛。司捷潘睡熟了，他那好看的脑袋沉重地压在她的右臂下，卷曲的长额发歪到了一边。他半张着嘴呼吸，一只黑手放在妻子的胸膛上，干活磨得粗糙的铁一样硬的手指头在抖动。阿克西妮亚想着，盘算着，不断地改变着主意。只有一点是毫不动摇地决定了的，那就是要把葛利高里从一切人的手里夺回来，像从前一样，用爱情把他浸起来，占有他。

在心灵深处，仿佛有什么尖利的、像没有拔出来的黄蜂刺，扎得她像挑脓一样疼痛难忍。

这是夜里，可是白天，阿克西妮亚却把全部思绪沉没到照料家业和忙乱中去了。有时，在什么地方碰上葛利高里，她总是脸色苍白，扭着那夜夜思念他的、丰美的身段走过去，诱惑、卖弄地直盯着他那野气十足的黑眼睛。

葛利高里每次跟她碰面以后，就会产生一种刺心的相思。他无缘无故地发脾气，向杜妮亚什卡、向母亲发脾气，常常拿起马刀，跑到后院，去砍插到地里的粗树枝，累得汗流满面，脸上凸起的肌肉在不停地颤动。一星期的工夫，竟砍了一大堆。潘苔莱·普罗珂菲耶维奇闪动着耳环和黄色的白眼珠，骂道："混账东西，你砍的足够编两道篱笆啦！瞧，原来是砍木头的能手，真是他妈的怪物。等去砍树枝的时候，有你砍的……等着吧，小伙子，等你去服役的时候，会让你砍个够！……在那里，你们这号人，很快就会叫你们服服帖帖……"

（肖洛霍夫.静静的顿河[M].金人，译.北京：人民文学出版社，1988.略有改动。）

思考练习

1.简述主人公葛利高里的性格特征。

2.分析作品的主题思想和艺术特色。

第二十二节 《变形记》(存目)

作者简介

弗兰兹·卡夫卡(1883—1924),20世纪德语小说家,本职工作为保险公司职员。1883年出生在犹太商人家庭,18岁入布拉格大学学习文学和法律,1904年开始写作,主要作品为4部短篇小说集和3部长篇小说,可惜生前大多未发表,3部长篇也均未写完。他生活在奥匈帝国即将崩溃的时代,深受尼采、柏格森哲学影响,对政治事件一直抱旁观态度,故其作品大都用变形荒诞的形象和象征直觉的手法表现被充满敌意的社会环境包围的孤立、绝望的个人。卡夫卡与法国作家马塞尔·普鲁斯特、爱尔兰作家詹姆斯·乔伊斯并称为西方现代主义文学的先驱和大师。

作品有《美国》《城堡》《诉讼》《变形记》《判决》《饥饿艺术家》《一次战斗纪实》《中国长城建造时》《往事一页》《城徽》《塞壬的沉默》《一道圣旨》等。

作品导读

卡夫卡生活于第一次世界大战前后动荡不安、物质主义盛行的年代,他一生中绝大部分时间生活在布拉格,而当时的布拉格正处在激烈的民族冲突与动荡中,“社会主义、犹太主义、德国民族主义、玩世不恭的思想、人道主义以及一切虚假的世界主义等各种信念都相互冲突”。

卡夫卡的父母都是讲德语的犹太人。父亲艰苦创业,白手起家,成为一个百货批发商。他未受过良好的文化教育,因而知识贫乏、头脑简单而务实,并且为人偏执、专横、粗暴,在家庭中对妻子和孩子实行家长式专制统治。卡夫卡一直生活在“专制犹如暴君”般的“父亲的阴影”中。

《变形记》共分三部分。第一部分,推销员格里高尔某天早上醒来后变成了甲虫,这一变故对其本人和家庭产生了很大的影响。格里高尔彷徨惊慌,忧郁无助。而此时并未得到帮助的他被大怒的父亲赶回了自己的卧室。

第二部分,变成甲虫的格里高尔,已然具有了甲虫的生活习惯,但是仍然具有人类的意识。已失业的他,仍旧关心父亲的债务问题、送妹妹去音乐学院的问题,关心家里的各种琐事。数日之后,全家人都将格里高尔视为累赘。父亲、母亲、妹妹对他的态度转变成了厌恶、嫌弃。

第三部分,为了继续生存,除了格里高尔的全家人只能打工挣钱,他们对变为甲虫的格里高尔忍无可忍。妹妹甚至提出将自己的亲哥哥赶出家门。格里高尔在亲情冷漠的情况下饥寒交迫,并且患病在身,但仍心系家人,最后他不由自主地垂倒在地板上,鼻孔呼出了最后一丝气息。他带着满腹的担忧和内疚看着家庭的不幸,而更不幸的是他终遭社会和家庭的唾弃，在无声无息中死去了。

通过变形，“格里高尔渴望的反抗的目的部分达到了。变形后他不用再去干那些讨厌的差事，也不用再煞费苦心地在渴求自由与承担对父母的责任之间进行选择。变成甲虫的结果使格里高尔既有可能获得自由，又‘不负罪责’，仅仅成为一个无妄之灾的受害者”。

社会性与个体性是一个独立的、完整的人所不可或缺的两个方面。《变形记》中的老板、秘书与家人们只看到了自己的利益，忽视了一个社会人所应有的对他者的温存与理解；而格里高尔又过于看重人的社会性，忽视了一个人最根本的存在前提——自我意识。《变形记》在对人与人之间的冷漠进行鞭辟入里的挞伐之时，也通过格里高尔的变形以及最后的死亡，揭示了一个普遍问题：忽视了个体性存在的人不可避免地会走向毁灭。

在《变形记》中，卡夫卡描绘了一个寓言式的虚幻世界，它象征着真实的现实世界。在这里，象征只是一种方式，揭示、暴露问题才是目的，该部作品真实地表现了黑暗的社会现实给人造成的压力、重负，它最后导致了人的精神扭曲。

作品赏析

变形记（存目）

思考练习

1.为什么说《变形记》表现了西方人的精神危机？

2.简述《变形记》的主题思想与艺术特色。

第二十三节　《日本素描》

作者简介

威廉·福克纳(1897—1962)，美国小说家、诗人和剧作家，为美国文学史上最具影响力的作家之一，意识流文学的代表人物。主要作品有《喧哗与骚动》《我弥留之际》《押沙龙，押沙龙！》。于 1949 年，因“对当代美国小说做出了强有力和艺术上无与伦比的贡献”，获得诺贝尔文学奖。

作品导读

《日本素描》是作者福克纳在游览日本后，难忘其风光，用文字怀念这种美而写下的。一幅日本风情的素描，艺妓的发髻、稻田、和服、忠诚等，都是日本留给作者的独特印记。

作品赏析

日本素描

引擎早被关死。阴沉的云团向高处徐徐退远,你怎么也不会有速度之感。直到你突然瞥见了飞机的影子从蓬松的山峦急速掠过,这时,你才感到了速度,看飞机和它的影子没命地相互追逐,样子像是执意想头碰头地一起撞毁。

蹿出云层,飞机再一次往下抛出自己的影子,这一次是一个岛上了。它看着像陆地,与机窗外任何初见的陆地相仿,不过你总明白这是岛屿,似乎你一睁眼就看见了它夺目的、让海怀抱的两肋,看幻灯片似的清晰。这远比在旷然的大海发现威克岛,甚至关岛,有更多奇迹般的快意。终究这里坐落着一个文明的、富于风化纲纪的、源远流长的人类同质体。

它看得见,听得到,讲得出,也写得下:这人与人的交流,是用话说得出的;你听得到,也看得见。但到了我这个西方人的眼睛中耳朵里,这种交流就是对牛弹琴了,因为它与我眼睛平时所习见的风马牛不相及;也找不到衡量它的尺度,没哪样好让记忆和习惯含糊其辞,"喔,这好像是那个表示房子、家庭或幸福的词";这交流不仅玄奥,而且简直是藏头诗,似乎噼里啪啦的字符、音节不光贮存着信息,还蕴藉着更关键、更迫切的意义,指点着某种终极智慧,或者寄托了人类救赎的玄机的知识。那么就让我浅尝辄止吧。西方人的记忆里没有打量它的规尺;既然没有倾听的心灵,就让耳朵去收听这些叽里呱啦、呜里哇啦吧,像听孩子们嘴里鸟儿的啼唤,女人、少女嘴里哼出的音乐。

这些脸,凡·高和莫奈一定会一见倾心的:它们是朝圣者拄着圣杖,肩着被席,面蒙奔波的灰垢,迎晨曦向神庙拾级攀登的那种;那夹袍卷到大腿根的俗家弟子,也许是帮佣罢,蹲在寺院门前,等着敲开,或已经敲开这一天的日子——他这样的脸;也是在门下兜售花生,让游客去喂鸽子的老妇的脸;一张倦于挨日子,倦于搜索过去的脸,似乎一生太仓促,每一呼吸的吐纳都是急需,好让连绵的细皱纹来得及蚀刻她的脸;这经久耐磨的脸,现在竟成了她的慰藉,终于能将种种伤痛哀愁拦在它的背后,逍遥于心死意灰、丧夫失子、苦度挨熬的尘念俗意之上;总算有个从没读过福克纳的人了,不知道,也不在乎他来日本干吗,至于他对海明威的看法什么的,更是屁也不想放一个。

他,忙得来不及操心自己是否幸福。那个脏劲!他有五岁了吧,可看来与自己的过去毫无联系,显然跟爹妈也是毫无联系的,只自顾自在阴沟里玩扔下的烟头。

群山怀中的湖面上，刮着凛凛的劲风，像在大风口似的；有那么一阵，我们揣想，收起主桅上的帆篷已为时过晚，可其实还来得及呢。这只是一艘小艇，但在西方人眼里，它俨然是中国平底船，经得住风浪，硬是跟别的船不一样，由美式舷外发动机推助。舱里，油纸伞下，女人裹在和服中。如果是在阳光明媚的泰晤士河上，这样的伞将毫不起眼，可这是在疾风裹挟下的湛蓝的湖中央，它的脆弱与刚强，就宛若台风旋涡中的一只蝴蝶。

艺妓的发髻墨云般黑亮，头盔般扣上她厚施脂粉的脸，又像近卫军的高顶熊皮帽，威临、加冕在这娇弱的身子那有分寸的、仪式般的姿势上，它的沉重叫人替她娇嫩的脖子捏一把汗。这涂画而成的脸，板着，冰封了一切表情，甚至超然于一切训练有素的矫揉造作；粉盖，死样的面具后面掩藏了某种迅捷、活泼和机灵；甚或不止机灵：俏皮；甚或还不止俏皮：冷嘲热讽，一种善演喜剧的天赋。可是这还不止：善演滑稽戏，善作讽刺画。为了挖空心思，不择手段地向人类报复。

和服。它罩住了从喉咙到脚跟的一切，人插进里面像插一朵花那样有女人味，这女人味或许还像放孩子进摇篮。手是可以裹在双袖中的，那时，全身就似一只完整的圣杯，其谦卑，昭示着它的女人味，在这一种女人味中，裸体也仅能展示哺乳动物的雌性而已。这样的谦卑招摇着它的桀骜不驯，似玉指轻弹粉红的玫瑰，抛下阳台窗下——这谦卑，还有什么能比它更高傲的呢，难怪它是女人最贴心的财产；她当能用生命来捍卫它。

忠诚。衬衣和裙子这样的西式服装，让她成了无处着墨的年轻的矮胖女人；然后，裹在和服里，她熟巧稳定的快速碎步，显然也让她走进了女性魅力的遗产中她自己的那一份。当然她还能分享得更多。她还分享了这块土地上女人的其他品格，这些品格并不是通过衣服而赋予她们的：忠诚，坚贞，守信，不图回报——至少人们希望如此。她不会讲我的语言，我也不会她的。可两天后，她晓得我有天一亮就睡不着的乡下人习惯，于是，以后每天清晨睡眼初开，就见到阳台桌上已经端放的咖啡托盘；她知道我散步回来爱在空气新鲜的房里用早餐，于是一切就绪：那一天的房间已准备好，桌子收拾干净了，晨报等待主人去读；她无言地问我今天为何没有衣服要送洗，无言地征得我的同意给我钉纽扣儿，补袜子；她管我叫聪明人，老师，背后与别人谈起我，我又两者都不是了。她因我做了她的房客而自豪，但愿由于我全力争取不辜负她那份自豪，用礼貌去愧对她的忠诚，能称了她的意。这块国土上多的是散漫的忠诚，于是，她这样的忠诚，即使一点点，也是忽视不得的。但愿所有的忠诚各得其所，至少也能被人珍惜，像我努力去做的那样。

这一方稻田与我在本土看到的稻田一模一样，阿肯色斯，密西西比，路易斯安那都有，不过那儿经常与棉花套种。这一块要更小一些，种得也密集得多，就这样它一直延伸到那行长在灌溉渠边的豆垅。这里手工做的事在我们那儿是让机器代劳的，我们那儿机器比人多。自然是一样的：不同的是经济。

连名字也有相同的：乔纳生，瓦因什普，迪里修斯；八月稠密的浓叶被农药喷成灰暗，用药也是我们那种。到此，相同之处戛然而止：裹在纸卷里的苹果缀满枝头，终于，整棵树在西方人的眼中顿时生辉，像西方仪礼中那棵圣诞树那么富于象征性，富于欢庆和礼节意义。只是这树还更意味深长：西方人一家一树，常常很做作，活活地从泥里拔来，用节日里讲究的小玩意儿来装点，然后让它干死，似乎树并不是礼俗的主人公，而是祭坛上的牺牲品；可是这里，不是一户一树，而是所有的树都得到修剪打扮，它们礼赞着比基督更古老的神祇——得墨忒耳、刻瑞斯两位谷物女神。

旅程已接近终点，让我更简洁、明快点儿吧：黄菊花，一如密西西比的黄菊花，总勾起人对泥土、秋日和干草热的思念；它们有高高的竹篱笆映衬。

景色美丽，人的面孔更美丽。

年轻姑娘的鞠躬轻盈柔顺，有的是恰到好处的优雅，同样姿势的平身，使满脸陡增红光，柔中之刚，比这个严谨的文化所允许她的，要多得多，真像柳枝之于劲风，后者的威严充其量也只能逞一逞能而已。

他们手中的工具令人想起诺亚营造方舟的那种，可房子骨架的搭起、支撑，都用不着榫合处的钉子，甚至在其他地方也彻底不用钉子，不知是哪路魔法，连对付着弄个栖身之所还能生出这般艺术，这些精工巧思，我们西方人的先辈想必有过，定是在不断的迁徙途中失传了。

总是水呀水的，水声，水花和水滴声，看样子，这是一个尊奉水的民族了，就像有的民族，尊奉着被他们称为命运的那种东西。

人民善良的呀，你客人走南闯北，三个字可打发："多务魔"(多关照)，"撒凯"(酒)，"阿里嘎多务"(谢谢)。还剩最后一句话：

明天此时，飞机就要起飞了；再一会儿，它的摆脚轮将挣脱地面，未及收起轮子，飞机就会死命地掩着自己的影子钻进云层，穿过它，这片土地，这方岛屿将不见了踪影，但虽说眼睛将不再忆及，心里，却会永远记起。"沙扬那拉"。

(李乡状.二十世纪外国散文精选[M]. 西安：陕西师范大学出版总社，2018)

思考练习

1. 日本风情给作者留下来哪些独特的印记？

2.谈谈本文的语言特点。

第二十四节　《老人与海》(节选)

作者简介

厄纳斯特·海明威(1899—1961),美国小说家、诺贝尔文学奖获得者。1899 年 7 月 21 日生于芝加哥市郊橡胶园小镇。1926 年出版了长篇小说《太阳照常升起》,初获成功,被斯坦因称为"迷惘的一代"。1929 年,反映第一次世界大战的长篇巨著《永别了,武器》的问世给作家带来了声誉。20 世纪 30 年代初,海明威到非洲旅行和狩猎,1935 年写成《非洲的青山》和一些短篇小说。1937 年发表了描写美国与古巴之间海上走私活动的小说《有钱人和没钱人》。西班牙内战期间,他 3 次以记者身份亲临前线,在炮火中写了剧本《第五纵队》,并于 1940 年创作了以美国人参加西班牙人民反法西斯战争为主线的长篇小说《丧钟为谁而鸣》。他曾与许多美国知名作家和学者一起捐款支援西班牙人民的正义斗争。1941 年偕夫人玛莎访问中国,支持我国抗日战争。后又以战地记者身份重赴欧洲,并多次参加战斗。战后客居古巴,潜心写作。1952 年,《老人与海》问世,深受好评,翌年获普利策奖,1954 年获诺贝尔文学奖。卡斯特罗掌权后,他离开古巴返美定居。因身上有多处旧伤且百病缠身,精神忧郁,1961 年 7 月 2 日用猎枪自杀。海明威去世后发表的遗作主要有《岛在湾流中》和《伊甸园》。

作品导读

《老人与海》是根据真人真事创作的,故事的背景是 20 世纪中叶的古巴。主人公是一位名叫桑提亚哥的老渔夫,配角是一个叫曼诺林的小孩。风烛残年的老渔夫一连八十四天都没有钓到一条鱼,但他仍不肯认输,终于在第八十五天钓到一条身长十八尺、体重一千五百磅的大马林鱼。大鱼拖着船往海里走,老人依然死拉着不放,即使没有水、没有食物、没有武器、没有助手、左手抽筋,他也丝毫不灰心。两天两夜之后,他终于杀死大鱼,把它拴在船边。但许多鲨鱼立刻前来抢夺他的战利品。他与它们战斗,到最后只剩下一支折断的舵柄。结果,大鱼仍难逃被吃光的命运,最终,老人筋疲力尽地拖回一副鱼骨架。他回到家躺在床上,只好在梦中寻回那美好的岁月,以忘却残酷的现实。

老人取得的每一点胜利都付出了沉重的代价,最后遭到无可挽救的失败。但是,从另外一种意义上来说,他又是一个胜利者。因为,他不屈服于命运,无论在怎样艰苦的环境里,他都凭着自己的勇气、毅力和智慧进行了奋勇的抗争。大马林鱼虽然没有保住,但他却捍卫了"人的灵魂的尊严",显示了"一个人的能耐可以到达什么程度",是一个胜利的失败者、一个失败的英雄。这样一个"硬汉"形象,正是典型的海明威式的小说人物。

作品对话简洁、明快、有力,修辞干净,韵调自然,形成了独特的创作风格。小说采用了纵式结构,使一系列情节按自然的时空顺序在两天时间内推进,这样剪裁实际上有许多东西并没有被真正剪裁掉,而是让读者自己去发现,获得“一石多鸟”的艺术效果,寓意深厚。

小说的故事非常紧凑,前后只有四天,线索清晰明了,中心集中突出,故事简洁明快,象征手法运用纯熟。

作品赏析

老人与海(节选)

他明白他如今终于给打败了,没法补救了,就回到船艄,发现舵把那锯齿形的断头还可以安在舵的狭槽里,让他用来掌舵。他把麻袋在肩头围好,使小船顺着航线驶去。航行得很轻松,他什么念头都没有,什么感觉也没有。他此刻超脱了这一切,只顾尽可能出色而明智地把小船驶回他家乡的港口。夜里有些鲨鱼来咬这死鱼的残骸,就像人从饭桌上捡面包屑吃一样。老人不去理睬它们,除了掌舵以外他什么都不理睬。他只留意到船舷边没有什么沉重的东西,小船这时驶来多么轻松,多么出色。

船还是好好的,他想。它是完好的,没受一点儿损伤,除了那个舵把。那是容易更换的。

他感觉到已经在湾流中行驶,看得见沿岸那些海滨住宅区的灯光了。他知道此刻到了什么地方,回家是不在话下了。不管怎么样,风总是我们的朋友,他想。然后他加上一句:有时候是。还有大海,海里有我们的朋友,也有我们的敌人。还有床,他想。床是我的朋友。光是床,他想。床将是样了不起的东西。吃了败仗,上床是很舒服的,他想。我从来不知道竟然这么舒服。那么是什么把你打败的,他想。“什么也没有”,他说出声来,“只怪我出海太远了。”

等他驶进小港,露台饭店的灯光全熄灭了,他知道人们都上床了。海风一步步加强,此刻刮得很猛了。然而港湾里静悄悄的,他直驶到岩石下一小片卵石滩前。没人来帮他的忙,他只好尽自己的力量把船划得紧靠岸边。然后他跨出船来,把它系在一块岩石上。

他拔下桅杆,把帆卷起,系住。然后他打起桅杆往岸上爬。这时候他才明白自己疲乏到什么程度。他停了一会儿,回头一望,在街灯的反光中,看见那鱼的大尾巴直竖在小船船艄后边。他看清它赤露的脊骨像一条白线,看清那带着突出的长嘴的黑乎乎的脑袋，而在这头尾之间却一无所有。

（海明威.老人与海[M].赵少伟，译.武汉：长江少年儿童出版社，2014.略有改动。）

思考练习

1.简述《老人与海》中的寓意与象征。

2.简述《老人与海》的主题思想和艺术特征。

3.《老人与海》中有三处描写桑提亚哥梦见狮子，这对塑造主人公的形象有何作用？

第二十五节　《第二十二条军规》（存目）

作者简介

约瑟夫·海勒（1923—1999），美国小说家。1942年在美国空军服役，曾任空军中尉。第二次世界大战结束后，先后在美国纽约大学、哥伦比亚大学和英国牛津大学学习。1950年后任杂志编辑、大学教师。1961年发表成名作《第二十二条军规》，1974年出版第二部长篇小说《出了毛病》。后辞去工作，成为专业作家。

作品导读

该小说以第二次世界大战为背景，通过对驻扎在地中海的一个名叫皮亚诺扎岛（此岛为作者虚构）上的美国空军飞行大队中所发生的一系列事件的描写，揭示了一个非理性的、无秩序的、如梦魇一般的荒诞世界。

在该小说中，根据第二十二条军规，只有疯子才能获准免于飞行，但必须由本人提出申请。但飞行员一旦提出申请，恰好证明他是一个正常人，还是在劫难逃。第二十二条军规还规定，飞行员飞满25架次就能回国，但规定又强调，飞行员必须绝对服从命令，要不就不能回国。因此上级可以不断给飞行员增加飞行次数，而他不得违抗。

《第二十二条军规》揭示了美国社会对传统道德的背弃，已经成为一种美国式“黑色幽默”的主题。

作品赏析

第二十二条军规（存目）

思考练习

1.简述作品的主题思想。

2.简述作品的写作特点。

第二十六节 《百年孤独》(节选)

作者简介

加夫列尔·加西亚·马尔克斯(1927—2014),哥伦比亚作家、记者和社会活动家,拉丁美洲魔幻现实主义文学的代表人物,20世纪最有影响力的作家之一,1982年诺贝尔文学奖得主。作为一个天才的、赢得广泛赞誉的小说家,马尔克斯被誉为“20世纪文学标杆”,他将现实主义与幻想结合起来,创造了一部风云变幻的哥伦比亚和整个南美大陆的神话般的历史。代表作有《百年孤独》《霍乱时期的爱情》等。

作品导读

《百年孤独》是马尔克斯创作的长篇小说,是其代表作,也是拉丁美洲魔幻现实主义文学的代表作,被誉为“再现拉丁美洲历史社会图景的鸿篇巨制”。从1830年至19世纪末的70年间,哥伦比亚爆发过几十次内战,数十万人因此丧生。该书以很大的篇幅描述了这方面的史实,并且通过书中主人公带有传奇色彩的经历将其表现了出来。

作品描写了布恩迪亚家族七代人的传奇故事,以及加勒比海沿岸小镇马贡多的百年兴衰,反映了拉丁美洲风云变幻的历史。作品融入神话传说、民间故事、宗教典故等神秘因素,巧妙地糅合了现实与虚幻,展现出一个瑰丽的想象世界。政客的虚伪、统治者的残忍、民众的盲从和愚昧等也被表现得淋漓尽致。

作家以生动的笔触,刻画了众多性格鲜明的人物,描绘了这个家族的孤独精神。在这个家族中,夫妻之间、父子之间、母女之间、兄弟姐妹之间,没有感情沟通,缺乏信任和了解。尽管很多人为打破孤独进行过种种艰苦的探索,但由于无法找到一种有效的办法把分散的力量统一起来,最后均以失败告终。这种孤独不仅弥漫在布恩迪亚家族和马贡多镇,而且渗入了狭隘思想,成为阻碍民族向上、国家进步的一大包袱。

作家写出这一点,是希望拉丁美洲民众团结起来,共同努力以摆脱孤独。所以,《百年孤独》中的孤独感,主要内涵应该是对整个饱经苦难的拉丁美洲被排斥在现代文明世界的进程之外的愤懑和抗议,是作家在对拉丁美洲近百年的历史,以及这块大陆上人民独特的生命力、生存状态、想象力进行研究之后形成的倔强的自信。布恩迪亚这个古老的家族也曾经在新文明的冲击下,努力地走出去寻找新的世界,尽管有过畏惧和退缩,可是他们还是抛弃了传统的外衣,希望融入这个世界。可是外来文明以一种侵略的态度吞噬着这个家族,于是他们就在这样一个开放的文明世界中持续着“百年孤独”。作者通过表现一种精神状态的孤独来批判外来者对拉美大陆的一种精神层面的侵略,以及西方文明对拉美的歧视与排斥。“羊皮纸手稿所记载的一切将永远不会重现，遭受百年孤独的家族，注定不会在大地上第二次出现了。”作者用一个毁灭的结尾表达了自己深深的愤懑。

作品赏析

百年孤独（节选）

翌年三月间，吉卜赛人又来了。他们这次带来了一架望远镜和一具放大镜，有鼓面那么大。他们公开展出，说这是阿姆斯特丹的犹太人的最新发明。他们让一个吉卜赛女子坐在村子一头，把望远镜架在帐篷门口。人们只要花五个里亚尔然后把脑袋凑到望远镜后面，就可以看到那吉卜赛女郎，仿佛伸手可及。“科学把距离缩短了，”墨尔基阿德斯吹嘘说，“要不了多久，人们不用离开家门，就能看到世界上任何地方发生的事情。”一个炎热的中午，吉卜赛人又用那块巨型放大镜做了一次惊人的表演：他们在街心放了一堆干草，借助阳光的聚焦把草堆点燃了。霍塞·阿卡迪奥·布恩地亚虽然对磁铁试验的失败尚难以自慰，但这时，却又想出一个点子：利用这项发明制造作战武器。墨尔基阿德斯又一次劝阻他，但最后还是收下了两块磁铁和三块殖民地时期的金币，把放大镜换给了他。乌苏拉伤心地哭了。那三块金币是她父亲劳累一生积攒下来的一盒金币的一部分，她一直把钱盒埋藏在床下，想等个良机作本钱用。霍塞·阿卡迪奥·布恩地亚根本没想安慰她。他以科学家的献身精神，甚至不惜冒生命危险，一心扑到武器试验上去了。为了证实放大镜在敌军身上的威力，他竟亲自置身于太阳光的焦点下，结果多处灼伤，经久方愈。他的妻子被这危险的发明吓坏了。但是，他却不顾妻子的反对，差一点又把房子烧掉。他终日躲在自己的房间里，埋头计算着他的新式武器的战略威力，最后还编出了一本条理清晰得惊人、具有无可辩驳的说服力的教科书。他在书中附上了不少实验例证和好几幅图解，派一位信使把书送交政府当局。这个信使翻山越岭，在无边的沼泽地里迷过路，后来又跨越了许多奔腾的江河，在猛兽的袭击、绝望和疫病的折磨下险些丧生，最后才找到了驿道，跟骑骡的信使接上了头。虽然当时要去首都几乎是不可能的事，但霍塞·阿卡迪奥·布恩地亚保证，一旦政府下令，他将去尝试一下，以便把他的发明向军事首脑作实地表演，并要亲自为他们操演复杂的阳光战战术。他等候回音达数年之久，末了，等得不耐烦了，便当着墨尔基阿德斯的面哀叹试验失败。于是，吉卜赛人表示了他那令人信服的诚实品格：退还金币，换回放大镜，另外又送给霍塞·阿卡迪奥·布恩地亚几幅葡萄牙地图和几架航海仪器，还亲笔书写了一份关于修士埃尔曼的研究成果的简明提要，让他学会使用观象仪、罗盘和六分仪。霍塞·阿卡迪奥·布恩地亚在长达数月的雨季中闭门不出,躲在住宅后面的一间屋子里,免得别人打扰他的试验。他完全抛开家务,整夜整夜地观测星辰的移动。为了获得测定正午点的正确方法,他差一点中暑。当他能熟练地操作仪器时,他对空间有了认识。这使他足不出户就能泛舟神秘之海,漫游荒漠之地,还能跟显贵要人交往。正是在那时,他养成了自言自语的习惯,独自在家中晃悠,对谁也不理睬。与此同时,乌苏拉和孩子们却在菜园里胼手胝足地管理着香蕉、海芋、丝兰、山药、南瓜和茄子。不久,也没有任何预兆,他突然中断所迷恋的工作,变得神志颠倒起来。连续几天他像着了魔似的,低声咕叨着一连串惊人的猜测,连他自己也不敢相信自己的想法。直到十二月的某个星期三午餐的时候,他才一下子卸脱了那折磨他的包袱。孩子们也许终生难忘父亲那天坐在饭桌上首时那副威严神态。长期的熬夜和过度的思索搞垮了他的身体,他发着高烧,抖抖索索地向他们透露了自己的发现:

"地球是圆的,像一个橘子一样。"

乌苏拉再也忍不住了。"你要发神经病,就一个人去发,"她吼叫着,"别拿你那吉卜赛式的怪想法往孩子们脑袋里灌!"霍塞·阿卡迪奥·布恩地亚听后无动于衷。他妻子一气之下把他的观象仪摔在地上打得粉碎,可是他没有被妻子的狂怒吓退,重新造了一架。他还把村里的男人都召集到自己的房间里,用谁也听不懂的理论向他们论证:只要一直朝东方航行,最后就能返回出发地点。全村的人都认为霍塞·阿卡迪奥·布恩地亚已经精神失常。这时,墨尔基阿德斯来了,这才把事情搞清楚。他当众夸赞霍塞·阿卡迪奥·布恩地亚的才智,说他仅凭天文估算便创造了一种理论。虽然这种理论在马贡多至今尚无人知晓,但已经为实践所证明。为了表示钦佩,他赠给霍塞·阿卡迪奥·布恩地亚一份礼品:一间炼金试验室。这对村子的未来产生了决定性的影响。

(马尔克斯.百年孤独[M].黄锦炎,沈国正,陈泉,译.杭州:浙江文艺出版社,1991.略有改动。)

思考练习

1.简述《百年孤独》的主题思想和艺术特色。

2.现代社会中,很多人都会产生孤独的情绪。请结合作品,谈谈人为何会产生孤独感。

第二十七节 《你得继续绚丽地如花怒放》

作者简介

巴勃罗·聂鲁达(1904—1973),智利当代著名诗人。他从13岁开始发表诗作,1923年出版第一部诗集《黄昏》,1924年发表成名作《二十首情诗和一支绝望的歌》,自此登上智利诗坛。他的诗歌既继承了西班牙民族诗歌的传统,又接受了波德莱尔等法国现代派诗歌的影响;既吸收了智利民族诗歌特点,又从沃尔特·惠特曼的创作中找到了自己最倾心的形式。聂鲁达的诗有两个主题,一个是政治,另一个是爱情。他早期的爱情诗集《二十首情诗和一支绝望的歌》被认为是他最著名的作品之一。聂鲁达对中国和中国文化很有兴趣,一生中曾到过中国三次。1928年他作为外交官赴缅甸上任时,来过中国,给宋庆龄颁发列宁国际和平奖,此行中,他还见到了茅盾、丁玲、艾青等中国文学界名流,并与他们进行了友好的交流。在访问中国时他得知,自己的中文译名中的"聂"字是由三只耳朵(繁体"聶")组成的,于是说:"我有三只耳朵,第三只耳朵专门用来倾听大海的声音。"

作品导读

《你得继续绚丽地如花怒放》选自《爱情十四行诗》,诗人以遗言的形式向情人表达他的愿望,曲折地展示他的爱情。本诗构思独特,文采斐然。

作品赏析

你得继续绚丽地如花怒放

我死时我要你的手按上我的眼睛:
我要光明,要你可爱的手中的
麦穗的清香再一次在我身上飘过,
让我感到改变了我命运的温柔。

我要你活着,在我沉睡了等待你时,
我要你的耳朵继续听着风声,
闻着我们一起爱过的海的芬芳,
继续踩着我们踩过的沙滩。

我要我所爱的人继续活着;

我爱过你,歌唱过你,超过一切其他,
因此,你得继续绚丽地如花怒放,

为了让你做到我的爱要求你的一切,
为了让我的影子在你的头发上漫步,
为了让人们懂得我歌唱的缘由。

(聂鲁达.诗歌总集[M].王央乐,译.上海:上海文艺出版社,1984.略有改动。)

思考练习

1.简述这首诗歌的思想意蕴。

2.简述这首诗歌的写作特色。

第二十八节 《群山回唱》(节选)

作者简介

卡勒德·胡赛尼,美籍阿富汗裔作家,1965年生于阿富汗首都喀布尔市,后随父亲迁往美国。毕业于加州大学圣地亚哥分校医学系,现居加州。著有小说《追风筝的人》(2003)、《灿烂千阳》(2007)、《群山回唱》(2013)。作品全球销量超过4000万册。

"立志拂去蒙在阿富汗普通民众面孔的尘灰,将背后灵魂的悸动展示给世人"。2006年,因其作品巨大的国际影响力,胡赛尼获得联合国人道主义奖,并受邀担任联合国难民署亲善大使。他还创立了以自己名字命名的基金会,为阿富汗的难民提供人道主义援助。

作品导读

2007年,胡赛尼在与联合国难民署一同前往阿富汗时开始构思了《群山回唱》的情节。在这次旅程中,他从几个村庄的老人那里听说了有贫困儿童在冬天被冻死的故事,并根据这些故事创作了小说的基础情节:一个贫困的父亲为了避免自己的孩子被冻死而被迫做出痛苦抉择,卖掉一个孩子。

《群山回唱》这部小说形式类似短篇小说集,整部小说一共九章,分别由九个不同人物以第一人称来讲述故事。这部小说不仅延续了胡赛尼一贯的悲伤和温情风格,而且其技巧更加丰富圆熟,被誉为胡赛尼迄今最具野心的一部小说。

《群山回唱》讲述了一对兄妹因贫穷和战争铸成的六十年悲欢离合。父子兄妹、表亲继母,他们如何去爱,如何被伤害,如何互相背叛与彼此牺牲。

1952年,阿富汗,贫穷的村庄沙德巴格。10岁的男孩阿卜杜拉和3岁的妹妹帕丽经历了一场可能永生难以挽回的骨肉分离。他们的妈妈在生帕丽的时候死于大出血,父亲萨布尔是个卖苦力的老实人,勉强支撑着艰难度日。他无力拉扯两个年幼的孩子,又给孩子们娶了个继母帕尔瓦娜。帕尔瓦娜的哥哥纳比在喀布尔一户富裕人家里做厨子兼司机,女主人妮拉一直无法生育。纳比舅舅居间牵线,帕丽被卖给了妮拉,开始了新生活。

一连串的变故之后,便是一场接一场的战争。苏联人来了,战争爆发了;苏联人走了,军阀们来了;军阀们走了,塔利班来了;塔利班走了,美国人来了。国破家亡,故事的主人公被迫流散,此后的故事将续写于喀布尔、加利福尼亚的圣何塞和法国的巴黎。

卡勒德·胡赛尼认为《群山回唱》的主要主题是失去、痛苦、记忆、爱和亲情。阿卜杜拉和帕丽的骨肉分离是"全书的核心"。故事中的两人后来都成了"时间流逝的受害者":哥哥阿卜杜拉一直怀念帕丽,人生的大部分时光都为她痛苦不已;而妹妹帕丽在离开哥哥之后则将他淡忘。然而在故事的最后,帕丽了解了自己的身世,记起阿卜杜拉并在美国与他重逢时,阿卜杜拉却患上了阿兹海默症,已经忘记了妹妹。胡赛尼表示,"这个问题已经被提过很多次:回忆究竟是一种福气,保护着你珍爱的一切;还是一种诅咒,让你不断重现生命中最痛苦的时刻,经历过的艰辛、挣扎和悲痛"。这一系列事件的组合使得《群山回唱》"有点像一个彻底颠覆的童话故事","开头是痛苦的分离,而结尾则是感人的重逢",然而整个故事和最终的重逢"并不完全符合读者的期望"。但胡赛尼认为这"正像人生一样"。他同时还认为自己的这部作品和前两部作品《追风筝的人》《灿烂千阳》一样,都是与"爱"相关的故事,但并非传统意义上一男一女之间的浪漫爱情,更多的是人们意想不到的角色之间萌发的爱和感情,在出乎意料的环境下产生的热烈情感。

国际特赦组织美国分会官员、专栏作家拉菲娅·扎卡利亚在书评中写道,助人者和受助者之间的相互依赖以及相伴相生的愧疚和感恩也是这部小说的明显主题。例如帕尔瓦娜和孪生姐姐马苏玛这对"普通的姐妹之间辛酸的故事"中,帕尔瓦娜"把美丽的姐姐推下树枝这一复仇之举,造成了一生的道德负担"。二人从此都戴上了枷锁:姐姐失去了生活自理能力,而妹妹也在照顾姐姐饮食起居的同时,深深明白自己正是造成这一切不幸的根源,内心因此濒临崩溃。扎卡利亚还认为,"依赖"的主题在纳比的故事中也得以延续,他促成了瓦赫达提夫妇领养帕丽,又独自一人悉心照顾自己中风瘫痪的老板。胡赛尼以细致的描写,表现了纳比照料瓦赫达提先生时的贴心,也深入探讨了助人者和受助者之间的道德难题。

作品赏析

群山回唱(节选)

第二章

1952年秋

父亲以前从来没打过阿卜杜拉。没想到这一次他打了,狠狠打在他脑袋一侧,就在耳朵上方,下手很重,突然一巴掌。震惊的泪水一下子涌进阿卜杜拉眼里。他皱紧眉头,强忍住泪。

“回家去。”父亲咬牙切齿地说。

阿卜杜拉听见帕丽在前面抽泣。

父亲接着又打他,打得更重了,这一次扇在左脸上,阿卜杜拉的脑袋猛然甩向一边,脸上火辣辣的,眼泪止不住地往外流。他的左耳嗡嗡作响。父亲上前蹲下,逼得那么近,他那张满是皱纹的黑脸一下子把沙漠、山和天空全遮蔽了。

“我告诉你了,回家去,儿子。”他满脸痛苦地说。

阿卜杜拉一声也没吭。他把苦水咽进肚子,抬手挡住阳光,眼睛眨了眨,又眯起来,看着父亲。

帕丽待在前面的红色勒勒车上,叫他的名字,声音又尖又颤,透着恐惧。“阿波拉!”

父亲用刀子般的目光按住阿卜杜拉,这才迈着沉重的步子,走回勒勒车。帕丽从车斗里伸出双手,来够阿卜杜拉。他让他俩先走,接着用掌端抹了抹眼睛,迈步跟上。

过了一会儿,父亲朝他丢了块石头。沙德巴格的孩子们也这样用石头丢帕丽的狗舒贾,只不过他们是真想砸舒贾,想伤害他。父亲的石头却落到阿卜杜拉身边几步远的地方,谁也伤不着。阿卜杜拉等着,等父亲和帕丽又往前走了,才再一次尾随而行。

终于,日头刚刚偏西的时候,父亲再次驻足。他朝阿卜杜拉的方向转过身,好像合计了一下,然后做了个手势。

“你这个倔种。”他说。

车斗里的帕丽赶快伸出一只手,阿卜杜拉把它握在掌中。她抬头看他,泪水涟涟,却在咧嘴笑着,好像只要阿卜杜拉站在身边,她就能远离一切灾殃。阿卜杜拉攥紧她的手。每天晚上,他和妹妹一起在小床上入睡时,也是这样手攥着手,脚缠着脚,头顶着头。

“你该待在家里,”父亲说,“陪你妈,还有伊克巴尔。我告诉过你的。”

阿卜杜拉心想,她是你老婆。我妈已经埋了。可这些话到了嘴边,他又知趣地咽了回去。

“好吧，那就去吧。”父亲说，“可是绝对不许哭鼻子。听到了吗？”

“听到了。”

“我警告你。绝对不许。”

帕丽笑嘻嘻地抬起头，看着阿卜杜拉。他低头看着她浅色的眼睛，圆圆的脸蛋，也冲她咧开嘴笑了。

此后，勒勒车在坑坑洼洼的荒漠里颠簸前进，阿卜杜拉握着帕丽的手，随车步行。兄妹俩偷偷摸摸地交换着喜悦的眼神，却一言不发，生怕一开口就招惹了父亲，毁掉他俩的好运。孤零零地走了很久，只有他们三个，视野中全无人烟，仅仅看得到深深的棕红色峡谷，高高的砂岩峭壁。大漠在脚下铺展，宽广而辽阔，仿佛特为他们而生，也只为他们而生。空气是静止的，热得灼人。天高云淡，碧空如洗。岩石发着光，在龟裂的荒漠中明灭。阿卜杜拉能听到的声音，仅有他自己的呼吸，以及车轮有节奏的吱吱嘎嘎。父亲拉着这辆红色的勒勒车，向北行进。

不久，他们停在一块巨石的背阴下歇脚。父亲呻吟了一声，把车把手放到地上，弯腰时疼得龇牙咧嘴。他抬起脸看了看太阳。

“还要多久才到喀布尔？”阿卜杜拉问。

父亲低头看着兄妹俩。他叫萨布尔，皮肤黝黑，长了一张苦大仇深的脸，瘦骨嶙峋，鼻子的曲线仿佛沙鹰的钩子嘴，眼窝沉陷，眉骨突出。父亲瘦若芦苇，但一生的劳作给了他强健的肌肉，紧绷绷的，犹如藤椅扶手上裹缠的藤条。“明天下午，”他把牛皮水囊举到嘴边说，“如果咱们走快点儿的话。”他咕嘟咕嘟喝着水，喉结起起落落。

“纳比舅舅为啥不来接咱们？”阿卜杜拉问，“他有小汽车。”

父亲把眼睛一翻，不看他。

“省得咱们走这么长的路。”

父亲什么也没说。他摘下沾有煤烟的便帽，用衣袖擦了擦脑门上的汗。

帕丽突然从勒勒车上伸出指头。“快看，阿波拉！”她激动地叫着，“又一片！”

阿卜杜拉顺着她手指的方向一路追赶，直到那片羽毛落入巨石的背阴，它长长的，灰灰的，仿佛烧过的木炭。阿卜杜拉走过去，拾起羽毛，捏住羽干，吹去上面的土。隼，他想，翻个面再看，也许是鸽子，要不就是漠百灵。今天他已经看见不少漠百灵了。不对，是隼。他又吹了吹，便把它递给帕丽，妹妹高兴地一把抓了过去。

在家里，在沙德巴格，帕丽有个马口铁的旧茶叶盒，藏在她枕头下面，那是阿卜杜拉送给她的。锁已经生锈了，盒盖上有个大胡子印度人，包着头巾，穿着束腰外衣，用两只手举着一杯热气腾腾的茶。盒子里装着帕丽收集的所有羽毛。这是她最心爱的财宝。几根公鸡毛，有的深绿，有的暗红；一支白色的鸽子尾羽；一根灰棕色的雀毛，夹杂着黑色的斑点；还有最让帕丽引以为荣的，那是一支绿色的、泛着虹彩的孔雀翎，顶端有只漂亮的大眼睛。

最后这一支是阿卜杜拉两个月前送给她的礼物。他听人说,邻村有个男孩家养了只孔雀。有一天,趁着父亲出门,到沙德巴格南面的镇上挖沟,阿卜杜拉便走路去了邻村,找到那男孩,跟他要一支家里的鸟毛。谈判随即开始,最后,阿卜杜拉同意用鞋子换鸟毛。等他把孔雀翎藏在上衣下,别在裤腰里,一路走回沙德巴格的时候,脚后跟都已经豁开了,地上一步一个血印子。蒺藜和小石子钻进了他的脚底板。每走一步,脚下都传来钻心的痛。

回到家,他发现后娘帕尔瓦娜就在屋外,弓着背,在泥炉里烤当天的馕。他赶快躲到家门口的大橡树后面,等着她收工。他从树后窥视,看她忙忙活活。这女人虎背熊腰,胳膊长,手糙,指头短粗,一张浮肿的大脸盘子,虽然名叫蝴蝶,却没有一丝蝴蝶的优雅。

阿卜杜拉希望爱上她,就像爱自己的妈妈,亲妈。三年半以前,阿卜杜拉七岁,妈妈生下了帕丽,却死于大出血。妈妈的脸曾经是他的一切,现在却不再属于他。过去每天晚上临睡之前,妈妈都会用双手捧住他的头,搂在自己胸前,摩挲他的脸蛋,唱摇篮曲给他听:

我瞅见伤心的小仙女,
待在纸树影子下。
我知道伤心的小仙女,
晚风把她吹走了。

他希望能用同样的方式来爱新妈妈。他想,也许帕尔瓦娜也抱着同样的希望,爱他。就像她爱自己一岁大的儿子伊克巴尔那样。她总是亲伊克巴尔的脸,为他的每声咳嗽、每个喷嚏着急。或者像当初她爱自己头一个孩子奥马尔那样。他是她的小心肝,却死在了前年冬天, 冻死的。他只活了两个礼拜。帕尔瓦娜和父亲刚刚给他取了名。那个严冬冻死了沙德巴格的三个宝宝。阿卜杜拉记得,帕尔瓦娜死死地抱着奥马尔裹起来的小尸首,也记得她一阵阵的悲恸。他记得那一天,他们把他埋到了山上,也记得那个小坟堆,下有冻土,上有灰天。谢基卜毛拉诵读经文,风吹起沙砾、雪花和冰碴,吹进每个人的眼睛。

阿卜杜拉担心,要是帕尔瓦娜待会儿发现,他拿仅有的一双鞋换了孔雀翎,一定会大大地动怒。父亲顶着日头拼命做工,才有钱买下这双鞋。阿卜杜拉想,等她发现了,恐怕会狠狠骂他一顿,甚至揍他。以前就有好几次,她对他动了手。她那两只手又厚又重,力道十足——阿卜杜拉猜想,准是因为长年累月地搬弄她那残疾姐姐。这双手也懂得怎样挥舞扫帚把,怎样又准又狠地抽嘴巴。

幸好帕尔瓦娜并不以揍他为乐。她也不是不疼爱继子继女。有一次,她拿父亲从喀布尔买的一匹布，给帕丽做了身银绿相间的衣裳。另一次，她带着惊人的耐心，教阿卜杜拉怎样打鸡蛋，同时打两个，而且不会把蛋黄弄破。还有一次，她给他俩示范怎样把玉米皮拧成洋娃娃，帕尔瓦娜和她姐姐小时候就是这么玩的。她也教过他俩怎样用碎布条打扮娃娃。

可是阿卜杜拉明白，这些举动都是姿态，尽她的本分而已。井分两口，有深有浅，她给伊克巴尔的那口要深得多。如果哪天晚上家里着了火，阿卜杜拉想都不用想，就知道帕尔瓦娜会抱起哪个孩子往外跑，一点都不带犹豫。说千道万，事情是明摆着的：他们不是她的孩子。他和帕丽不是她的。大多数人爱的是自己的孩子。没办法，他和妹妹不属于她。他俩是另一个女人留下的累赘。

他等帕尔瓦娜拿着馕进屋，又等她出来。她一只胳膊抱着伊克巴尔，另一只胳膊底下夹着一大堆衣服。他看她慢慢走向河边，直到没了人影，这才溜回家。每一步踩到地上，脚底就一阵抽痛。一进屋他就坐下，换上他那双旧的塑料拖鞋。阿卜杜拉知道自己干了件很不明智的事，可等他跪到帕丽身边，轻轻把她从小睡中摇醒，像魔术师一样从背后变出那根大羽毛的时候，一切都是值得的了——值得让她露出先惊后喜的表情，值得让她在哥哥脸上一通猛亲，值得他用羽毛软软的一端轻轻刮她的下巴，逗得她咯咯乱笑。突然之间，他的脚一点也不疼了。

父亲又一次用袖子擦了擦脸。他们轮流从水囊里喝水，喝完了，父亲就说："你累了，儿子。"

"不累。"阿卜杜拉说，可他确实累了，累得要死，脚也疼。穿着拖鞋翻越沙漠可不是一件容易事。

父亲说："爬上去。"

阿卜杜拉爬上勒勒车，坐到帕丽身后，背靠着木头侧板，妹妹背脊上一块块的小骨头顶着他的肚子和胸膛。父亲拉车前行的时候，阿卜杜拉眺望着天空和群山，一座座山包紧紧相挨，一排连着又一排，柔和地在远方铺展。他看到父亲的背，他拉着车，低着头，脚下蹚起一团团红褐色的沙尘。一支库齐牧民的大篷车队从旁边经过，烟尘滚滚，铃儿响，骆驼叫，还有个涂着眼影的女人对阿卜杜拉露出微笑。她的头发是小麦色的。

这让阿卜杜拉想起了妈妈的头发，他又一次思念起妈妈来了，思念她的温柔，她天生的快乐，她面对恶人时的不知所措。他忘不掉她笑得直打嗝儿，畏怯的时候，她会歪歪头。妈妈一向都是柔弱的，身材如此，性格也一样，一个弱不禁风、腰身纤细的女人，总有几缕碎发跑到头巾外面。从前他常常觉得惊奇，这样一副脆弱的小身板，怎么装得下如此多的欢乐，如此多的善良。当然装不下。会漏到外面，从她眼睛里往外流。父亲就不一样。他是铁石心肠。他目光所及的世界和妈妈的一样，可他看到的只有冷漠。无尽的辛劳。父亲的世界毫无仁慈可言。绝没有免费的东西存在。甚至爱。你得为一切付钱。如果你是个穷人,就只能拿痛苦当钱花。阿卜杜拉低头看着妹妹,她头发分线的地方结了皮痂,细细的手腕垂在勒勒车外。他知道妈妈快要死的时候,把有些东西传给了帕丽。她的乐于奉献,她的老实巴交,还有她那压不垮、踩不烂的乐观心态。帕丽是这个世界上唯一一个永远不会,也永远不能伤害他的人。有些时候,阿卜杜拉感到,她才自己唯一的、真正的亲人。

白日的颜色慢慢地灰下去了,远处的山峰变成了伏地巨兽晦暗的侧影。在此之前,他们路过了几个村庄,多数都像沙德巴格一样偏僻而破败。四四方方的小房子是土坯盖成的,有些向上修到了山腰,有些没有,只有道道炊烟从它们的房顶上升起。晾衣绳。蹲在炉火边烧饭的妇人们。几棵白杨树,几只鸡,牛羊三三两两,清真寺倒是村村都有。他们经过的最后一个村子和一块罂粟地前后相连,有个正在地里剥籽的老汉朝他们摆手,还喊了句什么,可是阿卜杜拉听不见。父亲也朝老汉挥挥手。

帕丽说:"阿波拉?"

"嗯?"

"你觉得舒贾伤心吗?"

"我觉得他还好。"

"不会有人欺负他吗?"

"他是条大狗,帕丽。他能保护自己。"

舒贾的确是条大狗。父亲说他肯定做过斗犬,因为有人剪了他的两耳和尾巴。可他能不能,或者说想不想保护自己是另一回事。他流浪到沙德巴格时,小孩们拿石头砸他,用树枝或生锈的自行车辐条戳他。舒贾从不反抗。折磨到后来,村里的小孩们不免兴味索然,这才对他不理不睬。舒贾却仍旧进退小心,举止多疑,好像仍未忘掉曾经受人恶待。

在沙德巴格,他见人就躲,只有帕丽是个例外。她让舒贾丢开了所有的戒心。他对帕丽的爱是浩瀚而不加掩饰的。她就是他的整个世界。早晨只要一看见帕丽走出家门,舒贾便一跃而起,全身上下哆嗦个不停,狂乱地摇着断尾巴根,跳起踢踏舞,好像踩在火盆上一样。他上蹿下跳,围着帕丽转圈。这狗整天跟着帕丽,一路嗅她的脚后跟,到了晚上,人狗殊途,他便卧在门外,一副孤苦伶仃的样子,等待早晨的到来。

"阿波拉?"

"嗯?"

"等我长大了,我能和你住在一起吗?"

阿卜杜拉看着橘红色的太阳低落,已轻轻擦到地平线上。"只要你愿意。可你不会愿意的。"

“会的！我愿意！”

“到时候你就想住自己的房子了。”

“可咱俩做邻居也行啊。”

“也许吧。”

“你可别住得太远。”

“你要烦我怎么办?”

她用胳膊肘使劲顶了他肋骨一下。“我不会的!”

阿卜杜拉没看她,自顾自地笑了一下。“那好吧,很好。”

“你一定要在我旁边。”

“好的。”

“一直到咱俩都老了。”

“老掉牙。”

“永远。”

“好的,永远。”

她从勒勒车前面转过身看着他。“你保证,阿波拉。”

“永远永远。”

后来,父亲把帕丽背到身上,阿卜杜拉跟在后面,拉着空空的勒勒车。走着走着,他便坠入了恍惚状态,无思无念,只知道双脚起起落落。汗珠贴着他的帽檐往下淌。帕丽的两只小脚丫一下下弹着父亲的屁股。他只知道,父亲和妹妹的身影在灰色的荒漠里渐渐拉长,如果他慢下来,就要和他们的影子分开了。

父亲这份新工作是纳比舅舅给他找的——纳比舅舅是帕尔瓦娜的哥哥,所以不能算阿卜杜拉的亲舅。纳比舅舅在喀布尔当厨子,兼做司机。他每月一次,从喀布尔开车到沙德巴格看他们,每次一听到那断断续续的汽车喇叭声,村里小孩扎堆的吵闹,就知道他来了。孩子们跟着车跑。那是辆气派的蓝色小汽车,皮顶篷,轮毂锃亮。他们拍着车窗,敲着挡泥板,直到纳比舅舅熄了火,笑眯眯地下了车。他很帅,留着大鬓角,大背头,黑发一丝不苟地梳到脑后,穿一身超大的橄榄绿西装,白色的礼服衬衫,棕色的乐福鞋。所有人都出来看他,因为他开小汽车,哪怕车是老板的,还因为他穿西装,在喀布尔做事。喀布尔可是座大城市。

就是上次来的时候,纳比舅舅跟父亲说了这份工作的事。他给有钱人家打工,他们要加盖一套小客房,建在自家后园,连同浴室,跟主楼分开。于是纳比舅舅向他们推荐了父亲,说他是建筑工地上的行家。纳比舅舅说,这份工作待遇不错,估摸着一个月就能完工。

父亲确实是建筑工地上的行家。这方面的活儿他可没少干。自从阿卜杜拉记事起，父亲就外出打工，挨家挨户地敲门，找零碎活儿干，卖苦力。有一次，他偶尔听到父亲告诉村里的长者谢基卜毛拉：假如我生下来是头牲口，那我敢保证，毛拉老爷，我肯定是头骡子。有时父亲去打工，会把阿卜杜拉也带上。他们到一个镇上摘过苹果，从沙德巴格去那儿要走一整天的路。阿卜杜拉记得，一直到太阳落山，父亲都得爬在梯子上，双肩耸起，脖梗子起了皱，暴露在灼人的阳光下，前臂裸露在外，粗粗的指头拧拽着苹果，一次一个。他们还在另一个镇上给清真寺打过土坯。父亲给阿卜杜拉示范怎样取好土：往深挖，颜色淡一些的就是。他们把土混合过筛，加草，父亲耐心地教给他，加水的时候要细滴慢渗，土坯才不会又松又软。过去一年当中，父亲扛过石头，也铲过土，犁过地，还曾到修路队里打工，铺沥青。

阿卜杜拉知道父亲为奥马尔的事自责。如果他多打几份工，或者找到更好的差事，就能给宝宝买更暖和的冬衣，更厚实的毯子，甚至一个正儿八经的火炉，让家里热乎起来。父亲肯定就是这么想的。别看葬礼之后，父亲就再没跟阿卜杜拉提起过奥马尔，可阿卜杜拉心知肚明。

他记得有一次，就在奥马尔死后几天，他看见父亲站在大橡树下。那棵树高出沙德巴格的一切，也是村里最老的老寿星。父亲说，要是这棵树目睹过巴布尔皇帝挥师攻占喀布尔，他也不会觉得惊奇。他说他小时候，有一半时间都是在树上树下度过的，不是待在它巨大树冠的阴影下，便是爬它那弯弯曲曲的大树枝。父亲的父亲，也就是阿卜杜拉的爷爷，曾经在大树枝上拴了长绳，吊起秋千。这个奇妙的玩意儿不知经历了多少艰苦的岁月，活得比那老头子还长。父亲说他和帕尔瓦娜，还有她姐姐马苏玛一起轮流荡过秋千，那会儿他们还都是小孩子呢。

可是这些天来，当父亲干完活，帕丽扯着他的袖子，求他推自己荡秋千的时候，他总是累得要死。

也许明天吧，帕丽。

就一会儿嘛，巴巴，求你了，快起来嘛。

现在不行。下次吧。

最后她只好罢休，松开父亲的衣袖，乖乖地走开。看着她离去，父亲的瘦脸会突然失色。他在小床上翻来覆去，然后拉起被子，闭上疲惫的双眼。

阿卜杜拉无法想象父亲也曾荡过秋千，也曾是个孩子，像阿卜杜拉一样的孩子，无忧无虑，无牵无挂，和小朋友们在野地里疯跑。父亲，他两只手上是累累的伤痕，他脸上刻满了疲倦的线条。父亲，他好像一生下来就拿着铁铲，指甲里带着泥垢。

当天晚上他们不得不睡在沙漠里。他们吃了馕，还有帕尔瓦娜给他们带的最后几个煮土豆。父亲生了火，支起壶，烧水煮茶。

阿卜杜拉躺在篝火旁边，和背朝他的帕丽一起缩在羊毛毯下，妹妹冰凉的脚底板紧紧贴在他身上。

父亲弯腰凑近火苗，点燃一支烟卷。

阿卜杜拉翻了个身，平躺着，帕丽也转过来，把小脸儿搁进他锁骨下面熟悉的位置。他闻着荒漠里的土腥味，看着头顶的星空，如同密布着冰晶，闪闪烁烁。一弯纤瘦的新月，捧着自己暗淡却圆满的魅影。

阿卜杜拉想起前年冬天，事事跌入黑暗，风从门缝灌入，呼号婉转，拖着长音，格外嘹亮，房顶每个裂缝都有风声齐吼。外面，村庄的面貌已被大雪抹杀殆尽。夜晚漫长，星光也不复存在。白天是短暂的，阴郁的，难得有一抹阳光出现，即使有，也只是露一小脸儿，很快便隐没了。他记得奥马尔声嘶力竭的哭号，后来便无声无息。再后来，便是父亲阴森森地削着木板，手里那把月牙形的弯刀，恰如此时高悬于头顶的新月。他记得父亲将木板砸进硬土，小坟堆顶上结了霜，明晃晃地烛亮这一方天地。

现在，秋尽的迹象又一次出现了。冬天已经在屋角潜伏，可是父亲和帕尔瓦娜谁也不提这一茬儿，好像一说出那两个字，就会加速它的到来。

“爸?”他说。

父亲在篝火的另一头轻轻嗯了一声。

“你同意我给你打下手吗？我是说盖客房。”

轻烟缭绕在父亲的烟卷上方。他呆望着暗夜。

“爸?”

父亲坐在石头上换了个姿势。“我看你可以帮忙和和泥。”他说。

“我不知道怎么和。”

“我教你。你一学就会。”

“那我呢?”帕丽问。

“你?”父亲慢吞吞地说。他吸了口烟，拿起棍子拨火。火星四下飞溅，在黑暗中蹦蹦跳跳地狂舞一番。“你来管水。不能让大伙渴着。因为男人要是渴了就没法干活。”

帕丽不吭声。

“爸说得对。”阿卜杜拉说。他估摸帕丽想把手弄得脏脏的，在泥里爬来爬去，所以对父亲分派的任务感到失望。“要是少了你给我们打水，那我们就永远建不成客房。”

父亲把棍子插到茶壶提手下面，从火上提起壶，放到一边，先让它凉一凉。

“我给你出个主意。”他说，“只要你做水工合格，我就再给你找点别的事干。”

帕丽翘起下巴，看看阿卜杜拉，面带喜色。她笑的时候露出了豁牙。

他记得她还是小不点儿那会儿，老枕在他胸脯上睡觉，有时半夜三更，他睁开眼睛，便发现她正龇着牙，冲着他笑，表情和现在一模一样。

帕丽是他一手拉扯大的。这是真事。别看他自己也仍然是个孩子。十岁。帕丽还是婴儿的时候,半夜里吭吭唧唧,弄醒的总是他。摸黑儿走过去,抱着她颠上颠下的也是他。他给她换脏尿布。从来都是他给帕丽洗澡。这不是父亲该干的工作——他是个大男人——再说了,他收工以后总是累得要死。而帕尔瓦娜怀了奥马尔,起个床都吃力,对帕丽一时照应不上。她也从来没有那份耐心,那份精力。所以带孩子的任务就落到了阿卜杜拉头上,而他一点也不介意,做起来高高兴兴的。他喜欢这样,因为是他帮帕丽迈出了第一步,也是他惊喜莫名地听到帕丽说出第一句话。他相信这是自己的使命,是真主创造他的原因所在,好让真主先把母亲带走,再把他放到这个位置上,来照顾帕丽。

“巴巴,”帕丽说,“讲个故事。”

“太晚了。”父亲说。

“讲一个嘛。”

父亲生性自闭。任何时候他都难得一次吐出两句以上的话。可是偶尔,阿卜杜拉也不知道为什么,父亲的话匣子突然打开了,故事呼呼地往外冒,关都关不住。有时候他让阿卜杜拉和帕丽老老实实坐在面前,给他俩讲故事,不管这时候帕尔瓦娜正在厨房把盆盆罐罐弄得乒乒乓乓。这些故事是父亲小的时候他奶奶讲给他听的,现在把阿卜杜拉和帕丽也带到了另一个世界,那里有各种各样的苏丹和精灵,还有坏心肠的魔王和聪明的苦行僧。有时父亲也自己编故事,现编现讲。从这些故事里,可以看出他虚构和梦想的能力,总能让阿卜杜拉感到惊奇。父亲从来没有像讲故事的时候那样,让阿卜杜拉觉得他那么实实在在,表现得那么活力充沛,那么真诚。这些故事就像一个个针孔,可以借此一窥他那密不透风的、难以理解的内心世界。

但是,阿卜杜拉能从父亲脸上的表情看出,今晚不会有故事讲了。

“很晚了。”父亲又说了一遍。他抓住披在肩膀上的围巾一角,拿起水壶,给自己倒了杯茶。他吹吹热气,喝了一小口,篝火映红了他的脸庞。“该睡觉了。明天路还很长。”

阿卜杜拉拽起毯子,盖住自己和妹妹的头。在毯子下面,他对着帕丽的后脖梗哼起了歌:

我瞅见伤心的小仙女,
待在纸树影子下。

帕丽已经困了,昏沉沉地哼出了自己那两句:

我知道伤心的小仙女,
晚风把她吹走了。

过了一会儿,阿卜杜拉醒过来,发现父亲不见了。他慌里慌张坐起来。火差不多已经全灭了,此时什么都没留下,只剩下余烬里星星点点的暗红。阿卜杜拉着急地看一眼左边，又看看右边，可是目光无法穿透巨大而令人窒息的黑暗。他感到自己的脸变白了，心脏在全速跳动。他竖起耳朵，屏住呼吸。

“爸？”他小声叫道。

一片死寂。

惊慌开始如蘑菇般在他心底疯长。他一动不动地坐着，身体笔直，绷得紧紧的，听了老半天。什么都没听见。就剩下他俩了，他和帕丽，四下的黑暗正在逼近。他们被抛弃了。父亲抛弃了他们。阿卜杜拉头一次真真切切地，感到了沙漠甚至整个世界的浩瀚。一个人置身其中，多么轻易就会迷失啊。没人伸出援手，没人指点方向。随即，一个更坏的念头出现了，如蛆虫般在他脑袋里蠕动。父亲死了。有人割开了他的喉咙。土匪。他们杀掉了父亲，此时正在逼近他和帕丽，土匪们不慌不忙，享受着这一刻，就像在玩一场游戏。

“爸？”他放开嗓子，又叫了一声，这一次声音都在颤抖。

无人应答。

“爸？”

他一遍又一遍呼喊着父亲，仿佛有一只爪子紧紧抓着他的气管。他记不起自己多少次，又是多么久地叫着父亲，可是黑暗中没有一声回答。他看见了一张张脸，藏在大地上隆起的群山中，带着狞笑，邪恶地俯视着他和帕丽。惊恐俘虏了他，摧折着五脏六腑。他开始哆嗦，低声哭泣。他感到自己马上就要放声尖叫了。

恰在此时，响起了脚步声。一个人影从黑暗中现形。

“我以为你走掉了。”阿卜杜拉惊魂未定地说。

父亲在篝火的余烬边坐下。

“你去哪儿了？”

“快睡觉，儿子。”

“你别丢下我们。你别那样做，爸。”

父亲看着他，可是他的脸隐没在黑暗中，阿卜杜拉无法分辨他的表情。“你要把妹妹吵醒了。”

“别丢下我们。”

“闭嘴。”

阿卜杜拉重新躺下，妹妹紧紧抓住他的胳膊。他的心还在怦怦跳，一下下撞击着喉咙。

阿卜杜拉从没来过喀布尔。他对喀布尔的了解都出自纳比舅舅讲的故事。跟父亲打工的时候，他到过几座小城镇，可从没去过真正的城市，而且明摆着，纳比舅舅说的那一套，丝毫没能帮助他做好准备，来面对全国最大、最热闹城市的忙碌与喧嚣。他看见到处都是交通信号灯、茶馆、饭馆,还有开着大橱窗的商店,挂着鲜亮的、五颜六色的招牌。小汽车轰鸣着,在拥挤的街道上穿行,一路按着喇叭,从公共汽车、行人和自行车的窄缝儿里嗖嗖钻过。马拉的戛力车叮叮当当地在大街上来来往往,两个铁轱辘轧着路面,颠上颠下。阿卜杜拉、帕丽和父亲走在人行道上,到处都是卖香烟和口香糖的小贩,卖杂志的小摊,还有钉马掌的铁匠。在路口处,交通警察穿着不合身的制服,吹着哨子,做着耀武扬威的手势,可惜好像没人搭理他们。

阿卜杜拉坐在人行道边的条凳上,腿上坐着帕丽,不远处是个肉铺。他们俩分吃一盘香菜酸辣酱拌的烘豆子,这是父亲刚从路边摊上给他们买的。

"看,阿波拉。"帕丽说,她指着街对面的一家商店。那窗户里站着个年轻的女人,穿一件漂亮的绣花绿衣,衣服上还挂着好多小亮片和小珠子。她包着长长的、颜色相配的头巾,戴着银首饰,穿深红色的裤子,纹丝不动地站着,漠然地看着行人,连眼睛都不眨一下。一直到阿卜杜拉和帕丽吃完豆子,那女人连指头都没动一动,此后也依旧纹丝不动。举目楼上,阿卜杜拉看见一张巨大的海报,挂在高高的大楼外墙。海报上有个年轻漂亮的印度女郎,身边的地上开满了郁金香,她站在倾盆的大雨中,顽皮地躲在一座小屋后面。她张着小嘴儿,羞答答地笑着,一件湿漉漉的纱丽紧紧裹出她的曲线。阿卜杜拉不知道这是不是就是纳比舅舅所说的电影院,也就是人们可以去看电影的地方,可他希望下个月,纳比舅舅能带他和帕丽去看一场电影。想到这儿,他咧开嘴笑了。

就在街上一座蓝瓦清真寺高声宣礼之后,阿卜杜拉看到纳比舅舅把车停在路边。他坐在司机位置上,身上还是那套橄榄绿西装,大摇大摆地下了车,车门差点儿撞到一个穿裕袢、骑自行车的小伙子,幸好他猛地一拐,躲开了。

纳比舅舅快步绕过车头,拥抱了父亲。他一看到阿卜杜拉和帕丽,脸上马上堆满了笑容。他弯下腰,把自己放低到和他们一样的高度。

"小家伙,你们喜欢喀布尔吗?"

"好吵。"帕丽说。纳比舅舅哈哈大笑起来。

"就是。来吧,上车。你们坐到车上,还会看到更多的东西。上车前先把脚蹭蹭。萨布尔,你坐前面。"

后座凉凉的,硬硬的,和外面一样,也是浅蓝色。阿卜杜拉挪到窗边,坐在司机座位后面,又把帕丽抱到腿上。他注意到围观的人们带着羡慕的神色,瞅着这辆小汽车。帕丽扭头看他,两人相视一笑。

纳比舅舅开着车,城市的画卷从他们眼前流过。他说他要绕段路,带他们多看几眼喀布尔。他指着一座山,说它叫特佩马兰詹,山头有座俯瞰城市的圆顶陵墓,查希尔沙国王的父亲纳第尔沙就葬在那儿。他指给他们看希尔达瓦扎山顶的巴拉喜萨尔堡,并说在第二次英阿战争中，英军曾在此扎营。

“那是啥，纳比舅舅？”阿卜杜拉拍拍车窗，指着一座黄色的长方形大楼。

“那是大仓，新的馕厂。”纳比舅舅单手开着车，回头冲他挤了下眼睛。“这是我们的俄国朋友送来的礼物。”

做馕的工厂？这可真让阿卜杜拉吃惊。他回想起了在沙德巴格的家里，帕尔瓦娜在泥炉里把面团拍成饼的样子。

最后，纳比舅舅拐上了一条干净、宽阔的街道，路边整整齐齐，种着成排的柏树。这儿的房子都很漂亮，比阿卜杜拉以前见过的所有房子都大。房子有白色的，黄色的，还有淡蓝色的，大部分都是两三层，带着高高的围墙，金属大门分成两扇，关得严严实实。阿卜杜拉瞧见路边停着几辆小汽车，样子和纳比舅舅开的这辆差不多。

纳比舅舅把车停在私家车道上，道边是一排修剪整齐的矮树。再过去一点，便是一座两层高的白房子，看上去大得难以置信。

“你家好大。”帕丽吃惊地睁大双眼，轻声说道。

纳比舅舅仰面大笑。“那敢情好了。不，这是我老板的房子。你们这就能见到他们。一定得有礼貌，听见了吗？”

当纳比舅舅领着阿卜杜拉、帕丽和父亲进了门，他们才发现，这房子比原来想象的还要气派。阿卜杜拉估摸着，它大得足以装下沙德巴格至少一半的人家。他感觉自己仿佛走进了魔王的宫殿。房后还有花园，打理得非常漂亮，种着成排的鲜花，什么颜色都有，修剪得整整齐齐，还有齐膝高的矮树丛，果树也到处都是——阿卜杜拉认出了樱桃树、苹果树、杏树和石榴树。走廊建在屋外，盖有顶棚，直入花园——纳比舅舅说它叫游廊——旁边的栏杆上爬满了绿色的藤蔓。瓦赫达提先生和瓦赫达提太太正在里屋等着他们。进屋之前，阿卜杜拉偷偷看了一眼厕所，里面有纳比舅舅说过的陶瓷马桶，亮闪闪的洗脸池，配着古铜色的水龙头。在沙德巴格，每个礼拜，阿卜杜拉都要花上好几个小时，从公共水井里成桶成桶地提水，可人家只需伸手一拧，就能来水，这样的生活不免让他大为惊奇。

此刻，阿卜杜拉、帕丽和父亲坐在一个有金色流苏的大沙发上，背后是软乎乎的靠垫，上面有很多小小的八角形亮片。沙发对面，一幅画占去了大部分墙面，画的是一个上了年纪的石雕匠，伏在工作台前，正用木锤敲一块大石头。窗子宽大，配有带褶裥的窗帘，敞开着，窗外是装有齐腰高铁护栏的阳台。这房间里的一切都光亮而一尘不染。

阿卜杜拉从来没像今天这样觉得自己如此肮脏。

纳比舅舅的老板瓦赫达提先生坐在皮椅上，两条胳膊抱在胸前。他看着他们，表情虽然说不上不友好，却总之是冷淡而难以参透的。他比父亲要高，刚才他站起来和他们打招呼的时候，阿卜杜拉就看出来了。他肩膀比较窄，嘴唇薄，脑门锃亮。他穿一套收腰的白西装,绿色的开领衬衫,袖口钉着椭圆形的青金石袖扣。从头到尾,他说的话都没超过十句。

帕丽低着头,看着他们身前玻璃桌上的糖果盘。阿卜杜拉从来没想到,糖果还能有这么多的花样。有手指头模样的巧克力,上面带着一圈圈的奶油,有中间裹着橘子瓣的小圆糖,有树叶形状的绿糖,还有好多别的模样。

“想尝尝吗?”瓦赫达提太太问。一直都是她在讲话。“吃吧。你们俩。就是给你们准备的。”

阿卜杜拉看看父亲,请求允许,帕丽也学他的样儿。这姿势好像把瓦赫达提太太迷住了,她抬起眉毛,歪歪脑袋,露出了微笑。

父亲轻轻点了点头。“一人一块。”他低声说道。

“噢,那可不行。”瓦赫达提太太说,“这可是我让纳比跑了半个喀布尔才买来的。”

父亲闹了个大红脸,不敢看她。他就坐了沙发一个边,两只手攥着自己的便帽。哪怕刚才他把两个膝盖转向了瓦赫达提太太,可眼睛瞧的始终都是她丈夫。

阿卜杜拉拿起两块糖,给了帕丽一块。

“噢,多拿点儿。纳比一片苦心,咱们可不能白白浪费掉。”瓦赫达提太太娇嗔道。她朝纳比舅舅笑了一下。

“哪里哪里。”纳比舅舅的脸也红了。

纳比舅舅站在离门不远的地方,身边有个很高的木头陈列柜,装着厚厚的玻璃门。阿卜杜拉看见,柜子里的搁板上摆着一些银色的相框,里面是瓦赫达提先生和瓦赫达提太太的照片。有一张是他俩和另一对夫妇的合影。他们戴着厚厚的围巾,穿着厚厚的外套,背景是一条白浪翻卷的大河。在另一张照片里,瓦赫达提太太手拿着酒杯,正在开怀大笑,光溜溜的胳膊搂着一个男人的腰,让阿卜杜拉想不通的是,那男人竟然不是瓦赫达提先生。还有一张婚纱照,他穿着黑西装,又高又瘦,她穿着飘逸的白裙子,两个人都抿着嘴唇在微笑。

阿卜杜拉偷偷看了她一眼,看她细细的腰,她漂亮的小嘴儿和完美的弯眉,她粉红的指甲和粉红的唇膏。现在他记起她来了。那是两年前,帕丽还不到两岁的时候,纳比舅舅带她到了沙德巴格,因为她说,她想见见他的家属。她穿着一条桃红色的无袖长裙——他记得父亲脸上那惊愕的表情——戴一副黑色的太阳镜,宽宽的白色镜框。她始终面带微笑,问这问那,问村子怎么样啊,生活怎么样啊,还问孩子们都叫什么名字,几岁了。举手投足之间,就好像她也属于这里,也住这样低矮的泥屋。她背倚着煤烟熏黑的墙,坐在蝇屎斑斑的窗边,一大张黑不溜秋的塑料布隔开了主屋和厨房——厨房也是阿卜杜拉和帕丽睡觉的地方。她把这次串门弄得风风光光,非要在门口脱掉高跟鞋,不要父亲自作聪明拿来的椅子,而是席地而坐,就好像她也是农民的一员。阿卜杜拉那时候只有八岁，可也能看出其中的名堂。

想起那次串门，阿卜杜拉记得最清楚的，就是帕尔瓦娜像裹了尸衣一样的窘态。她当时怀着伊克巴尔，呆坐在角落里，一声也不吭，身体缩成了一个圆球。她就那样坐着，双肩收紧，两脚塞在隆起的肚子下，好像要努力缩进墙里，消失不见。一条脏兮兮的面纱像盾牌一样挡住她的脸。她紧紧抓着下巴底下的面纱，把它拧成了乱糟糟的一堆。阿卜杜拉仿佛看到，羞耻如水汽般从她身上蒸腾而起，看到她自觉何其渺小的那份难堪，他心头涌起了一种对后妈的同情，这种感觉让他自己也觉得惊讶。

瓦赫达提太太伸手拿起糖果盘旁边的烟盒，点燃了一支香烟。

“我们刚才绕了段路，我带他们看了看街景。”纳比舅舅说。

“好的呀，好的呀。”瓦赫达提太太说，“您以前来过喀布尔吗，萨布尔？”

父亲说：“一两次，尊贵的太太。”

“那么，请问您印象怎么样？”

父亲耸耸肩。“人挤人。”

“是的。”

瓦赫达提先生揪了揪上衣袖子上的棉绒，然后低头看着地毯。

“人挤人，是的，而且有时也让人厌倦。”瓦赫达提太太说。

父亲点点头，好像听懂了一样。

“喀布尔其实就像一个岛。有人说它在不断进步，这话也许不错。我看这么说确实也挑不出什么毛病来，可它也和我们国家的其余部分失去了联系。”

父亲低头看着手中的便帽，眼睛眨巴了一下。

“不要误会我。”她说，“我衷心拥护这座城市一切进步的议题。真主知道，我们的国家会从中获益。不过有的时候呢，以我之见，喀布尔有点儿过于自得其乐了。我可以肯定地说，这座城市沾染了自负。”她叹了口气。“它确实越来越让人厌倦了。我本人一向欣赏乡村的生活。我对乡村是一往情深的。那遥远的外省，那些卡里亚啊，那些小村庄啊。可以说，那才是真正的阿富汗。”

父亲不明所以地点点头。

“我也许不赞同全部或大部分的部落传统，可是对我而言，那里的人们总是过着更真实的生活吧。他们坚守传统。一种令人耳目一新的谦逊。也很好客。还有达观的性格。一种自豪感。可以这么说吗，苏莱曼？自豪？”

“别说了，妮拉。”她丈夫轻声说道。

一阵令人压抑的沉默随即出现。阿卜杜拉看到瓦赫达提先生不停地在椅子扶手上敲着指头，他妻子则保持着僵硬的微笑。烟嘴处留下了粉红的污渍。她两脚交叠，一只胳膊肘搭放在椅子的扶手上。

“也许我用词不当。”她打破了沉默。“也许该说尊严。”她笑了一下,露出一口整齐、洁白的牙齿。阿卜杜拉从来没见过这样的牙。“这就对了。恰当多了。乡村的人们带着一种尊严感。他们身上就是有这种感觉,好像佩戴着勋章,对吗?我诚心诚意地说,我在您身上就看到了,萨布尔。”

“谢谢您,尊贵的太太。”父亲咕哝道,边说边在沙发上换了个姿势,却仍然低头看着自己的便帽。

瓦赫达提太太点点头,将目光转向帕丽。“请恕我直言,你实在太可爱了。”帕丽用胳膊肘轻轻顶了顶阿卜杜拉。

瓦赫达提太太慢条斯理地背诵道:“今天我看到了我在寻觅的容颜,我看到了闭月;羞花,无法度量的优雅。”她笑了笑。“这是鲁米。你听说过他吗?你可以这样想,这是他专门为你写的,我亲爱的。”

“瓦赫达提太太是很有才华的诗人。”纳比舅舅说。

瓦赫达提先生走到房间这一头,拿起一块糖,掰成两半,咬了一小口。

“纳比嘴巴真甜。”瓦赫达提太太说着,热乎乎地瞟了他一眼。阿卜杜拉又一次看到红晕爬上了纳比舅舅的面颊。

瓦赫达提太太把烟屁股按到烟灰缸里,使劲捣了好几下,把烟掐灭。“我带孩子们出去转转吧。”她说。

瓦赫达提先生不高兴地深吸了一口气,两只巴掌往椅子扶手上一拍,好像要站起来,却没动窝。

“我带他们去趟巴扎。”这一次,瓦赫达提太太是在对父亲说话。“如果您同意的话,萨布尔。纳比给我们开车。苏莱曼可以带您看看后院的工地。您一看就明白了。”

父亲点了点头。

瓦赫达提先生慢慢闭上了眼睛。

他们起身往外走。

突然之间,阿卜杜拉希望父亲能给人家道个谢,谢谢他们的糖果和茶,然后拉起他和帕丽的手,离开这座房子,离开房子里的画和窗帘,还有满屋的奢华与舒适。他们可以灌满水囊,买齐馕和煮蛋,顺着原路回家。穿过沙漠,经过巨石,一路与群山相伴,父亲还可以给他们讲几个故事。他们可以轮流拉车,车上坐着帕丽。走上两天,也许三个白天,不管肚子里灌进多少风沙,腿上又有多么疲累,但终将再次回到沙德巴格。舒贾看见他们出现,一定会狂奔而至,围着帕丽蹦跳转圈。那时他们就到家了。

父亲说:“快去吧,孩子们。”

阿卜杜拉上前一步,想说什么,可是纳比舅舅伸出一只大手,放到他肩膀上,把他扳了回来。纳比舅舅一边领他穿过走廊,一边说:“不看看这地方的巴扎可不行。我说你俩,这儿的巴扎你们可没见过。"

瓦赫达提太太和他俩一起坐在后排,车里满是她身上浓烈的香水味儿,还有一种味道阿卜杜拉说不上来,甜甜的,有点呛鼻子。纳比舅舅开着车,她连珠炮似的问他们问题。都有哪些朋友?他们上不上学?还问些家长里短的事,邻居如何?玩什么游戏?阳光照亮了她右半边脸,阿卜杜拉可以看到她脸颊上细细的汗毛,以及脖子上粉底的微痕。

"我有条狗。"帕丽说。

"真的?"

"那条狗蛮怪的。"纳比舅舅在前座上说。

"他叫舒贾。我只要一伤心,他就知道。"

"狗通人性。"瓦赫达提太太说,"他们比我遇到过的有些人还要好呢。"

三个女学生在人行道上蹦蹦跳跳,汽车从她们身边驶过。她们穿着黑色校服,系着白头巾。

"我知道刚才我是怎么说的,可喀布尔也没那么糟糕。"瓦赫达提太太心不在焉地用手摆弄着自己的项链。她看着窗外,脸上忽然有些伤感。"我觉得春末的喀布尔才是最好的,下完雨之后,空气干干净净。可是夏天说来说来,就像太阳撞到山上,把这儿变成一个大火炉。"她有气无力地笑了一下。"家里有个孩子就好了。闹腾闹腾,有点变化。有点活力。"

阿卜杜拉看着她,从这女人身上感觉到了某种让人担心的东西,隐藏在脂粉下,香水的味道和那楚楚可怜的表情中。某种在内心深处碎裂的东西。他发现自己想起了帕尔瓦娜烧饭时的煤烟,厨房架上那些罐子,胡乱堆叠的盘子,污迹斑斑的锅碗瓢盆。他怀念起了和帕丽同睡的床垫,哪怕它脏兮兮的,随时有可能被里面破烂不堪的弹簧扎穿。他怀念那一切。他从来没像这样想家,想得如此厉害。

瓦赫达提太太叹了口气,重重地靠到座位上,紧紧抓着她的手提包,好像孕妇抱着自己鼓凸的肚子。

纳比舅舅把车停在人来人往的街边。马路对面有座清真寺,建有高高的宣礼塔,旁边就是巴扎,里面回廊密布,有带拱顶的,也有露天的,迷宫一般。他们沿着通道边走边逛,有的货摊卖皮衣,有的卖戒指,上面镶着彩色的珠宝和石头,还有卖各种香料的。瓦赫达提太太和他俩走在前面,纳比舅舅殿后。因为到了户外,瓦赫达提太太便戴上了一副黑色的太阳镜,这让她的脸看上去怪怪的,很有几分神秘。

到处都能听见有人讨价还价。几乎每个货摊都在播放吵闹不休的音乐。他们经过了一些带门脸的铺子,有卖书的,卖收音机的,卖灯的,还有卖银色炊具的。阿卜杜拉看见两个当兵的在抽烟,穿着脏靴子和深褐色的大衣,一支烟,你抽一口,我抽一口,带着无精打采的冷漠打量着每个人。

他们在鞋摊前停下。鞋子成排,摆放在鞋盒上,瓦赫达提太太上前翻找。纳比舅舅溜溜达达去了下一个摊位,背着手,居高临下地看着一堆旧钱币。

“这一双怎么样?”瓦赫达提太太问帕丽。她手里拿着一双黄色的新运动鞋。

“好漂亮呀。”帕丽说。她看着那双鞋,一副难以置信的样子。

“咱们试试吧。”

瓦赫达提太太帮帕丽穿上鞋,给她系上鞋带,扣好搭扣。她抬起头,透过眼镜看着阿卜杜拉。“我看你也可以来一双。真不敢相信你从村里一路走着过来,就穿着这双拖鞋。”

阿卜杜拉摇摇头,扭头看着别处。回廊里有个老头子,胡子乱蓬蓬的,长了两只畸形的锄头脚,在向路人乞讨。

“看,阿波拉!”帕丽抬起一只脚,又抬起另一只。她在地上又跺又跳。瓦赫达提太太叫过纳比舅舅,让他带上帕丽到回廊里走走,看看鞋合不合脚。纳比舅舅牵着帕丽的手,领她走进了通道。

瓦赫达提太太低头看了看阿卜杜拉。

“你认为我是个坏人。”她说,“你不喜欢我刚才说话的方式。”

阿卜杜拉看着帕丽和纳比舅舅经过锄头脚老头的身边。老头对帕丽说了些什么,帕丽仰起脸看着纳比舅舅,也在说话,然后纳比舅舅给了老头一枚硬币。

阿卜杜拉不出声地哭起来了。

“噢,乖孩子。”瓦赫达提太太说,她有些吃惊。“可怜的小家伙。”

她从手提包里扯出条手帕,递到他面前。

阿卜杜拉把手帕猛地拨到一边。“请不要那样做。”他说。他的声音颤抖着。

她蹲到他身边,墨镜推到头上,眼中也泛起了泪光。她用手帕轻轻擦了擦两眼,一些黑渍也随之擦落。“如果你恨我,我也不怪你。这是你的权利。可是……我不指望你能理解,现在就理解,可这是最好的选择。真的是这样,阿卜杜拉。真的是这样。将来你一定会明白的。”

阿卜杜拉仰面朝天,恸哭起来。就在此时,帕丽蹦蹦跳跳地朝他走回来了。她眼中充满了感激,她脸上洋溢着幸福。

这年冬天的一个早晨,父亲拿起斧头,砍倒了大橡树。谢基卜毛拉的儿子巴依吐拉和另外几个男人帮他。没人拦他们。阿卜杜拉和别的孩子站在一起,看他们砍树。父亲做的头一件事,就是卸掉秋千。他爬到树上,用刀子割断绳索,然后和男人们一起,砍那粗壮的树干,一直砍到下午很晚,老树才终于轰然倒地。父亲告诉阿卜杜拉,他们需要过冬的柴火。可他咬紧牙关,脸色阴沉,凶猛地在老树身上抡着斧头,仿佛再也受不了多看它一眼。

此时，在铅灰色的天空下，男人们还在劈凿那倒下的大树。他们的鼻子和脸颊冻得发红，刀斧敲击着木头，发出沉闷的回声。父亲对付树身，阿卜杜拉则从大树杈上扯断枝条。两天前，刚刚下过今年冬天的头一场雪。不大，还没到下大雪的时候，只是一个前兆。用不了多久，冬天将席卷沙德巴格，带着它的冰柱，一周又一周的降雪，以及转眼便能吹裂手背的风。现在，白色还没有将大地完全覆盖，只是斑秃一般，从村里铺往陡峭的山坡，淡褐色的地面星星点点，散露其间。

阿卜杜拉收拢一堆细枝，抱起来，走向附近越堆越高的公用柴堆。他戴着新手套，穿着雪地靴和冬衣。衣服是二手货，拉链本来坏了，父亲又把它修好，除此之外，它和新衣服一样棒——絮着棉花，外面是深蓝色的，衬里是橘黄色的毛皮。它有四个大口袋，可以咔嗒一声扣上，咔嗒一声打开，还有絮棉的帽兜，阿卜杜拉扯一扯帽绳，就能紧紧地捂住脸。现在他把帽兜从头顶推到脑后，长长地哈了一口气。

太阳眼看就要落山了。阿卜杜拉还能分辨出老磨坊，它光秃秃的，灰灰的，在村里一堵堵泥墙的映衬下，隐约可见。只要从山上吹来凛冽的狂风，房梁便会发出吱吱嘎嘎的呻吟。夏天的时候，多半是青鹭在磨坊安家，现在冬天一来，青鹭便飞走了，换了乌鸦进驻。每天早晨，阿卜杜拉都会在它们的大声抱怨和嘶哑的聒噪中醒来。

他看到了什么东西，躺在右边的地上。他走过去，蹲下。

一片羽毛。小小的。黄色的。

他摘掉一只手套，拾起这片羽毛。

今晚有个聚会，他和父亲，还有他同父异母的小弟弟伊克巴尔要去参加。巴依吐拉刚生了男孩。有卖艺的穆特里卜要来给男人们唱歌，还有人打手鼓。晚会上有茶，有热乎乎的、新出炉的烤馕，有土豆汤。之后，谢基卜毛拉要把手指蘸到糖水碗里，再让婴儿吸他指头。他会拿出亮闪闪的黑石头，双面剃刀，掀起婴儿肚子上的盖布。寻常的仪式。沙德巴格的生活总要继续。

阿卜杜拉把手里这片羽毛翻过来。

不许哭鼻子。父亲说过，不许哭。我受不了。

真没人哭过。村里没有一个人问起过帕丽，甚至没人提起过她的名字。阿卜杜拉觉得吃惊，她竟然从大家的生活中消失得如此干干净净。

只有在舒贾身上，阿卜杜拉能看到自己的悲伤。那条狗每天都出现在家门口。帕尔瓦娜用石头丢他，父亲提着棍子吓他，可他总是去而复返。每天夜里都听到他在悲悲切切地呜咽，每天早晨都看到他卧在门口，两只前爪垫在嘴巴下面，一对忧郁的、无辜的眼睛眨巴着，仰望着要揍他的人。这种情况持续了好几个礼拜，直到有天早晨，阿卜杜拉看见他耷拉着脑袋，一瘸一拐地往山那边去了。沙德巴格再也没人见过他。

阿卜杜拉把这片黄色的羽毛放进衣袋,走向磨坊。

有时候,他会冷不丁地瞅见父亲脸上灰云密布,陷入难以言传的感情阴影。如今,父亲看上去萎靡不振,好像失去了支柱。他不是懒洋洋歪斜在屋中,便是坐在新买的大铁炉前烤火,把小伊克巴尔放在腿上,失神地呆望着火苗。他的声音也变得疲惫不堪,与阿卜杜拉记忆中的判若两人,说出的每个字都好像秤砣一样。他往往神情幽闭,长久地沉默无语。他再也不讲故事了,自打他和阿卜杜拉从喀布尔回来,就一个故事也没讲过。阿卜杜拉觉得,父亲大概把自己的灵感也一并卖给了瓦赫达提夫妇。

没了。

消失了。

什么都没留下。

一切都归于无言。

只听到帕尔瓦娜的这些话:只能靠她了。我很抱歉,阿卜杜拉。非她不可。

砍下一根指头,才能把手保住。

在磨坊后面,在风化中的石塔下,他跪到地上,脱掉手套,刨着地里的土。他想到她浓浓的眉毛,大大的脑门儿,豁牙的笑。他耳边总听到她清脆的笑声,一如从前,在家里滚滚而过。他想起从巴扎回来后爆发的那场厮打。帕丽惊恐着,尖叫着。纳比舅舅赶快把她拉走。阿卜杜拉刨着土,直到指头碰到金属。他探手向下,从坑里挖出那个铁皮茶叶盒,拂去盖子上冰冷的土。

最近他想了好多,想父亲在去喀布尔之前给他们讲的那个故事,老农夫巴巴·阿尤布和魔王。阿卜杜拉发现自己就站在帕丽曾经待过的地方,而她的离去好像一股无形的烟尘,从他脚下的土里升起,让他的腿弯折,让他的心坍缩,他渴望着喝一大口魔王送给巴巴·阿尤布的魔药,好让自己也能忘记。

可是什么都忘不掉。帕丽总是不请自来,徘徊不去,不管阿卜杜拉到哪儿,都能看见她在一旁侧立。她就像他衣服上黏附的尘土。她就待在那一个又一个的沉默里,那是如今家中习以为常的沉默,言语之间忽然喷涌的沉默,有时冰冷而空洞,有时潜伏着什么,却终究归于无言,像一片乌云,带着雨,却永远不会飘落。在有些夜晚,他会梦见自己又一次置身荒漠,一个人,四下都是山,只有一点点细小的微光在远处闪烁,明明灭灭,如同一句暗语。

他打开茶叶盒。它们全在里面。帕丽的羽毛,公鸡毛、鸭毛、鸽子毛;那支孔雀翎也在。他把黄羽毛丢进盒中。总有一天,他想。

他希望。

像舒贾一样,他在沙德巴格的日子已屈指可数。现在他意识到了这一点。这里已无可留恋。这里已不再有他的家。他会等到冬天过去,等到融雪的春天到来。他将在某个早晨，在黎明前起身，迈出家门。他将选准一个方向上路。双脚能带他走多远，他就走多远，远远地离开沙德巴格。如果有一天，他在旷野中跋涉太久，被绝望俘获，那么他将止步于半途，就此瞑目。他将想起帕丽在沙漠中发现的那片隼羽。他将想象着羽毛从飞鸟身上松脱，在云中，在人间千尺之上，在暴烈的气流中劲舞，激旋，被怒号的狂风裹挟，推送，飞越千里荒漠，百座高山，战胜一切险阻，最后万无一失，飘落于巨石脚下，并必将被妹妹发现。他将流连于这样的想象，它带来的不只初时的惊喜，还有继之而生的希望，希望这一切能够成真。不过他也更清醒地知道，他要鼓足勇气，睁大双眼，迈步向前。

（胡赛尼.群山回唱[M].康慨，译.上海：上海人民文学出版社，2013.略有改动。）

思考练习

1.简述作品浓郁的乡愁内涵。

2.简述作品的写作特色。

第二部分

东方文学

第七章　古代亚非文学

第一节　概　述

亚非大陆是人类文明的发源地之一，在这四大文明的发源地上产生了辉煌的文学成果。亚非两大洲就地理位置而言，属于东方，故而亚非文学又称东方文学。古代亚非文学，指的是亚非地区原始社会末期到奴隶社会的文学，它源远流长、影响深远。

亚非文学的诞生远早于欧洲文学，希腊文学可以上溯至公元前 20 世纪，而古埃及和巴比伦文学则产生于公元前 30 世纪以前。

人类最早的文学出现在古老的亚洲。约公元前 5000 年至公元 5 世纪左右，亚非地区的人们创作了灿烂的口头文学和书面文学作品。这些作品表现了亚非各国人民由原始社会向奴隶制社会过渡时期及奴隶制社会和封建社会时期的生活图景。

亚非文学最早产生于西亚两河流域的苏美尔和阿卡德地区，到公元前 4000 年时已经有了较大发展。之后在巴比伦、古埃及、希伯来、叙利亚、古波斯和古印度等地，古代亚非文学开始繁荣，产生了丰富的神话传说、诗歌、故事和戏剧等。

1.主要的古代亚非文学样式

第一，神话传说是最早的口头文学形式，也是古代亚非文学的重要组成部分。这些神话传说对天地万物的来源、人类的产生都做了朴素的解释。古埃及有拉神开天辟地的神话；希伯来有耶和华创世的神话；古波斯人认为是神主马兹达在与恶魔阿赫里曼的斗争中创造了天国和尘世万物；古印度有水生金蛋，蛋成羊，羊成生主，生主以口创众神、身变万物的神话。在亚非的创世神话中，以巴比伦叙事诗《咏世界创造》中的神话最为生动。

古代亚非文学中也有不少解释四季变换、万物兴衰的神话。苏美尔神话《杜姆兹和印南娜》解释了季节变换，在巴比伦衍化成为神话《伊什塔尔下地府》，后经叙利亚辗转传到希腊，成为爱神与美神阿佛洛狄忒与美少年阿都尼的故事。

早期的亚非神话中都有关于洪水的神话故事。苏美尔神话中，洪水淹没世界 7 天 7 夜，只有虔诚的赛苏罗陀遵照神旨建造方舟躲过了洪水。苏美尔的这一神话在巴比伦史诗《吉尔伽美什》中再现,并深深影响了希伯来神话,留下了"诺亚方舟"的经典传说。

古代亚非文学以印度的神话成就最高。印度的《吠陀》和史诗《摩诃婆罗多》中保存了大量优美的神话传说。

第二,古代亚非文学中成就最高的是诗歌,有情歌、劳动歌谣、赞美诗、咏物诗、哲理诗、祈祷诗和史诗等。巴比伦史诗《吉尔伽美什》是人类文明之初的史诗,也是迄今为止发现的世界文学史上最早的一部完整史诗。从中可以看到人们对于人与自然关系的理解,人的主体意识的初步觉醒。吉尔伽美什和恩启都的关系形象地反映了古代两河流域苏美尔城邦奴隶制文化和闪族游牧原始文化的冲突与融合,史诗也表现了古代巴比伦人对生命奥秘和自然规律的探讨与认识。

印度史诗《摩诃婆罗多》和《罗摩衍那》规模庞大、内容丰富,除了浪漫神奇的故事,还有不少哲学、法律和伦理学的内容。印度的《摩诃婆罗多》的长度是荷马史诗的8倍,是篇幅最长的古代民族史诗。此外,还有古埃及的《亡灵书》、古印度的《吠陀》和希伯来的《旧约·诗篇》等大型抒情诗集。

第三,古代亚非文学的另外一个样式就是用散文体记述故事,包括历史故事、生活故事和寓言故事三大类。历史故事有《梅腾传》《旧约·以斯拉记》《尼希米记》等。生活故事有古埃及的《能说会道的农夫的故事》《塞努西的故事》《厄运被注定的王子》《昂普瓦塔两兄弟》,古印度的《鹦鹉故事》,希伯来的《旧约·路德记》等。古代亚非文学中的寓言故事属印度最丰富,如《佛本生故事》和《五卷书》。《佛本生故事》是一部规模庞大的佛教寓言集,共计547个故事,用巴利文写成。它讲述了佛祖释迦牟尼的故事,实则是对流传于民间的寓言故事的加工编订。《五卷书》以婆罗门教导王子为大框架,通过生动有趣的动物故事,在对飞禽走兽世界的描绘中,宣传婆罗门教的"修身处世统治论",包括治国方略、处世经验、实用知识和道德规范等。其内容和框架式结构都对后世文学产生了深远影响。

第四,戏剧是古代亚非发展最慢的文学形式。古代亚非民族戏剧大多停留在原始歌舞和宗教祝祷阶段。希伯来的《旧约·约伯记》可以被看作亚非早期戏剧的雏形。古代戏剧在公元前后在印度获得了发展,如《舞论》《惊梦记》《小泥车》等。

2.古代亚非文学的主要特点

第一,劳动大众口头创作,形式多样。古代亚非文学的主要成就来自民间创作的口头文学,文人创作只占极小部分。

第二,文本庞杂,文学色彩粗放。文学与历史、哲学、政治、法律、宗教、道德伦理等方面的著作界限不分明,实属知识的汇编。

第三,突出集体力量,强调道德规范。古代亚非地区长期处于专制统治下,生产力低下，往往需要集体的力量才能抵抗外来灾害。在古代亚非人民的观念中“自我”是相对淡漠的，个人只有在集体和社会中才能意识“自我”。

第四，偏重于庄重肃穆、敦厚恬静的艺术风格。古代亚非人民受社会形态的影响，崇敬大自然，不是希冀征服和改良自然，而是渴求与之同一。这种自然观体现在文学中，就是中庸、恬静和温婉的艺术风格。

思考练习

1.简述古代亚非文学的主要样式。

2.简述古代亚非文学的主要特点。

第二节　《吉尔伽美什》(存目)

作品简介

《吉尔伽美什》(又称《基尔麦什史诗》)是目前已知的世界最古老的英雄史诗。早在4000多年前就已在苏美尔人中流传，经过千百年的加工提炼，终于在巴比伦王国时期(公元前19世纪—前16世纪)被用文字记录下来。这是一部关于统治着古代美索不达米亚地区苏美尔王朝的都市国家乌鲁克英雄吉尔伽美什的赞歌，约3500行，从诗中我们能够感受到苏美尔人对他们伟大英雄的崇拜赞美之情。史诗所述的历史时期在公元前2700年至公元前2500年之间，比已知最早的写成文字的文学作品早200到400年。

作品导读

《吉尔伽美什》比较真实生动地反映了从原始公社制社会向奴隶制社会过渡时期的历史面貌，表现了古代两河流域居民的生活和斗争，在思想上和艺术上都取得了很大的成就。

史诗热情地颂扬了古代英雄、英雄行为以及英雄间的友谊，并提出了为民建立功勋的重要思想。史诗颂扬的中心人物是吉尔伽美什，开始时他是个残酷的统治者，遇见恩启都后，实行的苛政慢慢软化，他变成了为民除害的英雄。他的英雄业绩在人们长期的传颂中，被赋予了神奇浪漫的色彩。人们在吉尔迦美什身上寄托了许多美好的情感和愿望。史诗在颂扬为民建立功勋的思想的同时，也表现了古代巴比伦人认识自然法则、探索人生奥秘的朴素愿望，歌颂了他们敢于违抗神意的积极进取精神。是神主宰人的命运，还是人自己掌握自己的命运，对于这个问题，自古以来就存在着唯物论同唯心论的斗争。史诗在某些方面反映了人的主观能动作用，赞颂了吉尔伽美什不畏艰难险阻的英雄行为,这在宗教迷信思想占统治地位的远古时代的确是难能可贵的。

另外,史诗在一定程度上反映了当时古代两河流域居民的社会生活和正在形成的阶级关系,对我们了解、认识古代巴比伦社会的历史和文学的发展有重要价值。这部史诗大体上概括了从原始公社制社会向奴隶制社会过渡时期的社会生活,反映了军事民主制的某些社会面貌。当时奴隶制的生产关系正处于萌芽期,有些氏族部落的酋长已逐渐成为军事民主制的领袖,成为早期的国王。他们自恃勇武过人,专横残暴,为所欲为。史诗中关于吉尔伽美什在乌鲁克城的残酷统治以及关于他的某种特权的描写,就是这种情况的真实写照。作品不仅展示了当时正在形成的阶级关系,即人和人之间的矛盾,也展示了人和神、神和神之间的矛盾,而这些矛盾又不同程度地反映了人同自然、同社会的斗争,性质复杂,需进行具体分析。

作品具有浓郁的浪漫主义色彩,它既写人,又写神,善于把神话世界与现实世界紧密结合,为人赋予神的特性,为神赋予人的感情。在描写上,芬巴巴的神秘的杉树林、吉尔伽美什长途跋涉中的不平凡见闻和经历、战胜威力强大的"天牛"的场面等,都给人新奇之感。同时,在吉尔伽美什、恩启都以及众天神的形象描写和刻画上,既带有很大的传奇性,又充满了人间社会生活的气息,现实主义因素和浪漫主义因素于此交织。史诗中还采用了联想、反复、排比、象征和夸张等艺术手法,有较高的艺术价值,比较生动形象地歌颂了英雄人物,表现了人物的思想行为和精神面貌。如多次通过梦境表现人物的内心活动,梦境象征并预示了即将发生的事件,通过哭泣的场面来渲染感伤的气氛等,这些都增强了感人的力量。

作品赏析

吉尔伽美什(存目)

思考练习

1.简述作品的主题。

2.简述主人公吉尔伽美什的性格特点。

第三节 《罗摩衍那》(存目)

作者简介

蚁垤(dié),身份不详,有很多关于他的传说。有人说他是语法学家,还有人说他是古代仙人。相传蚁垤出身于婆罗门家庭,因静坐修行数年不动,身体成了遍布蚂蚁窝的小土丘，故以蚁垤为名。另一种说法是，他原本是个弃儿，被山中野人收养，长大成家后，以偷盗为生，专门抢劫朝圣者，后来被一位瑜伽士开导，改邪归正。专家一般认为《罗摩衍那》是在漫长历史中不断积累的产物，由历代宫廷歌手和民间诗人不断添加扩充，直至最后定型。蚁垤有可能是史诗原始形式的“最初的诗人”，也可能只是一位虚构的作者。统观全书，尽管内容写成的年代不同，但基础部分文体大致是一致的。因此很可能有一个作者对全书进行过加工，这个作者就是蚁垤。

作品导读

传说当神的使者向蚁垤讲述了英雄罗摩的故事后，资质平庸的蚁垤无法把它记录下来。直到有一天，他在树林中看见一个猎人射死了一只雄麻鹬，雌麻鹬因惊恐、悲哀而惨叫不止。面对此情此景，悲愤不已的蚁垤突然脱口而出合辙押韵的话语，一种优美、和谐的诗体就此神奇地诞生了，这就是被后人称为“输洛迦”（意译为颂）的短颂体，蚁垤用这种诗体创作了《罗摩衍那》。

《罗摩衍那》（梵语意思为“罗摩的历险经历”），与《摩诃婆罗多》并称为印度两大史诗。全书是诗体，用梵文写成，诗律几乎都是“输洛迦”，即每节 2 行，每行 16 个音节。全文共分为 7 章，24 000 对对句。内容主要讲述阿逾陀国王子罗摩和他的妻子悉多的故事。

《罗摩衍那》和另一部更长的史诗《摩诃婆罗多》是印度文化的基础，对印度文学、宗教的发展产生了相当大的影响，中国文学作品中的《西游记》也受到它的影响。罗摩在印度文化中的地位甚至相当于耶稣在基督教文化中的地位。

《罗摩衍那》成书不早于公元前 300 年，最初只是口头流传，增增删删，因人因地而异。写成以后，仍无定本。在全书的 7 章之中，大家公认第 2 章到第 6 章是原作，第 1 章和第 7 章可能是后来（不早于公元前 200 年）补充进去的，因此，这部包括 24 000 颂（现代精校本为近 20 000 颂）的大型史诗绝不会成于一时，它的成书年代约在公元前 4 世纪至公元前 2 世纪之间。全书 7 章的排列顺序是：《童年篇》《阿逾陀篇》《森林篇》《猴国篇》《美妙篇》《战斗篇》《后篇》。

《罗摩衍那》原作将罗摩描绘成一位理想的英雄，但后来补充的部分将罗摩说成毗湿奴的化身，两部分的文笔也不一致。

印度传统文化认为罗摩是毗湿奴的化身，他杀死魔王罗波那，确立了人间的宗教和道德标准。神曾经答应蚁垤，只要山海还存在，人们就仍然需要阅读《罗摩衍那》。

史诗以罗摩和妻子悉多的悲欢离合为故事主线，表现了印度古代宫廷内部和列国之间的斗争；文中穿插了不少神话传说和小故事，描绘自然景色、战斗场面等花费了过多笔墨，故而篇幅宏大。

作品赏析

罗摩衍那(存目)

思考练习

1.简述罗摩的性格特点。

2.简述作品的主题和艺术特点。

第四节 《圣经·旧约》(存目)

作品简介

《旧约》是基督教对《圣经》前一部分的常用称呼,是用希伯来语写成的。后一部分称为《新约》。《圣经·旧约》(简称《旧约》)部分原是犹太教的经籍《塔纳赫》,是希伯来民族文学遗产的总集。

《旧约》的故事从摩西(梅瑟)带领以色列人出埃及时开始,直到耶稣降生前大约500年,前后经历1000年左右;也有学者认为是由巴比伦被囚时期开始直到公元前1世纪,在此段约240年的时间里写成。《旧约》后来被基督教全盘收纳为《圣经》的前一部分。

《旧约》中的作品是在很长的历史时期内创作的。它的形成过程大致可以分为三个阶段:第一阶段从公元前13世纪至公元前11世纪,为以色列犹太王国建国前的作品,主要有神话、传说、故事、劳动歌谣和英雄战歌等;第二个阶段从公元前10世纪至公元前6世纪,为以色列犹太王国建国后的作品,主要有故事、抒情诗和寓言等;第三个阶段从公元前6世纪至公元前2世纪,为以色列犹太王国亡国后的作品,主要有哀歌和颂神诗等。

《圣经》分为《新约》《旧约》两部分。《旧约》有39卷,《新约》有27卷,总共66卷。这两部分既可独立成卷,又是彼此相关联的集合体。《旧约》主要探讨上帝耶和华与以色列(希伯来)民族的关系,赞颂上帝的神奇无比、威力无边和他对人类严厉而仁慈的统治。《新约》是《旧约》的延续,以耶稣的一生为线索,记载和赞颂耶稣拯救人类的功绩。耶稣的出现是《圣经》教义的重要分水岭,它把《圣经》推向了人们易于接受的宗教体系,使《圣经》跳出了狭隘的犹太民族信仰或民族文学藩篱,成为被整个西方世界接受的宗教。同时,《新约》与《旧约》不同的是,它将上帝耶和华纯粹化了,耶和华不再像《旧约》中那样是一位严厉的统治之神,而是一位充满爱与宽恕、包容一切、指引人类万物的至高无上的神；并且将耶和华的旨意具体化地表现在耶稣身上，使之成为容易被广大基督教信徒和信仰者接受与实践的宗教体验，奠定了基督教成为世界性大宗教和西方世界主流宗教的基础。

作品导读

《圣经》源于东方犹太民族（即希伯来人）。这是一个弱小的民族，他们长期受到邻近大国的欺凌与压迫，这激发了其求生存的忧患意识，于是产生了许多关于上帝这个无所不能的神的神话故事，他们用这些神话故事来教育自己的族人，最终演变出一种宗教信仰（所以说基督教原来是一种非常温和的人民宗教）。这种宗教和这些故事就成了维系这个弱小民族的强有力的精神力量。因此他们将这种“犹太古代文学集成”保存得相当完整，最终成了该民族的“传族之宝”。基督教正式形成之后，人们就将这些故事记录了下来，虔诚地冠以《圣经》之名。

《圣经》是一部影响西方社会政治、教育、思想意识、伦理道德乃至整个意识形态领域的宗教经典著作。对西方人而言，《圣经》是他们生活乃至人生的一个非常重要的组成部分。

在世界文明史上，犹太教对公元前后崛起的基督教的形成，以及公元7世纪阿拉伯半岛上产生的伊斯兰教，都有重大影响。犹太教对基督教的影响极其深刻，特别是在道德观和历史观方面，而这两方面是构成基督教的主体部分。基督教原封不动地接收了犹太教的经典，并将其收入《圣经》。

在公元7世纪以前的阿拉伯半岛，犹太教和基督教相当流行，它们都信奉和崇拜一个主宰一切、至高无上的主神。它们的教义和经典对伊斯兰教影响很大，这在伊斯兰教的经典——《古兰经》中，有着明显的反映。

《旧约》实际上是一部有关犹太人早期生活的百科全书，它完整地展示了犹太民族的发展史，生动、形象地再现了犹太人民的生活画面，详尽地记载了他们在各个领域的杰出成就，深刻地反映了他们的道德观、价值观，为后人了解和研究古代犹太社会提供了丰富而珍贵的历史资料。《旧约》也是一部文学巨著，它运用了几乎所有的文学创作形式，如神话、传说、小说、寓言、戏剧、散文、诗歌、谚语、格言，并独创了先知文学和启示文学，为繁花似锦的世界文学作出了独特的贡献。值得注意的是，在《旧约》中，犹太人被流放的历史，是一再出现的主题。《旧约》的叙述强调每当犹太人背离上帝的诫命，就会惹怒上帝，被一次又一次地从其精神故乡驱赶出去，无家可归。基督新教的《旧约》共39卷，通常分为律书、历史书、诗歌和先知书这几类。

作品赏析

圣经·旧约(存目)

思考练习

1.简述《圣经·旧约》与基督教和希伯来文化的关系。

2.简述《圣经·旧约》中作品的形成过程。

第八章　中古亚非文学

第一节　概　述

中古亚非文学指的是亚非地区封建社会产生、发展和衰落时期的文学，大致时间是从公元5世纪中叶至19世纪中叶。

中古亚非大陆地域广阔，民族众多，文化繁荣。日本、印度、阿拉伯、波斯、越南和朝鲜等国的文学成就都很高。中古亚非文学，在这种历史条件下继承并发扬了古代文学的优良传统，在题材的丰富性和形式的多样化方面，在思想内容的深度、广度和艺术表现的鲜明生动方面，都有不同程度的发展，呈现出一派繁荣兴旺的景象。可以说，在这个历史阶段，亚非文学出现了一个新的高峰，它所取得的成就是光辉灿烂的，尤其在它的早期和中期，更是居于当时世界文学的前列，为世界文学的发展作出了宝贵的贡献。

中古亚非文学是由文人文学(包括宫廷文学)、民间文学和早期市民文学等几个部分组成的。随着亚非各国进入封建社会和封建王朝的建立，文人作家不得不依靠握有政治经济大权的封建统治者，其中不少人不得不生活在最高统治机构——宫廷的周围，成为统治者和宫廷的附庸。这种处境影响了他们的意识，限制了他们的视野，使他们写出了大量为统治者歌功颂德的作品。不过，杰出的作家大都能突破宫廷的局限，比较深入地揭露统治阶级内部的黑暗和罪恶，并能在一定程度上反映人民大众的疾苦和愿望，他们的创作具有相当高的艺术水平。与此同时，民间文学创作也获得了蓬勃发展，内容丰富多彩，形式多种多样。民歌、民谣、民间寓言、民间故事、民间史诗、民间说唱、民间戏剧等作品涌现。这些民间文学作品不仅比文人创作更直接地反映了封建时代人民大众的生活和理想，充满了变幻无穷的想象，而且对文人创作产生了积极的影响。例如波斯的菲尔多西、萨迪，印度的杜尔西达斯以及越南的阮攸等人的创作，在题材、风格、语言等方面，都可以清晰地看出民间文学的痕迹。除了文人文学和民间文学之外，中古后期因为商业和手工业的日益兴盛，表现商人和手工业者生活和思想的市民文学，也在亚非一些国家相继萌芽，逐渐成为一种新兴的文学形式。这种早期市民文学在中古文学中别具一格,并为近代文学的产生提供了一定的条件。日本江户文学堪称这方面的代表。

中古亚非文学在长期发展过程中,形成了几个显著特点。

首先是许多民族文学的共同兴旺。中古亚非文学产生的地域大大扩展了。在古代已取得光辉成就的印度文学,这时继续发展,并且在亚非文学中发挥着重要作用。同时,朝鲜、日本、越南、印度尼西亚、缅甸、泰国、伊朗、阿拉伯、格鲁吉亚、乌兹别克斯坦、土耳其等一系列新兴民族和国家登上历史舞台,并出现了较高水平的文学作品。由此可见,中古亚非文学的成就是许多民族共同努力的结果。

其次是各民族文学的相互交流。经济的发展和交通的发达,密切了亚非各族人民之间的经济联系,促进了他们之间的文化和文学交流。历史悠久的中国、印度文学,影响了它们的邻国。中国文学影响了朝鲜、日本和越南等。这几个国家的不少作家和诗人精通汉语,有很深的中国文学造诣,能够写作汉文、汉诗。印度文学影响了东南亚各国。印度史诗和佛本生故事在东南亚国家广泛传诵,而且成为当地文学创作的主要题材来源。西亚的阿拉伯和波斯文学也在这时取得了突飞猛进的发展,并随着伊斯兰教的传播,影响了中亚、南亚和东南亚诸国。与此同时,中国、印度以及阿拉伯、伊朗文学也受到了邻近地区各民族文学的影响。

再次是多种文学形式繁荣。在所有文学体裁之中,诗歌成就最高。波斯等国创造了优秀的民族史诗,抒情诗和叙事诗在印度、伊朗、日本以及其他很多国家蓬勃兴起。戏剧以印度的成就最为突出。阿拉伯的故事驰名世界。日本的长篇小说是世界上最早的。此外,散文在许多国家也得到了发展。

最后是宗教对文学影响深刻。宗教是中古封建制度的主要精神支柱,对于巩固封建统治起着非常重要的作用。佛教和伊斯兰教在许多国家广为传布;印度教不但在印度,在印度尼西亚等地也曾占统治地位。法律、道德、艺术、哲学等意识形态往往带有宗教的色彩,甚至反对宗教的学说也披上了宗教的外衣,反对封建统治者的人民运动也打起宗教的旗帜。宗教给作家的世界观带来许多消极影响。很多作品不同程度地带上了宗教色彩,表现出神秘主义和宿命论观点,有些作品甚至完全变成了传教布道的工具。

中古亚非地区出现了许多杰出的作家,他们创作出许多脍炙人口的作品,如:波斯古典诗歌奠基者鲁达吉的双行诗、菲尔多西的长篇史诗《王书》、萨迪形式独特的《蔷薇园》和哈菲兹的抒情诗集,阿拉伯的颂诗、情诗、民间故事集《一千零一夜》,印度杜勒西达斯的长篇叙事诗《罗摩功行录》和格比尔达斯的抒情诗,日本古典诗歌总集《万叶集》和紫式部的长篇小说《源氏物语》,朝鲜朴趾源的散文和小说《散香传》,越南阮攸的长篇诗体小说《金云翘传》,印度尼西亚的传奇小说《杭·杜亚传》,缅甸吴邦雅的诗歌和戏剧，乌兹别克纳沃依的《五诗集》等。它们都是艺术珍品，充实了中古世界文学的宝库。这些作品题材广泛，内容充实，形成了独特的风格，达到了思想和艺术的统一。

思考练习

1.简述中古亚非文学的特点。

第二节　《源氏物语》(存目)

作者简介

紫式部(约 978—1015)，日本物语文学的杰出代表，也是不多的具有世界声誉的东方女作家之一。她出身中层贵族文人世家，父兄皆擅汉诗、和歌。本姓藤原，学界一般认为其名不可考，亦有人认为其本名为藤原香子或藤原则子。她幼时从父学习汉学，通晓音律和佛典。

1004 年 4 月，紫式部丧夫寡居，同年秋开始创作《源氏物语》。36 岁那年冬天，紫式部受召入宫侍奉一条天皇的中宫藤原彰子。"紫"取自物语中主要人物紫之上，"式部"来自其父兄的官职"式部丞"。

主要作品有长篇小说《源氏物语》，作品对人物心理的描写很细腻，文字典雅，情节曲折，被认为是世界上最早的长篇小说，对后来的日本文学影响极大。另有《紫式部日记》，成书于公元 1010 年秋。

作品导读

《源氏物语》中，"源氏"是小说前半部男主人公的姓，"物语"意为"讲述"，是日本古典文学中的一种体裁，类似于我国唐代的"传奇"。

作品以日本平安王朝全盛时期为背景，通过主人公源氏的生活经历和爱情故事，描写了当时政治的腐败和上层贵族靡乱的生活。上层贵族之间的互相倾轧和权力斗争是贯穿全书的一条主线，而源氏的爱情婚姻，则揭示了一夫多妻制下女性的悲惨命运。在贵族社会里，男婚女嫁往往是政治斗争的手段，女性成了政治交易的工具和贵族男人手中的玩物。

全书共 54 帖，80 余万字。故事描写了四代天皇，历 70 余年，所涉人物 400 多个，其中令人印象鲜明的有二三十人。人物以上层贵族为主，也有中下层贵族、宫女、侍女及平民百姓。

全书以主人公源氏的人生经历贯穿全书。他本为天皇桐壶帝之子，桐壶不希望儿子卷入政治斗争，遂将他降为臣籍，赐姓源，又因其给人光辉灿烂之感，被美称为"光源氏”。全书大体分为三部分:第一部分从第1帖《桐壶》到第33帖《藤花末叶》,写源氏的出生、成长和感情生活。第二部分从第34帖《新菜》到第41帖《幻》,写源氏因对现实绝望而出家。第三部分从第42帖《匂宫》到第54帖《梦浮桥》,写源氏之子薰因放荡造成的悲剧。

从体裁看,该书颇似我国唐代的传奇,但行文典雅,具有散文的韵味,加上书中引用白居易的诗句90余处,及《礼记》《战国策》《史记》《汉书》等中国古籍中的史实和典故,并将其巧妙地隐伏在迷人的故事情节之中,这使该书具有浓郁的中国古典文学的韵味。

作品赏析

源氏物语(存目)

思考练习

1.简述光源氏这个艺术形象。

2.简述作品的主题与艺术特色。

第三节 《沙恭达罗》(存目)

作者简介

迦梨陀娑(约公元4世纪—5世纪),是印度的享有世界声誉的古典梵语诗人、中古时期亚洲的戏剧大师。迦梨陀娑的生平材料流传下来的很少。传说他属婆罗门种姓,出生6个月就成为孤儿,被一名牧人收养。但从他的作品推测,迦梨陀娑受过良好教育,熟练掌握梵语,博学多才,情感丰富。他的故乡大概是喜马拉雅山麓的邬阇衍那城,但他一生遍历印度各地。他既熟悉宫廷生活,也熟悉民众生活。他热爱大自然、热爱现实生活,热爱一切美好事物。他崇信印度教的湿婆,属湿婆宗的林加支派。

现存公认属于他的作品有7部:抒情短诗集《时令之环》,抒情长诗《云使》,叙事长诗《鸠摩罗出世》和《罗怙世系》,剧本《摩罗维迦与火友王》《优哩婆湿》和《沙恭达罗》。其中《云使》和《优哩婆湿》是他仅次于《沙恭达罗》的重要作品。

作品导读

古典梵语戏剧本质上是诗剧。与其他古典梵语戏剧家的作品相比,诗歌成分和戏剧成分在迦梨陀娑的诗剧中达到最完美的统一。他善于按照戏剧艺术的要求安排情节,设计戏剧性场面,塑造人物性格,揭示人物心理;同时,在戏剧艺术许可的范围内,充分发挥他的诗歌才能。他擅长描绘景色和抒发感情,能做到严格切合剧中的环境和人物心理;他长于修辞炼句,但从不故意卖弄诗才。

《沙恭达罗》是一部七幕剧,是迦梨陀娑的代表作。该剧取材于古代传说,写净修林女郎沙恭达罗和国王豆扇陀的恋爱婚姻故事。剧中,国王豆扇陀行猎中遇见沙恭达罗,两人因相爱而结婚。不久之后,豆扇陀留下戒指当信物,只身返回京城。沙恭达罗怀着身孕,去京城寻夫,由于受仙人诅咒,她丢了戒指,豆扇陀拒不接纳她。直到她重新得到戒指,魔力解除,二人才重归于好。剧中的沙恭达罗形象丰满,是一位充满古典美的印度女性。全剧诗意盎然,情节波澜起伏,语言朴素优美,富有浪漫主义气息。

作品赏析

沙恭达罗(存目)

思考练习

1.简述迦梨陀娑的创作成就。

2.简述沙恭达罗的性格特点。

第四节　《一千零一夜》(存目)

作品简介

《一千零一夜》是阿拉伯民间故事集,又名《天方夜谭》或《阿拉伯之夜》。相传古代印度与中国之间有一萨桑国,国王山鲁亚尔生性残暴善妒,发现王后与宫中乐师私通后,便将其杀死。此后每日娶一名少女,翌日清晨即杀掉,以示报复。宰相的女儿山鲁佐德为拯救无辜的女子,自愿嫁给国王,用讲述故事的方法吸引国王,每次讲到最精彩处都恰逢天亮。国王不忍杀她,便允许她下一夜继续讲。她的故事一直讲了一千零一夜,国王终于被感动,与她白首偕老。作品内容丰富,规模宏大,故被高尔基誉为世界民间文学史上“最壮丽的一座纪念碑”。

作品导读

《一千零一夜》是阿拉伯帝国创建后阿拉伯民族精神形成和确立时期的产物。公元 7 世纪穆罕默德创立了伊斯兰教并统一了阿拉伯半岛,之后阿拉伯帝国不断向四周扩张,并四处弘扬伊斯兰教义。《一千零一夜》有三个故事来源:一是波斯故事集《赫左儿・艾夫萨乃》,二是伊拉克的以巴格达为中心的阿巴斯王朝时期流行的故事,三是埃及麦马立克王朝时期流行的故事。这显示了阿拉伯民族极强的开放性和包容性。经过加工整理后,这些故事中融入了阿拉伯民族精神,被汇进阿拉伯精神文化体系,这也从侧面反映出了阿拉伯民族扩张的野心。从《一千零一夜》中对遥远的中国和许多商人不畏艰险地从事商业贸易活动的描述中,也可以看出阿拉伯民族是一个极具探险精神的民族,他们在故事中热情地讴歌和赞扬那些勇敢、机敏、敢于探险的人们。

这本书其实并不是哪一位作家的作品,而是古代东方广大市井艺人和文人学士在几百年的时间里收集、提炼和加工而成的,是这个地区广大阿拉伯人民、波斯人民聪明才智的结晶。《一千零一夜》的故事,很早就在阿拉伯地区的民间流传了,约在公元八九世纪之交就出现了早期的手抄本,到12世纪,埃及人首先使用了《一千零一夜》这一书名,但直到15世纪末16世纪初才基本定型。《一千零一夜》的故事产生后,便广为流传,并在十字军东征时期传到了欧洲。

在主题上,《一千零一夜》揭露了现实的黑暗。作品中有不少故事揭露了中世纪阿拉伯社会的黑暗与不幸,描写了广大人民群众的疾苦,反映了他们对于现实生活的不满,在某种程度上再现了当时的社会现实,这也说明故事使用了现实主义表现手法。它还宣扬权力的伟大。作品所描写的社会背景主要是阿拉伯伊斯兰教历史发展的鼎盛时期。以中央集权制为特征的封建统治者,对权力的意识由先前的"议事制"治邦,转向由帝国最高领袖哈里发"钦定",形成以权力为核心的社会政治体制。

在写作特点上,第一,《一千零一夜》是阿拉伯文化的沃土孕育出的多民族文化交融的产物,汇集了古代近东、小亚细亚和其他地区民族的神话传说、寓言故事,情节诡谲怪异、变幻莫测、优美动人。第二,这部作品的主要成就在于它用朴素的现实描绘和浪漫的幻想互相交织的表现手法,生动地反映了广大人民群众对于美好生活的憧憬以及他们的爱憎感情和淳朴善良的品质。第三,浪漫主义的表现手法、丰富的想象力和近乎荒诞的夸张描写是《一千零一夜》最明显的艺术特色。第四,连环包孕式的写作手法把许多民间故事组织在一起,令人目不暇接。第五,作品语言丰富优美,通俗流畅,生动活泼,充分体现了人民口头创作的特点,同时还充分运用了诗文并茂的表现手法。

作品赏析

一千零一夜(存目)

思考练习

1.简述《一千零一夜》的思想内容。

2.简述《一千零一夜》的艺术特色。

第九章　近现代亚非文学

第一节　概　述

近现代亚非文学是指19世纪中期到20世纪上半叶近一个世纪的文学。对于绝大多数亚非国家来说，近现代文学是殖民地、半殖民地和半封建社会的文学。

这一时期西方列强加紧了对东方的侵略，除日本变成帝国主义国家外，亚非各国基本都沦落为帝国主义的殖民地或半殖民地。社会基本矛盾是殖民地、半殖民地人民同帝国主义、封建主义的矛盾。因此，反帝、反封建，歌颂爱国主义和民族解放就成了近现代亚非文学的基本主题。这一阶段的文学在亚非民族古老文化的基础上进一步发展，以亚非民族解放斗争的现实生活为土壤，表达了亚非人民的思想、情感和愿望，是亚非人民宝贵的精神财富，也是世界文学史上的重要篇章。近现代亚非社会的历史，是西方对亚非国家进行殖民统治的历史，也是亚非民族传统文化与西方文化激烈冲突的历史。

到19世纪中期，除日本、泰国外，亚非其他国家几乎都沦为了西方的殖民地或半殖民地。亚非各民族在近一个世纪的时间里不断开展各种反殖民的斗争。殖民统治给亚非人民带来灾难的同时，也带来了西方先进的文明。民族救亡运动的开展激发起亚非各国人民的民族自尊自强意识，守旧、僵化的封建统治开始退出历史舞台。

亚非地区地域辽阔，各民族有自己的传统，各民族的近现代文学都有自己的特色。但大致相似的历史遭遇和社会进程，使近现代亚非文学呈现出一些共同的特点。

近现代亚非文学有着鲜明的战斗性与犀利的批判性，主要反映亚非人民反帝反封建和争取民族解放的伟大斗争。这一特征，显然是由殖民地、半殖民地人民同帝国主义、封建主义的矛盾决定的。亚非各国文学，历来就有介入社会生活、直面惨淡人生的进步传统，而社会矛盾的激化和人民蒙受的苦难，则大大加强了作家的参与意识和批判倾向。同时，民族解放运动风起云涌的时代浪潮，则促使作家真实地反映帝国主义和封建主义造成的严重灾难，因而文学就体现出了强烈的现实主义精神和爱国主义色彩，成为愤怒的民族情绪和社会呼声的喷发口。

近现代亚非文学借鉴西方文学,完成了由古典文学向新文学的过渡。随着西学东渐,一些留学或旅居西方、深受西方文化熏陶而又具有强烈民族意识的文人,呼吁进行文学改良,倡导建立适应时代发展、表现时代精神的民族文学。19 世纪中期亚非各国都有过引进、译介西方文学作品的热潮。西方文学作品中的民主意识、人道主义精神和反映现实的风格对亚非各民族的近现代文学产生了深远影响。西方文学的影响是近现代亚非文学发展的外在促进力量,而反帝反封建、呼唤民族意识、改革社会制度的现实需要则是近现代亚非文学发展的内在动力。从整体上讲,这一阶段的亚非文学从属于启蒙文学,强调文学服务于现实,强调对民众进行启蒙教育。文学创作则以揭露封建社会的黑暗、追求民主自由、控诉殖民侵略和思考民族出路为主题。在文体上出现了新诗、新小说、新剧以及随笔、游记和小品文等。到 20 世纪初,亚非文学基本上完成了由古典文学向新文学的过渡。

20 世纪以来,无产阶级文学蓬勃发展,成为亚非文学的中流砥柱。十月革命的胜利,给亚非各国送来了马克思列宁主义。亚非各国都先后爆发了规模浩大的工人运动。无产阶级文学则是无产阶级革命运动的直接产物,特别是在日本、朝鲜、埃及等国,无产阶级文学在 20 世纪二三十年代独领风骚,并且在四五十年代走向了全面繁荣和成熟。无产阶级文学的崛起,极大地改变了亚非各国文学的面貌,其广阔的视野、科学的思想以及成熟的现实主义与浪漫主义相结合的创作手法,对各国的文学都产生了巨大的影响。

近现代亚非文学取得了伟大的成就,各民族文学空前繁荣,其中最有影响力的是日本文学、印度文学、朝鲜文学和阿拉伯文学。

思考练习

1.简述近现代亚非文学呈现出的特点。

第二节 《游思集》(其一)

作者简介

罗宾德拉纳特·泰戈尔(1861—1941),印度诗人、作家、艺术家和社会活动家,是印度近代文学的奠基人之一。他生于加尔各答市的一个富有哲学和文学艺术修养的贵族家庭,13 岁即能创作长诗和颂歌体诗集。1878 年赴英国留学,1880 年回国后专门从事文学创作。1884 至 1911 年担任梵社秘书,1901 年回到加尔各答创办学校(该校后来成为著名的国际大学)。1941 年创作了控诉英国殖民统治和相信祖国必将获得独立解放的《文明的危机》。泰戈尔是具有巨大世界影响的作家。他共写了 50 多部诗集，被称为“诗圣”；写了12部长篇小说，100多部短篇小说，20多部剧本及大量文学、哲学、政治论著，并创作了1500多幅画，写了难以计数的歌曲。他的作品涉及文、史、哲、艺、政、经等领域，几乎无所不包。他的作品反映了印度人民在帝国主义和封建种姓制度压迫下要求改变自己命运的强烈愿望，描写了他们不屈不挠的反抗斗争，充满了鲜明的爱国主义和民主主义精神，同时又富有民族风格和民族特色。1913年泰戈尔凭借诗集《吉檀迦利》获诺贝尔文学奖，颁奖词中说，《吉檀迦利》的“特点为思想极具深度”，是呈现“灵魂对永恒的渴望”而又“充满诗意的思想”的清新、优美的诗歌。

作品导读

《游思集》（其一）是一支热情洋溢的春之歌。诗人通过对春天的呼唤，塑造了富有战斗风采和叛逆精神的“春天”形象，表达了积极进取、无所畏惧的斗争信念。结合当时英国殖民者镇压印度民族斗争的时代背景，不难体会到这首诗歌强烈的现实意义。诗作运用强烈、急促的节奏来展现“春天”的风貌，并交替使用多种比拟手法为“春天”写照。语言形象，摇曳多姿，充分展现了诗歌的魅力。

作品赏析

游思集（其一）

来吧，春天，大地的豪情满怀的爱人，你把森林激荡得心潮起伏，渴盼倾诉！

吹来吧，骚动不安的阵风，请吹到百花争艳，新叶婆娑的地方来吧。

你势不可挡，像叛逆的阳光，冲破黑夜的监视，划破湖水黝黑的沉闷，穿透地下的牢狱，你宣告自由属于被束缚的种子。

你像闪电的欢笑，像暴风雨的呐喊，冲进喧嚣的城市之中，解放被窒息的言语和无知无觉的劳作；你增援我们正在溃退的战斗，并把死亡征服！

（泰戈尔.泰戈尔诗选[M].冰心，译.北京：北京燕山出版社，2013.）

思考练习

1.诗中“春天”的形象表达了作者怎样的思想感情？

2.分析诗中运用的比喻、拟人手法。

第三节 《小溪说的话》

作者简介

纪伯伦(1883—1931),黎巴嫩著名诗人、散文作家和画家。现代阿拉伯文学史上第一个主要流派——“叙美派”的代表人物之一。生于黎巴嫩北部一个小山村,家境贫困,他长期漂泊国外,1912年迁往美国纽约定居。

纪伯伦青年时代的创作,多用阿拉伯文写作,有小说《草原上的新娘》《折断的翅膀》《风暴》等,散文诗《泪与笑》等,1918年用英文写下第一部作品——散文集《疯人》,其后有散文诗《先知》《沙与沫》《流浪者》等。他的作品多以“爱”和“美”为主题,议论人生,探讨爱情,通过大胆的想象和象征的手法,表达深沉的感情和高远的理想,文笔清新,思考深沉,想象奇丽,哲理和形象结合得和谐而巧妙,既有西方现代流派的影响,又有东方独特的艺术魅力。

作品导读

《小溪说的话》是一首色彩纷呈、新颖别致的格言诗。在诗人笔下,小溪宛如先知,吐露的“心曲”是一束格言、警句:生活是思念和希冀,死亡是失望和憔悴,锁链可能比项链更珍贵,内心空虚是地道的炼狱,俊雅是心灵闪射的光辉……这字字句句,闪烁着智慧的光芒,蕴含着生活的真谛。全诗把抽象的哲理升华为抒情的诗行,形象生动,清丽隽永。

作品赏析

小溪说的话

清晨我漫步在山坡谷地,
晨光宣泄着永恒的秘密,
山涧里流淌出一条小溪,
她在歌、在唤、在吐露心曲:

生活并非安逸,
它是思念和希冀。
死亡并非哀歌,
它是失望与憔悴。
智者不在言词,

其秘密在言词背后藏匿。
伟人不在位高，
不屑权位者才配享荣誉。
高尚并不与先辈同义，
多少贤者成了先辈刀下鬼！
锁链并不象征卑贱，
它可能比项链更珍贵。
奶蜜并不代表天堂，
天堂建在美好的心灵里。
炼狱并不限于酷刑，
内心空虚是地道的炼狱。
田产不会永远闪耀金光，
多少富豪如今在颠沛流离！
贫穷不意味着低微，
世上财宝来自粗食布衣。
美丽并不在于容貌，
俊雅是心灵闪射出的光辉。
完满的成就并不专属尊贵，
某些罪恶也许能带来恩惠。

这就是小溪道出的话语，
她让左右岩石听个仔细。
小溪吐露的一番衷曲，
或许归于大海的秘密。

（黎华.外国名诗100首[M].武汉：湖北教育出版社，1996.）

思考练习

1.请说说这首诗是如何做到首尾呼应，结构严谨的？

2.这首诗运用了哪些修辞手法？

第四节 《清兵卫与葫芦》

作者简介

志贺直哉(1883—1971),日本小说家,是日本近代文学史上一个重要流派——白桦派的主要代表。1910年,包括志贺在内的一批青年作家,不满于当时文坛的自然主义与唯美主义风气,主张尊重自由的个性,创刊了文艺杂志《白桦》。白桦派对日本新文学的发展有很大影响,其中,志贺尤有较大的贡献。

志贺出身于封建官僚转为实业资本家的家庭,年轻时曾信奉基督教,后来放弃了宗教信仰,投身于文学事业。他曾接触过社会主义风潮,在"渡良川矿毒事件"的劳资斗争中同情工人,与父亲发生矛盾,又因与女佣人恋爱遭到父亲阻挠,于是父子决裂。在战前,志贺与杰出的革命作家小林多喜二有所交往。当日本帝国主义进行侵华战争时,作者始终不为法西斯军阀服务。但由于生活与阶级的局限,志贺对日本半封建势力和资本主义保守势力曾表示和解妥协。

志贺的作品有长篇小说《暗夜行路》,是他前半生道路的艺术记录,中篇《和解》(1917年)即取材于同父亲的和解。此外还写有不少短篇小说和随笔。他的作品真诚纯朴,格调清新,虽然内容多局限于家庭纠葛,身边琐事,但表现了作者热爱人民和强烈的人道主义思想。

作品导读

《清兵卫与葫芦》(1912)通过一个天真儿童的志趣横遭扼杀的故事,对"武士道"精神进行了揭露和讽刺,同时也反映了作者对儿童的爱和反封建主义的思想。十二岁的清兵卫深深喜爱收藏葫芦,他心灵手巧,能把带皮的葫芦修理得光滑漂亮,能够识别它的优劣价值。但是,信奉"武士道"的教员没收了他的葫芦,爸爸、妈妈也不理解清兵卫的兴趣爱好,骂他是没出息的孩子,打破他的葫芦,还要揍他。清兵卫被迫放弃了这一爱好,却又热爱起绘画。作者倾向鲜明,同情聪明可爱的清兵卫,对摧残儿童志趣的行为表示不满和愤慨。小说非常简洁、朴素、生动,如写清兵卫一心思念葫芦,竟把一个老头子的秃脑袋也错看作葫芦,对儿童心理的刻画细致入微。表现人物性格不是浓墨重彩,而是采用了现实主义的白描手法。

作品赏析

清兵卫与葫芦

这是一个叫清兵卫的孩子跟葫芦的故事。自从发生了这件事以后,清兵卫和葫芦就断了关系。过了不久，他又有了代替葫芦的东西。那便是绘画，正如他过去热衷于葫芦一样，现在他正热衷着绘画……

清兵卫常常买了葫芦来玩，他爸妈是知道的。从三四分钱到一毛五分钱一个的带皮葫芦，他大概已有十来个了。他能够自己把葫芦口切开，把里边的子掏出来，技巧很好，塞子也是自己装上的。先用茶卤一泡，把气味泡干净了，然后就把父亲喝剩的淡酒装在里面，不停地把表面擦亮。

他对于这爱好异常专心。有一天，他在海边的街上走，心里依然在想着葫芦，忽然眼前看见一件东西，使他吓了一跳。原来路边背海一带都是摊户，这时候忽然从一个摊户伸出一个老头子的秃脑袋，清兵卫把它错看作葫芦了。"这葫芦真好！"心里这么想着，有好一会没有看清楚——再仔细一看，连自己也吃惊了。那老头子昂着光采奕奕的秃脑袋，走进巷子里去了。清兵卫觉得好笑，就大声地笑了起来，一边不住地笑着，一边跑过了半条街，还是忍不住地笑。

因为他热衷得这么厉害，所以他每次上街的时候，走过古董店、水果铺、旧货店、粮食店以及专门卖葫芦的铺子或仅仅门口挂着葫芦的店铺，总是呆呆地站在门前望。

清兵卫是一个才十二岁的小学生，每天学校里放学回来，他也不跟别的孩子一起玩，常常一个人上街上去看葫芦。一到晚上，就坐在起坐室里收拾葫芦；收拾好了，就装上酒，用手巾包好，放在罐子里，又把罐子藏在火炉箱中，然后去睡觉。第二天早晨起来，立刻又打开罐子看，葫芦皮上冒出了许多水珠。他永远不倦地看着，看过之后，很郑重地系好络绳，挂在朝阳的檐廊下，然后上学校去。

清兵卫居住的小镇，是个商业码头，虽然算个市镇，其实是很狭小的；一条细长的市街，只要二十分钟就可以走完了。所以卖葫芦的店铺纵使怎样多，像清兵卫这样几乎每天都跑去看，大概所有的葫芦，也都已被他一一看过了。

他对于旧的葫芦，没有多大的兴趣，他所喜欢的是还没有开过口的带皮葫芦。而且他所有的大抵都是葫芦形很周正的平凡的东西。

"真是小孩子呢，不是这种葫芦他就不喜欢。"来看望做木匠的他爸爸的客人，看见清兵卫在一旁很专心地擦葫芦，就这样说。

"是呀，一个小孩子，却喜欢这种玩意……"他爸爸很不高兴地向那边望了一望。

"阿清，这些并不见什么好，再去买几个奇特点的来呀。"客人说。

"这样的好呀。"清兵卫只是这样回答了一句。

清兵卫的父亲与客人就谈到了葫芦。

"今年春天开评品会时,有人拿出了马琴的葫芦来做参考品,那才是出色的呢。"清兵卫的父亲说了。

"是一个很大的葫芦吧。"

"又大又长。"

听见这样的话,清兵卫偷偷地发笑。他们所说的马琴的葫芦,是那时候一件很有名的东西,他也去看了一看——他不知道马琴是什么人——立刻觉得并不见得怎样好,就掉头走了。

"那种葫芦我可不喜欢,不过大一点就是了。"他插嘴说。

听了这话父亲就圆睁着眼呵叱;

"什么话,你懂得什么,也来多嘴!"

清兵卫沉默了。

有一天,清兵卫走过后街,在平时不大注意的地方,一家闭了门的住房前,有一个老婆婆摆着一个卖柿子橘子的摊子。他发现摊子后边的店板门上,挂着二十来个的葫芦,就立刻说:

"让我看一看。"说着走近去一个一个地仔细把玩。其中有一个,约五寸高,看那模样是很普通的,他却喜欢得什么似的。

他心头发着跳,问了:

"这个葫芦卖多少钱?"

"看你是个小哥儿,就便宜点算一毛钱吧。"老婆婆回答了。他喘着气:

"好,你别卖给别人,我回家去马上拿钱来。"急匆匆地说定,就跑回家去。

不多一会,他红着脸,呼呼地喘着气跑回来,买了葫芦就跑着回去了。

从此,他片刻也不离这个葫芦,还带到学校里去。终于因为在上课的时候也偷偷地藏在桌子底下磨擦,给级任教员看见了。恰巧上的是修身课,所以教员更加生气。

这位外来的教员,对于本地人爱好葫芦的风气心里本来不舒服;他是喜欢武士道的,每次名伶云右卫门来的时候,平时连走过都不大高兴的新地的戏院子,演四天戏,倒要去听三天。学生在操场里唱戏,他也不会怎么生气,可是对于清兵卫的葫芦,却气得连声音都抖起来,甚至说:"这种小孩子将来不会有出息的。"于是这个一心热衷的葫芦,终于被当场没收,清兵卫连哭也没有哭一声。

他脸无人色地回到家里,靠在火炉边发呆。

这时候，教员挟着一只书包来访问他的父亲，父亲恰巧不在家。

“这种事情，家里应该干涉他……”教员对清兵卫的母亲这样说，母亲吓得只是战战兢兢地不敢出声。

清兵卫对于这位教员的顽固，吓得什么似的，哆嗦着嘴唇，在屋角里缩做一团。在教员身后边的柱子上正挂着许多收拾好了的葫芦。清兵卫心头别别地跳着，怕他会注意到。

训斥了一顿之后，教员终于没有注意到葫芦，回去了。清兵卫透了一口大气。清兵卫的母亲却哭了起来，唠唠叨叨发了许多没意味的怨言。

不多一会，清兵卫的父亲做工回来了，听了这话，立刻抓住正在身边的清兵卫，使劲揍了一顿。在这儿，清兵卫又被骂了“没出息的孩子！”还说：“像你这种家伙，赶快给我滚蛋吧。”

清兵卫的父亲忽然注意到柱子上的葫芦，就拿起槌子来一个一个地砸碎；清兵卫只是脸色发青，不敢作声。

教员把在清兵卫那儿没收来的那个葫芦，当作脏东西似的交给老年的校役，叫他去扔了。校役拿了来挂在自己那间煤污的小屋子的柱子上。

约摸过了两个月，校役恰巧因为没有钱花，想起这葫芦准备多少换几个钱，就拿到附近的古董店里去看。

古董店老板横捧竖捧地仔细瞧了半天，马上做出一付冷淡的神气，把葫芦向校役一推：

“要卖就算五块钱吧。”

校役暗暗吃了一惊，可是他是乖觉的，连忙板起脸回答了：

“五块钱可不卖。”古董店马上加到了十块；可是校役还不肯答应。

结果是五十块钱成了交——校役从那位教员手中好像平白地得了四个月的薪水，心里偷偷地高兴。他当然不会告诉教员，对清兵卫也隐瞒到底。因此这个葫芦的去处，终竟没有人知道。

可是凭校役怎样聪明，也不会想到古董店把这个葫芦卖给当地的富家，价钱是六百块。

……清兵卫现在正热衷于绘画，自从有了新的寄托，他早已不怨恨教员和怨恨用槌子打破了他十多只葫芦的父亲了。

可是他的父亲，对于他的喜欢绘画，又在开始嘀咕了。

（成立，屈毓秀.外国短篇小说选[M].太原：山西人民出版社，1979.略有改动。）

思考练习

1.面对父亲的呵斥与责打，清兵卫选择沉默，这反映他怎样的心理？

2.本文写被没收的葫芦最终以高价售出,这样处理有什么好处?

第五节 《魔术》

作者简介

芥川龙之介(1892—1927),日本近代小说家,“新思潮”文学流派的著名代表。

“新思潮派”是指日本大正年间以复刊的《新思潮》杂志的作家为中心而形成的一个文学流派。它反对流行的资产阶级自然主义的低级而呆板的纯客观描写,主张匠心独运地抓住现实的一个片断加以艺术的表现,并做出新的解释;在方法上强调技巧和心理分析,所以又被称为“技巧派”。芥川龙之介的创作基本上都是短篇小说,其中主要有《罗生门》(1915)、《鼻子》(1916)、《芋粥》(1916)、《地狱图》(1918)等,这些作品许多是从古代选材,寓理想于历史故事中,“因此那些古代的故事经他改作之后,都注进新的生命去,便与现代人生出干系来了”(鲁迅语)。作者对蝇营狗苟、道德沦丧的日本近代资本主义社会深感厌恶,但小资产阶级的个人主义的立场又使他不能和人民群众相结合,因而产生不可解脱的苦闷。随着20世纪20年代后期日本迅速军国主义化和法西斯化,作者的苦闷也日益加剧,终于导致他的自杀。

芥川在艺术上深受日本浪漫主义文学的先驱森鸥外和夏目漱石的影响。他善于学习欧洲古典文学的各家之长,并结合日本文学的优秀传统加以灵活运用。构思巧妙,命意新奇,文笔精湛而富于理智,语言典雅而饶有风趣,其短篇小说以高度的艺术性而著称。

作品导读

《魔术》是一篇取材于旧题材而赋予新内容的短篇杰作。写一个知识分子向魔术家学“点金术”的故事。中国古代小说也有落魄书生求仙访道,摒除杂念而学会“点石成金”这种类似的故事。不过,芥川施展瑰丽的浪漫主义想象,将东方传奇故事和近代资本主义社会的现实生活交织起来,对资产阶级贪得无厌的金钱欲进行了揭露和嘲讽。作者以传神之笔,夸张地描绘了魔术师的幻术所造成的种种奇妙景象。特别是炭火化作金币那一幕:面对桌上的大堆黄金,赌徒们目中吐火,垂涎三尺,恨不得立刻攫为己有,这是资本主义社会的一个缩影。但在批判资产阶级拜金主义的同时,作者也宣扬了“清静无欲”的消极的人生观。

作品赏析

魔　术

秋冬之间的一个夜晚，豪雨阵阵。一辆人力车载着我，上坡下坎地行走在大森那一带的陡坡间。翻过好几个山坡，终于停在一所竹丛环绕的小洋房跟前。正门的门洞很狭窄，门上灰色的油漆已开始剥落。我借着车夫打起的提灯光，看到门上钉着一块陶瓷的人名牌，牌上用日本字写着：印度人马德拉穆・米斯拉。大门上就这块牌子是新的。

说起马德拉穆・米斯拉这个人，也许很多人都知道，米斯拉生在加尔各答，多年来，他一直在谋求印度的独立，是个爱国者。此外，他还在一个名叫哈桑・甘的著名的婆罗门那里学得了一手秘法，成了一个年轻的魔术大师。恰好是一个月左右之前，通过朋友的介绍，我结识了米斯拉，并有所交往。我们对政治经济方面的问题倒是议论得很多，但他要弄魔术时，我恰恰一次也不曾遇上，还没有见识过。所以，在我事先写信给他，恳请他为我表演一下魔术之后，这天晚上就催着人力车夫兼程赶往米斯拉当时的寓所，它地处寂无人声的大森区的尽头。

我淋着雨，借着车夫那昏暗的提灯光亮，按了正门上人名牌下的门铃。于是，没一会儿，门打开了，有人伸出头来，这是一个个子矮小的日本老太婆，她是米斯拉的女仆。

"米斯拉先生在家吗？"

"请进。先生已经等您好久了。"

老女仆和蔼可亲地一边说着，一边马上领我走向门内尽头处的米斯拉的房间。

"晚上好，下雨天还光临舍下，欢迎欢迎。"

米斯拉捻了捻放在桌上的煤油灯的灯芯，一边十分精神地向我致意，他脸色黝黑，大眼，留着一口柔软的胡子。

"哪儿的话，只要能领教您的魔术，这点雨算什么，不足挂齿。"

我在椅子上坐了下来，环视了一下整个房间。在昏暗的煤油灯光下，屋里显得很阴沉。

这是一间朴素简单的西洋式房间。正中放着一张桌子，墙边上有一只不大不小、正合适的书架，窗前还搁着一张茶几。此外，就只有我们正坐着的椅子。而且，椅子和茶几都已很陈旧，连四周织着红色图案花的桌布，线纹丝缕都已绽露出来，使人觉得几乎马上就要碎裂开来似的。

我们互道寒暄之后,就有意无意地静听室外竹丛间的滴雨声。过了一会儿,还是那个老女仆,端了红茶走进来。米斯拉打开了烟盒,向我敬烟:

“怎么样,来一支?”

“谢谢。”

我并不客气,拿了一支,边划着了火柴点烟边说:

“你驱使的那个精灵,名字好像是叫晋吧,这么说,接下来我将要拜见的魔术,也是借助于这位晋的力量了?”

米斯拉自己也燃起了一支烟,微微一笑,烟从口里吐了出来,味道还颇好闻,一边说道:

“认为有晋这类精灵存在的想法,已经属于好几百年之前的思想了。可以说,那是阿拉伯的天方夜谭时期的事情了吧。而我从哈桑·甘那儿学得的魔术,如果你愿意要弄的话,你也能办到的呀。至多不过是发展了的催眠术而已。——你瞧,只不过将手这么一来,就行了。”

米斯拉举起手,向着我眼前比划起三角形似的形状,比划了两三次之后,他把手伸到桌子上,竟然摘起一朵那织在桌布四周的红色图案花来。我吓了一跳,不由得把椅子往前挪靠上去,仔细端详那朵花。一点不错,这花就是方才看到的织在桌布上的图案花中的一朵。米斯拉还将手中的花拿到我的鼻子前,我甚至闻到一股麝香之类的沉郁气味。我觉得太不可思议,连连发出啧啧的感叹声。米斯拉照旧微笑着,又漫不经心地把花放落在桌布上面去了。当然,花朵一落到桌布上,就和原来一模一样,成了织在桌布上的图案,别说是摘起来,就连一片花瓣也别想随便使它动弹一下。

“怎么样,很简单吧。接下来请你看这只煤油灯。”

米斯拉这样说着,将桌上的煤油灯稍稍移动了一下位置,可随着这一移动,也不知怎么回事,煤油灯简直和陀螺一样咕噜咕噜地旋转起来。煤油灯规规矩矩地站在原处,以灯罩为转轴,开始猛烈地旋转。一开始,我心惊胆战起来,万一发生火灾什么的,那可非同小可,尽管我一再提心吊胆,可是米斯拉却悠悠然地呷着红茶,一点骚动的样子也没有。于是,我后来也完全胆壮了,两眼一刻不离地瞅着旋转得越来越快的煤油灯。

煤油灯的灯盖在旋转时产生一股风,而黄色的火焰却竟然纹丝不动地点燃着,这确实是一种美丽壮观的情景,不可思议的奇观。而且,随着煤油灯旋转的速度越来越快,终于到达一种简直看不出旋转的完全透明的地步。就在这时,我忽然发现煤油灯不知什么时候已恢复原来的样子,停息在桌子上了,灯罩没有丝毫歪斜的样子。

“觉得惊奇了吗？这种玩意儿其实只是哄哄孩子的。你如果有兴趣，再给你看点什么吧。”

米斯拉回过头去，望着墙边上的书架，一会儿，他把手伸向书架的方向，像招徕什么似的动起了手指，这一次，并列在书架上的书籍一本本地动弹起来，并不费事地、很自然地飞到桌子上来。而且它们飞的方法是将书皮向两边打开着，就像夏天傍晚飞来飞去的蝙蝠那样，轻飘飘地在空中飞扬。我口里衔着雪茄，像是掉了魂似的，惊讶地看着这副情景。一本本书籍在微暗的煤油灯光亮中无拘无束地飞翔，它们秩序井然地飞向桌子，并在桌子上堆出金字塔的形状，而且，当这些书籍在书架上一本不留地全部飞移到桌子上后，马上又从最初飞来的那一本起，开始蠕动，并有条不紊地飞还书架原处呢。

其中最有趣的是：有一本薄薄的平装书，它也像展开了翅膀似的打开着书皮飘飘然地腾向空中，不一会儿，这本书在桌子上空划了一个弧形，书页便响起沙沙的翻动声，然后一个倒栽葱，倏地向我膝上坠落下来。怎么回事？我赶紧抓起书来一看，那是一本法国的新小说，我记得大概在一个星期之前吧，我把它借给了米斯拉。

“承蒙你把这本书借给我这么久，非常感谢。”

米斯拉依然微微笑着，亲切地向我致谢。当然，不少书其时已经从桌子上飞回书架了。我感到自己像是刚从梦里醒过来，一下子连谢意都没能表达，但当时我脑海里却是想起了米斯拉方才说过的话：“我的这种魔术，你要是愿意，你也能掌握的。”所以我就说：

“唉呀，虽然我早就风闻过你的魔术本领，但你驾驭的魔术实际上竟是如此不可思议，这是我万万料想不到的，可你刚才说，像我这样的人，也不是不可能掌握这种魔术的。你不是在和我说笑话吧。”

“当然能够掌握。无论谁都能轻而易举地学会，只不过……”米斯拉欲言又止，眼光直射向我，同时用一种与平时完全不同的认真口气说：

“只不过，有欲念的人学不了。要想学得哈桑·甘的魔术，首先要做到清净无欲，你能做到这一点吗？”

“我以为我是可以做到的。”

我这样回答，可我总感到有点什么不落实，立即又补上一句：

“只要你肯教给我的话。”

可是米斯拉依然显示出一种疑虑的眼神，毕竟是考虑到再三叮嘱会有失礼貌吧，他接着就从容不迫地点点头说：

“那末，我来教给你。不过，说是不用费劲就可学会，但毕竟还得花一些时间来学,所以,今晚就请你睡在我这儿。”

“那真是太打扰你了。”

能够获准教我学会魔术,我感到很高兴,于是一而再地向米斯拉表示谢意。但是,米斯拉对这件事似乎并不介意,他很平静地离开椅子站了起来,说:

“老妈子,老妈子,今晚客人睡在这儿,你去准备一下床铺。”

我的心胸颇难平静下来,连雪茄烟的烟灰都忘了弹去,不禁目不转睛地盯着米斯拉那亲切的面容,他正面对着煤油灯,完全沐浴在灯的光亮中。

我从米斯拉那里学魔术,转眼已有一个月左右的时间了。也是一个大雨如注的夜晚,在银座某俱乐部的一间屋子里,我和五六个朋友一起,在火炉前摆开阵势,大家都兴致勃勃沉湎于轻松愉快的街谈巷议。

敢情是因为这儿是东京的市中心,雨点接连不断地打在来来往往的汽车和马车的车顶上,因而弄得湿淋淋的,所以,和那个大森的情况不一样,这里听不到窗外雨点溅落在竹丛间的凄凉声。

当然,窗内的谈笑风生、活泼欢乐的气氛,也简直不是米斯拉那个一见似乎就有什么精灵跑出来的屋子所能比拟的,这里有明亮辉煌的电灯,有大型的蒙着摩洛哥羊皮的椅子,连地板都是一种镶嵌有花纹的工艺品,滑溜溜的,光可鉴人。

我们在一片雪茄烟的烟雾中,议论了一阵狩猎的事,赛马的事。然而,其中有一位朋友,他将还没抽完的雪茄丢进火炉,回过头来对着我说:

“听说你近来学会耍魔术了,怎么样,今晚可以为我们大家当场表演一下吗?”

“当然可以。”

我把头靠在椅子背上,简直像个有名的魔术大师似的,大模大样地回答。

“那末,一切悉听尊便。请给我们来个不可思议的魔术看看,要社会上的戏法大师之类的人搞不来的。”

看来朋友们都表示赞同,一个个把椅子往前挪了挪,一边催促着似的瞅着我。于是,我慢吞吞地、不慌不忙地站了起来。

“你们仔细看着呵,我耍的这魔术,一无秘密二无机关。”

我边说着边卷起两手的衣袖,漫不经心地从火炉中捞起燃烧得炽热的炭火,放在手掌心上。围坐在我周围的朋友们,大概光是看到这一点就已经吓破胆了吧,都面面相觑,同时也都有点恐惧。他们生怕被火烫伤了可不得了,一个个踌躇不前起来。

于是我愈益沉着镇定，不慌不忙地把手掌心上的炭火送到在场的全体朋友跟前，接下来，我把炭火猛烈地摔向镶花地板。炭火在地板上迸散开来。这一刹那间，它压倒了窗外的降雨声，只听得有另一种不平凡的“降雨声”猝然从地板上发出来。说时迟那时快，只见火红的炭火从我的手掌上离开的同时，变成无数绚丽夺目的金币，雨点似的向地板上飞洒开来。

众朋友们都像是在梦里似的，茫然若失，连喝彩都忘了。

“暂且先来这么点小玩意儿吧。”

我露出一丝得意的微笑，同时不慌不忙地坐到原来的椅子上。

“这，这都是真的金币吗？”

一位目瞪口呆的朋友，总算在事情发生之后隔了大约五分钟，才好不容易开了口问我。

“货真价实的真金币。谓予不信的话，可以亲自动手察看。”

“难道真的不会被烫伤什么的吗？”

一位朋友诚惶诚恐地从地板上捡起金币观看着：

“一点不错，这真是响当当的金币呢，喂，茶房，请你将扫帚和畚箕拿来，把这些金币全部扫拢收集起来。”

侍者立即按照吩咐办事，把地板上的金币扫到一块儿，堆向就近的桌子上，桌子上顿时隆起一大堆金币。朋友们都围在桌子四周，同时你一言我一语地赞美起我的魔术造诣来：

“看来，总有二十万元上下哪。”

“不，似乎还要多得多。如果是玲珑纤巧的桌子，还可能被压垮了呢。”

“不管怎么说，这可是学得了一项了不起的魔术，因为炭火的余烬会立刻变成金币呀。”

“这样，用不了一个星期的时间，就会成为能与岩崎啦、三井啦抗衡的百万富翁了。”

我照旧矜持地靠在椅子上，悠然地吐着雪茄烟的烟雾，说道：

“不行，我的这项魔术，一旦你产生欲念，那就再也不灵验了。所以在诸位观看过之后，即使它是金币，我也要立刻把它抛进原来的火炉中去的。”

朋友们一听我这样说，不谋而合地开始表示反对。他们说，“把这么一大笔金钱还原为炭火，不是子虚乌有了吗？这岂不太罪过了？”可是，鉴于和米斯拉有约在先，所以我坚持要将金币抛进火炉中去，并固执地和朋友们争论不休。于是，从诸朋友中间走出一位素以狡猾著称的人，他讥讽地冷笑着说：

“你是主张将金币还原为炭火，我们则表示不愿意，这样争执下去，当然就没完没了。所以,我的想法是,把这金币作为你的赌本,我们来和你赌一下纸牌。按照这个办法,要是你赌赢了,你把它还原成炭火也好,变成其他什么东西也好,一切悉听尊便,你可以随意处置。然而,要是我们赌赢了的话,你得乖乖地将金币原封不动地输到我们手里。这样一来,不是大家都无可挑剔,大家都心满意足了吗?”

对这个建议,我还是不能接受,我没法贸贸然地对此表示赞同。可是这位朋友一面浮现出愈益露骨的嘲笑,一边以一种狡猾的眼神,对比似的打量着我和桌子上的金币,说:

“你不和我们赌纸牌,大概是由于你不愿让我们取得这些金币吧。这样的话,说什么你为了能耍魔术而已经抛去一切欲念的决心,你的这个好容易才下定的决心,不也是有点靠不住了吗?”

“不,我,我决不是因为舍不得给你们拿去而要将金币还原为炭火的。”

“既然如此,那就请你入局吧。”

经过这种屡次三番的争执之后,我终于慢慢地陷于一种境地:怎么说我也得按这位朋友所说的那样,把桌子上的金币作为赌本,去和他们在纸牌上决一雌雄了。当然,朋友们都高兴极了,他们当即取来一副扑克牌,一边围着放在屋子角落上的纸牌桌,一边“快点快点”急催着我去,因为我还显得有点犹豫不决。

于是,我只得无可奈何地和诸位朋友对局,懒懒散散地打了一会儿纸牌。但是,也不知怎么回事,我平时对打牌并不是特别在行,打得也不好,可只有那天晚上,我是大赢特赢。而且打上手之后,又发生一件微妙的事:开始时,我对打牌兴趣索然,但慢慢地却感到有意思起来,大约还没有十分钟的时间,不知怎么地,我忘掉了一切,完全专心致志地热衷于打牌了。

朋友们原来的如意算盘,是打算一文不留地席卷我那些金币,所以特意安排了打牌,想从赌纸牌打开缺口。如今这么一来,他们都心急火燎,拼命地争强斗胜起来,脸色都几几乎变了。然而,无论朋友们怎样拼死拼活也无法挽回败局。我不仅一次也没输过,而且最后,我却赢得了和这些金币的价值相差无几的金钱。于是,先前那个狡诈的朋友,简直和疯子一般,咄咄逼人地一边把牌伸到我面前,一边说:

“来吧,你抽一张!我将我的财产全部押上了。地产、房产、马、汽车,倾家荡产一文不留地和你赌一次。与此相应,你的赌注是,那些金币,再加上迄今你赢得的全部金钱。请,你抽吧!”

一刹那间,我的欲念抬头了。这一次不走运输了的话,那末,不仅是桌子上那些堆积如山的金币，甚至连我好不容易才赢得的金钱，最后都不得不被对局的朋友们攫去。然而，倘若我在这次较量中获胜，对方的全部财产就一下子被我囊括来了。在这种关键时刻还不借用一下魔术本领的话，我煞费苦心学来的魔术，将在何处体现它的功效呢？这么一想，我再也按捺不住了，就迫不及待地一面暗中耍了魔术，一面以一种决一死活的猛劲，说：

“行啊。你先抽，请！”

“九点。”

“老 K。”

我昂起洋洋得意的叫声，一面将抽得的牌送到脸色发青的对方眼前。可是，很不可思议，那张纸牌上的老 K 简直像附上了魂魄似的，他抬起戴着冠冕的脑袋，忽然从牌里探出身来；他拿着宝剑，彬彬有礼地浮现出一丝令人寒心的微笑，用一种我听来耳熟的声音说：

“老妈子，老妈子，看来客人要回家了，可以不必准备床铺了。”刚一说完，也不知怎么搞的，窗外一下子开始发出猛烈的雨声，这又是那种溅落在大森区竹丛间的凄凉的雨声。

我突然间清醒过来，环视了一下四周，只见我自己还沐浴在昏暗的煤油灯光下，米斯拉脸上浮现着简直和那张纸牌上的老 K 一模一样的微笑，我俩正面对面地坐着呢。

挟在我手指间的雪茄烟上的烟灰，还停在那里不曾掉落下来，看到这情况，所谓学会了魔术一个月之后的事，一定只是一场两三分钟里做的梦了。但在这短短的两三分钟里，我自己也好，米斯拉也好，都一清二楚地明了，我这个人已经没有资格去学哈桑·甘的魔术秘法了。我羞愧地低下了头，好一会儿开不了口。

“要想学会我的魔术，首先必须抛掉欲念才行。这点修行你还没有具备。”

米斯拉现出很遗憾的眼光，平心静气地这么教训了我一顿。他把胳膊支在桌布上，桌布四周织着红色图案花。

（成立，屈毓秀.外国短篇小说选[M].太原：山西人民出版社，1979.略有改动。）

思考练习

1.小说中的“我”是一个什么样的形象？“我”的形象对我们有什么启示？

2.有评论说，小说的标题应改为“人性的考验”，你认为有哪些理由呢？请分析。

第六节 《古都的风貌》

作者简介

川端康成(1899—1972),日本现代著名作家,日本“新感觉派”文学运动的发起人。1968年凭借《雪国》《古都》《千只鹤》三部代表作获得诺贝尔文学奖,成为继泰戈尔和萨缪尔·约瑟夫·阿格农之后第三位获得诺贝尔文学奖的亚洲人。

川端康成1899年6月14日生于大阪,毕业于东京大学,因《伊豆的舞女》而成名。幼年父母双亡,其后姐姐和祖父母又陆续病故,他被称为“参加葬礼的名人”。一生多旅行,心情苦闷忧郁,逐渐形成了感伤与孤独的性格,这种内心的痛苦与悲哀后来成为川端康成的文学作品的底色。他一生创作了小说100多部,中短篇多于长篇。作品富于抒情性,追求人生升华的美,并深受佛教思想和虚无主义影响。川端康成善于用意识流写法展示人物的内心世界。

作品导读

《古都的风貌》的作者川端康成受佛教影响颇深,对风貌的描写带有消极悲观色彩,表达对人生失意的无奈,这篇文章就是作者在游览古都后的直观感受。

作品赏析

古都的风貌

青莲院中巨楠木
晚秋日映似新绿

我不谙诗歌,不知是写作“晚秋”还是“晚秋的”好,也不知是写作“日映似新绿”还是“日照似新绿”好。说不定写作“阳光映嫩叶”这种佶屈聱牙的句子反而更有意思。总之,今天我的印象是,在青莲院门前的楠树下站站,环绕一周,抬头仰望着大树。虽是晚秋,“嫩叶”还青,低垂的树枝竭力伸展。近冬的晌午阳光照射在繁茂的小叶上,透过叶隙筛落下来,使这棵老树显得特别娇嫩,充满了青春的活力。我就把这种景色写成一首诗。这棵苍老的大树,枝干盘缠交错,庄严地露出大地。这雄姿奇态,非我这个不谙诗歌的人吟咏一首诗就能表达出来的。这季节与其说是“晚秋”,莫如说是“近冬”。京都的红叶鲜红似火,同常绿林互相辉映,呈现一派“晚秋”的景象。只是今天我发现这熟悉的大楠树的叶色竟这般娇嫩,更是感到沉迷罢了。这叶色的绿,正是东山魁夷画中之色。

东山的《京洛四季》里有一幅画了大楠木这种“经年古树”。我去观赏了东山画的楠树。我为了商量明春写东方舞的脚本，昨天拜访了西川鲤三郎，在名古屋歇了一宿。但为了撰写寄给《京洛四季》画册的文章，我觉得还是置身于京都好，一定能领略到东山所画的实景。于是我在名古屋告别了妻子，独自折回京都，观赏一番今天的楠树。往返名古屋都是乘车，奔驰在名古屋—神户高速公路上。在前往的途中，夕阳正在红霞中西沉。

秋阳夕照红彤彤

伊吹山岭溶其中

我不知是写作“秋阳夕照”还是“秋天红日”好，是写作“溶进其中”还是“耸立其中”“一座其中”好。不管怎么说，我不谙俳句，语言不能运用自如，行驶在高速公路上，迎面一片晚霞只见巍然屹立的伊吹山庄严、雄伟，毋宁说，使用硬性的语言更合适吧。

青莲院门前的大楠树也是庄严、雄伟。不仅如此，还很优雅、艳丽。在美洲大陆或欧洲大陆上，我遇见古树，总要看上几眼。这些古树都很粗大，却没有日本古树那种秀美纤丽，那种神韵雅趣，那种优美和浓绿。大概西方没有日本爱名树、名石之美的传统。就以青莲院的大楠树来说，它与我这个日本人是灵犀相通的。去年我参加三国町举办的高见顺诗碑揭幕式之后，归途路过金泽，观赏了驰名的三名松，它深深地打动了我，我甚至不敢相信这世上竟有这样的美。日本人几百年来创造并留存了一棵树的美，自以为是值得庆幸的。东山的《经年古树·青莲院楠树》，即使在《京洛四季》的许多画中，也是一幅最写实的画。东山的画惟妙惟肖，把我那词未尽意的对古树的赞美都画活了。

以前东山有过一幅巨作《树根》。我虽只在画集里看过这幅画，但它早已渗入我的心。青莲院的楠树树根向横盘缠蔓延，而《树根》中的树根则弯曲向上攀伸。这两种奇态给我的感受是：具有一种魔怪般的力量，一种扎根大地、支撑天空的怪异美，是大自然与人的生命的永恒象征。当然这种稀有的奇态中也有东山的发现。东山前次北欧之行的产物——系列画展上，也有描绘大树的杰作。很早以前我就看到古老的大树具有深远的生命，也曾漫游各地寻觅过它，这回我在东山所绘的大树或树根中感受到了。坐在具有几百年、上一二千年树龄的大树树根上，抬头仰望，自然会联想到人的生命短暂。这不是虚幻的哀伤，而是一种伟大的精神不灭，同大地母亲的亲密交融，从大树流到了我的心中。也是出于这种感受，晚秋发现了大楠树嫩叶的颜色。“老树一花开”已是很好，现在是“老树万花开”。但是，我之所以看到洒上阳光，阳光透下来的大柏树的叶子比小楠树的叶子细小,也许是由于大楠树的树龄的关系吧。

也许晚秋的大楠树呈现嫩叶般晶莹的绿色,实际上就是京都树木的绿色。多亏我要思考为东山的《京洛四季》撰写文章,今秋我才发现京都树叶的碧绿和竹叶的碧绿,同东京一带的不同。

阵阵秋雨淅沥沥

光悦垣上红叶丽

今年在光悦会的茶席上,我看见觉觉斋的刻有俳句第一句"阵阵秋雨来"的茶勺,才知道这句词。因为光悦会这时秋色正浓,我深感这句词把握了京都的特色,故挥笔戏写了这俳句。但那天是个小阳春天气,连北山都没有下阵雨,只不过是借用这句"阵阵秋雨来"硬作此诗。然而,我倒是长时间坐在光悦会篱笆正前方的折凳上,面对篝火取暖,一边同朋友,精通茶道的人,以及茶具店的人谈天说地,午间吃了盒饭。光悦会篱笆前面种了胡枝子,后面栽了枫树,东山的画如实地把这景色画了下来。我一边观赏眼前的实景,一边品味仍残留在脑子里的东山画的《秋寂·光悦寺》。这篱笆对面的远处栽有竹子,我对妻子悄声说:那是东山所画的竹子的颜色。而后本应从光悦寺走访大河内山庄(传次郎的遗宅),却信步深深地踏进了野野宫旁的小径。这里还残留着嵯峨的竹林,也有东山所绘的竹子的颜色。我们又从西山走到东边的诗仙堂。山茶花盛开的季节即将逝去,此刻的风光正是夕阳无限好。

西山夕照诗仙堂

映红一片山茶花

这里我也不知是用"西山夕照"好,还是用"迎着夕照"好。满树的白花和巨大的古树没有写入赝俳句诗人的诗句里。东山在《京洛四季》里所画的竹林有《入夏》和《山崎边》。今秋我在京都听说,山崎、向日町一带的竹林,被乱砍滥伐,辟作住宅用地,京都味的竹笋的产地也渐渐消失了。去年我从大河内山庄的传次郎夫人那里听说,岚山大约有几千棵松树无人管理,听之任之,都快枯死了。每次到此地,我总不免"泪眼模糊望京都"。

几年前,我再三对东山说:"不趁现在把京都描绘下来,恐怕不久就会消失了,趁如今京都风貌犹存,就请把它画下来吧。"当时我这种祈愿,多少促成东山画出了《京洛四季》这出色的系列作品,这是我的幸福、喜悦,难以用语言来表达的。我起初对东山说这句话的时候,我常漫步京都市街,不由得喃喃自语说:看不见山了!看不见山了!我感到伤心。不甚雅观的小洋房不断兴建起来,从大街上已望不见山了。我悲叹大街上望不见山,这哪是京都啊!

如今在京都市街望不见山已成习惯了。不过，我至今依然祈望京都的风貌能长久地保存下来。东山的《京洛四季》中的许多画，可以担负起把京都风貌保存下来的任务。这《京洛四季》的诞生，其中也有我的夙愿，还有东山平日的深厚情谊，让我寄去随意写就的文章。他画的许多风景，都是我经常叩访的地方，比如高桐院等地。特别是《北山初雪》和《周山街道》，更是与我很有缘分。我对东山所作的北山杉画群，有一种亲切感，印象特别深刻。再说，最近我对写这篇文章的地点——京都饭店的日本式房间，以及滨作饭店的日本餐厅——也颇感亲切，它的窗口同东山和比睿山遥遥相望。赖山阳有这样的诗句："东山如熟友，数见不相厌。"

拨开云和雾

熟友东山现

我不谙俳句，仍然不知是写"东山现"好，还是写"东山隐见"好。好歹这是实际的景象。最近我经常在黎明前早起，每朝都几乎观赏一番《京洛四季》中的《拂晓·比睿山》。在完成《京洛四季》之前，东山所作的系列作品展是描绘北欧的。我没想到我即将去斯德哥尔摩旅行，有幸为鲁西亚节的女王瑞典小姐点燃她桂冠上的蜡烛，大概这是同东山的缘分深的缘故吧。东山从北欧之行的无比喜悦中，回到了日本故乡，这回他画了这组充满依恋、温馨、典雅、清新和自然的画，这就是《京洛四季》。这期间，东山还画了新皇宫大壁画等，他在艺术上的长足进展，是有目共睹的。

（李乡状.二十世纪外国散文精选[M]. 西安：陕西师范大学出版总社，2018.）

思考练习

1.简述本文的主题意蕴。

2.简述本文的艺术特色。

第十章　当代亚非文学

第一节　概　述

当代亚非文学特指第二次世界大战(简称二战)后的亚非文学。二战结束后,亚非地区人民取得了民族解放运动的全面胜利,这是亚非民族意识大觉醒的时代,也是亚非民族文学获得大发展的时期。

当代亚非文学是在特定的社会文化条件下发展的,不同民族和地区有各自的特色,同时也表现出了一些共同的特点。

(1)复兴民族文化与文学。二战结束后,亚非左翼文学在一些国家得到了长足发展。独立后的亚非国家在文学领域表现出自觉意识。20世纪五六十年代召开的亚洲作家会议,提出要“消除一切毒害人民思想和斗志的殖民主义文学,击败所有文化上的帝国主义,使亚非民族文化充分繁荣,提高到世界水平”。具有亚非整体意识、以复兴民族文化为己任、面向广大民众的文学潮流形成。这一潮流促进了亚非文学的发展,使作家队伍迅速扩大,艺术技巧逐步成熟,反帝反封建成为作品所表达的最主要的主题。也有部分作家通过创作反映了独立后出现的新问题。

(2)现实主义文学狂飙突进。二战后,取得独立的亚非国家出现了形形色色的现实主义,如传统的现实主义、与西方现代主义相融合的现实主义、受苏联文学影响的社会主义现实主义。在20世纪五六十年代,亚非地区的社会主义现实主义文学十分繁荣,影响大的作家有:印度的玛尼克·班纳吉、土耳其的纳奇姆·希克梅特、缅甸的敏新、埃及的谢尔卡维、叙利亚的汉奈·米纳等。

(3)后殖民文学兴起。当代亚非后殖民文学作品的内容主要涉及民族文化的建设。如何把民族传统的精华与当代人类优秀文化整合起来,以保障民族国家独立于世界,这是亚非后殖民文学思考的主要问题,也是贯穿当代亚非文学的最基本的主题。

(4)文学的自觉意识确立。亚非作家学习借鉴西方现代文学,开阔了视野,拓展了文学表现的领域和审美范式,取得了丰硕的成果。

思考练习

1. 简述当代亚非文学的共同特点。

第二节　《万延元年的足球队》(存目)

作者简介

大江健三郎(1935—2023),日本著名作家,诺贝尔文学奖获得者,1935 年出生在日本南部四国岛爱媛县喜多郡大濑村(今内子町大濑),1941 年进入当时的国民学校。1945 年,大江健三郎 10 岁时,日本投降,美军对日本的军事占领、新宪法的实施及民主思想教育,对他日后反对侵略战争、关注社会问题及人类命运的思想产生了极大的影响。1950 年 3 月,大江健三郎 15 岁时自大濑中学毕业,4 月升入爱媛县立内子高等学校,翌年 4 月转入夏目漱石曾经执教的名校爱媛县立松山东高等学校。在整个中学时代,他创作的诗歌、评论、随笔和短篇小说等文学习作近 40 首(篇)。1954 年,考入东京大学文科二类,1956 年 4 月,转入文学部法国文学专业,师从日本著名的法国文学研究者渡边一夫教授。1957 年 5 月,短篇小说《奇妙的工作》获《东京大学新闻刊》五月祭奖。1958 年,具有标志性意义的短篇小说《饲育》发表于《文学界》,获得第 39 届芥川文学奖,之后他以职业作家的身份正式登上日本文坛。1965 年《个人的体验》获第 11 次新潮文学奖 。1967 年发表的《万延元年的足球队》,获第 3 次谷崎润一郎奖。1989 年,荣获欧洲共同体设立的犹罗帕利文学奖。1992 年,又获得意大利的蒙特罗文学奖。1973 年,长篇小说《洪水荡及我的灵魂》,获第 26 次野间文学奖。1994 年,获得诺贝尔文学奖。

作品导读

1853 年,美国以炮舰威逼日本打开国门,长期闭关锁国的日本选择了不战开国。15 年后的 1868 年,日本开始明治维新,不到 50 年就成为世界五强之一,完成了近代以来日本的第一次崛起。第二次世界大战后,日本以《和平宪法》为基础,在美国扶持下,经济迅速发展。1955 年至 1964 年,日本的国民生产总值年增长率始终保持在 9% 以上。小说《万延元年的足球队》讲的是在日本近代化以前,日本封建将军幕府第一次向美国派遣使节那年,即 1860 年,和百年后 1960 年的象征性年号的故事。

该小说以空间并置和双线叙述的方式,把现在和过去、历史和现实、城市和乡村交织在一起,描绘出人性和历史、现实政治的矛盾。其中,畸形儿的诞生、暴动的发起和失败、通奸和乱伦造成的阴影,共同成为这部带有神话原型色彩的小说的核心。主人公故乡的大森林,也成为象征性的存在,象征历史的迷局、现实的困惑、人性的复杂。该小说还探讨了日本和美国的关系,并对核武器时代进行了反思。大江健三郎积极寻找自己的出生地——四国岛茂密的原始森林中的那些小村落中散落的神话传说、民间故事,并且在出生地的文化、生活元素和当时日本社会现实之间建立了一种联系。

诺贝尔文学奖评委会认为它“集知识、热情、野心、态度于一炉,深刻地发掘了乱世之中人与人的关系”。

主人公鹰四反对日美安全条约受挫后到了美国,后又回到自己的家乡,离群索居在覆盖着茂密森林的山谷里,效仿一百年前曾祖父领导农民暴动的办法,组织了一支足球队,鼓动“现代的暴动”——以暴动的方式来抵抗政府的政策。故事巧妙地将现实与虚构、现在与过去、城市与山村、东方文化与西方文化交织在一起,又通过将畸形儿、暴动、通奸、乱伦和自杀等元素交织在一起,描绘出一幅幅离奇的画面,以探索人类如何走出那片象征恐怖和不安的“森林”。

《万延元年的足球队》故事中,虽然蜜三郎兄弟二人的人生观念截然相反,甚至矛盾对立,但在面对精神危机时痛苦彷徨这一点上却同病相怜,而且在寻找生活立足点、寻找自我这一点上也颇有共识。回到故乡后,鹰四的一系列行为无不是他超越心灵地狱的顽强探索,说出真相后鹰四的自杀又使他通过毁灭旧我的“自我惩罚”方式走向了新生。鹰四的死触动了蜜三郎,让他看清了鹰四承受着内心的极度痛苦却还要奋力抗争的“生”的意义,以及相形之下自己的懦弱,也让他明白了一个道理:一个人最大的敌人、最难排除的障碍就是自己。于是,他决定从保育院中接回自己的痴儿,让妻子生下鹰四的孩子,走出森林洼地,接受去非洲的工作,开始自己的新生活。蜜三郎从鹰四的人生终点起步,想要努力做一个像鹰四一样敢于直面不幸并努力超越不幸的人。由此,人的再生主题得到充分的揭示。

在大江健三郎的作品中,那些表现人生的悖谬,却又不忘人生的责任与尊严,并让主角最终走向“再生”之途的文本被通称为“再生原型”叙事文本。

大江健三郎的作品中“存在着超越语言与文化的契机、崭新的见解,充满凝练形象”的诗,这种“变异的现实主义”,让回归自我的主题消除了语言等障碍。

《万延元年的足球队》打破了时间和空间的局限,不再去讲述青年人在性的世界里的沉迷和堕落,而是更进一步地和日本本土的神话原型、历史故事发生了回响般的互文联系,把原来的存在主义小说风格提升到了一个更加恢宏的地步,创造了一个独立的、充满历史和神话想象的空间。

作品赏析

万延元年的足球队(存目)

思考练习

1.作品是如何巧妙地把东西方文学特色融为一体的？

2.简述作品的主题思想。

第三节　马哈福兹“开罗三部曲”(存目)

作者简介

纳吉布·马哈福兹(1911—2006)，埃及作家，阿拉伯世界最重要的知识分子之一。纳吉布四岁时就被送到私塾学习《古兰经》，接受宗教启蒙教育。1988 年他被授予诺贝尔文学奖，他是第一位获诺贝尔文学奖的阿拉伯作家。获奖理由是：“他通过大量刻画入微的作品中的洞察一切的现实主义，唤起人们的雄心，形成了全人类所欣赏的阿拉伯语言艺术。”

作品导读

“开罗三部曲”是纳吉布·马哈福兹的代表作品，包括《宫间街》《思宫街》《甘露街》。小说通过一家三代人不同的命运，描绘了 1917 年至 1944 年埃及社会的变迁。每一部侧重描写一代人的生活，并以该代人的居住地作为书名。作品颇似一幅埃及现代的风俗画卷。

马哈福兹没有正面描绘 1919—1946 年间埃及重大的历史事件，他用全部的激情和笔墨集中描写人，从家庭成员的情感变化中展现外部世界的变化，揭示埃及现代历史的进程，特别是埃及资产阶级政党毕夫脱党及其领袖柴鲁尔等人的活动及其历史作用。小说也通过阿·杰瓦德和邵凯特两个家族几代人的生活及错综复杂的人物关系，勾勒出现代埃及的人情风俗史。小说描绘的传统家庭与贵族家庭不同的生活方式及家风、长幼关系、婚丧嫁娶、衣着打扮、建筑布局、房间装饰等，无不说明“开罗三部曲”是一部百科全书式的巨著。

“开罗三部曲”问世后，立即受到舆论界的一致好评。法国东方学者杰克·热米写了 70 页的长文盛赞它的成就。西德东方学者马尔丁称马哈福兹为“埃及的歌德”。埃及评论家拉迦乌·尼高什将他与狄更斯、巴尔扎克、托尔斯泰相提并论。这部作品奠定了马哈福兹在阿拉伯小说史上的地位，将阿拉伯现实主义小说推到了顶峰。

作品赏析

“开罗三部曲”(存目)

思考练习

1.简述“开罗三部曲”的主题思想及艺术特色。

2.简述主人公阿·杰瓦德的性格特点。

第四节 《耻》(存目)

作者简介

约翰·马克斯韦尔·库切(1940—)生于南非开普敦,南非当代著名白人作家、文学评论家、翻译家,大学教授。库切的小说“精准地刻画了众多假面具下的人性本质”,他的作品《耻》《等待野蛮人》《内陆深处》体现了这一风格。2003年获诺贝尔文学奖,获奖理由为:“在人类反对野蛮愚昧的历史中,库切通过写作表达了对脆弱个人斗争经验的坚定支持。”1983年凭借《迈克尔·K的生活和时代》、1999年凭借《耻》两度获得英国布克文学奖。库切和另一位诺贝尔文学奖得主戈迪默被视为南非当代文坛的双子星座。

他的小说主要是从现代怀疑主义的视角出发,对历史、人性、殖民主义和现代文明等一系列问题进行追问,这使他的小说跨越了狭隘的民族、种族障碍与偏见,直抵历史渊源与人类发展的纵深处。

作品导读

《耻》是南非作家库切的代表作。这部长篇小说讲述的故事是:52岁的南非白人教授戴维·卢里因与一名女学生有染而被逐出学界,他躲到了25岁的女儿露茜的农场里,却无法与女儿沟通,还得与从前不屑一顾的人打交道,干从前不愿干的活。不久,农场遭黑人抢劫,露茜被黑人强奸,最终成了黑人雇工的小老婆。小说中一个个严酷的片段都因偶然和出乎意料而引人入胜。

库切的作品大都以南非的殖民地生活和各种冲突为背景,《耻》也不例外。不少评论认为,《耻》这部作品通过各种细节描写,揭示了新旧交替时代发生在南非大地上、发生在南非各色人种之间的种种问题,对殖民主义在南非对殖民地人民、殖民者及其后代所造成的影响表现出深切的忧思和相当的无奈。然而,正如有评论指出的,《耻》是一部从内容到寓意都具有丰富层次的作品,单从小说题目“耻”来说,就有“道德之耻”

(卢里的数桩风流韵事所指的道德堕落)、“个人之耻”(露茜遭强暴抢劫)、“历史之耻”(身为殖民者或其后代的白人最终“沦落”到要以名誉和身体为代价,在当地黑人的庇护下生存)等意义。

作品赏析

耻(存目)

思考练习

1.简述作品的主题意蕴。

2.分析作品的写作特点。

图书在版编目(CIP)数据

外国文学简明教程/关德福主编.--2 版. --北京:中国传媒大学出版社，2024.5
ISBN 978-7-5657-3584-4

Ⅰ. ①外…　Ⅱ. ①关…　Ⅲ. ①外国文学－文学史－高等学校－教材　Ⅳ. ①I109

中国国家版本馆 CIP 数据核字(2024)第 022744 号

外国文学简明教程(第二版)

WAIGUO WENXUE JIANMING JIAOCHENG(DI-ER BAN)

主　编	关德福		
副主编	佘红云　龙剑平　王成飞		
责任编辑	张　静		
责任印制	李志鹏		
封扉设计	风得信设计·阿东		
出版发行	中国传媒大学出版社		
社　址	北京市朝阳区定福庄东街 1 号	**邮　编**	100024
电　话	86-10-65450528　65450532	**传　真**	65779405
网　址	http://cucp.cuc.edu.cn		
经　销	全国新华书店		
印　刷	三河市东方印刷有限公司		
开　本	787mm×1092mm　1/16		
印　张	22		
字　数	418 千字		
版　次	2024 年 5 月第 2 版		
印　次	2024 年 5 月第 1 次印刷		
书　号	ISBN 978-7-5657-3584-4/I·3584	**定　价**	75.00 元

本社法律顾问:北京嘉润律师事务所　郭建平